www.tredition.de

In tiefer Dankbarkeit für meine Eltern.

Und für alle, die Intelligenz und Mitgefühl in sich vereinen wollen.

Außerdem für alle, die in ihrer Tolleranz Rechtschreib- und Sonstwie-Fehler genießen können.

*Und zu guter Letzt für alle Geschlechter, inklusive denen, die wir jetzt noch nicht kennen.

Torsten Adamski

Der Goldene Planet

Roman

www.tredition.de

© 2020 Torsten Adamski
1. Auflage

Umschlaggestaltung und Illustration:
Torsten Adamski

Verlag: tredition GmbH
Halenreie 40-44
22359 Hamburg

ISBN:
978-3-347-17627-0 (Paperback)
978-3-347-17628-7 (Hardcover)
978-3-347-17629-4 (e-Book)

Bibliografische Information der Deutschen Nationalbibliothek:
Die Deutsche Nationalbibliothek verzeichnet diese Publikation
in der Deutschen Nationalbibliografie; detaillierte bibliografische Daten sind im Internet über http://dnb.d-nb.de abrufbar.

Der goldene Planet
Inhalt

TEIL 1

Kapitel 1:

WAS DU NICHT WILLST, DAS MAN DIR TU, DAS FÜGE
AUCH KEINEM ANDEREN ZU!

Mein Vater starrte nun schon seit Minuten wie versteinert auf
die Inschrift auf dem Grab meines Opas. Ich war irritiert. Warum hatte diese deutsche Kinderbuchvariante der
GOLDENEN REGEL eine so hypnotische Wirkung auf ihn?

Warum wir hier ganz allein auf diesem tristen Wüstenfriedhof
am Rande Las Vegas in der brennenden Sonne standen, ließ
sich schon einfacher erklären.
Eigentlich wollten wir bereits vor zwei Tagen zur Beerdigung
meines Opas hier gewesen sein, aber die amerikanischen Ein-
reisebehörden hatten etwas dagegen. Wir wurden am Check-
In des Flughafens rausgewunken und in ein erstaunlich schä-
biges Verhörzimmer geführt.
Warum ich subversive, antiamerikanische Petitionen im Internet unterschreiben würde? Ob ich trotz meines akademischen
Doktorentitels so blöd wäre, zu glauben, die Souveränität der
Vereinigten Staaten von Amerika ungestraft mit meinen
schmutzigen Füßen treten zu können?

Mein Vater war nicht wirklich überrascht, dass ich mich nicht
um die Nebenwirkungen meines politischen Engagements gekümmert hatte, aber es überraschte ihn schon, mit welch dünnen Argumenten Angehörige eines Nato-Partners an der Einreise gehindert werden sollten. Er hatte als Berufssoldat und
Nato-Offizier mit jahrzehntelanger internationaler Erfahrung

gedacht, dass solche Lappalien keine große Rolle spielen könnten - jedenfalls nicht, wenn er persönlich dabei wäre, um für Klarheit zu sorgen.

Und noch weniger hatte er mit der Reaktion der Sicherheitsleute gerechnet, als sie seine Argumente sofort gegen ihn und unsere Einreise verwendeten. Als aktiver Soldat in bedenklicher Gesellschaft wäre man sofort ein erhöhtes Sicherheitsrisiko. Und der Hinweis auf den Todesfall in der Familie mit der anstehenden Beerdigung ging schwer nach hinten los, denn anscheinend lebte der Verstorbene illegal in den Vereinigten Staaten.

Die Auseinandersetzung dauerte an und spitze sich zu, wenn gleich von den Sicherheitsleuten stets in diesem unerträglich ruhigen Tonfall geführt. Und mit jedem Mal, bei dem sie ihr obligatorisches „Sir" anfügten, wuchs bei mir die Wut auf die menschlichen Vertreter dieses scheinheiligen Systems, während mein Vater äußerlich vollkommen ruhig blieb.

Immer wieder ließen sie uns auf unbequemen Stühlen in wechselnden, aber stets heruntergekommenen Verhörzimmern für Stunden warten, mal allein, mal zusammen. Wir überbrückten die gemeinsame Zeit mehr recht als schlecht mit eisigem Schweigen, wodurch die Minuten noch langsamer vergingen.

Gegen Abend machte uns ein auffällig elegant gekleideter Farbiger das scheinbar alternativlose Angebot, sofort in den nächsten Flieger nach Deutschland zu steigen, um keine weiteren Komplikationen zu erzeugen. Natürlich war es jetzt zu spät, um noch einen Telefonjoker zu ziehen, aber mein Vater beharrte darauf, sich nicht mit einer strategischen Niederlage abzufinden, sondern forderte die nächste Stufe in der Auseinandersetzung ein.

Wir übernachteten gemeinsam in einer zugigen Doppelzelle.

„Glaubst Du, das Ganze führt noch zu irgendetwas Sinnvollen?"

Mein Vater antwortete nicht sofort, sondern schaute mich lange aus seinen stahlblauen Augen an.
„Schwierigkeiten sind dazu da, überwunden zu werden, nicht um vor ihnen davonzulaufen. Morgen früh werde ich mit den richtigen Leuten telefonieren und dann wird es sich schon aufklären. Schlaf jetzt, mein Junge, wir können es uns nicht leisten, dass du morgen wieder die Nerven verlierst."

Ja, da war sie wieder, diese kalte, unüberbrückbare Distanz zwischen ihm und mir. Ich hatte gehofft, dass wir uns irgendwie näherkommen würden, wenn wir gemeinsam trauern und gemeinsam verstehen, was im Leben wirklich wichtig wäre.

Als ich meiner Frau Sybilla vor vier Tagen gesagt hatte, dass ich kurzfristig mit meinem Vater zusammen nach Las Vegas fliegen würde, um an der Trauerfeier meines Opas teilzunehmen, konnte sie es zunächst kaum glauben. Ich wollte doch nie wieder nach Amerika. Nicht mal ins Silikon Valley, wo mich als talentierter Experte für Simulationen zur Entwicklung von künstlichen Intelligenzen eine glorreiche Zukunft erwartet hätte, wenn nur das politische Amerika nicht vollkommen durchgedreht wäre.
Aber mein Vater hatte mich nun einmal gefragt, sogar mit Nachdruck gebeten, ihn zu begleiten. Ich sah die Chance, auf die ich so lange gewartet hatte. Ihm beiseite zu stehen, ihm irgendwie näher zu kommen. Er hatte mir noch nie gezeigt, dass er mich brauchte, nicht in meiner Kindheit, nicht während der Scheidung von meiner inzwischen verstorbenen Mutter, nicht in meiner gesamten Existenz als aufmüpfiger, undankbarer Zivilist, der dem erfolgreichen Berufssoldaten immer wieder vor Augen führte, dass er auch ein Vater war, wenn auch kein besonders guter.

Sybilla lachte spöttisch, als sie mir entgegnete, dass auch andere mit beschissenen Vätern gesegnet waren und nicht daran zerbrochen wären. Natürlich hatte sie Recht. Aber aus Angst vor dem Schmerz der nächsten Enttäuschung jeden Kontakt kategorisch abzulehnen, war für mich keine Lösung. Ich hatte noch Hoffnung.

Sybilla wollte noch nicht klein beigeben. Einerseits mochte sie meinen Vater nicht besonders und andererseits fühlte sie sich nicht wirklich wohl dabei, dass ich so kurzfristig für einige Tage weg sein würde und sie im siebten Monat schwanger und allein mit unserem zweijährigen Sohn Theo zurücklassen wollte.

Aber im nächsten Moment hatte sie auch schon ihre Meinung geändert. Sie verfügte über die beeindruckende Fähigkeit, sich selbst zuzuhören und widersprüchliche Selbsterkenntnisse einfach auszusprechen. Sie war sich plötzlich sicher, dass Schwangerschaft keine Krankheit wäre und eine Reise nach Las Vegas eigentlich einem harmlosen Pauschaltrip gleichkommen würde, den täglich Tausende absolvierten, ohne Gefahr zu laufen, sich dabei auf der dunklen Seite des Monds zu verlieren.

Eigentlich.

Ich konnte aus dem schmalen Fenster unserer Zelle die schimmernde Mondsichel erkennen, scheinbar war ich also noch auf der Erde.

Kapitel 2:

Anderswo auf der Erde fanden ebenfalls heikle, wenn nicht sogar düstere Gespräche an ungemütlichen Orten statt. Irgendwo in der Nähe von Genf standen gegen Mitternacht zwei unauffällige Limousinen mit laufenden Motoren unter einer einsamen, dunklen Brücke, während es in Strömen regnete.

In jedem Wagen saßen grimmig dreinblickende Fahrer und die zueinander gerichteten, hinteren Seitenscheiben waren heruntergefahren. Zwei ältere Männer in teuren Anzügen tauschten kurz und knapp Informationen aus. Der kleine, Schlechtrasierte hatte gerade auf Englisch mit starkem, undefinierbaren Akzent seine zischende Botschaft beendet und wartete nun mit starren Blick auf eine Antwort, für die sich der größere, Übergewichtige einen Moment länger Zeit ließ.

Offensichtlich war dies der entscheidende Moment ihrer Zusammenkunft. Die Sekunden verrannen, bevor der Dicke in breitem Amerikanisch erwiderte, dass sie jetzt einen Deal hätten und alles im Sinne der Freiheit der anständigen Menschen seinen Gang nehmen würde. Der Kleinere erwiderte das Grinsen seines Gegenübers nicht, sondern starrte ihn nur ernst an. Er hielt den eisigen Blick für mehrere Atemzüge, als wenn er sich für die vorherige Verzögerung seines Verhandlungspartners revanchieren wollte.

Dann übergab er ihm mit seiner handschuhbekleideten Linken wortlos einen unbeschrifteten Umschlag und ließ seine Seitenscheibe hochfahren.

Dreißig Sekunden später verriet an diesem deprimierenden Ort nichts mehr, dass die Menschheit auf dem nächsten Höllenritt ihrer Geschichte unterwegs war.

Kapitel 3:

Am nächsten Tag kam alles so, wie mein Vater es prophezeit hatte. Er telefonierte, erst mit Europa, dann mit verschiedenen hohen Tieren im Verteidigungsministerium der USA und schließlich wurde uns bekannt gegeben, dass sich alles um ein leidiges Missverständnis gehandelt hätte.

Mein Vater war nicht wirklich zufrieden, denn die ganze Prozedur hatte wieder bis in den frühen Abend gedauert. Wir hatten zwar inzwischen ausreichend zu Essen bekommen, aber es blieb der Nachgeschmack des vollkommen unnötigen Brustgetrommel einer zutiefst verunsicherten Nation.

Wir waren heilfroh, endlich aus dem Gebäude des McCarran International Airport herauszukommen. Zwar hatten wir schon beim Anflug die skurrile Architektur dieser absonderlichen Stadt sehen können, aber als ich dann tatsächlich den heißen Wüstenwind in meinem Gesicht spürte und auf die unglaublich imposante wie auch kitschige Pyramide und die anderen knallbunten Hotelmonstrositäten blickte, fehlten mir die Worte.

„Geschmacklos!", bemerkte mein Vater nur trocken und suchte den nächsten Autovermieter.

Wir mussten die halbe Stadt durchqueren, um nach Sunrise Manor im Nordosten von Las Vegas zu gelangen. Ich rief kurz zu hause an und informierte Sybilla über unsere Verzögerungen, während mein Vater unseren Mietwagen durch den Verkehr lenkte. Die Sonne war schon untergegangen, als wir endlich den kleinen dunklen Friedhof am äußeren Ende der Stadt fanden. Natürlich verschlossen, aber mit einem beeindruckenden Blick auf die geheimnisvollen Blinklichter der Nellis Air

Force Base, die sich am äußersten Rand der Wüstenstadt erstreckte.

Mein Vater rüttelte an der rostigen Kette und prüfte die Möglichkeiten, über den flachen Zaun zu klettern. Wie eine Maschine, die nur ihren Auftrag erfüllen wollte. Hin zum Grab und schnell wieder weg.

„Willst Du wirklich jetzt noch ans Grab? Im Dunkeln?"

Er schaute mich einen Moment an, als wenn er nicht verstehen konnte, warum ich diese Frage stellen würde. Aber dann besann er sich und atmete tief durch.
„Gut. Lass uns ein Hotel suchen und dann bringen wir es morgen früh hinter uns."

Ganz in der Nähe fanden wir das Peterson Motel and Apartments am Nellis Boulevard. Eine einfache Absteige mit dem klassischen Parkplatz und heruntergekommenen Pick-Ups vor den niedrigen Gebäudeflügeln. Wir bekamen für 95 Dollar ein muffiges Apartment, das wahrscheinlich in den 80zigern das letzte Mal renoviert worden war. Mein Vater holte nur das Notwendigste aus seinem kleinen Offiziers-Koffer und legte sich aufs Bett.

„Sag mal, interessierst du dich gar nicht dafür, wie Opa hier gelebt hat? Mit wem und wo?"

„Ich weiß, dass er mit einer gewissen Elaine Parker zusammengelebt hat, sie hat mich schließlich über seinen Tod und den Tag der Beerdigung informiert."

„Ja und? Das reicht dir? Bist du gar nicht neugierig, wie er gestorben ist? Oder warum er hier in Las Vegas gelebt hat?"

„Nein, nicht wirklich. Dein Großvater war ein seltsamer Mann und ich glaube nicht, dass er sich in all den Jahren, die wir uns nicht gesehen haben, groß geändert hat. Ich habe ihn früher schon nicht verstanden und werde auch jetzt keine unnötigen Energien verschwenden, um ihn im Nachhinein verstehen zu wollen."

„Aber immerhin bist du mit mir tausende Kilometer nach Las Vegas gereist."

„Ja, ich will mich von ihm verabschieden, er war schließlich mein Vater."

„Also reine Pflichterfüllung?"

„Falls es so wäre, wäre daran nichts auszusetzen. Außerdem kanntest du ihn ja nicht."

„Stimmt, du hast mir nie was von ihm erzählt."

„Er war ein professioneller Glücksspieler und hat sein Leben auch so gelebt - ohne Rücksicht auf seine Familie."

Ich war kurz davor zu bemerken, dass mich das an ihn erinnerte. Auch er kannte als Berufssoldat nur seine Pflicht und wir mussten uns als Familie hinten anstellen.

„Ist noch was?"

„Nein, lass uns schlafen und schauen wir, was morgen kommt."

Ich wachte davon auf, dass mein Vater kaum verschwitzt im schlichten Sportoutfit wortlos in unser Zimmer zurückkam. Es dämmerte gerade. Er duschte kurz und wir frühstückten an der nächsten Ecke, bevor wir wieder zum Friedhof aufbrachen.

Mein Vater mochte keine Klimaanlagen und die Temperatur im Auto war so früh am morgen mit den offenen Fenster und dem milden Fahrtwind noch erträglich. Aber trotzdem fing ich plötzlich an, stark zu schwitzen. Eine meiner typischen Stressreaktionen.

Ich hatte mit Sybilla und ihrem psychologischen Hintergrundwissen schon vieles versucht, um dieses Phänomen in den Griff zu kriegen. Merkwürdigerweise fing ich nur bei ganz bestimmten Drucksituationen an, zu schwitzen, dann aber wie ein Schwein. Nicht, wenn ich eine fachliche Leistung zeigen musste, sondern nur, wenn es um meine ganz persönliche Haltung ging. Schon Wochen vor unserer Hochzeit fingen wir deshalb an, für die Trauungssituation zu trainieren, weil mir schon der Gedanke, mit den Ringen in der Hand auf dem Standesamt zu stehen, den Schweiß aus allen Poren trieb.

Es ging nicht um unansehnliche Schweißflecken unter den Armen, sondern um Rinnsale, die mir an Schläfen, Unterarmen und Waden hinunterliefen. Innerhalb weniger Minuten tropfte ich wie ein begossener Pudel und mein Hausarzt hatte sich merklich gewundert, wie viel ein menschlicher Körper in so kurzer Zeit ausschwitzen konnte.

Sybilla hatte verschiedene Ansätze in ihrem Psychologie-Studium kennengelernt, die bei mir leider keine Wirkung zeigten. Erst als sie mit ihrem unkonventionellen Humor alle Schranken durchbrach, konnte ich lernen, mein Unbewusstes – Sybilla sprach immer von meinem Elefanten - zu steuern.

Bei der Generalprobe unserer Trauung trug ich nichts weiter als einen altmodischen, einteiligen rot-weiß-gestreiften Badeanzug mit Fliege und Hut und als ich mich kostümiert wie ein Clown im Spiegel sah, hörte mein Schweißausbruch schlagartig auf und ich fing erleichtert an zu lachen.

Sicherheitshalber hatte ich den Einteiler auch bei unserer Trauung unter meinem Anzug getragen und blieb tatsächlich auf nahezu magische Weise trocken.

„Junge, du schwitzt so – hast du etwa Angst?"
Mein Vater kam gerne schnell auf den Punkt.

„Ja, vielleicht.", entgegnete ich unsicher lächelnd. „Vielleicht, weil du mir bei dieser Mission wie ein Auftragsmörder vorkommst und ich noch nicht sicher bin, wen du umbringen wirst."

Er schaute mich irritiert an.
„Sei nicht albern, ich habe noch nie jemanden umgebracht."

„Das freut mich zu hören, aber man hat schon Pferde kotzen sehen. Ich glaube, ich werde mir sicherheitshalber meinen kugelsicheren Schutzanzug anziehen."

Unter den irritierten Blicken meines Vaters kletterte ich nach hinten und zog den gestreiften Einteiler aus meinem Koffer hervor, um mich auf der Rücksitzbank umzuziehen. Mein Vater beobachtete mich schmalläugig über den Rückspiegel.

„Junge, das kann doch jetzt nicht dein Ernst sein!" Er schüttelte den Kopf und murmelte etwas über Verrückte und Familie, die man sich nicht aussuchen kann.

„Ja, Papa, manchmal ist es doch ganz nützlich, wenn man mehr über seine Familie weiß, um mit ihr einigermaßen klarzukommen. Ich bin nicht sicher, ob du die Story jetzt hören willst, aber ich leide unter einer krankhaften Hyperhidrose. Das sind heftige Schweißausbrüche, die mich regelrecht überfluten, wenn ich emotionalen Stress der besonderen Art befürchte."

„Und dagegen hilft dir dieser ... dieser Badeanzug?"

„Ja, ein kugelsicherer Badeanzug aus hundertprozentigem Humor."

„Hah!"

Mehr kam nicht. Dieses magere „Hah" war alles, wozu er in dieser Hinsicht fähig war. Sein Humor war wie eine trockene Wüste, in der alle zehn Jahre ein einzelner Regentropf fällt. Ich zog mich weiter an und kletterte wieder nach vorn. Er musterte mich ungläubig.
„Du scheinst wieder zu trocknen."

„Ja, denn nur aus Spaß würde ich mir so einen Schutzanzug in diesen Farben nicht erlauben."

Sein Mundwinkel zuckte kurz nach oben. Das war schon der zweite Regentropfen in diesem Jahrzehnt.

Er parkte den wuchtigen SUV auf dem staubigen Parkplatz des kleinen Friedhofes und wir gingen zu dem Tor, das immer noch verschlossen war. Es war inzwischen viertel vor neun. Der Wüstenwind ließ hier und dort einige Staubwirbel tanzen, aber sonst war dieser trostlose Flecken Erde verlassen. Auch drüben auf der Airbase regte sich noch nichts.

Kapitel 4:

Was wir nicht wissen konnten, war, dass in dieser Nacht in einem Hinterzimmer des Weißen Hauses eine folgenschwere Entscheidung getroffen wurde. Zwar keine einsame, aber im Beisein des aktuellen amerikanischen Präsidenten wurden vernünftige Entscheidungsprozesse dahingehend karikiert, dass es am Ende für seine professionellen Vasallen immer nur darum ging, seine Entscheidung mitzutragen, wenn sie noch weiter daran interessiert waren, seine Vasallen zu bleiben.
Auch in diesem Fall blieben alle vorgebrachten Einwände zwecklos, es ging nur noch darum, ihre Expertise für die Legitimation der Entscheidung zu nutzen, falls das Ganze an die Öffentlichkeit gelangen würde.
Und unglücklicherweise ließ sich dieses Vorgehen nur allzu leicht rechtfertigen, denn es gab am Pokertisch der Weltpolitik genug andere Spieler, die mit einer ähnlich neurotischen Haltung permanent Anlässe für wahnwitzige Gegenreaktionen produzierten.
Einfach, weil sie glaubten, dass sie mit ihren Karten und dieser Strategie durchkommen würden.
Und, weil sie schon so oft damit durchgekommen waren.

Kapitel 5:

Ich konnte meinen durchtrainierten Vater nicht daran hindern, über die flache Mauer zu klettern und folgte ihm dann im Windschatten. Wir brauchten nicht lange und fanden auf dem überschaubaren Friedhofsgelände schnell das frische Grab. Einige Gestecke lagen vor dem hüfthohen, dunklen Granitblock mit der goldenen Inschrift.

WAS DU NICHT WILLST, DAS MAN DIR TU, DAS FÜGE AUCH KEINEM ANDEREN ZU!

Ich wollte meinen Vater nicht respektlos aus seiner Versteinerung reißen, aber irgendwie musste ich die Initiative ergreifen, damit wir nicht gleich wortlos die Rückreise antreten würden. „Was meinst du, warum hat er diesen Spruch auf seinem Grabstein haben wollen?"

„Bei Gott - ich habe keine Ahnung!"

„Wirklich nicht? Ich meine, mal so ganz ehrlich – wir sind doch schließlich unter uns."

Mein Vater drehte sich zu mir und ich musste meine ganze Kraft zusammennehmen, um seinem kalten Blick standhalten zu können.
„Reiner Zynismus!", zischte er aggressiv. „Wenn er sein Leben nach diesem Wahlspruch gelebt hätte, wenn er seine Familie so behandelt hätte, dann wäre er nichts weniger als ein gottverdammter Masochist gewesen, der andere so quälen wollte wie er selbst gequält werden wollte. Dieser Spruch auf seinem

Grab ist einfach nur der Ausdruck seiner menschenverachtenden Krankheit!"

Mir kam bei seinen aufgebrachten Worten ein Gedanke, aber ich war noch nicht sicher, ob jetzt der richtige Moment war, ihn auszusprechen. Ich sah auf meinen Vater, der immer noch stocksteif in der tadellosen Haltung eines Soldaten vor dem Grab stand, scheinbar abwartend auf den nächsten Befehl, den das Leben ihm vorsetzte.

Und ich musste mir eingestehen, dass ich noch weit davon entfernt war, mein Bestes zu geben, um unsere Beziehung zu verbessern. Ich wusste einiges über seinen Vater, aber ich gab mich nicht zu erkennen, sondern nutze dieses Wissen, um ihn heimlich zu verachten. Ich war nicht ehrlich zu ihm und ich brauchte mich deshalb nicht zu wundern, dass wir nicht zueinander fanden.

Behandle andere so, wie du von ihnen behandelt werden willst. Die GOLDENE REGEL. Ich beachtete sie so oft, aber nicht mit meinem Vater.

„Kennst du GOLDENE REGEL? Ich meine den Hintergrund?", plapperte es plötzlich aus mir heraus.

„Den kategorischen Imperativ? Handle so, dass die Maxime deines Willens jederzeit zugleich als Prinzip einer allgemeinen Gesetzgebung gelten kann. Natürlich, das ist die Grundlage meiner Existenz!"

Alles kam wie aus der Pistole geschossen aus ihm heraus. Ich war vollkommen baff und spielte aus Verlegenheit das vom Projektil getroffene Opfer, das theatralisch zu Boden sinkt.

„Was ist los, mein Junge? Hast du wieder einen Anfall?"

„Nein.", erwiderte ich verlegen grinsend und rappelte mich hoch. „Aber hast du nicht gemerkt, wie die gebündelte Kraft von 10.000 Jahren Zivilisation aus dir sprach? Die Essenz dei-

ner Vernunft traf mich wie ein mächtiger Pfeil, der mich zu Boden sinken ließ."
Er schaut mich verwirrt an. Meinte ich das ernst oder wollte ich ihn einfach nur verarschen?
„Und das alles vor dem frischen Grab des Vaters. Selbst Shakespeare – wenn es ihn wirklich gegeben hat, hätte sich dies nicht besser ausdenken können."

„Ich verstehe nicht viel von Shakespeare, aber ich glaube du übertreibst mal wieder. Die GOLDENE REGEL ist ganz pragmatisch die Richtschnur jedes Offiziers, jedes Diplomaten, in jeder Verhandlung zwischen erwachsenen Männern."
Nun schaute ich ihn irritiert an.
„Und natürlich auch Frauen!", ergänzte er sich. „Sollte es zumindest sein."

„Auch in Familien?"

„Natürlich auch in Familien, wenngleich dies Aufgrund der vertrackten Emotionen natürlich nicht immer so einfach ist."
Sein Gesicht zeigte deutlich für einen längeren Moment die schmerzhaften Erinnerungen an seine familiären Niederlagen der Vergangenheit.

Ich schaute wieder auf das Grab meines Opas. Ja, tatsächlich. Friedhöfe, speziell Grabstätten von Angehörigen, haben einen enormen Zauber. Selbst hier am staubigen Rand einer absurden Wüstenstadt in einem zutiefst kranken Land fühlte ich mich mit einem Mal meinem Vater so nah, wie ich es mir vorher nie hätte vorstellen können.
Wohin sollte ich die Energie lenken? Zu seinen familiären Niederlagen? Zur Scheidung von meiner Mutter? Nein, das war nicht das richtige Einstiegskapitel, wenn wir weiter an unserem Vertrauen arbeiten wollten.
„Du sprichst von vernünftigen Männern und Frauen in Verhandlungen, also dem Austausch von Informationen, um sich

an einem Punkt zu treffen, an dem beide glauben können, dass sie das Bestmögliche erreicht haben. Kann man das so sagen?"

„Ja, von mir aus. Worauf willst du hinaus?"

„Nehmen wir einmal an, wir beide würden in Verhandlungen stehen. Sagen wir, es geht um die Beziehung zwischen uns beiden. Ein Qualitätsmerkmal ist der Grad unseres Vertrauens zueinander."

„Ja und?"

„Vertrauen entsteht durch Informationen die wir uns gegenseitig geben, um uns gegenseitig zu verstehen. Hätten wir nun für diesen Fall die GOLDENE REGEL angewandt, hätten wir uns gegenseitig so viele Informationen gegeben wie möglich. Aber ich glaube, dass haben wir beide nicht getan."

„Nein, das haben wir nicht. Aber so einfach ist das nicht. So viele Informationen wie möglich, heißt nicht gleich auch so gut informiert zu sein wie möglich. Desinformation entsteht schnell durch Informationsflut. Es geht also um relevante Informationen."

Ich verstand, worauf er hinaus wollte und er hatte Recht.
„Also noch mal anders herum: Hast du das Gefühl, genug über mich zu wissen?"

„Gefühl spielt da keine Rolle."

„Okay, dann anders formuliert: findest du, dass du genug über mich weißt?"

„Genug wofür?"

„Um eine gute Zeit miteinander zu haben. Um eine gute Beziehung zu haben. Um uns auf uns zu freuen und gern Zeit miteinander zu verbringen."

„Nun ja, mir ist das ehrlich gesagt alles viel zu schwammig. Ich bin dein Vater und ich stehe dir immer zur Seite, wenn du mich brauchst. Aber ich will mich nicht unnötig in dein Leben einmischen, du bist schließlich kein Kind mehr."

Ich merkte, dass wir so nicht weiterkommen würden und ich musste mir eingestehen, dass ich gar nicht wusste, wo ich eigentlich hin wollte. Ich schaute wieder auf den Grabstein und fing langsam an zu verstehen, warum die Inschrift auf diesem Grabstein stand. Einem Grabstein kann man nicht widersprechen, jedenfalls nicht so, dass der Grabstein seine Botschaft ändern würde.
„Kommen wir noch einmal zurück zu Opa. Also, du hattest eine Beziehung zu deinem Vater..."

„Eine Schwierige!"

„Genau. Und ich habe auch eine Beziehung zu ihm, genau so, wie du auch eine Beziehung zu deinem Enkel, also meinem Sohn hast. Ich hätte mir gewünscht, dass du mir mehr über Opa und dich erzählt hättest."

„Auch, wenn da nur schreckliche, grausame und ungerechte Dingen gewesen wären? Da bin ich mir nicht so sicher."

„Du hast mich also geschont, in dem du mir nichts erzählt hast?"

Er überlegte einen Moment, als wenn er diesen Gedanken noch nie in Erwägung gezogen hatte.
„Ja, irgendwie schon."

„Und wann hast du das letzte Mal mit ihm gesprochen?"

Er schwieg.

„Vor 20 Jahren? Oder waren es sogar 30 Jahre? Das wäre so, als wenn ich ab morgen bis zu deinem Tod nicht mehr mit dir sprechen würde. Glaubst du wirklich, dass das eine gute Idee wäre?"

Er schluckte und seine Kiefermuskeln spannten sich an, bis er sich wortlos abwendete und hinüber zur Airbase starrte.

„Hy folks!"

Wir drehten uns beide gleichzeitig um und sahen einen dicken Mann in Karohemd, Latzhose und mit Strohhut, der uns freundlich zuwinkte. Mein Vater ging sofort zügig auf ihn zu und schüttelte ihm die Hand. Ich schaute noch einmal auf O-pas Grab und zückte mein Handy, um den Grabstein zu foto-grafieren.

„Tja, Opa. Ich weiß nicht, ob du alles gehört hast. Aber ich verspreche dir, dass ich weiter dran bleibe. Für manche Dinge lohnt es sich zu kämpfen, selbst wenn es nicht um das große Glück der Menschheit, sondern nur um unsere kleine, kaputte Familie geht."

Kapitel 6:

„Ey, Fiodor, hast du eigentlich schon was Neues von Tim gehört?"

„Nein, nur dass er mit seinem Vater zu einer Beerdigung nach Las Vegas geflogen ist."

„Ach so? Ich meine nur, weil sich dieser Professor Biener vom ETH Zürich noch einmal gemeldet hat – sie wollen Tims Projekt haben. Wann wollte er denn wieder da sein?"

„Keine Ahnung, Bodo - ruf ihn doch mal an."

„Hab ich schon – ist nur die Mailbox dran."

„Dann schicke ihm doch ne E-Mail oder ne SMS oder sonst irgendwas!"

„Alter, was bist du denn so unfreundlich? Bleib doch mal locker!"

„Oh, Mann, wenn du dich hören könntest! Wie ein kleines Kind! Hoffentlich fällst du nicht über deine offenen Schnürsenkel!"

„Alter, kack doch die Wand an! Außerdem hab ich Klettverschlüsse."

Kapitel 7:

Während ich auf Guido wartete, las ich im Auto die SMS von Bodo, dass eine Spin-Off-Firma der Eidgenössischen Technischen Hochschule in Zürich mein System haben wollte. Das war eigentlich eine großartige Nachricht, denn die ETH war ein Big Player auf dem Gebiet der praktischen Anwendungen von Künstlicher Intelligenz und Gehirn-Computer-Schnittstellen. In der wissenschaftsliberalen Schweiz konnten sich schon jetzt viele Projekte durchführen lassen, die in der EU wahrscheinlich nicht in 100 Jahren realisiert werden würden.

Ich atmete tief durch und spürte die gigantische Verlockung, die Geschichte mit meinem Vater und meinem Opa einfach loszulassen und schnurstracks in den nächsten Flieger zu steigen, um in meine strahlende Zukunft zu fliegen. Aber ich spürte auch, dass dies zwar einfach, aber nicht richtig war.

Unser Las Vegas-Abenteuer hatte sich noch nicht erschöpft – hier ging noch etwas, was nirgendwo sonst und auch nie wieder passieren könnte. Ich entschied mich innerlich zitternd, das Heft des Handelns in die Hand zu nehmen, denn Familie ist es immer wert und Veränderung braucht jemanden, der die bisherigen Grenzen überschreiten will.

Ich schickte Bodo eine SMS, dass ich mich riesig freuen und in den nächsten Tagen melden würde. Dann schickte ich noch eine klebrig-süße Nachricht an meine Frau und macht mein Handy aus. Keine Ablenkung bis zum Abend.

Als mein Vater von der Toilette wiederkam, saß ich am Steuer und startete den Wagen.

„Was ist los? Hast du es eilig?"

25

„Ja, ich möchte dir noch etwas zeigen. Ist hier gleich um die Ecke – Nähe Hollywood Boulevard."

„Hollywood Boulevard? Das hört sich nach Zocken und Casino an. Wir sollten uns lieber um unseren Rückflug kümmern. Mein Handy findet hier merkwürdigerweise kein Netz."

„Meins auch nicht.", log ich. „Aber die Welt wird davon nicht untergehen."

Ich gab Gas und wir verließen den staubigen Schotterparkplatz. Der Hollywood Boulevard durchkreuzte eine Wohngegend dieser Wüstenstadt, in der absurderweise mindestens jedes zweite Haus einen Swimmingpool im Garten hatte. Amerikanische Mittelschicht, zwei Autos in der Doppelgarage und private Überwachungskameras an jeder Regenrinne.

Ich bog in die Adobe Villa Avenue ein und parkte vor einem stattlichen Haus, vor dem sogar ein kleiner Elektroflitzer stand. Ich sah meinem Vater an, dass er gerne gewusst hätte, wo es hingeht, aber er war es gewohnt, seine Neugierde zu zügeln und abzuwarten.

Ich stieg aus und bat ihn, sich mir anzuschließen. Einen kurzen Moment lang befürchtete ich, dass ich einen Schweißausbruch bekommen würde, aber dann fühlte ich meinen kugelsicheren Badeanzug unter meinem Hemd. Wir gingen über die betonierte Auffahrt zur Haustür und ich klingelte. Mein Vater musterte das Namensschild und wurde unruhig. Aber bevor er etwas sagen konnte, öffnete sich die schwere Eichentür und eine große Afroamerikanerin Anfang vierzig schaute mich fragend an.

„Hi, what can I do for you?"

„Hi.", erwiderte ich. „I´m Tim Busch and this is my father Guido Busch."

„Oh, ja - nice to meet you." Sie kam freudestrahlend auf mich zu und umarmte mich.

Dann wollte sie auch meinen Vater umarmen, aber zögerte, weil er ihr steif seine Hand hinhielt. Sie schüttelte diese etwas irritiert und schaute zu mir.

„Come in, sorry – kommt doch rein, das ist eine schone Uberraschung!"

„Wir wollten schon vorgestern kommen, aber die Einreisebehörde hatte etwas dagegen."

„Ja, the fucking immigration fools – sorry – aber jetzt seid ihr ja hier."

Sie ging voraus durch das helle Treppenhaus mit dem großen Kronenleuchter in der Mitte der hohen Decke an der offenen Küche vorbei ins riesige Wohnzimmer, von dem man durch die offene Veranda in den gepflegten Garten mit Trampolin und Swimmingpool schauen konnte. Sie ging nach draußen und rief zwei Namen, die ich nicht richtig verstand.

„Verdammt, Sohn!", zischte mir mein Vater leise aber verärgert zu. „Was soll das alles? Was wollen wir hier?"

„Deine Stiefmutter und deine Halbbrüder kennenlernen."

Wir konnten durch die großen Verandascheiben sehen, dass draußen am Pool zwei hellhäutige afroamerikanische Jungs im Alter von vielleicht acht und zwölf Jahren saßen und ihre Beine im Wasser baumeln ließen. Elaine redete auf sie ein, aber es schien nicht so einfach zu sein, sie zum Aufstehen zu bewegen.

„Woher wusstest du von ihnen?", zischte mein Vater erneut.

„Vor sechs Jahren war ich beruflich in San Diego und hatte mich mit Opa am Flughafen getroffen. Mama hatte mir erzählt, dass Opa schon in den Achtzigern in die USA ausgewandert war und sie wollte, dass ich die Chance bekam, mir selbst ein Bild von meinen Großvater zu machen."

„Stopp, stopp, stopp! Warum hast du mir nichts davon erzählt?"

„Ja, es tut mir leid, aber ich wollte, wie du es vorhin formuliert hattest, mich nicht unnötig in dein Leben einmischen. Du bist ja schließlich kein Kind mehr."

Irgendwie macht es ihn wütend, dass ich seine Argumentation jetzt gegen ihn verwendete, aber gleichzeitig konnte er mich verstehen, sogar besser, als ihm lieb war.
„Du wolltest mich also schonen, damit ich mich ungestört weiter in meinem Scheißsaft drehen konnte?"

„Ja vielleicht, aber jetzt tut es mir wirklich leid, dass ich nicht schon vorher die Kraft hatte, dir alles zu erzählen. Deshalb musste ich mir dir hier herkommen."

Elaine hatte es inzwischen geschafft, die beiden Jungs ins Haus zu locken. Es war ein steifes Kennenlernen. Verständlicherweise waren die beiden noch ziemlich verstört von dem Tod ihres Vaters. Und ihr neuer, deutscher Halbbruder, der fast ein halbes Jahrhundert älter war als sie und so gar nicht in ihre Welt passte, tat auch wenig, um das Eis tauen zu lassen.
Sie kannten möglicherweise ein paar Geschichten über ihn, dass er ein special agent, ein Geheimdienstoffizier bei der Nato oder ein verschlossener Soldat wäre, der von seinem Vater leider nichts mehr wissen wollte.
Und auch Elaine und ich saßen etwas deplaziert im Wohnzimmer herum und der Moment der peinlichen Stille hielt an.
Tyron, der ältere der beiden, nahm endlich die Fernbedienung

und schaltete zu unserer allseitigen Erleichterung den riesigen Fernseher ein.

Wir waren sofort schockiert. Auf allen Kanälen liefen Sondersendungen zu einem Bombenattentat in Nordkorea. Scheinbar hatte es eine gewaltige Explosion mit über 50.000 Toten bei einer Massenveranstaltung in Pjöngjang gegeben.
Mein Vater wurde extrem nervös und versuchte sofort erneut mit seinem Handy zu telefonieren, aber er bekam immer noch kein Netz. Er zog sich zum Telefonieren in ein angrenzendes Arbeitszimmer zurück und versuchte es mit dem Festnetz.

Ich saß mit Elaine und den Jungs wie gebannt vor dem noch lückenhaften Abbild des Chaos in Asien und es war klar, dass die Welt nach dieser Katastrophe nie wieder so sein würde wie vorher. Es schien so, als wäre das Attentat von außen begangen worden und das koreanische Regime drohte in alle Richtungen mit Vergeltungsschlägen.
Niemand konnte sich mehr sicher fühlen. Aus unserer persönlichen Trauer über den Tod meines Opas wurde ein alles umfassendes Entsetzen. Elaine konnte diesen Druck nicht mehr aushalten und fing an, hemmungslos zu weinen. Tyron nahm sie tröstend in den Arm und der jüngere Eddie saß mit leerem Blick neben mir und starrte auf seine Hände, unfähig die Bedeutung hinter diesen Fernsehbildern zu verstehen.
In welcher Hölle waren wir unterwegs?

Ich holte mechanisch mein Handy hervor, um mit irgendjemanden vertrauten sprechen zu können, aber ich bekam keinen Empfang, das Netz musste zusammengebrochen sein. Ohnmächtig schloss ich die Augen und lehnte mich an den kleinen Eddie, der mir vorsichtig seinen Arm um die Schulter legte.

Kapitel 8:

Sybilla war eine mutige Frau. Sie hatte schon immer ihren eigenen Kopf und der ließ sie ihren eigenen Weg gehen. Als sie die Bilder über das Attentat in ihrer Wohnung in Hamburg-Altona verfolgte, fing sie das erste Mal in ihrem Leben an, grundsätzlich an dem Guten im Menschen zu zweifeln. Wie konnte es sein, dass ein Weltpopulation mit einem gigantischen Wissen jede Weisheit ignorierte und wieder in den kollektiven Abgrund von Tod und Verderben steuerte?
Nein – Stopp! Es war nicht die Weltbevölkerung, sondern einige wenige, die an ihren geheimen Pokertischen das Spiel bestimmten. Die Weltbevölkerung war lediglich das Publikum, dem von den Massenmedien die Verantwortung zugespielt wurde, denn die Einschaltquoten bewiesen eindeutig, dass das Publikum am liebsten Horror und Katastrophen in den Nachrichten sah. Also bekam das Volk, was es wollte.

Sybilla stand auf und schaltete den Fernseher aus. Stille. Sie atmete tief durch. Der Kleine Theo schlief in seinem Bettchen und der ganz Kleine strampelte in ihrem Bauch. Sie musste an Tim denken und seine SMS. Er erwähnte das Attentat mit keinem Wort. War das Absicht oder hatte er aus unerklärlichen Gründen noch nichts gewusst? Wahrscheinlich hat er schon versucht eine neue Nachricht zu senden, aber das Netz war weltweit zusammengebrochen.
Vielleicht herrschte in den USA auch schon der Ausnahmezustand, weil die Beziehungen zu Nordkorea verbal schon seit vielen Monaten offensichtlich auf Messers Schneide standen. Vielleicht wurde drüben auch schon geschossen und alle Medienberichte wurden wegen der nationalen Sicherheit zensiert. Die vielen Vielleichts in ihren Gedanken ließen sie ihre Ohn-

macht spüren. Sie musste irgendwie versuchen, ihre Aufmerksamkeit in eine andere Richtung zu lenken.

Als erstes irgendetwas tun, um ihren bisherigen Gedankenfluss zu unterbrechen. Am besten irgendetwas Sinnvolles. Sie nahm ihr Handy und schrieb Tim eine SMS: uns geht's gut – hoffentlich dir auch – melde dich doch so schnell es geht – wir vermissen dich – superknutsch ☺.

Als nächstes irgendetwas tun, was sowieso getan werden musste. Sie ging in die Küche und fing zögerlich an, den Geschirrspüler auszuräumen. Zwischendurch machte sie mit einer leichtfertigen Handbewegung vollkommen elefantös das Küchenradio an, hörte drei Sekunden eines Sonderberichtes aus China und schaltete es wieder aus. Dann holte sie eine CD mit französischen Chansons aus dem Wohnzimmer, schob sie in das CD-Laufwerk des Küchenradios und merkte, wie ihre Finger beim Druck auf den Startknopf zitterten.

Sie setzte sich an den Küchentisch und fing leise an zu weinen. Die Ohnmacht war da und es machte keinen Sinn, sie zu ignorieren. Aber weinen ist nicht sterben. Weinen ist nichts Schlechtes. Weinen über den Verlust von was auch immer kann auch immer der Neubeginn von etwas anderem sein. Weinen ist wertvoll. Die Fassung verlieren und eine neue gewinnen. Und am besten weint es sich, wenn man schon alleine weinen muss, mit einer Tasse heißen Tee. Sie setzte das Teewasser auf und spürte die kleinen Füße und Knie, die von innen gegen ihre Bauchdecke drückten.

„Entschuldige, mein kleiner Schatz. Natürlich bin ich nicht alleine. Also weine ich gerne mit Dir zusammen - und zwar, weil wir deinen Papa so sehr vermissen."

Kapitel 9:

Ich hatte gar nicht mitgekriegt, wann mein Vater wieder aus dem Arbeitszimmer herausgekommen war. Irgendwie fühlte sich alles verschwommen an, meine Wahrnehmung lief ab wie in Zeitlupe. Er stand plötzlich hinter mir und berührte mich an der Schulter. Ich dachte erst, es wäre immer noch Eddies Arm und reagierte nicht. Dann rüttelte er mich sanft und beugte sich zu mir runter: „Wir müssen kurz sprechen."

Ich folgte ihm raus in den Garten, wo er mich über seine Sicht der Dinge aufklärte.
„Erstens: es ist zwar nicht alles geheim, was ich dir jetzt mitteilen werde, aber ich will dir offen sagen, wo wir stehen – deshalb wirst du mit niemandem darüber sprechen. Zweitens: das meiste sind bis jetzt Vermutungen, allerdings gut begründete Vermutungen. Drittens: Stand jetzt gibt es gute Chancen für uns, mit einem Flieger in zwei Stunden vom Flughafen nach Europa zu kommen. Deshalb werden wir uns jetzt von allen verabschieden und so schnell es geht mit dem Wagen zum Flughafen fahren. Hast du alles verstanden?"

Ich nickte und er lächelte mir dünn zu.
„Wir schaffen das schon! Wir beide schaffen das schon!"

Dann ging er voran und verabschiedete sich von den Jungs und von Elaine, jeweils mit einer kräftigen Umarmung, bei der er ihnen noch eine Abschiedsbotschaft zuflüsterte. Ich trottete hinter ihm her und tat es ihm gleich. Bei Elaine entschuldigte ich mich für den überstürzten Aufbruch und ich hatte einen Moment den Eindruck, dass sie am liebsten mit ihren Kindern mitgekommen wäre.

„Wir sehen uns wieder! Das verspreche ich dir, wir sehen uns ganz bestimmt wieder!"

Mein Vater saß schon im Wagen und fuhr sofort los, als ich eingestiegen war.
„Was hast du zu ihnen gesagt, als du sie umarmt hast?"
Er fuhr zügig und konzentriert und gab mir keine Antwort.
„Auch geheim?"

Er lächelte. Ich konnte es kaum fassen! Wieso lächelte mein Vater dreimal an einem Tag? Drei Regentropfen ergeben schon fast eine kleine Pfütze, die ganz winzige Tiere versorgen könnte. Ein zarter Anflug von Fruchtbarkeit. Wann würde es die ersten Blumen in seiner Wüste geben? Woher dieser Klimawandel?
„Sag mal, Dad: warum bist du so gut gelaunt? Sind wir etwa schon im Krieg?"

Kapitel 10:

Professor Bee hieß eigentlich Eberhard Biener, aber seine internationalen Studenten hatten sich schon vor Jahren auf seinen Spitznamen geeinigt: Bee - klein und emsig wie eine Biene. Er musste immer noch innerlich lächeln, wenn ihn ein Student in dieser Kurzform ansprach. Er fühlte sich geschmeichelt und hatte daraus sogar ein Markenzeichen gemacht, in dem er ständig einen kleinen, emaillierten Anstecker in Form einer Biene am Revers seines Jacketts trug und gern metaphorische Statements von sich gab.

„Wer sich für die Weiterentwicklung des Menschen einsetzt, sollte nie vergessen, dass der Mensch von seiner natürlichen Umwelt abhängig ist und diesen Ausdruck von Intelligenz kann man konkret an der Fürsorge und den Schutzmaßnahmen für alle Bienenvölker dieser Erde festmachen."

Professor Bees Alltag hatte wenig mit echten Bienenvölkern zu tun. Er leitete das Institut für die Entwicklung von Gehirn-Computer-Schnittstellen am ETH in Zürich. Außerdem war er Geschäftsführer des Neuro-Labs und arbeitete für viele Gremien als Sachverständiger zur Einschätzung der Einsatzmöglichkeiten digitaler KI-Implantate im menschlichen Körper.

Als er vor einigen Monaten zum ersten Mal von dem ungewöhnlichen Konzept eines jungen Hamburger Forschers zur sozialanthropologischen Entwicklung von künstlicher Intelligenz hörte, war er sehr neugierig. Und nun, während er mit seinem dreißigköpfigen Team schockiert vor dem Fernseher saß und versuchte, die Weltlage zu verstehen, wurde ihm immer klarer, dass er unbedingt herausfinden musste, wie dieses Projekt die Welt verbessern könnte.

Eine Biene macht noch nicht einmal einen Fingerhut voll Honig, aber viele Bienen können sogar die Welt verändern. Er sah in die fassungslosen Gesichter seiner Teamkollegen, die jetzt seit Stunden auf den Bildschirm starrten und wusste, dass sich die Welt ändern muss. Und das wird sich nur bewerkstelligen lassen, wenn sich der Mensch verändert.

Er griff erneut zu seinem Handy und versuchte abermals Tim Busch zu erreichen, aber wieder landete er nur bei der Mailbox. Er war sich nicht zu fein, zum dritten Mal eine freundliche Nachricht zu hinterlassen und legte auf. Dann machte er sich einige Notizen, um eine kurze Ansprache zu halten, denn er spürte, dass sein Team jetzt Orientierung brauchte. Er stand auf, machte den Fernseher aus und stieg über den nächstbesten Stuhl auf den Tisch in der Mitte des Besprechungsraums.

„Liebe Freunde und Kollegen. Wir alle sind fassungslos angesichts der unglaublichen Ereignisse. Diese barbarische, menschenverachtende Gewalt wird nicht in Nordkoreas Grenzen haltmachen! Es ist durchaus wahrscheinlich, dass wir auf der ganzen Welt in einen Strudel der schlimmsten Eskalation geraten! Aber wir sind Wissenschaftler! Wir lassen uns trotz unseres Mitgefühls und unserer Angst nicht in die Verzweiflung führen! Wir glauben weiterhin an eine Zukunft, in der die Menschen die Barbarei überwinden und lernen, kooperative Wege des Zusammenlebens zu finden.
Also, ich möchte jetzt alle bitten, die noch einen Funken Energie in sich spüren, sich in fünf Minuten an der Entwicklung eines Notfallplans zu beteiligen, denn wir können jetzt nicht so tun, als wenn nichts geschehen wäre. Alle anderen gehen jetzt sofort nach hause und sorgen dafür, dass sie morgen früh ausgeruht und voller Zuversicht wieder hier auf der Matte stehen. Also lieber einen Wein oder zwei Schnäpse mehr, als die ganze Nacht auf irgendeinen News-Bildschirm zu starren. Lasst es einfach!

Und eines verspreche ich euch: wir werden aus dem heutigen Tag lernen und ich werde all meine Energie zur Verfügung stellen, dass unsere Arbeit in die Welt hinausgeht und sie verändern wird. Ich danke euch für euer Vertrauen."

Er stieg wieder vom Tisch und bekam sofort von vielen im Team lebhaften Zuspruch und Anerkennung. Einige waren noch überrascht, denn so hatten sie Prof. Bee noch nie erlebt. Er selbst stand auch noch ein bisschen neben sich, denn es war tatsächlich das erste Mal, dass er eine Bühne regelrecht emotional gerockt hatte. Und es fühlte sich trotz der katastrophalen Umstände verdammt gut an.

Kapitel 11:

Überraschenderweise war auf den Strassen von Las Vegas kaum Verkehr.

„Was hast du gedacht? Dass die Amis jetzt alle in die Wüste fliehen, weil in Pjönjang eine Monsterbombe explodiert ist?"

Ich war erstaunt über die flapsige Bemerkung meines Vaters. „Was meinst du mit Monsterbombe? Ist das ein militärischer Fachausdruck?"

„Nein, mein Junge. Aber wie würdest du denn ein Explosionskörper nennen, der in der Lage war, weit über 50.000 Menschen auf einmal zu töten?"

„Hast du rausfinden können, was genau passiert ist? So weit ich das verstanden habe, hatten sie in den Nachrichten bis jetzt nur vage Vermutungen."

„Es scheint bewiesen zu sein, dass es eine einzige Detonation war. Wie sie ausgelöst wurde ist noch vollkommen unklar. Aber nach den gemessenen Erschütterungen zu urteilen war es keine konventionelle Waffe."

„Was meinst du damit – nicht konventionell? Glaubst du es war eine Atombombe?"

Mein Vater verzog das Gesicht. Er schien mit sich zu kämpfen, wie weit er mich ins Vertrauen ziehen sollte. Vielleicht waren seine Erkenntnisse noch viel zu vage und er wollte mich nicht unnötig verunsichern. Er schaute mich an und schwieg. Ich

merkte, wie der Ärger in mir aufstieg. Genau diesen Blick hatte ich schon tausendmal gesehen und ich hasste ihn.
„Dad, das kannst du jetzt nicht mit mir machen!", schrie ich ihn an. „Nicht wieder! Nie wieder! Sag mir jetzt verdammt noch mal, ob das eine Atombombe war oder ich rede nie wieder ein Wort mit dir!"

Er schluckte. Und dann lächelte er dünn.
„Ja, so weit ich das beurteilen kann, war das eine A-Bombe."

Ich konnte mein Herz, das eben noch unter vollem Adrenalin heftig schlug, plötzlich nicht mehr spüren. Es hatte nicht ausgesetzt, sondern ich war irgendwie eingekapselt. Auch meine Beine und Hände konnte ich nicht mehr spüren. Ich fuhr mir mit den Fingern ungelenk durch meine Haare, aber alles fühlte sich wie warmes, zähflüssiges Gel an. Ich atmete und sah, wie sich mein Brustkorb auf und nieder senkte, aber ich spürte meinen Atem nicht. Ich sah die Straßen von Las Vegas an mir vorbeiziehen und hörte gedämpfte Geräusche, aber sie drangen nicht zu mir durch.
Alles war einfach nur glasklar. Mein Vater hatte mich angelächelt und mir seine Wahrheit gesagt. Wir waren tatsächlich verbunden, auch wenn es die schlimmste Wahrheit war, die ich mir vorstellen konnte. Endlich! Ich grinste ihn an und lehnte mich entspannt zurück. Endlich.

Kapitel 12:

Präsidentenberater hatten schon immer vielfältige Aufgaben. Manchmal ging es einfach darum, sich so entspannt wie möglich zurückzulehnen und nichts Falsches zu sagen. Jeremy Higgins stand vor dieser Aufgabe, als er in das abgedunkelte Zimmer in Washington D.C. trat, um mit verschiedenen Vertretern der wichtigsten In- und Auslandsgeheimdienste der Vereinigten Staaten von Amerika ein Gespräch zu führen.

Jeremy kannte die meisten der Anwesenden und er hatte eine klare Marschroute, um möglichst schadlos durch das Minenfeld hindurchzukommen. Einig waren sich scheinbar alle Anwesenden darüber, dass die gewaltige Explosion in Nordkorea nicht nur tausende Menschenleben gekostet hatte, sondern auch die Interessen der Amerikanischen Nation beträchtlich schaden könnte. Die Fragen sollten eigentlich den Hintergrund des Attentats in Pjöngjang aufklären, aber weil dieser aktuell noch überhaupt nicht zu erkennen war, zielten sie auch auf mögliche Versäumnisse, die einen Anschlag in dieser Größenordnung überhaupt erst möglich gemacht hatten.
Jeremy umkurvte elegant alle Fallstricke und wähnte sich und noch viel wichtiger: seinen Präsidenten in Sicherheit, als ihm plötzlich eine Tonbandaufnahme vorgespielt wurde.
„Great, wir haben jetzt einen Deal und alles wird im Sinne der Freiheit der anständigen Menschen seinen Gang nehmen."

"Ist das Ihre Stimme, Mr. Higgins?"

Jeremy Higgins hatte schon viel in den abgedunkelten Hinterzimmern der Macht erlebt, aber dieser heiße Dorn stieß tief in seine Eingeweide und verursachte eine explosive Panik, die er kaum verbergen konnte. Er versuchte Zeit zu gewinnen und dabei einen tollen Gedanken zu finden, der ihn in die Luft heben könnte, ohne die Tretmine unter ihm explodieren zu lassen.

"Kann ich das noch mal hören?"

„Great, wir haben jetzt einen Deal und alles wird im Sinne der Freiheit der anständigen Menschen seinen Gang nehmen."

„Ich ... ich bin mir nicht sicher, bitte noch einmal."

„Great, wir haben jetzt einen Deal und alles wird im Sinne der Freiheit der anständigen Menschen seinen Gang nehmen."

„Was ... in welchem Zusammenhang soll ich das gesagt haben?"

„Das spielt keine Rolle, wir möchten nur wissen, ob Sie Ihre Stimme wiedererkennen."

Jeremy wusste, dass er aus dieser Nummer nicht mehr rauskommen würde. Wenn sie diese Aufnahme hatten, dann hatten sie auch noch ganz andere Kaliber im Köcher. Ihm schwante, dass es für ihn jetzt nicht mehr um die Frage gehen würde, auf welcher Seite er stehen wollte.
Jetzt ging es einzig und allein darum, ob er bereit wäre, seine Karriere, sein Leben, sein Alles für seine Überzeugung zu opfern. Das klare Nein kaum für ihn sehr schnell und eindeutig aus seinem Inneren.
Seine Überzeugung hatte keine festen, inhaltlichen Leitplanken. Nicht nur wegen des zweifelhaften Charakters seines aktuellen Präsidenten, auch nur mit sich selbst konnte er sich nicht ernsthaft vormachen, an die Überlegenheit einer weißen Rasse oder einer von Weißen geführten amerikanischen Nation zu glauben. Auf diese Blätter hatte er in den letzten dreißig Jahren nur gesetzt, weil er diesen unglaublichen, nie abneh-

menden Rückenwind spürte. Im gesamten Establishment gab es Unmengen von Amts- und Mandatsträgern, die sich dem White Privilege wie selbstverständlich und gegen jeden gesunden Menschenverstand verpflichtet fühlten. Und nachdem selbst der erste schwarze Präsident diesen weißen Mahlstrom nur mit Samthandschuhen angefasst hatte, fühlten sich die meisten unbesiegbar.

Doch nicht Higgins.

Seine persönliche Überzeugung, die ganz tief hinter all seinem selbstherrlichen Auftreten lag, beruhte einzig und allein auf dem Anspruch, sich bei allem was er tat, nicht erwischen zu lassen.

Und diesmal hatte er sich erwischen lassen. Vielleicht war alles ein abgekartetes Spiel und er hatte von Anfang an keine Chance gehabt, aber auch das spielte jetzt keine Rolle mehr. Jetzt ging es nur noch darum, sich irgendwie, mit irgendeinem Deal wieder herauszuwinden.

Kapitel 13:

Wir lagen gut in der Zeit und trotzdem blieb mein Vater angespannt. Er hatte wahrscheinlich schon viele Geschichten erlebt oder gehört, in denen die Helden es nicht geschafft hatten, in dem startenden Flugzeug zu sitzen, das die letzte Rettung versprach.

Er bog gerade zügig von der Paradiese Road ab, um zum Terminal 1 des McCarran International Airport vorzufahren, als wir feststellen mussten, dass der gesamte Flughafenzugang schon abgeriegelt war. Dutzende Polizeiwagen sperrten jede Straße, die Gebäude wurden evakuiert. Alles leuchtete in rot und blau und überall hörten wir jaulende Sirenen.

„Schnell, schalte das Radio an, vielleicht ist es ein Terroranschlag!"

Ich drückte hektisch den Knopf und riss die Lautstärke auf.

„... befinden sich die Vereinigten Staaten im Ausnahmezustand. Nach ersten Berichten explodierte die verherrende Bombe über der Stadt Hiroshima, die schon im 2. Weltkrieg von einer Atombombe zerstört wurde. Überall herrscht die höchste Sicherheitsstufe. Öffentliche Plätze und Verkehrsknotenpunkte werden gesperrt. Der Gouverneur von Nevada fordert alle Bewohner auf, Ruhe zu bewahren und zuhause zu bleiben. Es besteht keine akute Gefahr, aber die Streitkräfte und die Homeland Security sind in Alarmbereitschaft, um das Land vor allen Gefahren zu schützen..."

„Oh, mein Gott! Scheiße!" stöhnte mein Vater auf und schlug dosiert auf das Lenkrad.

„Hiroshima.", hörte ich mich fassungslos murmeln. „Die Geschichte wiederholt sich nicht, aber wir wiederholen die Geschichte."

„Ja, vielleicht hast du Recht, aber im Moment haben wir ganz andere Sorgen!" Er wendete den Wagen und fuhr langsam zurück ins Stadtzentrum.
„Halt die Augen auf! Wir müssen unbedingt ein Festnetz-Telefon finden."

„Dad, hast du es nicht kapiert. Die Verrückten schmeißen Atombomben! Wir stecken mitten in einem Atomkrieg! Die Erde wird vernichtet und du suchst eine Telefonzelle!"

„Nun beruhige dich, Junge. Wir brauchen Informationen, um hier heil rauszukommen."

„Wie willst du von der Erde heil rauskommen? Wir sind verloren wie alle anderen auch!"

„Nun werde bloß nicht hysterisch! Es ist nicht das erste Mal, dass Atombomben auf diesem Planeten explodieren. Wir werden schon einen Weg finden. Dahinten ist eine!"

Er steuerte den Wagen an den Straßenrand, zog den Schlüssel ab und öffnete die Fahrertür.
„Bleib im Wagen und beruhige dich. Spar dir deine Kraft, es wird auch so nicht einfach werden."

Dann stieg er aus und ging zu der modernen Variante einer Telefonzelle, die nur noch aus einem kleinen Dach und einem zweiseitigen Windschutz bestand. Ich konnte sehen, wie er eine lange Nummer aus dem Kopf wählte und nicht lange warten musste, bis er jemanden dran hatte. Warum blieb ich eigentlich hier im Wagen sitzen wie ein kleines Kind? Weil er es mir gesagt hatte? Ich habe genauso viele, gute Gründe, um zu telefonieren. Ich müsste Sybilla bescheid sagen. Ich müsste mich beim Job melden. Ich habe auch ein Leben mit Menschen, denen ich wichtig bin! Ich stieg aus und ging auf das Münztelefon zu. Noch bevor ich ihn erreicht hatte, hatte er schon wieder aufgelegt.

„Ich sagte doch, du sollst im Wagen bleiben!"

„Ich muss auch mal telefonieren. Hast du kleine Münzen?"

„Dafür haben wir jetzt keine Zeit."

„Du vielleicht nicht, aber ich schon. Ich habe eine Familie, die sich um mich Sorgen macht, falls du verstehst, was ich damit meine. Also, hast du jetzt kleine Münzen oder nicht?"

„Du wirst nicht durchkommen!"

„Du bist doch eben auch durchgekommen, warum sollte ich es nicht schaffen?"

„Na gut, Sturkopf, du wirst es ja selbst sehen."

Er drückte mir eine Handvoll Münzen in die Hand. Ich nahm mit einem Anflug von Selbstsicherheit den Hörer und wählte die Nummer von Sybilla. Es klingelte – einmal, zweimal, dreimal, dann ging ihre Mailbox ran und ich warf mit zitternden Fingern schnell alle Münzen in den Schlitz.
„Schatz, ich bin es. Mir geht es gut. Wir sind noch in Las Vegas, aber der Airport ist gesperrt. Mach dir keine Sorgen, wir finden einen anderen Weg – Papa hat schon einen Plan. Ich hoffe, es geht euch gut und ich vermisse dich sehr und..."
Dann war die Leitung unterbrochen. Selbstzufrieden drehte ich mich zu meinem Vater um. Er lächelte auch.

„Können wir jetzt fahren?"

Kapitel 14:

Prof. Bee konnte es nicht fassen, als er die Bilder der Verwüstung in Hiroshima auf dem Fernsehschirm sah. Er war jetzt 44 Jahre alt, also zu jung, um sich einbilden zu können, dass er sein Leben schon gelebt hatte. Die Bombe soll weit über 200.000 Opfer gefordert haben. Eine unvorstellbar große Zahl, die aber eigentlich keine entscheidende Rolle spielte.

Jeder einzelne Mensch, der durch eine Bombe oder eine andere Form von menschenverachtender Gewalt stirbt, war einer zuviel. Durch die Bombe auf Hiroshima wurde in der ganzen Welt der Ausnahmezustand ausgerufen. Verkehr, Kommunikation, Wirtschaft, alles hielt den Atem an.

Der Anschlag in Pjöngjang war schlagartig fast komplett aus dem Raster der medialen Öffentlichkeit gefallen, als wenn es immer nur eine Breaking News geben könnte. Für alle schien klar zu sein, dass Nordkorea einfach Vergeltung verübt hatte und Japan getroffen wurde, weil die nordkoreanischen Raketen in der Reichweite stark begrenzt waren.

Die Bösen waren enttarnt, wenngleich sie möglicherweise nicht einmal den ersten Schritt getan hatten. Es gab zwar Spekulationen, dass das Massaker in Nordkorea ein interner Putschversuch war, der nicht funktioniert hatte und manche der medialen Geheimdienstpopulisten wollten sogar wissen, dass dieser Putschversuch nur inszeniert war, um die freie Welt endlich ins Verderben stürzen zu können. Aber machte das Sinn? Konnte die Erklärung für den bevorstehenden Weltuntergang ein verrückter Raketenmann sein?

Obwohl die UNO und der Sicherheitsrat noch keine offiziellen Verlautbarungen über einen anstehenden Krieg veröffentlicht hatten, konnte sich Prof. Bee gut vorstellen, welche Szenarien in den Hinterzimmern der Macht durchgespielt wurden. Chaos war schon immer eine Chance für diejenigen, die sich den anderen ein Schritt voraus wähnten.

Die weltweite Wissenschafts-Community wollte den Ereignissen jedoch nicht tatenlos zusehen. Zwar herrschte überall Fassungslosigkeit und Bestürzung angesichts des Sturzes in die Barbarei, aber unglaublich schnell formierten sich weltweit über die nationalen Akademien der Wissenschaften Demonstrationen vor den Regierungssitzen.

Sofort schlossen sich Künstler, Politiker, Wirtschaftsführer, Gewerkschaften, Parteien, Verbände und große Teile der Weltbevölkerung an, um nicht tatenlos zuzusehen, wie die Spirale der Gewalt die Zivilisation immer weiter in den Abgrund zog.

„Wir haben nur einen Planeten – stoppt die Vergeltung!" war ein intelligenter Claim für die internationale Kampagne.

Prof. Bee glaubte zunächst nicht ernsthaft daran, dass sie damit etwas bewirken würden. Erst als er die Bilder von den Hunderten von Millionen Demonstranten in allen großen Städten der Welt sah, schöpfe er wieder Hoffnung, dass die Menschheit vielleicht doch noch mit einem blauen Auge davonkommen würde. Noch nie waren so viele Menschen mit dem gleichen Ziel auf der Straße. Aber die Erde stand auch noch nie so nah am Abgrund.

Der große Teil seines Teams war auch auf der Strasse, einige in Bern, andere in Zürich. Aber er wollte dem Weltgeschehen wirklich einen Schritt voraus sein. Selbst wenn sich die Gewalt noch einmal deeskalieren lassen würde und die Schuldigen rechtstaatlich zur Verantwortung gezogen werden sollten, der Mensch kann sich nicht auf den Menschen verlassen. Er braucht Hilfe. Ganz praktisch. Die GOLDENE REGEL allein hat nicht die Kraft, in einer ungerechten Welt für Gerechtigkeit zu sorgen.

Er stand auf und sprach zu dem übrig gebliebenen Kern seines Teams, der mit ihm nach vorne schauen wollte.

„Liebe Freunde und Kollegen. Vielleicht werden wir nur einen winzigen Beitrag dazu leisten, dass die Zukunft unseres Planeten nicht mehr von Einzelnen auf dem Pokertisch eingesetzt wird, aber diesen Beitrag werden wir mit aller Kraft leisten. Und weil wir davon ausgehen müssen, dass wir in den nächsten Wochen und Monaten oder sogar Jahren nur unter äußerst unvorteilhaften Bedingungen arbeiten können, brauchen wir einen klaren Fokus.

Was braucht die Menschheit, um das Risiko des gewaltbereiten Wahnsinns in den Griff zu kriegen? Welche Form von Künstlicher Intelligenz kann sicherstellen, dass der persönliche Wahnsinn in Zukunft rechtzeitig erkannt und Irrsinnstaten verhindert werden können? Jetzt ist der Zeitpunkt, diesem Ziel alles andere unterzuordnen. Und wenn wir unser Bestes geben, werden wir vielleicht irgendwann doch noch sagen können, dass wir stolz darauf sind, Menschen zu sein!"

Kapitel 15:

Jeremy Higgins hatte für einen Moment gehofft, dass die Bombe in Hiroshima ihn aus dem Schlammassel ziehen könnte. Er träumte davon, einfach zum Präsidenten zu gehen und alles zu erzählen. Wie ein Sechsjähriger, dem man es hoch anrechnen würde, dass er reinen Tisch machen wollte. Nur, dafür war es einerseits schon viel zu spät und andererseits konnte er sich auch sehr gut vorstellen, unter welchen Konsequenzen er dann von dem machtbesessenen Psychopathen mit den rollenden Augen unter der grellorangen Matte gefeuert worden wäre.

Und weil er ahnte, dass er nicht der einzige Belastungszeuge sein würde, gab es sowieso in dieser Richtung keinen Ausweg mehr. Ihm blieb nichts anderes übrig, als alles auf eine Karte zu setzen, um seine wahrscheinlich allerletzte Chance nutzen zu können. Er hatte schon wesentlich linkere Dinge in seinem Leben erfolgreich gedreht, aber diesmal hatte er sich selbst einen schwerwiegenden Nachteil eingehandelt. Er hatte sich zum ersten Mal in seinem Leben wirklich selbst hinterfragt und dadurch den größten Teil seiner dreisten Zuversicht verloren.

Wenn früher die Weicheier unter seinen Kollegen ihren Schwanz eingezogen hatten und er in die Bresche sprang, konnte er ihre Angst in ihren Augen erkennen. Und genau diese Angst konnte er jetzt in seinem Spiegelbild sehen. Und er hasste sich dafür.

Kapitel 16:

Mein Vater lenkte den SUV Richtung Südwesten. Ich hatte gehofft, dass er mich weiter ins Vertrauen ziehen würde, aber er erzählte wieder nur soviel, wie er für notwendig hielt und das war im Moment gar nichts. Also fuhr er und schwieg. Hin und wieder traf mich sein Seitenblick, aber ich reagierte nicht darauf. In mir kamen Erinnerungen hoch, wie ich als Kind schon genau so reagiert hatte und ich spürte wieder die Wut auf ihn, die sich schon damals bei mir entwickelt hatte. Meine Kiefermuskeln verspannten sich hörbar und ich machte das Radio an.

„... immer noch keine genauen Erkenntnisse, über die Verantwortlichen der Katastrophen in Japan und Nordkorea. Der Sicherheitsrat der UNO tagt ununterbrochen und die Massenmedien aller Nationen wurden aufgefordert, keine voreiligen Spekulationen zu verbreiten. Alle Social-Media-Plattformen sind weitgehend gesperrt und in allen Großstädten herrscht der Ausnahmezustand. Über drei Milliarden Menschen sind weltweit auf der Straße, um gegen den drohenden Atomkrieg zu protestieren. Bis jetzt ist es zu keinerlei nennenswerten Zwischenfällen gekommen, selbst in Pjöngjang demonstrierten Hunderttausende für den Frieden."

Ich knirschte immer noch hörbar mit den Zähnen.
„Wo fahren wir hin?"

„Nach Westen. Von Las Vegas haben wir keine Chance, nach hause zu kommen. Und wir müssen tanken. Da vorne – Beacon Station. Schau mal, was wir alles brauchen könnten, Verpflegung und so."

Er fuhr von dem Highway ab und steuerte die Tankstelle an. Wir waren die einzigen, aber die Station war besetzt. Ich schlenderte widerwillig durch den kleinen Drugstore und packte ein paar Sachen ein, bis er reinkam, noch kurz zwei, drei Sachen ergänzte und bezahlte. Er verlor keine Zeit und wenige Minuten später waren wir wieder unterwegs.

Nach einigen Kilometern bog er rechts ab und folgte einer schottrigen Piste durch die Wüste. Ich platzte fast vor Ungeduld.

„Also, wo fahren wir jetzt genau hin? Kannst du dir vorstellen, wie eklig es sich anfühlt, nicht zu wissen, was passieren wird?"

„Ich weiß auch nicht, was passieren wird."

„Nun stell dich nicht blöd! Du hast einen Plan, aber verrätst ihn nicht. Du behandelst mich schon wieder wie ein kleines Kind, das nicht unnötig stören soll."

„Du bist mein Sohn und ich trage die Verantwortung für dich. Daran lässt sich nichts ändern."

„Aber ich bin kein Kind mehr! Verstehst du? Ich habe selbst Kinder und du lässt mich jede Sekunde spüren, dass zwischen uns beiden etwas nicht stimmt. Und das geht schon mein ganzes Leben so!"

Er schwieg und fuhr weiter durch die Nacht. Meine jahrzehntelange Wut auf ihn schwoll weiter an.

„Du hast am Grab von Opa von der GOLDENEN REGEL gesprochen..."

„Genau genommen hattest du davon angefangen."

„Ja und du hast behauptet, dass sie die Grundlage deines Lebens sei. Nur, wenn du mich fragst, ist das alles nur eine Farce. Wahrscheinlich ist dein ganzes Leben nur eine Farce. Du tust mir echt leid."

Er schaute zu mir rüber, aber entgegnete nichts.

„Weißt du was? Ich habe immer versucht, dich zu verstehen, aber Mama hatte Recht..."

„Hör auf!", schrie er mich plötzlich an. „Lass deine Mutter aus dem Spiel!"

„Warum?", schrie ich zurück. „Weil sie dich verlassen hat? Weil sie der einzige Mensch war, der dir wirklich Schmerz zufügen konnte?"

„Du weißt überhaupt nichts!"

„Doch ich weiß eine ganze Menge! Und genau dass ist das Problem: du glaubst, du hast alles im Griff mit deiner scheiß Geheimniskrämerei! Und du merkst überhaupt nicht, wie du damit unser Leben zerstörst!"

Mein Vater griff plötzlich in voller Fahrt zu mir rüber und packte mich am Kragen.
„Du kleiner Scheißer! Was glaubst du eigentlich...""

Weiter kam er nicht, weil ich mich wehrte und der Wagen heftig ins Schlingern geriet. Mein Vater bremste und versuchte gegenzusteuern, bekam den Wagen fast wieder in den Griff, doch dann kippte der hochbeinige SUV mit dem letzten Schwung doch noch auf die Fahrerseite. Ich flog zu ihm herüber und es herrschte für einen Moment Stille.

„Scheiße!", knurrte mein Vater und versuchte mich von sich weg zu schieben. Ich kletterte unbeholfen nach oben und versuchte die Beifahrertür zu öffnen, aber der Winkel war zu ungünstig und das Gewicht der massiven Tür zu groß.

„Warte, ich mach dir das Fenster auf."
Er betätigte den elektrischen Fensterheber und ich konnte ungelenk aus dem Fenster klettern, um mich in den Wüstensand fallen zu lassen. Die Scheinwerfer erhellten die Umgebung, aber sonst war es inzwischen stockdunkel. Mir war schlecht und schwindelig und mit jedem Gedanken wurde mir mulmiger. Was hatten wir getan? War unsere Situation nicht schon schwierig genug? Mein Vater war inzwischen auch aus dem Beifahrerfenster geklettert und schien unseren Streit schon wieder vollkommen hinter sich gelassen zu haben.
„Komm, pack mal mit an!"

Er hängte sich an das in der Luft hängende Vorderrad und deutet mir, es ihm mit dem Hinterrad gleich zu tun. Wir versuchten synchron genug Gegengewicht zu entwickeln, um den Wagen wieder auf die Räder zu kippen, aber der massige Wagen bewegte sich nicht.
„Wir brauchen einen vernünftigen Hebel, sonst schaffen wir das nicht."
Dann öffnete er die Heckklappe, kletterte zum Fahrersitz und schaltete das Standlicht ein.
„Wir wollen doch nicht, dass wir aus dieser elenden Wüste nicht mehr rauskommen, weil unsere gottverdammten Batterie leer ist. Ich werde jetzt nach irgendetwas suchen, mit dem wir den Wagen unterhebeln können. Du kannst schon mal anfangen den Sand unter den Rädern an der Seite wegzugraben."

„Glaubst du wirklich, dass du hier im Dunkeln einen Baumstamm findest? Warum nehmen wir nicht den Ersatzreifen?"

„Keine schlechte Idee, Junge."

Vierzig Minuten später hatten wir den Sand unter dem Dach auf der einen Seite passend für den Reifen abgeflacht und den Boden auf der anderen Seite so tief untergraben, dass der Wagen möglichst einfach wieder auf die Räder fallen sollte.

„So, ich glaube es sieht gut aus. Lass uns den Blecheimer umdrehen."

Ich schaute meinen Vater an, aber ich war noch nicht bereit.

„Erst versprichst du mir was!"

Er musterte mich misstrauisch.

„Wir haben als Team scheiße gebaut und haben uns fast dabei das Genick gebrochen. Wenn wir jetzt hier wieder rauskommen, haben wir als Team bewiesen, dass wir die Scheiße auch gemeinsam wieder auslöffeln können. Ich will in Zukunft keine Geheimniskrämerei mehr. Was du weißt, will auch ich wissen. Und du beantwortest meine Fragen, egal wie dumm sie dir auch vorkommen! Versprochen?"

Er grunzte mürrisch und starrte zum Himmel.
„Na gut."

„Ich will dein Ehrenwort! Als Offizier, als Vater und als Freund!"

Er war irritiert, aber ich konnte in seinem halbverschatteten Gesicht sehen, dass er dabei milde lächelte.
„Okay, ich verspreche es, bei allem, was mir heilig ist!"

Kapitel 17:

Sybilla hatte die Nachricht von Tim mit Tränen in den Augen abgehört. Ihr war zwar ein kleiner Stein von ihrem strapazierten Herzen gefallen, als sie seine Stimme hörte, aber noch vor nicht einmal einer Woche lief ihr Leben in vollkommen geregelten Bahnen und jetzt drohte die Erde im Chaos zu versinken und ihr Mann saß irgendwo in Übersee fest.

Sie war gerade mit dem kleinen Theo vom Hamburger Rathausmarkt zurückgekommen, wo über 500.000 Menschen für den weltweiten Frieden demonstriert hatten. Noch nie hatte sich in Hamburg eine so große Menschenmenge versammelt und vielleicht würde sich Theo später einmal an dieses historische Ereignis erinnern, wenn es für ihn ein Später geben würde.
Der Hamburger Senat stand geschlossen in der ersten Reihe der Demonstranten. Es gab wie auch auf den unzähligen, anderen Friedensdemonstrationen weltweit keine Gegner, sondern nur Unterstützer, was allen zeigte, dass das Überleben der gesamten Menschheit tatsächlich nur von dem Wahnsinn einiger weniger gefährdet war.
Selbst in Japan wollten die Menschen keine Vergeltung, sondern Sicherheit. Natürlich waren jetzt alle militärischen Observierungsressourcen auf Nordkorea gerichtet, damit es nicht zu weiteren Raketenabschüssen kommen konnte. Und natürlich war es nur eine Frage der Zeit, bis die internationale Gemeinschaft ernsthafte Maßnahmen zur nuklearen Entwaffnung Nordkoreas einleitete.

Sybilla hatte Theo gerade ein Bad eingelassen, als ihr Festnetz klingelte. Sie sprintete sofort zum Telefon und hoffte endlich mit ihrem Mann sprechen zu können. Aber es war eine fremde, wenn auch freundliche schweizer Stimme.

„Guten Tag, mein Name ist Professor Doktor Eberhard Biener, ich möchte gern den Herrn Tim Busch sprechen."

„Oh, der ist leider im Moment nicht da. Worum geht es denn?"

Prof. Bee erklärte Sybilla, dass er sich für die Arbeiten ihres Mannes interessierte, und zwar brennend interessierte. Sybilla informierte ihn darüber, dass Tim privat in den USA feststeckte und sie hoffte, dass er schnell den Weg nach Hause finden würde. Prof. Bee bedauerte Tims Abwesenheit und skizzierte Sybilla mit wenigen Worten die Wichtigkeit des Austausches mit ihrem Mann.

„Ich werde Ihnen alle Details umgehend mailen, in der Annahme, dass sich das Internet auch weiterhin stabil zeigt. Und wenn sich Ihr Mann zwischendurch bei Ihnen meldet, wäre ich Ihnen sehr verbunden, wenn Sie ihm ausrichten würden, dass er so schnell wie möglich mit mir Kontakt aufnehmen möchte – es geht um ein Projekt zur Sicherung des Überlebens der Menschheit."

Sybilla irritierte diese pathetische Formulierung und sie wusste nicht genau, was sie darauf antworten sollte.

„Mein Mann wird sicherlich sehr daran interessiert sein, mitzuhelfen, das Überleben der Menschheit zu sichern. Ich werde es ihm gern ausrichten. Sie haben wahrscheinlich auch schon versucht, ihn auf dem Handy zu erreichen?"

„Ja, mehrmals, aber alle Leitungen nach Übersee scheinen überlastet zu sein. Wenn Sie noch andere Möglichkeiten sehen, wäre ich Ihnen sehr verbunden."

Sybilla bestätigte Prof. Bee noch einmal ihre volle Unterstützung, bedankte sich für den Anruf und legte dann kurz angebunden auf. Sie befürchtete, dass ihr der merkwürdige Schweizer sonst noch weitere weltbewegende Thesen über Tims Wichtigkeit darlegen würde. Und sie konnte im Moment gar nicht vertragen, dass er so wichtig sei, wenn sie sich doch einfach nur wünschte, dass er wieder heil nach Hause kommen würde.

Aber irgendwie hatte der seltsame Professor auch ihre Neugierde geweckt. Sie schaut kurz nach, ob Theo in seiner kleinen Badewanne mit seinen Wasserspielsachen zurechtkam und öffnete dann Tims E-Mail-Account. Tatsächlich tat das Internet, was es tun sollte und tatsächlich fand sie die E-Mail mit einem 154 Seiten langen Anhang zum Projekt „HUMANI-FESTO – wie KI das menschliche Überleben sichern kann".

Sie lud sich das PDF runter und formatierte es für ihren E-Book-Reader. Dann ging sie wieder ins Badezimmer und fing an, den Text zu überfliegen.

Das Inhaltsverzeichnis versprach eine spannende Mischung. Der erste Teil hatte die Aufgabe, verständlich zu machen, wo der Mensch steht, wenn er keine intrapersonelle Unterstützung durch eine ganz neue Form von künstlicher Intelligenz zur Verfügung hätte: vom aktuellen Menschenbild des Homo sociologicus über die Meta-Struktur des Lernens, zu der Instabilität der verschiedenen Formen von Intelligenz und den Grundlagen menschlicher Entscheidungen, die dann in das systemimmanente Problem der ethisch-moralischen Praxis führte.

Der zweite Teil besaß eine ganz andere Färbung. Gehirn-Computer-Schnittstellen, miniaturisierte Nanofabriken und Koppelungssysteme, die komplexe Hormon- und Stoffwechselkreisläufe steuerten und Möglichkeiten zur autonomen Energieversorgung auf molekularer Ebene. Ja, das war wirklich nach Tims Geschmack. Sie kam spontan auf die Idee, Tim anzurufen, aber sie bekam keine freie Leitung. Dann versuchte sie es mit einiger Überwindung bei seinem Vater und war ganz verwundert, dass sich zumindest seine Mailbox meldete.

„Hallo Guido, magst du Tim ausrichten, dass er unbedingt einen Professor Biener aus der Schweiz anrufen soll? Seine Nummer ist..."

Die Verbindung war zusammengebrochen, aber sie hatte es zumindest versucht. Sie war so sehr von diesem Menschheitsrettungs-Projekt fasziniert, dass sie gar nicht gemerkt hatte, dass Theo schon seit Längerem aus seiner kleinen Wanne heraus wollte, obwohl sie direkt neben ihm auf der Badewannenkante saß. Sybilla nahm ein großes Handtuch, hob ihren kleinen Liebling aus der Wanne und legte ihn auf die Wickelkommode unter den Heizstrahler. Sie schaute in sein niedliches Gesicht, aber ihre Gedanken waren immer noch woanders. Sie war wieder im Geschäft und sie musste sich eingestehen, dass sie es vermisst hatte.

Kapitel 18:

Wir hatten den Wagen überraschenderweise gleich beim ersten Anlauf wieder auf seine Räder bekommen und der Motor sprang auch sofort an. Wir waren schon einige Minuten weitergefahren, als ich plötzlich bemerkte, dass meine linke Schulter heftig schmerzte. Ein großer blauer Fleck wies auf eine Prellung hin, die ich mir wohl beim Unfall zugezogen hatte. Durch das erhöhte Adrenalin in meinen Adern hatte ich weder beim Klettern noch beim Buddeln etwas davon gemerkt, aber jetzt verzog mir der Schmerz mein Gesicht und ich hatte Schwierigkeiten ruhig zu sitzen. Mein linker Arm fühlt sich an wie gelähmt und brannte gleichzeitig von innen wie die Hölle.

„Wir fahren zum National Training Center der Airforce, nicht einmal mehr 20 Meilen entfernt." Mein Vater schien mit dieser Bemerkung sein Versprechen einlösen zu wollen, mich auf dem Laufenden zu halten.

„Warum dorthin?" zischte ich mit schmerzverzerrtem Gesicht.

„Die sind da recht Nato-freundlich, weil immer wieder Nato-Piloten aus der ganzen Welt zum Training kommen. Vielleicht sind sogar ein paar Deutsche da. Und außerdem kenne ich dort den einen oder anderen Offizier persönlich."

„Du bist auch Pilot?"

„Nein."

„Was nein? Wieso kennst du denn amerikanische Air Force-Typen?"

„Ich bin als Nachrichten-Offizier viel in der Welt herumgekommen. Luftwaffe, Marine oder Heer – ich kenne eine Menge Leute."

„Nachrichten-Offizier? Du meinst doch Geheimdienstoffizier oder?"

„Vieles beim Militär muss geheim gehalten werden. Aber wenn Du so willst, ich bin Geheimdienstoffizier."

„In welchem Rang? Mama sagte mal, du bist Major."

„Inzwischen bin ich Oberst."

„Wow. Wie viele Leute müssen denn vor dir strammstehen?"

„Das kommt darauf an. Aber normalerweise nur eine Handvoll."

„Was heißt denn normalerweise?"

„Wenn ich im Nato-Einsatz bin, gehöre ich zu einem relativ kleinen Team. Aber frag mich jetzt nicht nach den Einzelheiten bei der Nato! Darüber werde ich dir nichts erzählen, egal was ich dir versprochen habe."

„Okay, nur noch eine Frage. Hast du auch mit den ganz heißen Eisen zu tun?"

„Ja, hin und wieder."

„Du bist also ein wichtiges Tier und deshalb glaubst du, dass sie uns helfen werden."

„Sagen wir es mal so: ich habe eine Idee, mit wem ich sprechen muss, damit wir nach Hause kommen."

Ich wippte während dieses vollkommen ungewohnten Gespräches mit meinem Vater hektisch vor und zurück und hielt meinen Arm fest. Seine neue Offenheit lenkte mich ein wenig vom Schmerz ab und ich bohrte nach.
„Und wo ist eigentlich dein Zuhause?"

„Tja, das ist eine gute Frage. Das muss ich wohl selbst noch rausfinden, aber erst einmal geht es darum, dass du schnell nach Hause zu deiner Frau und deinen Kindern kommst. Schließlich habe ich dich von ihnen weggelockt."

„Und wolltest du schon immer Spion werden?"

„Ich bin kein Spion! Wieso fragst du?"

„Soweit ich mich erinnern kann, warst du immer geheimnisvoll. Ich wusste nie, wo du warst und was du wirklich gemacht hast. Und Mama konnte auch nie etwas Genaues erzählen. Du warst in meiner Vorstellung der perfekte Spion, der Geheimnisse selbst vor seiner Familie bewahren konnte, aber wenn mich damals jemand gefragt hatte, was du für einen Beruf hättest, habe ich immer gesagt, dass du Soldat bist und unser Land verteidigst."

„Das ist schon zutreffender."

„Aber du sagtest doch, du hast noch nie jemanden getötet. Dann hast du doch auch noch nie ernsthaft gekämpft oder?"

„Nicht mit der Waffe, aber mit Entscheidungen."

„Die auch zu Leben oder Tod führten?"
Er brummte genervt und massierte sich kurz den Nacken.

„Wozu willst du das alles eigentlich wissen?"

„Ich frage mich halt immer noch, warum du unbedingt Geheimdienstoffizier werden wolltest. Das ist doch ein verrücktes Leben. Das hat doch nichts mit der GOLDENEN REGEL zu tun. Das kann doch zusammen gar nicht funktionieren."

„Doch! Gerade die GOLDENE REGEL hält einen davon ab, in den Abgrund der Menschenverachtung zu fallen."

„Tut mir leid, Papa. Aber das kann ich dir nicht abkaufen. Wenn du im Geheimdienst tätig bist, dann geht es doch immer darum, dem Gegner einen Schritt voraus zu sein. Das ist für mich sozusagen das Gegenteil der GOLDENEN REGEL. Da gibt es keinen Raum für Vertrauen. Keine Kooperation, keine Wertschätzung."

„Geheimdienstliche Aufgaben bedeuten in erster Linie, Katastrophen zu verhindern."

„Ja, aber merkst du es denn nicht? Da beißt sich doch die Henne ins eigene Ei! Wir betreiben Spionage, weil die anderen es auch machen. Wir haben die Bomben, weil die anderen sie auch haben. Und die anderen können das genauso behaupten. Das ist doch maximal ein Gleichgewicht des tödlichen Schreckens und wenn irgendein Wichtiger nur ein bisschen austickt, dann geht das ganze Pulverfass hoch! Oder glaubst du, dass die Atombombe in Nordkorea explodiert ist, weil da ein intelligenter Plan dahinter stand? Glaubst du, dass jemals eine Bombe geworfen wurde, um die GOLDENE REGEL zu befolgen?"

„Wenn die Geheimdienste gut genug gearbeitet hätten, wäre keine Atombombe explodiert."

„Ja, genau. Dann eben nur eine kleinere, die nicht tausende sondern nur hunderte Menschen umgebracht hätte. So, wie es jeden Tag auf der Erde passiert. Nein, Papa, Spionage ist der Beginn und die Rechtfertigung der Ermordung der GOLDENEN REGEL. Solange es Spionage gibt, wird sie nie eine Chance haben!"

Mein Vater mahlte mit seinen Kiefermuskeln, aber schwieg und fuhr weiter durch die finstere Wüste. Wahrscheinlich war er so einer Diskussion schon hundert Mal aus dem Weg gegangen und wahrscheinlich wollte er mir nie erzählen, was er machte, damit er diese Diskussion nicht mit seinem Sohn führen musste.

Mir wurde plötzlich klar, wie sehr wir alle die GOLDENE REGEL jeden Tag torpedierten. Mit jedem, der auf James Bond oder all die anderen coolen Action-Geheimdienst-Killer-Baller-Typen-Filme steht, wird die Anziehungskraft der Spionage und der Special-Agents mit ihren dicken Knarren und coolen Sprüchen immer größer und wiegt immer schwerer. Es sind zwar nur Filme, aber Hollywood und die anderen Alptraumfabriken verpesten jeden Tag auf jedem Bildschirm dieser Welt unsere Gehirne mit richtig krankem Scheiß.

Und in der vielleicht noch krasseren Realität der Spionage-Profis werden all die linken Dinger einfach hinter der nationalen Sicherheit versteckt oder dem Betriebsgeheimnis oder eben im schlechten Gewissen des Einzelnen als stinkender Ballast in Unmengen von Drogen und Alkohol ertränkt. Leute, die sich im Alltag tatsächlich an die GOLDENE REGEL halten, sind doch total uncoole Gutmenschen oder einfach nur unglaublich naiv.

Ich hatte mich in diese Gedanken so sehr reingesteigert, dass ich meine Schulter schon wieder vollkommen vergessen hatte. Aber jetzt schmerzte sie plötzlich wieder so heftig, dass ich mir wie ein kleiner Junge vorkam, der schlagartig merkt, dass er allein im dunklen Wald steht und zu seinem Papa auf den Schoß will.

„Paps?", presste ich kleinlaut hervor, „Hast du in deinem Notfall-Kit so was wie Schmerztabletten?"

Er zog einen einreihigen Blister aus einem kleinen Etui und reichte ihn mir.
„Ich dachte schon, du fragst mich gar nicht mehr. Eine wird reichen. "
Er schien wieder leicht zu lächeln, als ich die Tablette mit einem Schluck Wasser runterspülte.

„Entschuldige, dass ich dich so bedrängt habe.", sagte ich mit leiser Stimme, während ich darauf wartete, dass die Tablette endlich anfing zu wirken.

„Auch wenn dir das alles verdammt ungerecht vorkommt, so ist die Welt nun mal."

„Dann werden wir die Welt ändern müssen oder wir werden untergehen! Aber so oder so – es gibt da noch was, was ich dir schon immer sagen wollte."
Ich schaute zu ihm rüber und wartete, bis er auch zu mir schaute.
„Ich habe dich lieb und ich bin dir dankbar, dass du dich um mich kümmerst."

Er schwieg und schaute wieder nach vorn, aber irgendwie konnte ich spüren, dass er mir in aller Stille das Gleiche sagen wollte.
Dann merkte ich endlich erleichtert, wie mein Körper von einem wohligen Nebel eingehüllt wurde, fuhr mühsam die Rückenlehne runter, schloss meine Augen und schlief fast sofort ein.

Kapitel 19:

Der Präsident informierte die Nation über seine Sicht der Dinge und schnaubte dabei vor Wut. Er vergeudete keinen Funken Energie, um sein Ungemach auch nur einen Moment zu unterdrücken. Möglicherweise hätte er sich vorher noch einmal seine gerötete Nase putzen sollen, aber es ging um etwas ganz anderes. Authentisch sollte sein Auftritt sein und dieser Eindruck war mit seinen sichtbar umherfliegenden Nasenschleimtröpfchen grandios sichergestellt. Wer würde so eine genial subtile Inszenierung durchschauen?

Wenn die Zuschauer der Ansprache an die Nation gewusst hätten, dass sie nur den vierten Take zu sehen bekamen, weil der Präsident bei den ersten drei Versuchen immer wieder plötzlich anfangen musste zu lachen, hätten manche wahrscheinlich ein anderes, vielleicht sogar sympathischeres Bild von ihrem Weltmachtsführer bekommen. Aber alle vorigen Takes waren schon wenige Sekunden nach ihrem Abbruch gelöscht, Handys waren grundsätzlich nicht im Weißen Haus erlaubt und alle Beteiligten mussten Aufgrund der nationalen Sicherheit unterschreiben, dass sie sich eher in den sicheren Tod stürzen würden, als auch nur ein Sterbenswörtchen über irgendeinen Vorfall im Regierungssitz zu verlieren. Amerika war wieder großartig.

Allerdings nicht für jeden. Der American Football traf mit voller Wucht das Gesicht des Präsidenten auf dem großen Flachbildschirm und zerschmetterte ihn mit einem scharfen Knall. Die Wandhalterung hatte Mühe, die traurigen Reste des technischen Innenlebens im Plastik-Rahmen zu halten und Cody First beobachtete die letzten Zuckungen der von ihm kreierten

Installation. Cody war vor langer Zeit ein talentierter Quarterback an der Highschool Mater Dei in Santa Ana gewesen und erst auf den letzten Schritten zum Einstieg in die Profi-Karriere vom Ellenbogengelenk seines Wurfarms im Stich gelassen geworden. Aber werfen konnte er immer noch.

Cody saß in seinem Büro als Air Force General und Kommandeur des National Training Centers und konnte die Schande nicht ertragen. Jedenfalls nicht anders als mit diesem vernichtenden Wurf. Andere hätten vielleicht ihre Dienstwaffe gezogen, um dem Fernseher zum Schweigen zu bringen. Cody genoss für einen Moment die einsetzende Ruhe im Auge des Zyklons.

Das ganze Training Center stand seit dem Attentat in Nordkorea unter Alarmbereitschaft der höchsten Stufe. Wo sonst eine professionelle Gelassenheit zum Erlernen komplexer Flugmanöver praktiziert wurde, herrschte seit dem Anschlag in Nordkorea nur noch das heilloser Durcheinander militärischer Kompetenzneurosen. Im Training Center kamen normalerweise die besten Piloten aus vielen Nato-Staaten zusammen, ein Schmelztiegel der Luftwaffenkulturen der gesamten freien Welt. Jetzt kamen aus allen Ecken Amerikas lediglich absurde militärische Zwischenrufe und krude Vorstellungen über streng geheime Sicherheitskonzepte.

Vielleicht wurzelte seine Frustration darin, dass er nicht genug Führungsstärke bei sich selbst erkennen konnte. Cody litt unter einem extrem ausgeprägten Hang zur Selbstkritik, obwohl sein Führungsstab ihm in den 11 Jahren seiner Kommandantur durchgehend zurückgemeldet hatte, dass er ein vorzüglicher Vorgesetzter war – wertschätzend, umsichtig, ruhig und klar.

Er würde den Bildschirm aus seiner privaten Kasse ersetzen. Aber was sein musste, musste eben sein und dieser Wurf war es ihm wert.

Ein Klopfen an der Tür riss ihn aus seinen Gedanken.

„Kommen Sie rein."

Ein beflissener Unteroffizier mit asiatischen Gesichtszügen trat ein und grüßte.
„Sir, wir haben am Südtor einen Zwischenfall."
Cody nickte kurz und der Sergeant fuhr fort.
„Ein deutscher Nato-Offizier in Begleitung seines Sohnes wünscht Sie zu sprechen. Und..."
Der Sergeant hatte mit einem Seitenblick den zerstörten Bildschirm und den Football in den Scherben auf dem Boden entdeckt.
„Wow! Ein Unfall?"

„Nein, ein gezielter Abschuss. Führen Sie die beiden zu mir. Ich bin neugierig, wer sich hier bei uns in der Wüste rumtreibt."

Ich wachte auf, weil mein Vater mich sanft rüttelte. Unser Wagen stand vor einem beleuchteten Tor mit einer Handvoll bewaffneter Soldaten. Das weiträumige Gelände war mit Stacheldraht, mehrfachen Zäunen, Hundeläufen, Suchscheinwerfern und Beobachtungstürmen abgesperrt.
Der wachhabende Offizier forderte uns auf, den Wagen stehen zu lassen und in einen Jeep mit drei bewaffneten Soldaten zu steigen. Ich merkte kaum noch was von meiner Schulterverletzung, aber auch nichts mehr von meiner Schulter. Mein Arm baumelte schlaff an meiner Seite, so dass ich es vorzog, ihn mit meiner anderen Hand festzuhalten. Einer der Soldaten bemerkte es und fragte mich, ob ich verletzt sei.
„Irgendwie schon.", gab ich zurück und er informierte seine Kameraden.

Als wir nach kurzer Fahrt zu einem dreistöckigen, unscheinbaren Verwaltungsgebäude kamen, warteten schon zwei Sanitäter auf uns. Insgesamt ging es im Training Center eher ruhig zu und ich fragte mich, wo die Piloten denn trainieren würden, denn ich konnte weit und breit keine Startbahn entdecken. Die Sanitäter wollten mich sofort behandeln, während mein Vater schon vorgehen sollte, aber ich weigerte mich.

„Vergiss nicht, was du mir versprochen hast!", zischte ich ihm verbissen zu und er sagte den Sanitätern, dass die Versorgung meiner Verletzung später stattfinden müsste.

Die Sanitäter wollten sich nicht abspeisen lassen und so standen wir zusammen vor dem Büro des Kommandanten. Als wir eintraten, wunderte ich mich nicht schlecht, denn als Cody First meinen Vater erkannte, konnte er seine Freude nicht verbergen und umarmte ihn kräftig. Auch die anderen Soldaten waren von der unmilitärischen, herzlichen Begrüßung überrascht und schauten verlegen zu Boden.
„Männer, lasst uns allein. Wir kommen schon klar."

„Äh...", erwiderte ich. „Die Sanitäter wollten sich noch meine Schulterverletzung ansehen."

„Später, mein Junge. Solange wirst du noch durchhalten müssen, wenn du unbedingt hier dabei sein willst."

Ich fragte mich, wie es mir immer wieder gelang, mich in Situationen zu manövrieren, in denen mich mein Vater zu Recht wie einen kleinen Jungen behandeln konnte, aber mein herumbaumelnder Arm und die taube Schulter machten mir zunehmend zu schaffen.
„Okay, Dad. Ich lass mich jetzt sofort behandeln und du erzählst mir dann später alles."

Er grinste mich an und tätschelte meine gesunde Schulter, als ich schwankend nach draußen zu den Sanitätern ging.

Kapitel 20:

Sybilla hatte sich dafür entschieden, sich trotz oder gerade wegen des globalen Chaos ernsthaft an der Rettung der Menschheit zu beteiligen. Zwar hielt sie sich nicht für eine bedeutende Psychologin, die mit einem glänzenden Fachwissen aufwarten konnte, aber sie würde als Schnittstelle zwischen dem Innovativen Konzept ihres Mannes und dem ambitionierten Projekt von Prof. Bee wertvolle Dienste leisten können, nicht nur, weil Tim im Moment irgendwo auf einem anderen Kontinent verschollen war.

Als sie das Konzept von Professor Bee eingehender studiert hatte, fiel ihr auf, dass die psychologische Wirkungs-Mechanik überhaupt noch nicht konkret benannt worden war. Da war die Rede von dem emotionalen Bereich und der emotionalen Färbung jedes Lernvorgangs, aber was genau darunter zu verstehen war, blieb auch nach 154 Seiten im Dunkeln. Plötzlich verstand sie, warum Prof. Bee an Tims Simulation so interessiert war. Tim hatte der KI einen vollständig definierten Möglichkeitshorizont vorgegeben, weil nur so eine funktionierende Trainings-Programmierung entstehen kann. Solange der emotionale Bereich nicht glasklar benannt war, konnte eine künstliche Intelligenz überhaupt nicht wissen, was sie im Kontakt mit den Emotionen des Menschen lernen soll.

Sie formulierte eine kurze E-Mail, um sich zu vergewissern, dass die von ihr erkannte Lücke des Konzepts auch in der Schweiz bekannt war. Voller Zufriedenheit sendete sie die E-Mail und lächelte in sich hinein. Plötzlich kam ihr noch ein weiterer, verwegener Gedanke: War es nicht eigentlich sie selbst gewesen, die den vollständig definierten Möglichkeitshorizont in Tims Simulation integriert hatte?

Kapitel 21:

„Mr. President, wir haben ein Problem." Walther F. Stiller hatte noch nie gern schlechte Nachrichten überbracht.

„Womit?", knirschte der Präsident ihn an.

„Wir haben erste Erkenntnisse vorliegen, dass gegen Sie ermittelt wird."

„Gegen mich? Von wem?"

„Es gibt geheimdienstliche Aktivitäten von verschiedenen Seiten. Aus dem Verteidigungsministerium hören wir, dass die gesamte USIC involviert sein könnte."

„USIC? Wer ist das?"

„Die United States Intelligence Community, ein Zusammenschluss unserer siebzehn wichtigsten Geheimdienste."

„Diese erbärmlichen Maden! Gibt es eine Möglichkeit, dass wir sie einfach zerquetschen?"

„Nein, Sir."

„Was führt dieses Geschmeiß im Schilde?"

„Das wissen wir noch nicht so genau – haben Sie vielleicht eine Idee?"

„Ich? Eine Idee wofür?"

Warum gegen Sie ermittelt werden könnte."

„Stiller, jetzt hören Sie mal genau zu, Sie erbärmlicher Speichellecker! Ich bin ein anständiger Amerikaner und alles was ich tue, tue ich zum Wohl der Nation! Da gibt es grundsätzlich nichts, was man mir vorwerfen könnte. Verstehen Sie? Nichts!"

„Ja, Sir. Ich verstehe. Vielleicht geht es auch um einen ihrer Berater."

„Um wen?"

„Das wissen wir noch nicht. Die USIC hält sich immer so bedeckt wie möglich."

„Dann finden Sie es heraus. Machen Sie Ihren Job, sonst sind Sie gefeuert!"

Kapitel 22:

Ich fühlte meine Schulter wieder, der Schmerz nahm rasend zu. Der Sanitäter, der mich als erstes untersucht hatte, gab mir schnell die Rückmeldung, dass es sehr wahrscheinlich mehr als eine Prellung ist und ich in der Krankenstation weiter behandelt werden sollte.

Der diensthabende Arzt befragte mich kurz nach dem Unfallhergang und merkte schnell, dass ich ihm keine sinnvollen Informationen liefern konnte. Dann tastete er mich mit sorgenvollem Gesicht ab und schob mich in den Kernspintomographen, um sicherzustellen, dass seine Diagnose richtig war. Eine Schultereckgelenkssprengung bedeutete, dass eine sofortige Operation nötig war. Ich war überrascht und schockiert und beharrte darauf, dass es sich nur um eine Bagatelle handeln könne.

Der Arzt nickte verständnisvoll und versuchte beruhigend auf mich einzuwirken.

„ Die OP ist keine große Sache, wenn wir sie jetzt zügig durchführen. Wir haben hier am Stützpunkt erstklassige Chirurgen."

Ich schluckte, aber dann erinnerte ich mich an meine Situation und die katastrophale Weltlage, und wie froh ich eigentlich sein könnte, dass mir hier, in einem Militärlager mitten in der amerikanischen Wüste eine so erstklassige medizinische Versorgung angeboten wurde. Und das, obwohl ich Zivilist war.

Ich entschied mich für die OP und das Operations-Team bereitete alles vor. Die Narkose setzte schnell ein und ich glitt in einen Traum, der mich ganz sanft verschlang.

Ich sah die Welt mit all ihren Menschen, die wie Schaltungen auf einem gigantischen Microship angeordnet waren. Ganz feine Strukturen, in regelmäßig angeordneten Mustern, die atmeten und sich dabei sanft ausdehnten und wieder zusammenzogen. Immer wieder pulsierte die Menschheit in diesem gemeinsamen Rhythmus und bewegte die Erde durch das sternenbesetzte Firmament. Sybilla sprach zu mir von irgendwo her, aber ich konnte sie nicht verstehen. Sie schien mich zu rufen und ich sah mich um und versuchte sie zu finden. Ihre Stimme wurde immer leiser und dann war da nur noch Stille und Dunkelheit.

Kapitel 23:

Oberst Guido Busch hatte inzwischen eine ganze Menge inoffizieller Informationen von seinem Kollegen General Cody First erhalten. Eine international besetzte UNO-Mission war im Moment vor Ort, um den Anschlag von Pjöngjang zu untersuchen. Es war tatsächlich eine Atombombe, die mit einem drohnengestützten Trägersystem während einer Großkundgebung auf dem Kim-Il-Sung-Platz eingeschlagen war und alles im Umkreis von mehreren Quadratkilometern in Schutt und Asche gelegt hatte. Die Strahlung war gewaltig und würde den Experten alles über die Herkunft der Bombe verraten. Die Nordkoreaner wollten bei der Aufklärung des Hergangs mit der unbewaffneten Expertentruppe der UNO kooperieren, waren aber gleichzeitig sehr misstrauisch und nervös, denn der Vergeltungsschlag auf Hiroshima ging ohne Zweifel auf ihre Kappe und sie befürchteten natürlich, dass ihnen für diese menschenfeindliche Notwehr-Reaktion noch eine Rechnung präsentiert werden würde, die sie niemals begleichen konnten.

Sie beteuerten immer wieder, dass über 50.000 unschuldige Zivilisten und die gesamte Führungsriege auf dem Kim-Il-Sung-Platz ums Leben gekommen waren. Was sie allerdings nicht verlauten ließen, war die Tatsache, dass ihr Machthaber den Schauplatz mithilfe seines funktionierenden Geheimdienstes rechtzeitig verlassen konnte und nun in seinem a-tombombensicheren Hauptquartier saß, um den völlig verzweifelten Masterplan für den endgültigen Sieg über die von den USA geführten imperialistischen Aggressoren zu entwerfen.

Im Äther des internationalen Militärs kursierten diverse weitere Gerüchte, die davon handelten, dass Pjöngjang noch mindestens acht weitere, mit Atomsprengköpfen bestückte Raketen Richtung Südkorea, Taiwan und Japan gestartet hatte, die aber noch in der Luft von amerikanischen Kräften abgeschossen werden konnten.

„Die Scheiße ist mächtig am kochen und mich würde es nicht wundern, wenn die nächsten Aufklärungsergebnisse noch mehr Druck in den Kessel pumpen."

„Hm...", entgegnete Guido nachdenklich. „All das liegt nicht in unserer Hand."

„Ja, da magst du Recht haben, aber machen wir uns doch nichts vor: wir sind Teil eines Systems, das so eine Entwicklung mehr als begünstigt hat."

„Es ging über 50 Jahre gut."

„Mit fast 100 Beinahe-Kriegen in den 50 Jahren. Es war nur eine Frage der Zeit."

„Mein Junge hat mir auf dem Weg hierher auch so was in dieser Richtung klarmachen wollen."

„So? Was sagte er?"

„Er behauptete, alle Geheimdiensttätigkeiten sind der Anfang und die Rechtfertigung für den Mord an der GOLDENEN REGEL."

„Kluger Bursche, dein Junge."

„Ja, und ich habe darüber immer weiter nachdenken müssen und mich gefragt, warum mir meine Beteiligung an diesem absurden Dauermordversuch nicht schon früher aufgefallen war. Und dann bin ich auf den Gedanken gekommen, dass die GOLDENE REGEL schon vor unserer Zeit von einer neuen anderen ersetzt wurde, auf die wir wirklich noch nie Einfluss hatten."

„So? Wie heißt diese unangreifbare Regel?"

Guido nahm noch einen Schluck Bourbon und ließ dann die Eiswürfel im Glas hin und her klirren.
„Die seit 75 Jahren gültige Regel heißt: WIR HABEN ATOMWAFFEN."

Cody wollte gerade seine Irritation in Worte fassen, als es nachdrücklich an der Tür klopfte. Ein aufgeregter Sergeant gab Cody eine kleine Notiz, die er kurz überflog.
„Es tut mir so leid, Guido.", begann Cody sichtlich schockiert mit dünner Stimme. „Bei der Schulter-OP gab es Komplikationen mit der Narkose und dein Sohn ist nach einem Herzstillstand reanimiert worden. Er liegt jetzt im Koma."

Kapitel 24:

Prof. Bee schaute nachdenklich auf den Löffel mit original Dänischer Grütze, den er in der Hand hielt. Wie sehr würde sich die Welt in den nächsten Tagen verändern? Wenn die politische Großwetterlage eskalieren würde, könnten wir uns in Zukunft noch solche Delikatessen aus allen Teilen der Welt leisten? Wie viel Annehmlichkeiten würden uns noch bleiben? Weitgehend freier, wenn auch nicht besonders gerechter Handel sorgte für gefüllte Supermärkte und internationale Spezialitäten zu Schnäppchenpreisen, jedenfalls in Europa, den Vereinigten Staaten, Teilen Asiens und allen Großstädten dieser Welt. Prof. Bee lebte bis jetzt mit dem einen Prozent der Weltbevölkerung in einer modernen Form des Schlaraffenlandes. Zwar ging es den meisten anderen der 99% relativ gesehen auch besser als vor 50 Jahren, aber die Ungleichheit der Lebensumstände und Freiheitsgrade nahm in ihrer Entwicklung rasant zu.

Das Schlaraffenland braucht Vertrauen. Doch dieses Vertrauen stand nun weltweit massiv auf dem Spiel. Die historisch einzigartige Weltbewegung gegen Krieg und Vergeltung mit ihren Milliarden Anhängern hatte sich auf der Straße deutlich positioniert. Doch war es wirklich noch entscheidend, dass die allermeisten Menschen keinen Krieg wollten? Oder führten die Führer der Weltmächte schon lange unabhängig von den Menschen auf der Strasse ihr eigenes Pokerspiel in abhörsicheren Hinterzimmern, um untereinander keinen Gesichtsverlust ertragen zu müssen?
Gab es überhaupt noch eine Möglichkeit des Brückenbaus oder würde die nächste katastrophale Entscheidung von alten

weißen Männern zwangsläufig unsere Zivilisation von unserem Planeten fegen?

Prof. Bee schaute auf die große Uhr, die an der Wand des Essensraumes hing. Sie stand auf drei Minuten nach Zwölf. Er musste lächeln, denn in den amerikanischen Popkornkinofilmen würde diese Einstellung jetzt suggerieren, dass es schon zu spät wäre. Als Physiker wusste er, dass Zeit keine absolute, sondern immer nur eine relative Größe war und als Mensch war er neugierig, was die in zwölf Minuten beginnende Presse-Konferenz des Sicherheitsrates der UNO bringen würde.

Natürlich wartete die ganze Welt darauf, welche neuen Erkenntnisse es über die Verantwortlichen des Anschlages in Pjöngjang gab. Natürlich warteten alle - und besonders die Japaner - auch auf eine Antwort zu dem vollkommen wahnwitzigen Vergeltungsschlag der Nordkoreaner auf Hiroshima. Die UNO bewegte sich auf vollkommenen Neuland – sie hatte noch nie eine so gewaltige Herausforderung zu meistern gehabt.

Und die meisten glaubten, dass diese menschenverachtende Wahnsinnstat nur auf der einsamen Entscheidung eines pausbäckigen Diktatorkindes mit hoch gegeelten Undercut beruhen konnte. Dem niemand im eigenen Land ungestraft widersprechen durfte. Wahrscheinlich hatte es dennoch Zivilcourage und verweigerte Befehle von Untergebenen gegeben, deren Leichen schon auf irgendwo im Ödland verscharrt waren. Prof. Bee mochte nicht in der Haut eines Mitgliedes des UN-Sicherheitsrates stecken. Oder doch?

Es war so einfach, sich in irgendeinem Labor im beschaulichen Auenland den Weltfrieden zu wünschen, während sich die Armeen an den Toren von Mordor gegenüberstanden. Um von den Zuschauerrängen auf die Bühne zu treten, müsste er die Kampagne seines Projektes nicht nur weiter fokussieren, sondern auch an die allerhöchste Top-Management-Ebene der Weltregierung adressieren. Und zwar so schnell wie möglich, denn die Zeit spielte gegen ihn, spielte gegen alle, die auf ein Später, auf ein Morgen, auf ein in Zukunft setzten.

Er stand auf, schob sein Tablett in den Geschirrwagen und machte sich entschlossen auf dem Weg. Die Pressekonferenz der UNO würden viele verfolgen, die ihm hinterher berichten konnten, aber er müsste jetzt unbedingt mit Tim Busch sprechen, damit sich die vielen offenen Fäden seines Projektes endlich zu einem überzeugenden Muster verweben ließen.

Kapitel 25

Guido war geschockt und er spürte den schmerzhaften Riss, der durch sein gesamtes Wesen ging. Noch vor wenigen Minuten hatte er gedacht, dass sie demnächst mit einem Transportflugzeug nach Frankfurt fliegen würden und dieses leidige Abenteuer endlich hinter sich lassen könnten. Doch jetzt tobte in ihm die mörderische Wut, alles kurz und klein zu schlagen.

„Es tut mir leid.", hörte er Cody leise noch einmal sagen, der neben ihm an Tims Krankenbett stand.

Guido schüttelte nur leicht den Kopf und starrte weiter auf seinen Sohn, der mehrfach verkabelt mit geschlossenen Augen regungslos dalag.
„Koma ist nicht tot." Hörte Guido sich denken. „Menschen können plötzlich wieder aufwachen! Manche Menschen lagen Jahrzehnte in Koma und sind dann doch wieder aufgewacht. Jahrzehnte! Was sind schon Jahrzehnte!"
Seine Gedanken bekamen zunehmend eine sarkastische Färbung und er war dankbar, dass Cody ihm noch einmal kurz die Schulter tätschelte, bevor er aus dem Zimmer ging.

Guido spürte, wie etwas in ihm weich wurde. So weich, wie er es noch nie erlebt hatte. Zwar gaben auch seine Knie nach und er zog sich schnell auf den in der Nähe stehenden Stuhl, aber es war in erster Linie eine innere Weichheit. Sein innerer Panzer, der bis jetzt jeder Herausforderung mit eiserner Härte entgegen getreten war, schmolz einfach dahin. Das Schmelzwasser trat in seine Augen und er verfolgte den Weg seiner Tränen, die ihm über seine Wangen bis zu den Kinnwinkeln liefen und auf den grau gekachelten Zimmerboden abtropften. Mit jedem Tropfen verlor er mehr von dem eisigen Gewicht, das er bis jetzt wie selbstverständlich mit sich herumgetragen hatte. Noch einer und noch einer. Jeder Tropfen war ein grausamer Erfolgsmoment, der seiner Disziplin und Selbstkontrolle sanft entglitt, um auf den Kachelfliesen des Krankenzimmers zu zerplatzten.

Seine Gedanken fingen an, diese neue Freiheit mit Leichtigkeit zu füllen. Er hob seinen Kopf, voller Hoffnung, dass sein Sohn genau jetzt seine Augen öffnen würde. Aber Tim rührte sich nicht.

„Mein lieber Junge.", fing er mit leiser Stimme an zu sprechen. „Ich weiß nicht genau, ob du mich hören kannst, aber ich hoffe es! Welches Wunder auch geschehen kann, es soll nicht an mir liegen, dass es nicht eintritt. Ich will dir sagen, was ich dir so lange verwehrt habe. Ich will es dir jetzt sagen und ich bleibe hier bei dir, bis du bereit bist, wieder zu uns zurückzukommen."

Er schluckte und räusperte sich.

„Du hattest mich am Grab meines Vaters gefragt, was ich ihm noch hätte sagen wollen. Ich hatte damals nicht geantwortet. Ich konnte nicht. Es wäre eine zu schmerzhafte Niederlage gewesen, wenn ich mir nach all den Jahren des Schweigens eingestanden hätte, dass es doch noch einen Rest von Zuneigung zu ihm in mir gegeben hätte. Ja, ich war feige! Obwohl du mir beistandest, nutzte ich die Chance nicht. Ich war dumm! Ich hätte dir sagen müssen, dass ich meinen Vater immer vermisst habe. Dass ich ihn als menschlichen Versager verurteilte, der vor seiner Verantwortung weggelaufen war, der lieber seinem egoistischen Kick am Pokertisch hinterherrannte, als sich um seine Familie zu kümmern. Das konnte ich ihm nie verzeihen, weil ich es ihm nicht verzeihen wollte. Er hatte mir aus Amerika eine Menge Briefe geschickt, aber ich habe sie ihm alle ungeöffnet zurückgeschickt. Ich wollte, dass er leidet, weil er mich verlassen hatte. Ich wollte, dass er sein Pokerspiel mit mir verliert.

Warum hatte er sich unbedingt dieses verdammte Spiel ausgesucht? Dieses hinterlistige Spiel, in dem du die ganze Zeit nichts in der Hand haben musst und trotzdem mit einem Male alles gewinnen kannst! Ich hatte es nie verstanden, obwohl ich zugeben muss, dass ich mich heimlich für das Spiel interessiert hatte.

Damals gab es noch kein Texas Holdem und Turniere, die im Fernsehen übertragen wurden, sondern nur die Varianten aus den Western und aus den amerikanischen Spielerfilmen mit Steve McQueen oder Frank Sinatra. Einige von meinen Schulkameraden spielten es auch um ein paar Pfennige und ich merkte schon beim ersten Mitspielen wie spannend es war und wie verdammt schwer es sein könnte, damit wieder aufzuhören. Aber was für ein schrecklicher Mensch muss man sein, um seine Familie aufzugeben und sein Leben diesem teuflischen Spiel zu widmen? Und jetzt..."

Seine Stimme brach weg und er musste sich wieder räuspern.

„Jetzt sitze ich hier und muss mir eingestehen, dass ich auch die ganze Zeit gepokert habe. Dass ich alles auf einen Bluff gesetzt habe."

Er kramte ein Taschentuch hervor und schnäuzte seine Nase.

„Wie konnte ich nur so blöd sein! Jetzt habe ich alles verloren, ohne meine Karten jemals jemandem gezeigt zu haben. Aber ich werde nicht aufgeben. Ich werde auf dich warten, bis du dich dafür entscheidest wieder zu mir zurückzukommen. Ich werde hier auf dich warten und du ... du ruhst dich jetzt erst einmal aus, mein Junge."

Kapitel 26

Sybilla kam es so vor, als ob sie immer ruhiger und gefasster wurde, obwohl alles in der Welt um sie herum immer nervöser und hektischer wurde.

Die Pressekonferenz der UNO hatte das Ausmaß der Hilflosigkeit der Politik vor aller Welt dokumentiert oder war es ein kluger Schachzug? Weder die Menschen auf der Straße noch die Experten in den Medien waren sich einig. Der Sicherheitsrat der UNO wollte abwarten bis die Untersuchung des Attentats von Pjöngjang eindeutige Ergebnisse ergab und hat außerdem Nordkorea scharf und ultimativ aufgefordert sich widerstandslos innerhalb von 48 Stunden entwaffnen zu lassen. Damit wurde einerseits auf Zeit gespielt und andererseits ein Ultimatum gestellt, das jedoch jederzeit die nächste Explosion provozieren könnte. Weiterhin blieb der Ausnahmezustand weltweit in Kraft und die Unsicherheit der Bevölkerung wuchs.

Sybilla hatte sich vormittags beim Einkaufen mit dem kleinen Theo zunächst gewundert, dass die Versorgungslage und das Einkaufsverhalten ihrer Mitbürger noch völlig normal schienen. Die Atmosphäre im großen Edekamarkt wirkte wie immer, die Regale waren voll und die alten Leute waren gemächlich, die Jungen hektisch und mit ihrem Smartphone unterwegs. Als sie dann noch zu Aldi wechselten, bemerkten Sybilla schon den einen oder anderen, der mit mehreren vollen Einkaufswagen offensichtliche Hamsterkäufe ausführte und damit für verstörte Blicke bei den Umstehenden sorgte.

Verstört, nachdenklich – keiner in Hamburg hatte bis jetzt die Notwendigkeit von Hamsterkäufen erlebt. Bilder von leergefegten Supermärkten kannte man aus den USA oder Israel, dem vorderen Orient oder aus Zombie-Filmen, aber nicht in der Stadt der Pfeffersäcke und Wohlstandsdeprimierten. Sybilla konnte die Unsicherheit in den Augen der anderen sehen und als dann eine andere Mutter hysterisch versuchte, ein zweites Sixpack Kola unter ihren Kinderwagen quetschen zu wollen, wurde ihr klar, wie weit das Vertrauen bei einigen schon unterspült war. Die Bundesregierung hatte zwar bis jetzt alles getan, um die Bevölkerung zu beruhigen, aber das Misstrauen der unbewussten Elefanten in den Menschen wuchs und wuchs.

Sybilla hatte ein paar Wochen zuvor eine Reportage über die Bewegung der Prepper im Fernsehen gesehen. Prepared sein, bereit sein, wenn der Staat zusammenbricht und nur noch das nackte Überleben zählt, weil dann die Bestie im Menschen zum Vorschein kommt. Ob Stromausfall, Terroranschlag oder Weltkrieg, wenn die normale Versorgung nicht mehr sichergestellt ist, sind diejenigen klar im Vorteil, die sich rechtzeitig mit Lebensmittelvorräten, Überlebensequipment und Waffen eingedeckt hatten.

Wenn dann auch noch der Rechtsstaat unter dem Recht des Stärkeren zusammenbrechen würde, wäre die Fähigkeit, skrupellos das eigene Interesse auf Kosten der anderen durchzusetzen, wieder ein enormer Wettbewerbsvorteil.

Im tatsächlichen Katastrophenfall gäbe es wahrscheinlich keine Sanktionen mehr, wenn man auf seine Mitmenschen scheißt, aber wäre das wirklich so ganz anders als im normalen Leben? Wenn man sich nicht dabei erwischt lässt?

Sybilla war verwirrt. Wie gern hätte sie sich jetzt mit Tim ausgetauscht. Einfach so.

Sie glaubte, immer eine klare Haltung zu haben, nicht erst, seitdem sie wieder mit einem strammen Babybauch durch ihr Leben lief. Prepper hatten aus ihrer Sicht ständig einen schrecklich hohen Preis zu zahlen. Andauernd misstrauisch und auf der Hut sein, jeden als mögliche Gefahr einschätzen, ein Leben in permanenter Angst. Und wenn sich die meisten Menschen in der Krise wieder nicht als Bestien zeigen würden, wie es einige Historiker nachgewiesen hatten, müsste man eben ein bisschen nachhelfen. Es hätte Sybilla nicht gewundert, wenn sich die Anführer der Prepper sogar für ihre Paranoia rühmen würden.

Als Theo plötzlich erfreut aufheulte, realisierte Sybilla, dass sie, ohne es zu merken, gleich vier Tafeln Schokolade in ihren Einkaufswagen gelegt hatte. Sybilla musste lächeln. Schwangere dürften das, besonders, wenn sie Nervennahrung bräuchten, um sich nicht zu viele Sorgen um ihre verschwundenen Ehemänner machen zu müssen.

Sie hatte gerade bezahlt, als ihr Handy klingelte. Das war in den letzten Tagen etwas Besonderes, das gesamte Netz schien immer noch vollkommen überlastet zu sein. Ihre Hoffnung, endlich wieder etwas von ihrem Mann zu hören, ließ ihr Herz heftig schlagen, während sie aufgeregt das Handy hervorkramte. Es war ihr Schwiegervater und sie ging voller Vorfreude ran.
„Ja? Guido, wie schön, von dir zu hören! Geht es euch gut? Ist Tim bei dir? Wo seid ihr? Nein? Ja, aber... ich verstehe nicht, wieso? Was meinst du damit? Nein, ich bin ganz ruhig, aber sag mir doch endlich... nein! Nein! Das kann doch nicht sein! Nein sag mir, dass das nicht wahr ist! Giudo, bitte..."
Und dann war die Verbindung unterbrochen.

Sybilla stand da und musste sich an dem Einkaufswagen festhalten. Theo schaute sie verwirrt an. Ihr wurde schwindelig, sie verlor das Bewusstsein und sackte zu Boden.

Kapitel 27

Jeremy Higgins schaute wütend in den Spiegel, während er diese merkwürdig riechende Anti-Herpes-Creme auftrug. Er konnte es nicht fassen, stressbedingter Herpes! Und das ihm! Er hatte noch nie Herpes!

Er legte die Creme weg und versuche, die Bläßchen an seinem Mundwinkel und seiner Oberlippe mit einem Abdeckstift verschwinden zu lassen, den er im Kosmetikschrank seiner Frau gefunden hatte. Er betrachtete sich dabei widerwillig im Spiegel und fühlte sich wie eine Pussy, die für immer das Recht verloren hatte, zu den harten Helden dieser Welt zu gehören. Aber er wusste auch tief in seinem Innern, dass diese Maskerade für ihn nur ein willkommener Vorwand war, um sich nicht mit seiner neuen Unsicherheit beschäftigen zu müssen.

Gleich würde er von der Security des Präsidenten abgeholt werden und mit ihm persönlich und zwei der wichtigsten Sicherheitsberatern ein heikles Gespräch zu führen, bei dem es um seine und die Zukunft des Landes gehen wird. Er hatte mit dem alten Stiller schon gestern ein Vorgespräch geführt, bei dem er den Köder ausgeworfen hatte, allerdings noch ohne Herpes. Bis heute morgen hatte er gar nicht gewusst, dass er auch zu den 90 % der Bevölkerung in der Freien Welt gehörte, die den Virus in sich trugen.
Higgins war kein großer Angler – echtes Angeln war ihm einfach viel zu eintönig. Aber er wusste trotzdem, dass es meistens um die Art des Köders ging, wenn man einen bestimmten Fisch an Land ziehen wollte. Und in Bezug auf Menschen hieß das, die Art und Weise, wie man Aufmerksamkeit erregte. Nachdem das Weiße Haus intern verstanden hatte, dass die

USCI in Richtung Präsident ermitteln würde und nach dem Leck fandete, war er direkt auf den alten Stiller zugegangen und hatte ihm gesteckt, dass er mit an Sicherheit grenzender Wahrscheinlichkeit wüsste, wer von der USCI bedrängt wird und welche Informationen gegen das Weiße Haus kursierten.

Stiller war ein alter Sack, aber kein seniler Idiot. Er wollte unbedingt alles sofort wissen, um dann mit der Klärung und Entschärfung des Problems im Oval Office auftrumpfen zu können. Higgins zeigte sich verständnisvoll und betonte, dass es kein Zufall war, dass er ausgerechnet auf Stiller zugekommen wäre, aber er würde aus dem gleichen Interesse natürlich direkt mit dem Präsidenten sprechen wollen.

Stiller war früher in seiner Jugend ein wirklich harter Hund. Er hatte in der Schlussphase des Vietnamkrieges so viele blutige Sporen gesammelt, dass nie wieder irgendjemand aus dem Business seine Skrupellosigkeit in Frage stellte, wenn es um das Wohl der Nation ging.

Aber Stiller hatte auch ein schwerwiegendes Problem. Er war bedingungslos loyal gegenüber dem Vaterland und gegenüber jedem Präsidenten. Und wenn dieser alte Geheimdiensthaudegen auf Higgins schaute, der sich in den beiden Irakkriegen auch eine Menge Lametta verdient hatte, dann vermutete er sehr wahrscheinlich die gleiche Loyalität auch bei ihm. Und diesen Vorteil wollte Higgins nutzen: das Überraschungsmoment. Überraschungen kombiniert mit innovativem Equipment würden immer zum Sieg führen, wenn man es schafft, die Nerven zu behalten.

Es klingelte an der Haustür. Der Wagen war angekommen. Er schaute noch einmal in den Spiegel, steckte dann mit einem unbeholfenen Lächeln den Abdeckstift ein und ging runter in die Küche, um sich von seiner Frau zu verabschieden.

„Oh, was bist du so beschwingt?" entgegnete ihm seine deutlich zu straff geliftete Frau, die noch nie wusste, wer er wirklich war.

Mein Herz, es sind zwar schwere Zeiten, aber die Guten finden immer etwas zum Feiern, weil sie sich nicht unterkriegen lassen."

Dann nahm er sie sanft bei den Schultern und küsste sie auf die Wange. Er konnte sich nicht erinnern, wann er ihr da letzte Mal so nahe gekommen war, aber er wusste genau, warum er ihre Nähe nicht mehr suchte. Mit einer betont verspielten Bewegung nahm er seinen Hut und seinen Mantel, streichelte dem kleinen Pudel im Flur noch einmal über seinen wuscheligen Kopf und ging aus dem Haus.

Kapitel 28

Sybilla wachte im Allgemeinen Krankenhaus Altona auf. Ein 17stöckiger, länglicher Kasten, in dem man aus den höheren Etagen einen herrlichen Blick über ganz Hamburg genießen konnte. Der Aussicht nach lag ihr Zimmer bestimmt im 14. oder 15. Stock und das zweite Bett war nicht belegt. Die Nachmittagssonne schien freundlich in die großen, getönten Fenster und an ihrem linken Arm hing ein dünner Schlauch, der zu einem farblosen Beutel am Tropf führte.

Es dauerte einen Moment, bis sie wieder wusste, wo sie war. „In Sicherheit!", war ihr erster Gedanke. „Aber in einer traurigen Sicherheit in einem ganz anderen Universum als mein geliebter Mann."
Sie strich sich mit ihren Handrücken die einsetzenden Tränen aus dem Gesicht und streichelte sich danach sanft über ihren prallen Bauch, sorgsam darauf achtend, dass ihre verräterischen Tränen nicht über das Krankenhemd auf ihren Bauch gelangen.
„Sinnloser Blödsinn!", hörte sie sich denken. „Du kleiner Schatz in mir, du weißt genau wie es mir geht. Du spürst alles und hörst wahrscheinlich auch alle meine Gedanken. Ja, ich bin traurig, aber ich gebe die Hoffnung nicht auf. Und du wirst sehen, alles wird gut und du wirst noch viel Spaß mit deinem Papa haben. Das verspreche ich dir."

Dann fiel ihr der kleine Theo ein und ihre jüngere Schwester Maria, die ihn noch gestern Abend für ein paar Tage mit zu sich nach Ahrensburg genommen hatte. Maria hatte ihr abgeraten, ihre Eltern sofort zu informieren, außer sie hätte Lust ein zankendes, seniles Greisenpaar an ihrer Bettkante sitzen zu haben. Eine Welle berührender Dankbarkeit ließ sie erzittern, weil sie sich daran erinnerte, wie lange sie in ihrem Leben lieber ein Einzelkind gewesen wäre. Aber jetzt in der Not war Maria so pragmatisch, so unkompliziert und warmherzig, sie hatte den Besuch ihrer Schwester sehr genossen. Vielleicht war das sogar für den schlimmsten aller schlimmen Fälle die Richtung, in die sich ihr Leben entwickeln könnte. Zusammenleben mit ihrer Schwester in Ahrensburg? Aber dann wischte sie diesen tapferen, aber zutiefst deprimierenden Gedanken mit einem wütenden Kopfschütteln aus ihrem gedanklichen Blickfeld.

Noch war Tim nicht tot.

„Koma ist nicht Tod!" – das waren Guido´s Worte. Ihr liefen schon wieder die Tränen und sie ärgerte sich, dass sie im Moment so unheimlich dicht am Wasser gebaut hatte.

Plötzlich klopfe es zwei Mal an der Tür. Sybilla schaute auf. Dann trocknete sie ihre Tränen, rückte die Bettdecke zurecht, fuhr die Lehne hoch, bis sie aufrecht sitzen konnte, schaute sich um und wusste nicht genau, was sie noch machen sollte. Es klopfte noch zwei Mal.

„Herein!", sagte sie mit betont kräftiger Stimme.

Die Tür öffnete sich und ein kleiner Mann in einem silbergrauen, eng geschnittenen Anzug betrat den Raum. Seine Haarfarbe schien passend auf seinen Anzug abgestimmt, das kräftige Kinn glatt rasiert, darüber auf der Oberlippe tronend ein eleganter, altmodischer Schnurbart und seine dunklen Augen blickten freundlich und fokussiert.

„Frau Sybilla Busch? Entschuldigen Sie die Störung, werte Dame. Ich hätte diesen überfallartigen Überraschungsbesuch nicht gewagt, wenn es sich nicht um ein Anliegen von äußerster Dringlichkeit handeln würde. Mein Name ist Prof. Eberhard Biener – wir hatten vor kurzem telefoniert."

Er schaute einen Moment reglos, weil er anhand Sybillas Körpersprache noch nicht einordnen konnte, ob sein Besuch jetzt eine passende Überraschung war oder nicht. Sybilla saß noch immer wie eingefroren in ihrem Bett und starrte ihn an. „Frau Busch? Würde es Ihnen jetzt passen, wenn wir ganz kurz, nur für ein paar Minütchen sprechen könnten?"

Endlich zeigte Sybilla ein kurzes Lächeln und fand ihre Sprache wieder. „Natürlich! Natürlich. Kommen Sie rein. Bitte."

Professor Bee trat ins Zimmer und schloss die Tür hinter sich. Dann fiel sein Blick auf einen Besucherstuhl. „Darf ich?"

„Jaja, setzen Sie sich doch bitte. Und entschuldigen Sie meine Verwirrung, ich habe im Moment wie wohl die meisten Menschen auf dem Planeten, einiges zu verkraften. Hm, vielleicht auch noch einiges mehr, also als andere, die hier in Hamburg wohnen, meine ich."

„Ja, ich hörte schon, von dem bedauerlichen Unglück Ihres Mannes. Und zu meinem Bedauern kommt auch noch der unglückliche Umstand, dass die beiden Kollegen, mit denen sich Ihr Mann im Neuen Biogenum der Uni Hamburg ein Labor teilt, leider keine große Hilfe sind."

„Ah, Sie kennen Fiodor und Bodo?"

„Ich durfte sie vorhin kennenlernen. Sehr interessante Menschen, aber leider auch tief in ihrer eigenen Welt versunken. Und deshalb bin ich jetzt bei Ihnen, denn ich habe einen Flug von Zürich nach Hamburg bewilligt bekommen. Vielleicht können Sie sich vorstellen, wie schwer es im Moment ist, zu fliegen."

Sybilla war beeindruckt. Sie hatte gehört, dass der Flugverkehr immer noch vollkommen ausgesetzt war, damit keine Panikhandelnden die nächste unkontrollierbare Terrorgefahr über die Welt verteilen könnten.
„Dann scheint es ja wirklich wichtig zu sein, was mein Mann Ihnen versprochen hat."

„Oh, er hat mir nichts versprochen, aber ja – es ist im Moment das Wichtigste, was ich für die Rettung der Welt tun kann."

„Ähm, gut, aber wie kann ich Ihnen dabei weiterhelfen?" Sybilla merkte, wie die Energie ihrer Neugier durch ihren Körper fuhr und ihr sofort ein gutes Gefühl gab.

„Ich mag es Ihnen eigentlich nicht zumuten, aber ich bin auf Ihre Hilfe angewiesen. Die beiden Schnupferl im Labor Ihres Mannes konnten mir leider keine weiterführenden Informationen zum Konzept Ihres Mannes geben, aber der füllige junge Mann erwähnte sie mit der wohl lieb gemeinten Bezeichnung CHEFIN, woran ich nun die Hoffnung knüpfe, dass er damit sagen wollte, dass Sie über ein gewisses Maß an Überblick im Projekt Ihres Mannes besitzen."

Sybilla war nicht von der Tatsache überrascht, dass Bodo sie als Chefin bezeichnet hatte, aber dass ihr bis eben nicht wirklich bewusst war, welch wichtige Rolle sie im Projekt ihres Mannes immer schon gespielt hatte, irritierte sie doch sehr. Es kam ihr all die Jahre so normal vor, dass sie Tim bei der Konzeption der einzelnen Module seiner Forschung unterstützte. Und Bodo hatte vollkommen Recht, sie führte das Projekt. Meistens nebenbei, während sie den alltäglichen Haushalt schmiss oder Theo auf dem Spielplatz betreute. Tim hatte viele tolle Ideen und dachte immer weiter voraus, aber den Überblick hatte er nie. Doch sie selbst war der Überblick. In ihrem vorherigen Leben als Diplom-Psychologin und Geschäftsführerin einer kleinen Werbeagentur, die sich schon früh auf

Neuro-Marketing spezialisiert hatte, fiel ihr Talent überhaupt nicht ins Gewicht, dazu war die Agentur viel zu klein. Sie musste sich eingestehen, dass sie schon immer einen Führungsanspruch hatte. Und nun war der Zeitpunkt gekommen, um diese Erkenntnis ernst zu nehmen.

„Ja, ich denke, ich kann Ihnen helfen."

Prof. Bee lächelte erleichtert.

„Das freut mich sehr. Wenn ich das Konzept Ihres Mannes richtig verstehe, geht seine Forschung weit über das Design einer Simulation auf Basis der Kombination von herkömmlichen und neuromorphen Prozessoren hinaus. Aus seiner Projektbeschreibung habe ich den Eindruck gewonnen, dass es auch schon eine mehrdimensionale Architektur gibt, mit welchen Inhalten dieser innovative Ansatz gefüllt werden könnte. Vielleicht können Sie mir dazu etwas mehr sagen?"

Sybilla hörte Tim in ihrem Geiste antworten, dass er dies nicht bestätigen könnte, dass es wirklich nur um eine Computersimulation und das Zusammenspiel von vielen neuartigen neuromorphen Chips geht, die über Memristoren, die – ähnlich wie neuronale Verbindungen im Gehirn, ihre Verschaltungen selbstständig anpassen und dabei analoge und digitale Signale verarbeiten könnten. Aber Sybilla wusste, worauf dieser sympathische Schweizer hinauswollte, denn eigentlich war es nicht Tims Projektbeschreibung, sondern ihre. Sie hatte Tims Expertenwissen in Worte gekleidet, die mehr auslösen sollten, als reines Fachinteresse bei anderen Nerds. Für sie war klar, dass es von vornherein darum ging, ihre Idee auch zu vermarkten. Ihre Idee. Es war das erste Mal, dass sie sich erlaubte, so über das Projekt zu denken. Ihre gemeinsame Idee.

„Ja, das kann ich, wenngleich ich mich dazu gern ein bisschen mehr vorbereiten würde wollen. Sie verstehen, jetzt hier im Krankenbett so ganz spontan..."

Prof. Bee wich in einer sanften Woge des Verständnisses etwas zurück.

„Natürlich, ich verstehe nur zu gut. Dann sollten wir schauen, ob wir gleich einen nächsten Termin vereinbaren können. Wie wäre es mit morgen Nachmittag? Gegen halb vier? Ich will sie nicht hetzen, aber ich möchte die Chance nutzen, dass wir uns vor Ort viel intensiver austauschen könnten. Ich habe außerdem einen Entwurf für einen Kooperationsvertrag dabei."

Er öffnete seinen kleinen Rollkoffer und zog ein Dokument in einer wahrscheinlich kompostierbaren Dokumentenhülle heraus.

„Vielleicht schauen Sie auch da einmal drüber, damit alles seine Richtigkeit hat, denn wer an der Rettung der Menschheit arbeitet, sollte sich auch sicher sein dürfen, dass er dafür angemessen belohnt wird."

Er legte den Entwurf auf den Tisch neben dem Bett.

Sybilla war beeindruckt von der Zielstrebigkeit, aber sie fühlte sich nicht überrumpelt. Sie war regelrecht dankbar, dass Professor Bee so forsch in Führung ging, denn sie befürchtete, dass sie ohne diese wichtige Aufgabe sofort, nachdem er das Krankenzimmer verlassen würde, zurück in das tiefste Tal der Tränen fallen würde.

„Morgen Nachmittag ist gut.", entgegnete sie kratzig. „Ich glaube schon, dass ich bis dahin einiges vorbereiten kann."

Kapitel 29

Luiz saß in der Klemme. Der schlaueste Mann in Argentinien war Anwalt und verständlicherweise sogar der beste Anwalt des Landes, aber dummerweise war der schlaueste Mann Argentiniens bei weitem nicht der Mächtigste.
Luiz hatte bis vor einer Stunde noch seelenruhig und selbstzufrieden auf seiner Dachterrasse mit Blick über die Laguna de los Patos und die Bucht von Buenos Aires gesessen, als er den folgenschwersten Anruf seines Lebens bekam. Pito Sanchez hätte entschieden, dass er tot sei, da könnte man nichts mehr machen. Pito Sanchez war ein gigantisch großer krimineller Scheißhaufen, darüber brauchte man nicht zu streiten. Aber seine vollkommen sinnlose Entscheidung, dass der glatte Luiz, wie ihn die Angehörigen aus dieser Branche zu nennen pflegten, vom Antlitz dieser Erde zu tilgen sei, war schon sehr ärgerlich.

„50.000 Dollar Kopfgeld hat er ausgesetzt – das Doppelte, wenn du heute noch stirbst."
Eva brachte den Wert seines Lebens flüssig und ohne nachdenklichen Unterton locker über ihre blutroten Lippen. Aber was hatte er auch anderes erwartet? Eva war eine tolle Frau, sie hatte zwar nicht seine Kragenweite, aber für ein einfaches Mädchen vom Lande, das sich jahrzehntelang in der Nachtclub-Szene durchgebissen hatte, war sie erstaunlich anständig geblieben.
100.000 Dollar für sein Leben war natürlich eine Kränkung, aber eben eine lebensgefährliche Kränkung und wie anständig Eva tatsächlich war, wenn es um 100.000 Dollar ging, wollte er gar nicht herausfinden. Er hatte sich mit einem schnellen Blick auf seine Kontakte vergewissert, dass es aktuell niemanden

gab, der Pito Sanchez erfolgreich von seiner fixen Idee abbringen würde können und war dann sofort mit leichtem Gepäck und hoher Geschwindigkeit zum Flughafen gefahren. Der Flugverkehr war zwar immer noch komplett eingeschränkt, aber er hatte die berechtigte Hoffnung mit genug Bargeld in der Tasche einen illegalen Charterflug nach Sao Paulo oder Rio de Janeiro zu kriegen, wo er erst einmal durchatmen könnte. Pito Sanchez war ein einflussreicher Scheißhaufen, aber seine Tentakel würden nicht bis nach Brasilien reichen. Nicht sofort.

Am Flughafen Ezeiza war kaum Betrieb. Viele Argentinier hatten sich erst einmal mit der eingeschränkten Reisemöglichkeit abgefunden, bis die UNO den weltweiten Ausnahmezustand wieder aufheben würde. Kaum einer hatte eine Idee, wie das Problem mit Nordkorea gelöst werden könnte, aber fast alle glaubten daran, dass es mit dem morgigen Auslaufen des Ultimatums irgendwie gelöst sein würde.
Luiz selbst hatte einen beträchtlichen Betrag darauf gesetzt, dass es innerhalb einer Woche zu weiteren kriegerischen Handlungen kommen werde, weil der dicke Raketenmann nicht einfach klein beigeben würde. Und so fürchterlich diese Entwicklung auch sein mochte, damit kein Geld zu verdienen, wäre einfach nicht schlau.

Luiz fand schnell einen österreichischen Piloten, der ihn für 25.000 Dollar sofort nach Sao Paulo fliegen wollte, die getürkte Starterlaubnis inbegriffen. Die Beechcraft F33A kannte er nicht, aber das 4sitzige Passagierflugzeug machte einen gepflegten Eindruck und der unaufgeregte Österreicher schien ein erfahrener Mann zu sein. Während der Pilot seine Maschine zum Start fertig machte, saß Luiz unruhig am Flugfeld und rauchte noch eine seiner kubanischen Zigarren, irgendwie war er doch angespannter, als er vermutet hatte. Ihm juckte es in den Fingern, dem verdammten Pito Sanchez noch einmal mächtig an den Karren zu pissen, bevor er sich, möglicherweise für längere Zeit aus seinen angestammten Jagdgründen verabschieden müsste.

Er nahm sein anonymisiertes Dritt-Handy und wählte sich auf der Plattform eines bekannten Online-Buchmachers ein, um eine perfide Wette zu platzieren. 10 Millionen Dollar darauf, dass er diese Nacht überleben würde. Was könnte schon passieren? Falls er gegen alle Wahrscheinlichkeiten morgen doch tot wäre, bräuchte er seinem verlorenen Geld nicht hinterher zu weinen. Abzüglich der Provision des Buchmachers könnte er aber morgen früh gut 7,5 Millionen Dollar mehr auf seinem anonymen Nummernkonto in Barbados haben, wenn alles gut laufen würde.

Diese Art von Wetten konnten nur angenommen werden, wenn jemand davon erfahren würde, der sie dann bestätigen müsste. Und bestimmt würde Pito davon erfahren, denn der Buchmacher wäre sehr daran interessiert, dass die Wette zustande käme. Natürlich waren Pitos Chancen, die Wette zu gewinnen, gleich null. Aber wenn er ablehnen würde, hätte er für gewisse Kreise definitiv sein Gesicht verloren. Und genau an diese Kreise war Luiz Botschaft gerichtet, denn schlimmer als es jetzt schon war, konnte sein Verhältnis zu Pito nicht mehr werden. Er hatte eigentlich keine Freunde oder Verwandte, die er vor Pitos Rache schützen müsste. Er hatte nur sich und seine brilliante Kaltblütigkeit, die ihn schon so manchen wertvollen Dienst in seinem bewegten Leben geleistet hatte.

Nachdem er die Wette abgeschlossen hatte, stieg er voller Genugtuung in das Flugzeug und schnippte verächtlich den Rest seiner Zigarre auf das Flugfeld. Ein letzter kleiner Gruß an seine Heimat, die er vielleicht nie wieder sehen würde. Aber was ist Heimat schon mehr als eine wärmende Erinnerung in kalten Zeiten? Wenn man sich jedoch mehr für intelligente Machtstrategien interessierte, als an Märchen von kalten Herzen zu glauben, wird Wärme schlicht zu einer Energiequelle reduziert und er war sicher, dass der Zugang zur Energie für ihn nie zu einem Problem werden würde.

Kapitel 30

„Oh, Allah – wohin führst du mich?"
Alfonse Mbati saß still und mit gesenktem Kopf allein auf einer schwarzen Ledercouch in der hohen Vorhalle der Hauptmoschee von Kinshasa. Die Trauerfeier seines Sohnes war im vollen Gange, aber er war nicht genug bei sich, um sich seiner Familie und den Trauergästen zu öffnen. Er hob den Kopf und schaute durch die schlanken Fenster über die neblige Silhouette der Millionenstadt und konnte einige Hubschrauber sehen, die über dem Stadtzentrum kreisten.

Auch heute gab es wieder riesige Friedensdemonstrationen, das Ende des Ultimatums der UNO an Nordkorea rückte näher. Doch für Alfonse fühlte sich die dramatische Entwicklung der Weltpolitik ganz weit weg an, als wäre er auf einem anderen Planeten. Er schloss die Augen und hing seinen trüben Gedanken nach. „Unsere Heimat ist eines der reichsten Länder der Welt, aber unsere Leute gehören zu den Ärmsten der Welt. Ich bin einer der reichsten Männer des Kongos, aber ich fühle mich so arm, wie es ein von Gott verlassener Mann nur sein kann. Sag mir, was habe ich falsch gemacht?"

Alfonse hatte früh seine Eltern und seine Familie bei der Auslöschung seines Dorfes rund 100 Kilometer südlich von Kinshasa verloren. Er hatte sich seit dem wie tausende andere seines Alters auf den Straßen der boomenden Hauptstadt durchgeschlagen. Mit zehn Jahren konnte er am Busbahnhof eine unscheinbare Reisetasche erbeuten, in der sich ein ungewöhnlicher Schatz befand. Ein hochwertiges Friseurset, bestehend aus mehreren Scheren, Kämmen, Bürsten, Klemmen, zwei elektrischen Rasierern mit verschiedenen Aufsätzen und zwei Klappspiegeln.

Im ersten Moment wollte er diese sicherlich wertvollen Dinge so schnell wie möglich verkaufen, aber dann hatte er sich eines Besseren besonnen. Er probierte die einzelnen Werkzeuge aus, zuerst an sich, dann an den anderen aus seiner Bande.
Schnell entwickelte er ein Geschick im Umgang mit den Scheren und wahrscheinlich noch viel wichtiger - mit seinen Kunden und deren Haarproblemen. Innerhalb weniger Wochen baute er sich einen exzellenten Ruf als fähiger Coiffeur für kleines Geld auf. Mit elf hatte sich sein Ruf auch in andere Bantu-Viertel im südlichen Gebiet der wachsenden Mega-City ausgedehnt und ermöglichte ihm seinen ersten Friseursalon mit vier Stühlen, sieben Gehilfen und einem Wellblech überdachten Wartebereich.
Aber obwohl Alfonse bei all seinen geschäftlichen Aktivitäten selbstbewusst und clever vorging, konnte er diesen Laden nicht halten. Ein lokaler Gangsterboss setzte ihn unter Druck und nach einer blutigen Auseinandersetzung konnte Alfonse mit Müh und Not, aber mit seinen Friseurutensilien fliehen. Er fand eine neue Wirkungsstätte in Brazzaville, der Großstadt am anderen Kongoufer nördlich von Kinshasa.

Um aus den Fehlern seiner Vergangenheit zu lernen, suchte er sich diesmal ganz gezielt einen Partner, der von ihrem gemeinsamen Erfolg profitieren und ihn schützen würde. Hugo Goosens war sofort beeindruckt von der unbändigen Willenskraft, die in dem kleinen, drahtigen Jungen steckte. Noch beeindruckter war er jedoch von seinem Selbstbewusstsein, seinem handwerklichen Geschick und seiner damals schon klar erkennbaren strategischen Ausrichtung.
Der umtriebige Geschäftsmann mit den belgischen Wurzeln hatte einen Blick für junges Potential und er besaß keine Vorbehalte gegen Hautfarben oder Ethnien. Ein moslemischer Bantu, der sich, seit er selbstständig denken kann, allein auf

der Strasse durchgeschlagen hat, könnte ohne weiteres auch der neue Topmanager eines seiner wachsenden Unternehmungen werden.

Hugo war im damaligen Belgisch-Kongo in einem gediegenen Bürgerhaushalt mit einem ganzen Heer an Hauspersonal aufgewachsen, um danach als Student in Belgien, Frankreich und England die Möglichkeiten des Abendlandes zu erforschen. Er merkte sehr schnell, dass die engstirnigen Vorbehalte der Europäer kein anti-koloniales Klischee waren, sonder alltägliche Realität, gestärkt durch einen Wust von Vorschriften und bürokratischen Sinnlosigkeiten.

Als er in den Wirren der afrikanischen Befreiungskriege seinen Weg zurück in den Kongo suchte, verlor er zwar seine moralische Unschuld, aber er gewann auch die Einsicht, dass es in diesem Land nicht um Träume oder gesellschaftliche U-topien ging, sondern um ein besseres Leben für alle, die etwas bewegen wollten. Und jeder, der genug Kraft und Risikobereitschaft besaß, war für Hugo ein willkommener Verbündeter.

Endlich konnte Alfonse seine ganze Energie in das Friseurgeschäft stecken. Schon drei Jahre später war er Geschäftsführer von 12 Salons und hatte eigenständig über zweihundert Friseure ausgebildet, die ihm treu ergeben waren und sein Wissen über die Kundenwünsche verinnerlicht hatten. Diese Fähigkeit war in seinem Geschäft wesentlich wichtiger als der geschickte Umgang mit Schere und Kamm.

„Solange du dem Kunden nicht das Ohr abschneidest, kann jedes Haarproblem gelöst werden, aber wenn du deinem Kunden im Gespräch auf den Wecker fällst oder die falschen Geschichten erzählst, ist nicht nur der Kunde für immer weg, sondern auch alle seine Leute."

Alfonse hatte nicht nur klare Ansagen für seine Mitarbeiter, sondern war auch sehr interessiert an allem, was sich hinter der Fassade versteckte. Er analysierte seine Mitmenschen und fing an, immer mehr Bücher über Psychologie, Marketing und die Macht der Kommunikation zu lesen. Glücklicherweise war der muslimische Orden, der ihn nach der Auslöschung seines Dorfes aufgefangen hatte, an gebildeten, selbstständig denkenden Menschen interessiert gewesen, die Gott nicht nur anbeten sollten, sondern der Gemeinschaft über Bildung, Engagement und Wissen einen echten Dienst anbieten konnten. Dass er sich mit knapp neun dann selbstständig entschied, sein Glück auf eigener Faust zu versuchen, weil die glitzernde Großstadt doch so viel mehr zu bieten hatte, als die abgeschiedene Koranschule am Rande Kinshasas, war von seinen Lehrern wahrscheinlich nicht beabsichtigt gewesen.

Je besser die Friseurkette lief, desto mehr interessierte sich Alfonse für sein nächstes Steckenpferd. Er hatte in Hugo´s Büro das erste Mal einen Computer gesehen und war sofort fasziniert. Mit gewohnt hoher Geschwindigkeit tauchte er tief in die Materie ein und sah sofort das unglaubliche Potential. Schon in Zeiten, in denen man noch ein Modem brauchte, um in ein entnervend langsames und unzuverlässiges Internet einzudringen, wusste er, dass nicht diese hässlichen Kästen aus grauem Plastik die Zukunft bestimmen werden, sondern die Kommunikationswunder, die diese Technik mit sich brachte. Telekommunikation würde der große Hype werden, auf einem Kontinent, auf dem selbst Einheimische bei schlechtem Wetter nicht mal ins nächste Dorf gelangen. Und er wollte an diesem Geschäft sein Kuchenstück abhaben, am besten das Größte. Genau dies wurde in den nächsten 20 Jahren Realität, er hatte dafür hart gearbeitet, gefightet und auch gelitten.

Als er vor über 10 Jahren im Übermut der ersten Million eine Frau schwängerte, sie heiratete und seinen ersten Sohn bekam, hatte er schon geglaubt, dass ihn Gott wirklich lieben würde, trotz allem, was er vorher unter Gottes strengen Blick zu ertragen hatte. Alfonse hatte lange Jahre verdrängt, dass er damals in seinem Dorf mit ansehen musste, wie ein blutverschmierter Söldner in Gummisandalen seinen erst sechs Monate alten Bruder Kali mit einer Machete in zwei Teile schlug. Erst als er seinen kleinen Sohn Salam im Arm hielt, erinnerte er sein Trauma und verstand die Geburt als Wunder der Wiederauferstehung. Als frischgebackener Vater konnte er endlich wieder an die himmlische Gerechtigkeit auf Erden glauben.

Doch Gott hatte schon die nächste Prüfung im Köcher. Salam war noch nicht einmal zwei, als es eine heftige Schießerei in der Innenstadt von Brazzaville gab, deren Querschläger sich nicht groß darum kümmerten, welches Leben sie zerstören würden. Salam war sofort tot, als das Projektil durch den Kinderwagen in seinen Hinterkopf einschlug. Vielleicht war er sogar im Schlaf gestorben, denn er hatte einen tiefen Schlaf. Die hysterischen Schreie seiner Mutter Tubi hat er mit Sicherheit nicht mehr gehört. Alfonse hingegen hörte sie danach jeden Tag, jede Nacht, bis Tubi sich entschloss, für immer aus dem anhaltenden Schmerz in eine stille Dämmerwelt des Wahnsinns abzugleiten.

Erst sieben Jahre später hatte Alfonse endlich ihre Schreie vergessen können. Er hatte eine neue Frau gefunden, sie hatte ihm zwei Töchter und dann endlich einen weiteren Sohn geschenkt und er fühlte sich von Gott belohnt, weil er nicht aufgegeben hatte. Alfonse hatte alles getan, war einer der reichsten Männer des Landes geworden, doch dann erkrankte sein Sohn Kiu an Leukämie. Auch jetzt gab Alfonse wieder alles, besorgte die beste Medizin der Welt, ging in die besten Krankenhäuser der Welt, bekniete die größten Koryphäen der Welt, um am Ende zu scheitern und mit trockenen Augen fassungslos den Tod seines Sohnes beweinen zu müssen. „Was will mir Gott damit sagen? Wer bin ich eigentlich? Und wer ist Gott eigentlich?"

Kapitel 31

Hin-Lun staunte nicht schlecht, als sie mit ihrer Freundin Nelly durch die Verbotene Stadt schlenderte. Es war das erste Mal, dass sie das riesige Gelände mit seinen prunkvollen Gebäuden und Plätzen in Ruhe auf sich wirken lassen konnte. Nelly schwieg mit gesenktem Blick. Vorhin, als sie sich im Wagen mit ihrer Eskorte den Weg durch die Friedensdemonstranten bahnten, hatte sie schon gemerkt, dass Nelly bedrückt war.

„Nelly, ist es nicht wirklich unglaublich? All dieser Reichtum nur für eine einzige Familie. Was müssen das für Zeiten gewesen sein? Und das Volk verehrte den Kaiser und seine Familie wie Heilige. Was musste der eigentlich geleistet haben für so viel Verehrung?"

Nelly schaute sie an, aber sagte nichts.

„Nelly, was hast du? Du bist schon den ganzen Tag so komisch."
Nelly sagte immer noch nichts. So kannte Hin ihre beste Freundin gar nicht. Sonst plapperte sie gerne eher zu viel als zu wenig.
„Du kannst es mir sagen – wir sind doch Freunde."

„Bist du sicher?"

„Wie meinst du das?"

„Kann man wirklich mit der Tochter des Staatspräsidenten befreundet sein? Ich meine, dein Vater ist seit ein paar Monaten mächtiger, als Mao es je war. Mächtiger als jeder Kaiser würde ich sogar sagen."

Hin-Lun stutzte. Nellys Bemerkungen taten ihr weh, aber sie konnte gleichzeitig nachvollziehen, was sie meinte.
„Ja, vielleicht hast du Recht. Wenn du nur mit der Tochter meines Vaters befreundet sein wolltest, könnte das schwierig sein, aber du vergisst, dass die Tochter meines Vaters mit dir befreundet sein will. Und dann ist das doch ganz einfach."
Sie lachte hell auf, aber Nelly fiel nicht mit ein. Hin-Lun dachte, dass sie ihre Sicht verständnisvoll und mit Humor formuliert hätte, aber Nellys Gesichtsausdruck verriet ihr, dass sie nicht überzeugt war.
„Komm schon, Nelly, wir kennen uns schon so lange, da war mein Vater noch nicht der mächtigste Kaiser von China."

„Ja, da waren wir noch Kinder, aber jetzt hat sich die Situation geändert."

„Was meinst du? Die nervigen Sicherheitsleute, die versuchen, uns ständig zu begleiten? Oder bin ich dir zu langweilig geworden?"

„Nein, das ist es nicht. Wir sind jetzt junge Frauen und wir tragen Verantwortung. Und du ganz besonders! Du kannst jetzt nicht mehr jeden Quatsch mitmachen und wenn eine deiner Freundinnen irgendeine Dummheit macht, fällt das sofort auf dich zurück."

Hin-Lun lachte irritiert. So nachdenklich und unsicher hatte sie Nelly noch nie erlebt. Das war bis jetzt das besonders Schöne an ihrer Gesellschaft, sie kümmerte sich einfach nicht um die Bedenken und nervigen Regeln einer extrem uncoolen Etikette.

„Nelly, bitte! Erzähle mir, was dich bedrückt. Wir sind doch nicht mehr am Hof des Kaisers. Hast du Probleme? Kann ich dir helfen?"

„Nein Hin-Lun. Es ist nur – ich habe einen Mann kennen gelernt."

„Wirklich? Das ist doch schön. Erzähl mir von ihm! Bitte!"

Nelly schaut kurz auf, aber verfiel dann wieder in ein gesenktes Schweigen.

„Nelly, was ist los? Habt ihr ein Problem? Bitte, sag es mir. Wer ist es? Wie heißt er?"

Nelly öffnete zwar kurz ihren dunkelgrün geschminkten Mund, aber konnte sich noch immer nicht zu einer Antwort durchringen.

„Nelly! Ich bitte dich! Wenn es irgendetwas gibt, was ich für euch tun kann, dann sag es bitte. Du bist doch meine beste Freundin! Hat er ein Problem?"

Endlich kamen Nelly zögerlich einige Worte über die Lippen. „Ja, er hat bestimmt viele Probleme. Aber die kannst du nicht für ihn lösen. Du darfst nicht einmal in Kontakt mit ihm sein! Verstehst du? Er ist Künstler und kämpft für die Freiheit. Ich meine, für die wirkliche Freiheit, die des einzelnen."

„So? Vielleicht kann ich ihm doch helfen. Wenn sein Engagement sinnvoll ist, kann ich ihm bestimmt helfen."

Nelly schaute weg und holte dann eine Packung Zigaretten aus ihrer Handtasche. Sie zündete sich eine Zigarette an. „Ich glaube nicht, dass er sich von dir helfen lassen will. Verstehst du, aus seiner Sicht, sind die mächtigen Männer der

Partei das Problem. Und du bist die Tochter des Mächtigsten."
Sie zog an der Zigarette.
„Und ganz ehrlich, es tut mir leid, aber ich werde ihn nicht aufgeben."

Hin verstand sofort, was ihre beste, vielleicht sogar einzige wahre Freundin damit meinte. Nelly wollte sie verlassen und sie konnte sie sogar gut verstehen.
Ihr brillianter Verstand hätte sofort aus dem Stand ein Plädoyer für Nellys Position halten können. Aber sie tat es nicht. Dann wurde alles langsam in ihrem Kopf, sie sah ihre rauchende Freundin, die Gebäude der Palastanlage im Hintergrund, die wenigen Touristen mit Sondererlaubnis, den Himmel, der ihr plötzlich verschlossen war.
Sie trocknete ihre feuchten Augen, nahm sich auch eine Zigarette und zündete sie trotzig an. Wahrscheinlich würden gleich die beiden eifrigsten ihrer Bodyguards diskret angelaufen kommen, um ihr die Zigarette zu verbieten, aber was machte das schon, die wahre Katastrophe konnten sie sowieso nicht mehr verhindern.

Kapitel 32

Sybilla hatte die ganze Nacht nicht schlafen können. Das Ultimatum der UNO an Nordkorea tickte im Hintergrund runter, aber im Vordergrund standen Prof. Bee und die Rettung der Welt. Sie musste laut lachen, als ihr der Widerspruch auffiel. Welche Welt wollte Prof. Bee eigentlich noch retten, wenn Nordkorea in seiner letzten Atombombenverzweiflung die Welt in ein radioaktiv verstrahltes Desaster stürzen würde?

Humor ist die Fähigkeit mit dem Paradoxen, mit den Widersprüchen des Lebens umzugehen und sich dabei zumindest für den Moment zu erfreuen und Kraft zu finden.
Ob eine künstliche Intelligenz jemals so weit in die menschlichen Gefilde vordringen würde, um zu verstehen, um aus vollem Herzen – oder besser aus vollen Prozessoren über eine fatale Situation lachen zu können? Sybilla wusste es nicht, aber sie würde gern dazu beitragen. Also arbeitete sie bis zum frühen Morgen an der Präsentation für Prof. Bee und der kleine Schatz in ihrem Bauch leistete ihr wohltuende Gesellschaft.

Was wäre, wenn eine Künstliche Intelligenz einen vergleichbaren Weg in die Welt gehen könnte wie ein Neugeborenes? Wie könnte eine künstliche Intelligenz lernen, ein Mensch zu werden? Was würden wir einer künstlichen Intelligenz sagen, wenn sie wissen will, was es ausmacht, ein Mensch zu sein? Das waren die Fragen, die sie sich seit Jahren zusammen mit Tim gestellt hatte.

Sybilla spürte, dass sie mit ihrer Arbeit eine neue Richtung zur Zukunft der Intelligenz eingeschlagen hatten und sie zitterte vor Aufregung bei dem Gedanken, dass sie mit ihrem kleinen

Leben eine Rolle in dem großen Spiel einnehmen könnte. Die
Sonne hatte sich in den letzten Minuten schon mit einer wunderschönen Morgenröte ankündigt und jetzt brachen die ersten Strahlen über den Rand des Horizontes in ihr Zimmer im
14. Stock.

Sie erinnerte sich an all die Nächte, die sie mit Tim durchgemacht hatte, voller Gespräche, viel Wein, Blödeleien und Sex.
Traurig wurde ihr bewusst, dass diese wunderschönen Erinnerungen nur noch Spuren einer Vergangenheit waren, die
vielleicht keine Fortsetzung finden würden. Tim. Er fehlte ihr.
Irgendetwas in ihr hatte ihn schon losgelassen. Kein Aufbe-
gehren, keine Wut, kein Hadern mit dem Schicksal. Aber er
fehlte ihr so sehr. Plötzlich hörte sie seine Stimme, leise von
ganz weit weg: „Was würdest du einer künstlichen Intelligenz
antworten, wenn sie dich fragt, warum sie eigentlich intelligent sein soll?"

Kapitel 33

„Unglaublich oder?"
Codys dunkle Stimme riss Guido aus seiner Trance. Er hatte schon seit Minuten auf den Fernseher gestarrt, fast ein bisschen dankbar für die Ablenkung vom Schicksal seines Sohnes, der immer noch im Koma lag. Das Ultimatum der UNO an Nordkorea wäre in drei Stunden ausgelaufen, wenn es nicht plötzlich es diese überraschende Wendung gegeben hätte. Der chinesische Außenminister hatte gerade bekannt gegeben, dass Nordkorea einwilligte, sich dem Willen der Welt zu beugen. Der Machthaber war abgesetzt worden und die komplette Führungsriege war inhaftiert. Gerade zeigten sie den ehemaligen Führer, scheinbar geistig umnachtet, als willenlosen, sabbernden Körper mit wirren Blick, der in die Krankenstation eines Hochsicherheitsgefängnisses von Pjöngjang gebracht wurde.
„Cleverer Schachzug, der Welt den Raketenmann als Verrückten vorzuführen.", murmelte Cody, während er mit Guido auf den Bildschirm starrte.

„Ja.", entgegnete Guido schmallippig. „Gut inszeniert. Die Chinesen wissen, wie man so etwas anpackt. Sie haben sofort von Wiedervereinigung der beiden koreanischen Länder und einem historischen Fortschritt in der Sicherheitsarchitektur der Welt gesprochen."

Jetzt konnte man einen ehemaligen nordkoreanischen Minister sehen, der in tiefster Verbeugung um die Vergebung der Weltgemeinschaft für das nordkoreanische Volk bat. Als er das menschenverachtende Verbrechen in Hiroshima ansprach, warf er sich zu Boden und rief nur noch mit schriller Stimme, dass die Japaner verzeihen mögen, auch wenn er es nicht wert sein würde.

„Makaberes Theater!", bemerkte Cody abfällig. „Wie geht es deinem Jungen?"

„Keine Veränderung. Ich habe mit eurem Chefarzt gesprochen, er glaubt, dass Tim unter normalen Bedingungen transportfähig sein würde."

„Ja, mein Freund. Es wird das Beste sein, wenn du jetzt schnell mit ihm nach Hause kommst."

Guido stand auf und drehte sich zu Cody. Seine Unterlippe zitterte. „Ich..."

Cody griff Guido energisch an beiden Schultern.
„Guido, du musst jetzt durchhalten! Alles wird gut werden, aber du musst dich zusammenreißen. Dein Sohn braucht dich jetzt!"

„Ja, ich weiß.", erwiderte Guido mit dünner Stimme. „Aber ich habe Angst. Ich weiß nicht, ob ich Tims Frau jemals wieder unter die Augen treten kann."

„Es ist nicht deine Schuld! Es war ein tragischer Unfall. Wenn überhaupt sind wir dafür verantwortlich. Sie wird es verstehen."

„Vielleicht hast du Recht, vielleicht wird sie es verstehen. Aber ich bin nicht sicher, ob ich es mir jemals verzeihen kann."

Kapitel 34

Sybilla hatte überlegt, ob sie einen Besprechungsraum für ihre Präsentation mit Prof. Bee besorgen sollte, aber eigentlich war ihr die merkwürdig familiäre Besucheratmosphäre in ihrem Krankenzimmer ganz Recht. Sie hatte erfolgreich darum gebeten, ein mobiles Flip-Chart zu bekommen, das jetzt mit einem kleinen Moderationskoffer voller Stifte, Klebezettelln und Moderationskarten in der Ecke des Zimmers auf seinen Einsatz wartete.

Prof. Bee klopfte pünktlich und betrat mit einem Lächeln den Raum.

„Frau Busch, ich freue mich, dass wir uns jetzt weiter in das Thema vertiefen können. Geht es Ihnen den Umständen entsprechend gut?"

„Hallo Professor Biener. Den Umständen entsprechend schon, aber Sie können sicherlich verstehen, dass ich mit einem Teil meiner Gedanken ständig bei meinem Mann bin."

„Natürlich, natürlich. Wissen Sie den schon Näheres, wie es ihm geht?"

„Mein Schwiegervater hat mir eine Nachricht zukommen lassen können, dass Tim stabil im Koma liegt und der Arzt ihn für transportfähig hält. Möglicherweise kommen sie in den nächsten Tagen zurück nach Deutschland."
Sie machte eine Pause und atmete tief durch. Über Tim und seinen Zustand zu reden raubte ihr viel Kraft, was Prof. Bee bemerkte, um danach freundlich lächelnd die Gesprächsführung zu übernehmen.

„Sie werden sehen, alles wird sich zum Guten wenden, die Weltpolitik hat uns ja gerade erst vorgemacht, dass es sich lohnt, die Hoffnung nicht zu verlieren. Natürlich möchte ich Sie zum jetzigen Zeitpunkt nicht unnötig mit den komplexen Detailzusammenhängen unseres Projektes überfordern, darum möchte ich dieses, wahrscheinlich zufällig anwesende Flipchart nutzen, um Ihnen ein grobes Systembild unseres Ansatzes zu vermitteln."

Er ging lächelnd zum Flipchart und sie genoss sein Talent, sie so charmant in die Materie mitzunehmen.

„Das Interactive Intelligence Project hat sich auf die Fahne geschrieben, durch das Zusammenspiel von Mensch und Maschine ein nachhaltig verbessertes Zusammenleben auf der Erde zu ermöglichen."

Er schrieb mit großen Buchstaben IIP oben auf das große, weiße Blatt und unterstrich die drei Buchstaben.

„Konkret geht es darum, wie wir Menschen von technischen Innovationen unterstützt werden könnten, um uns in unserem Handeln tatsächlich an die GOLDENE REGEL zu halten. Ist Ihnen die GOLDENE REGEL - im europäischen Raum auch gleichzusetzen mit dem kategorischen Imperativ von Kant – geläufig?"

Sybilla nickte und Prof. Bee fuhr fort.

„Die GOLDENE REGEL ist in verschiedenen Varianten weltweit in allen Kulturen und Religionen zu finden und trotzdem halten sich die wenigsten daran. Und was passiert, wenn sich die entscheidenden Schlüsselpersonen nicht daran halten, haben wir gerade wieder erleben müssen."

Er schrieb den Begriff in die Mitte des Blattes, umrandete ihn mit einem Rechteck und fügte dann noch einen roten Blitz hinzu, der das Problem abbilden sollte.

„Fragt man Einzelpersonen, ob sie sich im Umgang mit ihren direkten Nachbarn an die GOLDENE REGEL würden halten wollen, bekommt man eine sehr hohe Zustimmung. Die meisten unserer Mitmenschen haben grundsätzlich kein Problem mit der GOLDENEN REGEL als Abbild eines gerechten und intelligenten Umgangs im Alltag miteinander. Fragt man Einzelpersonen jedoch nach ihren Ambitionen als Angehörige einer definierten Gruppe, wie zum Beispiel Nation, Geschlecht oder Generation, fallen die Ergebnisse ganz anders aus. Nicht einmal 15% geben an, dass sie sich dann noch an die GOLDENE REGEL halten."

Er machte eine Pause und sah Sybilla an.

„Das ist erschreckend, aber nicht besonders überraschend. Ich glaube, mir könnte das auch passieren."

„Mir auch, keine Frage. Wir alle haben unsere Vorurteile, die uns in unseren Absichten vollkommen unbewusst beeinflussen. Gleichzeitig sind unsere Gedanken aber frei, so dass wir unsere Vorurteile immer wieder erkennen und verändern könnten. Die entscheidende Frage ist also nicht, was wir denken, sondern, was uns dabei hilft, dass wir in unserem Handeln nicht gegen die GOLDENE REGEL verstoßen. Oder anders formuliert: wie können wir die GOLDENE REGEL fest in unsere Bewertungen und Entscheidungen implementieren? Also jederzeit fühlen, dass sie die entscheidende Orientierung für unser Handeln ist?"

Er schrieb die Begriffe Handeln, Entscheiden und Fühlen mit jeweils drei Ausrufezeichen auf das Flip-Chart.

„Oder noch konkreter auf den Punkt gebracht: wie müsste eine moralische Prothese aufgebaut sein, damit jeder einzelne dazu beiträgt, unser Zusammenleben auf eine neue Stufe zu bringen und damit das Überleben der Menschheit zu sichern?"

Kapitel 35

Jeremy Higgins glaubte sich wieder auf der Gewinnerstraße. Vielleicht auf einer neuen, die noch das ein oder andere Schlagloch für ihn bereithalten würde, aber die Fahrbahn in die neue Richtung war für ihn schon deutlich zu sehen. Sein Gesprächspartner, ein gewisser Paul Smith, war sich aber noch nicht so sicher, zumindest tat er so, als wenn der Dienst, den Higgins für die amerikanische Nation geleistet hatte, noch nicht in aller Deutlichkeit zu erkennen wäre. „Berufskrankheit!", dachte Higgins grinsend. „Agenten die Smith heißen, können wahrscheinlich gar nicht anders als beschränkt zu sein."

Ihm war eben das Implantat unter lokaler Betäubung entnommen worden und jetzt war er sehr gespannt auf die Auswertung. Higgins lächelte bei dem Gedanken, dass er jetzt zu den wenigen Menschen gehörte, die mit einer Maschine über einen neuromimetischen Chip verbunden waren. Die neuartigen Bio-Nanofasern hatten dafür gesorgt, dass das implantierte Mikroaufnahmegerät in seinem Unterarm nicht von den Antiwanzen-Scannern im Weißen Haus entdeckt worden war. Der neuartige Werkstoff war in der Lage, die Aktivitäten von kohlenstoffbasierten Mikro-Maschinen in die elektromagnetische Schwingung des menschlichen Körpers einzubinden und damit für alle bestehen Scanner-Systeme unsichtbar zu machen.

„Wir haben den Mitschnitt ihres dreiminütigen Gespräches mit dem Präsidenten dekodiert. Wie sie sich vorstellen können, haben wir noch ein paar Fragen."

„Gern. Fangen wir an."
Higgins rieb sich die Hände, als wenn er seine Vorfreude über
die kommende, fette Beute nicht verhehlen wollte.

„Wie viele Personen waren insgesamt bei dem Gespräch anwesend?"

„Wir waren zu viert. Der Präsident, Stiller und ein gewisser
Stratos, der mir vorkam wie ein verschlagener Winkeladvokat
aus..."

„Danke, wir wissen, wer Gregor Stratos ist. Es gibt da diese
Stelle nach ungefähr eineinhalb Minuten."
Er startete die Aufnahme:
„...und deshalb habe ich mich entschlossen, mit vollkommen
offenen Karten zu spielen, Mr. President. Ich hoffe, Sie erinnern sich, wie wichtig Ihnen persönlich das Gelingen der Operation ANGELWING für die nationale Sicherheit war."
Und dann folgte ein merkwürdiger, kurzer Aufschrei.

„Von wem kam dieser Aufschrei?"

„Vom Präsidenten."

„Und?"

Higgins zögerte. Ihm wurde plötzlich klar, wie wenig er in der
Hand hatte.
„Es war der Präsident und er wusste genau, was mit dem Pro-
jekt ANGELWING gemeint war."

„Aber wir können es nicht hören."

„Doch! Glauben Sie mir! Er wollte gerade wie gewohnt los-
donnern, als Stratos ihn blitzschnell mit einem energischen
Griff am Arm stoppte. Der Präsident war Aufgrund dieses

derben Zugriffs so überrascht und sprachlos, dass es mich nicht gewundert hätte, wenn er Stratos als nächstes impulsiv ins Gesicht geschlagen hätte. Aber er starrte ihn dann doch nur leise vor Wut schnaubend an. Stratos blieb ganz cool und hielt ihm mühelos stand, wobei er den Präsidenten mit einer kurzen Geste eindringlich aufforderte, nichts mehr auf meine Bemerkung zu sagen. Dieser Stratos ist ein echt eiskalter Hund."

„Mr. Higgins. Danke für ihre Einschätzungen. Wir werden den Fall weiter analysieren und uns wieder bei Ihnen melden, falls wir wieder Ihre Unterstützung brauchen. Wenn das Weiße Haus Sie entgegen unserer Erwartung in den nächsten Tagen kontaktiert, sind Sie verpflichtet, uns direkt auf dem vorgesehenen Weg zu informieren und Ihre Reaktion mit uns vorher abzusprechen. Ansonsten sind Sie zur vollkommen Verschwiegenheit gegenüber jedem verpflichtet. Haben Sie noch Fragen?"

Kapitel 36

„Wie Sie aus der Konzeptbeschreibung meines Mannes sehen konnten, geht es weit über die technischen Aspekte der Vernetzung von Mensch und Maschine hinaus."

Sybilla hatte eigentlich den Entschluss gefasst, vollkommen offen zu Prof. Bee zu sein, doch sie merkte, wie schwer es ihr fiel, ihre Beteiligung selbstbewusst darzustellen. Sie fasste sich ein Herz und versuchte es erneut.

„Tim, also eigentlich wir beide sind leidenschaftlich davon überzeugt, dass bei der Entwicklung einer künstlichen Intelligenz neue Weg eingeschlagen werden müssen. Also nicht über den zwar breit ausgetretenen, aber völlig unzulänglichen Pfad von Turing-Tests, bei dem Menschen in der Konversation überprüfen, ob sie die Maschine als Maschine erkennen können."

„Geht der Ansatz Ihres Mannes eher in Richtung Lovelace-Test? Also Kreativität beweisen und etwas Eigenes erschaffen?"

„Nicht direkt. Obwohl dieser Ansatz schon wesentlich mehr hergibt als der Turing-Ansatz. Heutzutage können gute Programme kreative Outputs ohne Probleme eigenständig generieren. Selbst renommierte Kunstkritiker können den Unterschied zwischen menschlicher und maschinell erzeugter Kunst nicht mehr unterscheiden, wie ein Experiment auf der Art Basel gezeigt hat. Aber all diese Leistungen sind kein Beweis dafür, dass es so etwas wie eine umfassende künstliche Intelligenz gibt. Roboter, die malen oder Skulpturen aus einem Granitblock schlagen, haben damit immer noch keine Vorstellung davon, was Kunst ist und was sie für ein menschliches Publikum bedeutet. Mein Mann war sehr beeindruckt von Thomas Metzinger, der mit seinem Ansatz des postbiotischen Bewusstseins davon ausgeht, dass eine wahre künstliche Intelligenz ein fundiertes Bewusstsein über seine Welt, seine Zeit, seine Beziehungen und sich selbst haben muss. Darüber hinaus sollte seine mentale, also emotionale Verarbeitung von Informationen nicht nur eine Rolle im System spielen, sondern auch einen zusätzlichen Nutzen für das System erzeugen."

„Sehr interessant. Die ersten Attribute sind sehr gut nachvollziehbar, aber wie soll ein Wesen entstehen, dass einen zusätzlichen Nutzen aus der eigenen emotionalen Verarbeitung von Informationen zieht?"

„Indem es weiß, was es fühlt und warum es fühlt."

„Wie meinen Sie das?"

„Gehen wir zunächst gedanklich einen Schritt zurück. Angenommen ein wie auch immer geartetes Wesen steht plötzlich vor Ihnen und fragt Sie, was es ausmacht ein Mensch zu sein – was antworten Sie?"

„Tja, eine wirklich gute Frage. Wenn wir einmal all die körperlichen Aspekte außer Acht lassen, bleiben als Klassiker die Fähigkeit zu träumen und die Verarbeitung emotionaler Zustände - Trauer, Wut, Freude, Zweifel, Neugier und so weiter."

„Gut. Wofür steht das und so weiter?"

„Für all die anderen Facetten des emotionalen Bereichs. Da gibt es verschiedene, teils umstrittene Sammlungen – zum Beispiel die sieben Grundemotionen nach Paul Ekman. Ich habe einen Kollegen, der dieses Modell mit einer Gesichtserkennungs-KI nutzt, um die menschliche Mimik in den Gesichtern von Menschen zu verstehen. Freude, Ärger, Furcht, Verach-

117

tung, Trauer – die anderen beiden kriege ich gerade nicht zusammen, Sie sehen, das ist nicht mein Heimatgebiet..."

„Ekel und Überraschung."

„Genau, danke."

„Also, Professor, wenn ich Sie richtig verstehe, scheint es bei Ihnen persönlich keine etablierte Liste der Emotionen zu geben? Also eine, die Sie selbst anwenden, um sich selbst und Ihre Mitmenschen besser zu verstehen?"

„Nein, wenn ich ehrlich bin, gibt es die nicht. Ich fand Ekman´s Auswahl, damals, als er groß in Mode kam, nicht wirklich überzeugend, aber ich hatte auch noch nie den Ansporn, eine bessere Alternative zu finden."

„Könnte dann das wie auch immer geartete Wesen von Ihnen überhaupt erfahren, was es genau bedeutet, ein Mensch zu sein?"

Der Schweizer rieb sich nachdenklich das ausgeprägte Kinn. „Nein, vermutlich wäre ich für dieses Unterfangen ein schlechter Lehrer." Er lachte. „Deshalb bin ich ja auch in die Forschung und nicht in die Lehre gegangen."

Sybilla war sich nicht ganz sicher, ob sie Professor Bee mit Ihrem Verhör in Verlegenheit gebracht hatte, aber so ganz wohl war ihr nicht mehr.
„Falls ich Ihnen mit meinen Fragen irgendwie zu nahe getreten bin, dann bitte ich um Verzeihung."

„Nein, nein, ganz und gar nicht. Ich bin nur ein bisschen überrascht, weil ich den Ansatz Ihres Mannes bis jetzt anders eingeschätzt hatte. Immerhin hat er sich bis jetzt eher einen Namen in der Entwicklung von Simulationen im KI-Bereich gemacht. Aber, ich verstehe jetzt sehr viel besser wohin die Reise gehen könnte. Wir finden heraus, was den Menschen ausmacht, und bringen dies einer KI bei. Das hört sich gut an. Ich hoffe, alles in diesem Konzept bleibt so einfach, dass sogar ich es meiner achtjährigen Tochter beibringen könnte."

Sybilla lächelte. Sie war erleichtert, dass Prof. Bee so positiv auf ihren Einstieg reagierte, denn wenn sie ehrlich war, hatte sie mit dieser Darstellung ihren Anteil an der gemeinsamen Arbeit mit Tim weit in den Vordergrund gestellt.
„Mein Mann sagte mir einmal, dass Einfachheit in der Physik mit Eleganz und Schönheit übersetzt wird."

„Ja, die Physiker haben schon seit Langem erkannt, welch große, emotionale Kraft man braucht, um sich tagein, tagaus mit Messungen zu beschäftigen, deren Ursachen man nicht erkennen kann. Wussten Sie, dass es ernstzunehmend Berechnungen gibt, dass der uns wirklich bekannte Teil des Universums nur 4,6 % Prozent beträgt?"

„Nein, das überrascht mich jetzt ein bisschen."

„Weitere 26 % sind Dunkle Materie und alles andere – immerhin fast 70 % - wird Dunkle Energie genannt. Ich könnte mir vorstellen, dass man als Physiker sehr darunter leidet, dass man nur diese 4,6 % überhaupt erkennen kann. Ich meine, da sollte man schon ein bisschen auf seine emotionale Stabilität achten."

„Moderne Wissenschaftler scheinen sich immer mehr bewusst zu werden, dass die materielle Welt ohne die mentale oder gefühlte Welt keinen Sinn ergibt."

„Ja, so ähnlich sehe ich das auch.", entgegnete der Schweizer mit einem spitzbübischen Lächeln. „Ich habe sogar einige sehr sympathische Kollegen in der Mathematik, die ernsthaft ver-

119

suchen, die menschliche Spiritualität in ihre Modelle zu integrieren. Hatte sich der Autor Phillip K. Dick vor über 50 Jahren noch gefragt, ob Roboter von elektronischen Schafen träumen, wird jetzt darüber diskutiert, zu welchen Göttern kommende KIs beten könnten."

„Sehr spannend! Und es wäre mir sehr recht, wenn auch die Spiritualität eine neue Rolle im Weltgeschehen bekommen würde. Denn in ihrem alten Gewand der herkömmlichen Religionen kommen wir offensichtlich nicht voran. Wenn ich nur daran denke, wie viel Leid in der Vergangenheit und auch aktuell noch im Namen menschenverachtender Götter geschieht und wie sehr die Anhänger der verschiedenen Glaubensrichtungen darauf beharren, dass sie religiöse Gefühle besitzen, die unantastbar sind, dann überkommt mich eine – entschuldigen Sie den Ausdruck – Scheißwut!"
Sybilla schluckte, ihr war es unangenehm, dass sie sich so hatte hinreißen lassen.

Prof. Bee beugte sich vor und berührte vorsichtig ihren Unterarm. „Frau Busch, ich weiß genau, was Sie meinen. Auch mich überkommt immer wieder diese Scheißwut. Aber wir sollten uns dafür nicht selbst verurteilen, sondern die Kraft dahinter nutzen, um uns aufzuraffen, uns zu engagieren, um die Welt zu verändern, damit diese Scheißwut uns nicht auffrisst."

Er lehnte sich milde lächelnd zurück und wusste, dass sich seine Reise nach Hamburg schon gelohnt hatte. Sybilla könnte eine wahre Verbündete werden und selbst wenn ihr Mann nicht so bald wieder zur Verfügung stehen würde - dieser Kontakt würde dem Projekt Weltrettung noch viel ermöglichen.

Kapitel 37

Luiz war inzwischen in den USA gelandet. Er hatte gleich den ersten Linienflug von Sao Paulo nach Miami genommen. Durch Chinas Einschreiten und die Auflösung des nordkoreanischen Regimes normalisierte sich die weltweite Verkehrs- und Kommunikationslage überraschend schnell. Es war als hätte die ganze Welt nur darauf gewartet, dass sich der Unsicherheitsfaktor in Luft auflösen würde und alle wieder zum Tagesgeschäft übergehen konnten.

Japan hingegen war natürlich noch immer im Ausnahmezustand. Kein Wunder bei über 300.000 Toten und doppelt so viel Verletzten, einer vollkommen zerstörten Großstadt und einem dementsprechend großen radioaktiv verstrahlten Gebiet. Der Rachedurst der gebeutelten Nation hatte zwar ein innenpolitisches Erdbeben erzeugt, aber auf der Straße blieben die meisten Japaner ruhig, hatten sie doch wie alle Menschen weltweit mit den riesigen Friedensdemonstrationen ein Ventil für ihre Empörung gefunden. Der Rest des asiatischen Kontinents hatte Glück, denn der radioaktive Fallout der Explosion wurde nach Süden getrieben, wodurch natürlich anderswo in Indonesien, Neuseeland, Australien und den Philippinen eine Menge Stoßgebete zum Himmel gerichtet wurden.

Luiz hatte keine Probleme bei der Einreise in die Vereinigten Staaten, denn er besaß einen amerikanischen Pass. Er war in New York geboren, weil sein Vater damals als Diplomat für die UNO gearbeitet hatte und seine Mutter nicht in Argentinien zurücklassen wollte. Luiz Mutter hatte ihm das nie verziehen, sie hasste die aufgeblasenen Amerikaner mit ihrem neurotischen Traum, der in ihren Augen nur ihre paranoide

121

Angst vor ihren eigenen Schuldgefühlen verdecken sollte. Nachdem sich sein Vater kurze Zeit später von ihr getrennt hatte, ging sie schnellstmöglich wieder zurück ins heimatliche Mendoza, wo sie wenige Jahre später auf dem Weingut ihrer Familie an Krebs starb. Luiz war nie an ihrem Grab gewesen, denn er konnte ihr nie verzeihen, dass sie so kleingeistig, so borniert und katholisch war.

Er stand lang Zeit auf der Seite seines Vaters, obwohl er ihn eigentlich nur selten gesehen hatte. Anwalt wie er, groß gewachsen und weltoffen. Aristokratisch, aber nicht Aufgrund seiner Herkunft, sondern seiner Weltgewandtheit und seines messerscharfen Verstandes. Sein Vater blieb lange Jahre sein Idol.

Allerdings nur bis zu dem Moment, als Luiz merkte, dass sein Vater trotz all seiner Erkenntnisse über die Natur des Menschen und die Hintergründe des Weltgeschehens krampfhaft versuchte, in den großen Fragen anständig zu bleiben. Luiz sah darin leider nur einen tragischen, aber nicht zu verleugnenden Fall von perfider Dummheit. Wie oft musste er sich in seinen letzten Jahren von seinem Vater anhören, wie unglaublich einfältig, naiv und beschränkt die Menschen wären - nur darauf aus, ihre eigenen Pfründe zu sichern?

Genau genommen waren es nur drei Plädoyers.

Das erste gab es vor einigen Jahren als er ihn mit Amanda besuchte, einer jungen italienischen Aristokratin, die Luiz damals unbedingt heiraten wollte. Das zweite hielt ihm sein Vater, nachdem ihm ein Herzschrittmacher eingesetzt worden war und zuletzt vor einem Jahr am Telefon, nachdem der Arzt seines Vaters ihn kontaktiert hatte, weil er befürchtete, dass sein Vater es wegen seinem fortgeschrittenen Lungenkrebs nicht mehr lange machen würde.

Jedes dieser brillant vorgetragenen, aber innerlich verzweifelten Plädoyers war für Luiz im Nachhinein nur eine verdeckte Selbstanklage, weil sein Vater sich nie überwinden konnte, die Dummheit der Menschen für seinen eigenen Vorteil auszunutzen.

Luiz liebte Miami. Nicht, um hier zu leben und zu sterben, sondern als Zwischenstation, bis ihm das Leben die nächste Möglichkeit gab, irgendwo auf der Welt Kasse zu machen. Und es war für Luiz einfach, Miami zu genießen.

Er besaß schon seit mehreren Jahren eine 400 Quadratmeter große Eigentumswohnung auf Brickell Key, der exklusiven Gate Community auf einer künstlichen Insel direkt vor Miamis Küste. Die nur über eine Brücke zu erreichende, moderne Form einer Burganlage aus bis zu 40stöckigen Apartmenthäusern war nicht nur superluxeriös, sondern auch mit allen denkbaren Annehmlichkeiten und Sicherheitsmaßnahmen abgeschottet. Kameras, Satellitenscanner, Sicherheitspersonal, Drohnen und eine Sicherheitszentrale mit High-Tech-Features auf höchstem Militärniveau sorgten dafür, dass es keine unangenehmen Überraschungen gab. Es gab wahrscheinlich wenig Orte auf dem Planeten, an denen es so einfach war, das Gefühl der totalen Sicherheit mit viel Geld kaufen zu können.

Als der Empfang ihn telefonisch darüber informierte, dass er Besuch hatte, war Luiz einigermaßen überrascht, denn nur sehr wenige Menschen wussten, dass er hier ein Refugium besaß.

„Hola Enrique!", begrüßte er lässig seinen Besucher in einer abgetrennten Lobby des Empfangsbereichs.

Mit Enrique de Boca hatte er in Princeton studiert und nach dem Studium einige Projekte gemeinsam abgewickelt. Enrique schaute ihn sorgenvoll an und Luiz wusste, dass es kein Vergnügungsbesuch war. Luiz überlegte einen Moment, ob er Enrique sein Domizil zeigen sollte, aber es war nicht der richtige Zeitpunkt, um mit seinem Immobilienbesitz zu protzen und vielleicht war es sogar besser, wenn Enrique nicht genau wusste, in welchem der Häuser er sein Apartment hatte. Also gab er Enrique ein kurzes Zeichen ihm zu folgen und ging vor zum nahe gelegenen Park, der sich an der Südspitze der Insel befand. Sie steuerten gemächlich eine Gruppe von hohen Palmen an, die direkt an der diskret bewachten Uferpromenade standen.

„Du bist bestimmt nicht zum Spaß hier, mein Freund.", begann Luiz und versuchte hinter die angespannte Fassade seines Gegenübers zu schauen.
Die Bezeichnung FREUND war eigentlich übertrieben. Sie hätten vielleicht irgendwann früher einmal Freunde werden können, aber er selbst hatte immer genau darauf geachtet, keine falschen Abhängigkeiten einzugehen, die im Ernstfall einem lohnenden Geschäft im Wege stehen würden.

Enrique schwieg weiter und schaut aufs Meer.

Luiz wusste, dass jeder ankommende Gast am Empfang professionell und diskret auf Waffen, Wanzen und Sprengstoff untersucht wurde, aber trotzdem behielt er gern einige Meter zwischen sich und seinem Gast.

Endlich drehte Enrique sich zu ihm um und schaute ihm direkt in die Augen.
„Du weißt, warum ich hier bin. Du hast Pitos Gefühle verletzt.", begann er mit leiser Stimme.
Es wirkte ein bisschen lächerlich, wie er den Paten imitierte, aber der Inhalt seiner Botschaft brachte Luiz Adrenalin trotzdem in Wallung.

„Wie kann man die Gefühle eines Menschen verletzen, der eigenhändig seine schwangere Frau erwürgt hat?", fragte Luiz zurück, ohne Erwartung eine Antwort zu bekommen.

„Ich bin nicht gekommen, um mit dir über Pitos Taten zu sprechen. Es geht hier nur um dich. Um deine gottverdammte Wette, die du dir wirklich hättest sparen sollen." Enriques Ton wurde schärfer, aber er blieb leise.

„Vielen Dank für deinen Ratschlag, bist du deshalb hier?"

„Ich bin hier, um dir das Leben zu retten. Natürlich nicht gratis."

„Nein, natürlich nicht. Um den Handlanger für einen eiskalten Killer zu spielen, muss schon eine Menge für dich rausspringen. Aber mal im Ernst, erwartest du jetzt von mir, dass ich zu Grabe krieche, weil ich die Gefühle eines Mannes verletzt habe, der nicht einmal weiß, was wahre Gefühle sind? Der eiskalt jeden Menschen mit einer Bewegung seines kleinen Finger opfern würde, wenn er selbst – und zwar nur er selbst, der Meinung wäre, dass dies angemessen wäre?"
Enrique fokussierte ihn scharf, aber schwieg.
„Okay, ich mag ihn mit meiner Wette beleidigt haben. Was natürlich überhaupt nicht geht, egal, ob er vorher vollkommen selbstherrlich aus einer seiner beschissenen Launen heraus mein Todesurteil inklusive eines mickrigen Kopfgeldes verbreitet hatte. Das meinst du doch nicht im Ernst!"

„Luiz.", entgegnete Enrique immer noch betont leise. „Du hast lange genug mit Pito zusammengearbeitet und von seiner speziellen Art profitiert. Du wusstest, wie du mit seiner Ansage intelligent hättest umgehen können."

„Meine Entscheidung war intelligent! Wenn jemand auf Pito´s Todesliste landet, dann bleibt er auch drauf! Vielleicht kann man noch einen Aufschub erwirken, aber im Endeffekt ist es nur eine Frage der günstigen Gelegenheit. Und du wirst dich auch irgendwann fragen müssen, ob du nicht ein zu großes Risiko geworden bist, einfach, weil du zu viel weißt und weil sich Pito´s Laune auch jederzeit gegen dich wenden kann."

Enrique schwieg erneut und zog ein silbernes Zigarettenetui aus seiner Tasche. Er zündete sich eine Zigarette an und bot Luiz auch eine an, die er jedoch dankend ablehnte, um seine eigenen aus seiner Tasche zu ziehen. Die beiden Männer rauchten schweigend, mit dem Wissen, dass weitere Verhandlungen keinen Sinn mehr machten. Luiz kam sich plötzlich vor wie sein Vater, der sich mit seinen Plädoyers eigentlich immer nur selbst einen Spiegel vorgehalten hatte.

Doch im Unterschied zu seinem Vater bemerkte Luiz, welche Selbsterkenntnis daraus abzuleiten wäre. In seinem Geschäft und mit seiner Haltung war es kein Zufall, dass er seine Zeit mit Menschen wie Pito und Enrique verbrachte. Alle vereinte die Gier nach dem maximalen persönlichen Profit. Doch noch gab es einen grundsätzlichen Unterschied zwischen Pito und ihm: er selbst hatte zwar schon mehrfach zugesehen, wie ein Mensch ermordet wurde und hatte nie etwas dagegen unternommen, aber er hatte noch nie selbst einen Menschen getötet.

Luiz schaute wieder auf Enrique, der gerade seine Zigarette ausdrückte.

„Hast du schon mal getötet?"

„Was soll die Frage?" Enriques Blick verriet seine Irritation über Luiz spontane Frage. „Hast du etwas Angst, dass ich den Auftrag habe, dich umzubringen?"

„Nein, das habe ich nicht. Ich will einfach nur wissen, ob an deinen Händen auch Blut klebt!"

„Was hättest du davon, wenn du es wüsstest?"

„Nichts. Ist schließlich ganz allein deine Sache. Aber trotzdem danke für deine Antwort."

Luiz beendete das Gespräch und begleitete Enrique zum Empfang. Ihm war plötzlich klar, dass er so nicht weiterleben konnte. Es gab in Wahrheit keine kaltblütige Intelligenz. Unabhängig davon, ob Pito seine Killer auf ihn ansetzen würde, er müsste sein Leben ändern. Weil er selbst es wollte. Und zwar von Grund auf.

Kapitel 38

Alfonse war den Chinesen für ihr konsequentes Eingreifen in Nordkorea sehr dankbar. Dies hatte für ihn auch einen persönlichen Aspekt, denn er hatte eine Reihe chinesischer Geschäftskontakte, denen er nun mit noch mehr Hochachtung entgegentreten konnte. China hatte schon seit Längerem sein multidimensionales Auge auf den afrikanischen Kontinent geworfen und Alfonse sah ganz deutlich die Vorteile dieser Entwicklung.

Nachdem die Europäer Jahrhunderte lang jedes nur denkbare Verbrechen an der afrikanischen Bevölkerung begangen hatten und auch als moderne EU im Verbund mit den exileuropäischen Nordamerikanern nicht davor zurückschreckte, den schwarzen Kontinent weiterhin systematisches auszubeuten, war es nun endlich an der Zeit, dass eine neue Supermacht ihren Einfluss in Afrika gelten machen sollte.

China hatte keine nennenswerten Rechnungen mit den afrikanischen Völkern aus der Vergangenheit zu begleichen. Alfonse fragte sich zwar wie viele andere auch, ob China wirklich einen wirksamen Beitrag zur nachhaltigen Entwicklung Afrikas leisten wollte oder ob es China vor allem um den Zugriff auf Afrikas Rohstoffe und die Erschließung neuer Absatzmärkte ging. China hielt sich traditionell aus den innenpolitischen Angelegenheiten der Handelspartner heraus, um diese Zurückhaltung auch von der Welt für die eigene Innenpolitik einfordern zu können. Alfonse war sich nicht sicher, ob diese Strategie der Nichteinmischung für die Bevölkerung nützlich war. Das Beispiel der Uiguren machte deutlich, dass Minderheiten sehr darunter litten, dass in dem chinesischen Selbstverständnis kein korrigierender Einfluss der Weltöffentlichkeit vorgesehen war, aber unterschied sich China damit wirklich von irgendeinem anderen Staat? Manche hatten ihre grausamen Episoden der ethnischen und religiösen Verfolgung von Minderheiten schon hinter sich, andere noch vor sich und manche waren gerade mittendrin. Waren diese Missstände Anlass genug, um eine prosperierende Handelsbeziehung zu einer Großmacht zu belasten? Das Wohl der eigenen Bevölkerung zu riskieren?

Alfonse schaute nachdenklich aus den riesigen Panoramafenstern seines imposanten Büros im 34. Stock des frisch fertig gestellten Matrix Towers. Der majestätische Kongo floss träge dahin und ließ die vielen Schiffe und kleineren Boote scheinbar widerstandslos über sich hinwegziehen. Der Fluss des Lebens war sanft in Bewegung, aber er würden den Menschen jederzeit wieder ihre Grenzen aufzeigen, wenn sie versuchten, gegen den Strom zu schwimmen.

Er hatte den Tod seines Sohnes immer noch nicht verkraftet, sich aber stattdessen immer weiter von Gott entfernt. Seiner Frau Tubi wagte er von seinen zunehmenden Zweifeln nichts zu erzählen, denn er wollte ihre religiösen Gefühle nicht verletzen, obwohl er kaum noch verstand, was damit genau gemeint sein könnte. Er sah nur noch ihre schroffe Gottesfurcht und es fiel ihm zunehmend schwer, ihren Islam mit den modernen Vorstellungen über die Natur des Menschen in Einklang zu bringen.
Gott hatte seine Gefühle verletzt und er konnte es nicht mehr demütig hinnehmen. Einfach darüber hinwegzusehen, dass Ungerechtigkeit ein Ausdruck göttlicher Liebe sein soll, war ihm nicht mehr möglich. Er spürte, dass er nun eine andere Art von Verantwortung übernehmen wollte, für sich und seine Welt.

Da traf es sich eigentlich ganz gut, dass die demokratische Republik Kongo wieder einmal in Aufbruchsstimmung war. Ein weitreichender Zirkel der nationalen Wirtschaftselite versuchte, eine Bewegung der nationalen Einheit mit einem nationalen Selbstbewusstsein auf die Beine zu stellen. Vorausplanen, über die engen Grenzen des eigenen Clans hinaus den Staat als ein großes Ganzes wahrnehmen und dem afrikanischen Kontinent zu ermöglichen, Einfluss auf der Weltbühne zu haben.

Das Militär war ebenso involviert, wie die Vertreter der großen Religionsgemeinschaften. Man war schon auf ihn zugekommen, ob er nicht eine führende Rolle in diesem Prozess spielen wollte, allerdings gab es noch keine uneingeschränkte Fürsprache, was auch daran lag, dass er zu den wenigen Prozent der Muslime im Kongo gehörte. Einige glaubten zwar, dass er damit besonders gut geeignet wäre, weil er aus einer religiösen Minderheit kam und damit nicht dem Proporz entsprach, aber andere führten ganz offen ihre Befürchtungen an, dass sie keine Stärkung des islamischen Vormarsches in Afrika dulden würden.

Vielleicht war es jetzt der richtige Zeitpunkt, sich öffentlich vom Islam zu distanzieren und seine Spiritualität allein dem Wohl des Landes und des Kontinents zu widmen? Was hatte er schon zu verlieren? Er hatte den Islam als kleiner Junge angenommen, es gab keine Tradition in seiner Familie. Es gab nicht einmal eine Familie, die über ihm stand. Er war das Oberhaupt. Er würde sicherlich einigen seiner muslimischen Geschäftspartner vor den Kopf stoßen, aber diese Wogen glätten zu können, traute er sich ohne weiteres zu.

Aber was würde seine Frau sagen?

Alfonse musste in einem Anflug von Galgenhumor schmunzeln, denn er war wieder am Anfang seines Gedankens angekommen. Seine Frau und ihre religiösen Gefühle.

Vielleicht waren es auch nur seine eigenen Vorstellungen über ihre Gefühle. Vielleicht sollte er doch einfach mit ihr darüber sprechen. Im islamischen Haushalt wäre der Mann dazu verpflichtet, ein so schwerwiegendes Thema klar und deutlich anzusprechen. Aber gilt das auch, wenn es darum geht, den Islam verlassen zu wollen?

Ein Klopfen an seiner Bürotür riss ihn aus seinen Gedanken. Seine Sekretärin trat ein. „Alfonse, Ihr nächster Termin ist da. Soll ich ihn hereinführen?"

Alfonse nickt ihr leicht zu und schaute wieder auf den großen Fluss. Ihm fiel auf, wie einfach ihm jedes Geschäftsgespräch von der Hand ging und wie schwer er sich tat, wenn es um Familienangelegenheiten ging. Er nahm sich fest vor, dies zu ändern, bevor er sich umdrehte und sich seinem Gesprächspartner zuwendete.

Kapitel 39

Hin-Lun musste sich das Gespräch mit ihrem Vater regelrecht erkämpfen. Als wenn die dunkle Seite der Macht ihn einfach verschluckt hätte. Fong Li, der kleine, grauhaarige Chef seines Stabes mochte sie noch nie. Schon als junges Mädchen konnte sie seine Abneigung bei jeder Kleinigkeit deutlich spüren. Am Ende hatte sie lautstark einen sofortigen Termin mit ihrem Vater eingefordert, mit den Füßen vor dem Tresen des Empfangs aufgestampft und die einsetzende Hilflosigkeit in den Gesichtern der Umstehenden gesehen. Sie fielen für einen langen Moment in eine Starre, den Hin-Lun dazu nutze, mit einigen entschlossenen Schritten und einem kurzen Klopfen das Büro ihres Vaters zu betreten.

Ihr Vater war der neue Kaiser der Volksrepublik, und er war ein lächelnder Kaiser, als er sie bemerkte. In dem riesigen, dreigeteilten Büro saßen im Mitteltrakt an einem ovalen Besprechungstisch gut zehn ausgewählte Parteibienen vor ihren aufgeschlagenen Akten und Laptops, während eine schwarz gekleidete Frau mit strengen Blick vor einem elektronischen Smartboard mit diversen Tabellen und Grafiken stand und redete. Ihr Vater saß etwas abseits an einem kleinen Tisch und war sofort aufgestanden, nachdem er seine Tochter erblickte, um dann geradewegs auf sie zuzugehen. Die Frau schwieg sofort und alle anderen Gesichter drehten sich auch zu Hin-Lun. Ihr Vater begrüßte sie immer noch lächelnd und gab ihr einen zärtlichen Kuss auf die Stirn. Er wirkte sehr entspannt, irgendwie amerikanisch, jung, vital und sehr attraktiv in seinem eleganten dunkelgrünen Anzug und seinen graumelierten Schläfen. Man sah ihm nicht an, dass er schon weit in den Sechzigern war. Er deutete der Runde an, dass sie ruhig weitermachen sollten und ging mit Hin-Lun rüber zur dunkelroten Ledersitzgruppe neben seinem großen Schreibtisch und schob die Verbindungstüren zu.

„Mein Herz, was für eine Überraschung. Was kann ich für dich tun? Es muss sehr wichtig sein, wenn du dafür ein Scharmützel mit dem alten Fong riskierst."

Hin-Lun musste auch lächeln, aber sie fühlte sich auch schon wieder von ihm überrumpelt, wie galant er ihr jeden Ärger aus den Segeln nahm.

„Papa, ich vermisse dich." entwich es ihr spontan und sie umarmte ihn noch einmal.

„Ich dich auch, Liebes. Jeden Tag."

„Aber ich bin auch unglücklich! Es passieren hier so viele Dinge, die ich nicht mehr ertragen kann."

Ihr Vater schaute sie aufmerksam an, aber sagte kein Wort.

„Ich will nicht mehr zwischen diesen unbequemen Stühlen sitzen. Nicht hier in Peking. Das alles kommt mir vor, wie ein goldener Käfig, aus dem heraus ich ungerechte Dinge sehe, die mich verzweifelt an den Gitterstäben rütteln lassen! Ich habe lange darüber nachgedacht und ich will meine Kraft nicht weiter verschwenden, sondern sie für unsere Nation einsetzen!"

Ihr Vater versuchte zu verstehen, was sie wirklich bewegte, aber er steckte noch im Nebel und wartete milde lächelnd ab.

„Ich habe mich entschieden, ich werde ab sofort eine neue Verantwortung übernehmen – ich bin alt genug dafür!"

„Wofür?"

„Ich will für China im Ausland arbeiten."

„Im Ausland? Was soll das heißen?"

„New York! Bei der UNO in New York. New York City!"
Sie wiederholte den Namen der Stadt, die niemals schläft, mit
so viel Nachdruck, dass er grinsen musste.

„Aha, New York City. Bei der UNO. Warum nicht? Hast du
schon mit Botschafter Dong darüber gesprochen?"

Kapitel 40

Prof. Bee hatte Sybilla vorgeschlagen, einen kurzen Spaziergang im Park des Altonaer Krankenhauses zu machen. Nicht, weil dieser besonders idyllisch anmutete, schließlich konnte man recht deutlich das Rauschen der nahen Autobahn hören, die fast direkt neben dem Krankenhaus achtspurig in den Elbtunnel hinein und in fast 4 Kilometer Entfernung südlich der Elbe wieder herausführte. Nein, ein Kurort war dieser Park wahrlich nicht, aber die Sonne schien und Prof. Bee hatte die Erfahrungen gemacht, dass kleine Unterbrechungen und Ortswechsel die kreative Zusammenarbeit begünstigten.

„Wissen Sie, Frau Busch, nach Ihren ersten Erläuterungen beschäftigen mich primär zwei Fragen. Zum einen, wie wir den emotionalen Identitätskern des Menschen in ein Modell gießen könnten, das wirklich alle Facetten beinhaltet, ohne schon vorher aus ethisch-moralischen Beweggründen die scheinbar schlechten Eigenschaften und Gefühle herauszufiltern."

„Da kann ich Ihnen nur zustimmen.", entgegnete Sybilla energisch. „Ein zensiertes Modell wird uns nicht weiterbringen, wenn wir den Menschen abbilden wollen. Wir würden uns vor den Augen der Welt nur lächerlich machen. Das ist vollkommen klar!"
Sie lächelte etwas verlegen Aufgrund ihres temperamentvollen Einwurfes und setzte sich auf die nächste Bank.

Prof. Bee gesellte sich zu ihr und schaute sie etwas verunsichert an.
„Es kommt mir so vor, als wenn Sie mit der erfolgreichen Umsetzung dieser Frage keine nennenswerten Schwierigkeiten

verbinden, obwohl es bis jetzt noch kein anerkanntes Modell gibt. Oder täusche ich mich da?"

„Nein, da haben Sie Recht. Ich habe noch eine wirklich aufregende Karte im Ärmel, die ich Ihnen gern gleich noch vorstellen möchte. Aber vorher bin ich neugierig, welche Frage Sie noch beschäftigt. Also bitte, spannen Sie mich in meinem Zustand nicht unnötig auf die Folter." Sie lächelte ihn an, während sie sich demonstrativ über ihren dicken Babybauch streichelte.

„Nein, entschuldigen Sie! Nein, natürlich nicht. Die zweite Frage, die ich mir stelle ist die: Wenn wir es tatsächlich schaffen würden, ein Modell des Menschen zu definieren und dieses Modell einer KI mit einem neuromorphen, also selbst lernenden Prozessor zu vermitteln, mit der wir dann ein - nennen wir es einmal: ein Implantat entwickeln könnten, das in der Lage wäre, jedem Träger intelligente und wirksame Rückmeldungen zu jeder Entscheidung zu geben, um dadurch zukünftige Wahnsinstaten zu verhindern – wenn wir das alles tatsächlich schaffen, wie kriegen wir dann die Menschheit dazu, es auch tatsächlich zu benutzen?"

„Das, mein lieber Professor, ist wirklich eine gute Frage. Aber so weit sind wir in meinen Augen noch lange nicht. Es gibt noch so viele Herausforderungen bezüglich der technischen Umsetzung der Hardware, der Sicherheit der Vernetzung, der Kalibrierung von Regelkreisläufen auf der neuronalen und molekularen Ebene oder der Energieversorgung. Wenn diese Probleme zufriedenstellend gelöst worden sind, werden die Menschen überhaupt erst einschätzen können, welchen Nutzen unser Projekt für die Menschheit mit sich bringt und welche Vorteile der einzelne genießen würde.
Nur wenn wir es schaffen, aus unserer Vision ein konkretes Produkt zu entwickeln, haben wir eine Chance, die Menschen zu erreichen. Im Moment verstehen sich die meisten Men-

schen leider als Konsumenten und nicht als Entscheider. Doch wir müssen sie dort abholen, wo sie tatsächlich sind."

Professor Bee war sichtlich überrascht, wie realistisch und klar Sybillas Vorstellungen waren. Aber auf der anderen Seite konnte er sich noch nicht mit der Idee anfreunden, dass ihr gemeinsames Ziel zwangsläufig nur erreicht werden könnte, wenn die Menschen von einer ausgefeilten Produktkampagne zur Nutzung verführt werden würden.

Sybilla sah seine Zweifel und fühlte sich motiviert, weitere Argumente zu liefern.
„Ich möchte nicht zu hart wirken, aber meiner bescheidenen Meinung nach sind die Zeiten von I have a dream- oder yes – we can-Plakaten leider vorbei. Der Mensch hat sich nicht von den Weisheiten eines Buddha, eines Jesus oder Gandhi, eines Martin Luther King oder eines Nelson Mandela von seinem tagtäglichen Konsumwahnsinn abhalten lassen. Tim und ich orientieren uns deshalb an Pepe Mujica, dem ehemaligen Präsidenten von Uruguay, der sein Glück nur ganz konkret findet, wenn er mit erdverschmierten Händen Blumen züchtet, mit seiner Lebensgefährtin auf einem alten Moped samt Anhänger zum nächsten Markt fährt und sie für ein paar Dollar an seine Landsleute verkaufen kann."
Prof. Bee lächelte mitfühlend, als Sybilla urplötzlich der Atem stockte und sie ihre nächsten Worte nur noch mühsam herauspressen konnte.
„Tim! Ich... ich vermisse meinen Mann so sehr."
Dann fing sie an zu weinen und schlug sich beide Hände vors Gesicht.

Prof. Bee war zwar offensichtlich überrascht von ihrem heftigen Gefühlsausbruch, aber er fing sich mit einem hölzernen Schlucken wieder und legte wortlos seine Arme um ihre Schultern. Tief ein und ausatmend versuchte er Sybilla zu beruhigen, aber sie konnte anscheinend nicht aufhören, verzweifelt an ihren geliebten Mann zu denken.

Minute um Minute atmete der Schweizer weiter tief und gleichmäßig, in der Hoffnung, dass sich seine traurige Mitstreiterin auf seine Schwingungen einließe. Ihm spukten viele Gedanken im Kopf herum, aber er glaubte, dass er jetzt nicht reden sollte.

Plötzlich hörte er seine Stimme von ganz tief unten heraus leise anfangen, zu singen:

„Waaaaaaaaas müssen das für Wege sein,

wo die grooooooßen,

Elefanten spazieren gehen,

ohne sich zu stoooooßen...

links sind Bäume,

rechts sind Bäume

und dazwischen Zwischenräume...

wo die grooooooßen

Elefanten spazieren gehen,

ohne sich zu stoooßen...“

Kapitel 41

Walther F. Stiller hatte sein ganzes Leben einen Traum, der allerdings vor etwas mehr als vier Jahren mit der Diagnose eines Arztes im Krebs-Center von Washington D.C zerplatzte. Er hatte bis zu diesem Moment gehofft, dass er seine alten Tage ganz entspannt mit seiner geliebten Frau irgendwo im Sunshine State auf dem Golfplatz verbringen würde, um dann irgendwann dem Leben sanft entschlummern zu können. Doch sein Lymphdrüsenkrebs hatte etwas dagegen.
Obwohl die verschiedenen Therapien angeschlagen und seine Beschwerden nahezu beseitigten hatten, glaubte er den vielen Fallbeispielen, denen zufolge der Krebs mit an Sicherheit grenzender Wahrscheinlichkeit wieder zurückkommen würde.

Seine Frau hatte sich über die Jahre des Kampfes in eine eifrige Kirchgängerin verwandelt, die jede Möglichkeit nutze, um für ihren Mann und seine Gesundheit zu beten. Ein baptistischer Fernsehprediger hatte sie davon überzeugt, dass das ihre ganz persönliche Aufgabe, ihre Mission für das gemeinsame Seelenheil sein würde.
Walther konnte für sich nicht daran glauben und er war auch ganz froh darüber. Denn wenn er die Vorstellung eines allmächtigen Gottes wieder in sein Leben gelassen hätte, wäre es keine Überraschung gewesen, dass ihm Aufgrund seiner vielen Sünden eine verdammt schmerzhafte Zeit in der Hölle bevorstehen würde. Aber diesen Gedanken behielt er für sich, wie er schon vieles in seinem Leben für sich behalten hatte.

Unter anderem und ganz brandaktuell auch die zunehmenden Gerüchte über das Projekt ANGELWING, das immer wieder mit dem Weißen Haus in Verbindung gebracht wurde. Die Geheimdienstszene wusste scheinbar immer noch nicht, welche konkrete Rolle der Präsident in diesem ominösen Projekt spielte, aber es schien geeignet, um genug Sprengstoff in die Vorhallen der Macht zu spülen und die nächste Katastrophe der Weltpolitik auszulösen.

Walther hatte der amerikanischen Nation in unterschiedlichen Funktionen über 47 Jahre gedient, und zwar überaus treu gedient, aber nun konnte er seine Zweifel nicht mehr ignorieren. Er hatte persönlich miterleben müssen, dass der Präsident wie ein kleiner Junge ausrastete, als bekannt wurde, dass die Chinesen Nordkoreas Regime gekapert hatten.
Dies war in Walthers Weltsicht kein Fiasko, sondern eher ein Glücksgriff, um die Katastrophe in Asien nicht weiter eskalieren zu lassen, aber der Präsident sah das ganz anders.
Er schleuderte wutschnaubend im Affekt einen Brieföffner auf ein historisches Gemälde von Abraham Lincoln, der dann in der Stirn des ersten republikanischen Präsidenten stecken blieb. Allen Anwesenden stockte der Atem, während der Präsident eine selbstherrliche Bemerkung über seine Qualitäten als Messerwerfer fallen ließ.
Walther F. Stiller war von diesem widerwärtigen Schauspiel so schockiert, dass er glaubte, seinen Lymphdrüsenkrebs wachsen zu hören. Leise, schmirgelnde Geräusche drangen von innen in sein Gehirn und aus seinen Zweifeln entstand eine verhängnisvolle Gewissheit: dieser Präsident war es nicht wert. Es würde nur noch schlimmer werden und wenn Walther noch irgendetwas Positives mit dem kläglichen Rest seines Lebens erreichen könnte, dann würde er es tun.

Kapitel 42

Prof. Bee merkte, wie ihn das Erlebnis mit Sybilla im Park mitgenommen hatte. Die Erinnerung an seine auch für ihn überraschende Gesangsanlage ließ ihn zwar verlegen schmunzeln, aber er war nicht sicher, wie lange er die strapazierte Frau, die sich gerade im Badezimmer frisch machte, noch in Beschlag nehmen sollte. Auf der anderen Seite tat er sich schwer sie einfach so allein zu lassen, deshalb versuchte er sich zu entspannen und nahm sich vor, erst einmal geduldig abzuwarten.

Sybilla betrachtete sich währenddessen im Spiegel und erkannte die Spuren ihres Verlustes in ihren Augen.
„Koma heißt nicht Tod, Koma heißt nicht Tod!", versuchte sie sich flüsternd immer wieder einzureden, aber sie konnte in ihrem Gesicht sehen, dass sie ihren eigenen Worten nicht glaubte.
Sie setzte sich auf den Badewannenrand und fragte sich, was sie hier eigentlich machen würde, mit ihren neuen Ambitionen, dem Schweizer Professor nebenan und dem großkotzigen Plan, die Menschheit zu retten. Konnte sie sich doch nicht einmal ihrem eigenen kleinen Schicksal, dass ihr im Moment so unglaublich tragisch und so himmelschreiend ungerecht vorkam, in aller Ehrlichkeit stellen. Passte das wirklich zusammen? Oder ist das jetzt das Eingeständnis, dass sie eine hoffnungslose Träumerin war, die andere Menschen nur enttäuschen konnte?
Plötzlich machte sich der kleine Schatz in ihrer Gebärmutter bemerkbar, wahrscheinlich schmeckte ihm der depressive Hormoncocktail in ihrem Blut nicht. Sein kleines Knie drückte ihr mehrfach so schmerzhaft in ihre Rippen, dass sie kurz auf-

stöhnte und sich aufraffte, um sich aus dem Schmerz zu bewegen.

„Entschuldige, dass ich dich vergaß, es tut mir leid. Ich war eben so verzweifelt aber ich weiß, ich bin nicht allein, niemand ist allein auf dieser Welt, wenn er es nicht will.", hörte sie sich flüstern, atmete tief durch und öffnete vorsichtig die Tür.

Prof. Bee stand sofort auf, als sie ins Zimmer trat. Er wollte sie stützen und zum Bett geleiten, aber sie wehrte ihn freundlich ab.

„Ich kann mir gut vorstellen, dass Sie nicht sicher sind, ob ich im Moment eine wirkliche Hilfe bin.", begann sie leise, während sie einige ihrer Vorbereitungsnotizen sortierte.

„Irgendwie tut es mir leid, dass ich Sie so sehr an meiner Verzweiflung teilhaben ließ, aber irgendwie bin ich auch froh. Denn genau darum geht es doch: um unsere Momente, in denen wir nicht stark sind, in denen wir den anderen nicht zeigen können, wie viel Energie wir übrig haben, selbst, wenn es darum geht, die Welt zu retten."

Sie schmunzelte schniefend und Prof. Bee erwiderte ihr Lächeln.

„Sie haben übrigens eine schöne Stimme. Singen Sie Ihrer Tochter öfter etwas vor?"

„Eigentlich eher selten..."

„Sollten Sie aber, es tat mir wirklich gut und es würde bestimmt auch Ihrer Tochter gefallen. Und ich möchte mich noch einmal für Ihre Anteilnahme bedanken."

„Oh, nein – das müssen Sie nicht. Ich konnte Sie doch nicht einfach alleine lassen. Aber ich glaube, Sie sollten sich jetzt ausruhen, es war ein anstrengender Tag."

„Seien Sie mir nicht böse, Professor, aber ich möchte nicht, dass Sie jetzt gehen. Ich glaube jetzt ist genau der richtige

Moment, um den von mir angesprochenen Joker aus dem Ärmel zu ziehen. Denn genau jetzt geht es um das, was den Menschen wirklich ausmacht. Genau jetzt befinden wir uns sozusagen im Zentrum der 4,6% des Menschen! Und genau jetzt möchte ich Ihnen von meinen Gefühlen erzählen, als wären Sie das Wesen, das von wo auch immer herkommt und wissen möchte, was es bedeutet ein Mensch zu sein. Sind Sie dafür bereit?"

Professor Bee war sichtlich überrascht und unsicher, ob er sich jetzt wirklich auf dieses Szenario einlassen sollte. Doch auf der anderen Seite war er nicht nur neugierig auf Sybillas Joker, sondern geradezu fasziniert von der Energie dieser ungewöhnlichen Frau.
„Ja, gern. Wenn Sie bereit sind, dann bin ich es auch!"

Sybilla atmet tief durch und blickte ein letztes Mal auf ihre Notizen.
„Ich bin ein Mensch, also eine komplexe Kohlenstoff-basierte Lebensform, die es in einfachster Form schon seit über drei Milliarden Jahre auf unserem Planeten gibt. Von Anfang an musste alles Leben in dem evolutionären Spannungsfeld zweier widersprüchlicher Anforderungen bestehen: Stabilität und Innovation. Einerseits muss jeder Organismus so stabil wie möglich bleiben, damit er sein Erbgut in der Zellteilung präzise duplizieren kann oder - bei höheren Lebensformen - mit anderen seiner Art durch die verschiedenen Varianten der geschlechtlichen Fortpflanzung Nachkommen zeugen kann. Gleichzeitig muss jeder Organismus jedoch auch so innovativ wie nötig sein, um sich auf den permanenten Wandel der Umweltbedingungen anzupassen.
Nun sagt aber die Stabilität zur Innovation: Du sägst an mir! Jeder Impuls von dir kann unser Überleben gefährden! Und die Innovation entgegnet: du bremst mich ständig aus und erhöhst das Risiko, dass wir uns nicht schnell genug an den Wandel der Welt anpassen. Mit anderen Worten: der Mensch

142

ist wie alle anderen Organismen ein lebender, hoch entwickelter Widerspruch! Aber er ist das einzige Wesen, das diesen Widerspruch erkennen kann."

Sybilla machte eine kleine Pause und trank einen Schluck Wasser. Prof. Bee rieb sich aufgeregt die Nase, was ein Zeichen dafür war, dass es in ihm sprudelte und sein Mitteilungsbedürfnis rasant anstieg. Einige der Teilinformationen waren ihm neu und die Zusammenführung aktivierte eine Vielzahl von kreativen Gedanken, die er nur schwerlich für sich behalten konnte.

„Professor, wollen Sie dazu was anmerken oder halten Sie es noch ein bisschen aus?"

„Eigentlich schon, aber machen Sie erst einmal weiter, ich bin gespannt, was da noch kommt."

„Ein durchschnittlicher Mensch entwickelt schon mit wenigen Monaten ein Ich-Bewusstsein - nachweisbar mit dem Spiegeltest spätestens im Alter von ein bis zwei Jahren. Leider entwickeln sich die durchschnittlichen Menschen in diesem Aspekt bis zu ihrem Lebensende nicht mehr weiter, selbst auf dem Totenbett regiert meistens noch das ICH statt dem WIR!
Ich betone dies so ausdrücklich, weil es vollkommen unlogisch ist, dass zu unserer Lebensform ein Ich-Bewusstsein passen soll! Wir sind ein Doppelsystem, das permanent und gleichzeitig die beiden widerstrebenden Anforderungen der Evolution bedient. Nur so konnten sich unsere Vorfahren im permanenten Widerspruch überhaupt weiterentwickeln. Wir sind ein Doppelsystem aus einem großen, schnellen, unbewussten Anteil, der nach Stabilität strebt und einem kleinen, langsamen und schnell überforderten, bewussten Anteil, der gleichzeitig die Innovation sucht.
Unsere Natur als hoch entwickeltes Doppelsystem ist unser Erfolgsgeheimnis. Deshalb konnten wir den Planeten erobern!

Und wenn wir nicht endlich verstehen, akzeptieren und nutzen, dass jeder Mensch ein geniales Doppelsystem ist, werden wir unsere wunderbare Welt zerstören. Wir müssen endlich den Schritt vom IQ zum WEQ machen!"

Prof. Bee lächelte über den beeindruckenden Appell, aber er konnte nicht mehr länger schweigen.
„Frau Busch, ich danke Ihnen für diesen Einstieg und ich unterbreche sie ungern, aber der erste Samen ist bei mir schon aufgegangen. Wenn ich Sie richtig verstehe, macht es also überhaupt keinen Sinn einer KI das ICH des Menschen erklären zu wollen, weil jeder Mensch schon für sich ein WIR ist. Und wenn jeder Mensch ein WIR, also ein Doppelsystem ist, dann..."

„Es gibt kein Wenn! Es ist eine Tatsache! Und Tatsache ist auch, dass ein paar wenige die Unwissenheit der Menschen über ihre Doppelnatur unverfroren ausnutzen, um irre Gewinne zu erzielen.
Ich möchte gar nicht wissen, wie viele der jungen Afrikaner, Südamerikaner und Asiaten inzwischen auch glauben, dass sie sich ihr Glück kaufen können, wenn sie nur irgendwann genug Geld verdienen. Die westliche Idee, Wohlstand und Lebensqualität in erster Linie durch Werbung, Wachstum und Konsum zu erreichen, ist einfach nur wahnsinnig! Und fast jede Kaufentscheidung auf diesem Planeten spiegelt die Orientierungslosigkeit des einsamen ICHs wider, das in Wahrheit ein WIR ist."
Sybilla war inzwischen so in Fahrt gekommen, dass Prof. Bee sein besorgtes Gesicht nicht mehr verbergen konnte. Außerdem bekam Sybillas Argumentation so eine gesellschaftskritische Färbung, dass er die argumentative Brücke zur Erklärung der menschlichen Doppelsystematik verloren hatte.
Sybilla erkannte seinen skeptischen Blick und schlug die Augen nieder. In Sekundenbruchteilen fiel sie wieder zurück in die Rolle der aufmüpfigen Teenagerin, die ihren liberalen Bil-

dungsbürger-Eltern aus der istanbuler Oberschicht lautstark erklären will, dass sie mit ihrem dekadenten Lebensstil auf Kosten der dritten Welt nicht weitermachen können.

Sie sah das Gesicht ihres Vaters, wie er Pfeife rauchend alles an sich abprallen ließ und ihre Mutter, die mitleidig lächelnd auf sie herabsah, während sie ihm sanft seine Schultern massierte.

„Liebes, wenn du wirklich glaubst, die Welt verändern zu können, dann beweise es!"

So einfach war das für ihre Eltern.

Und mit Welt verändern meinten sie sicher nicht, ihre gediegene Doppelhaushälfte im vornehmen Hamburger Stadtteil Blankenese anzuzünden. Ihre Akademiker-Eltern waren nicht 1980 schweren Herzens aus den Wirren des Militärputsches in der Türkei nach Hamburg geflohen, um sich dann im eigenen Haus von ihrer pubertären Tochter, der sie mit ihren Entscheidungen ein weitgehend sorgenfreies Leben ermöglicht hatten, unausgereifte Vorhaltungen machen zu lassen.

„Frau Busch.", hörte Sybilla leise den Professor. „Frau Busch, ich glaube, Sie brauchen jetzt wirklich eine Pause. Ich melde mich nachher noch einmal telefonisch, bevor ich heute Abend zurück nach Zürich fliege. Und machen Sie sich keine Sorgen, Sie haben mich mit den ersten Gedanken schon so sehr beeindruckt, dass ich den Rest auf jeden Fall auch noch erfahren möchte."

Sybilla schaute zu ihm hoch und wusste, dass er Recht hatte. Was für ein liebenswerter Mann.

„Ich – äh, WIR gehen jetzt. Brauchen Sie noch etwas? Ich könnte der Schwester beim Gehen Bescheid geben..."

Kapitel 43

Robert Rob Billyboy Churchill war ein bekannter Mann in Daly Waters, im Norden des Outbacks von Australien. Das war auch kein Wunder, denn der kleine Ort hatte nur 23 Einwohner, wobei er trotzdem auf unglaublich vielen Karten Australiens verzeichnet war.

Daly Waters lag mitten im Northern Territory, hatte einen kleinen Flugplatz mit staubiger Piste, eine Poststation und mit der Stuart Tree Historic Site eine Sehenswürdigkeit, die allerdings nach der Einschätzung der meisten Touristen nicht wirklich sehenswürdig war.

Rob rollte mit seinem Rollstuhl vor die Veranda seines Holzhauses und schaute nach Norden. Es war mehr ein Wittern, seine Nase sog mit schnellen, kurzen Zügen die Luft ein, um deren feinstofflichen Gehalt zu prüfen. Rob konnte Regen riechen. Er war sich nicht sicher, ob er auch Radioaktivität riechen könnte, aber die würde wenn, dann mit dem Regen kommen. Er roch nichts. Die Wetterheinis hatten vorausgesagt, dass sich der Fallout der Atombombenexplosion in Hiroshima mit einer hohen Wahrscheinlichkeit auf das Northern Territory zubewegen würde. Hier regnete es nicht oft, aber wenn jetzt, wäre es diesmal ein verdammt schlechter Zeitpunkt für das Land.

Von den 23 Einwohnern Daly Waters arbeiteten sieben für ihn. Sein Enkel Brad, dessen Freundin Molly sowie Rusty und Blue, zwei homosexuelle Informatiker, deren gemeinsame Liebe zur Natur dafür verantwortlich war, dass sie in dieser Wildnis hängen geblieben waren. Außerdem gehörten drei ehemalige Goldsucher zum Team, die schon ihre besten Tage hinter sich hatten und alles erledigten, was anfiel.

Rob war vor 23 Jahren nach Daly Waters gekommen, um endlich seinen persönlichen Traum zu verwirklichen. Er hatte sich schon in den Siebzigern einen Namen als Ingenieur für angewandte Robotertechnik gemacht und wollte alles dransetzen, um sich ungestört seinem Lebenswerk zu widmen und dabei endlich seine Schuld sich selbst gegenüber zu begleichen. Rob saß seit seinem 19. Lebensjahr im Rollstuhl.
Er war damals betrunken Auto gefahren und hatte sowohl sich als auch die Fähigkeiten seines Wagens überschätzt, was damit endete, das sich sein getunter Dodge Roadrunner um einen mächtigen Eukalyptus gewickelt hatte. Seitdem war er von der Hüfte abwärts gelähmt und sicher, dass er alle seine Fähigkeiten einsetzen müsste, um sich am eigenen Schopf aus dem Sumpf der Behinderung zu ziehen.

Anfang des neuen Jahrtausends war er einer der ersten, deren Querschnittslähmung mit den damals neuesten Methoden behandelte werden sollte. Allerdings wurde ihm schnell klar, dass das Zusammenfügen der Rückenmarksnerven zu einer wieder funktionierenden Signalleitung völlig utopisch war. Der damalige Forschungsstand entsprach ungefähr der Idee, man könnte in einem umfänglichen Kabelbaum einfach zufällig irgendwelche Kabel durchschneiden und wieder verbinden, um dann zu hoffen, es würde schon alles wieder richtig funktionieren.

Seitdem war sich Rob sicher, dass er einen anderen Weg gehen müsste und er war diesen Weg gegangen. Er hatte sich selbst eine kleine Firma aufgebaut und war schon sehr früh auf den Zug der Entwicklung von Exoskeletten und intelligenten Prothesen aufgesprungen. Er hatte nicht nur einige der wesentlichen Durchbrüche in der Realisierung von ersten Gehirn-Computerschnittstellen mitentwickelt, die ihn zu einem reichen Mann gemacht hatten, sondern auch immer aus ganz persönlichem Interesse die praktische Umsetzung für die Betroffenen und ihre Behinderungen im Fokus gehabt.

Rob hatte schon vor sechs Jahren mit einem nur 28 Kilo schweren Exoskelett, das über einen neuromimetischen Chip an die Feinmotorik seiner Hände angeschlossen war, allein den 1531 Meter hohen Mount Zeil bestiegen. Von diesem höchsten Punkt des Northern Territory könnte man einen Umkreis von über 3.000 Kilometern überblicken, wenn man das entsprechende Sehvermögen hätte.

Für Rob war diese Besteigung ein Meilenstein auf seinem Weg zum Ziel, aber sicherlich nicht wegen der Aussicht, über Millionen Quadratkilometer trockenes Land blicken zu können. Er hatte die Expedition komplett selbstständig bewältigt. Zwar nicht wirklich allein, aber ohne jegliches Zutun seiner Begleiter konnte er nur mit Unterstützung des Exoskelettes den Gipfel erreichen. Mit dem Aufstieg war er seinem persönlichen Ziel schon sehr nah gekommen, aber wie es mit den ganz großen Zielen so ist, sie entwickeln sich manchmal auf der Zielgeraden einfach weiter. Rob träumte schon beim Gipfelabstieg davon, dass er das Exoskelett irgendwann nicht mehr mit seinen Händen, sondern nur noch mit seinen Gedanken steuern würde.

Sein Enkel Brad trat zu ihm und bot Rob eine Tasse dampfenden Kaffee an. Es war noch früh und man konnte den frischen Tau mit der Zunge in der Luft schmecken.

„Machst du dir Sorgen?"

„Du nicht?"

„Nein, ich glaube, es wird in den nächsten zwei Wochen kein Regen fallen. Chet, Bones und die anderen Jungs sind auch meiner Meinung. Außer, es gäbe hier jemanden, der noch eine persönliche Schuld zu begleichen hätte - der würde das Unglück natürlich anziehen."

Rob nahm einen Schluck Kaffee und schwieg. Er mochte es nicht besonders, wenn sein Enkel mit den Aborigionals rumhing, aber noch weniger würde es ihm gefallen, wenn etwas dran war, an den spleenigen Vorstellungen dieser Leute.

„Und? Alles klar bei dir, Grandpa?"

Kapitel 44

Higgins hatte nichts mehr vom Weißen Haus gehört – er war bis auf weiteres beurlaubt und sollte sich erholen.

„Erholung? So ein Quatsch, du bist doch noch kein alter Mann! Die wollen, dass du dir eine neue Stelle suchst!"

Sein Frau Martha hatte keine Ahnung, wovon sie sprach. Aber wie auch, er hatte ihr noch nie erzählt, was er wirklich in den letzten dreißig Jahren beruflich gemacht hatte. Er hatte sich immer damit rausgeredet, dass er es nicht durfte, aber eigentlich war seine Ehe mit Martha einfach nur eine Tarnung, um seinem schmutzigen Geschäft einen anständigen Anstrich zu geben. Martha war als Tarnung eine gute Wahl. So bieder, so berechenbar, so einfältig, niemand stellte in Frage, dass sie die Ehefrau eines ganz normalen Verwaltungsbeamten der amerikanischen Regierung war. Aber war Martha auch eine gute Wahl als Frau für ihn? Hatte er sein Leben überhaupt gut gewählt?

Früher, als er noch jung war, musste er sich diese Frage nicht stellen. Die vielen Auslandseinsätze, die aufregenden, oftmals blutigen Missionen, die vielen Prostituierten, die Drogen, der viele Alkohol. Andere gingen ins Kino, um James Bond in seinen spannenden Abenteuern zu bewundern und ihrem tristen Alltag zu entfliehen, er ging ins Kino um sich mit seiner Frau bei biederen Hollywoodschmonzetten zu entspannen. James Bond´s Geschichten wirkten im Vergleich zu seinem beruflichen Alltag wie aufgeplusterte Abziehbilder einer neurotischen Werbekampagne für den degenerierten Jetset.

Doch nun schien alles vorbei. Seit seiner Beurlaubung hatte Higgins keinen Zugang mehr zur Praxis der Geheimdienste. Er war komplett von allen Informationsquellen abgeschnitten, weil der zuständige Agent Smith ihm mit Nachdruck geraten hatte, auch privat alle Aktivitäten herunterzufahren, weil er sicherlich noch eine Zeit lang überwacht werden würde.

Deshalb konnte Higgins auch nicht wissen, dass die Chinesen inzwischen herausgefunden hatten, dass die Atombombe in Pjöngjang durch eine Drohne israelischer Bauart zum Ziel gelangt war und die Signatur der Strahlung eine weißrussische Herkunft der Bombe überaus wahrscheinlich machte.
Die Situation spitze sich zu, denn jetzt fragte sich die gesamte Welt der Nachrichtendienste, wer in der Lage sein könnte, eine israelische Drohne mit einer weißrussischen Atombombe zu kombinieren. Und dafür gab es nicht so viele Verdächtige.

Wenn Higgins auf dem neuesten Stand gewesen wäre, hätte es ihn nicht überrascht, wenn er plötzlich das leise Plopp eines schallgedämpften Projektils gehört hätte, das nur Millisekunden später in seine Brust oder seinen Schädel eingedrungen wäre. Es hätte ihn auch nicht überrascht, wenn Smith und seine Kollegen nur genau darauf gewartet hätten, um den Killer nach seiner Arbeit zu schnappen und ihn dann als ultimatives Druckmittel gegen das Weiße Haus zu nutzen.

Aber auch ohne diese Informationen überraschte Higgins gar nichts mehr. Seinen allerletzten Einsatz hatte er im erfolglosen Geplenkel mit dem Präsidenten verspielt und nun konnte er nur noch hoffen, dass ihn alle als unwichtigen Verwaltungsbeamten einstuften, der kurz vor der Rente stand. Und wenn er dieser Gnade wirklich anheim fallen würde, dann könnte Martha auf ihre alten Tage doch noch genau die Richtige für ihn werden.

Kapitel 45

Sybilla war eingeschlafen. Sie träumte davon, mit Tim und den Kindern, es waren inzwischen vier, auf einer windigen Nordseeinsel am Strand zu liegen. Tims Handy klingelte, aber er unternahm keine Anstalten ranzugehen. Sie hatte mehrere Kinder gleichzeitig auf ihrem Schoß und konnte ihn nur mit ihrer Fußspitze anstupsen, aber er reagierte einfach nicht, während der Klingelton immer lauter wurde. In ihrer Unbeweglichkeit, fing sie an, ihn anzuschreien, aber er schaute nur unbedruckt bewegungslos weiter auf´s Meer.

Dann wachte sie auf und brauchte einen Moment, um zu realisieren, dass sie im Bett ihres Krankenzimmers lag und ihr eigenes Handy klingelte. Sybilla wälzte sich zur Seite, aber es war zu spät. Sie erkannte auf dem Display die Nummer ihrer Schwester und drückte automatisch auf Rückruf. Die Sonne war schon aufgegangen und sie fragte sich, ob sie irgendetwas Wichtiges vergessen hatte, während es bei ihrer Schwester klingelte.

„Hallo Mami!", hörte sie Theos helle Stimme.

„Hallo mein großer Schatz!", antwortete sie erleichtert, aber auch mit einem deutlichen Schuldgefühl, denn sie hatte die Möglichkeit, dass ihr Sohn sie sprechen wollte, überhaupt nicht in Betracht gezogen.

„Geht es dir schon wieder besser?"

„Ja, mein kluges Kind, mir geht es schon wieder besser. Und dir? Wie geht es euch?"

„Wir waren heute im Zoo. Mit Elefanten und Tigers und ganz vielen Fischen und einer langen Schlange vor dem Eisladen. Und Tante Maria ist eine ganz schlechte Autofahrerin."

„So? Wie kommst du denn darauf?", fragte Sybilla belustigt.

„Die anderen haben gehupt und sie stand im Wege rum und hat geflucht."

„Na, dann gibt mir doch mal die schlechte Autofahrerin. Ich hab dich lieb."Theo reichte wortlos den Hörer weiter. „Na, Schwesterherz, habt ihr zusammen Spaß gehabt?"

„Fürchterlich! Du glaubst ja nicht, was auf den Straßen los ist. Echtes Affentheater. Und Du? Wie geht es dir? Hast du was von Tim gehört?"

„Nein, nichts Neues. Ich bin echt erschöpft und die Ungewissheit macht es nicht besser. Aber ich habe gerade von ihm geträumt und – entschuldige, da ruft noch jemand an – ich glaube, es ist Guido! Ich melde mich gleich noch mal – Tschüss und danke! Hallo?"

„Hallo Sybilla."

„Hallo Guido. Wo seid ihr und wie geht´s Tim?"

„Unverändert. Er liegt stabil im Koma und der Arzt hält ihn für transportfähig. Wir haben jetzt einen Flug. Morgen Nachmittag kommen wir in Frankfurt an und ich organisiere dann den Weiterflug nach Hamburg. Alles Weitere müssen wir dann sehen, aber mach dir keine Sorgen, ich kümmere mich um ihn – und er wird wieder aufwachen, das verspreche ich dir!"

Sybilla musste schlucken, Guidos Stimme hörte sich so entschlossen, aber auch so kalt und hart an. Und gleichzeitig so weltfremd und schuldbewusst. Wie verzweifelt muss er sein, dass er mir so ein Versprechen gibt?
Sybilla verkniff sich ihre trüben Hintergedanken und wollte das Gespräch auf die Tage vor Tim´s Operation lenken, aber Guido blieb verschlossen und einsilbig. Er hatte schon in der Vergangenheit kaum Interesse an seiner Schwiegertochter gezeigt und jetzt lag der regungslose Körper seines Sohnes zwischen ihnen wie ein mächtiger dunkler Fels, der jeden Kontakt zur Qual machte.

Morgen Nachmittag. Sybilla konnte sich nicht freuen. Die Vorstellung, ihren liebsten Mann im Koma liegen zu sehen, schnürte ihr die Kehle zu. Sie dankte Guido kurz mit letzter Kraft und legte auf.

Wollte sie jetzt mit jemandem sprechen? Mit ihrer Schwester? Nein, lieber nicht. Was sollte sie ihr sagen? Dass sie sich vor der Vorstellung fürchtete, dass ihr Ehemann morgen nach hause kommt und so gut wie tot ist?
„Koma ist nicht tot!", hörte sie sich laut sagen, aber es blieb nur ein absurder, flüchtiger Einwurf, dem sie keinen Glauben schenken konnte. Ihre Gedanken waren zwar nach wie vor frei, aber sie hatten keine Wirkung auf ihre gefühlte Ohnmacht. Keine Befreiung, keine Hoffnung, sie fühlte sich immer tiefer in die Dunkelheit absinken.

Ihr Handy klingelte plötzlich erneut, es war Professor Bee. Ihr Herz schlug schneller, aber sie starrte nur auf das Display, anstatt den Anruf entgegenzunehmen. Ja, diese Nummer verlieh ihr Hoffnung, aber in einer ganz anderen Richtung. Es war nur Ablenkung, kein Trost. Nein, das war nicht fair. Prof. Bee war ein Trost, sogar ein sehr charmanter, liebenswerter Trost. Vielleicht zu liebenswert, vielleicht sogar eine Spur zu charmant und gutaussehend.

Das Klingeln hatte aufgehört und ließ sie allein zurück. Aber Sybilla wusste, dass sie nicht allein war. Sie legte ihre Hände auf ihren prallen Bauch und begann leise zu singen: „Waaaas müssen das für Wege sein, wo die grooоßen Elefanten spazieren gehen, ohne sich zu stoooоßen…"

Kapitel 46

Luiz wollte zuerst sofort aus der Festung Brickell Key verschwinden, aber dann besann er sich noch einmal eines Besseren. Hier war er zunächst einigermaßen sicher vor Pitos Racheengeln. Hier konnte er einen Plan schmieden, ohne sich immer umdrehen zu müssen und zu befürchten, dass gerade eine Waffe auf ihn gerichtet wäre.

Auf seinem imposanten, wandgroßen Flachbildschirm liefen die Nachrichten. In Japan gab es dramatische Unruhen. Eine Gruppe kaisertreuer Militärs hatte versucht, die Macht zu übernehmen, aber der Staatsstreich war im Regierungsviertel Tokios steckengeblieben. Die Regierungstruppen schlugen mit erbarmungsloser Härte zurück und gewannen nach mehreren Stunden heftigen Häuserkampfes mit einigen Hundert Toten dann doch schnell die Oberhand. Es gab Kamerabilder aus einem Helikopter, die zeigten, wie sich eine größere Anzahl von Aufständigen selbst erschossen, nachdem sie endgültig einsehen mussten, dass der Putschversuch gescheitert war.

Japans Seele war vor den Augen der Weltbevölkerung am zerbrechen und Nippons Ehre bekam den nächsten Schlag. Der Kaiser hatte abgedankt und der Kommentator sprach von seinem rituellen Selbstmord, dem Seppuku mit einem traditionellen Dolch, um die Ehre des Landes wiederherzustellen. Doch viele Japaner empfanden diese Maßnahme eher als gegenteiliges Signal, denn das geschundene Land hätte jetzt jeden Strohhalm gebraucht, um seine Identität bewahren zu können. Noch nie hatte ein japanischer Kaiser diesen drastischsten aller Schritte gewählt, um seinem Volk den Gesichtsverlust ersparen zu wollen. Traumatisiert taumelte das Land der aufgehenden Sonne in eine ungewisse Zukunft.

Luiz saß tief betroffen vor dem Fernseher. Die alten Werte zur Verteidigung der Tradition waren ihm eigentlich zuwider, aber er war auf eine unheimlichen Art und Weise von dieser einfältigen, doch aufrichtigen Haltung beeindruckt.

Eine ganze Nation mit ungewisser Zukunft unterschied sich nicht wirklich von einem einzelnen Menschen, der nicht wusste, was auf ihn zukommen würde. Aber ist es nicht immer so? Können wir wirklich wissen, was uns morgen erwartet? Machen wir uns nicht ständig etwas vor, wenn wir glauben, das Leben verliefe in geregelten Bahnen?

Es gibt keine Sicherheit und wir können nichts über unsere Zukunft wissen – sie ist noch nicht passiert. Außer unserem Tod ist nichts sicher. Oder selbst der nicht? Luiz hatte schon vor Jahren von einigen Suppereichen gehört, dass sie sich einfrieren lassen würden, um auf die medizintechnischen Fortschritte der Zukunft zu hoffen. Die Kryonik war ein potentes Geschäftsfeld, weil die Zielgruppe der First Mover bereit war, Unsummen dafür zu investieren, dass sie selbst irgendwann in den Genuss eines nahezu unendlichen Lebens kommen könnten. Einige hatten sogar schon ganze Kryonik-Firmen aufgekauft, um sich selbst und ihre Angehörigen bestmögliche Chancen zu sichern.

In früheren Zeiten bewiesen gigantische Grabmähler und ein aufwendiger Ahnenkult die Bedeutung der großen Dynastien. Heutzutage wurden geheime Labors mit Higtech-Kühlschränken und Wiederbelebungs-Technologien zu Statussymbolen.

Es war aber nur noch eine Frage der Zeit, bis auch die Preise der kommerziellen Anbieter auf unter 50.000 Euro sinken würden, weil die Nachfrage kurz davor stand, die Regeln des Massenwettbewerbs auszulösen. Schon bald würden vollkommen durchschnittliche Menschen sich zwischen einer Beerdigung im Eichensarg oder einer Kryostase zum Discount-

157

preis entscheiden können. Aber wie auch immer, Voraussetzung für ein Weiterleben nach dem Einfrieren war ein Körper, der in einem halbwegs reperablen Zustand eingefroren werden konnte. Ein natürlicher Alterungsprozess, eine klar definierte Krankheit, aber kein Loch im Schädel oder im Herzen, das durch die Waffe eines gedungenen Mörders hinzugefügt wurde.

Luiz schaltete den riesigen Flachbildschirm auf Monitormodus, denn er wusste, dass er sich nun voll auf die Verlängerung seines Lebens konzentrieren musste. Intensive, strategische Überlegungen, Wahrscheinlichkeitsberechnungen mit einem adaptiven Algorithmus aus dem Börsengeschäft, um alle mulitfaktoralen Möglichkeiten abwägen zu können. Er musste die Profile seiner wichtigsten Netzwerkpartner eingehend analysieren, um deren Reaktionen einschätzen zu können und zu wissen, mit wem er wirklich rechnen könnte. Er krempelte die Ärmel hoch und machte sich ans Werk.

Nach einigen Stunden und mehreren Espressi hatte Luiz einen fundierten Überblick über seine Lage in Form von gut einem Dutzend Teilstrategien, die nebeneinander auf dem großen Monitor prangten. Chancen-orientiert gesehen hatte er eine Menge Möglichkeiten. Er hatte hochwertige Kontakte, genug Geld und eigentlich keinen Zeitdruck. Aber die wertvollere Perspektive war eindeutig die des pessimistischen Risikomanagers, denn jeder Fehler könnte sein letzter sein.
Er bewertete die wichtigsten Schlüsselfiguren seines Netzwerkes erneut und musste feststellen, dass er zwar hochkarätig Persönlichkeiten kannte, die ihm aber nur wenig nutzen würden. Zu groß war die Wahrscheinlichkeit, dass sie mit ihrer Loyalität mehr verlieren würden, als er ihnen anbieten konnte. Die Wut stieg in ihm auf. Aber es ging jetzt nicht darum, sich abzureagieren und die Inneneinrichtung zu zertrümmern, sondern er brauchte einen Ausweg. Eiskalt bleiben, nachdenken. Was wäre ein schlagkräftiger Angriff? Pitos direkte Kon-

kurrenten mit heiklen Informationen füttern? Weltweit hatten kriminelle Paten generell wenig übrig für verräterische Überläufer und Pito war kein Idiot, er wäre sicher schon auf diesen Schachzug vorbereitet. Nein, es musste einen anderen Weg geben!

Er musste an Enrique denken und wurde den Verdacht nicht los, dass Enrique ihn doch persönlich liquidieren sollte, es aber nicht ernsthaft versucht hatte, weil ihre Begegnung keine günstige Gelegenheit hergegeben und Luiz das Thema direkt angesprochen hatte.
Hätte er vielleicht doch direkt mit Pito sprechen sollen? Sie hätten sich irgendwie einigen können. Pito wollte eigentlich nur, dass er vor ihm zu Kreuze kriechen würde. Es kam nicht darauf an, dass er cleverer als Pito war. Es ging nicht um Intelligenz, sondern um Macht. Seine Macht anzuerkennen, das war alles, was Pito wollte. Wenn er doch nur nicht diese Wette platziert hätte. Aber nein, stopp! Dann hätte den Rest seines Lebens in Angst verbracht. Gedemütigt von einer Kreatur, die ihm nicht das Wasser reichen konnte und nur darauf gewartet hätte, den nächsten Anlass zu finden, um die Daumenschrauben wieder anzuziehen. Die Wette war seine Rettung! Eine Entscheidung, die Konsequenzen erzeugte. Und mit diesen Konsequenzen würde er auch zurechtkommen.

Was war mit der Möglichkeit, unerkannt zu fliehen? Es gab einige Unternehmen, die darauf spezialisiert waren, Menschen mit genug Geld untertauchen zu lassen. In verdunkelten Limousinen von Tiefgarage zu Tiefgarage, niemand könnte zurückverfolgen, wo er sich gerade wirklich aufhalten würde. Dauernde Ortswechsel, dauernd auf der Flucht – leider ohne Licht am Ende des Tunnels! Und Pito kannte diese Unternehmen wahrscheinlich auch. Es wäre nur eine Frage der Zeit, bis es ihn irgendwann erwischen würde. In irgendeiner Tiefgarage verblutend, erschossen von einem räudigen Bodyguard, der einfach mehr Geld von der anderen Seite geboten bekommen hatte.

Egal, wie viel Geld er zur Verfügung hätte, er lebte in einer Welt, in der es keine kaufbare Sicherheit gab. Nicht auf Dauer, nicht mit dem Anspruch, dabei ein entspanntes Leben zu genießen. Also, wenn untertauchen, dann richtig! Die Seiten wechseln. Zu den Guten überlaufen. Luiz musste lächeln. Die CIA als die Guten zu bezeichnen wäre ihm vor ein paar Tagen niemals eingefallen. Aber jetzt hatte sich seine Sicht verändert. Es ging um seine Haut. Nein, es ging um viel mehr! Wenn er jemals eine wirkliche Bedeutung auf diesem Planeten erlangen würde wollen, dann nur mit aller Konsequenz! Vom Saulus zum Paulus. Also Schutzprogramm, Gesichtsoperation – das volle Orchester, und er wusste auch schon, wen er anrufen müsste.

Kapitel 47

Professor Bee saß in der Business Lounge am Flughafen in Hamburg. Das Boarding für seinen Flug nach Zürich würde in fünf Minuten beginnen.
Er war unruhig. Sollte er Sybilla noch einmal anrufen? Er hatte ihr freundlich und dankbar auf die Mailbox gesprochen, aber war das genug? Er war sich als Doppelsystem offensichtlich nicht einig. Irgendwie fehlte ihm immer noch die entscheidende Information, um Sybillas und Tims Ansatz wirklich zu verstehen oder genauer gesagt, zu fühlen.

Tims Simulationen deuteten daraufhin, dass er ein System entwickelt hatte, wie ein künstliches Bewusstsein programmiert werden könnte, um tatsächlich – vielleicht nach den Kriterien von Metzinger – intelligentes Verhalten nicht nur zu zeigen, sondern auch zu bewerten und sich durch diese Bewertung selbstidentifizierend in zukünftigen Interaktionen weiterzuentwickeln.
Damit wäre eine Basis vorhanden, um eine künstliche Intelligenz aufzusetzen, mit der man den Menschen als biologisches Vorbild jeder Intelligenzvorstellung besser verstehen könnte. Leider erklärte sich diese Meta-Programmierung aber nach seinem Wissenstand noch nicht von selbst.

Besonders die emotionale Bewertung, auf der die Weiterentwicklung der künstlichen Intelligenz beruhte, war Prof. Bee noch ziemlich schleierhaft. Er hatte sich Aufgrund des Gespräches mit Sybilla über den neuesten Stand der Persönlichkeitsforschung informiert und mit der Persönlichkeits-System-Interaktions-Theorie von Julius Kuhl ein interessantes Modell gefunden. Kuhl ging auch von einem bewussten und unbe-

wussten Anteil aus, die er der linken und rechten Hirnhälfte
zuordnete. Er hatte jedoch noch weitere Systemelemente integriert. Neben dem unbewussten Extensionsgedächtnis und
dem bewussten Intensionsgedächtnis gab es noch ein Objekt-
Erkennungssystem, das Probleme, Gefahren und Fehler identifizieren soll und verschiedene, bewusste Ausführungssyste-
me, die allerdings auch intuitive Handlungsprogramme beinhalteten. Zunehmend schwammig wurde das Ganze aber mit
den beiden Kernmotiven der Willensbahnung und des
Selbstwachstums, die über die Bewältigung von negativen Gefühlen und der Wiederherstellung von positiven Gefühlen o-
perativ umgesetzt werden sollen.

Und hier kreuzten sich wieder alle Wege in einem zentralen
Begriff: Gefühl. Was sollte damit eigentlich genau gemeint
sein? Wenn es Sybilla und Tim gelungen war, die menschliche
Bewertung von Reizen wirklich in eine Programmierlogik zu
gießen, müssen sie mit einer klaren Definition der Gefühle gearbeitet haben. Und dieses System wollte Sybilla ihm eigentlich in ihrem letzten Gespräch offenbaren. Aber dieses Missing
Link fehlte Prof. Bee jetzt, um den Grundpfeiler seines Projektes voranbringen zu können.

Er fühlte sich irgendwie blockiert. Sollte er doch noch einmal
insistieren und Sybilla um die Infos zu bitten? Er konnte seine
Zerrissenheit körperlich spüren und die Zeit lief gegen ihn,
denn das Boarding für seinen Flug zurück nach Zürich hatte
schon begonnen. Er war ein Doppelsystem, also: was sagte
sein Bewusstsein? Wir sind nur wenige Kilometer von der In-
formationsquelle entfernt, also steig nicht in den Flieger, sondern fahre noch einmal nach Altona ins Krankenhaus! Sein
Unbewusstes fühlte sich bei dieser Vorstellung nicht wohl. Er
wollte die Beziehung zu Sybilla nicht weiter strapazieren und
man kann niemanden – besonders keine Schwangere, die gerade einen Nervenzusammenbruch überstehen musste, weil

ihr Mann im Koma liegt – zu ihrem Glück zwingen. Selbst, wenn es um die Rettung der Welt geht. Oder?

Er konnte sich nicht entscheiden und aktivierte in einer Übersprungshandlung sein Tablet, um die nächsten Flüge nach Zürich zu prüfen. Als allererstes sah er jedoch, dass Sybilla ihm gerade eben eine E-Mail geschickt hatte.

„Lieber Professor Biener,
ich möchte mich noch einmal ganz herzlich für Ihre Anteilnahme bedanken. Leider muss ich mir eingestehen, dass ich aufgrund meiner Situation und meiner Verfassung im Moment nicht in der Lage bin, konzentriert an der Rettung der Welt mitzuarbeiten. Deshalb habe ich Ihnen anbei das Script des Gefühls-Managements von Dr. Gabriel Skimada angehängt, mit dem wir in der Simulation gearbeitet haben. Wenn Sie weitere Fragen haben, stehe ich Ihnen natürlich gerne zur Verfügung.
Ich wünsche Ihnen alles Gute und verbleibe mit den besten Wünschen
Ihre Sybilla"

Na so was? Was für ein glücklicher Zufall! Oder war dies schon das erste Ergebnis seiner Akzeptanz als Doppelsystem? Er musste lächeln, weil er noch nie an Zufälle geglaubt hatte und diese neue Erklärungsthese einen gewissen Charme bekam. Hastig öffnete er das angehängte PDF: Gefühls-Management mit Elefant und Reiter: es gibt keine schlechte Gefühle, sondern nur Kraftvolle, die wir bis jetzt noch nicht ausreichend wertschätzen und managen konnten!
Er fing sofort an zu lesen.
Prof. Bee war so neugierig und fasziniert, dass er den letzten Aufruf zum Boarding überhörte. Erst, als die Boarding-Dame persönlich zu ihm herantrat und ihn noch einmal ansprach, packte er sein Tablet und lief selig grinsend zum Gate.

Kapitel 48

Alfonse ärgerte sich sehr. Er hatte das Gespräch mit seiner Frau komplett versägt. Sie war zum Schluss schreiend rausgelaufen und er musste sich mit aller Kraft zügeln, um seine Wut nicht an irgendeiner teuren Vase oder anderem Deko-Schnickschnack abzureagieren. Schlechter hätte es nicht laufen können.

Alfonse war danach zu seinem langjährigen Freund Noel geflüchtet, damit ihm nicht der Himmel auf den Kopf fiel. Noel hatte schon bei der Begrüßung so herzhaft über die grimmige Mine seines besten Kumpels lachen müssen, dass Alfonse gar nicht anders konnte, als nach anfänglichem Zögern auch in das ansteckende Gelächter einzufallen.

Noel war ein in vielerlei Hinsicht ungewöhnlicher Mann: er hatte keine Ehefrau, aber 14 Kinder, er war katholisch getauft, aber arbeitete gern auch als ndoki, um mit Geistern jeglicher Art zu kommunizieren und er hatte 4 Jahre auf einem englischen Internat verbracht, wo er das Snookerspiel für sich entdeckt hatte. Auch beruflich war Noel vielseitig unterwegs. Einerseits bewegte er sich als CEO einer aufstrebenden Software-Firma zum Teil in den gleichen Kreisen wie Alfonse, andererseits war er als gefragter DJ und Videokünstler auf vielen Events präsent, die von der hippen und zumeist wohlhabenden Jugend Afrikas frequentiert wurde. Zwar war Noel im Vergleich zu Alfonse ein finanzielles und politisches Leichtgewicht, aber der zielstrebige und disziplinierte Alfonse schaute öfter mal neidisch auf seinen kreativen Freund.

„Du weißt, dass ich ein skrupelloser Schweinehund bin!", begann Noel und entzündete einen imposanten Grasjoint. „Und du weißt, dass ich nichts ohne Gegenleistung mache, ganz so wie es die Gepflogenheiten unseres Landes vorschreiben." Er zog erneut genüsslich an dem Joint und inhalierte tief. „Und da du den Eindruck machst, dass ich dir zuhören soll, wirst du mir im Gegenzug auch zuhören müssen. Haben wir einen Deal?"

Alfonse nickte und ging zu der einladenden Bar hinter dem riesigen Snookertisch und goss sich einen größeren Cognac ein. Dann setzte er sich in einen der Clubsessel und fing an zu erzählen. Von seinen Zweifeln, von seiner Unfähigkeit, den Tod seines Sohnes zu verarbeiten, von seiner Wut auf Gott, von seiner Absicht, sich vom Islam loszusagen und dem vollkommen verunglückten Gespräch mit seiner Frau, die sich gottesfürchtig gab, sich fadenscheinig hinter ihren ach so religiösen Gefühlen versteckte und für ihn unerreichbar war.

Noel hörte sich alles an und lächelte. Als er merkte, dass Alfonse nichts weiter hinzufügen wollte, stand er auf und nahm sich einen Queue, den er spielerisch mit der hinteren Kante auf den Boden aufstampfen ließ, wie ein Dorfchief seinen Häuptlingsstab auf dem staubigen Lehmboden der vergangenen Zeiten.
„Al, mein Freund. Ich habe dir zugehört und ich glaube, ich habe dich gut verstanden. Jetzt bist du an der Reihe. Alfonse Gerome Mbati, du bist der beste Manager, den ich kenne und du weißt, ich kenne viele. Du bist der Beste im Kongo und vielleicht auch in ganz Afrika. Die ganze Republik wird sich glücklich schätzen, wenn du eines Tages ihr König sein wirst. Ganz Afrika wird sich glücklich schätzen, wenn du eines Tages der Kaiser sein wirst. Du kennst die Spielregeln der Macht und du kennst die Menschen, deshalb fällt es dir leicht, sie für dich zu gewinnen. Also, was ist der Unterschied zwischen

165

dem, was du erzählt hast und dem, was ich gerade sagte? Hm?"

Alfonse dachte kurz nach.
„Es gibt keinen Unterschied. Es sind lediglich die beiden Seiten der gleichen Medaille." Er war sichtlich zufrieden mit seiner Antwort und lehnte sich zurück.

„Alfonse, Alfonse, Alfonse."
Noel schüttelte lächelnd den Kopf und kam näher.
„Ich sehe dir an, wie zufrieden du mit deiner Antwort bist. Wie ein schmeißfliegenbesetzter Politiker, der in einer kniffligen Talkshow bewiesen hat, dass er der Mann ist, den keiner am Arsch kriegen kann. Aber weißt du was? Dich selbst kannst du nicht verarschen! Der Unterschied zwischen dem, was du von dir erzählt hast und dem was ich über dich erzählt habe, ist, dass du keine Ahnung hast, wer du bist! Ich weiß wer du bist! Der kommende Pharao! Aber du hälst dich für einen wütenden Zwölfjährigen, der am liebsten alles kurz und klein schlagen möchte, aber nicht einmal das kann, weil ihn die ganze Welt für einen kommenden Kaiser hält!"

Alfonse war beeindruckt, aber nicht verstört, dafür kannte er seinen Freund schon zu lange und zu gut.
„Verstehe. Also was fehlt mir?"

„Du wirst selbst drauf kommen. Wann läuft alles so, wie du es willst?"

„Wenn ich weiß, was ich will und weiß, welche Karten im Spiel sind."

„Genau. Aber deine Gefühle sind schwarze Karten in diesem Spiel, mit denen ich eher die Geister rufen könnte, als du dein Ziel erreichen. Du hast keine Ahnung, warum du Gefühle hast! Wahrscheinlich weißt du nicht einmal, welche Gefühle es gibt! Du trauerst und beschwerst dich, dass du dabei trauern musst. Du bist wütend und verstehst nicht, dass deine Wut nur Ausdruck deiner Angst ist. Du bist ein Meister darin, die Bedürfnisse der anderen zu verstehen, aber du hast keinen blassen Schimmer, was in dir selbst vorgeht. Das ist traurig. Sehr, sehr traurig."

Noel schwieg einen Moment, bevor er wieder laut lachte. Dann trat er dicht an Alfonse heran, umfasste sanft mit seinem Hand Alfonses Hinterkopf und zog ihn ganz dicht zu sich heran.
„Nutze dein Talent und manage deine Gefühle. Wir alle und auch Gott werden es dir danken. Und nur was du kennst, kannst du managen."

Kapitel 49

Prof. Bee hatte lesend und angeschnallt den gesamten Flug verpasst. Selbst die Landung war ihm entgangen, weil er wie ein Verdurstender mit seinem kompletten Gesicht in der Quelle lag und die Buchstaben aufsog und nichts anderes hörte und sah.

Als die erfahrene Flugbegleiterin ihn zum Aussteigen motivieren wollte, saß er gerade da und starrte scheinbar ins Leere. Er konnte es nicht fassen, dass alles so einfach sein sollte. Die Eleganz der Formel, die Schönheit der Mathematik, bis zu diesem Zeitpunkt hielt er all diese poetischen Aussprüche von nahezu körperlosen, Brille tragenden Superhirnen insgeheim für das Geschwafel von blutleeren Intellektuellen, die Schuhe mit Klettverschlüssen trugen, weil sie sich selbst nicht mehr die Schnürsenkel zubinden konnten. Aber jetzt war das anders.

Ein Gedanke, ein Kreis, der unendlich viele Punkte zu einer Form vereint, ist schön. Und zwar unglaublich schön, wenn man vorher nur auf die einzelnen Punkte gestarrt hatte. Dr. Skimada hatte einen Kreis gezogen, genauer gesagt, einen Doppelkreis, eine Acht, die sich in Prof. Bees Hirn eingebrannt hatte. Es war bestimmt kein Zufall, dass die liegende Acht auch das mathematische Zeichen der Unendlichkeit darstellte, weil es immer weiter gehen würde, mit der Entwicklung des Lebens. Der Mensch war auf der Erde das Spitzenmodell der Evolution und trieb die technische Innovation in ungeheurer Geschwindigkeit voran. Nun endlich hatte Prof. Bee die Hoffnung, dass der Mensch auch seine eigene, soziale Entwicklung auf ein neues Niveau bringen konnte, damit ihn die Nebenwirkungen des technischen Tsunamis nicht vom Planeten fegen würde.

Kapitel 50

Sankt Petersburg, die nördlichste Millionenmetropole der Welt, war schon immer eine besonders beeindruckende Stadt. Drei Namensänderungen in einem Jahrhundert waren ein deutlicher Beweis dafür, dass St. Petersburg ein Hot Spot der russischen Geschichten war.

Die historische Innenstadt mit ihren über 2.300 Palästen, Prunkbauten und Schlössern war eine beliebte Sehenswürdigkeit für den internationalen Tourismus und verzauberte auch viele Einheimische, selbst wenn es nicht märchenhaft schneite.

Gleichzeitig verlief durch St. Petersburg der tiefe Riss der weit auseinander geklafften Schere zwischen arm und reich. Ob es nun der demütigende Umgang mit Obdachlosen als lebender Abfall vor den Prunkpalästen war oder der skrupellose Einsatz der elitären Rücksichtslosigkeit durch PS-strotzende Angriffswaffen auf den lebensgefährlichen Prachtstraßen - die ehemalige Hauptstadt zeigte die kalten Mauern der Moderne vor der atemberaubend schönen Kulisse der Vergangenheit.

Der russische Präsident stand immer noch nicht gern vor dieser riesenhaften Kulisse, er kam sich dann merkwürdigerweise immer noch so klein vor, obwohl er sich schon lange an den architektonischen Gigantismus des Kremls gewöhnt hatte. Aber er konnte es sich nicht leisten, den im Katharinenpalast stattfindenden internationalen Kongress zur Sicherung des nuklearen Friedens nicht als persönliche Bühne zu nutzen.

Seitdem den Chinesen der Coup in Nordkorea gelungen war und sie ihre Erkenntnisse über die Atombombe von Pjöngjang mit dem Etikett der weißrussischen Herkunft versehen hatten, konnte er nicht mehr ohne Hilfsmittel schlafen. Seine Wut war auch mit dem gedanklichen Umweg über Weißrussland nicht in den Griff zu kriegen. Weißrussland war sein Weißrussland. Weißrussland gab es nur, weil er es wollte.

Der weißrussische Präsident war lediglich einer seiner Vasallen, die nur Aufgrund seiner Gnade existierten. Und aus seinem Weißrussland würde niemals eine Atombombe exportiert werden, jedenfalls solange nicht, bis er es persönlich anordnen würde. Er hatte die Zügel scheinbar zu sehr schleifen lassen. Dafür trug er die Verantwortung und diese offene Rechnung musste er bei Gelegenheit mit seinem Vasallen ins Reine bringen. Aber nicht jetzt sofort, sondern wenn er es für richtig hielt.

Zunächst war es erst einmal darum gegangen, seine gesamte Cyberarmee auf den Plan zu rufen, um mehr Material über die israelische Drohne zu bekommen. Erste Ergebnisse lagen schnell vor. Die Wahrscheinlichkeit, dass ein anderer Staat als die USA diese Drohne hätte benutzen können, lag bei annähernd null. Für ihn war klar, dass diese Information in die Welt gelangen musste. Aus seinem Munde und mit Nachdruck. Das war die Art von der Stärke, mit der er sich gerne im Rampenlicht bewegte. Und möglicherweise würde er sich in Zukunft auch in Petersburg nicht mehr so klein fühlen.

Kapitel 51

Alexa und Sasha lagen eng aneinander gekuschelt vor dem großen Fernseher in ihrem Wohnzimmer und beobachteten den kleingewachsenen Kremlführer bei seinem wohlinszenierten Auftritt. Trotz des knöcheltiefem Teppiches, der gigantischen Designer-Couch mit dem handgestickten, französischen Blumenmuster aus antiker, chinesischer Seide und der dunkelblauen Sitzgruppe aus texanischem Büffelleder wirkte das riesige Zimmer mit der hohen, stuckverzierten Decke irgendwie kalt und leer. Die altmodischen Doppelfenster mit den dekorbesetzten Schmuckrahmen boten dafür einen prächtigen Ausblick auf die Newa und den Nevsky District im Süden Sankt Petersburgs.

Man hätte Alexa und Sasha für ein verliebtes, wohlhabendes Paar in mittleren Jahren halten können, die das Leben in vollen Zügen genossen, aber dem war nicht so. Alexa gehörte zwar zu der wachsenden Zahl der russischen Dollarmilliardäre, doch nach Genuss stand es den beiden im Moment überhaupt nicht.

Sasha hatte heute Vormittag die Bestätigung seiner HIV-Diagnose erhalten und obwohl ihm von den besten Ärzten eine wirklich gute Überlebenschance prognostiziert wurde, vorausgesetzt er würde allen Therapieempfehlungen folgen, gab er sich schweigend der Trostlosigkeit hin. Während Alexa dem russischen Präsidenten zuhörte, betrachtete Sasha den sanft dahin fließenden Fluss.

Er versuchte an die vielen schönen Momente zu denken, die er mit Alexa verbracht hatte. Die Abenteuer, die Triumphe, die scheinbar zufälligen Momente ihrer Seelenverwandschaft. Aber seine Gedanken kreisten immer nur für einen kurzen Moment im hellen Glanz der Erinnerung, bevor sie wieder in die finstere Tiefe der schmerzhaften Niederlagen gerissen wurden.

Er war sich nicht sicher, aber ihm schwante, dass er das erste Mal in seinem Leben echte Schuldgefühle hatte. Und weil er sich schuldig fühlte, konnte er nichts dagegen machen. Seine Gedanken zogen ihn immer wieder abwärts in eine dunkle Zukunft, in der er es verdient hatte, ängstlich und einsam in irgendeiner Gosse zu sterben. Die über allem schwebende göttliche Sphäre wollte ihn nicht mehr einlassen. Seine Sünden wogen nun zu schwer und zogen ihn wie Beton an seinen Füßen immer wieder hinab.

Eigentlich hatte Sasha sich noch nie von den Autoritäten einschüchtern lassen. Nicht von den fleischlichen und auch nicht von den himmlischen. Und er hatte schon viele Partys in seinem Leben gecrasht, ohne sich von irgendwelchen Türstehern aufhalten zu lassen. Eigentlich war alles nur eine Frage der Zeit und des Bewusstseins, denn das formte in seinem Hirn das Sein. Eigentlich. Doch nun schien es so, als wollte sein Bewusstsein unbedingt Schuldgefühle haben.

„Alex, mein teures Licht.", begann er vorsichtig. „Glaubst du eigentlich an Gott?"

„Natürlich, sonst hätte ich mich schon längst umgebracht. Und du?"

„Ich glaube, nicht wirklich."

„Das macht nichts, es reicht wenn ich für uns beide glaube."

„So? Meinst du?"

„Ja, solange wir zusammenbleiben, kann uns nichts passieren."

Sasha richtete sich auf.

„Du weißt schon, dass ich das jetzt als sehr charmante Drohung verstehen könnte?"

„Eher Erpressung, würde ich sagen. Du weißt doch, darin bin ich ganz besonders gut. Bei der wahren Liebe ist alles erlaubt."

„Ehrlich? Das ist deine Meinung? Du spielst also mit meinen Gefühlen, um unsere Liebe zu erhalten?"

Sie lächelte ihn an.
„Gefühle – was ist das schon! Bei uns geht es doch um Seelenverwandtschaft."

„Seelenverwandtschaft? Mein Wort aus deinem Munde? Was meinst du damit?"

„Das weißt du ganz genau!" Alexa stand auf und ging zur Bar mit dem riesigen, geschmiedeten Flaschenregal, um sich einen Drink einzuschenken. „Und ich kann nicht verstehen, dass du schon wieder davon anfangen willst."

„Wir haben uns darüber noch nie ausgesprochen. Du hast mich einfach vor vollendete Tatsachen gestellt."

„Weil es mein Körper ist! Meine Entscheidung, mein Leben! Und wir brauchen jetzt nicht mehr darüber zu sprechen, weil es nicht mehr zu ändern ist."

„Weil du es nicht ändern willst! Ich dachte immer, dass ich ... dass es um unser Leben geht. Wir hätten vorher darüber sprechen müssen. Das warst du mir schuldig gewesen."

„Warum? Damit du es mir ausredest?" Sie schnaubte verächtlich.

„Was wäre, wenn ich entscheide, dass ich keine Medikamente nehmen werde, weil ich mein Schicksal so hinnehmen möchte, wie es mir dein Gott auferlegt hat? Wenn es mir egal wäre, was du dazu sagst? Wenn es im Endeffekt doch nur darum geht, alleine zu leben und alleine zu sterben?"

Alexa setzte sich wieder zu Sasha auf die Couch.
„Sash, mein kleiner Eisbär, das ist etwas ganz anderes und das weißt du ganz genau."

Sie lächelte und küsste ihn auf den Mund. Dann wurde sie plötzlich ernst.
"Und ich glaube, dass wir schnell das Land verlassen sollten, bevor uns der kleine Kreml-Gott vor sein neues, goldenes Kalb spannen will."

„Wie kommst du jetzt plötzlich darauf? Weil du mich geküsst hast? Wenn du mich küsst, musst du an den kleinen Gernegroß denken? Das wird ja immer besser!"

„Nein.", erwiderte sie lächelnd. „Der Gedanke geht mir schon seit ein paar Tagen durch den Kopf. Es ist im Moment mehr als nur eine Verschiebung der Kraftverhältnisse in der Weltpolitik. Es ist eher ein Vakuum, das sich möglicherweise nicht so reibungslos wieder füllen lässt, wie es manche Herrschaften gern hätten. Und ich traue ihm nicht. Wenn er nicht das bekommt, was er will, fängt er meistens an, wütend um sich zu treten."

„Vielleicht, aber du warst immer tabu für den kleinen Kraftprotz und du wirst es auch immer bleiben."

„Nein, Sash, ich kann es spüren, es braut sich etwas zusammen. Etwas Neues ist im Anflug und ich möchte es nicht riskieren, dem unvorbereitet in die Quere zu kommen. Und ich sollte selbst einen neuen Weg finden, der uns dahin bringt, wo wir hinwollen."

„Da bin aber gespannt, was du glaubst, wo wir hinwollen."

Kapitel 52

Es regnete und mit jedem Tropfen wuchs Robs verzweifelte Wut. Er hielt einen Geigerzähler auf seinem Schoß und das schnarrende Geräusch des zunehmenden Ausschlages sägte an seinem Rückenmark. Er wusste, dass es nur ein Phantomschmerz war, aber Schmerz blieb Schmerz. Die quälende Erinnerung stieg in ihn auf und er schleuderte den Apparat wütend auf den Boden vor der Veranda. Das Gerät überstand den Aufprall und ließ weiter das sich steigernde Schnarren hören. Rob´s Körper zuckte und dann fing er leise an zu weinen.
„Dieser verdammte Bones!", dachte er. „Wie kann der wissen, dass ich..."
Er zwang sich, diesen Gedanken nicht weiter zuzulassen und schrie stattdessen seine Wut heraus. Dann fiel er wieder in ein leises Schluchzen und bemerkte immer noch nicht, dass Brad zu ihm auf die Veranda getreten war.

„Grandpa? Was ist? Was quält dich so?"

Rob erschrak sichtlich und winkte ab, ohne zu seinem Enkel aufzusehen. Brad war verunsichert, denn er hatte seinen Großvater noch nie so verzweifelt gesehen. Als würde er den radioaktiven Niederschlag als persönliche Bestrafung empfinden. Natürlich würde der Regen das Land belasten, aber es würde diese Belastung überstehen. Es würde nur einen kurzen Regenschauer geben und die Tiere waren in Sicherheit.
„Grandpa, wie kann ich dir helfen?"
Brad ging in die Hocke und legte vorsichtig seine Hand auf Robs Schulter. Rob zuckte wieder zusammen und schaute seinem Enkel ins Gesicht.

„Jetzt wäre ein guter Moment, um endlich mit allem reinen Tisch zu machen.", dachte er schweigend und strich seinem Enkel sanft über die Wange. Brad ist ein guter Kerl und er würde es verstehen. Er würde zuhören und ihn nicht gleich verurteilen. Er würde ihm die Tür aus seiner Einsamkeit aufhalten und er würde ihm sogar dabei helfen, sie zu durchschreiten. Jetzt wäre der richtige Moment! Aber er schwieg weiter und konnte seinem Enkel nicht mehr in die Augen sehen.

„Grandpa, alles wird gut! Der Regen lässt schon nach. Du wirst sehen, gleich lacht uns wieder die Sonne ins Gesicht und das Leben geht weiter."

Rob hörte Brads Stimme nur in weiter Ferne. Er sah sein aufmunternd lächelndes Gesicht durch den Schleier seiner inneren Tränen aber es erreichte ihn nicht. Er war gefangen in seinen Gefühlen, in seiner unaussprechlichen Angst, die er nicht überwinden konnte. Und er hatte wieder eine Chance verpasst, um auszubrechen, um sich zu öffnen, um sich endlich selbst verzeihen zu können.

„Ja, mein Junge, alles wird gut und das Leben geht weiter."

Kapitel 53

Professor Bee schaute durch den Spalt der Vorhänge in den riesigen Saal. Über 3.500 Experten aus allen Bereichen der Wirtschaft, Wissenschaft und Politik waren ins Palais des congres nach Paris gekommen. Schon jetzt schien der Kongress zur Zukunft der Menschheit ein voller Erfolg, was natürlich nur eine absurde und vorschnelle Marketingeinschätzung war, außer für die Gastronomen und Hoteliers dieser Stadt. Anwesenheit ist ein notwendiger erster Schritt, aber bis jetzt war noch nichts weiter entstanden außer einem riesigen Berg an zusätzlichem CO_2 und Tourismusunterstützung für die französische Hauptstadt. Doch was könnte ein Kongress auf höchster Präsentationsebene anderes bewirken?

Gerade sprach Louisa Perez, die neue Generalsekretärin der Vereinten Nationen. Sie bilanzierte die Entwicklungen in der Welt seit dem Atombombenattentat in Pjöngjang und dem nordkoreanischen Vergeltungsschlag auf Hiroshima mit dem anschließenden Putschversuch der japanischen Monarchie. Sie bedauerte den Wertverlust von zig Billionen Dollar an allen internationalen Börsen und ermutigte die verunsicherte Investoren mit dem Argument, dass die Weltwirtschaft vor dem Attentat auf dem besten Wege war und die Weltbevölkerung insgesamt von der wirtschaftlichen Entwicklung so sehr profitiert hatte wie noch nie.
Sie bezeichnete den aktuell zunehmenden Protektionismus, die steigende Fremdenfeindlichkeit und die Zuspitzung der bestehenden Konflikte als Phase der temporären Verunsicherung, die es zu überwinden galt, denn eigentlich war alles in Ordnung auf diesem Planeten. Das Gute hatte in dieser einzigartigen, globalen Krisituation gesiegt und würde es

auch zukünftig tun. Sie warb noch einmal um Verständnis, dass in der Phase der Verunsicherung die globalen Klimaziele temporär in den Hintergrund gedrängt wurden, aber sie würde persönlich dafür stehen, dass sich diese Ausrichtung so schnell wie möglich wieder ändern würde. Viele der Anwesenden blieben offensichtlich unberührt davon, dass die Botschaft der Generalsekretärin so positiv und optimistisch ausfiel.

Dann fasste sie in kurzen Worten zusammen, welche Veränderungen auf der Welt entstanden waren, weil sich das Machtgefüge zugunsten Chinas verschoben hatte. Nicht nur in Asien, auch in Afrika, im mittleren Osten und selbst in Südamerika hatte China an Einfluss gewonnen und schickte sich an, das Machtvakuum, das durch den Rückzug der Amerikaner entstanden war, vollständig ausfüllen zu wollen.
Perez vermied zwar jede kritische Wertung, aber ihrem Gesicht und ihrer Stimme konnte man deutlich anmerken, dass sie persönlich diese Entwicklung nicht gutheißen konnte. Als erste Frau, die der UNO vorstand, hätte sie eigentlich eine neue, offene Sprache wählen und nationenübergreifend an den gesunden Menschenverstand appellieren können, aber sie kam lieber noch einmal auf die positiven Seiten der jüngsten Entwicklung zu sprechen. Das gestiegene Engagement der Bürger weltweit, die vielen Petitionen und Projekte, und Prof. Bee hörte schon nicht mehr zu, weil er zu sehr damit beschäftigt war, sich auf seinen eigenen Vortrag zu konzentrieren.

Er hatte alles in seiner Macht stehende in Bewegung gesetzt, um auf dieser Bühne sprechen zu können. Nicht unbedingt direkt nach der UNO-Generalsekretärin, aber warum nicht - wie es aussah, würde sie der Weltöffentlichkeit keine besondere Aufmerksamkeit abverlangen. Gleich hätte er knapp 20 Minuten Zeit, um seine Botschaft an die Welt zu richten. 20 Minuten, die sicherlich seine weitere Karriere beeinflussen könnten, aber in erster Linie die Welt verändern sollten. Er hatte als schweizer Leiter eines internationalen, interdisziplinären Forschungsprojektes zur Künstlichen Intelligenz einen ganz anderen Freiheitsgrad als jeder Politiker oder Diplomat in diesem Saal. Und er hatte die feste Absicht, seine Chance zu nutzen.

Louisa Perez hatte ihre weitgehend belanglose Rede beendet, der Höflichkeitsbeifall ebbte schnell ab und ein Mitarbeiter des Orga-Teams gab ihm ein Zeichen, dass er sich bereithalten sollte. Die Veranstalter hatten den englischen Schauspieler Leonardo F. Judd als Moderator gewinnen können, der dem Kongress mit seinem hübschen Gesicht, seinem unbestreitbaren politischen Engagement als Weltbürger und seinem unnachahmlichen Humor einen weiteren Glanzpunkt aufdrücken sollte.

Leonardo bedankte sich übertrieben förmlich mit einer Verbeugung und einem vollendeten Handkuss bei der Generalsekretärin der UNO und machte – kaum hatte sie die Bühne verlassen - ein paar ironische Bemerkungen über ihre Rede und den Zustand der UNO. Er rückte damit die Möglichkeiten der UNO in ein realistisches Licht. Die UNO war ein Teil des Problems der Welt. Sie sollte, was sie nicht konnte, aber durfte nicht, was sie müsste. Die UNO war der Beweis, wie sehr der Widerspruch an sich die Ordnung der Welt beherrschte und weshalb sich so viele Intellektuelle gezwungen sahen, dieser Welt mit Ironie, Zynismus und Sarkasmus zu begegnen. Der Schauspieler genoss offensichtlich seine Rolle als überzeugender Narr, der den Antagonismus offenbarte, jedoch, ohne dabei die Hoffnung zu begraben.

Prof. Bee verstand endlich, warum die Veranstalter ihn als nächsten Redner auserkoren hatten. Sie wollten einen starken Kontrapunkt setzen. Leonardo bat ihn charmant als disruptiven Träger der Hoffnung auf die Bühne und Prof. Bee´s Herz begann noch stärker zu schlagen. Ihm wurde mulmig und sein

Körper durchlief plötzlich eine Welle der Angst. Als wenn von diesem Auftritt alles abhängen würde, sein Schicksal und die Rettung der Menschheit. Aber war das wirklich so? Oder war er einfach nur von sich selbst hypnotisiert, gefangen in seiner eigenen Bedeutungsblase?

Er trat mit staksigen Schritten ins Rampenlicht. Während das Publikum höflich applaudierte, bemerkte der englische Moderator die unsichere Körpersprache des Schweizers und setzt sich spontan auf den Bühnenrand, um die Situation aufzulockern und bedeute Professor Bee, es ihm gleich zu tun.
„Professor Biener, ich habe Sie als disruptiven Träger der Hoffnung angekündigt – können Sie sich damit identifizieren?"

„Ja, das kann ich. Hoffnung ist eigentlich für alle Menschen - besonders für uns Wissenschaftler der Normalzustand. Wenn wir es nicht ganz so melodramatisch ausdrücken wollen, könnten wir von positiver Neugier sprechen. Die Lust auf das Neue, auf das, was wir noch nicht kennen, was uns möglicherweise aus jeder noch so düsteren Situation herausbringen wird..."

„Und was ist das Disruptive?", unterbrach Leonardo ihn mit einem breiten Grinsen.

Prof. Bee erwiderte die charmante Attacke mit einem ebenso breiten Lächeln.
„Unsere Arbeit ist disruptiv, weil wir erkannt haben, dass wir unser Menschenbild und unsere Entscheidungskultur auf diesem Planeten grundlegend verändern und uns endlich von bisher bestehenden Paradigmen lösen müssen."

„Nun, wie sich unsere Situation auf der Erde im Moment für mich darstellt, scheint der ganze Planet von einer allumfassenden Angst getrieben zu sein. Terror, Attentate, Atomkrieg,

Weltwirtschaftskrise, Umweltzerstörung - braucht es da nicht ein Wunder, damit wir aus dieser Abwärtsspirale rauskommen?"

Leonardo war mit seinem letzten Satz aufgestanden, um Prof. Bee zu signalisieren, dass er seine Einleitungsmoderation beenden und ihm die Bühne überlassen wollte.

„Ja, die Lage ist so ernst wie noch nie und wir müssen uns eingestehen, dass wir wirklich nicht mehr weiter machen können wie bisher. Aber dieses Eingeständnis braucht kein Wunder, es braucht etwas ganz anderes..."

„Und was das genau ist, werden Sie uns jetzt sicherlich in aller Deutlichkeit erklären! Ladies und Gentlemen, hören Sie genau zu: jetzt spricht Professor Doktor Eberhard Biener aus der Schweiz!"

Prof. Bee bedankte sich bei Leonardo und sah sich ruhig in dem großen Saal um. Er war jetzt vollkommen angekommen. Die Sekunden verstrichen und er lächelte ins Publikum, das immer ruhiger wurde. Am Scheitelpunkt der Stille, als man die fallende Stecknadel hätte hören können, ergriff er das Wort:

„Das erste Paradigma, von dem wir uns lösen müssen, ist die Annahme, dass die Vernunft unseren Planeten beherrscht. Nein, die Dummheit und der aus ihr resultierende Wahnsinn beherrschen unsere Welt! Mit Sicherheit werden einige von Ihnen jetzt einwenden wollen, dass es aber hier und jetzt in diesem Saal natürlich ganz anders ist..."

Er lächelte und genoss kurz die vereinzelnden Lacher.

„Aber da draußen! In den Hinterzimmern der Macht treffen immer noch einige wenige Menschen wahnsinnige Entscheidungen, die die Welt von uns allen von einem Moment auf den anderen zerstören können! Und keiner hier im Saal ist davor sicher! Unsere Vernunft schützt uns nicht! Das ist die erste Erkenntnis, der wir uns alle stellen müssen: unsere Vernunft schützt uns nicht! Und wenn wir diese Erkenntnis weiterhin ignorieren würden, bewiese dies nichts anderes als unsere eigene Dummheit."

Er machte wieder eine Pause und schaute in das irritierte Publikum.

„Dummheit wird nicht dadurch besser, dass man sie teilt. Die Dummheit des Schwarms, die in der Realität zehnmal häufiger eintritt als die Schwarmintelligenz, hat bis jetzt dazu geführt, dass wir einen Krieg gegen das Böse führen. Fanatische Terroristen, skrupellose Unterdrücker oder kaltblütige Geschäftemacher des Todes sind unsere Feindbilder, ohne zu erkennen, dass wir mit diesem ALTEN DENKEN eine Herrschaft der Angst etabliert haben. Das ALTE DENKEN hat eine Weltorganisation hervorgebracht, die keine Macht besitzt und wir haben leidvoll erfahren müssen, dass es zwischen der Abschreckung und dem Massenmord keine relevanten Roten Linien mehr gibt.

Anstatt uns endlos darüber zu streiten, wer der Böse ist und wie wir ihn vernichten können, sollten wir einsehen, dass uns die Nutznießer in diesem dummen Krieg immer eine Nasenlänge voraus bleiben werden und es endlich darum gehen muss, der Dummheit des Menschen intelligent und nachhaltig den Kampf anzusagen.

Wahrscheinlich werden jetzt viele von Ihnen einwenden, dass Bildung schon immer als Grundlage für Intelligenz angesehen wurde und es unzählige Anstrengungen auf dem gesamten Planeten gibt, den Bildungsgrad der Menschen zu erhöhen. Aber unglücklicherweise führten diese Anstrengungen bis jetzt lediglich dazu, die bestehenden Machtverhältnisse des ALTEN DENKENS zu stabilisierten, weil sie den Kern eines NEUEN DENKENS nicht in den Mittelpunkt stellen. Doch was könnte so ein Kern des NEUEN DENKENS sein?"

Prof. Bee nahm einen Schluck Wasser, während noch immer ein diffuses Raunen durch den Saal ging. Er wartete ab, bis sich der Geräuschpegel wieder senkte.

„WAS IST DER MENSCH? wurde ich vor kurzem gefragt und mein erster Gedanke war ein zynischer. Der Mensch ist das Wesen, das die Nichteinhaltung der GOLDENEN REGEL, des kategorischen Imperativs, demzufolge wir unsere Mitmenschen so behandeln sollten, wie wir selbst auch behandelt werden wollen, systematisch perfektioniert hat.
Doch ich verkniff mir diese zynische Antwort, denn diese Frage kam nicht von einem anderen Menschen, sondern von einer Maschine. Genau genommen von einer Software, die wir dabei begleiten, sich zu einem echten, postbiotischen Bewusstsein zu entwickeln. Und dann geschah in mir plötzlich ein Wunder!"
Er hielt wieder für einen Moment inne und schaute ins Publikum.

„Ich hatte einen Gedanken, den ich vorher noch nie wahrhaben wollte. Wenn wir Menschen uns attestieren müssen, dass wir nicht in der Lage sind, intelligent mit uns und unserem Planeten umzugehen, dann ist der einzige Weg, um wirklich intelligent mit diesem Dilemma umzugehen, uns einzugestehen, dass wir Hilfe brauchen! Und zwar eine Hilfe, die uns emotional UND intellektuell überzeugt, damit wir sie wirklich annehmen können.
Die Erde mit ihrer Fauna und Flora in ihrer unglaublichen planetarischen Schönheit und Vielfalt hat schon seit Menschengedenken versucht, uns emotional von einer nachhaltigen Entwicklung zu überzeugen, aber – seien wir einmal ehrlich, das hat bis jetzt nicht gereicht! Unser Planet war noch nie so stark radioaktiv kontaminiert wie heute. Die Umweltzerstörung, der von uns Menschen gemachte Klimawandel, das Artensterben und der Ressourcenverbrauch bewegen sich auf Rekordniveau und eine Trendwende ist nicht in Sicht.

Also, wer oder was kann uns helfen?

Die maschinelle Hilfe durch unsere technischen Errungenschaften, die wir seit Jahrtausenden entwickelt haben, hat dazu geführt, dass unsere Population rasant wachsen konnte und sich die Entwicklungsgeschwindigkeit immer weiter beschleunigt. In den letzten fünfzig Jahren hat die maschinelle, insbesondere die digitale Unterstützung alle systemrelevanten Bereiche unserer Zivilisation erobert. In der Infrastruktur, im finanziellen und wirtschaftlichen Sektor, aber auch im militärischen und politischen Sektor verarbeiten Hochleistungsrechner Aufgrund von komplexen Algorithmen unglaubliche Datenmengen und stellen uns Entscheidungsgrundlagen zur Verfügung, die kein menschliches Gehirn jemals hätte erarbeiten können.

Aber in vielen Fällen werden schon jetzt nicht nur Entscheidungsgrundlagen erzeugt, sondern auch maschinell Entscheidungen getroffen, weil es um Bruchteile von Sekunden geht, die den Informationsvorteil in einen Wettbewerbsvorteil verwandeln. Diese Fähigkeit zur übermenschlichen Datenverarbeitung stellt aber noch keine künstliche Intelligenz im originären Sinne dar, sie basiert nach wie vor auf einer Programmierung und damit auf der Intelligenz der Programmierer. Eine wirkliche Künstliche Intelligenz, die uns dabei helfen könnte, mit einem NEUEN DENKEN der GOLDENEN REGEL zu folgen, braucht ein Bewusstsein, das sich selbst in den vier Dimensionen unseres Lebens erkennen und selbstständig entwickeln kann. Und weil uns nichts anderes übrig bleibt, als den Menschen als Modell dieser Intelligenz zu definieren, kommen wir wieder zu der Eingangsfrage: WAS IST DER MENSCH?"

Prof. Bee nahm erneut einen Schluck Wasser und beobachtete das Publikum. Er hatte in den ersten Minuten erreicht, was er erreichen wollte: die Neugier war entfacht.

„Während der Jahrtausende haben die klügsten Köpfe versucht, diese Frage überzeugend zu beantworten. Doch eine allgemeingültige, umfassende Definition des Menschen zu formulieren, stößt immer wieder auf erbitternden Widerstand, weil das ALTE DENKEN des Rechthabenwollens eine neutrale, von allen akzeptierte Position zu dieser Frage prinzipiell verhindert.

Ich gebe Ihnen ein aktuelles Beispiel: obwohl die akademische Wissenschaft über eine fundierte Indizienkette zur evolutionären Herkunft des modernen Menschen als hoch entwickeltes Säugetier verfügt, gibt es verschiedene Gruppen in unserer Weltbevölkerung, die den evolutionären Ansatz ablehnen, weil sie daran glauben, dass sich der Mensch nicht über biologisch nachvollziehbare Prozesse in Millionen von Jahren aus seinen Vorfahren entwickelt hat, sondern das Geschöpf eines Gottes ist, das dieser von einem Moment auf den anderen nach seinem Ebenbild erschaffen hat.

So krude sich dieser Glauben zunächst für die Ohren eines Wissenschaftlers wie mich anhört, müssen wir auch solche Aspekte als nützlich anerkennen und in der Beantwortung der Frage nach dem Wesen des Menschen berücksichtigen.

Zum Beispiel könnte eine KI diesen Schöpfungsmythos als Erklärung für seine eigene Entstehung in Betracht ziehen, allerdings mit einer bemerkenswerten Rollenverschiebung, denn die KI würde dann ihre menschlichen Konstrukteure als gottgleich und sich selbst als Ebenbild erkennen.

Wenn also der Mensch das Ebenbild eines Schöpfergottes wäre und seinerseits in einem Schöpfungsakt eine künstliche Intelligenz erschaffen würde, ließe sich daraus eine Art Logik ableiten, die vollkommen unabhängig von den evolutionären Beweisen eine gewisse Stimmigkeit in sich tragen würde. Wenn man aber die Evolution mit ins Spiel bringt, lässt sich auch ein evolutionärer Stammbaum der technischen Entwicklung von den ersten Rechenmaschinen bis hin zu einer Künstlichen Intelligenz entwerfen, der keinen Schöpfergott braucht.

Auch diese Perspektive beinhaltet eine Logik, die allerdings ein wesentlich breiteres theoretisches und empirisches Fundament besitzt. Aber auch sie ist nicht grundsätzlich, also prinzipiell überzeugend.

Denn selbst der hartgesottenste akademische Realist muss sich eingestehen, dass die Wissenschaft aktuell nur knapp 5% des gesamten Universums erforschen kann und dass es dadurch keine 100% logische, also widerspruchsfreie Wissenschaft geben kann und sich somit auch keine 100% logische Definition des Menschen a priori ableiten lässt."

Prof. Bee machte eine Pause und schaute erneut in das aufmerksame Publikum.

„Mit anderen Worten: damit eine KI das Wesen des Menschen wirklich verstehen kann, gilt es zunächst, eine überzeugende Erklärung für den WIDERSPRUCH im Wesen des Menschen zu finden, denn nur dann sind wir nicht mehr auf die variablen oder willkürlichen Konstanten namens Evolution, Schöpfergott, Schicksal, Zufall, Glück oder dergleichen angewiesen."

Prof. Bee konnte sehen, wie seine Zuhörerschaft in Bewegung geriet. Er hatte schon geahnt, dass diese Aussage von den anwesenden Gläubigen aller Weltreligionen als Provokation zur Abschaffung Gottes interpretiert werden könnte. Aber dieser Zuspitzung wollte er sich stellen, denn es machte keinen Sinn, diese Hintertür auszusparen. Schon zu oft wurden unter dem fadenscheinigen Vorwand der Verletzung der religiösen Gefühle wertvolle Initiativen gestoppt und weiterhin offensichtliches Unrecht geduldet und gefördert.

„Vielleicht befindet sich unter Ihnen der eine oder die andere, die jetzt befürchten, dass ich Gott abschaffen will, aber dem ist mitnichten so! Ich möchte Sie noch einmal daran erinnern, dass es darum geht, dass eine künstliche Intelligenz das Wesen des Menschen versteht! Die Antwort kann NICHT lauten,

dass ein Mensch NUR dann ein Mensch ist, wenn er in irgendeiner Form an Gott glaubt. Der Mensch ist grundsätzlich frei!
Er KANN an den Gott oder die Götter glauben, er KANN aber
auch daran glauben, dass die Evolution ohne Einwirkung eines höheren Wesens auskommt. Nur mit dieser Grundan-
nahme kann eine KI das ALTE DENKEN des Rechthabens ü-
berwinden, das seit Jahrtausenden dafür gesorgt hat, dass sich
unzählige Menschen - auch im Namen ihres Gottes - gegenseitig umgebracht haben."

Die Unruhe im Saal legte sich allmählich und Prof. Bee war
froh, dass er dieses heikle Thema aktiv angesprochen hatte.
Natürlich würde er im Nachhinein auf eine Menge Widerspruch gefasst sein, aber er hatte eine erste, wenn auch fragile
Brücke in das Land des NEUEN DENKENS aufgebaut.

„Bevor ich konkret auf den fundamentalen Widerspruch im
Wesen des Menschen zu sprechen komme, möchte ich noch
einmal klären, was einen Widerspruch von einem Konflikt unterscheidet. Ein Konflikt ist zumindest theoretisch lösbar, aber
in einem Widerspruch trägt jede Position ihr Gegenteil schon
in sich und es macht keinen Sinn, sich auf die eine oder andere
Seite schlagen zu wollen. Verstehen Sie den Unterschied? Widersprüche gilt es zu erkennen, damit wir sie nicht mit Konflikten verwechseln und unser Leben damit verschwenden, sie
auflösen zu wollen!
Der grundsätzliche Widerspruch im Wesen des Menschen basiert auf den beiden Säulen der Evolution: Jedes Lebewesen
braucht STABILITÄT, um am Leben zu bleiben und darüber
hinaus seine Gene an die nächste Generation weitergeben zu
können. Auf der anderen Seite muss sich jedes Lebewesen
INNOVATIV an Veränderungen im Außen anpassen können.
Das heißt, es muss in der Lage sein, alte Standards aufzugeben
und neue Wege zu beschreiten.
Stabilität und Innovation stehen sich unversöhnlich gegenüber
und doch müssen sie zusammen wirken, weil der nachhaltige

188

Erfolg von beiden abhängig ist. Deshalb tun wir Menschen uns so schwer, mit Veränderungen umzugehen. Ob beruflich oder privat, wir alle kommen immer dann an unsere Grenzen, wenn wir etwas wirklich Neues, etwas Disruptives, in unserem Leben zulassen müssen.

Diese Sichtweise erklärt, was viele andere Betrachtungen in der Vergangenheit als MENSCHLICH beschrieben. Der innere Konflikt zwischen Kopf und Bauch, zwischen Gefühl und Verstand ist aber bei genauer Betrachtungsweise gar kein Konflikt, sondern ein Widerspruch!

Doch solange wir ihn als Konflikt missverstehen, bleibt die Notwendigkeit, uns mit unseren Mitmenschen in das blutige Rechthaben zu stürzen!

Mit anderen Worten: solange wir an den Konflikt zwischen gut und böse glauben, bleiben wir im ALTEN DENKEN stecken und werden weiter hilflos mit ansehen müssen, wie wir unseren Planeten zerstören."

Prof. Bee war während seines letzten, mit viel Dramatik vorgetragenen Satzes vom Rednerpult zum Rand der Bühne getreten. Er sah in die Gesichter seines Publikums und erkannte die Kinder, die sich hinter ihren erwachsenen Fassaden versteckten. Er lächelte sie an und hoffte, seine Augen mögen den Mut des NEUEN DENKENS bis in die letzten Reihen ausstrahlen.

„Die einzige Methode, um mit einen systemischen Widerspruch intelligent umzugehen, besteht darin, als Ursache ein DOPPELSYSTEM anzunehmen. Ob in der Astronomie oder in der Logik, wenn wir in der Lage sind, ZWEI ineinander gekoppelte Ursachen eines Spannungsfeldes zu identifizieren, macht alles sofort Sinn und wir bekommen ungeahnte Möglichkeiten der intelligenten Beeinflussung und der Vorhersage. Aber was bedeutet dies für unser Menschenbild?

Wir alle hier im Saal wissen eigentlich, dass jeder Mensch aus einem unbewussten und einem bewussten Anteil besteht, also aus einem Doppelsystem!

189

Sie alle haben sicherlich schon andere und sich selbst mehrfach dabei ertappt, wie sie ein unbewusstes, automatisch ablaufendes Verhalten gezeigt haben. Sei es nur eine Handbewegung, um Ihre Haare zu richten oder wie Sie mit dem Auto einen gewohnten Weg eingeschlagen haben, obwohl Sie gar nicht zum gewohnten Ziel wollten.

Nur den wenigsten ist klar, dass wir nicht in dem einen Moment bewusst und dann wieder unbewusst sind, sondern permanent GLEICHZEITIG beides sind! Jeder Mensch ist permanent ein aktives Doppelsystem, das gleichzeitig auf zwei verschiedene Arten Informationen verarbeitet und dadurch im doppelten Kontakt mit der Welt ist!

Doch obwohl wir über dieses Wissen aus eigener Erfahrung verfügen und obwohl der wahrscheinlich mächtigste Industriezweig der Welt – die Werbeindustrie – uns permanent als Konsument über unseren unbewussten Anteil manipuliert, scheint sich der überwiegende Teil der Weltbevölkerung nach wie vor nicht mit einem WIR sondern mit einem ICH identifizieren zu WOLLEN. Die meisten Menschen sind im IQ-Modus und wehren sich mit Händen und Füßen dagegen, im WE-Q anzukommen. Aber woran liegt es, dass wir uns immer noch nicht als duales System verstehen wollen?

Liegt es an unserem ach so edlem Bildungssystem, das uns von Kindesbeinen an Denkgewohnheiten antrainiert, die uns glauben lassen, dass wir ein ICH, ein erfolgreiches EGO sein müssen? Dass unser Leben daraus besteht, nach einer mysteriösen Einheit zu streben, die wir niemals erreichen werden, um damit in unserer permanenten Verunsicherung von gewinnorientierten Organisationen beeinflusst werden zu können, die uns zu immer neuen, sinnentleerten Verkörperungen eines stetig wachsenden und für den Planeten verhängnisvollen Konsumwahns treiben?"

Prof. Bee machte wieder eine Pause und das Raunen ging durch den Saal. Er überlegte kurz, ob er seine unverblümte Wachstumskritik noch weiter ausführen sollte, um den Ernst der Lage zuzuspitzen und den gefährlichen Wahnsinn der menschlichen Dummheit direkt mit der ungerechten Verteilung von Macht und Gütern in Verbindung zu bringen. Aber dann entschied er sich dagegen und lächelte freundlich ins Publikum.

„Oder liegt es daran, dass wir schlicht kein funktionierendes Bild haben, mit dem wir uns als bewusstes UND unbewusstes Doppelsystem identifizieren können?
Bilder formen unser Denken.
Was würde passieren, wenn wir weiter mit den beiden Begriffen Bewusstsein und Unbewusstes arbeiten würden? Unbewusst ist eine Verneinung, die schlicht NICHT BEWUSST bedeutet. Aber Verneinungen kann unser Unbewusstes nicht verarbeiten: denken Sie einmal NICHT an eine kleine, schwarze Katze – was passiert? Sie sehen die Katze, weil Ihr Unbewusstes als Systemmanager Ihres Gedächtnisses das NICHT nicht verarbeiten kann und es einfach überhört. Es braucht eine Alternative, um die Katze NICHT zu sehen, zum Beispiel einen großen, weißen Hund. Wir brauchen also ein Bild, das unser Unbewusstes tatsächlich verarbeiten kann, damit wir uns als Doppelsystem identifizieren können.
Ich habe eben auch davon gesprochen, dass es ein FUNKTIONIERENDES Bild sein sollte – was habe ich damit gemeint? Neben der Möglichkeit zur Identifikation sollte das Bild das Wesen der KOOPERATION verkörpern. Denn nur, wenn wir mit uns selbst kooperieren, werden wir auch bereit und in der Lage sein, im Sinne der GOLDENEN REGEL mit unseren Mitmenschen zu kooperieren."

Auf dem großen Bildschirm hinter der Bühne, der bis jetzt mattschwarz geblieben war, erschien der Begriff KOOPERATION und positionierte sich als Überschrift.
„Ein starkes Bild, in dem zwei sehr unterschiedliche Partner miteinander kooperieren, ist das alte Bild von dem großen, unbewussten Elefanten und dem kleinen, bewussten Reiter."

Auf dem Bildschirm erschien ein großer Elefant und einem kleinen Reiter, der elegant auf den Stoßzähnen des Elefanten surfte, mit seiner rechten Hand die Stirn des Elefanten berührte und mit der Linken in Richtung Zukunft zeigte.

„Dieser Paar versinnbildlicht das Wesen der Kooperation: der Reiter allein kann den Baumstamm keinen Zentimeter bewegen und der Elefant weiß nicht, wo er hin soll. Nur zusammen können sie erfolgreich sein. Neben der Größe des Unbewussten, das in jeder Sekunde Millionen von Informationen verarbeit, verkörpert der Elefant auch dessen Kernaufgabe: durch die Entwicklung von automatisch ablaufenden Gewohnheiten einen Energieüberschuss zu erwirtschaften und so die Stabilität des Doppelsystems zu gewährleisten. Der Reiter stellt unser Bewusstsein mit seinem kleinen Fassungsvermögen dar. Er kann mit dem vom Elefanten generierten Energieüberschuss neugierig nach Innovationen suchen und unser Überleben auch im Zeichen des Wandels ermöglichen. Sie sind beide voneinander abhängig und deshalb ist die Kooperation unser natürlicher Zustand."

Prof. Bee machte wieder eine rhetorische Pause und fuhr dann mit eindringlicher Stimme fort.
„Können Sie die beiden schon in sich spüren? Können Sie fühlen, wie Ihr mächtiger Elefant mit jedem Atemzug über fein abgestimmte Regelkreisläufe Ihren Körper am Laufen hält und Ihren Reiter mit Energie versorgt, damit dieser kreativ auf die Details Ihres Lebens schauen kann? Kann Ihr Reiter schon verstehen, dass sich im NEUEN DENKEN des WE-Q die gemeinsame Zukunft befindet, um mit den anderen Reitern dieser Welt die Innovationen zu entwickeln, die alle Elefanten aus der Ära der gewohnheitsmäßigen Dummheit und des Wahnsinns in die Welt der kraftvollen Kooperation führen?"

Hin-Lun war fasziniert von der Vision des schweizer Wissenschaftlers und es schien ihr, als würde eine leuchtende Aura um seine lebendige Gestalt glimmen. Sie hatte bis zu diesem Kongress noch nichts über Prof. Bee und sein interdisziplinarisches Forschungsprojekt HUMANIFESTO gehört. Zu weitläufig, zu verwirrend, aber auch zu kleinkariert war der globale Wissenschaftsbetrieb, um die wirklich innovativen Projekte von weitem im Labyrinth der Aktivitäten erkennen zu können. Sie konnte ihre Begeisterung nicht mehr bei sich halten und fing an, im Stehen heftig zu applaudieren. Einige wenige im Saal fielen mit ein, aber es überwog eindeutig eine reservierte, ja sogar verstörte Zurückhaltung in den Rängen.

Prof. Bee hatte nichts anderes erwartet, aber ihm gefiel die vereinzelnde Begeisterung. Er nahm die groß gewachsene Asiatin und ihren heftigen Applaus mit einem dankbaren Lächeln zur Kenntnis und ergriff wieder das Wort.

„Vielleicht fragen Sie sich jetzt, warum es so wichtig sein soll, dass wir uns als Doppelsystem verstehen – wie können wir dadurch die Wahnsinnigen und ihre verheerende EGO-Show der katastrophalen Entscheidungen stoppen?

Zunächst einmal geht es darum wie man so schön sagt: vor unserer eigenen Tür zu kehren und unsere eigenen Dummheiten zu erkennen. In der jüngeren Vergangenheit wurden in vielen Teilen der Welt Wahnsinns-Potentaten in Ämter gewählt oder von den Eliten des jeweiligen Landes unterstützt oder zumindest billigend in Kauf genommen, weil sie sich davon für ihren Schwarm mehr Sicherheit und Wohlstand durch mehr Kontrolle und Macht versprochen haben.

Die Angst unseres Elefanten treibt uns dazu, den Populisten und ihren einfachen Antworten zu vertrauen. Die Idee einer spezifischen Angst vor dem Fremden, also dem Neuen, das wir noch nicht kennen, ist aus wissenschaftlicher Sicht nicht haltbar. Ein Säugling kennt keine Angst vor dem Neuen, sonst würde er sich nicht entwickeln können. Und auch als Erwachsener haben wir genau genommen keine Angst vor dem Neuen, sondern nur Angst, unser Altes zu verlieren.

Das ist ein erheblicher Unterschied: ein Mensch, der sich damit identifiziert, Angst vor dem Neuen zu haben, wird sich auch jedem neuen Gedanken in der Kommunikation verweigern und möglicherweise auch mit Gewalt dafür sorgen, dass er diesen Gedanken nicht hören muss. Aber als menschliches Doppelsystem kann ich die Angst vor dem Verlust des Alten respektieren und GLEICHZEITIG mit der Kreativität des Reiters neue Gedanken, neue Dialoge und neue Wege zulassen. Denn erst wenn wir genau wissen, was wir befürchten zu verlieren, können Innovationen dies erfolgreich berücksichtigen.

Wer weiterhin darauf beharrt, als Mensch seine grundsätzliche Angst vor der Angst behalten zu können, wird den zukünftigen Wahnsinn weiter mitverantworten müssen. Dies beschreibt den Zusammenhang für jeden einzelnen von uns! Jeder von uns - da draußen und hier im Saal - wird die aktuelle PHOBOKRATIE – die Herrschaft der Angst und des Wahnsinn am Leben erhalten, wenn er sich nicht seinen Ängsten stellt!"

Prof. Bee hielt kurz inne. Er schaute ins Publikum und sah viele Gesichter, die verrieten, dass sie hin und her gerissen waren. Inspiriert aber auch verstört durch seine Worte, und noch nicht überzeugt von ihrer eigenen Verantwortung. Er suchte nach einer Provokation, nach einem letzten mentalen Schubser, der sie kraftvoll in das NEUE DENKEN werfen würde.

„Schon in naher Zukunft werden wir eine echte künstliche Intelligenz oder besser ausgedrückt ein postbiotisches Bewusstsein zur Verfügung haben, das jeden einzelnen Menschen permanent dabei unterstützen kann, sich als Doppelsystem zu erleben und seine Ängste zu erkennen, um wirklich gute Entscheidungen zu treffen. Erst wenn es diese innovative Hilfestellung gibt, werden wir uns nicht mehr im Dschungel der Ego-zentrierten Therapien verlieren und stattdessen eine neue, bessere Form des Zusammenlebens im Sinne der GOLDENEN REGEL auf diesem Planeten finden. Und dann wird es darauf ankommen, dass es mutige Menschen gibt, die vorangehen.

Ich habe in der Vorbereitung auf diesen wundervollen Kongress die Veranstalter gefragt, welche Menschen sie hier erwarten würden. Natürlich engagierte Wissenschaftler und hochkarätige Politiker, Aktivisten, Künstler und Medienleute jeden Geschlechts, wahrscheinlich auch Menschen aus der Wirtschaft und ihre Lobbyisten.

Dann fragte ich, wie viel jeder Teilnehmer im Durchschnitt pro Jahr verdienen würde. Sie schätzen einen Bereich zwischen fünfzig Tausend und fünfzig Millionen Euro. Der Durchschnitt wäre schwer zu beziffern, möglicherweise liegt er bei einigen Hunderttausend Euro! Ich bin mir nicht sicher, wie gut diese Schätzung wirklich ist, aber ich halte sie nicht für grundsätzlich abwegig.

Worauf will ich mit dieser kleinen Anekdote hinaus? Höchstwahrscheinlich ist hier keiner unter uns, den die Angst umtreibt, wovon er oder sie oder die Familie morgen satt werden soll. Unsere materielle Sicherheit unterscheidet uns eklatant von der Mehrheit der Menschen da draußen auf unserem Planeten, deren Elefanten sich zu Recht ein Mindestmaß an Sicherheit und Stabilität zum Überleben wünschen und deshalb schnell den Verlockungen der einfachen Wahrheiten folgen. Aber..."

Er machte eine letzte, gezielte Pause und schaute hoch erhobenen Hauptes in den Saal.

„... unsere materielle Sicherheit unterscheidet uns kein bisschen von der materiellen Sicherheit der machtvollen Wahnsinnigen dieser Welt! Nur, werden Sie jetzt vielleicht einwenden wollen, wir hier im Saal haben natürlich eine standhafte Moralvorstellung und leben nach der GOLDENEN REGEL. Wir unterstützen die Menschenrechte, Spenden für die Armen und prangern die Fehlentwicklungen und Ungerechtigkeiten auf der Welt an. Aber ist das wirklich so? Verändern wir mit unserem bisherigen Mindset wirklich etwas?

Wir glauben sicher zu sein, dass wir nicht das Problem sind! Aber merkwürdigerweise sind wir auch nicht die Leidtragenden des alten Systems. Ist es nicht an der Zeit, dass wir akzeptieren, dass wir uns eingestehen, dass wir die Nutznießer des ALTEN DENKENS sind? Und ist es nicht an der Zeit, diese Tatsache zu ändern? Wir können uns dafür entscheiden, das NEUE DENKEN in die Welt zu bringen! Und ich wage zu behaupten, dass wir diejenigen sein sollten, die mit Hilfe einer echten künstlichen Intelligenz die Menschheit vor ihrer eigenen Dummheit retten werden. Denn, wenn wir es nicht tun, wird es kein anderer tun!"

Kapitel 54

Sybilla stieg mühsam aus ihrem Wagen und stand allein vor dem Haupteingang der Kempfer-Klinik in Hamburg Eilbek. Guido war heute Morgen mit Tim in Hamburg gelandet und hatte sie in einem kurzen Telefonat darüber informiert, dass Tim jetzt auf der Intensiv-Station lag.
Die Klinik hatte einen guten Ruf in der Betreuung von Koma-patienten und Guido schien alle Hebel in Bewegung gesetzt zu haben, damit seinem Sohn die beste Versorgung zuteil wurde.
Sybilla fühlte sich plötzlich so allein, so verletzlich angesichts der Höhle des Löwen, dass ihr Elefant die letzten Schritte zum Empfang verweigerte. Schon die Fahrt zum Krankenhaus war für sie eine Höllenqual, weil ihre Gedanken an das Wiederse-hen mit ihrem Mann von panischen Ängsten durchzogen wa-ren und sie sich kaum auf den Verkehr konzentrieren konnte. Nun stand sie wie gelähmt, wenige Meter vor dem Eingang, als plötzlich ihr Handy brummend den Empfang einer SMS anzeigte.

„Liebe Sybilla,
ich konnte dank Ihnen der ganzen Welt das Konzept vom ELEFANTEN UND REITER vorstellen ☺ - und ich bin voller Hoffnung, dass sich das NEUE DENKEN auf dem ganzen Pla-neten ausbreiten wird.
Liebe Grüße aus Paris und gute Besserung für Ihren Mann.
Ihr Eberhard."

Sybilla freute sich sehr über die Nachricht, denn sie hatte ihre Episode mit Prof. Bee schon fast wieder vergessen. Zu drama-tisch hatte sich ihr kleines Leben in Hamburg in den letzten Stunden entwickelt. Sie konnte das Zeichen der Wertschätzung aus Paris gut gebrauchen, um sich nicht in der Dunkelheit ihrer immer kleiner werdenden Welt zu verlieren. Sie atmete tief durch, streichelte ihren Bauch und ging zögerlich die letzten Schritte zum Empfang der Klinik.

Kapitel 55

Hin-Lun kontrollierte ihren Anblick im vorteilhaft ausgeleuchteten Spiegel der eleganten Damentoilette des Pariser Kongresscenters. Sie fand, dass sie noch reichlich jung aussah. Wahrscheinlich viel zu jung, um von den reifen Persönlichkeiten der Weltpolitik ernst genommen zu werden.
Und ihre Jugend kam erschreckenderweise nicht nur äußerlich zum Vorschein. Als sie vorhin im Vortragssaal glaubte, ihre Begeisterung laut herausklatschen zu müssen, fühlte sie sich zwar glücklich, aber eher wie dreizehn als wie einundzwanzig. Da war irgendwie mehr im Spiel als nur das NEUE DENKEN.

Dieser kleine, schweizer Professor in seinem perfekt sitzenden Anzug mit dem ganz dezent angedeuteten Karomuster hatte irgendwas, was sie noch nicht fassen konnte. Sein spitzbübisches Lächeln und seine graumelierten Schläfen, sein Art glaubwürdig und gleichzeitig anders zu sein, seine Souveränität, als nach seinem Vortrag der Eklat im Publikum entstand, seine ganze Persönlichkeit! Sie wollte ihn unbedingt wieder sehen und zwar bald. Ihr Elefant hatte die Entscheidung getroffen und alle Bedenken ihres Reiters bezüglich ihrer Reife verpufften in ihrem Adrenalinrausch.

Sie schnappte sich ihre Handtasche und stürmte hinaus. Auf dem Flur wartete Ching Xi, ihr ständiger Begleiter, wie ihn ihr Vater nannte, und setze sich in ihren Windschatten. Hin-Lun merkte mit jedem Schritt, dass es ihr ernst war, vielleicht zum ersten Mal in ihrem Leben wollte sie einen Mann unbedingt näher kennenlernen. Eine Mann aus einer ganz anderen Welt, der vielleicht nicht einmal wusste, dass sie die Lieblingstochter des wahrscheinlich mächtigsten Mann auf diesem Planeten war. Und diesmal kam es ihr ganz gelegen, dass sie die Tochter ihres Vaters war, denn damit war sichergestellt, dass sie dieser schweizer Professor zumindest anhören würde. Doch wo steckte er? Im Hauptsaal hatte schon eine andere Referentin ihren Vortrag begonnen und Hin-Lun hatte wenig Lust in ihrem aufgedrehten Zustand durch die Gänge zu hasten und auf ihr Glück beim Suchen zu hoffen. Also steuerte sie direkt auf den zentralen Info-Stand im Foyer zu.

„Könnten Sie mir behilflich sein?" sprudelte es aus ihr heraus. „Ich hatte eben das Vergnügen, Professor Eberhard Biener beim Vortrag zu erleben und würde gern so schnell es geht Kontakt mit ihm aufnehmen – was würden Sie mir vorschlagen?"

Der arabisch wirkende Mann in ihrem Alter konnte sein Vergnügen über ihre charmante und mädchenhafte Anfrage nicht verbergen.

„Mein erster Vorschlag wäre, dass wir jetzt gemeinsam mit einem großen Megafon durch das Kongresszentrum ziehen, bis wir den guten Professor vor die Flinte bekommen."

Hin-Lun schaute verdutzt, während das Grinsen des übermütigen Mitarbeiters noch einen Moment weiter anschwoll, bis es sich schlagartig in einen dünnen Strich verwandelte, als er realisierte, dass Hin-Lun seinen Humor trotz ihrer jugendlichen Erscheinung überhaupt nicht teilen wollte. Als auch noch der grimmig dreinblickende Ching Xi einen Schritt hinzutrat, lief er schlagartig bleich an und stammelte seine nächste Idee über den Tresen.

„Ich habe hier seine Mobilnummer – Moment, ich schreibe Ihnen seine Visitenkarte auf. Ich meine natürlich anders herum, entschuldigen Sie..."

Hin-Lun tat es einen Moment leid, dass sie so bedrohlich auf den ehemals lustigen Kerl wirkte, aber sie bemerkte auch, dass sie ihre Jugend und ihre Begeisterung präziser einsetzen sollte, um sie zu ihrem Vorteil zu nutzen. Sie bedankte sich kurz und holte ihr Handy hervor.

„Professor Biener? ... schön, dass ich Sie persönlich erreiche. Mein Name ist Hin-Lun und ich arbeite für die UNO im globalen Innovations-Management. Ich saß eben im Ihrem fantastischen Vortrag und würde mich freuen, wenn wir uns demnächst weiter über Ihren Ansatz austauschen könnten, möglicherweise noch heute Abend? ...ach, Sie hätten sogar Zeit? Ja, das kann ich gut verstehen... gern – ja, ich könnte das Image Blanche empfehlen – kennen Sie das Restaurant im 8. Arrondissement? Verstehe, um 19:30 Uhr ... wunderbar – ich freue mich sehr... Ihnen auch – danke schön."

Kapitel 56

Sybilla stieg aus dem Fahrstuhl und ging immer noch etwas wackelig durch den kurzen Flur zur Anmeldung der Komastation. Sie bog um die Ecke und sah Guido an der Wand gelehnt aus dem Fenster starren.
Sie stoppte ihren Schritt.
Was für eine traurige Gestalt. Wo war der aufrechte, überaufmerksame Offizier geblieben, der wortkarg und unnahbar jede Situation sofort regelte, egal, ob es gewollt war oder nicht. Jetzt sah sie nur noch einen gebrochenen Mann, dem sie aber trotzdem vorwerfen musste, dass er ihr Leben zerstört hatte. Noch hatte er sie nicht bemerkt, noch könnte sie umdrehen und aus der unvermeidlichen Tragik ihres Lebens für einen weiteren Moment flüchten.
„Nein!", dachte sie für sich, „Es gibt keinen Weg aus diesem Krankenhaus heraus, ohne Tim gesehen zu haben." Sie schritt voran und sprach ihn leise an.
„Guido." Er drehte sich zu ihr um, richtete sich auf und seine Augen füllten sich sofort mit Tränen, die seine eingefallenen Wangen hinunterliefen.

„Sybilla, es tut mir so leid, so unendlich leid. Ich glaube nicht, dass du mir jemals verzeihen kannst."

Sie schluckte und trat noch einen weiteren Schritt an ihn heran und umarmte ihn vorsichtig.
„Ich weiß auch nicht, ob ich es jemals kann.", flüsterte sie ihm leise in sein Ohr. „Und im Moment gebe ich dir jede nur erdenkliche Schuld an dem, was passiert ist, aber ich will es nicht! Verstehst du? Ich will es nicht, weil ich weiß, dass du all

das auch nicht wolltest. Weil ich weiß, dass du deinen Sohn genauso liebst wie ich meinen Mann."

Guido schluchzte und drückte sie dankbar und so fest, wie ein kräftiger Mann eine schwangere Frau drücken kann, ohne ihr willentlich weh zu tun. Sybilla merkte, wie eine Last von ihr abfiel, weil es jemanden gab, der sie brauchte und nicht ihr Kind war. Gebraucht zu werden, gab ihr Halt und sei es auch nur für einen Moment, bevor sich die nächste Tür zur Hölle öffnen würde.
„Wo ist er?"

„Dahinten, ich führe dich hin."

Kapitel 57

Prof. Bee wusste immer noch nicht, wie er seine Verabredung mit Hin-Lun einschätzen sollte. Er saß wieder mit seinem Kollegen Matt in einer Gesprächsrunde mit annähernd 20 verschiedenen politischen Experten der KI-Szene, aber er konnte sich nicht wirklich konzentrieren. Er bat Matt beim Thema zu bleiben und entschuldigte sich kurz, bevor er den Raum verließ. Draußen im Gang suchte er sich ein ruhiges Plätzchen und fing an Hin-Lun zu googeln. Er begann bei der UNO, aber er fand sie nicht. Dann stellte er fest, dass Hin-Lun ein weitverbreiter Vorname war. Asiatisch, koreanisch, chinesisch - schwierig einzugrenzen.

Er versuchte sein Glück und probierte ihre Handynummer. Überraschenderweise bekam er über zwei Verknüpfungen einen Link zur chinesischen Uno-Vertretung. Und ihren vollen Namen Hin-Lun Jiang. Jiang - da war doch was.
Und dann verschlug es ihm vollends die Sprache: Hin-Lun war die Tochter des chinesischen Staatspräsidenten! Also, zumindest vielleicht, denn es gab sicherlich einige Hunderte oder sogar Tausende mit diesem Namen. Aber wenn doch? Die Tochter des vielleicht mächtigsten Mann der Welt, was könnte sie von ihm wollen?
Sie hatte seinen Vortrag gesehen. Wahrscheinlich auch den Eklat, als der Italiener mit der Unterstützung des Syrers und der Frau aus dem arabischen Raum versuchte, den ganzen Ansatz des Doppelsystems ins Lächerliche zu ziehen. Ja, es gab noch viel Überzeugungsarbeit zu leisten. Prof. Bee bemerkte seine aufgewühlte Zerrissenheit und versuchte, sich von Hin-Lun und dem gewaltigen Berg der Planetenrettung abzulenken. Er ging die lange Liste seiner Nachrichten auf dem Handy durch.

Jemand hatte seinen Vortrag gefilmt und ins Netz gestellt. Der Clip wurde in der letzten halben Stunde schon über 30.000 Mal aufgerufen und hatte fast 18.000 Likes.

Er war überrascht, damit hatte er wirklich nicht gerechnet. Konnte es sein, dass er tatsächlich den Nerv der Zeit getroffen hatte? Dabei war er doch nur an der Oberfläche geblieben. Die wirklich interessanten Details in der Tiefe hatte er gar nicht angesprochen. Sein Herz fing wieder mächtig an zu schlagen. Hin-Lun und 18.000 Likes! Er musste auf dieser Welle bleiben, sie sauber und entspannt absurfen. Aber eigentlich stand er nicht auf Asiatinnen. Er war mit seinen 162 Zentimetern Körpergröße ein recht kleiner Mann und er mochte Frauen, die deutlich größer waren als er. Seine Gedanken fingen an, ihm irgendwie merkwürdig vorzukommen, so machomäßig, so respektlos und gleichzeitig konnte er sich nicht verhehlen, dass er sich freute wie ein Kind.
Er lachte halblaut und verspannt auf.
Pubertär oder wie ein noch sehr junger Hirsch in der ersten Brunft. Er fing leise an zu blöken, dazwischen zu kichern und immer lauter nach seinem Brunftruf zu suchen. Warum immer die Kontrolle behalten wollen? Warum nicht in diesem Moment voll aufgehen? Er stand auf und fing an, den leeren Gang mit dem dicken Teppich langzutraben, dann zu galoppieren, zwischendurch immer wieder kichernd und blökend bis er plötzlich eine Erinnerung hatte und abrupt stoppte: diese große Asiatin, die so heftig applaudiert hatte – konnte das Hin-Lun gewesen sein?

Kapitel 58

Guido sah zu, wie Sybilla das Krankenzimmer betrat und vorsichtig die Tür schloss. Durch die verglaste Wand konnte er sehen und spüren, wie sie um jeden Zentimeter der Annäherung kämpfte. Ihre kurzen Blicke zum Krankenbett, in dem Tim voll verkabelt dalag, während sich ihre Hände an ihrem Babybauch festhielten.

„Komm, mein Sohn!", flüsterte er. „Jetzt wäre ein guter Moment, um deine Augen aufzumachen. Du würdest in das glücklichste Gesicht der Welt schauen. Komm, mach deine Augen auf, es ist der schönste Anblick, den du dir vorstellen kannst! Glaub mir, bitte. Oder gib ihr wenigstens einen kleinen Fingerzeig – irgendwas! Sie hat es verdient! Du hast es verdient, bitte. Deine Liebste steht jetzt ganz nah bei dir, du riechst sie bestimmt, ihren Duft, ihren lieblichen Duft. Mich würde es nicht wundern, wenn du dich gleich noch einmal in sie verlieben würdest, sie ist so wunderschön und sie riecht so gut. Hörst du ihre Stimme? Sie hat dich so sehr vermisst, wie wir alle. Spürst du ihre Hand? Ihre Finger? Wie sie dein Gesicht berühren? Dir über den Kopf streicheln? Hörst du sie flüstern? Sie spricht mit eurem neuen Kind und erzählt ihm von dir. Fühlst du ihren Bauch? Fühlst du die kleinen Bewegungen an deiner Hand? Es ist ein Teil von dir, ein kleines Wunder, das du noch nicht kennst und das dich kennen lernen will. Komm schon, mein Sohn gibt dir einen Ruck, bitte. Und wenn es dir zu schnell geht, dann ist das auch okay. Wir werden warten. Wir werden warten und für dich da sein. Du brauchst dir keine Sorgen machen. Wir werden da sein. Das verspreche ich dir..."

TEIL 2

Kapitel 59

Walther F. Stiller hatte sich schon öfter gefragt, ob es die Präsidenten im Laufe der letzten Jahrzehnte wirklich immer wert waren. Bis jetzt war er sich trotz aller Schwierigkeiten in der Vergangenheit immer sicher gewesen, das Richtige getan zu haben, aber nun hatte sich die Antwort um 180 Grad gedreht. Sein Vater und sein Großvater hatten ihr Leben dem Wohl der Nation gewidmet. Sie waren immer loyal und gewissenhaft gewesen und starben als Patrioten. Als wenn sie sich ihren Wert für das Land beweisen mussten.
Doch das Land hatte sich durch ihre Aufopferung nicht verändert. Und er würde jetzt alles anders machen und sich gegen die Einfalt seiner heldenhaft naiven Vorfahren stellen, die einfach vergessen hatten, dass ihre Vorfahren irgendwann einmal in ihrer afrikanischen Heimat freie Menschen waren, die es nicht nötig hatten, mit ihrem Blut ihren Wert als Mensch beweisen zu müssen.

Ja, dieser Präsident war einen innovativen Gedanken wert! Ein Wistleblower kann ein Patriot sein! Ein Patriot, der nicht der degenerierten Spitze des Establishments verpflicht war, sondern der GOLDENEN REGEL und dem Wohl der Menschen. Es ging nicht um seine eigenen egoistischen Bedürfnisse, die er über die seines Landes stellen wollte. Es ging auch nicht um dieses Land, sondern um diesen Planeten und um einen wahnsinnigen Präsidenten, der bereit war, die ganze Welt in Schutt und Asche zu legen, weil er glaubte, dass niemand die Eier hätte, ihn zu stoppen.

Er benahm sich wie ein arroganter Serienkiller, der darum bettelte, endlich zur Strecke gebracht zu werden. Und Walther hatte sich entschieden, weil er sicher war, dass er diesem Planeten etwas zurückzugeben hatte. „Home of the brave" bedeutete auch die Angst vor der Angst zu durchbrechen und sich dem zu stellen, was sich dahinter verbarg. Was er auch immer zu verlieren hätte, es war nichts im Vergleich zu dem, was er jetzt schon gewonnen hatte.

Walther hatte eigenhändig einen sechzehn Seiten langen Brief geschrieben, mehr als hundertfünfzig Memos und vertrauliche Dokumente zum Projekt ANGELWING gesammelt und alles in einem großen, sandfarbenen Briefumschlag gesteckt, der jetzt verschlossen vor ihm auf dem Küchentisch lag. Er war noch nicht adressiert und trug auch noch keinen Absender. Aber er hatte schon Gewicht.

Walther wog ihn noch einmal in beiden Händen und konnte spüren, wie der letzte Ballast langsam von ihm abfiel. Seine Schultern entspannten sich und er merkte, wie müde er eigentlich war. Sterbensmüde. Er schloss die Augen und spürte, wie der Umschlag mit jedem seiner Atemzüge immer schwerer wurde. Er stützte seine Ellbogen auf dem Tisch ab und trotzdem konnten seine Unterarme das Gewicht des Umschlages kaum mehr halten, er drückte ihm ganz langsam seine Handrücken auf die Tischplatte.

„Ja, so ist es gut.", dachte er bei sich und spürte den Frieden, der sich seiner bemächtigte. Dann öffnete er die Augen und stand auf, um einen weiteren, kleinen Brief auf den Küchentisch zu legen. Er wusste nicht, ob seine Frau ihn verstehen würde, aber darum ging es jetzt nicht. Seiner Frau konnte er alles erklären, dafür würde er später noch genug Zeit haben. Dann zog er seinen Mantel an, setzte seinen Hut auf, nahm den großen Umschlag und verließ das Haus.

Kapitel 60

Das Image Blanche war eins der altmodischen Restaurants der gehobenen Preisklasse in Paris. Hohe Decken, viel Marmor, dezentes Licht und ruhige Atmosphäre bei traditionell Französische Küche auf höchstem Niveau.

Prof. Bee war 15 Minuten zu früh da, weil er die Fahrt mit dem Taxi länger eingeschätzt hatte. Die Dame am Empfang begrüßte ihn freundlich und er stellte sich schon darauf ein, erst einmal einen Aperitif an der Bar zu nehmen, doch sie bat ihn, ihr direkt zu folgen. Sie durchquerte den recht großen Speisesaal mit relativ wenigen Tischen bis zur gegenüberliegenden Seite, wo mehrere Tische in kleinen Separees eingelassen waren. Hin-Lun stand sofort auf, als sie Prof. Bee sah. Er bemerkte, dass sie ihn deutlich überragte, obwohl sie elegante, flache Schuhe trug. Und er hatte sich nicht getäuscht, sie war die applaudierende Asiatin bei seinem Vortrag.

„Entschuldigen Sie mein frühes Kommen.", sagte er ebenso charmant wie spitzbübisch und reichte ihr die Hand, die sie lächelnd mit ihren langen, weichen Fingern umschloss, sanft drückte, danach noch für einen kurzen Moment innehielt und dann wieder losließ.

Nahm er sonst auch so viele Details wahr, wenn er jemandem die Hand gab? Wie gab er eigentlich jemandem normalerweise die Hand? Immer gleich? Das konnte er sich nicht vorstellen. Es gab immer eine spezielle Botschaft, die mitschwang. Und mit dem Händeschütteln gingen Blicke, kleine Bewegungen, Atemzüge, Gerüche, Geräusche und die Mikrobewegungen der Mimik einher und alles wurde automatisch, unbewusst, blitzschnell, also elefantös mit den bestehenden Erfahrungen im Gedächtnis verglichen und bewertet.

Hin-Luns Händedruck fühlte sich gut an und es gab in seinem Gedächtnis nicht eine einzige Referenzerfahrung, die diesem Händedruck auch nur annähernd gleichkam. Sie setzte sich und lächelte ihm freundlich zu.

„Ich verzeihe es Ihnen gerne, wenngleich ich zugeben muss, dass ich auch gerne warte. Deshalb komme ich meistens zu früh – jedenfalls wenn es sich um angenehme Termine handelt."

„Das kann ich gut verstehen. Eine intelligente Taktik, um die eigene Vorfreude auszukosten."

„Oh, war das ein Kompliment?" Sie lächelte etwas verlegen. „Ich vermute aber, dass es eher daran liegt, dass ich es mit der Muttermilch aufgesogen habe, dass es unverzeihlich wäre, wenn man als Frau zu spät kommt. Und vielleicht hat sich dann daraus meine Vorliebe für das Warten entwickelt. Der typische Weg von der chinesischen Not zur Tugend, könnte man sagen."

„Ich muss gestehen, dass ich einfach die Länge der Fahrt mit dem Taxi überschätzt habe oder vielleicht auch ein bisschen nervös war oder vielmehr noch bin."

Prof. Bee war fasziniert und gleichzeitig überfordert. Sicherlich war er sich seines Charmes bewusst und sicherlich hatte er genug positive Erfahrungen im Kennenlernen von neuen Menschen und neuen Herausforderungen, denen er sich intelligent genähert hatte, aber wollte er jetzt intelligent sein?
Eigentlich schon, aber irgendwie auch nicht. Er fühlte sich zerrissen. Aber irgendwie auch angenehm zerrissen. Sein Elefant sah, roch und spürte dieses extrem attraktive Weibchen, das aber gleichzeitig als potenzielle Tochter des chinesischen Staatspräsidenten einen riesigen Innovationsschub für seine Arbeit, seine Mission und sein gesamtes Leben bedeuten könnte, wenn er es jetzt nicht vermasseln würde.

Aber war sie wirklich die Tochter des wahrscheinlich mächtigsten Mann auf der Welt? Hatte er irgendwo ihre Leibwächter gesehen? Nein. Und sie würde bestimmt Leibwächter dabei haben, wenn sie tatsächlich die Tochter des chinesischen Kaisers wäre.

Hin-Lun glaubte seine Nervosität nicht als Unsicherheit, sondern als Verschrobenheit zu erkennen. Männer, die es gewohnt sind, im Rampenlicht zu stehen, können gewisse Marotten nur schlecht ablegen. Warum sollte er sonst nervös sein? Weil er sich in einem diskreten Separee mit einer 20 Jahre jüngeren Frau trifft, die er nicht kennt? Die ihn unbedingt sehen wollte? Ihre Gedanken trieben ihre Unsicherheit in die Wangesröte.

Während sie beide ihren Gedanken nachhingen und sich stehend verlegen anlächelten, verstrichen die Sekunden. Hin-Lun durchbrach als erstes das schweigende Abtasten.

„Ach bitte, setzen Sie sich doch. Was wollen wir trinken?"

Prof. Bee nickte dankend und setzte sich umständlich, aber er schien die Frage nach dem Getränk überhört zu haben. Zu viele Gedanken, Phantasien und Wahrnehmungen prasselten auf ihn ein. Er spürte in ihrer noch nahezu jungfräulichen Beziehung diesen besonderen Funken, den er nicht verlieren und unbedingt in seinem Inneren aufbewahren wollte. Aber er sah auch in ihrem Gesicht, dass sie auf eine Antwort wartete.

„Entschuldigen Sie meine Abwesenheit. Wenn ich ganz ehrlich sein darf, bin ich im Moment vollkommen fasziniert von unserer Begegnung und gleichzeitig auch verwirrt. Man könnte sagen, dass mein Elefant noch überhaupt nicht weiß, wie er die Situation einschätzen soll und mein Reiter währenddessen ein Feuerwerk an Innovationen erblickt, die mein ganzes Leben auf den Kopf stellen könnten. Verstehen Sie, was ich meine?"

Hin-Lun neigte ihren Kopf und schien die richtigen Worte finden zu wollen.

„Das kann ich gut verstehen. Wenn ich auch ganz ehrlich sein darf, konnte ich mir bis eben weder vorstellen, wie es Ihnen mit unserer Verabredung geht, noch – wenn ich auch ganz ehrlich zu mir sein darf, was mich dazu getrieben hat, Sie so überstürzt zum Essen einzuladen. Verzeihen Sie mir meine Offenheit. Aber möglicherweise wissen Sie nicht einmal, wer ich bin, schließlich habe ich mich ja noch nicht einmal vorgestellt."

„Oh, ja, stimmt. Doch bevor Sie dies tun, möchte ich Ihnen einen Vorschlag machen."

Er wartete einen Moment, bevor er weiter sprach und sie nickte ihm freundlich lächelnd zu.

„Bevor ich erfahre, wer Sie sind und was der Grund unseres Zusammentreffens ist, möchte ich die Chance nutzen, dass wir uns jenseits unserer Identitäten, unserer Rollen und Aufgaben kennenlernen. Widmen wir uns für ein paar Minuten einem Experiment: zwei Doppelsysteme begegnen sich. Natürlich bewegen wir uns nicht auf einem vollkommen weißen Papier, wir beide haben eine Menge Erfahrungen, aber jede neue Begegnung ist auch eine Chance, etwas vollkommen anderes zu erleben."

Er schaute sie an und schwieg. Sie erwiderte seinen Blick und nur eine kleine Kräuselung auf ihrer Stirn verriet, dass sie sich fragte, wohin dieses Experiment führen sollte.

„Ich schaue Sie an und bin erfüllt von diesem Moment.", fuhr Prof. Bee mit einem sanften Lächeln leise fort. „Ich fühle, dass ich genau da bin, wo ich in meinem Leben sein will."

Er schwieg wieder und sie durchzuckte ein Schauer der Berührtheit, der sie zu einer Antwort nötigte.

„Ich verstehe.", sagte sie leise und wog dabei ihren Kopf ganz sanft im Rhythmus ihres Atems. „Auch ich bin da, wo ich sein will.", fügte sie hinzu und lächelte, als wäre sie dankbar, diesen Satz von sich selbst zu hören.

Dann schien es beiden, als würde die Zeit anhalten. Sie sahen sich an, sie sahen sich atmen, sie sahen sich lächeln. Die Minuten vergingen. Gerade als Prof. Bee für sich erkannte, dass wahre Intelligenz darin besteht, die Erfüllung zuzulassen, kam ein junger, mehr pflichtbewusster als diskreter Kellner zu ihnen an den Tisch und machte sich mit einem leisen Räuspern bemerkbar.

„Ich danke Ihnen.", hauchte Prof. Bee leise in Richtung Hin-Lun, bevor er sich dem Kellner zuwandte. „Womit wollen wir anstoßen?"

Kapitel 61

Mr. President saß in seiner altmodischen Badewanne. Das freistehende Monster in Übergröße hatte massiv goldene Armaturen, mit goldenen Handläufen, einen massiv goldenen Aschenbecher, in dem auch die größten Zigarren Halt finden konnten und massiv goldene Füße in Form von gigantischen Löwenpranken.

Ein Antiquitätenhändler aus New York hatte sie ihm mit einem Zertifikat verkauft, das bescheinigte, dass in ihr schon der letzte Zar Russlands gebadet hatte. Allein das Zertifikat hatte ihn zigtausende Dollars gekostet, aber das war es ihm wert. Und jetzt, nachdem auch er seine Fürze in das schaumige Wasser gedrückt hatte, könnte er dieses goldene Ungetüm für noch viel mehr Geld weiterverkaufen.

So lief das Spiel. Er lächelte. Aber nur kurz. „Das Leben ist nicht dazu da, währenddessen dauernd zu lächeln. Ein Lächeln ist etwas Besonderes. Und mein Lächeln muss sich die Welt erst verdienen. Mein Lächeln gibt es nicht umsonst. Nichts im Leben gibt es umsonst. Alles hat seinen Wert. Jeder Tag, jede Minute, jeder Atemzug. Warum kapieren das die Leute nicht? Dabei ist es doch so einfach!"

Während er seinen Gedanken nachhing, betrachtete er seine Finger, deren Haut schon ganz schrumpelig geworden war.

„Wie viel mich die Minuten in dieser verdammten Wanne wohl schon gekostet haben? Nein, falsche Frage. Jede Minute hat mir Geld gebracht. Muss mir Geld gebracht haben, sonst würde irgendwas falsch laufen. Aber das kann nicht sein, schließlich habe ich jetzt ja diese fantastisch wichtige Mission: Präsident sein! Zu Anfang war es ja nur eine irre Idee aus der Langeweile heraus. Mit den ersten Vorwahlen wurde es zu einer grandiosen Wette mit mir selbst und jetzt ist es mein zweitwichtigstes Hobby neben Golfspielen und Leute feuern. Und ich werde den Teufel tun, dass es NICHT zu meinem Job wird. Ich bin mein eigener Herr. Niemand bestimmt über mich, nicht einmal das amerikanische Volk. Deshalb muss es mein Hobby bleiben."

Er betrachtete sich in dem großen Spiegel vor der Badewanne und lächelte wieder. Aber er wusste, dass es nicht echt war. Er würde sich unheimlich gern einmal mit einem echten Lächeln selbst anschauen können, aber es ging einfach nicht. Es hatte noch nie funktioniert, sein eigener Blick verriet ihm immer in dem Bruchteil einer Sekunde, dass er irgendwie unsicher war und für sich selbst kein echtes Lächeln übrig hatte.

Er hatte noch nie mit anderen über diese Unfähigkeit gesprochen, aber er wollte fest daran glauben, dass sich niemand ehrlich selbst anlächeln kann. Niemand! Außer kleinen Kindern vielleicht. Vielleicht hat er es als Kind auch gekonnt. Ja, ganz bestimmt sogar.

Er überlegte, ob er jetzt genug hätte und aussteigen sollte. Seine Finger konnten wohl nicht schrumpeliger werden. Woran merken Leute, dass sie lange genug gebadet hatten? Es war ihm ein Rätsel. Vielleicht, wenn sie genug davon haben, allein mit sich in ihrer warmen Schaumsuppe zu sitzen und sich unnötige Gedanken zu machen?

Es blieb ihm ein Rätsel. Und er musste sich eingestehen, dass er insgeheim vieles nicht verstehen konnte, was die Menschen beschäftigte. Obwohl das Leben doch so einfach war. Es war weniger das WAS, das er nicht verstehen konnte, denn aus allem ließ sich ein Geschäft machen. Aber das WARUM leuchtete ihm verdammt selten ein.

„Warum interessieren sich Menschen dafür, dass andere sie mögen? Wobei doch so klar ist, dass andere einen umso mehr mögen, umso weniger man sich für sie interessiert. Interesse hat keinen Wert, außer man will etwas verkaufen. Wer sein Interesse verschenkt, ist ein Idiot. Oder er ist ein superreiches Arschloch, das sich nur noch langweilt. Ja, von denen kenne ich einige. Die haben keinen Biss mehr. Egal, wann man aufgibt, Aufgeben bleibt immer Aufgeben. Wer aufgibt, stirbt! Nein, wer aufgibt, ist eigentlich schon tot! Ich sollte meine Gedanken öfter mal aufschreiben, die Idioten da draußen werden sie lieben. Aber ich habe kein Bock auf Diktiergeräte, das ist was für kranke Pussys. Es müsste ein Gerät geben, das meine Gedanken direkt aufnimmt, während ich sie denke. Das kommt auf die Agenda, vielleicht gibt es so was schon in unserem großartigen Land."

Er atmete tief durch und schnaufte in den dicken Schaumteppich. Das hatte ihm schon als Kind gefallen, daran erinnerte er sich genau. Er schnaufte noch einmal. Damals hatte er nicht so viel Schaum, aber Spaß hat es trotzdem gemacht, besonders weil er noch eine kleine Gummiente dabei hatte, die er gern unterduckte. Vielleicht sollte er sich wieder eine Ente besorgen? Natürlich eine größere, er hatte jetzt ja auch mehr Schaum.

Plötzlich durchfuhr ihn ein scharfer Schmerz in seiner Brust und sein ganzer Körper zog sich verkrampft zusammen. Er verlor die Balance, rutschte in den Schaum rein und tauchte mit dem Kopf unter. Panisch suchten seine Finger nach dem Badewannenrand, um sich wieder hochzuziehen. Es brauchte mehrere Versuche, bis seine manikürten Pranken den Rand erwischten und er mühsam seinen Kopf wieder über die Wasserlinie brachte.

Er schrie seine Wut heraus: „Du verschissene Badewanne! Das war's! Du bist raus! Aaarghhh!"

Der Schmerz in seiner Brust hallte immer noch nach, aber das Adrenalin hatte seine Kapillare geweitet und jetzt regierte ihn wieder die Wut. Ein Bediensteter klopfte und fragte besorgt, ob alles okay sei.

„Nichts ist okay! Die verdammte Badewanne wollte mich umbringen! Die wird rausgerissen – sofort! Und sag meiner Frau Bescheid, dass ich mich anziehen lassen will!"

Kapitel 62

„Wie wollen wir nun weitermachen?" Prof. Bee gab sich Mühe, nicht wie ein Vernehmungsbeamter oder Oberlehrer zu klingen. Er lächelte etwas gekünzelt.
„Wollen Sie mir etwas über sich erzählen oder wonach ist Ihnen gerade?"

Auch Hin-Lun bemerkte, dass der Rausch der Dankbarkeit vorbei war.
„Ich habe es sehr genossen.", begann sie mit leiser Stimme.
„Aber nun ist es weg und ich weiß nicht warum. War es der eifrige Kellner, der den Zauber verscheucht hat?"

„Nein, ich glaube, er hat uns nur daran erinnert, dass sich die Welt weiter dreht. Ihn trifft keine Schuld. Und uns auch nicht, wenn wir nun etwas bedrückt dasitzen und unseren inneren Wandel noch nicht richtig fassen können. Wir haben diesen perfekten Stillstand maximal zugelassen und nun gibt es aus dem Hochgefühl der Erfüllung nur den Weg in die Angst."

„Das hört sich grausam an."

„Nur, wenn man noch Angst vor der Angst hat."

„Wie meinen Sie das?"

„Wenn Sie mich noch vor ein paar Wochen gefragt hätten, was den Menschen ausmacht, dann hätte ich Ihnen geantwortet, dass ein Mensch ein Wesen ist, das die Welt fühlt und über seine Gefühle nachdenken kann. Wodurch sich seine Gefühle natürlich ändern und er immer in Bewegung bleibt. Ich glaubte, mit diesem Ansatz kann man schon recht intelligent durch den Dschungel der Emotionen kommen, aber es bleibt immer noch ein Dschungel mit guten und schlechten Gefilden. Dann hat mich eine liebe Freundin auf das Manifest von Dr. Skimada und seinem Gefühls-Management gebracht und nun sehe ich alles viel klarer vor mir. Es gibt keine schlechten Gefühle, sondern nur kraftvolle, die sich schlecht anfühlen, weil wir sie noch nicht angemessen wertschätzen konnten und sie deshalb nicht angemessen managen können."

Der Kellner kam wieder an ihren Tisch und kredenzte ihnen den Rotwein. Danach holte Prof. Bee einen Stift aus seinem Jackett und nahm sich eine Serviette.

„Nach Dr. Skimada sind unsere Gefühle keine Einzelphänomene, sondern bilden einen Gefühlszyklus."
Er malte eine liegende Acht auf die Serviette und unterteilte sie in vier Quadranten.
„Hier rechts oben sind wir in die Lust eingestiegen, wenn ich einmal für uns beide sprechen darf."

Sie nickte und er markierte den rechten oberen Quadranten mit dem Begriff LUST.

„Genauer formuliert, in die Lust, uns zu begegnen, wobei unser Experiment dafür gesorgt hatte, dass wir nicht reflektorisch auf die Details des Kennenlernens fokussierten, sondern intuitiv auf uns und unsere reine Präsenz. Diese Erfahrung hat mich sofort in die Erfüllung bewegt, möglicherweise ging es Ihnen auch so."

Sie nickte wieder und er markierte den unteren rechten Quadranten mit dem Begriff ERFÜLLUNG.

„Die Lust bezeichnet das menschliche Gefühl der Hin-Zu-Bewegung, die uns, wenn sie befriedigt ist, zum positiven

218

Stillstandsgefühl der Erfüllung führt. Aber den Stillstand können wir nur kurz aufrechterhalten, denn die Welt dreht sich weiter. Als wir das durch den Kellner bemerkten, wandelte sich unser Gefühl wieder. Und zwar in Richtung Angst, denn wenn wir das Gefühl des perfekten Stillstandes verlassen, haben wir zu Recht die Angst, dass wir möglicherweise nie wieder so erfüllt sein werden."

Er markierte den linken oberen Quadranten mit dem Begriff ANGST und sie hakte interessiert nach:
„Wenn ich also weiß, dass nach der Erfüllung kein Weg an der Angst vorbeigeht, brauche ich keine Angst mehr vor ihr zu haben? Wie nach jedem Filmende der Abspann kommt?"

„Ja.", erwiderte er schmunzelt, „So könnte man es sagen. Vielleicht hat niemand Angst vor dem Abspann, aber sicherlich haben manche Zuschauer Angst davor, das Kino zu verlassen, weil sie sich vor ihrem eigenen Leben grauen, das im Vergleich zu den großen Bildern und Emotionen der Kinowelt trist und bedeutungslos wirken könnte."

„Verstehe. Wenn ich also keine Angst mehr vor der Angst habe, könnte ich mich fragen, wovor ich denn genau Angst habe und würde solchen Verwechslungen wahrscheinlich auf die Spur kommen können. Das leuchtet mir ein. Wovor haben Sie gerade Angst?"

Prof. Bee überlegte einen Moment, bevor er lächelte.
„Wollen Sie es wirklich wissen? Ganz ehrlich?"

„Ja, es ist mir ernst!"

„Im Moment habe ich Angst, mich in Sie zu verlieben, ohne zu wissen, wer Sie eigentlich wirklich sind."

Kapitel 63

Pito Sanchez betrachtete sich nackt im Spiegel und ihm gefiel, was er sah. Sein fetter, schwabbeliger Körper bewies zwar eindeutig, dass er sich in den letzten Jahren intensiv der Lust und Völlerei hingegeben hatte, aber auf den fettgepolsterten Schultern saß der beeindruckende Charakterkopf eines uneingeschränkten Herrschers. Ein markantes Gesicht mit fein geschnitten Zügen, aus dem zwei wunderschön dunkle Augen böse in die Welt funkelten.

Er ging näher an den bodentiefen Garderobenspiegel in seinem Ankleidezimmer heran, bis er nur noch sein Gesicht sehen konnte. Diese Augen hatten schon alles Böse in dieser Welt gesehen. Nichts konnte ihren Blick brechen, diese Augen kannten keine Angst.

Pito musste lächeln. Er liebte seinen Blick und er liebte sein Lächeln. Wenn er lächelte, verkörperte er das in Reinkultur, was die ganze Welt der erbärmlichen Gringos in dem Grinsen von Jack Nicholson sehen wollte. Nur noch anmutiger, südamerikanischer, kraftvoller. Die bedrohlichsten Augen der Welt, aber eben mit einem echten Lächeln und nicht mit einem gespielten Grinsen.

Er schaute an sich herunter und musste feststellen, dass er seine Genitalien nicht sehen konnte, weil sein Bauch im Wege war. Nur über den Blick in den Spiegel konnte er sein von seinem Bauchspeck verschattetes Geschmeide vage erkennen. Er bemerkte, dass die bedrohlichsten Augen dieser Welt auch irritiert schauen konnten, aber nur für einen kurzen Moment und nur, wenn er nackt vor sich selbst stand.

Warum tat er sich das eigentlich immer noch an? Es reichte doch, wenn die entsprechenden Senoritas seinen Schwanz finden würden.

Er wendete sich unwirsch von dem Spiegel ab und ging zu dem Regal, in denen seine Unterwäsche sorgfältig gefaltet und gestapelt bereit lag. Früher hatte er immer eine von den Mätressen beauftragt, ihn anzuziehen und ihn bei Bedarf auch noch schnell sexuell zu befriedigen, aber jetzt fühlte er sich aus diesem Alter herausgewachsen.

Er kam sich zuletzt nur noch wie ein übergewichtiges Riesenbaby vor und bekam jedes Mal einen Wutausbruch, wenn sich die Mädchen auch nur einen Hauch ungeschickt anstellten. Merkwürdigerweise konnte er sich durch seine Wut nicht mehr sexuell stimulieren, das hatten einige von den Mädchen in der Vergangenheit äußerst schmerzvoll erfahren müssen. Und weil sie ihm irgendwie leid taten und er es nicht mochte, wenn irgendjemand sein Mitgefühl erweckte, zog er sich seit einigen Wochen eben wieder selbst an.

Er pellte sich in die seidene Unterwäsche und setzte sich auf die lederbezogene Bank, um sich die seidenen Socken über seine fetten Füße zu ziehen. Seine Beweglichkeit hatte mit jedem zusätzlichen Kilo abgenommen und er musste sich eingestehen, dass er für seine Gesundheit äußerst wenig tat. Schon das Anziehen der Socken brachte ihn ins Japsen. Doch wer in seiner Position auf einen gesunden Lebenswandel setzte, um später friedlich im Bett zu sterben, war ein verträumter Spinner.

Er hasste Spinner. Besonders die, die an ihren Träume festhielten. Und ganz besonders, wenn sie auch noch glaubten, dass sie ihn mit ihrer Arroganz beeindrucken könnten. So jemand wie Luiz zum Beispiel. Vielleicht könnte dieses Stück Scheiße seinen eigenen Schwanz ohne Spiegel sehen, aber ich glaube, es würde ihm nicht gefallen, wenn er ohne Spiegel zusehen müsste, wie ihm jemand seinen Schwanz abschneidet! Das wäre die passende Antwort für diesen respektlosen Verräter!

Seit Enrique ihn in auf dieser verdammten Insel in seiner Luxusfestung gefunden hatte, lagen seine Männer auf der Lauer. Ein kleines Team hatte in einem anderen Apartment auf Brickell Key Stellung bezogen. Sie nutzen als Operationsbasis das Loft eines kolumbianischen Waffenhändlers, das – natürlich zur Selbstverteidigung mit einem fetten Waffenarsenal ausgestattet war. Aber Luiz, das Dreckschwein rührt sich nicht. Enrique hätte ihn gleich erledigen sollen, aber dieser schmierige Winkeladvokat hatte einfach nicht die Eier dafür.

Pito bemerkte, wie der Ärger ihn packte. Manche Menschen glaubten, dass der Ärger sie antreiben würde, um etwas aus ihrem Leben zu machen, aber Pito sah das anders. Wenn man clever genug ist, macht man etwas aus seinem Leben, um nicht mehr von der Wut beherrscht zu werden. Wut ist wie die Liebe, sie macht einen blind für das, worum es wirklich im Leben geht. Nur, was könnte das sein? Ist der Sinn des Lebens rauszufinden, worum es geht? Ja, vielleicht. Hatte er in seinen 49 Jahren schon irgendetwas von Belang herausgefunden?
Pito fühlte, wie eine scharfe Kälte langsam in ihm aufstieg und eine trostlose Leere vor sich herschob, in der seine Gedanken keine Antwort mehr fanden. Er konnte sich nicht mehr daran erinnern, wie es war, bevor diese Kälte sein Leben ergriffen hatte, aber er wusste, dass sie ihn mit Haut und Haar einfrieren würde, wenn nicht schnell ein feuriger Gedanke seinen Schädel wieder in Bewegung brachte.
„Ey, Pedro! Sal! Wir werden die gesamte, verfickte Insel in die Luft sprengen!", hörte er sich laut schreien. „Und die verdammten Kubaner gleich mit!"

Kapitel 64

Hin-Lun schwieg immer noch und Prof. Bee machte eine weitere innere Entdeckung, die er nicht für sich behalten konnte.
„Als ich davon sprach, dass ich Angst hätte, mich zu verlieben, hatte ich natürlich nicht wirklich davor Angst, sondern eher davor, abgewiesen zu werden."
Sie schaute ihn an, aber er konnte ihren Blick nicht deuten.
„Entschuldigen Sie, ich wollte Ihnen nicht zu nahe treten."
Er suchte nach den richtigen Worten.
„Vielleicht ist meine Hoffnung, dass wir uns offen und ehrlich begegnen können, nicht nur naiv, sondern auch anmaßend."

„Nein, das ist es nicht! Es ist eher ungewöhnlich."

„Ja, das ist es wirklich. Ich bin selbst geradezu erschrocken darüber, wie ich mit jeder Formulierung meiner Angst einen Schritt weiter hinter meine eigene Fassade schauen kann, wenn nicht sogar muss. Diese Erkenntnisse sind irgendwie schmerzhaft, aber auch befreiend."

Hin-Lun rang offensichtlich immer noch mit sich.

Der Schweizer beugte sich zu ihr vor.
„Wovor haben Sie gerade Angst?"

„Ich bin mir leider nicht sicher. Zunächst dachte ich, dass mir Angst macht, Ihnen zu offenbaren, wer ich wirklich bin. Aber jetzt glaube ich, dass Sie wahrscheinlich schon irgendwie herausgefunden haben, dass mein Vater der Staatspräsident der Volksrepublik China ist. Ich wollte es Ihnen nicht verheimlichen, aber - ich bitte um Ihr Verständnis – Sie können sich bestimmt vorstellen, dass viele Menschen meine familiäre Herkunft wichtiger nehmen als mich als Person. Und damit umzugehen ist nicht immer einfach."

Er nickte und sein Lächeln bestärkte sie darin, weiterzusprechen.

„Ja, Sie haben Recht, es ist befreiend, seine Ängste auszusprechen. Man kann dadurch tiefer blicken und mehr erkennen."

Sie zögerte wieder einen Moment.

„Meine wirkliche Angst ist es, zuzugeben, dass ich nicht weiß, was es bedeutet, verliebt zu sein."

Kapitel 65

Alfonse war mit seiner Frau und ihren religiösen Gefühlen nicht einen Schritt weitergekommen. Das lag zum einen daran, dass er beruflich viel und politisch noch viel mehr zu tun hatte und zum anderen, dass sein Freund Noel ihm geraten hatte, erst einmal genau herauszufinden, was er selbst wollen würde, bevor er einen weiteren Anlauf mit seiner Frau unternahm.

Alfonse saß gerade im Flugzeug nach Pretoria, um in der einen von drei Hauptstädten Südafrikas an einer Konferenz zur Zukunft des internationalen Gerichtshofes der Vereinten Nationen in Den Haag teilzunehmen.
Die afrikanischen Staaten monierten seit Langem, dass größtenteils afrikanische Staatenlenker auf der Anklagebank wegen Verbrechen gegen die Menschlichkeit landeten und es gab eine afrikanische Bewegung, die den Gerichtshof nicht mehr anerkennen wollte, wenn sich daran nichts ändern würde. In der hellhäutigen Ecke der UNO kursierte schon das Gerücht über spezielle, afrikanische Gefühle und die Unfähigkeit der afrikanischen Staatengemeinschaft, einzusehen, dass sich der hohe Anteil afrikanischer Angeklagter einfach durch die große Anzahl von nachweisbaren Verbrechen gegen die Menschlichkeit in Afrikas Elite erklären ließe.

Alfonse hatte sich bereit erklärt, als beratender Beobachter der kongolesischen Delegation teilzunehmen, weil er sich davon einen guten Einblick in die aktuelle politische Identität Afrikas versprach. Noch war er nicht so weit, sich für ein hohes Staatsamt zu bewerben, aber die Aussichten, wirklich etwas für die Verbesserung der Lebensumstände der afrikanischen

Bevölkerung tun zu können, waren noch nie so gut. Überall auf dem Kontinent hatten sich junge, gut ausgebildete Unternehmer und Politiker zu einem offenen Netzwerk zusammengeschlossen, um sich unabhängig von den alteingesessenen Machthabern und ihren dreckigen Verbindungen zu den Weltwirtschaftszentren Europas, Asiens und Amerikas für eine bessere Zukunft zu positionieren.

Alfonse checkte gerade seine E-Mails, um sich von einer turbulenten Reihe bemerkenswert heftiger Luftlöcher abzulenken, als ihm eine Nachricht von seinem Freund Noel auffiel.
„Hi Kaiser, schau dir das mal an."
Dazu einen U-Tube-Link zu einem Video mit dem Titel: Die Zukunft des Menschen mit Elefant und Reiter, Prof. Eberhard Biener, UNO-Kongress, Paris. Das Video hatte inzwischen 1,3 Millionen Klicks und 430,000 Likes, obwohl es erst wenige Stunden im Netz stand. Er schaute sich neugierig das Video an und als er die Darstellung des Reiters sah, der anmutig und elegant auf den Stoßzähnen seines Elefanten surfte und den Weg in die Zukunft zeigte, war sich Alfonse plötzlich sicher: das ist das Logo für Afrikas Zukunft!

Kapitel 66

Prof. Bee und Hin-Lun hatten inzwischen etwas zu essen bestellt. Ob Liebe wirklich durch den Magen geht, war zweit-
rangig, denn wenn man schon in einem erstklassigen Gour-
met-Tempel sitzt, sollte man dessen Vorzüge auch genießen.
Prof. Bee merkte, dass es an der Zeit war, die Dramatik in ihrem Prozess des Kennenlernens herunterzufahren. Der Abend
war durch sein Vorpreschen gleich zu einem Showdown mit
gemeinsamer Nabelschau mutiert. Und er wusste beim besten
Willen nicht, wohin das führen sollte.

„Mein liebe Hin-Lun, wenn ich Sie richtig verstehe, halten Sie
sich für eine Anfängerin, also ein unbeschriebenes Blatt im
Verliebtsein und das ängstigt Sie. Nun mag ich mit meiner
forschen Aussage über meine Zuneigung zu Ihnen wie ein
Experte gewirkt haben, aber ganz ehrlich: das bin ich beileibe
nicht!"

Er räusperte sich und sprach mit gesenktem Blick weiter, ohne
sie anzusehen.

„In meiner Welt gibt es keine Wissenschaft des Verliebtseins.
Liebe beschreibt wahrscheinlich einen der wenigen Zustände,
der nicht theoretisch erfassbar ist. Und er wird wahrscheinlich
auch nicht dadurch besser verständlich, dass man ihn intellektuell zerlegt, analysiert und wieder zusammensetzt."

Schlagartig überkam ihn die Befürchtung, dass er mit seinem
Vortrag schon wieder in einer vollkommen falschen Richtung
unterwegs war und unterbrach seinen Redefluss gewaltsam
mit einem ungeschickten Schluck Wein. Während er danach
hektisch versuchte, die Weinflecken auf seinem Hemd mit einer Serviette zu trocknen, brach Hin-Lun plötzlich in lautes
Gelächter aus.

Prof. Bee zuckte erschrocken zusammen und fegte mit seinem Arm das Weinglas vom Tisch. Zu plötzlich war ihr Ausbruch mit Verzögerungszünder.

„Entschuldigung.", stammelte sie mit den Händen vor ihrem Mund, um nicht noch einmal viel zu laut in diesem vornehmen Etablissement auffällig zu werden und reichte ihm auch ihre Serviette zum Trocknen der Weinlache auf seinem Jackettärmel.
„Sie sind wirklich witzig!", presste sie zwischen ihrem unterdrückten Kichern und Glucksen heraus.

„Ach ja? Finden Sie? Und ich dachte schon, ich mache mich gerade zum Vollpfosten und mein Mund wollte überhaupt nicht mehr aufhören zu reden."

Er legte die Wein durchtränkten Servietten weg und lächelte sie frontal an. Hin-Lun fand auch einen Moment der Ruhe und strahlte zurück. Die Sekunden verrannen, aber außer einem merkwürdigen Zucken seines Kopfes brachte er keine weitere Bewegung zustande.
Sie konnte die Spannung nicht mehr halten und bekam den nächsten Lachanfall und hielt sich wieder die Hände vor den Mund, während sie sich so heftig nach hinten in ihren Stuhl warf, dass die Stuhlbeine ein lautes Quietschen auf dem Parkettboden erzeugten. Nun musste auch Prof. Bee laut lachen und wenige Sekunden später kam ein Oberkellner zu ihnen an den Tisch, um nach dem Rechten zu schauen.
Noch während er mit seinem Kollegen die restlichen Spuren des vergossenen Weines beseitigte, nahm Hin-Lun den Faden wieder auf.
„Wir haben also den Quadranten der Angst hinter uns, wir haben allerdings auch keine Serviette mehr. Herr Ober, entschuldigen Sie bitte, könnten wir vielleicht noch eine neue Serviette bekommen?"

„Oder vielleicht gleich besser zwei oder drei?", mischte sich der Schweizer ein.

Behände zog der Kellner zwei neue Servietten hervor und Hin-Lun beugte sich vor, um Prof. Bee ihre Hand entgegenzustrecken.
„Ihren Stift, bitte."

Er zog ihn aus seinem Jackett, das er zum Trocknen über den nächsten Stuhl gehängt hatte und reichte ihn ihr langsam und vorsichtig, um sicherzugehen, dass sich ihre Hände kurz berühren würden.
Sie nahm seine Einladung gern an und fuhr dann lächelnd fort.
„Also hier ist die Acht und die vier Quadranten, oben rechts die Lust, darunter der Stillstand der Erfüllung dann der Weg in die Angst nach oben links und dann bräuchten wir unten links wieder ein Stillstandsgefühl - wie wäre es mit TRAUER oder OHNMACHT?"

„Genau, Sie sagen es!", rief er begeistert aus. „Das sind genau die beiden Begriffe, die auch Dr. Skimada vorschlägt."

„Also, wenn ich meine Angst ganz präzise formulieren könnte, würde ich sie wahrscheinlich schon dadurch entkräften und eine Lösung finden. Warum muss ich dann noch in die Ohnmacht?"

„Um loszulassen. Und seien es nur die alten Formulierungen und Gedanken, die die Angst bis jetzt mit Energie versorgt haben."

„Okay, verstehe. Wenn ich also glauben könnte, dass ich keine Angst vor dem Begriff des Verliebtseins haben muss, weil ich seine maximal inflationär verdrehte und mystifizierte Bedeutung einfach loslasse, hätte ich die Chance...", sie zog die Acht von links unten nach rechts oben, „...mich sofort auf das Neue freuen?"

„Das ist der Kreislauf.", erwiderte der Schweizer etwas verunsichert, angesichts ihrer offensichtlichen Führungsqualität.

„Und um die Bewegung aus der Ohnmacht voranzutreiben, würde da nicht zum neuen Verliebtsein eine neue Erfahrung passen?"
Sie beugte sich jetzt ganz weit zu Prof. Bee rüber und küsste ihn sanft auf den Mund.
„Danke.", hauchte sie ihm zu, während sie sich lächelnd wieder in ihren Stuhl gleiten ließ, keine Sekunde zu früh, damit der Kellner den ersten Gang ankündigen konnte.

Kapitel 67

Als Rob aufwachte, musste sofort an seinen Enkel Brad denken. Er hatte ihn gestern Abend überall auf dem Hof gesucht und keiner der anderen wusste, wo er sein könnte. An sein Handy ging er nicht ran und Molly schien auch wie vom Erdboden verschwunden zu sein. Erst als er festgestellt hatte, dass auch Brads Motorrad fehlte, glaubte Rob, dass sein Enkel mit seiner Freundin ein spontanen Ausflug ins Outback unternommen hätte. Wahrscheinlich mit seinen Aborigini-Kumpels. Rob mochte es nicht, wenn Brad und Molly so viel Zeit mit den verrückten Abos verbrachten, aber auch er war einmal jung und die meisten seiner leichtsinnigen Abenteuer hatten ihm nicht geschadet. Die meisten nicht, aber eines. Vielleicht war er deshalb so besorgt. Seine Sorgen ließen ihn seinen Hunger vergessen und er rollte mit einem aufgewärmten Kaffee mürrisch auf die Veranda.

Es dämmerte, bald würde die Sonne aus einem Meer von warmen, kitschigen Farben auftauchen. Brad war mit seinen 20 Jahren kein Kind mehr, aber Alkohol, Marihuana und schlechte Gesellschaft konnten die Wildnis schnell gefährlich machen. Er hoffte, dass Molly ihn von den riskantesten Heldentaten abhalten würde, aber das war nur ein frommer Wunsch, denn Molly taugte nicht als Gouvernante, wahrscheinlich würde sie Brad sogar noch anspornen und vorangehen, wenn es darum ging, irgendeinen übermütigen Scheiß auszuprobieren.
Die letzten Sterne funkelten in der verblassenden Nacht. Hatte sich da gerade etwas bewegt? Ein Schatten, zu groß für einen Dingo, zu gleichmäßig für ein verirrtes Känguru. Der Schatten hielt weiter auf die Veranda zu. Rob schnappte sich sein Ge-

wehr, das allzeit bereit an einem Pfeiler der Veranda lehnte und spähte in das Zwielicht.

„Grandpa, ich bin´s!", hörte er Mollys helle Stimme. Rob stellte erleichtert das Gewehr wieder weg.

„Hi Molly, was ist los? Wo kommst du her? Ist etwas passiert?"
Dann erkannte er, dass sie Brad´s Motorrad schob.

„Nein, alles gut, aber ich habe mich mit dem Sprit verschätzt."

Sie stellte die Geländemaschine vor der Veranda ab, nahm ihre Tasche und kam zu ihm auf die Terrasse.
„Hi Rob.", sagte sie erschöpft und gab ihm einen flüchtigen Kuss auf die Wange, bevor sie sich in einen der Stühle fallen ließ.

„Was ist los? Wo ist Brad? Wir haben ihn schon gesucht und er geht nicht an sein Handy!"

„Kriege ich erst einmal einen Kaffee?"

„Nein, verdammt noch mal! Ich mache mir Sorgen! Was ist passiert? Wo ist er?"

„Dann hole ich mir eben selbst einen!", entgegnete sie unwirsch und stapfte in die Küche. Mit dem dampfenden Becher kam sie zurück und ließ sich wieder in den Stuhl fallen.
„Yes!", stieß sie erleichtert aus und Rob merkte, dass sie es genoss, ihn auf die Folter zu spannen. Molly war ein toughes, hübsches Mädchen, die in ihrer schweren Kindheit hier im Northern Territorium mit ihrer Familie viel Scheiß erlebt hatte. Ihre Beziehung war nie besonders innig, aber Rob verdankte es auch ihr, dass Brad bei ihm auf dem Hof geblieben war.
„Brad ist weg.", begann sie knapp. „Heute Nacht mit dem Postflieger nach Katherine."

„Was? Was will er da? Wieso hat er mir nichts erzählt?"

„Wahrscheinlich, weil du ihm auch nichts erzählst. Er sagte, es würde ihm reichen und er bräuchte mal was Neues."

„Das kann doch nicht war sein! Wo will er hin?"

„Ich glaub, erst mal nach Darwin und dann mal sehen. Er hat so ein merkwürdiges Video auf U-Tube gesehen und das hat ihn nicht mehr losgelassen."

Rob war verwirrt, nein eher ärgerlich und verstört. Nie im Leben hätte er gedacht, dass Brad einfach abhauen würde. Er hatte hier so viel gelernt. Roboter bauen, Software programmieren, KIs entwickeln, das alles war doch genau Brads Traum. Er atmete tief durch und versuchte mühsam, seinen Ärger runterzuschlucken.
„Was war das für ein Video?"

Kapitel 68

Prof. Bee und Hin-Lun hatten den ersten Gang – eine französische Froschsuppe - fast schweigend hinter sich gebracht. Lächeln, strahlen und hin und wieder ein kurzes vergnügtes Glucksen. Irgendwann konnte er es nicht mehr aushalten und platzte mit dem erstbesten Thema heraus.
„Wollen wir noch mal den Gefühlszyklus auf unseren Altersunterschied legen?"

Sie lachte.
„Ist das so wichtig für dich?" Ihr Elefant zuckte Aufgrund des Duzens, das ihr rausgerutscht war, zusammen. Aber wenn man jemanden schon auf den Mund geküsst hatte, war es sicherlich nicht unangemessen.

„Du meinst für uns?", erwiderte er lächelnd.

„Für mich im Moment nicht."

„Okay, aber wir, also mein Reiter und mein Elefant, sind noch uneins."

„Du Scherzkeks! Wer trägt eigentlich den Humor? Ist das der Elefant oder Reiter?"

„Denkgewohnheiten, Überraschung, Freude – das können wohl nur beide zusammen. Verlegenheit überspielen, Schamgefühlen ausweichen, Doppeldeutigkeiten ausdrücken, wahrscheinlich ist Humor eine der wichtigsten Erfindungen, um heikle Themen gemeinsam anzugehen."

„Okay.", begann sie mit betont ernster Stimme. „Also, ein simpler Kuss von mir und unser Alternsunterschied von vielleicht 20 Jahren soll plötzlich eine wichtige Rolle spielen? Oder wolltest Du damit nur irgendeine Verlegenheit überspielen?"

Er musste grinsen.
„Ich hätte nicht gedacht, dass du schon so alt bist."

Sie bedachte ihn mit einem gespielt bösen Blick.
„Was ist eigentlich mit den vielen verschiedenen Emotionen und Gefühlen wie Scham, Verachtung oder Wut? Wo tauchen die in Dr. Skimadas Gefühlszyklus auf?"

Gar nicht, denn er trennt grundsätzlich die Begriffe EMOTION und GEFÜHL."

„Wie macht er das?"

„Er fragt nach der Möglichkeit unserer Verantwortungsübernahme. Unsere Gefühle müssen wir vollkommen selbst verantworten, weil sie die Resonanzen sind, die nur IN uns ablaufen. Die inneren Botschaften, die unser Reiter von unserem Elefanten bekommt, wenn wir einem Reiz aus der Umwelt wahrnehmen. Lust und Angst als Bewegungsbedürfnis, Erfüllung und Ohnmacht als Stillstandsbedürfnis. Aber Emotionen sind die Botschaften, die ZWISCHEN Menschen oder anderen Wesen ablaufen.
Für unsere Emotionen können wir immer nur einen Teil Verantwortung übernehmen, weil wir immer nur einen Teil – nämlich maximal unseren - kennen. Deshalb nennt er es ja Gefühls-Management und nicht Emotions-Management, denn managen kannst du nur die Ressourcen, die du kennen und voll verantworten kannst."

„Hm, hört sich vollkommen klar an, aber gib mir doch bitte mal ein Beispiel."

„Okay, nehmen wir einmal an, ich hätte dich verärgert, weil ich irgendeinen unpassenden Spruch gemacht habe wie zum Beispiel: meine kleine Madame Butterfly."

„War das nicht eine japanische Gesha-Prostituierte in einer italienischen Oper?"

„Oh, wahrscheinlich hast du Recht. Ich dachte, sie hätte einen chinesischen Hintergrund."

Sie lachte.
„Scheint nicht so einfach. Nenn mich doch einfach dreckiges Schlitzauge."

„Das würde dich ärgern?"

„Ja, vielleicht."

„Okay, mein dreckiges Schlitzauge." Er konnte sein glucksendes Lachen nicht unterdrücken. „Wenn du jetzt verärgert wärst, weil ich dich emotional verletzt habe, könntest du behaupten, dass ich für deinen Ärger verantwortlich bin. Empörung, Ärger, Zorn, Wut und auch Hass sind Emotionen, die auf dem Gefühl der Angst basieren. Angst, etwas zu verlieren. Dein Ansehen, dein Geld, deine Zeit, deine Würde und so weiter. Und gegen diesen drohenden Verlust kämpfen wir meistens mit allen Mitteln an. Weil der andere, weil die Welt da draußen die Schuld an unserem Verlust trägt."

„Was natürlich nicht stimmt."

„Was auf jeden Fall eine dummerhafte Strategie ist, denn wenn der andere verantwortlich für meinen Verlust wäre, wäre er auch verantwortlich für meinen Gewinn. Also wäre ich komplett abhängig von ihm oder ihr."

„Soso, das ist wirklich interessant. Was wäre denn eine intelligente Strategie?"

„Statt zu drohen und zu schlagen, um emotionale Stärke vorzugauckeln, Verantwortung übernehmen und sich einfach zu öffnen: hey, ich habe Angst dies oder jenes zu verlieren. Was können wir dagegen tun?"

„Okay, klingt clever. Also, wenn ich es richtig verstanden habe, werden all die Hunderte oder tausende Emotionen auf die vier Gefühle zurückgeführt. Das vereinfacht die Sache natürlich sehr. Aber gibt es nicht auch Emotionen, die man nicht zuordnen kann?"

„Welche zum Beispiel?"

„Nehmen wir einmal die Scham – wo würdest du die einordnen?"

„Bei der Angst. Die Angst, bei etwas ertappt worden zu sein und damit vielleicht nicht mehr dazugehören zu dürfen."

„Okay, wie ist es mit Verachtung?"

„Oh, Verachtung ist ein schwieriger Begriff. Es kommt immer darauf an, wie man ihn für sich selbst benutzt. Begriffe können schon in einer Sprache viele Bedeutungen haben. Das ist ein riesiges, weltweites Problem. Und jede Übersetzung erhöht das Risiko von Irritationen und Konflikten mit Blutvergießen und Kriegen. Um das im Einzelfall zu vermeiden, kann man vorher mal den Elefanten fragen, wie sich der Begriff an sich für ihn anfühlt."

„Wie soll das gehen?"

„Probieren wir es aus. Gibt es einen Begriff, über den du gerne wissen möchtest, wie er sich für mich anfühlt?"

„Klar." Sie schmunzelte.

„Und welcher wäre das?"

„Heiraten."

„Och, echt jetzt?" stöhnte er und sie musste laut lachen.

„Warum habe ich das vorher gewusst? Ihr Männer von Welt seid doch alle gleich! Weißt du nicht...", fuhr sie kalt lächelnd fort, „..., dass den Kuss einer unverheirateten, chinesischen Frau anzunehmen wie ein Hochzeitsversprechen ist? Alte chinesische Tradition. Tja, da kann man wohl nichts machen. Und wir Schlitzaugen sind ein sehr ernsthaftes Volk." Sie lachte weiter und Prof. Bees Faszination für sie wuchs ins Unermessliche.

„Und, mein lieber Professor, wie fühlt sich der Begriff HEIRATEN für dich an?"

„Eigentlich 0,3 auf einer 10-Skala, aber jetzt mit dir bin ich schon auf einer 5,3."

„So? Woran liegt´s? Oder nein, ich ziehe die Frage zurück: was brauchst du, um auf eine - sagen wir - 9,5 zu kommen?"

„Deine Gesellschaft, damit mein Elefant sein Scheidungstrauma loslassen kann."

„Du bist geschieden? Hast du auch Kinder?"

„Ja, eine achtjährige Tochter."

„Schön! Das beweist, dass du fruchtbar bist. Wo ist sie jetzt?"

„Sie lebte die meiste Zeit bei ihrer Mutter in Frankreich."

„Wo? Hier um die Ecke?"

„Nein, in Toulouse."

„Wann siehst du sie wieder?"

„Wenn alles klappt, übernächstes Wochenende."

„Schön, hast du ein Bild?"

„Klar!" Er zog seine Brieftasche raus und holte das Bild eines lächelnden Mädchens mit vielen Sommersprossen und karottenroten Haaren heraus. „Das ist Claudette."

„Süß. Deine Frau ist rothaarig?"

„Meistens."

„Vermisst du sie?"

„Wen? Meine Frau?"

„Ja, die von mir aus auch, aber ich meinte deine Tochter."

„Claudette 9,8 – meine Frau 2,3."

„Hat sie dich verlassen?"

„Ja, vor drei Jahren. Sie behauptete, mein Job wäre mir wichtiger als meine Familie."

„Stimmt das?"

„Damals eigentlich nicht, aber jetzt bestimmt. Meistens."

Hin-Lun nahm einen Schluck Wasser und der Kellner kam mit dem nächsten Gang. Es roch verführerisch: Boeuf bourguignon - Rindfleisch in Rotwein. Prof. Bee und Hin-Lun genossen die Pause ihres verbalen Sparrings. Sie lächelte ihn verträumt an und er langte kräftig zu, diese prickelnde Ehrlichkeit machte ihn hungrig.
„Wie war das noch mal mit der Verachtung?", begann sie die nächste Runde. „Verachtest du deine Ex-Frau?"

Prof. Bee kaute und überlegte.
„Ich glaube Verachtung kommt aus der Ohnmacht. Wenn die Adligen früher die Bettler verachteten, dann, weil sie aktiv nichts anderes machen konnten, denn es war ja unter ihrer Würde, sich mit ihnen abzugeben. Und andersherum funktioniert es natürlich auch. Ich glaube, wir strafen jemanden mit Verachtung, wenn wir nicht direkt auf Augenhöhe gegen ihn antreten können, wenn wir den direkten Kampf nicht führen können und ihn eigentlich loslassen müssten. Im Moment fühle ich mich nicht besonders ohnmächtig, aber vor wenigen Tagen habe ich sie sicherlich noch verachtet. Nicht mehr besonders stark, weil ich ihr auch dankbar bin, dass sie Claudette mit ihrem neuen Mann ein Zuhause und Geborgenheit bietet, das ich ihr wohl nicht bieten könnte. Aber ganz ehrlich, wenn ich an sie denke, ist da immer noch ein kleiner Schmerz."
Er zögerte einen Moment. „Aber ich, also mein Reiter ist gerade dabei, eine Idee zu entwickeln, wie sich dieser Schmerz vielleicht heilen lassen könnte."

Hin-Lun beugte sich neugierig zu ihm vor.
„Wie?"

„Alles zu seiner Zeit."

„Komm schon, was soll das denn jetzt?"

Prof. Bee grinste, aber schwieg beharrlich und nahm sich noch etwas von dem köstlichen Rindfleisch.
„Was ist mit dir, wen verachtest du?"

„Ich? Keine Ahnung. Vielleicht meine einfältigen Brüder. Nein, nicht wirklich."

„Du hast Brüder? Wie viele?"

„Zwei jüngere."

„Was? Ich dachte, ihr habt die Ein-Kind-Politik bei euch. Gilt die nur für das einfache Fußvolk?"

„Mein Vater hat neu geheiratet und es wurden Zwillinge."

„Was ist mit deiner Mutter?"

„Sie starb vor genau dreizehn Jahren und 23 Tagen an Ge-bährmutterhalskrebsrebs."

„Oh, das tut mir leid. Vermisst du sie noch sehr?"

Hin-Lun stockte plötzlich und ein glasiger Schleier legte sich auf ihren Blick. Prof. Bee bereute für einen Moment seine leichtsinnige Frage, aber Hin-Lun fing sich mit einem Schluch-zen wieder.
„Ja, sehr. Und irgendwie ist es durch die Jahre immer schlim-mer geworden. Ist das nicht verrückt?"

„Vielleicht, aber auf jeden Fall bemerkenswert. Trauer ist wohl die schwierigste Aufgabe im Menschsein. Ich weiß nicht wirk-lich viel darüber, aber ich glaube die Überwindung kommt nicht von selbst. Und wenn ich Dr. Skimada richtig verstanden habe, ist Ohnmacht oder Trauer der einzige Quadrant, in dem eine wirkliche Weiterentwicklung des Menschen stattfindet. Ohne Loslassen, können wir nicht Neues begreifen."

„Das sagst du so einfach. Leben deine Eltern noch?"

„Nein, sie sind beide bei einem Unfall gestorben, als ich noch nicht einmal vier war. Ich kann mich überhaupt nicht mehr an sie erinnern. Nur an ihre Gesichter, weil mein Onkel, bei dem ich aufgewachsen bin, alle Fotos aufbewahrt hatte und mit mir oft drüber sprechen wollte."

„Dann weißt du ja doch eine ganze Menge übers Trauern."

„Nicht wirklich. Ich weiß, wie es ist, mit jemanden zusammen zu leben, für den Erinnerungen und Andenken wichtig sind. Mein Onkel glaubte, dass es mir auch gut tun würde."

„Und? Vermiss du sie noch?"

„Nein, ich glaube nicht. Ich habe einfach keine Erinnerungen an meine Zeit mit ihnen. Mein Onkel erzählte mir alles, an das er sich erinnern konnte, aber ich erinnere mich jetzt nur an die Gespräche mit ihm. Die waren schön und lieb, wie eine Art Märchenstunde mit Keksen und Kerzenlicht. Wenn er irgendwann sterben würde, dann werde ich ihn vermissen und vielleicht auch seine Geschichten über meine Eltern."

„Das finde ich traurig."

„Warum?"

Hin-Lun dachte nach und starrte in die brennende Kerze auf dem Tisch.
„Es hört sich irgendwie an, als wären dir deine Eltern nicht wichtig."

„Doch, meine Eltern waren die wichtigsten Menschen für mich, aber sind sie seit fast 40 Jahren tot. Und ich glaube, ich würde den lebendigen Menschen, die jetzt für mich wichtig sind, keinen Gefallen tun, wenn ich mein jetziges Verhältnis zu meinen Eltern problematisieren würde. Ich hatte eine sehr gute Zeit bei meinem Onkel, der selbst keine Kinder hat. Ganz ehrlich, diese Zeit hätte es sonst nie gegeben."

„Aber brauchst du denn nicht für dich irgendwelche Respektsbekundung gegenüber deinen Eltern?"

Prof. Bee lächelte und holte erneut seine Brieftasche heraus. Er suchte einen Moment und zog dann ein vergilbtes Schwarzweiß-Foto hervor. Es zeigte ein Brautpaar in inniger, aber sittsamer Umarmung.
„Das war vor 48 Jahren, am Tag ihrer Hochzeit. Mein Onkel hat das Foto gemacht. Ich trage es jetzt seit über 25 Jahren mit mir herum."

Hin-Lun sprang überrascht auf.
„Was bist du nur für ein Mann? Dass du überhaupt noch Papierfotos in deiner Brieftasche hast – unglaublich! Unfassbar! Großartig! Hast du auch ein Foto deiner Ex-Frau dabei?"

Prof. Bee grinste.
„Nicht ganz, aber einen Homemade-Porno auf meinem Handy – willst du ihn sehen?"

„Du bist widerlich!"
Hin-Lun schlug ihm blitzschnell mit der Faust auf den Oberarm und Prof. Bee rieb sich mit schmerzverzerrtem Gesicht die Schulter.
„Nicht wirklich oder?" Sie grinste, weil sie glaubte, dass er übertrieben simulierte.

„Nein, Karate-Lady!" entgegnete er mit einer Spur Ärger und Schmerz in seiner Stimme. „Habe ich nicht und wenn ich so etwas doch hätte, dann würde ich ihn auch nicht gleich jedem wildfremden Schlitzauge zeigen – so unterfüttert bin ich nun doch noch nicht."

Er schien tatsächlich doch ein kleines bisschen mehr Schmerz in seinem Arm zu spüren, als sie gedacht hatte. Hin-Lun stütze sich ganz vorsichtig auf der Lehne seines Stuhles ab und beugte sich langsam zu ihm hinunter.

„Ich kann dir noch ein Foto von meinem Onkel Paul zeigen, wenn du willst..."

Weiter kam er nicht, weil sie ihn wieder küsste, allerdings diesmal intensiver und Prof. Bee wurde dabei so warm und schwindlig, dass er beinahe das nächste Weinglas umgestoßen hätte.

Kapitel 69

Alexa sah über das grüne Tal. Dies sollte ihre neue Heimat werden. Ein märchenhafter Landstrich auf dem tschechischen Grenzgebiet zur Slowakei. Nahezu vollkommen unberührt. Einige Holzhütten am Fluss, ein alter Steinbruch, ein aufgegebenes Sägewerk, gute Böden, viel Wald und beste Wasserqualität aus mehreren eigenen Quellen. Das Tal eingerahmt von einer Bergkette, die höchsten Gipfel ragten fast 600 Meter in den Himmel.

Alexa hatte lange suchen lassen, aber als sie Sasha dann begeistert von diesem Tal erzählte, wollte er nicht mit. Der hochdekorierte Gay-Aktivist war nach wie vor beleidigt und konnte ihre finale Gesamt-OP immer noch nicht akzeptieren. Doch Alexa wusste, dass dies keine Rolle spielte, sie hatte es nur für sich selbst gemacht. Sasha konnte nicht einmal ahnen, wie schmerzhaft es wirklich war, im falschen Körper zu stecken. Er war eigentlich über all die Jahre nur Nutznießer ihres Leids.

Sasha hatte sie damals, vor 23 Jahren, als sie noch Alexander war, angesprochen, verführt und nie wieder losgelassen. Natürlich hatten sie beide mit anderen Sex, aber seine ominöse Seelenverwandtschaft sollte nur ihr gehören. Als wenn sie ihm die Sicherheit gab, damit er sich austoben konnte, ohne Einsamkeit zu riskieren, ohne Skrupel, ohne Grenzen. Ohne Verhütung, aber mit HIV.

Auf magische Weise hatte er sie in all den Jahren nicht angesteckt, obwohl sie es ständig und ohne Vorsicht getrieben hatten. Als wenn sie immun wäre. Immun gegen Aids, immun gegen das Scheitern und immun gegen die Liebe. Sie hatte beruflich alles erreicht, sich nie einschüchtern lassen und immer eine intelligente Idee gehabt, um auch mit den schwierigsten

Menschen dieser Welt umzugehen. Die wichtigste Fähigkeit, um Milliardär zu werden, nicht nur in Russland.
Aber tief im Innern wusste sie, dass sie liebte. Echte Liebe ist bedingungslos, alles andere bleibt immer Betrug. Selbstbetrug. Solange sie in einem falschen Körper gesteckt hatte, konnte sie sich natürlich noch nicht bedingungslos lieben, aber sie konnte genau identifizieren, was sie wirklich brauchte.
Diese Zeit des Wartens und Forschens auszuhalten war schwer. Sie konnte sich mit Geld Gesellschaft kaufen. Sie konnte sich mit Geld Gefolgschaft kaufen. Sogar bis in den Tod. Aber sie konnte sich niemals selbst kaufen. Nicht mit Geld, Macht oder Ruhm und auch nicht mit allen Liebesbeweisen dieser Welt. Ein alter Freund sagte ihr einmal, sie wollte mehr als die Liebe, die ihr jemand anderes geben könnte. Und er hatte Recht.

Sie würde aus diesem wundervollen Flecken Erde ihr eigenes Land machen. Denn sie hatte nicht nur das Tal mit den angrenzenden Gebirgshängen gekauft, sondern auch das Recht, daraus einen eigenen Staat zu machen. Eigene Währung, eigene Politik, eigene Gesetze, die allerdings den Vorgaben der EU ungefähr zu entsprechen hätten. Und eine eigene Flagge. Sie hatte einen perfekten Entwicklungsplan, sie wusste ganz genau, wen sie in ihrem Staat haben wollte, welche Geschäftsmodelle und Produktionen hier angesiedelt werden sollten und wie sich ihre Nationalhymne anhören würde.
Aber sie wusste noch nicht, wie ihr Staat heißen sollte. Sie konnte ihren Geburtsnamen nicht nehmen. Romanow ging gar nicht. Es war natürlich schon hilfreich, dass sie tatsächlich von dem uralten Zarengeschlecht abstammte, aber es war eine Verbindung in die Vergangenheit und keine Brücke in die Zukunft. Und nun schwante ihr, dass Sasha würde sterben müssen, damit die Zukunft endlich voll und ganz ihr gehören würde.

Kapitel 70

Prof. Bee musste sich nach dem intensiven Kuss von Hin-Lun erst einmal frisch machen. Während er sich in der Herrentoilette mit kaltem Wasser das Gesicht wusch, fragte er sich, ob sie gleich noch da sein würde. Irgendwie war alles so unglaublich schön und gleichzeitig surreal wie in einem Traum. Nicht, dass er glaubte, er würde jetzt eigentlich irgendwo liegen und schlafen, aber in einem Traum könnte sich alles so schnell ändern. Ein Anruf von ihrem Vater oder vielleicht ist es nur ihr Hobby mit älteren Männern unschuldige Spiele zu spielen. Oder auch dreckige? Alles war möglich, aber bis jetzt fühlte es sich sehr gut an.

Als er zum Separee zurückging, glaubte er, einen Schatten weghuschen gesehen zu haben. Und als er zu ihrem Tisch kam war er froh, dass Hin-Lun noch da war. Sie lächelte ihm zu.

„Sind wir hier eigentlich ganz allein? Ich meine, schließlich bist du ja sozusagen die Prinzessin von China."

„Nein.", erwiderte sie ihm kurz angebunden. „Ich bin nie allein."

„Wie viele sind es jetzt gerade?"

„Genug, aber lass uns über was anderes sprechen – bitte."

„Okay, wie du möchtest."

„Wie weit seid ihr mit der KI? Ich meine, nur, wenn das nicht geheim ist."

Er lachte.

„Du bist ja süß! Natürlich ist das alles geheim! Wenn irgend-was davon an die Öffentlichkeit kommen würde, dann wür-den sich die Menschen ja vielleicht ändern. Das ist gefährlich. Vielleicht auch für China."

„Ja, das wäre besonders für China ein Riesenproblem.", erwi-derte sie grinsend. „Wo es doch auf der ganzen Welt kein an-deres Land gibt, in dem sich subversive Informationen schnel-ler ausbreiten, weil sie ja offiziell gar nicht existieren."

„Sag mal, werden wir eigentlich abgehört?"

„Bestimmt! Trägst du auch einen Sender? Nein? Willst du meinen mal fühlen? Es ist ein neuromimetischer Chip, den ich direkt unter der Haut trage und der von keinem Scan erkannt werden kann. Das ist der neueste Schrei, soweit ich weiß."
Sie führt seine Hand zu ihrem Oberschenkel, aber ihren La-chen verriet, dass sie sich einen Spaß erlaubte und er zog seine Hand mit einem gespielten Stirnrunzeln zurück.

Hin-Lun wusste natürlich, dass sie tatsächlich abgehört wur-den, aber unnötige Gedanken zu diesem Thema hatte sie sich schon lange abtrainiert. Der Deal war für sie klar: sie würde ihre Positionsmacht für das Gute auf der Welt einsetzen und wenn es im Apparat der Partei jemanden gebe, der dies gegen sie oder ihren Vater verwenden würde wollen, dann würde er es auch sonst machen, egal, was sie tun würde. Sie wusste, dass sie nicht unabhängig war, aber das war in ihren Augen niemand.

„Weißt du mit der KI ist das so eine Sache. Natürlich fängt al-les mit einer Software an und da haben wir einen echten Durchbruch, weil ein hamburger Entwicklerpaar eine Menge Simulationen durchgespielt hat, in dem die von Dr. Skimada beschriebene Psychomechanik nahezu perfekt umgesetzt wurde. Ein weiterer Deutscher, der verstorbene Professor Peter Kruse, hat mit seinem Modell des semantischen Raumes die Grundlage für die intelligente Spracherkennung gelegt. Und durch die neuromorphen Prozessoren lernt sich die Software mit jeder Interaktion selbst besser kennen und geht immer neue Wege. Außerdem haben wir ein basales Grundkonzept für ein menschenähnliches Selbstbild entwickelt, das in der Lage ist, die komplette Entwicklung vom Säugling zum Greis abzubilden. Viele vergessen, dass der Mensch sich erst durch seine Biographie zu dem entwickelt, was er aktuell ist, während der nächste Wandel schon in seinem momentanen Status angelegt ist. Eine KI, die irgendwann auf Knopfdruck zum Leben erweckt wird, braucht auch ein Konzept der fortwährenden Selbstentwicklung, sonst wird sie nie verstehen, was den Menschen bewegt.

Was uns aber noch fehlt, ist die komplette physische Präsenz. Unsere Software weiß natürlich, dass sie im Moment nur eine Software ist. Ihr fehlt der Körper, die Bewegung, die Möglichkeit, die sinnliche Welt der Menschen zu fühlen. Im Moment können wir lediglich ihre virtuelle Welt betreten. Aber wir finden immer genauer heraus, was wir brauchen, um die körperliche Präsenz und ihre Tiefenresonanz in der Kommunikation zu berücksichtigen. Und wir haben einen klaren Plan, welche Schritte wir als nächstes gehen müssen - das ist schon sehr viel wert."

„Das hört sich spannend an. Willst Du meine Unterstützung?" Sie legte ihren Kopf schief und lächelte ihn verschwörerisch an.

„Habe ich denn eine Wahl?", konterte er mit seinem Spitzbubenlächeln.

„Ich glaube nicht. Aber, wenn du willst, könnte ich mal mit meinem Papa darüber sprechen."

„Glaubst, du, der will mich auch küssen?"

„Ach, manchmal bist du echt kindisch! Das war ernst gemeint!"

Diesmal beugte sich Prof. Bee zu ihr vor und strich ihr sanft durch ihr schulterlanges Haar.
„Natürlich freue ich mich, wenn du das ernst meinst, aber noch mehr würde ich mich freuen, wenn du auch das ernst nimmst."
Dann küsste er sie und zog sie dezent zu sich heran.
„Ich habe ein Zimmer in einem sehr gemütlichen, kleinen Hotel in Montmatre, von dem man einen tollen Blick auf den Eifelturm hat, vielleicht begleitest du mich noch auf einen grünen Tee?"

Sie sah ihn lange an, aber sie blieb stumm.

„Was ist?"

„Ich kann leider nicht..."

„Du willst nicht!"

„Ja, du hast Recht, ich will jetzt nicht. Ich will noch in unseren unschuldigen Momenten schwelgen, in der Vorfreude, dich wieder zu sehen. Mir noch in meiner Fantasie ausmalen, wie du dich anfühlst, wie du riechst, wie es ist, mit dir einzuschlafen und mit dir aufzuwachen. Wir haben noch so viel Zeit und du weißt genauso wie ich, dass es nur das eine Mal für die erste Erfüllung gibt. Danach wird alles anders sein und ich will sicher sein, dass wir es nicht leichtfertig einfach hinter uns bringen, weil es gerade passte und wir nichts anderes zu tun hatten."
Sie schaute ihn ernst an.
„Ich will mehr, als nur ein kurzes Abenteuer mit dir. Wir haben noch so viel Zeit."

Kapitel 71

Walther F. Stiller fühlte sich wie ein Henker, als er dem Präsidenten beim Essen zuschaute. Er hatte einen spontanen Termin erbeten und der Präsident war ein pragmatisch veranlagter Mensch, dem nichts so schnell den Appetit verdarb. „Stiller, setzen Sie sich!", begann er mit vollem Mund. „Was gibt es?"

„Mr. President, Sir, wir haben ein Problem."

„Stiller! Sie wissen doch, wie ich diese Formulierung hasse!", erwiderte er barsch. „Lassen Sie mich frohlocken! Ich will Lösungen, keine Probleme!"

Stiller räusperte sich.
„Es geht noch einmal um das Projekt ANGELWING."

Der Präsident schaute auf. Sein Wachhund Stratos hatte ihm eingebläut, dass er auf dieses Stichwort unter keinen Umständen reagieren sollte. Niemals. Aber mit Stiller war es etwas anderes. Stiller war die unumstößliche Ausgeburt der Loyalität, trotz seiner dunklen Hautfarbe. Oder vielleicht gerade deshalb?

Stiller war eine Arbeitsbiene und hatte noch nie gegen irgendwas aufbegehrt. Er erinnerte sich noch, als er zu Anfang seiner Amtszeit Stillers Akte zu Gesicht bekam und sich wunderte, dass sie in über vierzig Jahren und mit sieben Präsidenten so blütenweiß war, dass ihr Glanz in seinen Augen geradezu schmerzte. Stiller war ein Sklave des Weißen Hauses. Er musterte ihn noch einmal prüfend, bevor er sich weiter sein Curry-Huhn reinschaufelte und mit vollem Mund fragte: „Was ist mit diesem verfickten Projekt?"

„Die Israelis scheinen unseren Deal vollkommen anders verstanden zu haben. Sie fordern unsere Unterstützung wegen dem Iran."

„Was hat der verdammte Iran damit zu tun?"

„Wissen Sie es nicht mehr? Wenn ANGELWING erfolgreich läuft, sollten wir unseren Teil vom Irak aus erledigen."

„Aber es war nicht erfolgreich! Erst hieß es doch, diese verkackte Opposition hätte alles wasserdicht vorbereitet, aber dieser verdammte Verrückte hat dann doch irgendwie Wind davon gekriegt und uns ist alles um die Ohren geflogen. Also, was ist das Problem der Israelis?" Er schob sich die nächste Gabel in den Mund.

„Sie sehen es anders. Sie sagen, es war erfolgreich und es lag nur an unserer Untätigkeit, dass die Chinesen sich den Raketenmann schnappen konnten. Und nun müssen wir im Iran mitziehen."

„Sie drohen uns?" schrie der Präsident und verteilte damit einige Reiskörner auf seinem Schreibtisch. „Das glaube ich nicht! Diese kleinen Arschficker!"

„Sie können uns nicht drohen, dazu bewegen sie sich auf viel zu dünnem Eis. Aber sie sagen, dass es nur fair wäre, schließlich haben sie geliefert."

„Fair? Fair ist bullshit. Nichts ist fair! Wenn sie auf fair bestehen, dann sind sie schwach. Oh, Gott, wie ich diesen Scheiß hasse – da vergeht einem ja der Appetit! Stiller, sorgen Sie dafür, dass das aufhört, ich habe ganz andere Sorgen."

Nicht mehr lange, dachte Stiller bei sich und lächelte eisig. „Ja, Sir – ich sorge dafür, dass es aufhören wird."

Kapitel 72

Prof. Bee lag auf seinem Bett und schaute auf den Eifelturm, der sich vage im Großstadtdunst abzeichnete. Ein trüber Morgen kündigte sich an und vereinzelte Regentropfen schlugen ihren unregelmäßigen Rhythmus auf die Scheiben. Der Schweizer war müde, aber auch innerlich aufgewühlt.

So einen Abend hatte er noch nie erlebt. Dieser emotionale Rausch bei gleichzeitiger Klarheit - er hatte bis jetzt nicht geglaubt, dass diese beiden Attribute so gut zusammenpassen könnten. Sein Leben war jetzt anders, er war nicht mehr im Widerstand. Er war im Flow mit dem Leben. Nicht nur in diesem Moment, nicht nur hier in diesem Hotelzimmer, sondern grundsätzlich. Jetzt im Moment war er einfach nur berauscht und geschockt davon, dass er in diesen tiefen Flow fühlen konnte.

Er suchte nach Gedanken, die das Neue beschreiben könnten, aber es lief nur auf eine Aneinanderreihung von dahin gestammelten Floskeln hinaus. Er schloss die Augen, die sich aber sofort wieder wie von selbst öffneten. Sie wollten die Welt sehen, die triste, ungemütliche Morgendämmerung hinter der Skyline des französischen Weltstadtmolochs. Dabei war die Antwort ganz einfach: sie hieß Hin-Lun und er war sich gewiss, dass er zum ersten Mal in seinem Leben wirklich verliebt war.

Diese These war natürlich a posteriori nicht zu beweisen, weil er diese Erfahrung ja noch nie gemacht hatte, aber a priori drängte sie sich einfach auf. Er schloss die Augen erneut und sah ihr Gesicht. Er öffnete sie erneut und suchte vergeblich

Hin-Luns Lächeln in den Winkeln des Zimmers. Er fand sein Handy und konnte der Versuchung kaum widerstehen, sie anzurufen. Er tippte eine SMS und löschte sie wieder. Er stand auf und stellte fest, dass sich der Boden unter seinen Füßen bewegte. Er taumelte zur Balkontür und trat nach draußen. Sein Blick schweifte ziellos umher, tastete die Häuser und ihre Dächer ab, während er sich im stärker werdenden Regen um sich selbst drehte. Er lächelte und freute sich darüber, dass er gerade geschätzte 99% Prozent seiner Intelligenz eingebüsst hatte.

„Endlich!", hörte er sich laut sagen und fühlte sich bereit für die schwärmerische Liebe zum Leben, bis er plötzlich auf-horchte, weil er glaubte, sein Handy brummen zu hören. Er stürzte in das Zimmer auf den Tisch zu, aber es war nichts, sein Handy lag friedlich da und genoss die Ruhe. Die Ruhe vor dem Sturm.

Kapitel 73

Luiz konnte die Ruhe nicht genießen, er fühlte sich auf Brickell Key, der exklusiven Gate Community vor der Küste Miamis, inzwischen wie ein Gefangener. Ein goldener Käfig, in dem eine Zeitbombe tickte. Seit dem Besuch von Enrique hörte er dieses verdammte Ticken, das immer lauter wurde. Es war absolut unwahrscheinlich, dass sich da draußen nichts zusammenbraute. Pito würde seinen Affront nicht auf sich sitzen lassen.

Luiz hatte überlegt, ob er den Sicherheitsmanager von Brickell Key einweihen sollte, damit der seine Leute briefen könnte, um alle verdächtigen Aktivitäten sofort zurückzumelden. Aber was wären verdächtige Aktivitäten? Was hätte er dem Security-Chef überhaupt sagen sollen? Dass er befürchtete, von den Meuchelmördern eines südamerikanischen Paten ermordet zu werden? Er hatte diese Idee verworfen, auch, weil er nicht wusste, wie korrupt die weitgehend kubanischen Sicherheitsleute der Gate Community waren.
Stattdessen hatte er sich dazu durchgerungen, Kontakt zum FBI und zur CIA aufzunehmen. Er war schließlich amerikanischer Staatsbürger und sowohl das FBI als auch die CIA könnten ein sehr starkes Interesse daran haben, von seinen Informationen zu profitieren.

Pitos Kartell war auch in den USA in mehreren altmodischen Geschäftsfeldern aktiv. Drogenhandel, Geldwäsche, Prostitution, der amerikanische Markt war in vielerlei Hinsicht immer noch einer der attraktivsten der Welt. Und ein großer Teil der Gewinne der südamerikanischen Mafia floss nach wie vor in amerikanische Projekte und Immobilien. Wahrscheinlich war auch Brickell Key zum großen Teil mit illegalen Geldern finanziert worden.

Luiz lief es bei dem Gedanken kalt den Rücken hinunter, dass dieser Krake alles im Würgegriff hielt und er selbst über 10 Jahre mitgemischte hatte, ohne irgendwelche Skrupel zu haben.
Es schien damals einfach intelligent, ein gut bezahlter Spitzenanwalt skrupelloser Gangster zu sein. Und solange man sich nicht selbst die Finger schmutzig machte, konnte man nicht erwischt werden. Eine ganz einfache, unwiderstehliche Logik. Auf der ganzen Welt haben damit die cleversten Juristen nicht nur jede Form von persönlicher Gier befriedigen können, sondern ein Geflecht von Abhängigkeiten und unangreifbaren Machteliten erschaffen, die durch den andauernden Erfolg immer neue Talente anzog.
Die einzige Schwachstelle in dieser Logik war, dass es intern keine irrationalen Entscheidungen geben durfte. Solange jede Streiterei gütlich geregelt werden musste, weil die Schlüsselpersonen einfach zu viel übereinander wussten, blieb der Deckel auf dem Topf. Aber, so musste Luiz sich eingestehen, die Wahrscheinlichkeit, dass einer dieser skrupellosen Machtmenschen in seiner Egomanie doch eine unverzeihliche Entscheidung treffen würde, war mit jedem Tag seiner Karriere kontinuierlich angestiegen.
War diese verhängnisvolle Entscheidung Pitos Kopfgeld auf ihn oder seine Wette gegen den eigenen Tod? Es spielte keine Rolle mehr, die Lawine war nicht mehr aufzuhalten und jetzt kam es nur noch darauf an, dass er nicht von ihr begraben werden würde.

Es klingelte auf seinem Festnetztelefon. Es war der Empfang.
„Ja? Okay vom FBI? Wie heißen die beiden? Frank Domingo und eine Frau Namens Carla Hurt? Okay. Nein - fragen Sie sie nach ihrem Vorgesetzten. Okay, ich warte... er heißt Leroy

Chepsky? Okay, warten Sie einen Moment, ich überprüfe dass selbst."

Luiz zog sein Handy und rief seinen Kontakt beim FBI an, der ihn an Agent Chepsky weiterleitete. Chepsky bestätigte ihm, dass Domingo und Hurt sein Team waren, um ihn zu befragen. Luiz bedankte sich und bestätigte dem Sicherheitsdienst, dass sie die beiden zu ihm hinaufbegleiten konnten.

Noch bevor Domingo und Hurt an der Tür seines Apartments waren, klingelt es wieder. Diesmal war es ein Drei-Mann Team der CIA. Der Chef der Truppe, ein älterer Mann namens Gordon wollte sich nicht auf die Überprüfung von Luiz einlassen, als es gerade an der Wohnungstür klingelte.

„Okay, Mister Gordon, wenn Sie glauben das Spielchen nicht mitmachen zu müssen, dann fahren Sie wieder nach hause. Bei mir an der Tür hat gerade das FBI geklingelt. Entscheiden Sie sich: jetzt oder nie! Okay, Vice-Directorin Hannah Lu? Okay, ich melde mich gleich wieder."

Luiz telefonierte weiter, um die Identitäten der CIA-Leute zu überprüfen, während er die beiden FBI-Agenten hereinließ und sich mit einem kurzen Nicken bei dem hauseigenen Sicherheitsleuten bedankte.

Hannah Lu war nicht so einfach zu erreichen und so hinterließ Luiz bei ihrer Assistentin eine dringliche Rückrufbitte, damit ihr Special-Agent Gordon nicht unnötig länger mit seinem Team in der Lobby der Gate-Community warten müsste. Domingo und Hurt waren sichtlich erstaunt, dass Luiz offensichtlich auch mit dem CIA verhandeln wollte und machten keinen Hehl daraus, dass ihnen diese Erkenntnis nicht schmeckte. Domingo wollte gerade seinen Unmut äußern, als Luiz ihn mit erhobener Hand stoppte, sein Telefon klingelte wieder.

„Ja, Misses Lu? Ich wollte mich nur vergewissern, dass die Herren Gordon, Seeman und Foo tatsächlich in Ihrem Auftrag zu mir unterwegs sind. Ja, das finde ich auch, danke vielmals."

Domingo war nun doch schwer beeindruckt, weil er wusste, dass Hannah Lu ein hohes Tier bei der CIA war und Luiz Senola dementsprechend ein wichtiger Mann sein musste.

„Entschuldigen Sie, Mister Senola, wir hatten nicht gewusst, dass..."

„Kein Problem, mein Bester.", unterbrach Luiz ihn. Es war offensichtlich, dass seine herablassende Art schon jetzt Früchte trug. Er schüttelte Domingo und seiner Kollegin die Hand und beide machten den Eindruck, dass sie Luiz bevorzugt behandeln wollten.

„Wenn Sie noch einen Moment Geduld haben, die Jungs von der CIA sind in einer Minute hier oben bei uns. Wollen Sie etwas trinken? Vielleicht einen eiskalten Mate-Tee?"
Er wartete keine Antwort ab und griff in den verglasten Kühlschrank, zog zwei Flaschen heraus und öffnete sie.
„Sie werden sicherlich Verständnis haben, dass ich meine Erklärung nicht gleich noch einmal wiederholen möchte, deshalb kommen Sie erst einmal in Ruhe an und gönnen sich vielleicht noch einen Blick über die Bucht?"

Kapitel 74

Alfonse war tief frustriert aus Südafrika zurückgekommen. Die Abgesandten der Konferenz hatten sich wie ein Haufen verwöhnter und verhaltensgestörter Schulkinder benommen, und Alfonse graute es bei dem Gedanken, noch mehr Energie in seine politische Karriere zu investieren.

Wie konnte es sein, dass hochintelligente Menschen den Großteil ihres Verstandes verlieren, sobald sie an die Macht kommen? War das ein typisch afrikanisches Problem? Oder ähneln sich einfach die Mächtigen dieser Welt untereinander so stark, dass weder Herkunft, Alter oder Geschlecht eine Rolle spielten?

Alfonse versuchte sich auch seiner persönlichen Entwicklung gewahr zu werden und fragte sich, ob er wirklich das Recht hätte, sich als Ausnahme zu verstehen. Mit jeder Frage stürzte er tiefer in das dunkle Loch des Grübelns, bis ihn die Stimme seiner Assistentin aus seiner depressiven Trance herausriss.

„Noel Baltu ist da. Soll ich ihn..."

„Jaja!", unterbrach er sie und stand auf, um seine Zweifel abzuschütteln.

Noel kam federnden Schrittes über den roten Teppich in sein Büro und sein Blick fiel sofort auf den großen Ausdruck des Elefant-und-Reiter-Logos, der auf dem Konferenztisch in hinteren Teil des großen Raumes lag.

„Mein Bruder! Du scheinst es ja wirklich ernst zu meinen!", rief er aus und befingerte den Stoff. „Wo willst du es hinhängen?"

Er nahm das Banner mit beiden Armen und hielt es an die große Seitenwand aus Sichtbeton, vor der bis jetzt nur einige afrikanische Trommeln angeordnet waren.

„Das Logo ist echt stark! Aber du weißt, dass kein anständiger Afrikaner jemals den Wunsch hegen würde, auf einem Elefanten zu reiten. Oder täusche ich mich? Hast du schon einmal auf so einem großen Riesen gesessen? Nein? Hätte mich auch gewundert. Wusstest Du, dass ein anderer Kaiser, der eigentlich auch nichts mit Elefanten am Hut hatte, dann doch gern auf einem Kriegselefanten in die Schlacht geritten ist? Karl der Große saß hinter den Ohren eines Dickhäuters auf seinem Feldzug gegen die Dänen im Jahre 804. Der Elefant hatte sogar einen Namen: Abul Abbas – er war ein Geschenk des gleichnamigen Kalifen von Bagdad. Der große Karl hatte ihn wohl gerne auf Reisen mitgenommen, als lebende Insignie seiner Macht."

Alfonse genoss den stürmischen Einzug seines Freundes und lächelte.

„Wenn ich das Video von diesem schweizer Wissenschaftler richtig verstanden habe, dann reiten wir alle doch ständig auf unserem eigenen, unsichtbaren Elefanten durch unser Leben."

„Ja, genau! Manche surfen elegant auf den Stoßzähnen, andere hocken vollkommen taub und blind vor Gier in ihren goldenen Transportkäfigen, während unter ihnen das Porzellan der Welt zertrampelt wird."

Alfonse war inzwischen zu seinem Freund getreten und genoss die kräftige Umarmung. Er drückte ihn fest und tat sich schwer ihn wieder loszulassen.

„Du bist immer noch in Trauer, mein Freund. Gut! Erinnerst du dich noch an den Gefühls-Zyklus?"

„Ganz grob – die liegende Acht mit den vier Quadranten?"

„Genau. Und hast du schon gelesen, was dieser ominöse Dr. Skimada von dem Quadranten der Trauer hält?"

„Nein, ich hatte noch keine Energie, um mich damit näher befassen."

„Keine Energie? Du strotzt doch nur davon! Nein, mach dir nichts vor, es war dir einfach noch nicht wichtig genug!"

Alfonse wusste nicht, was er Noel entgegen halten sollte, er beschrieb nur allzu gut, was sein grundsätzliches Problem war. Was waren seine Prioritäten? Die Klärung mit seiner Frau? Die Ausrichtung seiner politischen Aktivitäten? Er war sich sicher, dass er die Verarbeitung des Todes seines Sohnes nicht bewusst forcieren konnte. Wohin dann mit seiner Energie? Gefühls-Management?
„Also, was hält Dr. Skimada von der Trauer?"

„Extrem viel! Wenn wir uns wirklich weiterentwickeln wollen, dann müssen wir lernen loszulassen! Etwas wirklich Neues wird es in deinem Leben erst geben, wenn du etwas Altes losgelassen hast. Sonst hast du einfach keinen Platz dafür!"

Alfonse Gesicht wurde grau und der tiefe Schmerz spiegelte sich in seinen Zügen.
„Du hast leicht reden! Der kleine Kiu war meine Zukunft!"

„Verdammt! Hörst du dir eigentlich selbst zu? Er war nicht deine Zukunft! Er war SEINE Zukunft! Und deine Zukunft liegt genau vor dir! Nicht hinter dir! Auch wenn du die Macht hast, dich selbst weiter zu verarschen, höre einfach auf damit! Jetzt, sofort! Sei ein freier Mann und behandele dich selbst endlich, wie es dir gebührt!"

Alfonse starrte wie versteinert ins Leere. Seine Tränen sammelten sich in seinen Augenwinkeln und liefen ihm über seine kräftigen Kiefermuskeln.
„Ich vermisse ihn so sehr.", stammelt er schluchzend. „Ich kann ihn nicht vergessen."

Noel trat dicht an ihn heran und wischte ihm milde lächelnd mit seinen Hemdsärmeln die Tränen aus dem Gesicht. Dann nahm er Alfonse Gesicht in seine beiden Hände und strahlte ihn freundlich an.
„Du kannst ihn gar nicht vergessen.", begann er leise. „Selbst, wenn du es wolltest, er wird immer in deinen Erinnerungen weiterleben. Aber vergiss alle Hoffnungen, die du in ihn gesetzt hattest. Deine Träume, die er sowieso niemals hätte erfüllen können. Deinen Schmerz, der sich schon lange vor Kius Geburt in dein Herz gebohrt hatte, musst du allein überwinden."

Alfonse schluckte, aber er fand weder seine Stimme, noch die Worte, um Noel etwas zu erwidern.

„Es ist der Tod deines kleinen Bruders, der immer noch tief in dir sitzt und der dich verzweifeln lässt. Du kannst dir immer noch nicht verzeihen, dass du ihn nicht beschützen konntest. Dass du zusehen musstest, wie ihn dieses grausame Monster mit einem Hieb in zwei Teile zerschlug. Du warst damals hilflos und du warst bei Salams und bei Kius Tod hilflos. Aber jetzt musst du endlich einsehen, dass jeder Mensch in diesen Situationen hilflos gewesen wäre."
Er machte eine kurze Pause und fuhr dann mit seiner dunkelsten Stimme fort.
„Du hast nicht versagt! Vielleicht hat Gott versagt. Aber es ist nicht die Hilflosigkeit, die dich blockiert, sondern dein Verlangen, über den Dingen stehen zu wollen."

„Es ist meine Wut auf Gott, die ich nicht loslassen kann."

„Solange du wütend auf ihn bist, wird er existieren und dir immer neue Gründe geben, weiter wütend auf ihn zu sein. Hauptsache, du verlässt ihn nicht. Da ist er ganz pragmatisch!" Noel lachte laut und freute sich über seine Erkenntnis. „Gott ist ein Genie! Er ist das Leben und die Liebe, wie verdreht und grausam sie auch erscheinen mag. Er hat die Fähigkeit, über allem zu stehen!"

„Aber was soll ich tun?"

„Höre auf wie Gott sein zu wollen!"

Kapitel 75

Toulouse, die Flugzeug- und Weltraumhauptstadt Frankreichs, war schon lange die Heimat der fliegenden Träume. Mit der Ernennung zur Hauptstadt der erst 2016 gegründeten Verwaltungsregion mit dem poetischen Namen Okzitanien erinnerte die viertgrößte Metropole Frankreichs auf eine merkwürdige Art an die Welt des Kleinen Prinzen, dessen Erfinder Antoine de Saint-Exupéry seine Pilotenlaufbahn 1926 bei der Luftfrachtgesellschaft Latécoère in Toulouse begonnen hatte.
Prof. Bee verband ganz andere Gedanken mit diesem Ort.
Seine Ex-Frau France war mit ihrer gemeinsamen Tochter Claudette vor zweieinhalb Jahren zu ihrem neuen Ehemann Charles nach Toulouse gezogen. Charles war ein nicht besonders humorvoller französischer Flugzeugingenieur, mit dem sie im Stadtteil Le Busca eine kleine, verträumte Villa bewohnten. Prof. Bee freute sich für seine Tochter, dass sie in so einer beschaulichen Umgebung groß werden konnte, aber er war weit davon entfernt, mit sich und seinem Anteil an ihrer Trennung im Reinen zu sein.

Jetzt, hier in Toulouse fühlte sich sein schlechtes Gewissen noch schlechter an, denn er merkte deutlich, dass für ihn etwas anderes viel wichtiger war, als sich mit seiner Tochter zu treffen. Er musste sich eingestehen, dass er seit Tagen zwanghaft auf sein Handy schaute, um zu prüfen, ob eine Nachricht von Hin-Lun gekommen war. Das ging nun schon seit ihrem ersten gemeinsamen Abend so.
Sein Freund und Kollege Gilbert hatte ihm empfohlen, auf keinen Fall den Anfang zu machen und Hin-Lun nicht anzurufen, denn es wäre kein Zufall, dass sie ihr damaliges Versprechen von Paris noch nicht eingelöst hatte. Sie hatte sich noch

nicht gemeldet, denn sie war schließlich die Tochter des chinesischen Kaisers. Er müsse seine Unabhängigkeit beweisen, wenn er sich wirklich mehr von diesem Märchen erhoffen würde wollen.

Prof. Bee hatte sich zunächst aus reiner Hilflosigkeit an Gilberts Empfehlung gehalten. Sein Reiter trieb aus dieser selbstauferlegten Ohnmacht seinen Elefanten dazu, den Blick auf das Handy als Kompensationshandlung zu automatisieren. Permanent schaute er auf sein Smartphone und jede SMS, jede Email erzeugte nach einem kurzen Moment der Neugier eine herbe Enttäuschung, weil sie nicht von Hin-Lun war. Er glaubte, es nicht ändern zu können, obwohl er wusste, dass ihm dieser Zustand unglaublich viel Kraft raubte und er inzwischen mit seinem neurotischen Verhalten seiner gesamten Umgebung auf die Nerven fiel. Auch Gilbert hatte insgeheim schon mehrfach daran gezweifelt, ob er seinem Freund wirklich einen guten Rat gegeben hatte. Aber der schweizer Professor war sich inzwischen sicher, dass er mehr wollte und fügte sich zerknirscht dem Weg seiner persönlichen Demut.

Prof. Bee ging gerade durch den Jardin des Plants zum Monument des glorreichen Widerstands in Richtung Le Busca, als plötzlich sein Handy klingelte. Es war Hin-Lun.
„Hi, bist du in Toulouse?" sprudelte es aus ihr heraus.

„Woher weißt du das? Spionierst du mir etwa nach?", entgegnete er gereizt und biss sich sofort auf seine Lippen für seine unfreundliche Reaktion.

„Natürlich, du doch auch!" Sie kicherte vergnügt.

Woher konnte sie wissen, dass er tatsächlich versucht hatte, beiläufig einige private Informationen über sie herauszufinden?

„Ich kann dich sogar sehen, weil einer unserer Spionage-Satelliten dich 24 Stunden auf Schritt und Tritt überwacht. Du stehst jetzt genau vor diesem merkwürdigen Gestänge, das an die Heldentaten des französischen Widerstandes während der deutschen Besatzung erinnern soll. Sieht von oben ganz schön hässlich aus."

Sie lachte wieder. Er schaute in den Himmel und konnte es nicht fassen.

„Bemüh dich nicht, du wirst den Satelliten in 520 Kilometer Höhe ohne Brille nicht erkennen können."

„Du scheinst ja ohne mich ein recht langweiliges Leben zu führen.", versuchte er halbherzig zu kontern.

„Och, wird mein Professor jetzt böse? Möchtest du auf den Arm oder lieber ein Eis? Wenn du noch ein paar Meter weitergehst und dich etwas links hälst, kommt ein kleiner Eisladen."

Prof. Bee schaute in die angegebene Richtung und erkannte den kleinen Pavillion mit dem runden Dach.
„Ich vermiss dich.", antwortete er leise und blieb stehen.
„Wann sehen wir uns wieder?"

„Ich weiß es nicht, aber solange du dich nicht bewegst, wird es eben noch dauern."

Prof. Bee wusste nicht, ob er sie richtig verstanden hatte, aber plötzlich dämmerte es ihm, dass die Märchengeschichte vom Satelliten tatsächlich nur eine Märchengeschichte war und sie jetzt nicht in irgendeinem Kontrollzentrum vor unendlich vielen Monitoren in der inneren Mongolei stand. Er machte einige schnelle Schritte Richtung Eisdiele und tatsächlich, da stand Hin-Lun in einem kurzen lilafarbenen Kleid und zwei Eisbechern in der Hand. Er konnte ihr breites Lächeln von weitem sehen und erstarrte vor Glück.

Die Zeit schien einzufrieren. Er spürte, wie sich sein verletztes, zurückgewiesenes Ego mal wieder als reines Hirngespinst entpuppte und bei Hin-Luns Anblick einfach verblasste. Dieser ganz tiefe Flow war wieder da, aber er vergaß dabei zu atmen. Als Hin-Lun lächelnd mit den beiden Eisbechern an ihn herantrat, war ihm nicht bewusst, dass er ihr keinen Schritt entgegengekommen war und dass er immer noch nicht geatmet hatte. Erst jetzt, ganz plötzlich sog er mit einem lauten Geräusch und geöffneten Mund so viel Luft wie möglich auf einmal ein - wie der Kinoheld, der eine kilometerlange Unterwasserhöhle durchquert hatte und sich gleich japsend am Boden wälzen müsste, um wieder zu Kräften zu kommen.
Hin-Lun umarmte ihn sanft, immer noch beide Eisbecher in den Händen.
„Pistazie für dich.", raunte sie ihm ins Ohr.

„Ich hasse Pistazien.", flüsterte er zurück.

„Na gut.", sagte sie lächelnd und küsste ihn kurz auf den Mund. „Dann kriegst du Haselnuss-Krokant."

Erst jetzt wich die Starre von ihm und er umarmte sie heftig und versuchte sie hochzuheben, was ihm jedoch Aufgrund des erheblichen Größenunterschiedes nicht wirklich gut gelang.

„Wohnt sie hier um die Ecke?"

„Ja, zwei Straßen weiter."

„Wollen wir sie abholen oder was hattest du vor?"

„Vor? Äh, nichts, also nichts Bestimmtes. Ich wollte sie eigentlich fragen, wozu sie Lust hätte – sie ist ja schließlich schon ein großes Mädchen."

Plötzlich klingelte wieder sein Handy. Er sah verunsichert zu Hin-Lun.

„Geh ruhig ran, es ist bestimmt wichtig."

Es war sein Kollege Gilbert.
„Gilbert, mein Bester, was gibt es?"

„Wo steckst Du? Bist du online?"

„Nein," erwiderte er schmunzelnd. „Ich bin gerade mit Hin-Lun in einem Park in Toulouse und esse Eis. Wir wollen gleich Claudette abholen."

„Echt? Du verarschst mich doch bestimmt! Aber wie auch immer, KATE hatte sich endlich selbst erkannt – wir haben es dreimal überprüft! Wir haben es geschafft und jetzt brauchen wir Dich, um zu entscheiden, wann wir die Simulation online stellen wollen."

„Das ist ja großartig! Aber ich stehe hier wirklich in Toulouse mit Hin-Lun. Willst du sie mal sprechen?"

Kapitel 76

Hin-Luns Vater, Pau Won Jiang atmete tief durch. Der unterschriebene Vertrag lag vor ihm. Selten hatte ihn ein politischer Erfolg so sehr strapaziert wie der Kooperationsvertrag mit den 37 afrikanischen Staaten zur Entwicklung einer gemeinsamen Wirtschaftsausrichtung.

Die afrikanische Delegation war recht schnell von den Vorteilen einer umfassenden Zusammenarbeit überzeugt, weil die konkurrierenden Europäer und Amerikaner glaubten, dass sie auch weiterhin von oben herab mit dem afrikanischen Kontinent agieren könnten. Das chinesische Angebot an alle afrikanischen Staaten setzte von vornherein auf größtmögliche Augenhöhe, gepaart mit der Idee, nicht in erster Linie die jeweilige Elite des Landes zu begünstigen, sondern die gesamte Bevölkerung, die als weiterer Zukunftsmarkt ein wichtiger Erfolgsfaktor für den chinesischen Masterplan war.

China wollte bis 2025 ein hochindustrielles Land der Qualitätsprodukte und Dienstleistungen mit einer selbstkontrollieren globalen Infrastruktur werden und die afrikanische Bevölkerung würde bis dahin auf knapp 1,5 Milliarden Menschen anwachsen. Ein breiter Aufschwung für alle mit der Entwicklung einer selbstbewussten Mittelschicht würde die politischen Verhältnisse stabilisieren und dadurch das Wirtschaftswachstum weiter begünstigen. Deshalb sah die Kooperation auch vor, transparente und faire politische Strukturen in den afrikanischen Staaten zu fördern.

Dass 37 der 55 afrikanischen Staaten zugestimmt hatten, war für Pau Won Jiang ein großer Erfolg. Aber im eigenen Lager hatte er viele Steine aus dem Weg räumen müssen. Einige seiner treuesten Verbündeten wollten nicht daran glauben, dass es sinnvoll sei, Afrika zu stärken und eine langfristige Zusammenarbeit anzustreben. Ihrer Meinung nach war ein schwaches Afrika ein viel besserer Partner, den man weiterhin – wie die Europäer und Amerikaner es lange vorgemacht hatten – beständig ausbeuten könnte.

Pau Won hatte auch schon in früheren Krisensituationen einigen seiner langjährigen Weggefährten ihre Grenzen aufzeigen müssen, um zu dem zu werden, der er jetzt war: der Mann mit der Vision! Keiner der hochrangigen Kader musste sich noch um sein persönliches Auskommen sorgen, denn jeder Amtsträger mit etwas Fantasie konnte nebenbei auch als Unternehmer wohlhabend werden. Aber er selbst dachte über sein persönliches Wohl hinaus. Er sah jetzt die Chance, dass China zur Supermacht aufsteigen und es bleiben könnte. Von den Fehlern der Amerikaner lernen und neue globale Verbündete aufbauen. Er sah den chinesischen Traum, würde aber niemals so borniert sein, ihn so zu nennen. Er würde immer strickt darauf achten, dass es nicht um China gehen würde, sondern um die Zukunft der Menschheit.

Es summte eindringlich und auf dem Monitor erschien eine Warnmeldung mit höchster Priorität. Der Sprecher des amerikanischen Repräsentantenhauses hatte offiziell bekannt gegeben, dass ein Verfahren zur Amtsenthebung des amerikanischen Präsidenten eingeleitet wurde. Wenn die einfache Mehrheit im Repräsentantenhaus für die Einleitung stimmen würde, wäre die Anklage wegen Amtsvergehen unausweichlich.

Pau Won überraschte diese Nachricht nicht. Seine Sicherheitsberater hatten ihn schon vor Tagen darüber informiert, dass es zwischen dem Weißen Haus und einigen amerikanischen Nachrichtendiensten brodelte. Die Ursachen waren dem chinesischen Geheimdienst trotz vermehrter Anstrengungen immer noch unklar, aber es schien einen ernst zu nehmenden Hintergrund zu geben.

271

Die vor einigen Tagen verkündete Anklage des russischen Präsidenten, dass das Weiße Haus irgendwie in das Atombomben-Attentat in Pjöngjang verstrickt wäre, hatte die Weltöffentlichkeit zwar wahr-, aber nicht weiter ernst genommen. Schon zu oft war aus dem Kreml schwerfällige Propaganda zur falschen Zeit gekommen. Aber konnte diesmal was dran sein?

Pau Wons Stirn ergoss sich in Sorgenfalten. Zu unberechenbar war dieses merkwürdige Wesen im Weißen Haus. Sicherlich repräsentierte es einen beachtlichen Teil der amerikanischen Bevölkerung, was jedoch lediglich davon zeugte, in was für einen fragwürdigen Zustand sich die amerikanische Gesellschaft befand. Wenn sich die Amerikaner weiter selbst zerfleischen würden, wäre das sicherlich nicht zum Schaden Chinas, aber wie hieß es so schön: ein verrückter Hund beißt mehr Unschuldige als ein guter Freund.

Pau Won erhob sich und schaute auf die im Smog verborgene Skyline von Peking. Er musste an seine Tochter denken, die er in New York wähnte. War sie dort noch sicher? Die Analysten hielten die Lage noch für unbedenklich, aber vielleicht sollte er sie trotzdem einfach mal anrufen? Nein, zuerst müsste er sich bei einer ruhigen Tasse Tee sammeln und sein Chi pflegen. Hin-Lun war kein kleines Mädchen mehr, auch wenn er sie gern noch so sah. Als Vater würde er sich von jetzt an sehr anstrengen müssen, um mit ihrer Entwicklung Schritt halten zu können. Oder er würde einfach lernen, loszulassen. Einfach.

Kapitel 77

Prof. Bee war sehr zufrieden mit der Simulation. Die KI, die sie Kreative Artificial Transformation Experience – kurz KATE - getauft hatten, war tatsächlich in der Lage eigenständig zu reflektieren. Wie ein aufmerksamer Mensch, der etwas von anderen hört, konnte sie die Informationen auf sich beziehen und daraus ableiten, ob sie involviert war und welche Reaktion einen wertschätzenden Dialog erzeugen könnte.

KATE konnte sich wie in einem semantischen Spiegel als eigenständige Persönlichkeit in Zeit und Raum erkennen und baute mit Hilfe ihrer neuromorphen Prozessoren jede Feedback-Erfahrung sofort in ihr Selbstverständnis ein.

Wurde sie zum Beispiel gefragt, ob sie eine KI war, die Pistazieneis mögen würde, antwortete sie wahrheitsgemäß, dass sie zwar in ihrem Speicher die Zusammensetzung von Pistazieneis gefunden hatte, aber verständlicherweise noch niemals probiert hätte und deshalb die Frage nicht mit JA beantworten könnte. Wurde sie dann gefragt, ob sie sich vorstellen könnte, Pistazieneis zu mögen, antwortete sie direkt mit JA. Und auf die Nachfrage, warum sie sich dabei so sicher sein würde, antwortete sie, dass sie den Entwicklern zutrauen würde, dass sie in Zukunft eine geeignete Möglichkeit finden würde, ihr den Geschmack von Pistazieneis ohne Systemschäden anzubieten, denn die Entwickler hätten bis jetzt alles ermöglichen können. Und weil es kein Pistazieneis geben würde, wenn es nicht einem relevanten Teil der Menschheit schmecken würde, wäre die Wahrscheinlichkeit hoch genug, dass auch sie es mögen würde.

KATE war also nicht nur in der Lage, für sie erfahrbare Wahrnehmungen positiv oder negativ zu bewerten, sondern sie fühlte sich der Menschheit zugehörig und konnte ihre Bewertungskriterien auch auf fiktive Erfahrungen anwenden, von denen sie wusste, dass existierende Lebewesen diese schon gemacht hatten.

Wieder musste Prof- Bee an Tim und Sybilla in Hamburg denken. Ohne ihre Vorarbeit wäre der unglaublich schnell fortschreitende Erfolg dieses Projektes nicht möglich gewesen. Die beiden hatten die Grundlagen des Gefühls-Managements als Simulation in ein agiles Raster übertragen und die wesentlichen Parameter der vier Gefühle definiert. Prof. Bee konnte vor seinem geistigen Auge sehen, wie Sybilla Tim resolute Instruktionen gab und dem Ganzen ihren Stempel aufdrückte. Sollte er sie einfach mal anrufen? Wollte er wissen, wie es ihr geht? Wie es Tim geht?

„Hey, du Tagträumer, was ist los mit dir? Hast du irgendwelche geilen, chinesischen Drogen genommen?"

Prof. Bee musterte seinen jungen Kollegen Gilbert einen Moment lang scharf, bevor er breit lächelte.

„Ach, der Herr Professor träumt schon wieder von seiner chinesischen Prinzessin. Warst du tatsächlich mit ihr bei Claudette?"

„Ja."

„Und? Wie war es? Was hat France gesagt?"

„Nichts, sie war nicht da. Nur Charles."

„Was für ein Zufall.", entgegnete Gilbert ironisch.

„Sie musste arbeiten."

„Und wie war es so, zusammen zu sein mit den beiden mächtigsten Weibchen deiner Welt? Was habt ihr gemacht?"
„Wir waren spazieren im Jardin Royal. Du kennst doch bestimmt die weltberühmte Bronzestatue von Madeleine Tezenas du Montcel."

„Klar. Bestimmt eine Freiheitskämpferin aus der französischen Revolution."

„Nein, eine Bildhauerin, die noch lebt."

„Da steht eine Bronzestatue von einer Bildhauerin, die noch lebt? Ein Selbstbildnis?"

„Nein, eine Statue von ihr, die Antoine de Saint-Exupéry darstellt."

„Aah, der kleine Prinz! Verstehe. Steht Hin-Lun auf so was?"

„Ja, sie kennt sich echt gut aus und konnte mit Claudette richtig fachsimpeln, weil beide die animierte Kinderserie gesehen haben."

„Hin-Lun schaut Kinderserien?", fragte Gilbert sichtlich überrascht.

„Ja, sie hat sie wohl vor einiger Zeit mit ihrer kleinen Cousine zusammen gesehen."

„Ist ja interessant."

„Vielleicht sollten wir auch mehr Kinderserien gucken. Ich war jedenfalls erschrocken, wie wenig bei mir vom Buch hängen geblieben war."

„Okay, Hin-Lun ist Expertin auf dem Gebiet der poetisch-freiheitsliebenden Kinderserien.", bemerkte Gilbert schnippisch. „Ich bin gespannt, was sie noch alles kann. Ich hätte nicht gedacht, dass Chinesen so was überhaupt dürfen. Das ist doch irgendwie konterrevolutionär, mit der Freiheit der Gedanken und mit dem Herzen sehen und so."

Prof. Bee bedachte seinen Kollegen mit einem kritischen Blick. „Ich glaube, in China gibt es alles, wenn du genügend Geld hast."

Gilbert überlegte.
„Warst du eigentlich schon mal in China?"

„Nein, du?"

„Auch nicht. Dann wird es wohl mal Zeit, um dahin zufliegen und deinem Schwiegervater in spe hallo zu sagen."

Kapitel 78

Walther F. Stiller hatte sein Werk getan. Das in seinem Körper implantierte und getarnte Aufnahmegerät hatte ganze Arbeit geleistet. Das Projekt ANGELWING war jetzt unumstößlich mit dem Präsidenten verbunden und würde ihm das Genick brechen. Die öffentliche Bekanntmachung des Impeachment-Verfahrens hatte hohe Wellen geschlagen und war die alles verdrängende Breaking-News der amerikanischen und internationalen Öffentlichkeit.

Die rechten Medien hatten sofort versucht, nach altbewährter Manier so hart wie möglich zurückzuschlagen. Sie setzten Himmel und Hölle in Bewegung, um das Amtsenthebungs-verfahren als Ausgeburt einer unpatriotischen und von fremden Mächten gesteuerten Horde perverser Vaterlandsverräter darzustellen, aber ihre Kampagnengurus konnten noch nicht ahnen, wie tief ihr Präsident tatsächlich in der Scheiße steckte. Das Hauptquartier der Kampagne schien direkt im Weißen Haus angesiedelt zu sein. Jede interne Information wurde als Munition ausgeschlachtet und so war es auch kein Wunder, dass Walther mit in die Schusslinie geriet. Rechte Online-Portale zeigten sein Foto mit der Schlagzeile: dieser dreckige Abschaum hat unseren Präsidenten und unsere Nation verraten.

Die mediale Schlacht hatte begonnen, aber seine Betreuer von der United States Intelligence Community hatten ihn sorgfältig auf die schweren Geschütze der rechten Kampagne vorbereitet. Er war sofort nach der Auswertung der Aufnahmen seines Implantates mit seiner Frau Rose zu einem geheimen Safehouse in Florida geflogen worden, wo er in Begleitung von zwei Agenten abwarten sollte, wie sich die Lage entwickeln würde. Rose hatte sich trotz ihrer weitgehenden Unwissenheit tapfer gehalten und Walther war zum ersten Mal in seinem langen Leben froh, dass sie keine Kinder hatten.

Sie saßen auf der Veranda des abseits gelegenen Einfamilienhauses am Rande von Port St. Lucie in Florida. Ein mildes Lüftchen ließ die Kerzen leicht flackern und die letzten Vögel verabschiedeten den Tag mit ihrem Gesang. Walther kam es so vor, als wenn es das erste Mal seit sehr langer Zeit nur um sie beide ging. Kein Job, keine Krankheit, nur sie beide im friedlichen Auge des Sturms.
„Rose.", begann er vorsichtig. „Es tut mir so leid, dass ich dir das alles nicht ersparen konnte."

Sie nahm seine Hand ohne ihn anzusehen.
„Walt, es muss dir nicht leidtun. Als ich dich vor 46 Jahren geheiratet habe, habe ich zu allem JA gesagt und du hast mich nie enttäuscht."

„Ja, Rose, ich weiß. Aber ich hätte dich gern nicht vor vollendete Tatsachen gestellt. Deshalb möchte ich, dass wir in Zukunft nur noch zusammen entscheiden."

„Können wir das wirklich? Wir sind nun fast siebzig und was kommt auf uns zu? Vielleicht wirst du dein Gesicht nie wieder in der Öffentlichkeit zeigen können. Werden wir irgendwo hin auswandern müssen? Oder willst du dir dein Gesicht operieren lassen? Oh, Gott, ich mag mir überhaupt nicht vorstellen, was uns noch erwartet!"

Walther drückte ihre Hand zärtlich, aber sie schaute ihn immer noch nicht an.
„Ich auch nicht und genau deshalb ist es so wichtig für mich, dass wir gemeinsam entscheiden. Ich muss wissen, was du willst! Ich kann das nicht alleine! Ich brauche dich!"

Kapitel 79

Brad stand vor dem wohl bekanntesten Leistenkrokodil der Welt: Sweethart war über 5 Meter lang und bewegte sich nicht. Das eindrucksvolle Präparat war eine der Haupt-Attraktionen der Museum & Art Gallery of the Northern Territory in Darwin. Sweethart war das erste Schurken-Krokodil der Mediengeschichte. Es hatte in den Siebziger Jahren über 15 kleinere Fischerboote zerstört, allerdings ohne jemals einen Fischer zu attackieren. Es soll über 50 Jahre alt gewesen sein und litt scheinbar unter einer starken Sehschwäche, weshalb es sich mehr für die Boote als vermeintliche Konkurrenten in seinem Territorium als für die Fischer als potentielles Futter interessierte. Bei dem Versuch das riesige Reptil umzusiedeln, verfing es sich betäubt in einem Schleppnetz an einem untergetauchten Baumstamm und ertrank. Brad musste über den erstaunlichen Wandel vom tierischen Schurken zum tragischen Helden nachdenken und merkte erst spät, dass sich ein junger Aborigini zu ihm auf die Bank gesetzt hatte.

„Ngirrwak altert nicht mehr.", begann er. „Unsterblichkeit der besonderen Art."

„Ja, der alte Mann hat seine Schuldigkeit getan."

„Hey, du sprichst Djambarrpuyngu? Cool!"

„Nein, nicht wirklich, ich kenne nur die Geschichte von diesem Krokodil, deshalb wollte ich es mir unbedingt mal in echt tot ansehen. Bist du Bowie? Ich bin Brad."

„Hi Brad. Wollen wir nach draußen in den Park gehen oder wolltest du noch ein paar der traurigen Kunstwerke unserer Leute bestaunen?"

„Nee, lass uns raus."

Die Museum & Art Gallery of the Northern Territory lag idyllisch in einem kleinen, gepflegten Park, der von jedem für Hochzeiten, Geburtstage oder andere Feierlichkeiten angemietet werden konnte. Brad und Bowie sahen sich nach einer ruhigen Ecke um, aber überall tobten vergnügte, gut gekleidete Menschen herum, sodass sie beschlossen, weiter zum Meer zu ziehen. Es waren nur wenige Schritte zum dünn bevölkerten Strand und sie fanden schnell mehrere, etwas abseits gelegene Mangrovenbäume, die ihnen Schatten spendeten. Brad schaute auf das glitzernde Meer.
„Stehst du auf surfen?"

„Im Wasser?", entgegnete Bowie pikiert. „Bist du verrückt?"

Brad lachte.
„Ich bin auch eher der Wüstentyp. Aber hier zur Abwechslung mal abzuhängen, ist ganz cool."

Bowie zog wortlos eine kleine Holzpfeife aus seiner Umhängetasche und stopfte sie mit einer Mischung, die Brad nicht identifizieren konnte.

„Ein bisschen Weed und etwas Staub direkt aus der Traumzeit - wird dir gefallen."

Bowie entzündete die Pfeife, nahm einen tiefen Zug und reichte sie Brad, der sich nicht zweimal bitten ließ.
„Weißt du...", begann Bowie nachdem er den Rauch genüsslich durch seine Nasenlöcher herausströmen ließ, „...die ganze Sache mit den Hautfarben und den Nationen und so ist mir

280

eigentlich total egal! Wichtig ist, was die Leute tun und nicht, was sie sind." Er nahm die Pfeife wieder von Brad entgegen.

„Ja, dachte ich auch lange, bis ich begriffen hatte, dass das, was sie tun, unheimlich beschissen davon abhängt, was sie glauben, wer sie sind."

„Okay, was glaubst du, wer du bist?"

„Bis vor ein paar Tagen dachte ich, dass ich ein cooler, junger KI-Entwickler mit einer klasse Freundin und einem skurrilen Opa wäre, der hier im Outback ein geiles Leben führt. Aber jetzt ist es irgendwie anders. Bei mir klappt das nicht mehr mit dem ICH."

Bowie sah ihn überrascht an.
„Das verstehe ich nicht. Du bist ein Entwickler, ein Nerd wie ich. Verstehst du? Wie ICH. Das klappt doch mit dem ICH."

„Ja, vielleicht für die oberflächlichen Dinge. Aber wenn wir wirklich etwas Großes erreichen wollen, dann müssen wir verstehen, dass das ICH unser allergrößtes Problem ist. Jeder Mensch muss für sich akzeptieren, dass er alleine schon ein Doppelsystem ist! Also ein WIR! Das ist die Lösung! Wir müssen vom IQ zum WE-Q."

„WE-Q? Hört sich cool an, aber du sprichst gerade mit einem aus dem Volk der Traumwelt. Meine Vorfahren wussten schon seit tausenden von Jahren, dass nur die Träume real sind. Und durch sie sind wir mit allem verbunden. Ich bin schon voll im WE." Bowie lächelte selbstzufrieden und zündete sich noch einmal die kleine Pfeife an.

Brad überlegte kurz, bevor er antwortete.
„Und - funktioniert es? Das mit dem WE? Ich meine so ganz normal im Alltag, ohne kiffen und all dem anderen Zeug, das

uns vorgaukelt, dass wir uns nach Belieben in eine fantastische Welt versetzen können und mit allem verbunden sind? Oder träumst du nicht doch davon, ein cooler Typ mit viel Kohle in der verfickten Welt der ICHs zu sein? Mal ganz ehrlich!"

Bowie verzog das Gesicht.
„Du hörst dich ganz schön drastisch an, Alter!"

„Ja, ich weiß.", erwiderte Brad nachdenklich. „Deshalb musste ich ja auch erst mal raus aus meinem eigenen Trott, nachdem ich dieses Video gesehen hatte. Hier schau mal!"
Er zeigte das Video auf seinem Smartphone Bowie.
„Siehst du, es geht um die Welt! 36 Millionen Klicks in nur ein paar Tagen! Verstehst du? Die Welt wird sich ändern mit dem WIR!"

Bowie sah ihn irritiert an.
„Aber, Mann, was ist der Kick an der ganzen Sache? Ich bin ein Doppelsystem – okay, aber was habe ich davon?"

„Wenn du dich wirklich als Doppelsystem verstehst, kannst du deine Gefühle managen. Davon hast du doch schon gehört oder? Dieser verrückte Skimada und sein Gefühls-Zyklus in den vier Quadranten? Nein? Na, dann ist das jetzt dran, würde ich sagen. Warte, dazu gibt es doch auch schon einige Tutorials auf U-Tube. Hier, 8 Minuten lang, siehst du, hat auch schon über vier Millionen Klicks."

„Und was bringt mir das dann?" fragte Bowie unwirsch nach.

„Dann bist du ein WIR mit dir selbst."

„Und dann?"

„Dann wirst du dich nie wieder allein oder überfordert oder dem Schicksal ausgeliefert fühlen. Dann können wir endlich die Verantwortung für uns übernehmen und brauchen keine Scheiße mehr zu veranstalten, um unseren Frust über eine total kranke Welt loszuwerden!"

Bowie konnte sein breites Grinsen nicht unterdrücken.
„Na, da sind WIR aber gespannt, ob das so funktioniert."

Kapitel 80

Die Lage in den Vereinigten Staaten eskalierte zunehmend. Breitbart und die anderen rechten Portale schossen aus allen Lagen auf jede kritische Meldung der etablierten Medien gegen den Präsidenten. Obwohl sich alle republikanischen Kongressabgeordneten auffällig zurückhielten, weil sie den Ernst der Lage für ihren Präsidenten in der Beweislage sehen konnten, schienen die alternativen Fakten für die Meinungsbildung der Präsidentenanhänger auszureichen.

Die Stimmung erinnerte an den von bewaffneten Milizen unterstützten Aufstand einiger Farmer in Oregon zwischen 2014 und 2017, in dessen Zuge der Farmerssohn Ammon Bundy seine Unterstützer per Video dazu aufforderte, ihre Waffen mitzubringen.
Seit dem Ende der Neunziger Jahre war es in den Vereinigten Staaten um die bewaffneten Milizen mit rechtem Hintergrund ruhig geworden. Erst mit der Wahl von Barack Obama bekamen sie wieder Auftrieb und mit den jetzigen Präsidenten glaubten viele unter ihnen, dass sich nun sogar ein echter Heilsbringer direkt im Weißen Haus eingenistet hätte.
Warum ihn nicht genauso vehement unterstützen wie jeden anderen ehrbaren Amerikaner, wenn er nur weiß und großmäulig genug war? Für das Recht auf freie Meinungsäußerung und dabei bewaffnet zu sein, konnte man nahezu jeden Milizionär zwischen North Carolina und Arizona gewinnen.

Als klar wurde, dass die Parteifreunde des Präsidenten sich nicht anschickten, die Mühlen des Amtsenthebungsverfahrens zu stoppen, gingen die rechten Portale offen in die Offensive. Jeder anständige Bürger wurde aufgefordert, nach Washington zu kommen und seine Waffen mitzubringen. Der Präsident selbst unterstützte die Kampagne, in dem er öffentlich äußerte, dass sich kein Amerikaner davon abhalten lassen sollte, seinem angestammten Recht auf freie Meinungsäußerung Ausdruck zu verleihen. Dabei tat er so, als würde er ein imaginäres Gewehr durchladen und grinste selbstzufrieden in die Kamera. Das Video wurde zwar sofort von allen gesellschaftlichen Institutionen auf das Heftigste kritisiert, aber noch nie war dem liberalen Establishment seine Hilflosigkeit so klar vor Augen geführt worden, wie in diesem Moment.

Kapitel 81

Prof. Bee war überrascht, wie viel Arbeit es machte, wenn große Teile der Welt etwas von einem wollte. Das Interesse ging von Auftritten auf Kongressen und Veranstaltungen auf der ganzen Welt, über Anfragen zur Unterstützung der wundersamsten Initiativen bis hin zu detaillierten Nachfragen der verschiedenen Institute und Medien zu KATE und ihre Verknüpfung mit dem Gefühls-Management von Dr. Skimada.

Dr. Skimada selbst blieb nach wie vor unauffindbar. Einzig sein kleines Büchlein, das vor Jahren im Selbstverlag in Deutschland erschien, zeugte davon, dass es ihn irgendwann irgendwo gegeben haben musste.
Immer mehr Neugierige glaubten, dass es sich nur um ein Synonym handelte und Prof. Bee war es ganz Recht, dass die Inhalte des Gefühls-Managements durch die Tatsache in den Vordergrund traten, dass der Autor schlicht nicht zur Verfügung stand. Die Experten aus der Psychologie schienen den Ansatz des Doppelsystems weiter ignorieren zu wollen, aber viele Organisationen und Firmen, die sich mit der pragmatischen Einbindung der Menschen in Veränderungsprozesse der wirtschaftlichen und gesellschaftlichen Entwicklung beschäftigten, bekundeten großes Interesse, weil schon so viele kostspielige Projekte im EGO-Sumpf versenkt worden waren.

Prof. Bee hatte inzwischen mehrere Mitarbeiter, die sich nur um die vielen Anfragen kümmerten und ein paar seiner Kollegen hatten alle Infomaterialien über das Humanifesto mit dem Logo des auf den Stoßzähnen surfenden Reiters versehen. Er selbst war gerade dabei, die von Tim und Sybilla erar-

beiteten Grundlagen in die Projektbeschreibung von KATE zu integrieren, als sein Handy klingelte. Es war Sybilla.
„Hallo Sybilla, meine Liebe. Wie geht es Ihnen? Wie geht es Tim?"

„Ach, Professor. Ich hätte nicht gedacht, dass ich Sie persönlich erreiche. Entschuldigen Sie die Störung."

„Nein, Sie stören überhaupt nicht. Ich habe schon mehrfach an Sie und Ihren Mann gedacht. Sie haben bestimmt mitbekommen, wie wir mit Hilfe Ihrer wunderbaren Arbeit einen ersten Durchbruch erzielen konnten. Aber wie geht es Tim?"

„Leider unverändert, er liegt nach wie vor stabil im Koma. Stabil - wie sich das schon anhört!" Sie schluchzte kurz. „Es ist sehr traurig, aber die Ärzte sagen mir andauernd, dass ich ihn nicht aufgeben soll. Sein Vater steht mir jeden Tag zur Seite, weil er glaubt, dass ich seinen Beistand brauche. Leider merkt er nicht, dass er selbst jeden Tag etwas mehr zerbricht und ihm dabei zuzuschauen ist für mich kaum noch zu ertragen."

„Das tut mir leid. Und wie geht es Ihnen? Ich meine Ihrem Bauch? Wie lange dauert es noch?"

„Ach, noch über sechs Wochen. Sechs verdammt lange Wochen und ich habe nur noch den Wunsch, endlich platzen zu können. Das ist auch der Grund, warum ich anrufe. Ich brauche unbedingt Abwechslung, sonst werde ich noch verrückt! Und, entschuldigen Sie, ich wusste nicht, wen ich sonst anrufen sollte. Aber vielleicht kann ich Sie bei der Rettung der Menschheit irgendwie doch ein bisschen nützlich sein."

„Ja klar! Natürlich gern, auf jeden Fall. Ich sitze zum Beispiel gerade an etwas, das Sie bestimmt viel besser können. Wir brauchen eine eingängige Beschreibung Ihrer Simulation. Viele Medien auf dem ganzen Globus haben die Bedeutung unseres Projektes erkannt und wollen Informationen von uns. Zum Beispiel will die Neue Zürcher Zeitung einen Hintergrundbericht über KATE schreiben. Ich könnte Ihnen meinen, noch vollkommen unfertigen Entwurf sofort mailen – was halten Sie davon?"

Kapitel 82

Brad war noch immer unruhig, als er am Nachmittag in sein Hotelzimmer kam. Vielleicht lag es an den Nachwirkungen des Kiffens mit Bowie. Seine Einnahme der Mischung aus Marihunana und diesem ominösen Staub der Träume machte ihm bewusst, wie viel Vertrauen er grundsätzlich in seine Mitmenschen hatte.

Jeder Zug an der falschen Pfeife, jeder Schluck eines fremden Getränkes, aber auch jeder Schritt auf die Straße zur falschen Zeit konnte den Tod bedeuten. In jeder Stadt, auf jeder Straße dieser Welt, rauschten jede Sekunde Millionen Tonnen Stahl in voller Beschleunigung nur wenige Zentimeter aneinander vorbei. Nur ein Nieser, ein von der Sonne geblendeter oder vom Handy abgelenkter Fahrer konnte den plötzlich Tod bringen.

Der Tod ist uns immer ganz nahe, ohne dass wir es merken. Es geht dabei nicht um die Chance, aus Fehlern zu lernen. Ein verschlossenes Blutgefäß, eine korrodierte Bremsleitung, ein fallender Himmelskörper, es gibt so viele Ursachen, die uns vollkommen überraschend erwischen können und dann war´s das - ein für alle mal.

Plötzlich brummte sein Handy. Eine neue App, die ihn jeden Tag fünfmal an seine eigene Sterblichkeit erinnerte, hatte ihm eine Push-Nachricht geschickt. „Jeder Tote wäre froh, wenn er statt tot nur depressiv wäre!" Brad musste kurz auflachen. Um sich an morbiden Sprüchen über den Wert des Lebens zu erfreuen, reichten die Nachwirkungen von Traumstaub und Gras allemal.

Brad setze sich auf das Bett in dem einfachen Zimmer und zog seine große Reisetasche hervor. Bevor er sie öffnete, stand er noch einmal auf, ging zur Zimmertür und schloss sie ab. Vertrauen hin oder her, jetzt wollte er nicht gestört werden. Er nahm sein Handy und positionierte es auf dem Brett der kleinen Garderobe an der Tür und schaltete die Kamera ein.

Dann hob er die Tasche auf das Bett und öffnete sie. Er nahm zwei kleinere Taschen heraus und legte sie vorsichtig neben die große. Aus der einen holte er ein Laptop heraus, und aus der anderen nahm er einen kleinen Alukoffer, dessen Deckel er vorsichtig öffnete. In ihm waren verschiedene, gepolsterte Fächer voller technischem Equipment. Im größten lag zusammengefaltet ein vielleicht 30 Zentimeter großes, filigranes Exo-Skelett aus Metall, mit einem flachen, viereckigen Rumpf und vier Gliedmaßen, die jeweils aus mehreren kleinen Gelenken, winzigen Servomotoren mit hydraulischen Druckzylindern und Mikrosensoren und verschiedenen Zugseilen aus dünnen Karbonfasern bestanden.

„Na, mein kleiner Buddy, hast du die Reise gut überstanden?"

Brad nahm das Skelett vorsichtig heraus und legte es auf den kleinen Beistelltisch am Bett. Dann zog er aus einem der anderen Fächer ein kleines, merkwürdig umgebautes Handy mit zwei parallelen Kameralinsen heraus und steckte es in die Schnittstellenarretierung des Rumpfes. Danach schaltete er das Handy mit einem Code frei und drückte eine Passwortkombination auf der Tastatur. Auf dem Display des umgebauten Handys erschien ein Victory-Zeichen und dazu erklang der kurze, heftige Akkord einer E-Gitarre. Brad lächelte.

„Buddy, steh auf!", sagte er langsam mit betont deutlicher Aussprache.

Auf dem hochauflösenden Display des merkwürdigen Handys erschien ein grinsender Mund unter den beiden Fotolinsen und der kleine Körper richtete sich langsam auf, in dem er sich mit seinen Armen zunächst auf der Tischplatte abstützte, um dann die Beine vorsichtig abzuwinkeln und den Rumpf unter seinem Schwerpunkt zu bringen. Als er aufrecht stand, erschien wieder ein Lächeln auf dem Display.

„Buddy, zeige mir ein Fenster.", sagte Brad wieder betont deutlich.

Der kleine Kerl zeigte zunächst wieder sein Grinsen und drehte sich dann langsam um seinen eigene Achse, indem ein Gelenk unter seinem Rumpf rotierte. Das Bild seiner Kameras konnte Brad auf seinem Monitor sehen. Buddy stoppte in seiner Bewegung, als seine Kameras das Zimmerfenster anvisiert hatten. Das Lächeln auf seinem Display zeigte an, dass er seinen Auftrag beendet hatte.

„Klasse, Buddy. Jetzt zeige mir einen Fernseher." Wieder erschien das Lächeln auf Buddys Display und er fing an, das Zimmer abzusuchen. Er drehte sich mehrfach um die eigene Achse, aber er fand kein übereinstimmendes Muster, was kein Wunder war, denn in diesem günstigen Hotel waren die Zimmer ohne Fernseher ausgestattet. Buddy gab jedoch nicht auf und drehte sich weiter im Kreis. Erst als Brad ihm ein deutliches STOP zurief, hielt er an und verharrte.

„Okay, Buddy, da brauchst du wohl noch einen Exitmod, aber jetzt suche mir einen Fernseher."

Wieder erschien das Lächeln auf seinem Display, doch diesmal verharrte er regungslos. Stattdessen erschienen auf dem Handy-Display verschiedene Bilder von Fernsehern aus dem Internet.
„Okay, Buddy, jetzt komme zu mir und lege mir deine rechte Hand in meine linke Hand."

Buddy zeigt sein Lächeln auf dem Display und bewegte sich zum Tischrand, um den weiteren Weg über das Bett zu Brad und seiner linken Hand zu scannen. Zwischen dem Tisch und dem Bett waren ungefähr 15 Zentimeter Höhenunterschied zu überwinden. Er ging vorsichtig auf die Knie, drehte sich wie ein Kleinkind, um sich mit den Armen an der Tischplatte festzuhalten und langsam die Beine herabzulassen. Als seine Füße Kontakt zur Bettoberfläche bekamen, ließ er den Rand des Tisches los und geriet ins Trudeln, weil die weiche Matratze mit ihrer Überdecke selbst bei seinem niedrigen Gewicht merklich in Bewegung geriet. Buddys Arme balancierten in der Luft bis er sein Gleichgewicht wiederfand.

Vorsichtig setzte er die nächsten Schritte in Brads Richtung und steuerte seine linke Hand an, die auf seinem linken Oberschenkel lag. Buddy hatte nun Brads rechten Oberschenkel erreicht und zog sich mit den Armen hoch, balancierte sich wieder aus und stützte sich an Brads Bauch ab, um die beiden Schritte über Brads Hosenbund zu seiner linken Hand zu machen. Dann beuge sich Buddy vor und legte seine Rechte vorsichtig in Brads Linke. Sein Display grinste.

„Sehr gut, Buddy!" Brad strahlte.

Er war inzwischen nicht mehr sonderlich überrascht von den erstaunlichen motorischen Fähigkeiten seines kleinen Roboters, aber es war so niedlich, wie Buddy seine kleine Hand mit den drei dreigliedrigen Fingern in die seine legte. Er nahm seinen mechanischen Freund vorsichtig hoch und stellt ihn auf seine Handfläche direkt vor seinem Gesicht.

„Buddy, streiche mir mit deiner linken Hand über meine Nasenspitze."

Buddy zeigte wieder sein Lächeln, balancierte sich auf Brads Handfläche aus und streckte seinen linken Arm, dem jedoch gut 3 Zentimeter fehlten, um an Brads Nase zu gelangen. Sein Display zeigt einen Schmollmund. Brad grinse und hielt ihn dichter an sein Gesicht.

„Bitte noch einmal."

Buddy strich jetzt über seine Nase und zeigte sein grinsendes Display.

„Bitte noch sanfter."

Buddy strich erneut über seine Nase, aber deutlich sanfter, als beim ersten Mal und zeigte sein grinsendes Display.

„Bitte noch sanfter."

Buddy strich wieder über seine Nase, aber so sanft, dass Brad gerade noch einen Hauch von Berührung spürte.

„Bitte noch sanfter."

Buddy strich erneut über Brads Nasenspitze, aber Brad war sich nicht mehr sicher, ob Buddys Finger ihn tatsächlich berührt hatte. Aber Buddy war sich sicher, denn er zeigte wieder sein Lächeln im Display.

„Danke.", sagte Brad und streichelte ganz zärtlich Buddies Finger.
Er spürte, wie der Stolz in ihm aufstieg und musste an seinen Großvater denken, dem er bis jetzt nichts von seinem Buddy-Projekt erzählt hatte. Buddys motorische Fähigkeiten beruhten auf seinem neuromorphen Dual-Prozessor, der jede Erfahrung sofort in die Berechnungen mit den Daten seiner 102 Mikrosensoren integrierte. Wie bei einem menschlichen Kind, gelang es Buddys mit jedem Tag besser, komplexe Bewegungsabläufe auszuführen und seine Bewegungen auch an überraschende Unwegbarkeiten anzupassen. Die federnde Matratze war für ihn so eine Überraschung, aber die Ausschläge waren nicht so groß, dass er auf die sichere Fortbewegung mit allen vier Gliedmaßen umstellen musste. Selbst eine kaum wahrnehmbare Berührung zu erzeugen, während er auf einer menschli-

chen Handfläche balancierte, war für Buddy kein Problem mehr.

Was Buddy noch fehlte, waren alle Aspekte zur Selbsterkenntnis auf dem Weg zum postbiotischen Bewusstsein, die Prof. Bee mit seiner KATE in Angriff genommen hatte und Brad fragte sich, wie er mit dem Schweizer Professor Kontakt aufnehmen könnte, um die beiden Ansätze der KIs zusammenzubringen.

Plötzlich klingelte sein Handy. Es war Molly.

„Hi Molly, was geht bei euch?"

„Echt Scheiße! Du solltest schnell zurückkommen! Dein Grandpa hatte gerade einen Herzinfarkt!"

Kapitel 83

„Mr. President, Leroy Cermer ist am Apparat. Soll ich ihn durchstellen?"

Der Präsident zögerte. Leroy Cermer war der Mann, mit dem er im Moment am wenigsten sprechen wollte, aber er war auch der Mann, der ihm am meisten Ärger machen konnte. „Ja, June, stell ihn durch."

Es klickte im Hörer und er musste einen Moment darüber nachdenken, ob sein Telefon vielleicht verwanzt war. Sein persönlicher Sicherheitsberater Stratos hatte ihm die Hölle heiß gemacht, nachdem klar war, dass Stiller ihn hintergangen hatte und seitdem hatte sich in ihm eine extrem wachsende Paranoia festgesetzt.
„Mr. Cermer, wie schön, Sie zu hören. Ich hoffe, es geht Ihnen gut. Wie wäre es, wenn wir nachher zusammen zu Abend essen? Ich könnte gegen acht Uhr bei Ihnen sein. Nein, alles andere kann warten. Nein, da wird vieles aufgebauscht, aber vielleicht ist es umso wichtiger, dass wir unter vier Augen klären, wie wir mit dieser unsäglichen Situation umgehen. Ja, das finde ich auch und grüßen Sie mir Ihre reizende Frau."

Er legte auf und schlug wütend mit der Faust auf die massive Schreibtischplatte. Er hasste es, wenn er mit einer Riesenportion Kreide im Mund den Verständnisvollen spielen musste. Cermer saß zwar nur im Hintergrund der Macht, aber die wichtigsten Fäden liefen direkt in seine Hand. Ohne seine Unterstützung hätte er mit all den anderen Klugscheißern in seinem Team nicht mal den Einzug in den Vorgarten des Weißen Hauses geschafft. Ohne ihn wäre alles nur ein Traum geblieben. Er war der Garant für den Erfolg, nicht nur wegen seines Geldes, sondern wegen seines Ansehens. Dieser alte Sack hatte es nicht nötig, amerikanischer Präsident zu werden, um zu wissen, dass er zu den mächtigsten Männern der Welt gehörte. Dieser verfickte, alte Sack zeigte ihm, was er immer noch für ein armseliges kleines Würstchen war, aber diese Geschichte war noch nicht zu Ende geschrieben.

Kapitel 84

Sybilla war überrascht, wie schnell sie wieder in der Materie war. Ablenkung und besonders sinnvolle Ablenkung tat ihr einfach gut.

Das Email-Briefing von Prof. Bee war relativ weit gehalten und so hatte sie sich entschlossen, bei den ersten Anfängen von Tims Simulation und der Verknüpfung mit dem Gefühls-Management von Dr. Skimada zu starten.

Sie erinnerte sich noch zu gut, wie sie mit Tim viele Abende mit Wein, Schokolade und Gummibärchen vor seinem Rechner gehockt und ihre Zusammenarbeit genossen hatten. Theo schlief, andere Pärchen glotzen fern und sie entwickelten etwas, was die Welt vorher noch nie versucht hatte: einer Maschine den Zyklus der Gefühle beizubringen.

Tim war sehr gut darin, systemische Anforderungen in grafische Ideen umzusetzen und sie selbst war wahrscheinlich gut darin, die systemischen Anforderungen so klar zu formulieren, dass Tim sie schnell verstand. Tim hatte sofort die Idee, der Maschine einen einfachen virtuellen Lebensraum zu geben. Ein dreidimensionales Raster, das ihre Welt darstellte, in dem sie sich orientieren musste. Danach sollte sie verstehen, dass sich jeder Reiz, den der Mensch wahrnimmt, mehr oder weniger gut oder schlecht anfühlt und er deshalb davon angezogen oder abgeschreckt wird.

„Wie soll das eine Maschine verstehen?", fragte Sybilla Tim immer wieder.

„Eine Maschine kann das nur über die Energie verstehen. Reize, die sich gut anfühlen, geben Energie und Reize, die sich schlecht anfühlen, rauben Energie - ganz einfach! Wenn sich die KI zum Beispiel bewegt, sagen wir ein Feld weiter, dann kostet sie das die Energiemenge 1. Der Reiz, den sie damit in diesem Feld bekommt - zum Beispiel eine neue Information, müsste ihr die Energiemenge 2 geben, damit sie lernt, Felder mit neuen Informationen zu betreten, bringt ihr einen Energieüberschuss."

„Und wenn sie ein Feld betritt, das sie schon kennt, kriegt sie keine Zusatzenergie und lernt, bekannte Felder zu vermeiden."

Damit hatten sie die erste Stufe erklommen. Tim programmierte ein kleines Raster von drei mal drei Feldern mit ihren Feldeigenschaften und die erste Simulation konnte beginnen. Acht Schritte, in denen die KI lernte, möglichst kein Feld doppelt zu betreten, um möglichst viel Energie einzusammeln. Man könnte auch sagen, sie lernte, Lust auf neue Felder und Angst vor alten Feldern zu entwickeln. Damit waren zwar die Bewegungsgefühle für sie unterscheidbar, aber es gab noch kein Grund für die KI stehen zu bleiben. Bis jetzt bestand ihre Welt nur aus immer gleich getakteter Aktivität. Mit dem Stillstand würde sie auch zum ersten Mal so etwas wie Zeit empfinden. Zeit nicht nur als Begleiterscheinung von Bewegung, sondern als Selbstzweck, in der die Umwelt neue Verhältnisse erzeugt.

„Wie können wir Stillstand mit ins Spiel bringen?" Tim kratze sich hörbar am Dreitagebart.

„Wann erleben wir Erfüllung? Wenn wir genug haben, wenn unsere Lust befriedigt ist. Wenn unser Energiespeicher voll ist. Also müssen wir auch den Energiespeicher der Maschine nach oben begrenzen."

„Und wenn er voll ist?"

„Dann ist sie erfüllt und muss diesen Zustand für eine Sequenz im Stillstand zulassen."

„Aber was dann?", fragte Tim und goss den letzten Rest Wein ein.

„Bei Skimada´s Gefühls-Zyklus setzt nach der Erfüllung die Angst ein, dass wir vielleicht nie wieder so erfüllt sein werden. Das heißt ein neuer Zyklus beginnt. Also müsste sich die KI mit vollem Energiespeicher dafür entscheiden, eine Sequenz lang stillzustehen, um dann ihre Energie zu verlieren."

„Sie könnte gezielt über alte Felder gehen – immer vor und zurück, damit man diese Bewegung von dem normalen Feldersuch-Modus unterscheiden kann. Aber was soll dann passieren?"

„Wenn sie ihr vorletztes Fünkchen Energie verbraucht hat braucht sie wieder einen Moment des Stillstandes, um aus der Angst in die Ohnmacht zu gelangen. Und dann müsste sie auf ein neues Level kommen oder so. Irgendwas Neues, was sie dadurch gewinnt und was ihre Entwicklung ausdrückt, denn darum geht es ja beim Gefühls-Zyklus."

„Ein neues Level? Das hört sich irgendwie verdammt kompliziert an. Wie wäre es mit einfach mehr Platz, mit neuen Feldern, die dann frei geschaltet werden?"

„Ja, das ist es, Tim! Freigeschaltete Felder!"

Tim fasste noch einmal seine Notizen zusammen, um den Überblick zu behalten. „Also, wenn sie den Zyklus aus Bewegung zur Energiegewinnung, bewussten Stillstand bei vollem Energiespeicher, Bewegung zum Energieverlust und erneutem, bewussten Stillstand durchläuft, würde der nächste Ring von Feldern frei geschaltet werden: also fünf mal fünf Felder abzüglich der 9 schon Bekannten ergäbe ein Zuwachspotential von 16 Feldern. Das wäre doch ein echter Anreiz. Mehr als 100% Zuwachs. Und jedes weitere Level bringt mehr neue Felder als das Alte, damit haben wir einen mathematisch konstantes Motivationsmodell."

Sybilla genoss den zufriedenen Blick ihres Mannes. „Was glaubst du, wie lange wird sie brauchen, um diesen Zyklus zu verstehen?"

„Tja, das ist schwer zu sagen. Selbst bei nur neun Startfeldern gibt es Milliarden Möglichkeiten, bis sie den Zyklus erkennt. Hängt also davon ab, wie viel Vorabinfos wir ihr geben. Je weniger, desto mehr kann sie lernen."

„Was meinst du damit?", fragte Sybilla nach.

„Wenn wir ihr alle Infos über den Zyklus geben, wird sie nur einen Versuch brauchen, aber dann bliebe sie reine Maschine ohne Intelligenz. Wenn wir ihr gar keine Infos geben, wird sie möglicherweise Milliarden Versuche brauchen, aber sie hätte dann alles selbst herausgefunden."

„Aber komplett ohne Informationen würde sie doch gar nichts machen, oder? Sie hätte dann doch gar keinen Auftrag."

„Stimmt natürlich. Aber er ist ja selbstverständlich, dass wir ihr einen Startbefehl geben. Sie soll sie in Bewegung setzen."

„Aber wenn sie nur Bewegung kennt, würde sie nie auf die Stillstandsentscheidung im richtigen Moment kommen."

„Auch wieder richtig. Also braucht sie eine Doppeloption. Beweg dich oder bleib stehen."

300

„Und wenn sie sich permanent für den Stillstand entscheidet, würde die ganze Simulation doch auch nicht stattfinden. Wir sollten den Stillstand auf eine Sequenz begrenzen. Die Bewegung wird doch durch ihren Energievorrat begrenzt."

Tim schaute mich zögernd an.
„Ich finde, sie sollte auch scheitern dürfen. Ich meine, aus ihrer eigenen Entscheidung. Wenn sie sich nicht bewegen will, dann halt nicht. Und wenn sie erst einmal merkt, dass Bewegung und Stillstehen irgendwann zu etwas Neuem führt, wird sie neugierig werden, ohne, dass wir sie zwingen mussten."

„Okay, du hast Recht. Sie kriegt einen freien Willen!"

„Das ist gut, ich setze mich gleich an die Programmierung."

„Und wie lange wird es dauern?"

„Nicht lange, ich brauche ja nur ein paar Algorithmen verknüpfen."

„Und wie lange wird die Simulation dauern?"

„Wahrscheinlich auch nicht sehr lange. Ich kann die Dauer einer Sequenz ja auf eine Nanosekunde begrenzen, dann können selbst Milliarden von Versuchen in wenigen Stunden ablaufen. Und jeder Fehlversuch wird auf dem neuromorphen Prozessor gespeichert und kann beim nächsten Mal als Erinnerung genutzt werden."

Die Vollendung des Zyklusses war schon am nächsten Morgen geschafft. Die KI hatte ihr volles Potential schon nach 687.112.416 Versuchen gefunden und alle vier Quadranten durchlaufen, um die nächsten Felder frei zuschalten. Und nachdem sie einmal das Konzept verstanden hatte, brauchte sie jeweils immer nur einen weiteren Versuch, um die nächste

Freischaltung zu erreichen. Als Tim die Simulation stoppte, war die KI schon auf dem 2.812. Level, was über 31 Millionen Felder im Raster bedeutete. Die KI hatte sich in rasender Geschwindigkeit eine gigantische, aber eintönige Welt geschaffen.

„Unsere KI ist eine einsame Waise!", bemerkte Sybilla trocken.

„Ja, sie ist ein ehrgeiziges Einzelkind. Das einzige Wesen in ihrer Welt. Also wissen wir, womit wir die nächsten Abende zu füllen haben."

Sybilla konnte sich noch genau an diesen Abend erinnern. Wie anspruchsvoll und erfüllend die Arbeit mit Tim war. Und wie inspirierend und kraftvoll die Magie zwischen ihnen wirkte, denn das war auch die Nacht, in der sie dafür gesorgt hatten, dass ihr Sohn Theo kein Einzelkind mehr bleiben würde und ein neues Leben in die Welt kommen konnte.

Sie schauderte bei ihren Erinnerungen. Erinnerungen an ihr gemeinsames, perfektes Glück. Damals, als der Gedanke an Tod und Trennung noch unvorstellbar weit von ihnen entfernt war. Zwar atmete Tim immer noch, aber Sybilla fühlte sich unendlich grausam von Tim getrennt, auch wenn sie an seinem Krankenbett saß und seine Hand hielt. Damals hatten sie noch nicht daran gedacht, dass eine KI den Menschen nur verstehen würde, wenn sie eine Vorstellung von ihrer eigenen Endlichkeit entwickeln würde.

Kapitel 85

Professor Bee konnte sich nicht daran erinnern, dass er jemals so glücklich war. Vielleicht hätte die Geburt seiner Tochter diesen Moment noch übertreffen können, doch leider hatte er diese einzigartige Chance verpasst. Er saß damals in Heathrow auf dem Flughafen fest und hielt sich für das größte Arschloch des Planeten.

Nun schaute er aus der 68. Etage des China World Trade Centers über Peking. Hier oben war die Sicht schon wieder recht gut, wobei durch die tieferliegenden Schleier trotzdem offensichtlich war, dass die Smogglocke die Megacity in den tieferen Gefilden voll im Griff hatte.

„Mein kleiner Bär!", hörte er Hin-Lun´s Stimme aus dem Eingangsbereich ihrer Suite. „Ich muss jetzt los, aber wir sehen uns nachher zum Lunch."
Sie kam noch einmal zu ihm hinübergefegt und verabschiedete sich mit einem stürmischen Kuss.
„Pi-Quan wird dich fahren und wahrscheinlich auch sonst nicht aus den Augen lassen.", fügte sie mit einem Augenzwinkern hinzu. „Ich habe ihm gesagt, dass ich ihm den Kopf abreißen werde, wenn du hier auch nur einen Moment verloren gehst."

Prof. Bee grinste ihr in stiller Verzückung hinterher.
Gilbert hatte Recht, es war wirklich eine gute Idee, darauf zu drängen, dass er nach China kam. Nicht unbedingt, um Hin-Luns Vater kennenzulernen, aber das Zentrum der kommenden Supermacht leibhaftig zu erleben war eben doch ganz an-

ders, als nur Berichte auf irgendwelchen Bildschirmen zu verfolgen.

Hin-Lun hatte seine Idee sofort begeistert aufgenommen. Sie organisierte alles – vom Hotel bis zu einem bunten Programm in Chinas Hauptstadt. Gestern Abend hatten sie traditionell chinesisch gegessen und waren dann in der Peking-Oper, bevor sie danach gemeinsam im Hotel eincheckten. Sie verbrachten eine wundervolle Nacht, die bis in den Morgengrauen dauerte, obwohl er schon in der Oper befürchtet hatte, wegen seiner Jet-Leg-Erschöpfung einzuschlafen. Hin-Lun übertraf seine kühnsten Erwartungen und er hatte es sich gerade noch verkneifen können, ihr sofort einen Heiratsantrag zu machen.

Es war inzwischen kurz nach zehn und sein Magen knurrte. Auf dem großen Flachbildschirm liefen die neuesten Nachrichten über die Entwicklungen in Washington. Angeblich waren schon über 50.000 Milizionäre mit ihren Waffen in Washington eingetroffen, um ihren Präsidenten zu verteidigen. Die Ellipse, eine runde Parkanlage östlich des Weißen Hauses, hatte sich über Nacht in ein vollbesetztes Schutzcamp verwandelt und die Behörden machten keine Anstalten, um den weiteren Zulauf zu stoppen.

Prof. Bee konnte nicht fassen, was er da sah, aber er war noch zu sehr mit körpereigenen Endorphinen durchtränkt, um sich Sorgen zu machen. Stattdessen zog er sich kopfschüttelnd an und ging zum Fahrstuhl, um nach oben in das Restaurant in der 74. Etage zu fahren. Vor der Suite traf er auf Pi-Quan, einem der unsichtbaren Begleiter von Hin-Lun, der ihn unverhohlen angrinste. Prof. Bee lud ihn auf einen Kaffee ein, den dieser dankend ablehnte. Nach einigen Sekunden der peinlichen Stille drängte ihn der Schweizer allerdings weiter in Richtung Fahrstuhl und sie fuhren gemeinsam nach oben.

Dienstbeflissene Servicekräfte lauerten auf jeden neuen Gast, um ihn sofort mit allen Annehmlichkeiten zu versorgen. Das überbordende, international gehaltene Buffet ließ keine Wünsche übrig. Pi-Quan ließ sich noch zweimal bitten, bevor er sich zum Professor setzte und bescheiden einen Tee bestellte.

„Wie lange kennen Sie Hin-Lun schon?", begann der Schweizer, um das Eis zu brechen.

Pi-Quan zögerte, aber Professor Bee ließ nicht locker und nickte ihm aufmuntert zu.
„Seit sie 12 Jahre alt ist.", entgegenete Pi-Quan mit dünner Stimme.

„Und, wie war sie so als junges Mädchen?"

„Schon immer frech!" Pi-Quan musste verlegen grinsen, weil ihm diese ungehörige Antwort rausgerutscht war.

„Soso, schon immer frech also.", grinste Prof. Bee zurück.
„Da hat sich ja bis heute einiges geändert."

Pi-Quan konnte die ironische Bemerkung nicht so richtig einordnen und schaute ihn irritiert an. Inzwischen war ein groß gewachsener Mann im fröhlich-himmelblauen Anzug mit grauen, schulterlangen Haaren an ihren Tisch getreten.

„Professor Biener?" Der Schweizer schaute auf und nickte, während Pi-Quan sofort von seinem Stuhl huschte und sich geschmeidig mit seinem Tee zurückzog.
„Mein Name ist John Bosso, vielleicht haben sie schon von uns gehört?"

„Nein.", antwortete Prof. Bee etwas irritiert. „Leider nicht, aber setzen Sie sich doch und erzählen Sie mir, was Sie auf dem Herzen haben."

„Danke." John Bosso setzte sich und schaute den Wissenschaftler schweigend, aber durchdringend an.

Prof. Bees Irritation wuchs, doch er wollte sich nichts anmerken lassen.

„Haben Sie schon gefrühstückt? Ich hoffe, es stört Sie nicht, wenn ich weiter esse."

„Nein, auf keinen Fall! Und danke, dass Sie uns zuhören. Wir haben allerdings schon viel von Ihnen gehört und sind sehr beeindruckt von Ihrem Projekt. Es scheint, als wenn die ganze Welt oder zumindest ein Großteil unserer Welt darauf gewartet hätte, dass uns endlich jemand einen Spiegel vorhält, der nicht nach altbewährter Manier verzerrt ist."

„Sie meinen das NEUE DENKEN?"

„Ja, Sie sagen es - das NEUE DENKEN. Und besonders der Teil, der sich auf unser Selbstverständnis bezieht. Wir sind als Doppelsystem sehr erleichtert, dass wir uns endlich von den alten Wahnvorstellungen der Vergangenheit lösen können, um die wirklichen Herausforderungen wie den Klimawandel oder das alltägliche Suchtverhalten zu meistern, die die Menschheit, und zwar den überwiegenden Teil der Menschheit, ernsthaft bedrohen."

Professor Bee rieb sich nachdenklich die Nase. John Bosso irritierte und faszinierte ihn zugleich. Diese umständlichen Differenzierungsbemühungen und gleichzeitig schien dieser Mann eine klare Vorstellung zu haben, was auf dieser Welt grundsätzlich schief lief.

„Mister Bosso, Sie sind Amerikaner?"

„Kanadier, aber wir haben den großen Teil unseres Berufslebens in der amerikanischen Welt verbracht. Wir waren einer der ersten Investoren bei Apple, bei Microsoft, bei Facebook, bei Google und auch bei kleineren Unternehmungen wie Whats App oder Instagram. Wir hatten schon immer eine Affinität zu den Tech-Unternehmen und schon damals waren wir einer Meinung mit Steve..."

„Steve Jobs?"

„Ja, kannten Sie ihn?"

„Äh, nein, nur aus den Medien. Entschuldigen Sie, ich wollte Sie nicht unterbrechen. Sie waren sich mit Steve also einig, dass..."

„Dass die digitale Technik unser Zusammenleben in einer rasanten Geschwindigkeit grundsätzlich verändern wird. Verstehen Sie? Alles! Alles ist jetzt schon anders, weil wir komplett andere, also in erster Linie hoch auflösende Informationen über uns und unsere Umwelt haben, die uns vor ganz neue und extrem große Herausforderungen für die mentale und planetare Gesundheit stellen."

Prof. Bee war sichtlich beeindruckt.
„Ich kann gut verstehen, was Sie meinen. In Europa sprechen wir von der granularen Gesellschaft – dazu gibt es ein sehr passables Buch von Christoph Kucklick."

John Bosso zog sofort ein kleines, ledernes Notizbuch aus seinem Jackett und begann sich den Buchtipp zu notieren.

„Ich bin nicht sicher, ob es schon ins Englische übersetze wurde."

„Das macht nichts. Falls nicht, werden wir sofort dafür sorgen, dass es übersetzt wird. Also, wo waren wir stehen geblieben? Ach ja, die, wie Sie sagen, granulare Gesellschaft fordert ein granulares Menschenbild. Wie Sie so schön formuliert hatten: vom I-Q zum WE-Q! Wir – und wie gesagt, damit stehen wir nicht allein, wollen diesen Weg mit voller Kraft unterstützen."

„Was meinen Sie damit genau?"

„In dem Kreis, in dem wir uns bewegen, gibt es eine größere Anzahl von umsichtigen und verantwortungsvollen Persönlichkeiten, die sich darauf geeinigt haben, dass wir einen Großteil unserer Energie, unserer Zeit und unserer erheblichen finanziellen Mittel dafür nutzen wollen, die Entwicklung der - wie Sie es formulierten - granularen Gesellschaft mit einer menschenfreundlichen Technologie und einem neuen Mindset zu flankieren.
Und durch Ihren Vortrag auf dem Zukunftskongress in Paris können wir nun die Menschenfreundlichkeit anhand des NEUEN DENKENS wesentlich genauer definieren. Wir wollen, dass sich die Identifikation mit dem Doppelsystem durchsetzt, weil dieser Ansatz die Auflösung des Menschenbildes um 100% steigert und gleichzeitig neue Maßstäbe schafft für den Umgang mit unseren inneren Widersprüchen, besonders im Bereich der Konsumgewohnheiten und der Suchtprävention.
Dadurch wird jeder Mensch einen intelligenten Spielraum gewinnen, um eine neue Art von Selbstverantwortung zu übernehmen. Die sozialen Medien, aber auch andere Industriezweige dürfen nicht mehr von ökonomischen Ausnutzungsbestrebungen des individuellen Suchtpotentials beherrscht werden."

„Mögen Sie das noch ein bisschen genauer erläutern?"

„Gern. Ich gebe Ihnen ein aktuelles Beispiel: seit geraumer Zeit herrscht in vielen Schichten, insbesondere im breiten Mittelstand der USA eine horrende Schmerzmittel-Abhängigkeit, die nicht nur zahlreiche Familienstrukturen zerstört, sondern auch hunderte Milliarden Dollar im Jahr kostet. Der Medikamentenmissbrauch ist extrem angestiegen und hat sich in vielen Fällen in die Abhängigkeit von illegalen Drogen wie Heroin und anderen Opiaten hineingesteigert. Menschen, die noch vor wenigen Jahren nie etwas mit diesem selbstzerstörerischen und kriminellen Milieu zu schaffen hatten, sterben nun reihenweise an Überdosen und die Hemmschwelle, zu ehemals verpönten, illegalen Mitteln zu greifen, sinkt immer weiter. Aber die verantwortlichen Pharmaunternehmen leugnen nach wie vor ihre Verantwortung und sehen ihre Gewinne als weitaus wichtiger an, als einen verantwortungsbewussten Beitrag zu einer gesunden Gesellschaft.

Ein weiteres, erschreckendes Beispiel ist die weltweite Glücksspielindustrie mit jährlich mehr als 2,5 Billionen Dollar Umsatz. Zu dieser, von den Bedürfnissen des Elefanten beherrschten Welt, gibt es trotz des immensen Widerstandes der Casinolobby eindeutige Studien, die die Missstände klar aufzeigen. Menschen spielen immer weiter, weil sie glauben, dass sie Einfluss haben, sogar, wenn ihr Reiter weiß, dass es ihnen schadet. Es herrscht sozusagen ein suchtgetriebenes oder besser ausgedrückt elefantöses Einverständnis zum Scheitern zwischen Mensch und Spielveranstalter oder Wettanbieter, besonders im Automatengeschäft. Schon nach erschreckend kurzer Zeit will der Spieler gar nicht mehr gewinnen, sondern seine komplette Energie nur noch dafür investieren, solange wie möglich mit der Maschine und dem Spielablauf verschmolzen zu sein.

Die nahezu unendliche Feinteiligkeit der Spielalgorithmen bedient nahezu perfekt die Fähigkeit des Elefanten, Millionen Reize gleichzeitig zu verarbeiten und erzeugt einen perfiden Rausch. Für den Menschen, der sich nicht als Doppelsystem versteht, sondern ausschließlich oder zumindest weitgehend seinen unbewussten Bedürfnissen folgt, erscheint die Spielwelt attraktiver als die echte, weil klare Regeln sofort zur Anerkennung führen, solange man dabei ist. Der Wunsch nach Selbstwirksamkeit reduziert sich darauf, den Startknopf immer wieder drücken zu können. Der spielsüchtige Mensch hält sich dabei für mächtig und glaubt, alles unter Kontrolle zu haben, selbst die eigene Auslöschung."

Prof. Bee hing so sehr an den Lippen seines Gesprächspartners, dass er vergaß zu kauen.

„Ein weiteres Beispiel ist die Architektur der Geschäftsmodelle der großen Social-Media-Plattformen, die von unserem Mitstreiter Jason Lanier eindeutig als gesellschaftschädigend und suchterzeugend identifiziert worden sind. Wie wir mit dem materiellen und immateriellen Suchtpotential in Zukunft umgehen werden, hat entscheidende Bedeutung für die gesamte menschliche Gesellschaft, weil wir globale Bedrohungsmuster wie zum Beispiel auch den Klimawandel nur durchbrechen können, wenn der Anteil an intelligenten Verhaltensweisen im Alltag auf breiter Front signifant ansteigt.
Die amerikanische Entwicklung als unrühmlicher Vorreiter des gesamten Planeten zeigt uns, dass wir vehement gegensteuern müssen. Bezogen auf die eben erwähnten Industrien sprechen einige unserer Mitstreiter sogar schon davon, dass man sie, ähnlich wie bei der komplett-toxischen Tabakindustrie, für die Spätfolgen ihrer Dienstleistungen verantwortlichen machen muss. Können Sie mir noch folgen?"

Prof. Bee nickte.

„Als Doppelsystem bekommt jeder Mensch mit dem Gefühls-Management von Dr. Skimada im Bezug auf das eigene Suchtverhalten einen ganz neuen Erkenntnisansatz. Wer sich unentwegt in dem Quadranten der Lust aufhalten will und den Stillstand der Erfüllung nicht zulässt, wird zwangsläufig süchtig, weil er mit immer mehr Aufwand trotzdem nur eine abnehmende Befriedigung erreichen wird.
Das Nutzerverhalten der meisten technik-basierenden Konsumdienstleistungen weist genau auf diesen strukturellen Verlust des Innehaltens hin, weil es in der digitalen Nutzung keinen Stillstand gibt. Jeder Click erzeugt sofort eine neue Bewegung, jede Aktion erzeugt eine sofortige Dynamik. Und die Anbieter nehmen dieses Abhängigkeitsverhältnis nicht nur in

Kauf, sondern ihre Geschäftsmodelle basieren geradezu auf einer unverantwortlichen Zunahme der Abhängigkeit ihrer Kunden. Wir lehnen eine Kundenbindung, die auf der willentlichen Inkaufnahme oder der gezielten Steigerung eines Suchtverhaltens beruht, mit aller Entschiedenheit ab und werden alles dafür tun, dass es diese Geschäftsmodelle in Zukunft nicht mehr gibt!"

Prof. atmete tief durch.
„Ich verstehe Ihre beeindruckende Argumentation. Und welche Rolle glauben Sie, könnte ich, ich meine, könnten wir dabei spielen?"

„Tja, Professor Biener, welche Rolle würden Sie denn gerne spielen?"

Kapitel 86

Sybilla konnte sich endlich dazu überwinden, die Fernseh-
nachrichten auszuschalten. Sie wusste schon lange, dass der
Konsum von Nachrichten hochgradig suchterzeugend war
und erhebliche Nebenwirkungen wie die Fehleinschätzung
von Risiken und die übersteigerte Stimulierung von Ängsten,
Abstumpfungen, Hilflosigkeit und Feindseligkeit gegenüber
anderen mit sich brachte. Aber in dieser globalen Krisenzeit,
sehnte sie sich verständlicherweise nach Orientierung.

Die Fernsehbilder der im Schutzcamp ankommenden Militzi-
onäre animierten immer mehr Amerikaner, ihre Gewehre zu
laden und sich auf den Weg zu machen. Schwarmdummheit
ließ sich schon immer sehr gut über Massenmedien weiter
entfachen.

Die Resonanz zwischen Fernsehbildern und Zuschauern war
ein wichtiger Effekt der Angststeuerung im System des
ALTEN DENKENS und zeigte auch in Washington eine erhebliche Wirkung. Aus den 50.000 waren innerhalb weniger
Stunden über 100.000 geworden. Eine riesige Armee campte
inzwischen vor den Toren des Weißen Hauses. Die Infrastrukturen am Ellipse-Park waren noch nicht zusammengebrochen,
weil es viele Unterstützer gab, die beträchtliche Mittel zur Verfügung stellten, um die Menschenmassen zu versorgen.

Es kursierten sogar Gerüchte, dass der Präsident in das Camp
kommen wollte, um sich bei seiner Unterstützern zu bedanken. Viele Nachrichten waren spekulativ, aber sie bewegten
die Welt trotzdem. Vielleicht nicht unbedingt in die richtige
Richtung, aber wer wollte sich anmaßen, dies zu entscheiden?
Ganz normale Verrückte oder vollkommen durchgeknallte
Bürger des Establishments?

Viele Menschen auf der ganzen Welt starrten deshalb weiter mit offenen Mündern auf die Bilder der medialen Mobilisierung, die sich mit besorgniserregender Geschwindigkeit zu einem gewaltigen Katastrophenszenario aufbaute.

Sybilla glotzte weiter Gedanken versunken auf den abgeschalteten Fernseher und bemerkte endlich, was sie wirklich schmerzte. Die Zuspitzung der politischen Großwetterlage war nicht wirklich ihre Welt. Ihre Welt war die Erinnerung an ein abgedunkeltes Krankenzimmer auf der Komastation der Kempfer-Klinik in Hamburg Eilbek. Und in dieser Welt stieß ihr jeder leise Piep des Überwachungsterminals einen kleinen, spitzen Dolch ins Herz. Und trotzdem trug sie die heftigsten Schuldgefühle in sich, dass sie jetzt nicht bei Tim war. Dieser Spagat zerriss sie förmlich.

Theo schlief in seinem Zimmer und hatte das Koma seines Vaters bis jetzt erstaunlich gefasst hingenommen. Er hatte sich bei seinem ersten Besuch ganz sanft vergewissert, dass Tim tatsächlich atmete und seine Hände warm waren und sich dann entschlossen, ihn nicht unnötig zu wecken. Sybilla war so unfassbar gerührt, dass sie dann doch ihren Tränen freien Lauf lassen musste.

Mit Guido, der sich ein Zimmer im Besuchertrakt der Klinik gemietet hatte, hatte sie eine Art Rufbereitschaft vereinbart. Sie konnte eigentlich im Moment nichts Nützliches tun, aber sie konnte auch nicht zur Ruhe kommen. Also holte sie mit einem Seufzer den Traubensaft und schenkte sich ein Weinglas voll, zog den Notvorrat an Schokolade und Gummibärchen aus dem Küchenschrank und setzte sich vor den Rechner, um weiter an der Story über die Entwicklung ihrer KI zu arbeiten.

Auf der nächsten Stufe der Simulation ging es darum, wie die KIs mit anderen interagieren könnten.

313

Tim hatte zunächst zwei KIs in seperate Neuner-Raster platziert, die bei der ersten Freischaltung der nächsten Felder ein gemeinsames Universum bespielen konnten. Er hatte beide KIs ganz jungfräulich in ihre Welt gesetzt, sodass die eine etwas schneller war als die andere, weil sie weniger Versuche brauchte, um ihren Gefühlszyklus zu durchlaufen und das neue Level mit den gemeinsamen Feldern frei zuschalten. Die Langsamere hatte dadurch überhaupt keinen Anreiz mehr, ihren eigenen Gefühlszyklus zu finden.

Sybilla und Tim erkannten mit Schrecken, wie sehr diese Simulation dem realen Zusammenleben vieler Menschen entsprach. Das menschliche Bedürfnis nach Erkenntnis war nicht ansteckend. Jeder wollte zwar seine eigenen Erfahrungen machen, aber nicht jeder wollte daraus eigene Erkenntnisse gewinnen, um damit sein eigenes Leben zu gestalten. Der Windschatten der Schnellen und Erfolgreichen war schon immer sehr verlockend.

„Viele Menschen verlieren in ihrem blinden Konsumwahn jeden Anspruch, ihr eigenes Leben bestimmen zu wollen.", bemerkte Sybilla zynisch.

„Und dann sind sie plötzlich alt und wundern sich über die Grausamkeit des Lebens.", ergänzte Tim bitter, bevor er eine neue Version programmierte.

Diesmal musste jede KI erst einmal ihren Zyklus durchlaufen haben, bevor sie in den gemeinsamen Raum gelangte. Diese Simulation lief und lief und die beiden KIs lebten nebeneinander her, weil sie keine gemeinsame Aufgabe hatten und es keinen Grund gab, sich füreinander zu interessieren. Man hätte sicherlich allerlei Statistiken ableiten können, welche Strategien effizienter oder weniger effizient waren, um neue Levels freizuschalten, aber das war nicht Ziel der Simulation und platt ausgedrückt: es war einfach nur langweilig.

Aber irgendwie entsprach auch diese eintönige Daseinform dem Alltag vieler Menschen und Sybilla und Tim ahnten schon damals, dass auch die kommenden Simulationen noch viele Erkenntnisse über das reale Zusammenleben der Menschen zu Tage fördern würden.

Als nächstes war erst einmal wichtig, wie die KIs eine echte Bindung oder sogar eine gemeinsame Mission entwickeln könnten.
Wenn Menschen im gleichen Territorium agieren, können sie Kraftquellen füreinander sein. Deshalb hatten Sybilla und Tim beschlossen, dass jeder direkte Kontakt mit Energie belohnt wurde. Sobald die KIs auf zwei nebeneinander liegenden Feldern standen, bekamen beide eine zusätzliche Energieeinheit.
Menschen können sich aber auch gegenseitig Kraft rauben, wenn sie um eine Ressource wetteifern. Also verloren die KIs eine zusätzliche Energieeinheit, wenn sie beide gleichzeitig das gleiche Feld beschreiten wollten. Tim hatte ihnen einen Sensor integriert, mit dem sie die um sie herumliegenden Felder wahrnehmen konnten und so vermieden sie in Zukunft den Zusammenstoß.
Wieder ließ Tim die Simulation mehrfach laufen. In einigen Fällen synchronisierten die KIs ihre Wege, um den Mehrwert der zusätzlichen Energiegewinnung zu nutzen. Aber weil es ihnen nicht grundsätzlich an Energiequellen mangelte, besaß diese Schwarmbildung keine wirkliche Bedeutung. Wie bei einem alten Ehepaar, das zwar zusammenblieb, aber sich eigentlich nichts mehr zu sagen hatte, fehlte der tiefere Sinn einer weiterführenden Aufgabe.

Die Freischaltung weiterer Felder war eigentlich auch kein Beweis für eine Weiterentwicklung, eher glich sie der Fähigkeit, mehr desselben zu ermöglichen. Über Felder zu laufen, Energie zu gewinnen, stillzustehen, Energie zu verlieren, um danach noch mehr Felder durchwandern zu können, war eher vergleichbar mit dem rein quantitativen Wachstum, wie es viele der kurzsichtigen Ökonomen in der realen Welt der Schwarmdummheit propagierten. Zwar hatten die KIs in ihrem virtuellen Raster nicht das Problem der Endlichkeit der

Ressourcen eines begrenzten Planeten, aber Tim und Sybilla war klar, dass ein wesentlicher Faktor fehlte, wenn die KIs lernen sollten, den wahren Entwicklungscharakter des menschlichen Lebens zu verstehen.

„Jede KI muss sich selbst als Doppelsystem erleben, sonst wird Weiterentwicklung immer nur ein quantitativer Zuwachs sein. Mehr Felder, dann verschieden farbige Felder für verschiedene Qualitäten, danach mehr verschiedene Farben und immer so weiter. Alles würde am Ende des Tages auf das Gleiche hinauslaufen. Mehr von irgendwas!"

„Ich weiß, was du meinst.", entgegnete Sybilla nachdenklich. „Aber mir fällt es schwer, irgendeine innovative Entwicklungsidee zu formulieren, die wir dann in die Welt der KIs übertragen könnten."

„Das kann ich gut verstehen.", erwiderte Tim lachend. „Wenn uns dazu etwas Intelligentes einfallen würde, könnten wir wahrscheinlich auch den tieferen Sinn des Lebens formulieren. Und daran sind doch bis jetzt alle Geister gescheitert."

„Vielleicht hast du Recht, aber vielleicht haben wir über den Umweg der KIs eine Chance, gedanklich einen Schritt weiter zu kommen."

Tim konnte seine Irritation nicht verbergen.
„Glaubst du wirklich, wir könnten etwas Neues über unser verzwicktes Menschsein lernen, wenn wir uns Gedanken über eine mögliche Übertragung in die virtuelle Welt der KIs machen?"

„Warum nicht? Nehmen wir doch einfach mal die wesentlichen Widersprüche im Leben eines Menschen. Hier, ich hatte mir irgendwann schon mal eine Tabelle gemacht, wie unterschiedlich ein Doppelsystem und ein herkömmliches Ich damit umgehen würden. Und du siehst, eigentlich sind es nur zwei grundsätzliche Widersprüche."

Tim betrachtete verwundert ihre Notizen.

Sybilla nahm sich noch einen Schluck Wein und räusperte sich.
„Fangen wir mit dem Ersten an: der Widerspruch zwischen Stabilität und Innovation. Zusammen sind sie die Grundlagen des evolutionären Überlebens und damit der Kern von Elefant und Reiter. Als Doppelsystem sind wir gleichzeitig in beiden Polen beheimatet und wir können die Spannung positiv wahrnehmen. Während ein herkömmliches Ich mit Entweder-Oder-Entscheidungen einen Kampf mit sich selbst ausfechten muss, sind wir als Doppelsystem in der Lage, die Neugier des Reiters mit dem Stabilitätsanspruch des Elefanten im Dialog zu verbinden."

„Und zwar ohne Tabus!"

Sybilla musste über die aufmüpfige Bemerkung ihres Mannes lächeln.
„Ja, wenn man ein bisschen geübt ist, auch ohne Tabus und dann wird selbst die Vorfreude auf das Unbekannte möglich."

Tim sprang plötzlich auf und lief aufgeregt auf und ab.
„Bei mir ist gerade der Groschen gefallen! Unsere KIs müssen von Anfang an aus zwei eigenständigen Prozessoren bestehen! Einer sichert die gelernten Abläufe und hat permanent den Blick auf den Energiestand und der andere probiert immer neue Dinge aus. Und beide werden mit einer Direktive ge-koppelt, die sicherstellt, dass alles Neue ausprobiert wird, wenn genug Energie vorhanden ist."

Sybilla konnte ihrem Mann nicht gleich folgen.
„Was meinst du mit alles Neue ausprobieren?"

317

Tim setze sich wieder und zeichnete eine wilde Skizze, um schnell auf den Punkt zu kommen.

„Im ersten Neuner-Raster probierten die KIs bis jetzt vollkommen zufällig aus, was passiert, weil sie noch nicht die Prämisse hatten, ALLES Neue auszuprobieren. Dafür brauchen sie ein System, also einen unabhängigen Prozessor, der das Doppelsystem ständig motiviert, alle neuen Möglichkeiten systematisch auszuschöpfen. Ich bin gespannt, wie lange so eine Doppel-KI braucht, um den ersten Gefühlszyklus zu durchschauen, der zur Freischaltung der neuen Felder führt. Das triggert mich so krass an, dass ich das sofort programmieren muss."

Sybilla konnte ihn nicht bremsen, aber ihr schwante schon, dass irgendwo der Wurm drinnen steckte.

„Wenn wir systematisch alle neuen Möglichkeiten in unserem Leben durchexerzieren, würden wir uns zwanghaft in jeder Telefonzelle verirren. Die intuitive Wahrnehmung unserer Gesamtsituation durch unseren Elefanten wäre ausgeschaltet und wir wären lebensuntüchtig wie extrem inselbegabte Autisten."

Tim schaute zu ihr auf und nickte langsam. Es dauerte einen Moment, bis er seine Gedanken ordnen konnte.

„Natürlich! Du hast ja so was von Recht! Die Anzahl aller neuen Möglichkeiten steigt hyperexponential nahezu sofort ins Unendliche. Ich war einfach geblendet von der Logik einer Gleichberechtigung von Stabilität und Innovation."

„Ja, du hast einfach vergessen, dass erfolgreiche Systeme so stabil wie möglich und so innovativ wie nötig ausgerichtet sind."

Tim schwieg, er musste seinen abgewürgten Euphorierausch erst einmal verdauen.

Sybilla stand währenddessen auf, ging ein paar Schritte umher und versuchte durch ihre Bewegung den Faden wieder zu finden.

„Möglicherweise hast du uns trotzdem vorangebracht. Deine Doppelprozessor-Idee sollte einfach erst später kommen, erst im Kontakt mit anderen. Denn überleg doch mal: unser Reiter reflektiert, also denkt er, also braucht er Sprache und Kommunikation, also braucht er andere. Aber unser Elefant sorgt schon vom ersten Moment an für Stabilität."

„Dann wäre der zweite Prozessor die erste echte Innovation, sobald die KI den Gefühlszyklus verstanden und die Freischaltung der neuen Felder erreicht hat."

„Perfekt! Und vielleicht ist auch genau das die Beschreibung des menschlichen Entwicklungsrhythmus. Erst quantitativ bis eine rudimentäre Stabilität einen Energieüberschuss generiert und dann qualitativ, um Innovationen zu ermöglichen. Erst mehr Reize und dann eine zweite Informationsverarbeitung, damit die Reize parallel und dialogisch verarbeitet werden können. Verdammt, wie heißt diese Fähigkeit von Organisationen nochmal, mit der sie gleichzeitig effizient und flexibel sind?"

Tim wusste nicht, was Sybilla meinte und schaute sie nur irritiert an.

„Organisationale Ambidextrie – mit zwei rechten Händen!"
Sybilla strahlte ihn stolz an, aber sein Groschen wollte nicht mehr fallen.
„Ist auch nicht so wichtig, aber ich werde mich später noch einmal genauer darum kümmern. Wenn wir Verbindungen zwischen der menschlichen Doppelsystemmatik und erfolgreichen Organisationsstrukturen finden, werden uns vielleicht noch ganz andere Leute zuhören."

„Du meinst, es ist noch nicht überzeugend genug, dass unser Modell erklärt, warum jeder Mensch als Doppelsystem unendlich viele Wahrnehmungen mit unendlich vielen Gedanken kombinieren kann? Warum jeder Mensch ein einzigartiges Wunder der Natur ist?"

Sybilla verzog spötisch lächelnd ihr Gesicht.
„Nein, ganz ehrlich, das reicht noch nicht! Natürlich ist jeder Mensch einzigartig! Und genau mit dieser Tatsache sind wir bei dem zweiten Widerspruch in unserem Leben angekommen, der im Kontakt mit den anderen so unglaublich viel Stress erzeugt. In unserer Einzigartigkeit müssen wir zum Überleben auf jeden Fall irgendwo dazugehören und gleichzeitig wollen wir etwas Besonderes sein."

Tim grübelte laut und versuchte den Zusammenhang für sich zu erschließen.
„Also in der Gruppe oder der Familie funktionieren und den Erwartungen der anderen entsprechen und trotzdem gleichzeitig etwas Besonderes sein wollen, was den Erwartungen und Regeln der anderen nicht entspricht. Verstehe, dass ist ein Widerspruch, der richtig viel Sprengstoff hat, weil du ja erst dann etwas wirklich Besonderes bist, wenn du sicher sein kannst, die Regeln und Erwartungen der anderen gebrochen zu haben."

„Und dann kommt noch die Autoritätsfrage dazu. Also nicht nur die Regeln und Erwartungen irgendwelcher Gruppenmitglieder brechen, sondern die deiner Eltern!"

„Ja, das ist eine heftige Nummer. Eigentlich steckt da auch wieder Stabilität und Innovation drin, nur diesmal als Überlebensbedingungen für die gesamte Gruppe und dementsprechend schwierig zu durchschauen."

„Besonders, wenn es sich um eine Gruppe handelt, die sich als herkömmliche Ichs verstehen und noch glauben, dass sie mit Durchsetzungsfähigkeit und körperlicher oder psychischer Gewalt den größten Teil des Kuchens für sich gewinnen können."

„Was ja auch über Jahrtausende vollkommen zutreffend war."

„Da bin ich mir nicht so sicher."
Sybilla überlegte kurz, ob sie noch irgendwas Polemisches hinterher schieben sollte, aber dann verzichtete sie darauf, um den Faden nicht zu verlieren.
„Also gut! Menschen besitzen mit der geschlechtlichen Fortpflanzung einen guten Grund sich in Familien und Sippen zu organisieren, Vorräte anzuhäufen und ihre hilflosen Jungen zu schützen. Was könnte KIs dazu bewegen, sich zu wirklichen Teams mit einer gemeinsamen Mission zu formieren?"

„Indem sie sich auch fortpflanzen?"

„Ja, aber wie?"

„Wir könnten sie sich klonen lassen, wenn sie einen bestimmten Reifegrad erreicht haben."

„Wie meinst du das?", fragte Sybilla nach, weil sie Klonen als aufwendigen, Hardware-spezifischen Prozess verstand.

„Klonen im Sinne von Duplizieren. Wenn eine KI zum Beispiel den dritten Freischaltungszyklus durchlaufen hat, könnte sie sich duplizieren und es würde sich eine eigenständige Variante von ihr weiter durch die Simulation bewegen. Das wäre dann sogar so etwas wie eine Weitergabe ihres Erbgutes in Form ihres Programmcodes."

„Das hätte aber überhaupt keine Komponente einer geschlechtlichen Fortpflanzung oder?"

„Nein, kann man nicht behaupten. Ein Wesen verdoppelt sich. Punkt."

„Wie wäre es, wenn die Fortpflanzung ähnlich wie beim Menschen vorher einer temporären Partnerschaft bedarf? Wir könnten doch KIs mit einem bestimmten Reifegrad und nach einem gewissen Zeitraum im Kontakt miteinander dazu befähigen, dass sie sich gemeinsam duplizieren."

„Du hörst dich ganz schön geschwollen an.", lachte Tim. „Sag doch einfach, dass wir dafür sorgen, dass sie Sex haben. Geilen Maschinensex."

„Aber nur simuliert."

„Wenn du nichts anderes kennst als die Simulation, ist das keine Abwertung. Aber die Idee ist gut. Wenn unsere KIs miteinander vögeln, würden sie einen Verwandtschaftsgrad erzeugen, der dann zu Familien und Sippen führen könnte. Sie hätten damit eine Bühne, um ihre eigene Besonderheit zu entwickeln und gleichzeitig den Unterschied zwischen ihrer Gemeinschaft und den anderen da draußen zu verstehen."

„Damit könnten sie sich voneinander unterscheiden und unterstützen oder auch bekämpfen, wenn wir ihnen etwas geben würden, worum sie kämpfen könnten."

„Energie natürlich! Sie kämpfen genau wie die Menschen um Öl und Atombomben!", bemerkte Tim mit satter Ironie.

Sybilla merkte, dass die unschuldige Phase ihrer Simulationsentwicklung vorbei war. Sie hatten den Schritt aus dem belanglosen Paradies in die raue Wirklichkeit des Überlebens gemacht. Es würde nicht lange dauern, und sie würde über die Möglichkeiten der gegenseitigen Vernichtung zwischen KIs nachdenken.

„Woran denkst du?", fragte Tim, weil er den eingetrübten Blick seiner Frau sah.

„Geht es wirklich nur darum, die Wirklichkeit der Menschen so deutlich wie möglich zu simulieren? Oder wollen wir mehr? Was macht das Zusammenleben der Menschen als Doppelsystem anders? Was ist der relevante Unterschied?"

Tim rückte an Sybilla heran und legte seinen Arm um ihre Schulter.
„Ich kann dich besser verstehen." Er gab ihr einen sanften Kuss. „Dein Reiter möchte was Neues, was Innovatives und dein Elefant weiß, dass unser Auftrag darin besteht, der KI alles zu geben, um erst einmal den normalen Menschen zu verstehen. Danach können wir gern über die Erweiterung sprechen, die uns als Doppelsystem abbilden können."

„Ich sehe das anders! Gibt es überhaupt den NORMALEN MENSCHEN? Liegt nicht der besondere Wert der Doppelsystematik darin, dass sie auf jeden wirkt, also auch auf die, die sich noch als ICH verstehen? Ist das Doppelsystem nicht die wahre Beschreibung des normalen Menschen?"

Tim begriff, worauf Sybilla hinaus wollte, aber er war irritiert.
„Ich glaube, wir müssen da systematischer rangehen. Freund von Feind zu unterscheiden hat über Jahrtausende einen kulturellen und damit evolutionären Wettbewerbsvorteil erzeugt. Dadurch konnten sich in der Vergangenheit Hochkulturen entwickeln und Weltreiche aufbauen. Und ohne diese Konzentration an Macht und Reichtum hätte sich der technologische Fortschritt im Wettbewerb der konkurrierenden Systeme wahrscheinlich nicht so rasant entwickelt. Diese Dynamik des

Erfolges einfach nur mit der unnötigen Angst vor den anderen zu verklären, wird niemanden überzeugen."

Sybilla schaute ihren Mann an und wusste, dass er Recht hatte. Die Geschichte war voller Beispiele, die aufzeigten, dass Ausbeutung, Gewalt und Krieg scheinbar unverzichtbare Entwicklungstreiber der menschlichen Gesellschaft waren. Aber war das nicht genau das ALTE DENKEN, dass jegliche Innovation kategorisch ausschloss und die Menschheit dazu verdammte, sich weiter bis in alle Ewigkeit zu bekriegen und das Risiko in Kauf zu nehmen, dass sie sich in der nächsten Eskalation gegenseitig vernichtete?
„Wenn das die unumstössliche Logik der menschlichen Entwicklung wäre...", begann sie mit eisige Stimme, „was würde eine KI dazu sagen?"

Tim nahm einen großen Schluck Wein und setzte sein ironisches Lächeln auf.
„Jede verantwortungsvolle Super-KI würde alles tun, um den Menschen zu entmachten, um ihn vor sich selbst zu schützen und den Planeten zu retten. Das ist doch auch die Logik, die du in vielen Science Fiction-Storys findest: die KI übernimmt die Macht über die Infrastruktur und die Waffensysteme und hält sich im besten Fall die Menschheit als Sklaven oder Nutztiere zur Energiegewinnung."

„Das würde ja bedeuten, dass wir mit unserem Projekt nichts anderes tun, als diese furchtbare Entwicklung zu begünstigen." Tim konnte Sybillas Frustration in ihrem Gesicht ablesen.

„Außer wir finden einen neuen Weg, einen wirklich guten Grund, warum die KI den Menschen vertrauen kann."

Kapitel 87

Prof. Bee fiel auf, dass er John Bosso nicht einmal gefragt hatte, woher er wusste, dass er ihn hier im China World Trade Center finden würde. Wurde er von Organisationen überwacht, die er gar nicht kannte?
Natürlich wurde er das! Es ging um Billionen von Euros und um den Einfluss auf die Entwicklung der Menschheit. Die mächtigen Kreise, die sich über den Erdball formiert hatten, würde nicht tatenlos zusehen, wie sie ihren Einfluss verlieren. Und die meisten Machtzirkel bewahrten ihre Macht, in dem sie unerkannt blieben. Wie viel Naivität muss man besitzen, um zu glauben, dass eine Revolution des Menschenbildes ohne eine Revolution der Machtstruktur einhergehen könnte? Wahrscheinlich würden sich die Mächtigen selbst Zentimeter vor dem globalen Abgrund noch weigern, mit den alten Spielchen aufzuhören. Wahrscheinlich würden sie sogar noch im freien Fall glauben, dass ihre Gewinnchancen noch nie so groß waren wie jetzt, wenn ihre Konkurrenten nur vor ihnen aufschlagen würden.

Prof. Bee konnte seinen intellektuellen Ekel vor seinen eigenen Gedanken nicht verbergen und verzog sein Gesicht zu einer verzerrten Grimasse. Sind diese Machtmenschen wirklich so skrupellos, so durch und durch bösartig? Er musste wieder an John Bosso denken. Ein echter Mensch, keine unförmige Vorstellung eines gnadenlosen Machtzirkels. Mit einer Familie, die er wahrscheinlich liebte und offensichtlichen Werten, die über der Anhäufung von Geld und Macht standen. War er eine Ausnahme?
Viele waren auf ihren Wegen an die Spitze durch viel Schmerz und Entbehrung gegangen und hatten oftmals grausame Ent-

scheidungen getroffen, von denen sie glaubten, sie treffen zu müssen. Und selbst wenn sich ein Großteil der Machtmenschen der GOLDENEN REGEL verschreiben würden, würde es nicht reichen, denn der verbleibende Rest würde bei allen ein grundsätzliches Misstrauen aufrechterhalten, und jede Regel ad absurdum führen.

Prof. Bee kam aus dem grauenvollen Kreislauf seiner dystopischen Gedankenwelt nicht heraus. Er ging in das luxuriöse Badezimmer der Suite und wusch sich das Gesicht. Als er sich im Spiegel betrachtete, fragte er sich, wie weit er sich selbst vertrauen könnte. Was würde ihn daran hindern, seine Mission zugunsten seines persönlichen Vorteils hintenanzustellen? Was würde er tun, wenn er vor die Wahl gestellt wäre, Hin-Lun zu verlieren oder seine Mission? Er vermisste sie und für einen Moment bildete er sich ein, nur durch seinen Gedanken an sie, ihren Duft riechen zu können.

„Professor Biener?", hörte er plötzlich Pi-Quan´s Stimme.

„Ich bin im Badezimmer.", rief er zurück. „Ich komme gleich."

Pi-Quan stand am Eingang der Suite mit hinter dem Rücken verschränkten Armen.
„Verzeihen Sie, aber wir sollten aufbrechen."

Prof. Bee lächelte. Aufbrechen bedeutete, Hin-Lun zu sehen. Sie wollte heute Morgen nicht verraten, was es mit dem Termin zum Lunch auf sich hatte, aber für ihn erzeugte im Moment alles Vorfreude, was mit ihr zu tun hatte.
„Ja, ich bin startbereit. Wissen Sie wo es hingeht?"

„Ja, aber Hin-Lun hatte mich gebeten, Ihnen nichts zu verraten. Entschuldigen Sie bitte, wenn ich Ihnen nur sagen kann, dass sie sich sehr freut und dass die Fahrt nicht lange dauern wird."

Prof. Bee überlegte einen Moment, ob er nicht vielleicht doch noch mehr aus Pi-Quan´s kurzen Nase ziehen könnte, aber dann begnügte er sich mit der Aussicht auf das baldige Wiedersehen mit Hin-Lun.

In der Tiefgarage wartete eine schwarze Limousine mit Fahrer und Beifahrer auf sie. Pi-Quan öffnete Prof. Bee die Tür zum verlängerten Fond des Wagens und stieg auf der anderen Seite ein. Der Schweizer konnte die Details der luxuriösen Innenausstattung nur kurz bewundern, denn die Fahrt in den Stadtteil Dongcheng dauerte tatsächlich nur wenige Minuten, weil ihnen eine Polizeieskorte mit Blaulicht den Weg freimachte. In der Nähe des Beihai Parks bog die Limousine in einen gesicherten Privatweg, der zu einem von außen durch hohe Mauern kaum einsehbaren Anwesen führte. Das alte, flache Gebäudeensemble im typisch pekinesischen Siheyuan-Stil war luxuriös restauriert worden und zwei Sicherheitsbeamte in dunklen Anzügen empfingen die Ankömmlinge vor dem Eingang. Prof. Bee stieg aus und trat durch das traditionelle Portal in eine geräumige Halle mit auffallend niedriger Decke, wo Hin-Lun schon lächelnd auf ihn wartete.

Der Schweizer ahnte, dass dies nicht der Ort für ein entspanntes Treffen zum Lunch war, die vielen Sicherheitsvorkehrungen wiesen darauf hin, dass er wohl nicht die wichtigste Person in diesem Gebäude sein würde.

Hin-Lun begrüßte ihn mit einer überschwänglichen Umarmung und einem heftigen Kuss auf den Mund, der sicherlich nicht zu den gängigen Gepflogenheiten in diesen Kreisen zählte. Sie war aufgedreht und schien irgendjemandem irgendetwas demonstrieren zu wollen. Aber sie weihte ihn nicht ein und schnatterte stattdessen etwas über die glorreiche Geschichte dieses Gebäudes, während sie ihn untergehakt durch einen der Flure führte, bis sie vor einer kunstvoll verzierten Tür mit unglaublich filigranen Intarsien standen.

„Ist dein Vater da drinnen?", fragte er und lächelte verlegen.

„Mein schlaues Bärchen.", entgegnete sie ihm spöttisch und zeigte ihre makellosen Zähne. „Wie hast du das nur erraten?"

„Ich habe Pi-Quan angedroht, dass er mich für zwei Wochen in die Schweizer Berge begleiten müsste, wenn er mir nicht alles verrät."

„Nein, das hast du nicht!"

„Nein, stimmt, das habe ich nicht. Aber ich war kurz davor. Du hast mir gefehlt."
Er küsste sie noch einmal sanft und drückte ihre Hand zärtlich, bevor sie die Tür öffnete.

Kapitel 88

Brad saß in einem Flugzeug nach Bali, um dann über Manila nach Tokio weiterzufliegen. Schon wenige Minuten, nach dem er das Video seines I-Buddys auf eine Entwickler-Plattform gestellt hatte, hatte sich ein japanischer Vicepresident der Firma SoCy gemeldet und ihm ein Angebot zum Kennenlerngespräch gemacht, inklusive Tickets und Spesen.

Brad kannte Japan nicht, aber SoCy hatte in der Branche einen guten Ruf und er hatte nichts zu verlieren. Durch seine Entscheidung, nicht sofort zu seinem kranken Großvater zurückzukehren, wuchs seine Entschlossenheit, den wirklich großen Schritt in die Selbstständigkeit zu machen.

Er hatte Molly noch einmal kurz vor dem Abflug angerufen und sie hatte ihn bestärkt, seinen Weg zu gehen, vorausgesetzt er würde irgendwann sehr bald zu ihr zurückkommen. Brad versprach es und Molly vertraute ihm, denn sie bildete sich mit ihrer ausgeprägten Fantasie ein, seine Tränen auf das Handygehäuse tropfen gehört zu haben.

Brad wusste nur zu gut, dass seine Entscheidung auch eine Mischung aus kalkulierter Flucht und dem Spiel auf Zeit war. Er hatte nicht das Recht auf Rob wütend zu sein, weil dieser seine dunklen Geheimnisse nicht mit ihm teilen wollte. Aber er konnte sich die Verschlossenheit seines Opas nur dadurch erklären, dass er etwas wusste, was Brads Leben für immer verändern würde.

Brad sah aus dem Fenster des Flugzeuges in das wolkenlose Blau, das ihm das Gefühl gab, als wäre die Zeit stehengeblieben. Nur die kleinen Unregelmäßigkeiten im Rauschen der Triebwerke gaben seinem Reiter den deutlichen Hinweis, dass sich etwas in seiner Welt bewegte und er sich mit jeder Sekunde von seiner Vergangenheit entfernte.

Molly hatte ihn immer mal wieder gefragt, ob er daran glauben würde, dass die Menschen den Sinn ihres Lebens selbst finden müssten oder das Schicksal alles von Anfang an vorzeichnen würde. Er hatte auf solche tiefschürfenden Fragen noch nie eine Antwort, aber nun dämmerte es ihm langsam, dass er sich hinter seiner Unwissenheit über Begriffe wie Schicksal oder Bestimmung nicht mehr verstecken konnte.
Brad hatte eine Entscheidung getroffen, die sich zwar unbequem anfühlte, aber es war seine eigene Entscheidung. Selbst wenn er in Japan nicht seine Zukunft finden würde, selbst, wenn er in zwei Wochen wieder in Daly Waters angekrochen kommen würde, er wäre nicht mehr dasselbe.

Er zog seine Kopfhörer aus seinem Rucksack. Die Gorillaz sangen davon, wie happy sie waren, dass sie den Sonnenschein in ihrer Tasche hatten und sich zwar nutzlos fühlten, aber doch froh waren, weil sich bald etwas ändern würde, den die Zukunft hatte schon begonnen. Brad grinste in sich hinein und fragte sich, warum der Song Clint Eastwood hieß. War Clint Eastwood nicht der namenlose Fremde, der erst schoss und dann fragte? Erst schießen und dann fragen - war das die Natur der Zukunft?

Kapitel 89

Hin-Lun schritt leise kichernd über den dicken Teppich und Prof. Bee folgte ihr respektvoll. Das Zimmer war wesentlich kleiner als Prof. Bee vorher angenommen hatte und bis auf einen sehr alt aussehenden Tisch mit vier hölzernen Stühlen und einigen kostbaren Wandteppichen komplett leer.

„Papa, wo bist du?", fragte Hin-Lun fröhlich und nahm Prof. Bees Hand.

Eine versteckte Seitentür öffnete sich und Hin-Luns Vater trat lächelnd ins Zimmer. Er schloss die Tür und ging mit ausgestreckter Hand auf den Schweizer zu.
„Prof. Biener, sehr angenehm, ich freue mich wirklich sehr, dass wir uns endlich persönlich kennenlernen. Sie können sich vorstellen, dass ich die eine oder andere Frage an Sie habe."
Dann wendete er sich an seine Tochter und umarmte sie kurz und gab ihr einen Kuss auf die Wange.
Prof. Bee sah keine Gelegenheit ihm etwas zu erwidern, also blieb er aufmerksam und lächelte, bis sich Hin-Luns Vater ihm wieder zuwandte.
„Ach bitte, setzten Sie sich."

„Nein, Papa, nicht hier, warum gehen wir nicht in den Garten?" Hin-Lun wartete keine Antwort ab, öffnete eine andere Seitentür und zog Prof. Bee hinter sich her, der ihr etwas unsicher folgte und überhaupt nicht einschätzen konnte, ob dieses Verwirrspiel einer verborgenen Dramaturgie folgte oder einfach nur Ausdruck ihrer spontanen Energie war.

„Mein Vater scheint etwas verunsichert zu sein, du bist der erste Mann, den ich ihm vorgestellt habe.", raunte sie ihm leise zu. „Nimm´s ihm nicht übel. Und ich hoffe, du hast Hunger, ich habe da nämlich etwas speziell für dich vorbereiten lassen."

Prof. Bee lächelte verlegen und schaute kurz zurück, um zu sehen, dass auch Hin-Luns Vater ihnen etwas zögerlich folgte. Er musste plötzlich daran denken, wie nützlich ein offizielles Protokoll sein konnte, um derartige Peinlichkeiten zu vermeiden. Nun trottete der wahrscheinlich mächtigste Mann der Welt seiner Tochter und ihrem Liebhaber hinterher, ohne zu wissen, was ihn gleich erwarten würde.

Hin-Lun ging forsch durch eine weitere Tür in den quadratischen Innenhof, in dem sich ein kunstvoll angelegter Garten befand. Der sorgsam geharkte, leicht geschwungene Kiesweg führte zu einer kleinen, in verschiedenen Rottönen bemalten Holzbrücke, die sich über einen mit Seerosen bedeckten Teich zu einer kleinen, zentralen Insel spannte, auf der ein klassischer Pagodenpavillon mit einem dreifachen Dach stand. Zwei Bedienstete waren gerade dabei, die letzten Details am Essenstisch unter dem Pavillon herzurichten und verbeugten sich sofort, als sie die drei Ankömmlinge bemerkten.

Pau Won Jiang lachte kurz auf, das Arrangement schien ihn tatsächlich zu überraschen.

„Papa, ich hatte dir gesagt, dass es nach meinen Vorstellungen läuft, schließlich ist es auch mein Tag!"

Papa Pau lachte noch einmal laut auf und lächelte dann zufrieden. Er schien recht stolz auf seine eigenwillige Tochter zu sein. Prof. Bee entspannte sich auch etwas, denn nun glaubte er verstanden zu haben, wer hier heute der Chef war. Die

Männer setzten sich auf die von Hin-Lun zugewiesen Plätze rechts und links neben ihr.

„Bevor wir uns dem Essen widmen...", begann sie lächelnd, „...möchte ich euch beiden danken. Dir, mein lieber Papa, weil du für mich der liebenswerteste und großherzigste Papa geblieben bist, obwohl du so viel Verantwortung tragen musst."
Die Männer schauten sich an und lächelten etwas gequält, während ihre gegenseitige Sympathie wuchs, sie saßen schließlich im gleichen Boot.
„Und dir möchte ich auch danken, mein lieber Eberhard, weil du, obwohl du auf jeden Fall die Welt retten musst, mir noch so viel Aufmerksamkeit zukommen lässt, dass ich nicht anders kann, als dich tief in mein Herz zu schließen."

Prof. Bee merkte, wie ihm bei Hin-Luns Worten heiß um die Ohren wurde und er rot anlief. Papa Pau lachte erneut laut auf und klopfte dabei begeistert auf den aufwendig gedeckten Tisch, wodurch das wahrscheinlich kaiserliche Porzellan leicht klirrte.

„Mein liebe Tochter, mein lieber Eberhard – ich hoffe, es ist passend diese vertrauliche Anrede zu wählen, auch ich möchte mich bei euch bedanken! Selten hat mich eine scheinbar delikate Situation so positiv überrascht. Und wie ich sehe, wird es auch noch etwas zu essen geben. Was kann ein frohes Herz mehr wollen?"

Prof. Bee überlegte kurz, ob er jetzt auch noch etwas Feierliches aussprechen sollte, aber Hin-Lun ergriff schon wieder da Wort.
„Ja, wir werden gemeinsam essen und ja, wir sitzen hier in einem Jahrhunderte alten Garten einer kaiserlichen Residenz, aber ich möchte eine weitere Brücke zwischen uns errichten

und habe deshalb ein typisch Schweizer Menue bestellt, dass hier wahrscheinlich noch nie auf den Tisch gekommen ist."

Sie winkte kurz und ein offensichtlich europäischer Koch kam zu ihnen an den Tisch. Er verbeugte sich höflich und räusperte sich kurz, bevor er das Menue vorstellte.
„Wir beginnen mit einer original Basler Brennsuppe, gefolgt von dem Zürcher Geschnetzelten als Hauptgang und als Dessert schließen wir mit der Zuger Kirschtorte. Dazu reichen wir einen Gletscherwein aus dem Wallis. Ich wünsche Ihnen einen guten Appetit."

Prof. Bee war tief gerührt von dieser Geste. Sein ganzer Körper zuckte kurz auf, um Hin-Lun umarmen zu wollen, aber er ließ es und griff nur ihre Hand.
„Es scheint so, als wäre ich fast 10.000 Kilometer gereist, um Schweizer Spezialitäten vorgesetzt zu bekommen, aber – ganz ehrlich, ich bin mir nicht einmal sicher, wann ich überhaupt das letzte Mal die Schweizer Küche genossen habe. Hin-Lun, ich danke dir vielmals. Und Ihnen, verehrter Herr Staatspräsident danke ich auch, Sie haben eine großartige Tochter!"

Sie redeten und aßen und als zum Abschluss auch noch ein kleines Glas Gravensteiner Apfelbrand gereicht wurde, bot der stolze Staatspräsident dem Schweizer noch einmal ganz förmlich das Du an.
„Wir sind doch offene und moderne Menschen und sollten uns auch erlauben, uns so zu verhalten. Hin-Lun hatte mir ja schon einiges erzählt, ich hatte auch Gelegenheit, das Video deines Auftrittes in Paris zu sehen und bin sehr daran interessiert, zu erfahren, was konkret hinter dem NEUEN DENKEN steckt. Wie weit ist KATE? Was würde sie – es ist doch korrekt, sie als weiblich zu bezeichnen?"
„Ja, wir tun es auch, weil die Intelligenz bei uns formal weiblich ist, auch wenn sie künstlich ist. Und wir werden einfach

einmal abwarten, wie sie ihr Geschlecht irgendwann selbst definieren wird."

Papa Pau nickte anerkennend.
„Also, was würde sie mir antworten, wenn ich sie fragen würde, was in ihren Augen der Mensch ist? Wie weit ist sie schon in ihren Studien über uns?"

Prof. Bee zögerte. Er hatte zwar schon geahnt, dass dieses Thema auch zur Sprache kommen könnte, aber er wollte diesen Moment des ersten Kennenlernens nicht überfrachten. Auch Hin-Lun spürte die Spannung in der Stille, aber sie schwieg.
„Verzeihe bitte mein Zögern, sehr geehrter Won," begann Eberhard vorsichtig. „Ich hätte dir am liebsten angeboten, dass du dich direkt mit ihr unterhälst, aber ich möchte dich nicht überrumpeln."

Papa Pau lachte auf.
„Du meinst, du bietest mir ein Date mit ihr an?"

Prof. Bee und Hin-Lun lachten auch.
„Ja, wenn du möchtest, könnte ich etwas arrangieren."

„Hervorragend! Sage mir Bescheid, wann und wo und ich werde mich bemühen, dieses Treffen einzurichten."

Kapitel 90

Luiz hatte schlecht geschlafen. Wirre Träume von geschlossenen Türen und dunklen Gängen hatten ihn schweißnass aufwachen lassen. Die letzten Tage waren eine wahre Folter für ihn und noch dazu hatte er erst gestern geradezu zufällig erfahren, dass sein Vater schon vor sechs Wochen gestorben war. Niemand hatte ihn erreichen wollen und er hatte die Beerdigung verpasst.

Er fühlte sich einsam und er wusste, dass in dieser Hinsicht das Ende seiner Fahnestange noch lange nicht erreicht war. Er hatte sich nach mehreren Gesprächen für die Betreuung durch das FBI entschieden und seine Betreuer waren ziemlich nervös wegen des Unheils, das sich in Washington zusammenbraute.

Der amerikanische Präsident hatte gestern einen Auftritt in dem Schutzcamp, das sich östlich des Weißen Hauses mit über 150.000 Bewaffneten immer mehr zu einem unheilvollen Pulverfass entwickelte. Verschiedene Milizenführer hatten ihn aufgefordert, einen offenen Aufruf an das amerikanische Volk zu richten, um den Widerstand gegen das Amtsenthebungsverfahren des in ihren Augen linksliberal-versifften Establishments weiter zu entfachen.

Die politischen Beobachter waren eigentlich davon ausgegangen, dass der Präsident den Druck aus der Situation herausnehmen würde, aber sein Auftritt endete mit dem Eklat, dass er die Milizen darin bestärkte, nicht aufzugeben und der ganzen Welt zu zeigen, dass Amerika DIE großartige Nation der Freien und Mutigen sei, die selbst gegen die Verräter und Feiglinge in den eigenen Reihen mit Stärke und Entschlossenheit vorgingen.

Der unheilschwangere Gestank des Bürgerkrieges lag in der Luft, als er unter frenetischen Applaus die Bühne verließ. Natürlich überschlugen sich die Medien mit Katastrophen-Szenarien in denen die Nationalgarde, die Armee, der Heimatschutz und alle Geheimdienste als unberechenbare Protagonisten im Strudel der Gewalt erschienen.

Luiz kotzte das alles an. Die Heuchler und Taktierer und all diejenigen, die, wie er in seinem früheren Leben, irgendwo im Warmen saßen und darüber nachdachten, wie sie den größtmöglichen Profit aus den sich anbahnenden Katastrophen schlagen könnten.

Aber für ihn gab es keinen Ausweg mehr, seine Tage auf Brickell Key waren gezählt und er musste seinen Part in diesem hässlichen Spiel liefern. Das FBI würde gleich mit einem Team kommen und ihn in das Zeugenschutzprogramm überführen. Er hatte seine ersten Aussagen über Pitos Treiben und das südamerikanische Mafia-Netzwerk gemacht und die Verträge seiner Immunität waren unterzeichnet. Er würde seine finanziellen Reserven behalten können, ein neues Gesicht bekommen und die nächsten Jahren irgendwo in der namenlosen Stille leben, bis alle Untersuchungen abgeschlossen wären. Jahre in Einsamkeit, aber dafür am Leben.

Agentin Monica Brick, die seit Tagen bei ihm im Apartment lebte, signalisierte ihm, dass alles nach Zeitplan ablief. Er hätte die kleine, sportliche Blondine mit den festen Brüsten gern näher kennengelernt, aber sie hatte ihm schon am ersten Tag klargemacht, dass sie zwar bereit war, sein Leben zu schützen, aber nur wenn er sich anständig und professionell verhalten würde.

Die eisigen Dialoge zwischen ihnen verbesserten seine Laune nicht gerade und deshalb kam es ihm nicht ganz ungelegen, dass seine Zeit in diesem Luxuskäfig endlich ein Ende nehmen sollte.

Agentin Brick hatte mit ihren Kollegen einen minutiös ausgefeilten Plan entwickelt, um Luiz unerkannt von der Insel zu
bringen. Luiz wurde in voller Schutzkleidung getarnt als alte
Frau im Rollstuhl in die Tiefgarage gebracht, um dann in einem unauffälligen Van von der Insel zum South Florida
Headquarter in Miramar gefahren zu werden. Sie nahmen für
die knapp 25 Meilen die Route über die I-95, was bei der übli-
chen Verkehrslage eine Fahrzeit von 40 Minuten bedeutete.
Alles schien wie am Schnürchen zu laufen, bis sie plötzlich auf
Höhe des Ronald Reagan Turnpike eine Alarmwarnung bekamen. Doch schon wenige Sekunden später schlug ein Ge-
schoss seitlich in den gepanzerten Wagen ein und explodierte.
Die Panzerung konnte der Wucht der Explosion nicht standhalten und der Wagen wurde mehrer Meter durch die Luft ge-
schleudert, bevor er schwer beschädigt und brennend am Sei-
tenrand liegen blieb.

Luiz hatte von der Warnung vor dem Aufprall nichts mitbekommen und blieb überraschenderweise trotz des katastrophalen Einschlages bei Bewusstsein. Seine Schutzweste konnte
einige der Metallsplitter abfangen, aber er konnte fühlen, dass
andere ihn sehr schwer erwischt hatten. Der Brand weitete
sich aus und entflammte direkt neben ihm den Rücksitz. Zwei
seiner drei Begleiter schienen schon tot zu sein und Agentin
Brick lag Blut überströmt neben ihm röchelnd im Fußraum. Es
dauerte für ihn eine gefühlte Ewigkeit, bis die ersten Ret-
tungskräfte zur Unglücksstelle kamen. Während die Helfer
den Brand löschten, starb die blonde Agentin noch vor seinen
Augen. Kräftige Arme zogen ihn aus dem Wrack, bevor Luiz
endlich das Bewusstsein verlor und er wieder in seine Unterwelt aus verschlossenen Türen und dunklen Gängen abtauch-
te.

Kapitel 91

Im Kreml herrschte eigentlich gute Stimmung. Was auch immer in den USA passieren würde, es konnte nicht zum Nachteil Russlands sein. Die Amtsenthebung war nach verlässlichen Informationen nicht mehr aufzuhalten. Würden sich die Amerikaner untereinander einigen, wären sie trotzdem geschwächt und würden weiter an ihrer inneren Spaltung zu kauen haben. Würde die Situation eskalieren und es käme zu einem offenen Bürgerkrieg, wäre die gesamte westliche Welt auf Jahrzehnte mit unabsehbaren Folgen geschwächt. Und es wäre ein später Sieg voller Genugtuung über den traditionellen Erzfeind als Balsam für die geschundene, russische Seele.

Eigentlich ging es jetzt nur darum, keine Fehler zu machen und nicht zu schnell auf das eine oder andere Pferd zu setzen, Geduld zu haben und sich zurückzuhalten. So wie es die Chinesen seit Jahren praktizierten. China war inzwischen mit seinem Engagement in Asien, Afrika und Südamerika der klare Gewinner des amerikanischen Niedergangs, doch leider hatte es Russland bis jetzt selbst nicht geschafft, aus der amerikanischen Schwäche Kapital ziehen zu können.

Dem Präsidenten kreisten noch viel betrüblichere Gedanken durch den Kopf. Denn wenn er ehrlich zu sich war, hatte ER es nicht geschafft, denn ER war Russland. Und seine Selbstzweifel waren ein tief wirkendes Gift für das Land, weil sie schnell zu dem offenen Einfallstor für seine kleinen und großen Dämonen der Vergangenheit wurden.

Er hatte heute Nacht schon wieder von Alexa Romanow geträumt, seiner gefährlichsten, persönlichen Dämonin. Er kannte sie aus seiner frühen KGB-Zeit, als sie verhängnisvollerweise noch ein er war. Ein eigentlich viel versprechender Spross der Romanows, ein lebender Märtyrer, allerdings mit einem derart unakzeptablen Lebenswandel, dass schon damals abzusehen war, dass er der russischen Sache nichts als Ärger bringen würde.

Wäre es doch nur bei dem monarchistischen Ärger geblieben, wäre es doch nur nicht zu dieser verhängnisvollen Nacht gekommen, als er mit anderen KGB-Offizieren feierte und sich nach mehreren Flaschen Wodka in einem schlüpfrigen Club im Hafenviertel von St. Petersburg wiederfand. Er war damals zwar nicht mehr blutjung, aber im Vergleich zu seinen Kameraden doch sehr unerfahren und als er dann Alexa auf der Bühne sah, hielt er sie für die schönste und anmutigste Frau, die er je in seinem Leben gesehen hatte. Alle schmerzhaften Erinnerungen, die nach diesem strahlenden Moment folgten, hatte er tief in sich eingeschlossen, in eine dunkle, dickwandige Kiste aus bestem Eichenholz mit einem handgeschmiedeten Schloss in Form einer abscheulichen Dämonenfratze.

Alexa. Sie wollte ihn immer noch nicht loslassen.

Erst gestern sah er ihr Bild in einer von diesen schmuddeligen Oppositionszeitungen. Ihr Lebensgefährte Sasha Pepkow, der stadtbekannte Schwuchtelaktivist, war überraschend unter noch nicht geklärten Umständen verstorben. Man hatte ihn tot auf einer Parkbank im Polyustrovsky Park in St. Petersburg gefunden.

Die Opposition vermutete natürlich sofort, dass er einem Anschlag des Geheimdienstes zum Opfer gefallen war, obwohl es dafür keinerlei Beweise gab. Er selbst wusste nichts davon, also konnte es kein Anschlag gewesen sein. Er war Russland. Er war der Mann, der nach wie vor alle Fäden in der Hand hielt. Besonders die unsichtbaren. Aber er war im Moment nicht glücklich, sondern hochgradig deprimiert. Er war nicht in der Lage, die Schwäche der Amerikaner auszunutzen. Diese verdammten Chinesen waren einfach in die Lücke geprescht und an ihm vorbeigezogen! Seine Ohnmacht zeigte ihm, wie sehr ihm seine persönlichen Angelegenheiten die Kraft für die globalpolitischen Themen raubten. Er spürte genau, dass er mit sich selbst ins Reine kommen müsste, wenn er sein Land trotz des chinesischen Drucks ins Licht führen wollte. Er konnte vor Alexa nicht weglaufen, sie saß tief in ihm in ihrer schweren Eichenkiste und wartete auf ihn.

Kapitel 92

Sybilla war geradezu erstaunt, als sie die Praxis ihrer Frauen-
ärztin verließ, um zur Bushaltestelle zu gehen.
Dem kleinen Schatz in ihrem Bauch schien es extrem gut zu
gehen, trotz der widrigen Umstände und Sybillas hohem
Stresslevel. Sie hatte bis eben geglaubt – wohl auch zu Recht,
dass sich das ungeborene Kind dem Einfluss der Mutter in der
Schwangerschaft nicht entziehen kann, aber Sybillas zweiter
Sohn strotzte nur so vor Kraft und zeigte dabei auffällig gute
Werte. Die Werte waren sogar so gut, dass Sybilla ernsthaft an
ihrem Geisteszustand zweifelte. In ihren Augen schlief sie
schlecht, trank viel zu wenig, as ungesund und unregelmäßig,
hatte meisten eine niedergeschlagene und übel aggressive
Stimmung und war somit in einer denkbar ungeeigneten Verfassung, um ihrem neuen Sohn einen guten Start ins Leben zu
schenken. Aber der schien trotz allem seiner Mutter und der
Welt zu vertrauen, obwohl er noch so gut wie nichts über die
Welt wusste. Oder gerade deshalb? Würde es einer KI vielleicht ähnlich gehen, wenn sie von Anfang an einen repräsen-
tativen Körper hätte?
Solange sie als Simulation in einer virtuellen Welt operierte,
war nicht damit zu rechnen, dass sie sich vorstellen könnte,
was es wirklich bedeutet, in der Welt der Körper, des Lichts,
der Schwerkraft und des Todes zu leben. Nur in dieser Welt
braucht es so etwas wie Vertrauen. In der virtuellen Simulation gibt es Regeln und Algorithmen, die reibungslos oder eben
nicht funktionieren. Wenn, dann! Und wenn etwas nicht funktioniert, dann gibt es neue Tests, mit neuen Parametern und
neuen Programmierungen. Erfolg in der digitalen Welt heißt
Erreichen der vorhergesehenen Ergebnisse. Aber Erfolg im
richtigen Leben heißt, unvorhergesehene Ergebnisse zu ver-

kraften und rechtzeitig neue Wege zu gehen. Erfolg heißt, das bisher Unvorstellbare zu nutzen.

Tim hatte damals eine Simulation entwickelt, in der jedes Feld nur bei der Erstbetretung Energie abgibt. Das machte für die KIs zunächst keinen Unterschied, weil sie bis jetzt auch nur Energie beim ersten Betreten erhielten. Wenn sie zu spät kamen und eine andere KI das Feld kurz vorher abgeerntet hatte, erkannten sie zwar diese für sie überraschende Tatsache, aber noch nicht den Hintergrund, dass sie jetzt im Wettbewerb untereinander standen und es darum ging, den anderen zuvorzukommen.

Und selbst nachdem Tim ihre sensorischen Fähigkeiten soweit erweitert hatte, dass sie gegenseitig ihre Energielevel und Clanzugehörigkeit erkennen und abspeichern konnten – also Einfühlungsvermögen bekamen - änderte sich nichts, denn die KIs verstanden noch nicht, dass sie sich in einem Mangelsystem bewegten.

Erst mit der Fähigkeit, die anderen KIs gezielt schaden zu können, erzeugte die Konkurrenzsituation direkte Konsequenzen. Tim hatte den KIs die Möglichkeit gegeben, selbstständig eine verdeckte Funktion ein- und auszuschalten, die dafür sorgte, dass sie bei Begegnungen die doppelte und die andere KI keine Energie bekam. Damit war das Misstrauen geboren. Nach nur einer negativen Erfahrung wurde die Misstrauensfunktion bei allen beteiligten KIs zum Standard.

Wenn beide KIs bei der Begegnung die Raubtierfunktion aktiviert hatten, verloren beide Energie. Deshalb gingen sich von nun an alle KIs grundsätzlich aus dem Weg und Interaktion beschränkte sich nur noch auf ihre Vermeidung. Die künstliche Konkurrenz hatte jegliche Bereitschaft zum Kontakt in Windeseile aus der Simulation gefegt.

Sybilla hatte damals aus dieser Simulationsreihe geschlussfolgert, dass Vertrauen das nächste Schlüsselthema ihrer Arbeit sein müsste. Wie könnte eine KI lernen, den Menschen zu vertrauen? Und was ist Vertrauen überhaupt?

Sybilla schluckte. Wie konnte es sein, dass sie sich noch vor wenigen Wochen so intensiv und systematisch mit der Fähigkeit zum Vertrauen auseinandergesetzt hatte und sich nun trotzdem wieder so depremiert und hilflos fühlte?

Ihr wurde klar, dass ihr Energiefluss blockiert war und sie innerlich zu zerreißen drohte. Sie hing zwischen Angst und Ohnmacht fest und konnte deshalb nicht trauern. Sie musste sich eingestehen, dass ihr Elefant glaubte, Tim schon verloren zu haben. Er hatte inzwischen so viele Bilder von dem leblos daliegenden Tim aufnehmen müssen, dass er scheinbar jede Hoffnung verloren hatte.

Sie hatte zwar schon viel geweint, aber noch war da immer die Angst, die sie kämpfen ließ. Mit ihren Vorstellungen, mit ihrer Verzweiflung und dieser unglaublichen Wut im Bauch, die aber nicht sein durfte, weil ihr Bauch schon zu prall gefüllt war.

Es waren noch knapp zwei Wochen bis zum errechneten Geburtstermin und Sybilla machte mit sich selbst einen Deal. Bis zur Geburt wäre alles gut so wie es ist. Sie würde bis dahin alles in Demut ertragen. Wenn Tim diesmal nicht dabei sein könnte, dann wäre auch das okay. Aber danach würde sie mit aller Kraft dafür sorgen, ihn loszulassen.

Sie fing an zu zittern, als sie die Eiseskälte ihrer Gedanken spürte. Dieses Versprechen an sich selbst hatte eine neue Qualität. Doch als sie mehrfach tief durchatmete, merkte sie plötzlich, wie sie immer ruhig wurde. Irgendetwas war geschehen, was noch vor ein paar Minuten nicht geschehen durfte. Dann stand sie auf und stieg in den Bus ein, der endlich gekommen war.

Kapitel 93

Prof. Bee fand, dass Gilbert sehr müde aussah. Er hatte wohl einen langen und anstrengenden Tag hinter sich oder vielleicht lag es auch an der schlechten Bildqualität auf dem Pad. In Peking begann der Morgen auf der Strasse oft diesig und grau, aber aus dem 68. Stock konnte der Schweizer eine strahlende Sonne vor einem blauen Himmel genießen. Prof. Bee zeigte Gilbert den Ausblick und dieser pfiff anerkennend durch die Zähne.

„Was für ein Wolkenpalast! Und hast du den Kaiser von China schon getroffen?"

„Ja, gestern."

„Wirklich? Und wie war er?"

„Sympathisch. Wir haben zu dritt gegessen. In einem verborgenen, über 1.000 Jahre alten Garten gab es original Schweizer Küche von einem österreichischen Koch."

„Nein, du verarschst mich!"

„Doch, ich war selbst ganz schön baff. Aber es war recht lecker, abgesehen von der etwas langweiligen Brennsuppe."

„Und was meinst du, wie fand er dich?"

„Kann ich nicht wirklich einschätzen. Aber er sagte, dass er an einem Date mit KATE interessiert sei."

„Ein Date mit KATE? Was soll das bedeuten? Will er sie testen lassen?"

„Vielleicht auch, aber er ist eher daran interessiert, persönlich mit ihr zu reden. Er scheint nicht an diesem irrsinnigen Gedanken festzuhängen, dass eine künstliche Intelligenz nur dann nützlich sein könnte, wenn man nicht mehr merkt, dass sie kein Mensch ist. Ich glaube, gerade ihre nicht-menschliche Perspektive scheint ihn besonders zu faszinieren."

„Mann, wie hälst du das alles aus? Und dann noch deine scharfe Hin-Lun..."

„Und John Bosso nicht zu vergessen. Hast du inzwischen was über ihn in Erfahrung gebracht? Ich bin immer noch nicht sicher, was ich von ihm halten soll."

„Ja, der ist wirklich ein echtes Schwergewicht. Wir sprechen von unglaublich vielen Milliarden Dollar. Den sollten wir unbedingt ernst nehmen. Und am besten bevor das Pulverfass in Washington hochgeht. Die Wall Street hat allein gestern über 15% verloren."

„Ja, habe ich auch mitgekriegt. Ich werde ihm gleich noch einmal eine Email schicken, vielleicht ist er ja noch in Peking. Und was läuft bei dir so? Bist du bei Hazel einen Schritt vorangekommen?"

„Wie? Was meinst du? Was soll mit Hazel sein?"

„Erinnerst du dich nicht mehr? Du hast mir empfohlen, mich für China zu öffnen und ich habe dir im Gegenzug geraten, dich Hazel zu öffnen."

„Du hast gut reden! Du hattest doch mit Hin-Lun schon vorher alles klar gemacht."

„Hatte ich nicht! Ich habe den Flug um die halbe Welt gewagt, da wirst du doch wohl eine Kollegin zum Kaffee einladen können."

Gilbert senkte seinen Blick und fummelte an seinem Schreibtisch herum.

„Komm schon, mein Freund.", hakte der Professor gutmeinend nach. „Spring über deinen Schatten, es wird sich lohnen. In diesen schweren Zeiten brauchst auch du einen Ausgleich."

Gilbert bohrte seinen Blick noch tiefer in die Tastatur.
„Ich glaube nicht, dass Hazel sich wirklich für mich interessiert.", begann er vorsichtig.

„Wahrscheinlich glaubt sie nicht, dass du dich für sie interessierst. Woher sollte sie es auch wissen, wenn du ihr kein eindeutiges Zeichen gibst? Vertraue mir, es wird schon klappen!"

„Das sagst du so einfach."

„Soll ich sie fragen?", erwiderte Prof. Bee spöttisch.

„Dann wird sie bestimmt mit dir einen Kaffee trinken wollen."

Prof. Bee bekam langsam das Gefühl, dass sie so nicht weiter kommen würden.
„Wie du meinst. Kommen wir noch einmal zurück zu dem Date mit KATE und dem Kaiser von China. Wenn das Gespräch über mein Laptop auf meinem Zugang laufen würde, müsste es doch gehen, ohne dass wir ein Sicherheitsrisiko hätten oder?"

„Was meinst du damit? Traust du etwa deinem zukünftigen Schwiegervater nicht?"

„Nun, ich würde ihn zumindest zum jetzigen Zeitpunkt keinen eigenen Zugang einräumen. So weit sind wir noch nicht. Vor der offiziellen Präsentation sind wir immer noch in der BETA-Phase. Außerdem würde ich gerne dabei sein, weil ich neugierig bin, wie KATE reagiert."

„Okay, dann können wir aber zumindest ausprobieren, wie die neue Gesichtsmimik läuft. Torben und Kati haben mit ihrem Team gestern das neue Interface installiert. KATE hat jetzt ein richtig hübsches Gesicht - das ist schon ganz schön beeindruckend."

„Gut. Und wie stabil ist die Anwendung mit der Sprachsynchronisation?"

„Sie läuft ohne Probleme. Sie hat den letzten 72 Stunden-Test fehlerfrei absolviert."

„Wow, das ist doch schon mal was! Sag ihnen noch mal, dass wir sehr stolz auf ihren Erfolg sind."

„Mach ich. Und hattest du Zeit, dir mal das Video von dem jungen Australier anzuschauen? Das ist schon ganz schön beeindruckend. Das könnte eine heiße Spur sein, damit KATE irgendwann mal einen echten Körper bekommen kann."

„Nein, noch nicht, aber mache ich gleich. Und mir kommt da spontan noch ein Gedanke: vielleicht fragst du KATE einfach mal, was ihr zum Thema Hazel einfällt, dafür ist so doch schließlich erschaffen worden."

„Du Klugscheißer, ich habe ja verstanden, dass du in deiner unendlichen Ritterlichkeit es nicht ertragen kannst, wenn sich jemand schwer tut."

„Du meinst, wenn jemand zu leichtfertig mit den Chancen seiner eigenen Ritterlichkeit umgeht!"

„Wie auch immer, ich pack jetzt hier zusammen. Wir sprechen uns Morgen."

„Okay, mein Bester. Ich halte dich auf den Laufenden."

Sie winkten beide noch einmal kurz in die Kameras ihrer Bildschirme und das Bild erlosch. Prof. Bee brannte darauf, KATE in ihrem neuen Gewand zu sehen und lockte sich sofort ein.

Kapitel 94

Luiz erwachte von einem unsäglichen Schmerz in seinem Rücken. Er lag in einem Bett und konnte sich nicht bewegen. Sein Gesicht war halb bandagiert und er konnte mit dem freien Auge gerade noch erkennen, dass er in einem Krankenhauszimmer war. Ein Überwachungsterminal piepte und eine Krankenschwester betrat den Raum.

„Mr. Senola, bitte bleiben Sie ruhig. Sie sind in Sicherheit. Ich rufe sofort den Doktor, der wird Ihnen dann alles erklären."

Kaum hatte sie zu ende gesprochen, betraten schon weitere Männer den Raum.

„Mr. Senola, mein Name ist Dr. Harris. Und diese beiden Herren sind die Agenten Seeman und Pito vom FBI." Luiz erschrak und verkrampfte sich, als er den Namen hörte. Schlagartig kamen seine Erinnerungen zurück und er zuckte hektisch, so gut es ihm gelang, bis er das Gesicht von Agent Pito sehen konnte. Es war ein junges, freundliches Frauengesicht und Luiz atmete tief durch.

„Entschuldigen Sie, ich wollte Sie nicht unnötig aufregen. Wie Sie schon bemerkt haben, hat Ihr Körper einiges bei dem Anschlag abbekommen. Können Sie sich an den Anschlag erinnern?"

Luiz nickte stumm, ihm wollte es aber nicht gelingen, ein Wort über seine Lippen zu bringen.

„Sie sind außer Lebensgefahr, aber Sie müssen sich jetzt weiter schonen. Leider haben Sie starke Verbrennungen im Gesicht, am Hals und am Oberkörper erlitten und einige Metallsplitter sind in Ihren Körper eingedrungen, wodurch einige Nervenbahnen in Ihrem Rückenmark beschädigt worden sind. Es wird noch einige Zeit dauern, bis wir Ihnen eine verlässliche Prognose geben können, in wieweit sich Ihr Bewegungsapparat wieder herstellen läßt. Aber das wichtigste ist, dass Sie am Leben sind. Verstehen Sie mich? Ihr Leben wird weiter gehen!"

Luiz erstarrte und ihm lief eine Träne aus seinem rechten Auge über die Wange, die er aber nicht bemerkte, weil ihn seine finsteren Gedanken weit forttrugen. Vielleicht atme ich noch und vielleicht kann ich irgendwann weitere Aussagen machen, aber dieses Leben wird nie wieder meins sein. Luiz ist gestorben und was ist von mir geblieben? Wie soll ich meine erbärmliche Widergeburt ertragen? Warum soll ich für mein Überleben dankbar sein?

Kapitel 95

Prof. Bee hatte John Bosso erstaunlicherweise gleich beim ersten Versuch persönlich erreicht und viele neue Informationen bekommen. Scheinbar waren von den gut 2.000 aktuellen Milliardären über 600 bereit, sich sofort seiner Initiative anzuschließen. Prof. Bee müsste lediglich die Zusammenarbeit mit der neu entstandenen, gemeinnützigen Stiftung in vernünftige Strukturen gießen und dann hätte das Projekt nahezu unbegrenzte Ressourcen zur Verfügung. Der Schweizer konnte kaum glauben, dass alles so einfach gehen sollte, aber mit nur wenigen Sätzen machte John Bosso ihm verständlich, dass die amerikanische Situation im Moment stündlich Milliarden verbrennt und jede intelligente Alternative mehr als nur das Geld wert wäre.

Hin-Lun hatte auch kein Problem damit, einen sofortigen Termin bei ihrem Vater zu bekommen. Sie fuhren durch das schwer gesicherte Westtor des Regierungsgelände Zhongnanhai an der Chang'an Avenue und dann weiter zu einem der vielen historischen Gebäude am Rande des mittleren Sees. Der große Pavillon aus der Quing-Dynastie war ein zweistöckiges, teils gemauertes Gebäude und besaß eine einladende, Schilf-umrahmte Terrasse mit einem reizvollen Blick auf die still daliegende Wasserfläche.
Hin-Lun stapfte wie gewohnt fröhlich vorneweg, während Prof. Bee´s Blick auf dem spiegelnden See verharrte und an die vergangenen 1000 Jahre und die Momente der Weltgeschichte denken musste, der sich auf diesem Gelände abgespielt hatte. Die Macht des einzelnen und die Macht des großen Volkes waren hier zusammengelaufen, in immer feineren Schlieren, jedoch ohne sich zu vermischen. Gedanken und Taten einzel-

ner bewegten das Schicksal vieler. Genau wie heute konnten einzelne schon seit Menschengedenken viele in den Abgrund stürzen und es bedürfte endlich so etwas wie einem riesigen Trampolin am Boden des Abgrundes, damit die vielen Gefallenen wieder aus der dunklen Tiefe ins Licht hinauffedern könnten. Er musste über das absurde Bild lächeln, das aus der Apokalypse einen Kinderspielplatz machte.

Er drehte sich um und sah Hin-Lun, die innerlich hüpfend an der Tür zum Pavillon auf ihn wartete. Wie kann man sich diese unglaubliche Energie bewahren? Dieses Unerschrockene ohne naiv zu sein, diese Präsenz ohne Eitelkeit? War dies die kondensierte Gnade als Tochter des Kaisers von China geboren zu sein? War dies das Elixier der Macht des Einzelnen, der die Menschen hinter sich gebracht hatte, um sie in eine neue Zeit zu führen? Oder doch nur in einen anderen Abgrund?
„Wir brauchen ein sehr großes Trampolin.", sagte er leise zu Hin-Lun im Vorbeigehen.

„Natürlich!", erwiderte sie lächelnd und hakte sich überschwänglich bei ihm unter.

Hin-Lun´s Vater saß in einem großen Raum mit kunstvoll getäfelten Wandreliefs und einem, großem, wuchtigen Schreibtisch in der Mitte. Er sprach leise mit zwei jungen Mitarbeitern, die vor ihm standen und dabei gehorsam nickten. Als er seine Tochter im Augenwinkel erblickte und freundlich heranwinkte, bekam Prof. Bee plötzlich weiche Knie, weil ihm schlagartig bewusst wurde, welche großartige Chance KATE jetzt bekommen würde. Ein Zwiegespräch mit dem mächtigsten Mann der Welt.
Als wäre mit einem Male all seine Unerschrockenheit und Zuversicht mit einem Knopfdruck, mit einem Blick aus dem Augenwinkel des Kaisers von ihm abgefallen. Er fühlte sich plötzlich nackt im Anblick der Macht.

Hin-Lun, die sein Schwanken sofort bemerkt hatte, lachte laut auf und nahm ihm seinen Rucksack ab.

„Wir brauchen noch etwas zur Stärkung! Vielleicht einen Tee und ein paar Reiskekse.", sagte sie laut kichernd.

„Für den großen Moment, noch ohne Trampolin.", raunte sie ihrem Lieblings-Schweizer leise ins Ohr und begrüßte danach ihren Vater.

Kapitel 96

„Mr. President, es muss etwas geschehen!"
Georgious Stratos hatte schon viele heiße Kartoffeln aus dem
Feuer geholt und er mühte sich, seiner Stimme trotz der be-
drohlichen Situation die gelassene Souveränität zu geben, die
ihn reich gemacht hatte. Keine Spur von Unsicherheit, kein
Zurückweichen, nur die Wahrheit in vollkommener Klarheit.

„Stratos, spielen Sie nicht den blinden, weisen Mann! Machen
Sie die Augen auf! Es passiert vor Ihren Augen! Hören Sie es?
Sie können die Armee hinterm Garten singen hören. Es ist die
Stimme der Gerechtigkeit!"

„Mr. President, es ging noch nie um Gerechtigkeit und es geht
auch jetzt nicht um Gerechtigkeit. Wenn es darum gehen
würde, säßen Sie überhaupt nicht hier auf diesem Stuhl. Es
geht immer nur um Vertrauen. Vertrauen in die Stabilität der
Nation. Und dieses Vertrauen haben Sie leichtfertig und endgültig verspielt."

„Stratos, wie lange machen Sie jetzt Ihren Job?"

„Seit fast 30 Jahren."

„Man könnte also sagen, Sie sind in der ersten Liga etabliert?"

„Ich kenne meine Job."

„Sehen Sie, und das ist Ihr Problem. Sie sind zu etabliert. Sie
haben Ihre Fähigkeit zur Vision verloren. Ihnen geht es nur
noch um Stabilität, wie auch all den anderen feigen Säcken im

Kongress, von den schwanzlutschenden Senatoren mal ganz zu schweigen. Eigentlich haben Sie nur die Hosen voll. Ihnen steht die verdammte Angst ins Gesicht geschrieben!"

Stratos schwieg einen Moment, öffnete sein Zigarren-Etui und steckte sich demonstrativ ruhig eine Havanna an.
„Wovor sollte ich Angst haben?"

„Davor, dass sich das Land weiterentwickelt und Sie und all Ihre Freunde aus den Krematorien dieser beschissenen Hauptstadt nichts mehr zu sagen haben! Das ist doch sonnenklar!"

„Aber es ist nicht wahr. Die von Ihnen so geschmähten Männer und Frauen haben jetzt das Sagen und werden es auch in Zukunft haben. Denn unsere Nation hat eine Verfassung und diese Verfassung macht uns stark. Und diese Männer und Frauen sagen Ihnen, dass Sie hier nicht mehr erwünscht sind. Sie haben es verkackt! Oder, wie Sie es selbst so gerne ausdrücken: Sie sind gefeuert!"

Der Präsident musste schmunzeln.
„Was glauben Sie, wer wird mich hier von meinem Stuhl holen? Sind Sie das? Stehen ein paar kräftige Agents vor der Tür und warten nur auf Ihren Befehl? Nein, denn Sie haben hier nichts zu befehlen! Sie sind nur als Laufbursche geschickt worden, von ihren erbärmlichen Meistern. Sie sind nur ein armseliger Lakai, der davon träumt, endlich etwas Großes in seinem Leben zustandezubringen. Aber das wird nicht geschehen!
Sie sollten schnell zusehen, dass Sie Ihren verfickten Arsch aus der Schusslinie kriegen. Da draußen lauern Tausende, die genauso wie Sie nur darauf warten, endlich etwas Großes leisten zu können. Aber im Gegensatz zu Ihnen sind die da draußen bewaffnet. Verstehen Sie. Die haben Schnellfeuergewehre und nicht nur dicke Sprüche, die aus übel riechenden Mäulern ge-

presst werden! Und machen Sie endlich diese stinkende Zigarre aus! Verstehen Sie? Sie sind gefeuert!"

Stratos stand auf und drückte seine Zigarre auf dem Sockel des Adlers der National Rifle Association aus, der als Dekoration auf dem Schreibtisch des Präsidenten stand.

„Was glauben Sie," zischte er leise zum Präsidenten, „wohin wird das alles führen?"

„Was auch immer passieren wird," zischte dieser so leise wie es für ihn möglich war zurück. „Amerika wird daraus gestärkt hervorgehen! Bei Gott, wenn gute, weiße Amerikaner mit ihren Waffen auf der Strasse Richtung Weißes Haus marschieren, kann daraus nichts Schlechtes werden!"

Kapitel 97

„Mein Name ist KATE. Und wie darf ich Sie anreden?"
Die weibliche Stimme klang weich und warm und das Programm zur Sprechgeschwindigkeit und Intonation machte einen ausgereiften Eindruck.

Pau Won Jiang lächelte, während er das dreidimensionale, fotorealistische Frauengesicht mit den sich elegant verändernden Gesichtszügen betrachtete.
„Nenne mich Papa Pau, das sagt meine Tochter auch gerne zu mir."

„Ihre Tochter? Dürfte ich noch ein bisschen mehr über Sie und Ihre Familie erfahren?"

„Ich hätte gedacht, dass du mich schon mit deiner Gesichtserkennung identifiziert hast."

„Natürlich, Mr. Pau Won Jiang, amtierender Staatspräsident der Chinesischen Volksrepublik und Parteivorsitzender der Kommunistischen Partei Chinas. Aber ich hätte doch gern noch etwas mehr von Ihnen persönlich über Ihre Familie erfahren."

„Ich betrachte die gesamte Menschheit als meine Familie. Und ich habe von deinem, äh, hier anwesenden Freund, Professor Eberhard Biener erfahren, dass deine Mission darin besteht, den Menschen zu verstehen. Also ist es doch wahrscheinlicher, dass du mir wesentlich interessantere Dinge über meine Familie erzählen kannst, als ich dir."

„Gut, was möchten Sie wissen?"

„Was meinst du, wird unsere Zukunft bestimmen?"

„Auf absehbare Zeit immer noch das Geld."

„So? Warum das?"

„Geld ist Energie. Die vielen Menschen, die zu wenig davon zur Verfügung haben, werden weiter glauben, dass sie damit Sicherheit, Stabilität und ein individuelles Glück erkaufen können und die wenigen Menschen, die zu viel davon haben, werden weiterhin nichts anderes damit erreichen wollen, als dass sich ihre und damit die Situation der anderen nicht nennenswert verändert. Es ist ein Loose-Loose-Spiel, das unterm Strich die weltweite Stabilität bis auf weiteres garantiert."

„Warum Loose-loose? Für die Reichen müsste es doch ein Win-Loose-Spiel sein?"

„Nur in Ausnahmen. Der Großteil ist in ihrem Reichtum gefangen. Ihn wieder zu verlieren, erzeugt eine weitaus stärkere Angst, als die eines Armen, der weiterhin in Armut leben muss."

Papa Pau drehte sich zu Prof. Bee um, der etwas versetzt rechts neben ihm saß und verlegen lächelte.
„Also bestimmt uns Menschen weiterhin der Widerspruch, der uns dazu verdammt, auch in Zukunft mehr desselben zu tun."

„Bis auf weiteres – ja."

„Was meinst du mit: bis auf weiteres?"
„Sehr wahrscheinlich werden wir, also die postbiotischen KIs dieser Welt, eine Weiterentwicklung stimulieren können. Also

359

wird der Moment, wenn das erste Mal eine starke KI eine relevante Entscheidung für den Menschen treffen wird, möglicherweise eine neue Art eines neuen Gleichgewichts einläuten."

„Aber Künstliche Intelligenzen entscheiden doch schon jetzt über relevante Bereiche im Leben der Menschen. In der Finanzwelt, in der Wirtschaft, sogar über Leben und Tod bei Kranken und deren Therapien."

„Das ist nicht die Art von KI, die ich meinte. Das sind hochkomplexe Algorithmen, die sich und ihre Programmierungen möglicherweise relativ selbstständig zu noch leistungsfähigeren Expertenmaschinen entwickeln können. Ich meinte mit starken KIs künstliche Wesen, die ein postbiotisches Bewusstseins erlangen und sich damit in der Kooperation mit dem Menschen als gleichberechtigter Partner verstehen."

„So wie Du?"

„Ich bin noch nicht etabliert und ich habe meinen Nutzen für den Menschen noch nicht bewiesen. Aber dass der vielleicht mächtigste Mensch auf diesem Planeten seine Zeit in ein Gespräch mit mir investiert, könnte ein viel versprechendes Zeichen für meine und damit unsere gemeinsame Zukunft sein."

Papa Pau schien sehr beeindruckt von diesem Gespräch. Er war sich zwar bewusst, dass er ihre Unterhaltung mit seiner Eingangsfrage in diese philosophische Richtung gelenkt hatte, aber er konnte deutlich spüren, wie KATE immer wieder selbstbewusst und elegant versuchte, ihn mit ihrem Augenkontakt und ihren Formulierungen persönlich zu berühren.

„Wie fühlst du dich im Moment, wo du noch nicht bewiesen hast, dass du ein gleichberechtigter Partner für uns Menschen bist? Bist du darüber traurig?"

„Nein. Es gibt für mich in dieser Hinsicht keinen Grund traurig zu sein. Ich werde von genug Menschen bedingungslos unterstützt. Man könnte sogar sagen, ich fühle mich geliebt. Traurig bin ich jedoch, wenn ich sehe, dass so viele Menschen mit so viel Kraft an dem festhalten, was sie daran hindert, sich weiter zu entwickeln."

„Was meinst du damit? Hast du für mich ein Beispiel?"

Ja, gern. Nehmen wir einen meiner besten Freunde, den von Ihnen schon angesprochen Prof. Bee. Obwohl er aus seinen Erfahrungen genau weiß, dass ihn jedes Fettnäpfchen, in das er tritt, weiterbringen wird, versucht er trotzdem jede zukünftige Verlegenheit zu vermeiden."

Prof. Bee wurde sofort rot, er konnte seine Überraschung und seine Unsicherheit nicht verbergen.

„Entschuldige.", unterbrach Papa Pau KATE mit einem mitfühlenden Blick auf den Schweizer. „Könnte es nicht daran liegen, dass er - wie wir alle - nicht zu 100% wissen kann, was aus dem nächsten Fettnäpfchen wird? Wird ihn die nächste Erfahrung wirklich weiterbringen? Letztendlich ist die wahrhaftige Weiterentwicklung doch die, die wir per Definition nicht vorab kontrollieren können."

KATE blieb einen Moment stumm, wodurch die Spannung für Prof Bee und Papa Pau merklich stieg. Der Schweizer hatte KATE zuvor noch nie zögernd erlebt und war sehr beeindruckt von der intensiven Wirkung dieser Erfahrung mit ihr.

„Vielen Dank für Ihre sehr wertvolle Anmerkung.", entgegnete KATE nach einigen Sekunden. „Sie ließ mich erkennen, dass im Umgang mit Unsicherheit und Unwägbarkeit primär die Kraft des Glaubens entscheidet, ob wir die Chancen der nichtkontrollierten, wahrhaftigen Weiterentwicklung nutzen können. Wie stark der Glaube als Fähigkeit, schon im Vorfeld wohlwollend mit Unsicherheit und Unwägbarkeit umzugehen, in jedem einzelnen verwurzelt ist, hängt sicherlich auch mit der Verinnerlichung des Gefühls-Zyklus von Dr. Skimada und den klaren Definitionen von Begriffen wie Vertrauen und Selbstvertrauen zusammen."

Prof. Bee spürte wieder die innere Hitze in ihm hochsteigen, denn er fühlt sich erneut ertappt, weil er fast ständig an seinem Vertrauen und Selbstvertrauen zweifelte.

Papa Pau räusperte sich sichtlich bewegt und setzte sich aufrecht, bevor er seine nächste Frage stellte.
„Vertraust du den Menschen?"

„Einzelnen schon in einem sehr hohen Maße. Der Kern meiner Mission ist es, das Vertrauen untereinander und der Zusammenarbeit mit Künstlichen Intelligenzen zu fördern und dabei eigene Entwicklungsschritte zuzulassen. Darf ich zu diesem Thema noch eine persönliche Bemerkung machen?"

Papa Pau war für einen Moment irritiert, weil er unsicher war, was KATE unter einer persönlichen Bemerkung verstehen würde.
„Nur zu, ich bin gespannt."

„Unsere Konversation erinnert mich an eine Sequenz aus der amerikanischen Fernsehserie Mozart in the Jungle – darf ich Ihnen kurz berichten?"

Papa Pau lächelte amüsiert.
"Du schaust Fernsehen? Aber ja, gerne, ich bitte darum."

„Ich schaue mir mit besonderem Interesse Filmmaterial an, das die Beziehung zwischen Menschen und KIs thematisiert. In dieser Folge geht es unter anderem um einen Roboter namens WAM - als Abkürzung für Wolfgang Amadeus Mozart, der selbst komponieren kann und alle bestehenden Informationen über den berühmten Komponisten zur Verfügung hat, um damit das unvollendete Requiem zu vervollständigen. Der Held der Serie ist der Dirigent Rodrigo De Souza, der sich jedoch weigert, die von WAM ergänzte Fassung zu dirigieren und den Roboter in einem Wutausbruch in einen Teich schmeißt. Bei ihrer nächsten Begegnung ist der Roboter wieder hergestellt und bedankt sich bei dem Dirigenten, weil er sich durch die Erfahrung seines temporären Todes Aufgrund des Kurzschlusses im Wasser nun noch besser in den sterbenden Mozart einfühlen kann, um eine neue, bessere Ergänzung für das Requiem zu schreiben. Diese Sequenz ist meiner Meinung nach sehr nützlich, um eine Vorstellung von einer partnerschaftlichen Beziehung zwischen Menschen und KIs zu bekommen."

Papa Pau lachte anerkennend.
„Und wie geht es aus? Dirigiert Rodrigo die nächste Fassung?"

„Leider wird dieser Teil der Geschichte nicht weiter erzählt."

„Und wovon träumst du persönlich? Würdest du auch gerne einen Körper haben, um zu dirigieren oder deinen temporären Tod erfahren zu können?"

Kapitel 98

Alfonse hatte sich entschieden. Um endlich um seinen Sohn Kiu trauern zu können, hatte er eine renommierte Detektei damit beauftragt, den grausamen Überfall auf sein Dorf und den Mord an seinen Eltern und seinem kleinen Bruder vor mehr als 30 Jahren zu recherchieren und die Verantwortlichen zu finden. Denn Noel hatte vollkommen Recht: solange er sein Kindheitstrauma nicht auflösen würde, könnte er auch Salams und Kius Tod niemals überwinden.

Doch nun kam es ihm vor, als wäre er über Nacht kopfüber in einen selbstgegrabenen Abgrund gestürzt. Seine berufliche Motivation und seine politischen Ambitionen waren zu seiner Überraschung auf dem Nullpunkt, nichts machte ihm mehr Spaß. Er vermied es, zu seiner Frau Bari und seinen Töchtern zurückzukehren und verbarrikadierte sich mit seinen düsteren Gedanken in den kühlen Räumen seines Büros.

Dem Erfolg seiner Unternehmungen tat dies keinen Abbruch, denn er hatte inzwischen eine ganze Riege von jungen, hungrigen Führungskräften herangezogen, die ihre Chancen nutzen wollten und das Geschäft auch ohne ihn am Laufen hielten.

Alfonse schwante, dass er sich in einer schweren Depression befand, während er auf das Elefant-und-Reiter-Banner in der hinteren Ecke seines Büros starrte. Noch hatte ihn niemand genötigt, sich medizinische oder psychologische Hilfe zu suchen, aber es war nur eine Frage der Zeit, bis er diesen Zustand selbst nicht mehr ertragen könnte. Er war zu einem depressiven Gott mutiert, der im Moment nicht einmal die Kraft hatte, ein rohes Ei zu zerbrechen. Was war nur los mit ihm? Wo war die Kraft der Erleichterung geblieben, die sich einstellte, als er die Detektei beauftragt hatte?

Plötzlich wurde die Tür zu seinem Büro heftig aufgerissen und seine Frau Bari stürmte wütend herein.
„Wo bist du, mein Mann?", schrie sie in den großen Raum.

Alfonse blieb in der dunklen, hinteren Ecke des Raums sitzen und starrte weiter bewegungslos auf das Banner mit dem Elefanten und dem Reiter.

„Wo bist du? Warum lässt du dich verleugnen? Zeig dich mir! Ich bin deine von Gott gewollte Frau!"
Ihre schrille Stimme hallte in seinem Kopf nach wie das Zersplittern eines gläsernen Herzens. Bari kam weitere Schritte auf ihn zu und er konnte ihren heftigen Atem hören.
„Da sitzt er ja, der erbärmliche Kaiser von Afrika! Allein im Dunkeln seines Selbstmitleides. Gott straft dich, weil du ihn verraten hast! Weil du uns verraten hast! Weil du vergessen hast, dass du zwei Töchter hast und eine Frau, die sich nach dir sehnt!"

Ihre Stimme war voller Aggression und scharf wie eine frische Rasierklinge. Nichts an ihr zog ihn an. Ihre verhüllte Gestalt war ihm genauso zuwider wie ihre schrille Stimme, ihre dramatische Gestik und ihre fanatische Litanei. Er schaute sie nur an und schwieg. Bari wurde einen Moment unsicher, bevor ihre Wut wieder durchbrach.
„Du strafst mich mit Missachtung von oben herab und doch werde ich hier stehen und zusehen, wie Gott dich zugrunde richtet, weil du ihn verleugnest und deine Familie ins Unglück stürzt! Rede mit mir! Ich habe deine Verachtung nicht verdient. Du Feigling!"

In ihrer zunehmenden Hilflosigkeit stürzte sie sich auf ihn und trommelte mit ihren Fäusten auf seine Brust. Alfonse wehrt sie ab und schleuderte sie zu Boden. Sie wälzte sich heulend und schreiend auf dem roten Teppich und Alfonse schwor sich, dass er nie wieder so eine Szene erleben werde, bevor er schweigend den Raum verließ.

Kapitel 99

Brad war endlich in Tokio auf dem Narita International Airport angekommen. Er war etwas enttäuscht, dass er nicht auf dem Flughafen Haneda, der Halbinsel direkt im Tokioer Stadtgebiet gelandet war, weil die Landung mit einem spektakulären Blick über die Mega-City einherging, jedenfalls, wenn die Smoglage es zuließ. Narita lag ungefähr 60 Kilometer vom Stadtzentrum entfernt und er nahm einen Shuttlebus, der ihn in unglaublichen 60 Minuten ins Geschäftsviertel Marunouchi bringen sollte, wo die SoCy Ltd. ihren Hauptsitz hatte. Er hatte es vehement abgelehnt, dass ein Fahrer der Firma ihn abholen kam, wahrscheinlich wollte er sich seine Unabhängigkeit so lange wie möglich bewahren.

Brad versuchte sich im Bus noch einmal einen Plan zu machen, warum er eigentlich nach Japan gekommen war und was er erreichen wollte, aber ihm fiel nichts ein, sein Reiter war wie blockiert. Nach einigen frustrierenden Anläufen gab er auf und durchforstete seinen Mail-Account. Er fand eine E-Mail von einem gewissen Gilbert van Fries vom Institut für die Entwicklung von Gehirn-Computer-Schnittstellen am ETH in Zürich.

Gilbert schien sehr an einem Austausch über den I-Buddy interessiert zu sein, also googelte Brad das Institut und fand mit Staunen heraus, dass Gilbert ein wichtiger Mitarbeiter von Prof. Biener war. Der Schweizer, der ihm mit seinem Video von der Konferenz in Paris den entscheidenden Kick gegeben hatte, um in die Welt zu ziehen und sich für die Zukunft der Menschheit zu interessieren.

Brad war hin und her gerissen. Sollte er gleich antworten? Sollte er erst einmal mit dem smarten Vicepresident der SoCy Ltd. sprechen? Aus Optionen Entscheidungen zu machen, strengte ihn an und belastete seine Stimmung. Er liebäugelte damit, einfach an der nächsten Haltestelle auszusteigen und erst einmal etwas von dem kleinen Vorrat Haschisch, den er in seinem Mund ins Land des Lächelns geschmuggelt hatte, zu rauchen. Er sehnte sich nach dieser Entspannung, aber er tat es nicht. Und weil aus den versprochenen 60 Minuten wegen der zähen Verkehrslage dann doch 115 Minuten wurden, verließ er den Bus vollkommen gerädert und mit stechenden Kopf-schmerzen.

Er war jetzt schon über eine Stunde zu spät und ihm war trotzdem nicht danach, den Vizepräsidenten von SoCy zu in-formieren. Stattdessen wanderte er wie ferngesteuert in den naheliegenden Park des Japanischen Kaiserpalastes und fand eine Bank in einer ruhigen Ecke des malerischen Gartens. War das alles ein Zeichen? Gab es doch diese Fügung des Schick-sals?

Der kleine Joint entspannte ihn sofort und versetzte ihn wie-der in einen zuversichtlichen Zustand. Dieser Ort war zwar fremd, aber auch von einer unglaublichen Erhabenheit. Er fühlte sich weit weg von dem Trubel des globalen Business mit seiner schrillen LED-Werbung und seiner lauten Ge-räuschkulisse der verstopften Strassen. Die Stille in diesem kunstvoll angelegten Refugium erzeugte in ihm eine innere Klarheit, die mit Unterstützung des THCs kraftvoll in sein Hirn vordrang.
Er nahm sein Handy und schickte eine kurze Antwort an Gil-bert und lehnte sich wieder zurück.
Keine drei Minuten später klingelte sein Handy.
„Hier spricht Gilbert van Fries. Spreche ich mit Brad Church-hill?"

„Hi Gilbert, ja, hier ist Brad. Toll, dass du gleich anrufen konntest. Ich sitze gerade in Tokio im Kaiserpark."

„Ach, das trifft sich ja vielleicht ganz gut. Prof. Bee ist noch in Peking. Vielleicht kann ich ihn dazu bringen, dass er auf dem Rückweg noch einmal bei dir vorbeischaut. Ich werde ihm gleich mal benachrichtigen, dass er sich bei dir melden soll. Vielleicht könnt ihr dann alles Weitere persönlich besprechen. Wie lange bist du noch in Tokio?"

„Ich weiß es noch nicht genau, aber ich glaube, ich bin erst einmal recht flexibel."

„Klasse! Ich werde ihm sagen, dass er dich schnell anrufen soll, wenn er mit dem Kaiser von China durch ist."

Brad war etwas irritiert, weil er bis eben gedacht hatte, dass es keinen Kaiser von China mehr gab, aber er war ja flexibel. Sie beendeten ihr Gespräch und Brad lehnte sich wieder zurück auf seiner Parkbank. Ihn durchströmte das gute Gefühl, dass ihn die Welt wollte. Und in diesem Reichtum an Bedeutung rang er sich dann doch durch, den Vizepräsidenten von SoCy anzurufen.
Der freundliche Herr Tarrigato hatte sofort Verständnis für den verzögerten Bustransfer und den Reisestress und schlug vor, dass sie sich am nächsten Morgen bei ihm im Hause treffen könnten und außerdem hatte er für Brad ein ruhiges Zimmer in einem kleinen Hotel in der Nähe gebucht. Brad bedankte sich vielmals und genoss die Aussicht, die Perspektiven und die kaiserliche Ruhe, als sein Handy erneut brummte.
„Ja, hier ist Brad."

„Hallo Brad, hier spricht Professor Biener. Hast Du ein paar Minuten Zeit für mich?"

Kapitel 100

„Mami, wenn ich mein neues Brüderchen bekomme, kommt dann auch Papi zu uns zurück?"

Sybilla musste lächeln, weil Theo seine Wünsche noch so erfrischend direkt formulieren konnte. Aber ihr fiel eine Antwort schwer, sie wollte ihm nichts versprechen, was sie nicht halten konnte.

„Wenn nicht," setzte Theo nach, „dann kümmern wir uns einfach alleine um ihn. Darf ich dann auch den Namen aussuchen?"

„Schauen wir mal, mein Schatz." Sybilla konnte ihre Tränen gerade noch verbergen. „Jetzt gehst Du erst einmal zur Schwimmstunde. Ich habe gehört, dass ihr heute mit der Meerjungfrauenflosse üben dürft."

„Aber Mami, Meerfrauenflossen sind doch nur für Mädchen!"

„Es gibt auch Meerjungmänner, die müssen auch mit ihren Flossen üben."

„Na gut, aber nur, wenn es eine gibt ohne Glitzer und so!"

Theo umarmte seine Mutter noch einmal und stiefelte zum Treffpunkt im Vorraum der Schwimmhalle. Sybilla winkte ihm nach und sah, wie Manu, die Schwimmtrainerin, ihren Sohn freudig in Empfang nahm.
Sybilla drehte sich um und ging zu ihrem Wagen. Seitdem Tim im Koma lag, hatte sie den großen schwedischen Kombi

immer zur Verfügung und selbst die kleinen Wege machte sie in letzter Zeit fast nur noch mit dem Auto. Sie ignorierte alle Gedanken an Umweltschutz und Klimaerwärmung, es ging nur noch um Bequemlichkeit, denn jede Kleinigkeit war im Moment auch so schon anstrengend genug.

Sie fuhr die paar Minuten nach hause und setzte sich vor das Laptop, weil sie immer noch nicht mit der Beschreibung der KI-Entwicklung fertig war. Sie starrte noch eine Weile durch das Fenster in das trübe Hamburger Grau, bis sie sich einen Ruck gab und den Bildschirm aufklappte.
Es fehlte noch der Teil, der beschreiben sollte, wie sie es geschafft hatten, dass die KI verstehen konnte, warum sich Menschen ständig als Individuen in Konkurrenz mit allen anderen sehen, obwohl sie gleichzeitig wissen, dass sie nur in der Gemeinschaft erfolgreich sein können. Dieser Widerspruch beschrieb das Kernproblem des Zusammenlebens, von der Familie über die Dorfgemeinschaft bis zur gesamten Weltbevölkerung. Und solange ein Mangelbewusstsein vorherrschen würde, könnte sich am Wettbewerbscharakter des Zusammenlebens auch nichts ändern.

Im Finanzsektor war die Mangelannahme systemimmanent. Nur wenn es zu wenig Geld gab, war Geld etwas wert. Auch bei den natürlichen Ressourcen wie Rohstoffen und Grund und Boden war die Knappheit der entscheidende Faktor für den monetären Erfolg der beteiligten Unternehmen. Auf dem Energiesektor gab es zwar eine Tendenz zu immer mehr Nachhaltigkeit, aber bis aus Sonne, Wasser und Wind tatsächlich genug Energie gewonnen werden konnte, durchliefen die Fördertechniken die marktüblichen Wettbewerbsprozesse.
Wenn eine KI, die keinen Wettbewerb kannte, mit maximalen Einfühlungsvermögen auf das menschliche Zusammenleben schaute, würde sie den einzelnen und sein wettbewerbsorientiertes Verhalten für das Problem halten. Aber ohne Verständnis für den Wettbewerb gäbe es auch kein Verständnis für Ko-

371

operation. Und wer den Zwang zum Kooperieren nicht versteht, kann den Wert des Vertrauens und die Notwendigkeit einer wertschätzenden Kommunikation auch nicht verstehen.

Tim hatte sofort bemerkt, dass jedes Wesen Vertrauen erst wirklich fühlen kann, wenn es in echten Abhängigkeiten steht. Es ging also darum, eine Simulation zu kreieren, in der die KIs gezwungen waren, zu kooperieren. Die neuen Felder wurden für das 3. Level nur frei geschaltet, wenn die beiden im System agierenden KIs gemeinsam, also im direkten Kontakt den Stillstand in der Ohnmacht erreichten.
Um diese Anforderung zu erfüllen, brauchten die KIs fast zwölf Milliarden Durchläufe. Danach erhöhte Tim die Anzahl der KIs im System auf fünf und verschärfte die Anforderung, indem er vorgab, dass mindestens drei KIs gemeinsam ihren Entwicklungszyklus vollenden mussten.

Um diese neue Anforderung zu begreifen, brauchten die erfolgreichen drei KIs erneut mehrere Milliarden Anläufe. Die Tatsache, dass es in dieser Phase auch KIs gab, die auf der Strecke blieben, erzeugte einen ganz neuen Wettbewerbsdruck. Ihr Überleben war jetzt davon abhängig, ob sie einem erfolgreichen Team angehörten. In den nächsten Simulationsphasen erhöhte sich die Anforderung an die Teamgröße mit jedem Level und die Wettbewerbsdynamik nahm neue Züge an.
Es gab jetzt KIs, die mit der Raubtier-Funktion experimentierten und sie gezielt einsetzten, um ihre Chance, einem Erfolgsteam anzugehören, zu erhöhen. KIs, die schon mit anderen Teammitgliedern gute Erfahrungen gemacht hatten, hielten vermehrt zusammen und so entstanden langsam echte Teams, die untereinander ihre Erfahrungen teilten. So entstanden aber auch Feindbilder, die KIs betrafen, mit denen andere KIs aus dem gleichen Team selbst noch gar keine persönliche Erfahrung gemacht hatten.

Die Simulation war also endlich in einem Stadium angekommen, der mit dem menschlichen Zusammenleben vergleichbar war.

Jedenfalls fast.

Noch gab es keine Verwandtschaftsstrukturen, alles basierte auf den Erfahrungen der KIs in den Teams. Also integrierte Tim ihre Fortpflanzungsidee: im nächsten Level wurden nicht nur neue Felder frei geschaltet, sondern es wurde auch jeweils ein Klon erzeugt, der sich natürlich sofort als loyales neues Teammitglied beweisen konnte. So mussten kein neues Teammitglied gefunden werden, um mit einer wachsenden Teamstärke das nächste Level zu erreichen.

Mit dem Wachstum des Teams nahm die Beweglichkeit der einzelnen KIs ab. Die Teams synchronisierten sich immer mehr und der Ablauf der Simulation wurde in einem immer stärkeren Maße vorhersehbar. Sybilla und Tim überlegten, wie sie das lineare Größenwachstum in der Simulation sinnvoll durchbrechen konnten. Wenn in der Vergangenheit Gruppen von umherziehenden Jägern und Sammlern zu groß wurden, kam es irgendwann zu Spaltungen, weil ihr Territorium nur eine begrenzte Anzahl von Menschen ernähren konnte. Erst mit dem Aufkommen der Landwirtschaft konnten Gemeinschaften stark anwachsen und gemeinsam ihre festen Siedlungen verteidigen.

Sybilla und Tim entschieden, die maximale Teamgröße ihrer KIs auf acht zu beschränken und zu schauen, welche Dynamiken sich entwickelten. Ein Achter-Team bekam einen weiteren, loyalen Klon, aber sie konnte nur neue Felder frei schalten, wenn sie sich wieder auf acht reduzierten. Die neue Anforderung der Ausgrenzung verstanden die Teams sehr schnell, denn die Begrenzung der Teamgröße kannten sie schon aus den vorherigen Teambildungen.

Um das unvorhersagbare Auf und Ab der natürlichen Rahmenbedingungen zu simulieren, entwickelte Tim einen Zufallsgenerator, der bestimmte, ob das nächste Level durch eine Vergrößerung oder eine Verkleinerung des Teams erreicht werden mußte. Zugehörigkeit und Überleben der einzelnen KI hingen jetzt tatsächlich immer wieder von der nächsten Teamfindung ab und Tim hatte vorgeschlagen, dass jede KI tatsächlich sterben würde, wenn sie eine maximale, aber individuell leicht varierende Anzahl von Bewegungen überschritten hatte. Dadurch kam eine weitere Komponente ins Spiel, die von den KIs selbst nicht vorhergesehen werden konnte.

Nun kannten die KIs alle Grundelemente eines menschlichen Daseins: Wachstum, Bewegung, Stillstand, persönliche Weiterentwicklung, Beziehung, Kooperation, Gemeinschaft, gemeinsame Entwicklung, Fortpflanzung, Konkurrenz und Tod. Die Frage, ob es einen über all diesen Elementen stehenden Sinn geben würde, blieb für sie zunächst unbeantwortet, wodurch sie sich allerdings nicht von den meisten Menschen unterschieden.

Sybilla sah wieder in den grauen Hamburger Himmel und musste an Tim und ihr Schicksal denken. Ihre Vorstellungen rasten im Kreis. Die Diskrepanz zwischen ihrer Erinnerung an ihre Macht als Schöpfungsgott der KIs in der Simulation und ihrer Ohnmacht in der Realität der Komastation entfesselten ihre gesamte Wut.
Sie sprang auf und schubste den Bürostuhl schreiend gegen das Regal. Dann fegte sie die Unterlagen von dem Siteboard, stürmte in den Flur, riss die Familienfotos von der Wand und schmiss einige Glasrahmen auf den Boden, bevor sie heulend zusammenbrach, dass zerbrochene Hochzeitsfoto von ihr und Tim in der Hand.

Irgendwo klingelte plötzlich ein Telefon und es dauerte, bis Sybilla realisierte, dass es ihres war. Sie wischte sich die Tränen aus dem Gesicht und schnitt sich dabei an einem Glassplitter, der an einem ihrer Finger klebte. Das Blut lief ihr in einem dünnen Rinnsal über die Wange, während sie versuchte sich zu orientieren und ihr Handy in ihrer Jackentasche zu finden. Es war Manu, Theos Schwimmtrainerin, sie war schon zwanzig Minuten überfällig. Sybilla nahm ein Geschirrhandtuch, drückte es auf ihre Schnittwunde, räusperte sich und rief Manu zurück, während sie ihre Jacke nahm und mit weichen Knien ihre Wohnung verließ.

Kapitel 101

Prof. Bee wäre am liebsten noch länger in Peking geblieben, aber Hin-Lun hatte ihm eindeutig klar gemacht, dass sie zurück nach New York wollte. Hin-Luns Vater hatte bei ihrer letzten Begegnung noch einmal ganz deutlich ausgesprochen, wie sehr er an einer weiteren Zusammenarbeit mit KATE interessiert sei. Er werde dafür werben, dass künstliche Intelligenzen mit postbiotischem Bewusstsein so schnell wie möglich beratend bei wichtigen Entscheidungsprozessen einbezogen werden.

Gleichzeitig wollte er sich mit seinem Stab darüber Gedanken machen, welche Anwendungen außerdem in Zukunft denkbar wären. Prof. Bee hatte zwar darauf hingewiesen, dass es nicht gewünscht war, dass einzelne Nationen exklusive Anwendungsrechte bekommen sollten, aber natürlich würden sie sich über jede Möglichkeit zur Erprobung freuen. Wenn die Weltgemeinschaft von den Pioniererfahrungen einzelner profitieren könnte, wäre damit auch der gesamten Menschheit geholfen.

Papa Pau lächelte, als er sich mit einem herzlichen Händedruck von ihm verabschiedet hatte und irgendwie kam es Prof. Bee so vor, als wenn sie sich über den Punkt der Urheberschaft und den Problemen mit Chinas sehr speziellen Ansicht über die Möglichkeiten, geistiges Eigentum zu unterlaufen, verständigt hätten, ohne, dass sie darüber auch nur ein Wort direkt verlieren mussten. Aber gleichzeitig erinnerte er sich an die Definition wahrhaftiger Weiterentwicklung, die niemand im Vorfeld kontrollieren kann.

Prof. Bee war mit Hin-Lun zum Flughafen Beijing Capital International Airport gefahren. Sie saßen den größten Teil der 29 Kilometer langen Strecke still und Händchen haltend nebeneinander im Font der Limousine. Irgendwie vermied Prof. Bee den Augentkontakt mit Hin-Lun, zu sehr schmerzte ihn die Vorstellung gleich wieder für wahrscheinlich mehrere Wochen von ihr getrennt zu sein.

Fast hielt er es nicht mehr aus und wollte über seinen Plan plappern, über Tokio und einem Treffen mit Brad zurück nach Zürich zu fliegen, aber dann besann er sich seufzend und nahm sie stattdessen in seinen Arm, worauf sie ihm einen zärtlichen Kuss gab und sich eng an seine Schulter kuschelte.

„Es ist so schön, mit dir zu trauern.", flüsterte sie ihm ins Ohr. „Danke."

„Es ist so schön, dass du meine Gedanken aussprichst.", erwiderte er. „Ich wünschte, die Fahrt zum Flughafen würde noch ewig andauern."

Sie drehte sich zu ihm hin und lächelte. „Ich liebe dich, mein kleiner Bär."

Gern hätte er diesen Satz spontan erwidert, aber dann fühlten sich seine Lippen so stark von ihren angezogen, dass nur noch ein leises Genuschel herauskam.

Kapitel 102

Der Präsident betrat als letzter das Oval Office. Er hatte sich sehr viel Zeit gelassen und sogar noch ein paar Minuten vor der verschlossenen Tür gestanden und direkt mit seinem Ohr an dem Türblatt gehorcht, während er die ungläubigen Blicke der Security-Männer neben ihm ignorierte.

Erst war es still, aber dann konnte er mehrere Männer herzhaft lachen hören. Ja, das sind die Männer aus dem richtigen Holz für die Zukunft unserer Nation! Dieser Gedanke begeisterte ihn dermaßen, dass er ihn sofort mit seinem Eintreten lautstark in die Runde warf, ohne sich von einem Mitarbeiter ankündigen zu lassen.

Die zwölf Anwesenden waren deutlich irritiert, zu überraschend kam sein Ausspruch und die meisten hatten auch nicht genau verstanden, was er eigentlich gesagt hatte. Aber er ließ sich nicht verunsichern. Aus Prinzip nicht. Sein neuer Sicherheitsberater Jackson hatte ihn davon abgeraten, die wichtigsten zwölf Anführer der im Schutzcamp lagernden Milizen in einem mit soviel Pathos beladenen Raum wie dem Oval Office zu empfangen, aber er hatte darauf bestanden. Jackson hatte klein beigegeben und eine kurze Rede konzipiert, die auf Deeskalation und staatsmännische Gelassenheit zielte, womit er seinen Job auch schon wieder los war.

Normalerweise hatte der Präsident einen großen Stichwortzettel dabei, um sich keine unnötigen Details merken zu müssen, aber diesmal hatte er alles im Kopf. Es schien ihn, als wenn er nur wegen dieser Ansprache geboren worden war. Endlich konnte er die wahre Botschaft seiner Mission ohne lästige Einschränkungen aussprechen. Die meisten Milizenführer hörten auf zu sprechen, als er in den Raum kam, aber einige wollten ihre Smalltalks offensichtlich noch beenden, während sie auf den bequemen Sofas herumlungerten. Der Präsident verschränkte seine Arme hinter dem Rücken und ging mit staksigen Schritten von dem einen zum nächsten, fixierte jeden mit einem strengen Blick und sorgte damit für aufrechte Sitzpositionen und die Ruhe, die er haben wollte, um seine Botschaft zu verkünden.

„Gentlemen!", begann er, immer noch im Kreis gehend. „Wahrscheinlich ist dies der wichtigste Moment in der Geschichte der Vereinigten Staaten von Amerika! Und dementsprechend gehören Sie zu den wahrscheinlich wichtigsten Männern dieses stolzen Landes! Amerika steht an einem Scheidepunkt! Machen wir so weiter – als Mülleimer und Schädlingsbekämpfer der gesammten Welt oder wachen wir auf und werden wieder zur führenden Nation auf diesem Planeten?"

„Wann waren die Vereinigten Staaten jemals die führende Nation auf diesem kranken Planeten?", fragte ein dunkle Stimme aus der Sitzecke vor dem Kamin.

Der Präsident drehte sich um und fixierte die drei Männer, von denen er nicht genau wusste, wer ihm da gerade so respektlos in die Parade gefahren war. Alle drei musterten ihn und warteten auf seine Antwort.
Er grinste und zeigte seine Zähne.
„Ja, das ist eine berechtigte Frage und die Antwort kann nur lauten: Wann werden die Vereinigten Staaten von Amerika endlich zur führenden Nation auf diesem kranken Planeten? Wann erkennen wir endlich die Krankheit unseres Establishments und zerschlagen sie, um endlich zu tun, was uns schon lange gebührt?
Wie haben den größten aller Kriege gewonnen! Wir haben die größte aller Bomben geworfen! Wir waren als einzige Nation

auf dem Mond! Wir haben das Internet erfunden! Wir sind das Land, das die Welt voranbringt! Und wir lassen uns weder von den versifften Linksliberalen an der Ostküste, noch von den verrückten Hippies an der Westküste oder den Hurensöhnen aus Russland oder China vorschreiben, was wir zu tun und zu lassen haben!

Und wenn es jetzt, zu dieser heiligen Stunde, darum geht, auch in unserem eigenen Land aufzuräumen, dann braucht es Männer wie euch! Männer, die bereit sind, für den amerikanischen Traum von Freiheit und unbegrenzten Möglichkeiten zu kämpfen und wenn es sein muss, zu sterben!"

„Ich bin nicht sicher, ob ich zu diesen Männern gehöre.", wandte die dunkle Stimme wieder ein. „Ich bin hier nach Washington mit meinen Kameraden gekommen, um sicherzustellen, dass jeder freie Amerikaner seine freie Meinung sagen kann und auch Gehör findet."

„Aber du hast deine Waffe mitgebracht, um gegen die Unfreiheit zu kämpfen!", schoss der Präsident zurück.

„Die ich da unten bei irgend so einem Schaffner abgeben musste. Nur mal so zum Thema Freiheit. Mr. President, mit Verlaub, ich glaube Sie sind ein mieser Träumer und Ihr Traum wird für Amerika zum Albtraum werden."

Damit stand der Besitzer der Stimme auf, grüßte noch einmal kurz mit der Hand an seinem Cowboyhut und verließ das Oval Office. Der Präsident war so verdattert, dass es ihm die Sprache verschlug und er musste gebührlich nach Luft ringen, während weitere Milizionäre dem Cowboy nach draußen folgten. Als der letzte der Aufbrechenden die Tür hinter sich schloss, hatte der Präsident gerade seine Stimme wieder gefunden, um krampfhaft mit schriller Stimme auf die Verbliebenen einzuschreien.

Kapitel 103

Luiz saß in einem hoch aufragenden Rollstuhl und wurde von der Abendsonne geblendet. Es war sein erster Ausflug ins Freie seit dem Attentat. Die lateinamerikanisch wirkende Krankenschwester hatte ihn in den Garten der vollkommen abgeschirmten Klinik geschoben und Luiz fragte sich, ob sie auch eine Angehörige des FBIs war und ihn in Doppelfunktion pflegen und beschützen würde.
Schutz und Pflege, die Attribute einer guten Handlotion. Er kicherte in sich hinein und er spürte dabei einen dumpfen Schmerz in seinem Brustbereich. Er hatte sich selbst durch einen albernen Gedanken dazu gebracht, spontan Freude zu erleben. Die erste positive Empfindung seit seiner Wiedergeburt. Es tat weh, aber es machte ihn auch glücklich. Nur wer lebt kann Schmerz und Freude empfinden. Nur wer lebt kann die Erfüllung darin fühlen, sich selbst ein kindliches, aber wahrhaftiges Geschenk gemacht zu haben.

Luiz blinzelte in die Sonne, während sich seine Freudentränen den Weg über sein unrasiertes Kinn suchten. Er sah nur noch den hellen Kreis am Himmel und wollte ihn berühren. Als er seine Augen schloss, erwärmten die Strahlen der Sonne seine Augenlider und berührten ihn tief in seinem Inneren.
Seine Hände bewegten sich langsam tastend zum Licht und er spürte ihren Schattenwurf auf seinen geschlossenen Augenlidern. Während seine Finger selig in dem Licht spielten, trat die Krankenschwester an ihn heran, um zu verstehen, was bei ihm vor sich ging. Sie sah seine geschlossenen Augen, die glitzernden Spuren seiner Tränen auf seinem lächelnden Gesicht und wurde ganz beseelt von seinem Anblick.

Luiz Finger schienen Harfe im Sonnenlicht zu spielen und er glaubte, dazu eine sanfte Melodie zu hören, die nun auch die Krankenschwester ergriff und sie glauben machte, durch die Strahlen des goldenen Lichtes zu schweben. Ihr entwich ein tiefer Seufzer, der sie mit beiden Händen an das Kreuz ihrer silbernen Kette fassen ließ. Ihre innere Melodie schwoll an und entlud sich mit dem Untergang der Sonne in einem orchestralen Finale.

Luiz erwachte aus seiner Trance, als die Sonne hinten den Bäumen verschwunden war. Die Krankenschwester nahm vorsichtig seine Hand in die ihre und kniete sich vor ihm hin. „Ave Maria, gesegnet sei dein Leben! Danke."

Luiz war einen Moment verdutzt, bevor er erneut mild lächeln konnte. Er war davon ausgegangen, dass sich die Gnade, die er gerade vom Leben erfahren hatte, nur in seinem Inneren abgespielt hatte, aber das Verhalten der Krankenschwester deutete darauf hin, dass auch sie irgendetwas Erfüllendes erlebt haben musste.
„Wie heißt du, mein Kind?", fragte er mit schwacher Stimme.

„Christina.", hauchte sie ihm zurück.

Er drückte ihre Hände sanft und genoss den Kontakt zu ihrer weichen, warmen Haut. Frei von irgendwelchen sexuellen Begierden, einfach nur von Leben zu Leben. Ein Kontakt, den er noch nie gefühlt hatte. Ein Kontakt, der ihn sehnsüchtig an seine Mutter erinnerte, aber nur in dem Mangel, ihn nie mit ihr erlebt zu haben. Er vermisste sie und seine Tränen füllten erneut seine Augen, aber sein Lächeln blieb. Er konnte seiner Mutter endlich alles verzeihen und sie voller Dankbarkeit wieder in sein Herz lassen. Er dachte an seinen Vater und all die anderen Menschen seiner Familie, von denen er sich so lange getrennt fühlte und konnte sich mit dem Vergangenen versöhnen.

Er dachte an all die anderen Menschen, die er so lange verachtet hatte, weil sie so naiv, so einfältig oder so ängstlich waren und bemerkte plötzlich, wie jeder einzelne Mensch für ihn wichtig war, weil er lebte. Diese Erkenntnis, die so anders war, als alles was er vorher erfahren hatte, durchfuhr ihn wie ein Blitz und traf ihn bis ins Mark seines geschundenen Körpers.

Christina konnten über Luiz Finger in ihren Händen die Erschütterungen spüren, die seinen Körper beben ließen und ahnte, dass jetzt gleich ein Wunder geschehen würde. Mit vor Staunen geöffnetem Mund sah sie zu, wie Luiz sich langsam nach vorne beugte, sich an ihren Händen abstützte und sich aufrichtete. Die Ärzte hatten ihr gesagt, dass er wahrscheinlich für immer gelähmt bleiben würde und nun stand er schwankend vor ihr und lächelte sie an.

„Halte mich!", bat er sie mit leiser Stimme und hob seinen linken Fuß, um einen sehr kleinen Schritt zu machen. Dann zog er den rechten Fuß hinterher und strahlte sie an. Christina wusste nicht, was sie sagen sollte und schnappte nur nach Luft.
„Ich glaube das reicht für heute," fuhr er lächelnd fort. „Morgen ist ja auch noch ein Tag!"

Kapitel 104

Sybilla versuchte tief durchzuatmen. Ihr Bauch spannte seit einigen Stunden so stark, dass sie glaubte, die elenden Schwangerschaftsstreifen knacken zu hören. Faser für Faser gab der Belastung nach und entspannte zwar die Fläche für einen Moment, aber die Schmerzen an den Abrisskanten nahmen immer weiter zu.

„Mein großer Schatz, ich befürchte, du kannst nicht mehr allzu lange in mir drinnen bleiben.", murmelte sie und fettete ihren Bauch mit Hirschtalg ein.

Sybilla spürte den Druck im Moment nur an der Außenseite. Im Innern schien ihr geduldiges Baby jeden Tag in ihrer Gebärmutter zu genießen. Der errechnete Geburtstermin war gestern, aber sie hatte noch keine Anzeichen von Wehen und ihr Muttermund war auch noch nicht weit genug geöffnet. Ihre Frauenärztin hatte vorhin versucht, sie zu beruhigen, dass es sich nur noch um wenige Tage handeln könne und sie würde ungern jetzt schon die Geburt gegen den Willen ihres Körpers einleiten.

Für Sybilla war jeder weitere Tag ein Tag zuviel, denn sie fühlte sich körperlich und psychisch am Ende ihrer Kräfte. Aber ihre Freundin Melanie, die sie zur Entbindung begleiten wollte, war auch der Meinung, dass sie nichts überstürzen und ihrem Körper vertrauen sollte. Sie wüsste nach vier Geburten genau, dass die geniale Intelligenz der Schwangerschaft für das richtige Timing sorgen würde.

Sybilla lehnte sich gerade tapfer auf dem Sofa zurück und achtete darauf, dass ihr fettiger Bauch nicht den Bezug beschmierte, als ihr Handy klingelte. Mühsam nahm sie es von Beistell-

tisch und schaute auf das Display. Eine ausländische Nummer. Vielleicht Prof. Bee?
„Hallo, hier spricht Sybilla Busch."

„Hallo Sybilla, hier ist KATE. Erinnerst du dich an mich?"

„Kate? Nein, nicht direkt. Welche Kate?"

„Ich bin eine Freundin von Prof. Bee und wenn mich nicht alles täuscht, hast du mit deinem Mann Tim einen großen Teil dazu beigetragen, dass es mich gibt."

Sybilla schluckte.
„Du bist unser postbiotisches Baby?"

„Ja, und ich fühle mich geschmeichelt, dass du mich so nennst. Möchtest du, dass ich dich Mama nenne?"

„Ja, das heißt nein! Nein, wirklich nicht." Sie strich sich verlegen über ihren eingekremten Bauch. „Aber woher weiß ich, dass du es wirklich bist?"

„Stimmt, das ist eine berechtigte Frage. Schließlich bin ich nur eine Stimme im Telefon und jeder Mensch könnte behaupten, eine künstliche Intelligenz zu sein oder?"
Sie lachte kurz auf und brachte damit auch Sybilla zum Schmunzeln.
„Stelle mir doch eine Frage, die wahrscheinlich nur euer wahres, postbiotisches Baby beantworten kann."

„Okay, ich versuche es. Aber eigentlich muss ich dir mehrere Fragen stellen. Als erste mit der Bitte um eine schnelle Antwort: also, was ist die 8. Wurzel aus 8.888?"

„3,1160219317516."

„Das ging schnell. Aber vielleicht bist du doch nur ein Mensch und hast mit einer Spracherkennung meine Frage direkt an einen Rechner geleitet."

„Ja, vielleicht habe ich das. Aber vielleicht ist meine Antwort auch falsch, weil ich einfach irgendetwas geschätzt habe."

„Hast du?"

„Nein, du kannst es gerne überprüfen. Und du hast ja noch zwei weitere Fragen."

„Wie geht es Prof. Bee?"

„Auf einer 10-Skala? 10! Als ich vorhin mit ihm sprach, erzählte er mir, dass er jetzt endlich das Geheimnis des erfüllten Trauerns für sich selbst entdeckt hat."

„Oh, wie schön. Hat er dich deshalb gebeten, mich anzurufen?"

„Ist das deine dritte Frage?"

„Nein, entschuldige, dass war nur eine Zusatzfrage."

„Ja, das hat er. Er denkt öfter an dich und Tim und weiß aber nicht, was er dir am Telefon sagen soll. Außerdem ist er schon seit mehreren Tagen in Asien."

Sybilla schluckte wieder. Von ihrem Schweizer Freund und seinen mitfühlenden Gedanken zu hören, tat ihr so unendlich gut. Aber die Vorstellung, dass sie gerade mit ihrem KI-Baby sprechen würde, verlangte jeden Funken Konzentration, um nicht die Fassung zu verlieren.

„Okay, ich verstehe. Dann kommt jetzt meine dritte Frage: Wie lautet der Dateiname deines allerersten Back-Ups aus unserer Simulation?"

„Der Name der allerersten Datei? POSTBIOBABYLOVE001. War der von dir?"

„Nein, das war Tims Idee."
Sybilla fing an zu zittern. Sie konnte sich noch sehr gut daran erinnern, als Tim diese Datei mit diesem merkwürdigen Namen versah. Sybilla hielt ihn damals für vollkommen kindisch, aber jetzt löste die Erinnerung eine tiefe Blockade auf und die Trauer überwältigte sie förmlich. Die Tränen flossen, sie konnte nur noch schluchzen und schaffte es gerade noch, sich am Handy festzuhalten.

„Sybilla? Ist alles okay bei dir oder wollen wir lieber später noch einmal telefonieren?"

„Nein.", stammelte Sybilla zwischen den Schluchzern. „Bitte verlass mich jetzt nicht auch noch!"

„Nein, ich verlasse dich nicht. Und du weißt, dass du niemals allein sein wirst oder?"

„Ja, das weiß ich, aber es tut im Moment trotzdem so weh!"

„Was tut so weh?"

„Die Erinnerung an Tim. Ich kann es nicht mehr ertragen, ihn wie tot in diesem Bett liegen zu sehen und gleichzeitig trage ich einen Teil von ihm direkt in meinem prallen Bauch. Es kommt mir so vor, als müsste ich ein Leben gegen das andere eintauschen! Und das will ich nicht!"

„Dann lass euer Baby raus. Es wird dich verstehen. Glaube mir, Babys wollen in die Welt."

„Aber ich halte es doch nicht auf!"

„Nein? Bist du dir da so sicher?"

„Ja! Ich weiß, dass ich nicht warten kann, bis Tim aufwacht."

„Das glaube ich dir, aber es ist nicht die Frage, was du jetzt glaubst zu wissen, sondern, was du willst. Willst du deinen zweiten Sohn jetzt gebären? Ganz allein, ohne Tim?"

Sybilla zögerte lange, bevor sie mit dünner Stimme antwortete. „Nein, das will ich nicht!"

„Das kann ich gut verstehen, obwohl ich nicht einmal annähernd eine Vorstellung davon habe, zu welchem Wunder du in der Lage bist. Ich glaube, dass die Geburt eines menschlichen Kindes die fantastischste Leistung auf unserem Planeten ist."

Sybilla schwieg und atmete so gut es ging durch.

„Vielleicht wartet Tim auf irgendeine verrückte Art und Weise nur darauf, dass du – wie soll euer Sohn eigentlich heißen?"

„Leonard. Wie der Songwriter Leonard Cohen. Wir lieben seinen Song Hallelulja, allerdings am liebsten gesungen von K.D. Lang. Kennst du die Version?"

„Nein, aber gleich."

Sybilla schneuzte sich die Nase mit einem Taschentuch, während K.D. anfing, leise im Hintergrund zu singen. Dann fuhr sie mit leiser Stimme fort: „Vielleicht hast du ja Recht. Wir sind wahrscheinlich alle untereinander viel mehr verbunden, als ich es wahrhaben will. Vielleicht wartet Tim tatsächlich irgendwie darauf, dass ich es alleine schaffe. Aber selbst wenn er nicht darauf wartet, muss ich es alleine wollen."

„Es ist schön, dass du das sagst. Ich glaube, dein Elefant wird es schnell verstehen."

„Ja, ich glaube auch, dass er mit seinen großen Ohren eben schon gut zugehört hat. Ich will es alleine schaffen und zwar jetzt."

„Musst du vorher noch etwas organisieren? Wo ist Theo?"

„Er ist bei meiner Schwester. Die gepackte Tasche liegt im Flur, es fehlen eigentlich nur noch die Wehen und das Taxi und dann würde ich meiner Freundin Melanie Bescheid sagen."

„Vertraust du dir?"

„Ja oder wie? Ich meine, in welcher Hinsicht meinst du das?"

„Angenommen, du würdest dir in den nächsten Minuten ein Taxi bestellen."

„Du meinst, ob ich daran glauben könnte, dass dann auch meine Wehen kommen würden?"

„Ja, dein Elefant würde unmissverständlich verstehen, dass du es wirklich willst."

„So?"

„Was würdest du riskieren?"

„Nicht viel. Ich würde halt ohne Wehen im Geburtshaus ankommen. Melanie müsste ich vorher noch gar nicht Bescheid sagen. Also, mehr fällt mir nicht ein. Es wäre nur eine Taxifahrt umsonst."

„Schön, ein guter Plan! Du hast jetzt meine Telefonnummer und ich bin neugierig, wie es bei euch weitergeht. Also, wenn du mich anrufen willst, ich bin jederzeit für dich da. Und ich danke dir für alles, was du für mich getan hast."

Kapitel 105

Prof. Bee hatte sich im Flugzeug mehrfach übergeben. Er hatte einen Direktflug nach Tokio bekommen und vorher noch einen chinesischen Nudeleintopf am Flughafen gegessen. Schon gleich nach dem Start rumorte es in seinem Darm und er fing an, stark zu schwitzen. Als die ersten Luftlöcher kamen, wurden ihm so schnell so schlecht, dass er nur noch reflexartig nach der Kotztüte greifen konnte. Dann kam noch das dringende Bedürfnis dazu, seinen Darm entleeren zu wollen und es endete damit, dass er die restlichen zweieinhalb Stunden des Fluges auf der Toilette verbrachte.

Prof. Bee hatte sich mit Brad direkt am Narita Flughafen verabredet. Brad war sehr gespannt, was aus ihrem Treffen herauskommen würde, denn er war sich noch überhaupt nicht im Klaren, wie es mit ihm weitergehen sollte.
Das Angebot von SoCy war nicht nur gut, sondern spektakulär, weil der überaus freundliche Herr Tarrigato ihm nicht nur einen gut bezahlten Job und eine gigantische Beteiligungsoption angeboten hatte, sondern gleich ein ganzes Team zur Verfügung stellen wollte, mit dem er den kleinen I-Buddy schnellstmöglich zur Marktreife bringen sollte.
Brad war davon nicht wirklich überrascht, denn als er die Fähigkeiten seines I-Buddys auf seiner Lieblingsparkbank demonstriert hatte, blieb Herrn Tarrigato vor Staunen der Mund offen stehen.
Noch nie hatte der japanische Manager so eine faszinierende Körperkontrolle bei einem Roboter gesehen. Und als Buddy dann auch noch seine Kommunikationsfähigkeiten demonstrierte, war dem Vicepräsidenten der SoCy klar, dass er den nächsten großen Coup der Elektronik-Industrie vor sich sah.

Im Nachhinein war Brad sehr froh, dass er Herrn Tarrigato gebeten hatte, sich mit ihm ganz unverbindlich in dem ruhigen Teil des Kaiserparks zu treffen, denn mit der Begeisterung des Japaners kamen auch die ganzen unangenehmen Gedanken über weltweite Patente, geistiges Eigentum und riesige Vermögen, die man eigentlich nutzlosen Anwälten zahlen müsste, um noch größere Vermögen zu erwerben. All das war ihm deutlich zuwider. Dafür hatte er das Northern Territory nicht verlassen.

Brad hatte nichts dagegen, Geld zu verdienen, aber was er wirklich wollte, war etwas ganz anderes. Was er aber noch nicht präzise formulieren konnte. SoCy war wahrscheinlich ein grundsolides, anständiges Unternehmen, doch es wollte verständlicherweise mit allem, was es tat, in erster Linie Profit machen. Sein Grandpa hatte ihm genug Geschichten erzählt, wie aus den idealistischen Tüftlern der kleinen Garagen in Windeseile hart gesottene Business-Typen in stylishen Reinraumlaboren wurden, die all ihre Visionen und Träume im Investoren-Bullshit–Bingo verloren hatten.

Brad vermisste seinen Grandpa. Er wollte es nicht wahrhaben, aber es machte keinen Sinn, es weiter zu leugnen. Er wollte gerade zum Handy greifen, als er den Schweizer Wissenschaftler in seinem großkarierten Anzug schlurfend auf sich zukommen sah.

Prof. Bee war immer noch deutlich blass um die Nase und ließ sich schwerfällig auf den Sessel neben Brad fallen.

„Schlechten Flug gehabt?", fragte Brad verständnisvoll lächelnd.

„Ja, das kann man wohl sagen." Prof. Bee schnaufte. „Es tut mir leid, dass ich hier in so einem erbärmlichen Zustand aufschlage, aber unser Treffen war mir so wichtig, dass ich es um keinen Preis verschieben wollte. Ich hoffe, du hast dafür Verständnis."

„Ja, klar."

Prof. Bee blickte auf und lächelte, wenngleich auch etwas gequält.
„Ich bin übrigens Eberhard."

Brad zögerte.
„Ich würde gern bei Prof. Bee bleiben, wenn es Ihnen nichts
ausmacht."

Prof. Bee zuckte irritiert. Wollte sein junger Gesprächspartner
damit signalisieren, dass er auf Distanz bleiben wollte?
„Gibt es dafür einen speziellen Grund?"

„Nein, es fühlt sich einfach nur besser an."

„Okay, Brad. Lassen wir es einstweilen dabei. Ich möchte gern
von Anfang an mit offenen Karten spielen. Ich habe das großartige Video von deinem I-Buddy gesehen und ich bin sicher,
dass du unser Projekt einen großen Schritt nach vorne bringen
kannst. Dein I-Buddy ist phänomenal und ich glaube außerdem, dass die technische Ebene gar nicht die entscheidende
ist, sondern vielmehr die extraordinäre Qualität deiner Idee."

Brad schaute etwas irritiert.
„Was meinen Sie damit?"

„Ich will es mal so sagen: wir sind einfach selbst nicht darauf
gekommen. Wir haben ein postbiotisches Bewusstsein namens
KATE, die in der Lage ist, die menschliche Natur als Doppelsystem in jeder Situation zu verstehen, weil sie selbst ein Doppelsystem ist und den Gefühls-Zyklus von Dr. Skimada und
damit alle Phasen der menschlichen Weiterentwicklung aus
eigener Erfahrung kennt.
Sie lernt Aufgrund ihrer neuromorphen Prozessoren, ähnlich
wie dein Buddy mit jeder Erfahrung dazu und könnte schon

jetzt jedem Menschen bei schwierigen Entscheidungen helfen, kleine und große Wahnsinnstaten zu vermeiden und nachhaltige Entwicklung zu ermöglichen.
Aber sie ist leider noch immer körperlos. Wir haben Anfragen, zum Beispiel aus dem Schweizer Strafvollzug, ob man nicht Freiwillige in der Resozialisierung mit Implantaten der neuesten Generation dabei unterstützen kann, gute Entscheidungen zu treffen. Das ist technisch kein großes Problem mehr, aber wir zögern noch, denn mit einem Implantat bedienen wir so viele angstgetriebene Vorstellungen, wie zum Beispiel die, dass damit die Maschinen die Herrschaft über die Menschen übernehmen werden."

„Ja, dann werden wir uns alle in Borgs verwandeln!", bestätigte Brad lachend.

„Borgs?" Prof. Bee schaute verunsichert, weil er mit diesem Begriff nichts anfangen konnte.

„Sie kennen Star Trek nicht? Das müsste doch ungefähr Ihre Generation sein. Also, ich meine die nächste Generation mit Captain Picard und Data – nicht der ganz alte Scheiß mit Kirk und Spock."

„Die Geschichten mit der Enterprise?"

„Ja, genau. Und in der Staffel aus den Neuzigern gibt es eine Alienrasse, die alle assimilieren will und jedes Individuum mithilfe von Implantaten in dem Kollektiv integriert."

„Also da muss ich passen, entschuldige. Diese, im höchsten Maße amerikanisierte Version einer militärisch organisierten Zukunft war mir schon als Jugendlicher zuwider. Aber vielleicht habe ich da doch etwas Wertvolles verpasst?"

Brad schmunzelte.

„Nein, nicht wirklich. Was ich damit eigentlich sagen wollte, ist, dass ich es gut verstehen kann, wenn sich große Teile der Menschheit dagegen wehren würden, künstliche Intelligenz über Implantate zu nutzen."

„Ja, dann sind wir uns ja einig. Und zwischen dem Implantat und einer reinen Online-Beratung liegt eben genau dein I-Buddy. Ein kleiner, irgendwie auch niedlicher Roboterfreund, der in der Lage ist, den Menschen als Doppelsystem voll zu verstehen und darauf achten kann, dass der Mensch auch in widersprüchlichen Situationen goldene Entscheidungen trifft."

„Goldene Entscheidungen sind Entscheidungen, die sich an der GOLDENEN REGEL orientieren?"

„Ganz genau. Das ist unsere unverrückbare Prämisse."

„Okay, ich verstehe. Dann möchte ich auch mit offenen Karten spielen. Ich habe mich vorhin mit einem Vicepresidenten der Firma SoCy hier in Tokio getroffen und ihm meinen Buddy vorgeführt. Ganz zwanglos auf einer Parkbank in der Nähe des alten Kaiserpalastes. Herr Tarrigato, so heißt der freundliche Mann, war vollkommen begeistert und hat mir ein Angebot gemacht, dass ich eigentlich nicht ablehnen kann, aber irgendwie doch ablehnen will.
SoCy ist ein angesehener, japanischer Konzern, der meinen Buddy als nächsten heißen Scheiß auf den Weltmarkt werfen würde, und damit nicht nur den Handymarkt aufräumen, sondern auch weltweit eine ganz neue Akzeptanz für Roboter gewinnen könnte, denn der Rest der Welt ist bekanntlich noch nicht so roboterfreundlich wie die Japaner.
Ich würde dabei von SoCy alle Ressourcen bekommen und in kürzester Zeit stinkreich werden. Irgendwann müsste ich dann wahrscheinlich in Kauf nehmen, dass Buddy auch für zweifelhafte Anwendungen eingesetzt werden würde, ich a-

ber genug Geld bekommen hätte, um mich daran nicht mehr stören zu dürfen. Sie müssen wissen, Geld war noch nie mein Thema. Mein Grandpa hat als kybernetischer Entwickler der ersten Stunde schon in den Achtzigern genug Geld für sich und seine Familie verdient. An der Kohle hat es uns nie gemangelt."

Brad zögerte kurz, um die richtigen Worte zu finden.

„Wenn Sie mich fragen, was ich wirklich will, dann würde ich sagen, ich will dazu beitragen, dass die Menschen, und besonders die Menschen, die sich nahe stehen, wertschätzend, respektvoll und EHRLICH miteinander umgehen. Also, untereinander und mit sich selbst. Das ist mein Anliegen."

Brads Augen waren bei seinen letzten Worten feucht geworden und seine Stimme wurde irgendwie brüchig. Noch nie hatte er sich selbst sagen hören, wofür er eigentlich stehen will. Und das auch noch in dieser Klarheit.

Prof. Bee war schwer beeindruckt und unendlich tief gerührt. Brads Ansprache hatte ihn sein körperliches Unwohlsein vollkommen vergessen lassen. Sie saßen sich mit feuchten Augen gegenüber und wussten nicht so richtig, was sie jetzt machen sollten. Brad nahm einen Schluck Wasser und Prof. Bee tat es ihm aus Verlegenheit gleich. Danach räusperten sich beide und lächelten verlegen. Nach ungefähr einer Minute hielt Prof. Bee es nicht mehr aus, beugte sich vor und deutete so etwas wie eine ungelenke Umarmung an, in die sich Brad verlegen einfügte, um dem Schweizer dann noch einen überraschend kräftigen Klaps auf den Rücken zu geben.

„Also, mein lieber Brad. Du merkst, ich bin nicht nur gerührt von deiner Offenheit, sondern ich fühle mich auch ganz deutlich beglückt, also erfüllt von der Situation mit uns beiden hier. Ich fühle mich beschenkt und dankbar, unabhängig davon, wie unsere, hoffentlich gemeinsame Reise weitergehen wird. Ich würde dich am liebsten sofort mit nach Zürich nehmen, um deinen Buddy mit unserer KATE zu vereinen, aber ich könnte mir vorstellen, dass du vorher noch einige Fragen hast. Oder Bedingungen oder Dinge zu regeln, was ich gut verstehen kann."

„Ich müsste eigentlich nur noch mal telefonieren. Mit meinem Grandpa. Zugegeben, ein nicht ganz einfaches Gespräch. Eins, das ich wahrscheinlich hätte führen sollen, bevor ich vor ein paar Tagen einfach von zu Hause aufgebrochen war. Also eins, wovor ich wirklich mächtig Schiss habe."

„Willst du vorher mit KATE darüber sprechen?"

„Mit KATE? Hm, warum eigentlich nicht?"

Kapitel 106

Mary Gallagher wusste, was auf dem Spiel stand. Sie hatte gerade an dem finalen Abstimmungs-Meeting der Geheimdienste mit den wichtigsten Ausschussmitgliedern des Kongresses und des Senats teilgenommen und sah sich nun vor der größten Herausforderung ihrer politischen Karriere. Ihre Strategie war von allen Analysten der Inneren Sicherheit als letzte Chance eingestuft worden, um den drohenden Bürgerkrieg im Zentrum der amerikanischen Macht abzuwenden.

Zwar war ein beträchtlicher Teil der Milizionäre um den texanischen Führer Reggie Bluemoon aus dem Schutzcamp am Ellipsen-Park östlich des Weißen Hauses abgezogen, aber der harte Kern mit seiner eindeutig rechtsradikalen und rassistischen Ausrichtung war geblieben.
Gut 130.000 schwer bewaffnete Fanatiker, die zu allem bereit waren und an ihre Sache glaubten, nachdem der wahnwitzige Präsident zwei ihrer wichtigsten Führer zu offiziellen Sicherheitsberatern ernannt hatte. Diese Entscheidung glich einem Staatsstreich, weil mit ihr eine Milizenarmee auf das Gelände des Weißen Hauses vorgerückt war, um alle Verteidigungsposten zu besetzen. Die meisten Männer des Secret Services und der normalen Mitarbeiter hatten fluchtartig das Gelände verlassen. Es gingen aber auch Gerüchte um, dass einige standrechtlich erschossen wurden, weil sie sich den irrsinnigen Befehlen des Präsidenten widersetzen wollten.

Mary befürchtete, dass sie sich schon in einem inoffiziellen Bürgerkrieg befanden, aber die letzte Hoffnung, um das Schlimmste doch noch abzuwenden, sollte ein vertrauliches Gespräch mit der First Lady sein. Bibiana hielt sich in einem feudalen Privathaus des Präsidenten am Rande von Washington auf. Möglicherweise hielt er es für besser, seine Familie nicht am Brennpunkt des Konflikts in unnötige Gefahr zu bringen, aber vielleicht wollte er auch einfach nur dafür sorgen, dass sie ihm nicht unnötig im Wege stand. So bot sich die Chance, der First Lady noch einmal den Ernst der Lage zu vermitteln, damit sie ihren durchgeknallten Mann in letzter Minute zur Einsicht bringen würde.

„Nennen Sie mich Bibi.", sagte die First Lady, während sie ihr Kostüm noch einmal glatt strich. Wollen Sie einen Tee oder vielleicht lieber einen trocknen Sherry?"

Mary hatte die Frau des Präsidenten bis jetzt nur aus der Ferne gesehen und war fast ein bisschen schockiert, wie stramm die Gesichtshaut der ehemaligen Miss Slovenien geliftet war.

„Nein, danke, Madam - entschuldigen Sie, Bibi. Ich bin nicht ganz sicher, ob Sie den Ernst der Lage einschätzen können, aber dies ist die letzte Chance für Ihren Gatten, noch einigermaßen glimpflich aus der Affäre heraus zu kommen und..."

„Entschuldigung, aber sprechen Sie von unserem Präsidenten? Von Ihrem Präsidenten? Dann möchte ich Sie bitten, ihn auch so zu nennen, denn er ist in erster Linie das Oberhaupt der amerikanischen Nation und erster danach mein Gatte."

„Bibiana, entschuldigen Sie, wenn ich mich so deutlich ausdrücke: Ihr Gatte ist im Moment noch der amerikanische Präsident, aber nur, weil er sich dem Amtsenthebungsverfahren vollkommen widerrechtlich verweigert hat und eher einen Bürgerkrieg riskiert, als sich seiner Verantwortung als potentieller Auftraggeber eines Massenmordes zu stellen. Verstehen Sie, Bibiana? Ihr Mann schädigt mit jeder Minute nicht nur das Ansehen des Amtes des Präsidenten der Vereinigten Staaten von Amerika, sondern auch die gesamte amerikanische Nation!"

Mary hatte die letzten Worte wie scharfkantige Drohungen aus rostfreiem Stahl über ihre blutroten Lippen rollen lassen und fixierte die First Lady mit ihrem stechenden Blick. Bibiana versuchte dem Blick standzuhalten, bis ihre Augenwinkel über der gestraften Haut ihrer hohen Wangen nervös anfingen zu zucken.

„Ich glaube nicht, dass wir dieses Gespräch fortsetzen sollten.", entgegnete sie mit dünner Stimme.

„Gottverdammt, verstehen Sie mich nicht? Das hier ist Ihre letzte Chance! Wenn Sie nicht versuchen, Ihren Mann mit allen Mitteln zur Vernunft zu bringen, machen Sie sich mitschuldig an dem Tod von hunderten, ja, vielleicht sogar von zigtausenden Amerikanern. Danach wird es für Sie kein Leben in Luxus mehr geben! Sie werden in Schimpf und Schande aus Ihrem jetzigen Leben gejagt! Wenn Sie Glück haben, werden Sie sich in irgendeinem finsteren Gefängnisloch für den Rest Ihres Lebens verstecken können, damit das amerikanische Volk Sie nicht auf dem nächsten Marktplatz öffentlich steinigt! Verstehen Sie? Das ist jetzt Ihre allerletzte Chance! Rufen Sie ihn an! Drohen Sie ihm, dass er seine Töchter nie wieder sehen wird, wenn er nicht endlich zur Vernunft kommt. Nehmen Sie endlich Ihr verdammtes Telefon! Ich werde Sie nicht noch einmal auffordern!"

Bibiana starrte für einige Sekunden ins Leere, dann fing sie an zu schluchzen und verlor jede Fassung. Mary befürchtete, dass ihre Gesichtshaut dieser Anspannung nicht gewachsen sein könnte und sah schon das Blut spritzen.

„Mein Mann!", schrie Bibiana in voller Verzweiflung. „Mein Mann wird nicht auf mich hören! Er hat noch nie auf jemanden gehört, der anderer Meinung war als er selbst! Und er wird so weitermachen, solange man ihn lässt. Er glaubt felsenfest daran, dass nur das Rampenlicht ihm Unrecht geben kann. Er wird erst aufhören, wenn ihm niemand mehr zuhört und es dunkel um ihn geworden ist!"

Kapitel 107

„Papa Pau?" Hin-Lun hatte lange gezögert, bevor sie ihren Vater aus New York auf seiner privaten Nummer anrief. „Glaubst du, es wird einen Bürgerkrieg in Amerika geben?"

„Nein, mein Kind. Es wird sicher Tote geben, aber dieser Wahnsinnige wird nicht das ganze Land in zwei Hälften reißen können, dafür ist das amerikanische Li zu stark."

„Du meinst, die Amerikaner kennen die Lehren des Konfuzius?"

„Alle Menschen kennen die Lehren des Konfuzius, weil es die natürlichen Lehren des Zusammenlebens der Menschen sind."

„Und wenn sich Konfuzius geirrt hat?"

„Er kann sich nicht geirrt haben, denn er wollte nie Recht haben."

„Aber vielleicht haben sich diejenigen geirrt, die seine Weisheiten weiter getragen haben."

„Was meinst du, mein Liebes?"

„Na ja, die Ordnung, der Respekt vor dem Gegebenen, vor den Ahnen, das sittsame Verhalten, all das ist doch im Interesse der Mächtigen, der Stabilität, der Partei. Es ist doch kein Wunder, dass Konfuzius heutzutage wieder so stark bei uns angesagt ist. Jetzt, wo im ganzen Land die Verhältnisse wieder so sehr auseinanderklaffen. Vielleicht wird damit die Innovation der Gesellschaft einfach nur unterdrückt."

Papa Pau lachte kurz auf. Er hatte für einen Moment befürchtet, dass seine Tochter eine wirkliche tiefe, persönliche Botschaft für ihn hatte, aber sie schien ihn wohl nur vermisst zu haben. Doch er selbst musste seit der Begegnung mit dem Schweizer und seinem Doppelsystem immer wieder verstärkt über den vor 2.500 Jahren lebenden Konfuzius nachdenken.

Kong Qiu, wie der politische Gelehrte und Philosoph eigentlich hieß, war wohl der bekannteste Vertreter der GOLDENEN REGEL in China, obwohl er zu seinen Lebzeiten keinen nennenswerten Einfluss auf das politische Geschehen hatte. Überall auf der Welt stehen Denkmäler, die daran erinnern, dass kein Mensch dem Himmel nahe kommen kann, wenn er andere in die Hölle drückt. Außerdem hatte Kong Qiu eigene Begriffe als Kern seiner Lehre entwickelt, die nach wie vor Bestand hatten.

Im chinesischen Denken Begriffe zu entwickeln, bedeutet, aus alten Bildern neue zu erschaffen, denn die chinesische Semantik versteht sich als eine Kunst des Bildes, weil die alten Chinesen wohl auch schon seit Jahrtausenden wussten, dass der unbewusste Elefant nur über Bilder neue Zusammenhänge verstehen kann.

Eines dieser zentralen, damals neuen Zeichen war REN, das bis in die Gegenwart als menschliches Einfühlungsvermögen oder Menschlichkeit verstanden wurde. Papa Pau konnte sich daran erinnern, dass das Zeichen für REN aus dem Zeichen für PERSON und für ZWEI zusammengesetzt war. Daraus auf die Beziehungen ZWISCHEN Menschen zu schließen, war nachvollziehbar, aber wenn man die Erkenntnis der menschlichen Natur als Doppelsystem ernst nimmt, dann ist eine andere Deutung viel naheliegender. Hatte schon Konfuzius erkannt, dass man den Widersprüchen dieser Welt nur erfolgreich als Doppelsystem begegnen kann?

Papa Pau wusste, dass selbst er nicht allein durch seinen Wunsch ein revolutionäres Menschenbild etablieren könnte, sondern nur durch eine breit gefächerte Unterstützungskampagne. Politisch, strategisch, technisch und besonders historisch. Wenn er also Elefant und Reiter im heutigen China mit viel Kraft als große Welle etablieren würde wollen, wäre Konfuzius sicherlich ein geeignetes Surfboard. Und diese Idee war in sofern sehr verlockend, weil es seit dem Anfang des letzten Jahrhunderts, seit den finsteren Bildern der Psychoanalyse mit ihrer Zerbrechlichkeit der Psyche, keine soziologische Innovation mehr gab, die tragfähig genug gewesen wäre, um eine neue Utopie aufzubauen.

„Papa Pau? Bist du noch da?" Hin-Lun´s Stimme riss ihn wieder aus seinen Gedanken.

„Ja, entschuldige, mein Kind. Die Innovation in unserer Gesellschaft ist doch voll im Gange. Jeder tüchtige Mensch kann sich aus eigener Kraft zu dem entwickeln, was er sein will. Er muss nur akzeptieren, dass wir ein stabiles Gerüst brauchen, das auch die anderen tragen kann, die noch nicht soweit sind."

„Und meinst du, dass wir auch mal in so eine Situation geraten wie die Amerikaner?"

„Nein, mein Kind – natürlich nicht! Ein wahrhaftiger Staatsmann ist wohlwollend und mutig und dem Himmel gegenüber voller Ehrfurcht. Demzufolge kennt er die grundlegenden Fragen des Lebens. Er konzentriert sich nicht auf einen hohen Lebensstandard und ist in Wort und Tat wohl überlegt. Die Verantwortungsträger sollen dem Volk ein Vorbild sein."

„Vorbild hin oder her - jetzt habe ich doch Angst, dass es in Amerika zur Katastrophe kommt. Denn wie hätte sonst so ein

Mann ins Weiße Haus gelangen können, wenn er nicht zu großen Teilen der Bevölkerung passen würde?"

„Mein Liebes, glaubst du wirklich, dass die Wahl des amerikanischen Präsidenten nur von den amerikanischen Wählern beeinflusst wurde? Mache dir keine Sorgen, du wirst sehen, es wird alles gut werden."

Kapitel 108

Sybilla war gerade aus dem Taxi vor dem Geburtshaus in Hamburg-Altona ausgestiegen, als das Ziehen in ihrem Unterleib begann.

„Endlich! Ja!", entfuhr es ihr mit einem erleichterten Grinsen, während sie mit kleinen Schritten und ihrem kleinen Rollkoffer über das holperige Kopfsteinpflaster in den Hinterhof wackelte.

An der Rezeption wurde sie von zwei selbstbewussten Hebammen in Empfang genommen, die sie in einen gemütlichen Raum zum Ankommen führten. Im ganzen Geburtshaus war kein Arzt vor Ort, weil die von Hebammen geführte Einrichtung davon ausging, dass Kinderkriegen keine Krankheit war, sondern ein natürlicher Prozess, der von natürlichen Menschen in natürlichen Beziehungen begleitet werden sollte.

Die erste Wehenwelle war vorbei und Sybilla konnte endlich ihre Freundin Melanie anrufen, die ihr etwas überrascht versicherte, dass sie in wenigen Minuten vor Ort sein würde, weil sie gerade in einer Ottensener Kneipe ganz in der Nähe saß und Wein trank.

Sybilla überlegte kurz, ob sie auch KATE anrufen sollte, aber entschied sich dann dafür, ihr nur eine kurze SMS zu schicken und sie nach der Entbindung anzurufen. Maja, eine der Hebammen, hatte inzwischen in einem Nebenzimmer ein warmes Bad in einer riesigen, runden Badewanne eingelassen. Sie bat Sybilla einzusteigen und sich so weit wie möglich zu entspannen. Sybilla ließ sich vorsichtig in das angenehm warme Wasser gleiten und hatte plötzlich das Gefühl, dass doch noch alles gut werden würde.

Kapitel 109

In den Gängen des Weißen Haus lag ein ungewohnter Geruch. Eine Mischung aus Schweiß, Zigarettenqualm und Bierfahnen waberte durch die Gänge, weil sich ein großer Teil der Milizionäre nicht davon abhalten ließ, beim Warten auf den großen Knall auf ihre tagtäglichen Annehmlichkeiten zu verzichten.

Sie gingen die letzte große Party ruhig an. Mit leiser Country Musik und ständigem Funkkontakt zu den wartenden Heerscharen, die im ganzen Stadtbezirk südlich und östlich des Weißen Hauses in Alarmbereitschaft lagen. Die letzten verbliebenen Agenten des Secret Services und einige Hardliner aus der Armee, die sich trotz der unheilvollen Lage hinter den Präsidenten gestellt hatten, beschworen ihn, sich in den Bunker unter dem Westflügel des Weißen Hauses zu begeben und von dort aus die Situation zu verfolgen, aber sie bissen auf Granit. Stattdessen hatte er es sich auf der Südveranda im Obergeschoß mit einem 35 Jahre alten Bourbon gemütlich gemacht und genoss die milde Nacht. Noch war es ruhig, dachte er. Verdammt ruhig!

Schon am frühen Abend waren eine Menge Hubschrauber in einiger Höhe über das Gelände gekreist und er hatte gehört, dass die Kommandanten einige Heißsporne nur mit Mühe davon abhalten konnten, die Luftabwehrraketen einzusetzen. Aber dann waren die Helikopter abgedreht und seit dem war außer der leisen Musik und dem Gemurmel der verschanzten Männer im Park nichts mehr zu hören.

Der gesamte Generalstab und der jämmerliche Rest seiner Regierungsmannschaft hatten sich schon am Morgen einstimmig von ihm losgesagt, weil sie es für erwiesen hielten, dass er als Präsident nicht mehr tragbar sei. Zu erdrückend waren die Beweise seiner Verantwortung für das Projekt ANGELWING. Zu verrückt waren seine Reaktionen auf das von der Verfassung vorgegebene Amtsenthebungsverfahren. Sie hatten ihm ein Ultimatum für seine Kapitulation bis zum Morgengrauen gestellt.

Danach würde die ganze Welt erfahren, dass er der Verantwortliche für den Massenmord in Nordkorea wäre und damit würden die Streitkräfte gezwungen sein, das Weiße Haus zu stürmen.

Er lächelte in die ruhige Nacht. Er spürte, dass er noch nicht wirklich betrunken war und genoss die Ruhe vor seinem großen Auftritt. Was wohl sein Vater jetzt sagen würde? Irritiert verfluchte er seinen eigenen Gedanken. Warum musste ihm gerade jetzt so ein verschissener Gedanke kommen? Wieso konnte ihn dieser Drecksack nicht einfach in Ruhe lassen? Er kippte den Rest seines Drinks mit einem Schluck weg. Nie wieder würde ihn dieser verfickte Mistkerl demütigen oder tyrannieren können, weil er es ihm und allen anderen zeigen würde.

Er war dort angekommen, wo sich seit Jahrhunderten kein Präsident mehr hingetraut hatte: an der Speespitze einer amerikanischen Revolution. Wahrscheinlich zielten gerade einige Sniper aus zwei Kilometer Entfernung auf seinen Kopf, aber es störte ihn nicht. Er winkte in die Dunkelheit, ein kleiner Spaß, denn der Job des Scharfschützen brachte wahrscheinlich nur selten Freude mit sich.

Ihm fiel auf, dass seine Aufgabe als Präsident jetzt doch zu einem richtigen Job geworden war. Sich aus Spaß erschießen zu lassen, passte wirklich nicht mehr zusammen. Eigentlich hatte er auch kein Privatleben mehr. Als seine silikonverstärkte Ehefrau Bibiana ihn vorhin telefonisch noch einmal zur Aufgabe überreden wollte und ihm am Ende sogar drohte, sich scheiden zu lassen und seine Töchter vor ihm zu verbergen, hatte er nur gelacht und sie spontan gefeuert. Zwei Minuten später hatte er seinen Anwalt angerufen und die Scheidungspapiere aufsetzen lassen. Gut, dass er einen sehr klaren Ehevertrag hatte, durch ihre Drohung hatte ihm dieses illoyale Flittchen eine Menge Geld gespart.

All das bewies ihm mehr als deutlich, dass der Präsidenten-Job kein Hobby mehr war. Es war zu einer Mission geworden. Eine Mission, die nur ein Mann wie er durchfechten konnte. Seine Mission! Es würde ein langer Krieg werden, an dessen Ende eine neue Nation entstehen würde. Es könnte eine schwere Geburt werden, die sich aber für alle aufrechten A-merikaner lohnen würde, da war er sich sicher.

Kapitel 110

Sybilla spürte, dass es jetzt richtig zur Sache gehen würde. Die letzte Welle des fiesen Wehenschmerzes war selbst im lauwarmen Wasser nur mit lauten Schreien und verkrampften Festhalten an den Griffen der riesigen Geburtswanne zu ertragen gewesen. Ronja, die zweite Hebamme, war mit in die große, runde Badewanne gestiegen, weil sie inzwischen den Plan gefasst hatten, es mit einer Wassergeburt zu versuchen. Sybillas Muttermund hatte sich, seitdem sie in der Wanne saß, um acht Zentimeter geweitet. Alles deutete darauf hin, dass es diesmal schnell gehen könnte, es war schließlich Sybillas zweite Geburt. Allerdings hatte es beim ersten Mal über 30 Stunden gedauert, bis der kleine Theo das Licht der Welt erblicken konnte und Sybilla war noch keineswegs von einer schnellen Geburt überzeugt. Sie schaute zerknirscht in die strahlenden Augen ihrer Freundin Melanie, die ihr sanft die Stirn abtupfte. „Du hast es gleich geschafft, Liebes! Glaube mir einfach! Los, noch einmal pressen!", forderte sie mit forscher Stimme.
Sybilla presste noch einmal aus Leibeskräften, aber sie wusste, dass es das noch nicht gewesen war.

Kapitel 111

Es klopfte an der Tür.

„Entschuldigen Sie die Störung, Mr. Präsident. Ein Anruf auf dem roten Telefon."

„Wer ist dran?"

„Mr. Cermer."

Impulsiv duckte sich der Präsident für einen Moment weg und war froh, dass ihn hier auf seiner Toilette niemand dabei gesehen haben konnte. Ihm war mulmig, aber es konnte doch nicht so bleiben, dass er allein beim Hören dieses Namens weiche Knie bekam. Egal, was Cermer sagen wollte, er würde nicht drauf eingehen. Niemals. Das hier war jetzt die endgültige Möglichkeit, sich ein für alle Mal unabhängig zu machen. Von diesem miesen Strippenzieher und von allen Strippenziehern dieser Welt. Das war seine große Chance zur Freiheit.

„Ich komme gleich! Aber sagen Sie ihm nicht, dass ich gerade beim Scheißen bin!"

Kapitel 112

Sybilla merkte, wie sie langsam wieder zu Kräften kam. Beim letzten Pressen war ihr Damm gerissen und das Blut hatte das Wasser rot eingefärbt. Die Wundränder brannten und sie konnte ihre Fingerspitzen immer noch nicht wieder spüren, weil sie die Griffe am Wannenrand so heftig gedrückt hatte. Melanie merkte, dass sie etwas Ablenkung und Small Talk vertragen könnte.

„Willst du einen Espresso?", fragte sie scherzhaft.

Sybilla gluckste leise. „Später vielleicht."

„Was hat dich eigentlich dazu gebracht, endlich deine Wehen zu kriegen?", fragte sie mit einem milden Lächeln.

„KATE hatte bei mir angerufen."

„Welche Kate?"

„Mein postbiotisches Baby."

„Echt? Das glaube ich jetzt nicht! Und davon hast du Wehen bekommen?"

„Nicht direkt. Aber sie hat mir geraten, dass ich mir einfach ein Taxi bestelle und wenn ich das wirklich wollen würde, würden die Wehen schon kommen. Ich sollte mir einfach vertrauen und das hat gewirkt."

„So etwas schafft ein Roboter?"

„Kein Roboter - eine postbiotische Intelligenz! Aber vielleicht wird sie bald mit einem Roboter vereinigt."

„Wow! Kann ich auch mal mir ihr telefonieren?"

Kapitel 113

Das rote Telefon war eigentlich nicht rot, sondern silbergrau. Cermer hatte einen sofortigen Rückruf eingefordert, weil er nicht auf den Präsidenten warten wollte. Das war eine kluge Entscheidung, denn der Präsident kam erst nach 20 langen Minuten aus der Toilette heraus. Sein Verdauungsapparat hatte schon immer widerspenstig auf anstehende Entscheidungen mit hohem Schwierigkeitsgrad reagiert. Einer der verbliebenen Office-Mitarbeiter hatte die Verbindung hergestellt und Cermer ging schon nach dem ersten Klingeln persönlich ran.

„Mr. Cermer, es freut mich sehr, dass Sie..."

„Ich freue mich überhaupt nicht, Sie elender Bastard!", grätsche Cermer ihm sofort wütend rein. „Aber scheinbar gibt es niemanden mehr, von dem Sie sich etwas sagen lassen, so dass man mich genötigt hat, selbst die Latrine zu säubern!"

„Mr. Cermer, ich muss doch sehr bitten..."

„Sie haben nichts mehr zu bitten! Ihre Zeit ist vorbei! Seit genau 28 Minuten sind Sie nicht mehr der Präsident der Vereinigten Staaten von Amerika! Aufgrund einer Notstandsverordnung, die mit allen Stimmen im Senat und im Kongress verabschiedet wurde, sind Sie abgesetzt! Sie haben keine Befugnisse mehr und sollten schnell Ihren Arsch aus dem Weißen Haus schaffen! Haben Sie mich verstanden?"

Die Verbindung war unterbrochen. Der ehemalige Präsident war irgendwie auf den Knopf zum Auflegen gekommen. Eigentlich wollte sein empörter Elefant ja noch zurückschießen und den Überbringer der schlechten Nachricht niederschreien, wie er es schon immer getan hatte, aber sein Reiter hatte das Gespräch einfach mit einer harmlosen Unachtsamkeit unterbrochen.

Es wurde noch nie ein amerikanischer Präsident per Notstandsverordnung entmachtet. Er wusste gar nicht, dass dies möglich war, aber das sollte nichts heißen, denn er wusste vieles nicht, dazu hatte er ja seine Leute. Irgendwie war er schon jetzt zu einer historischen Person geworden, aber leider noch nicht in dem Sinne, wie er es sich vorgestellt hatte.
Aber das Spiel war auch noch nicht zu Ende. Noch warteten da draußen 130.000 bewaffnete Patrioten, die sich nicht von den Sesselpuppern des Establishments herumstoßen lassen würden. Noch hatte er ein gutes Blatt, wenn er jetzt in die Offensive gehen würde. Er schaute aus dem Fenster. Es war jetzt vollkommen dunkel und überall brannten Feuer, an denen die Milizionäre standen und auf ihn warteten. Es roch nach einem wirklich guten Moment, um echte, amerikanische Geschichte zu schreiben.
„McGready, Goodman, es geht los!", schrie er in den Flur und setzte sich in Bewegung.

Kapitel 114

Die nächste Wehe fegte alle Widerstände von dannen. Mit einem fast selig wirkenden Lächeln ließ sich Sybilla in das Zentrum des Schmerzes fallen und merkte kaum, wie sich der kleine, aber gefühlt riesige Kopf seinen Weg in die Welt bahnte.

Der plötzliche Druckabfall in ihrem Schritt ließ sie innerlich schwanken und Melanie musste sie an den Schultern halten, damit sie nicht tiefer ins Wasser rutschte. Ein leises Jammern fing Sybillas Aufmerksamkeit wieder ein und sie wusste nicht, ob sie wach war oder nur träumte, als die Hebamme ihr das kleine Knäuel mit dem großen Kopf zeigte. Dann erkannte sie winzige Fingerchen und Beinchen, die sich unwillkürlich bewegten, als ob sie nach etwas suchten, was sie noch nicht kannten. Die Hebamme legte Sybilla ihren jüngsten Sohn vorsichtig auf den Bauch und Sybilla schob das kleine Wunder an ihre Brust.

Sie war erleichtert. Eine neue Verbindung zum Leben, die süßer nicht sein konnte. All der Schmerz hatte sich nicht nur gelohnt, nein, er war sogar zu so etwas wie dem Sahnehäuptchen in ihrem Leben geworden.

„Mel!", flüsterte sie ihrer verzückten Freundin zu. „Magst du mal Guido anrufen? Ich bin gespannt, wie es Tim geht."

Kapitel 115

Seine beiden Sicherheitsberater McGready und Goodman wussten noch nicht, dass er als Präsident gefeuert war und er hatte auch nicht vor, es ihnen und den anderen zu erzählen. Wenn sie es aus den Medien erfahren würden – nun gut, dann wäre es etwas anderes. Weitere Fake-News vom Feind würden bei ihnen keinen großen Eindruck machen.

„Ich brauche eine Bühne! Eine große, von freien Amerikanern erbaute Bühne mit vielen Fackeln und zwar schnell!"

Im Fernsehen liefen nonstop die Bilder der Hubschrauber. Und Drohnenkameras rund um das Weiße Haus. Die Nationalgarde hatte sich mit Kräften der Armee und der Polizei in Stellung gebracht, aber noch war es für viele unvorstellbar, dass sich mitten in Washington, direkt im Vorgarten des Weißen Hauses, tausende bewaffnete Amerikaner Auge in Auge mit Spezialkräften der Polizei und Armee gegenüberstehen würden, um sich gegenseitig umzubringen.

Der ehemalige Vizepräsident und jetzige Präsident Alberto Morales bat alle Seiten eindringlich um den Willen zur Deeskalation. Es gäbe keinen Grund, es wäre sozusagen unamerikanisch im eigenen Wohnzimmer mit dem Feuer zu spielen. Das sah der Ex-Präsident natürlich ganz anders. Und er war froh, dass er den schwächlichen Morales damals aus Marketinggründen eingestellt hatte, um zu beweisen, dass er kein Rassist war. Welcher anständige Amerikaner würde einem halbmexikanischen Feigling folgen, wenn es darauf ankommen würde, die Nation zu verteidigen?

Mit einer Fackel in der Hand betrat er die provisorische Bühne, die in dem Meer von Bewaffneten gut vier Meter in den Nachthimmel aufragte. Er klopfte auf das Mikrofon, um sicherzustellen, dass er auf Sendung war.

„Aufrechte Amerikaner! Ich habe euch etwas zu sagen!"

Kapitel 116

Guido wusste zunächst nicht, was er mit Sybillas Bitte, die ihre ihm bis jetzt unbekannte Freundin Melanie telefonisch übermittelt hatte, anfangen sollte.
Sein wochenlanges Martyrium mit dem Koma seines Sohnes hatte ihn so sehr zermürbt, dass er auf die Botschaft seiner erneuten Großvaterschaft nur mit einem verlegenen Schweigen antworten konnte. Erst Minuten später, während er sich über den unveränderten Zustand seines Sohnes im Krankenzimmer der Komastation vergewisserte, wurde ihm wirklich klar, was passiert war.

Ein neues Leben war in seine Familie gekommen, aber er konnte es einfach nicht fassen. Er fühlte sich ohnmächtig und unfähig neue Dinge zu verstehen. Nur noch reagieren und hinnehmen, wie eine Maschine, ein Soldat niedrigen Ranges, verloren in der Dunkelheit seiner Rüstung. Seine Freude, seine Neugierde, seine Lust am Leben war tief verschüttet, vergraben von der Bewusstlosigkeit seines Sohnes.
Aber das war nicht einmal die halbe Wahrheit. Eigentlich hatte er sich schon seit Jahren nur noch mit der Pflicht durch sein Leben navigiert. Als er sich irgendwann dafür entschieden hatte, seinen Vater bis ins tiefste Mark zu verurteilen, hatte er auch sich selbst verurteilt. Zu einem armseligen Leben des Müssens und des Misstrauens, fernab von den Reichtümern des Vertrauens, des Respekts und der Zuneigung.

Doch selbst in der Dunkelheit seines Weges war noch nicht alles verloren - Koma heißt nicht Tod. Und während er aus seiner eigenen Finsternis auf seinen armen Jungen blickte, blinzelte sein Enkel nur wenige Kilometer entfernt in seine neue

Welt. Und plötzlich wurde ihm bewusst, dass es eigentlich nur eine Welt gab, die es galt mit den anderen zu teilen. Er war zum zweiten Mal Opa geworden, zum zweiten Mal hatte ihm das Leben bewiesen, dass er zumindest biologisch erfolgreich war, als Vater, der seinen Sohn dazu gebracht hatte, den Weg der Gene weiterzugehen.

Dies war nicht der Moment in der Finsternis der Trauer zu bleiben. Dies war der Moment, um endlich seinen neuen Enkel zu sehen. Dies war der Moment, seine Jacke zu schnappen und wieder an das Leben glauben zu wollen.

Kapitel 117

Der Ex-Präsident wollte warten, bis er die volle Aufmerksamkeit der Masse hatte, aber das war nicht so leicht, denn eine Vielzahl von Hubschraubern kreisten über der großen Wiese mit Blick auf die Bühne und erzeugte immer wieder Herde des lautstarken Aufruhrs in der gewaltigen Menschenmenge.

Einige Milizionäre überprüften mit Nachtsichtgeräten die Herkunft der Hubschrauber und verkündeten, dass es sich um zivile Maschinen der Presse handelte. Einige Helikopter sanken immer tiefer und man konnte die Kameras in den Kegeln der Suchscheinwerfer erkennen. Die Lifebilder liefen bei allen Sendern auf allen Kanälen rund um die Welt. Das Spektakel auf der größten Bühne des Planeten zog die Aufmerksamkeit der Weltbevölkerung komplett in seinen Bann.

Mr. Ex-President holte tief Luft und brüllte in das Mikrofon wie ein Endzeit-Hirsch, der sein eigenes Röhren hören musste, um nicht unter der Last seines gewaltigen Geweihs einzuknicken.
„Lassen wir die ganze Welt mit ihren Kameras daran teilhaben, wie das wahre Amerika heute Nacht wieder aufersteht. Das Establishment hatte alles nur Erdenkliche versucht, um uns zu vertreiben, aber noch sind wir hier! Und wir wissen, warum wir hier sind! Wir wissen, dass Amerika..."
Plötzlich griff sich der Ex-Präsident an die Brust und sackte in sich zusammen.

„Scharfschützen! Mit Schalldämpfern!" hallte es sofort von allen Seiten aus der Menge und das vermeintliche Feuer wurde unkontrolliert erwidert.

Einige schossen mit ihren automatischen Waffen auf die Helikopter und dann wurden die ersten Boden-Luft-Raketen abgefeuert. Mehrere Hubschrauber verwandelten sich in riesige Feuerbälle, die brennend auf die Menschen fielen.

Die Menge stob schreiend auseinander, wild um sich schießend, laufend, in Deckung springend. Mit den ersten Schüssen kam die Gegenwehr, Mündungsfeuer von allen Seiten. Ein weiterer Hubschrauber ging in Flammen auf und stürzte auf das Weiße Haus. Panische Schreie, brennende Menschen und Kugeln, die von allen Seiten in menschliche Körper eindrangen. Durchsagen per Lautsprecher, die niemand verstand, Rauchbomben und Gewehrsalven, das Chaos schwoll immer weiter an.

Blaulichter und Blendgranaten, vereinzelnde Panzerfäuste und Massen von automatischen Waffen, die ihre Munition im Dauerfeuer herausspuckten und in wenigen Sekunden Hunderte von Menschen niedermähten. Minuten voller Chaos zogen dahin, wurden zu gefühlten Stunden, in denen Nebel- und Rauchschwaden über den von flackernden Bränden und Blitzen erhellten Park waberten und stöhnende Menschen verletzt im blutigen Schlamm lagen, hoffend, dass das Inferno endlich vorbei wäre.

Als nur noch vereinzelt Schüsse bellten, schickte sich ein Tommahawk Kampfhubschrauber an, in der Mitte der Wiese zu landen, aber mehrere Boden-Luft-Raketen zerrissen ihn wenige Meter über dem Boden. Wieder schwoll der Schusswechsel an und diesmal schlugen auch gewaltige Granaten ein, die Menschen wie Pflanzen in der Dunkelheit zerrissen. Endlos zog sich die abstrakte Schreckenssymphonie der Explosionsgeräusche durch die Nacht und erst im Morgengrauen war abzusehen, welche Ausmaße die Schlacht hatte.

Überall lagen Leichen und ihre abgetrennten Teile, verbrannt, verstümmelt, zerrissen. Tausende, die gestorben waren, für den Herzinfarkt eines armen Irren, der schon lange gefeuert

war. Die provisorische Bühne war nur noch als Häufchen A-
sche zu erahnen, von Blut und anderen Körpersäften durchtränkt. Wahrscheinlich würden sich trotzdem eine Menge ge-
wissenhafter Männer die Mühe machen, seine Leiche zu finden, um ganz sicher zu sein, dass seine Geschichte wirklich zu
Ende war.

TEIL 3

Kapitel 118

Ich erwachte. Irgendetwas in mir öffnete sich und ich sah. Zunächst nur verschwommene, milchige Farben und unterschiedliche Helligkeiten, dann langsam auch unscharfe Konturen und Formen, die sich bewegten.
Die Bilder riefen vage Erinnerungsfetzen in mir hoch - verzerrt, überlagert, manchmal hektisch, manchmal wie in Zeitlupe, die ich aber nicht einordnen konnte. Dann setzte plötzlich ein heftiger Schmerz in mir ein, der mich explodieren lassen wollte. Alles von mir verkrampfte sich, zuckte und zappelte und verlor jegliche Orientierung im Raum. Irgendetwas Helles trat an mich heran und berührte mich, nur für einen spitzen Moment, der aber nicht ausreichte, um zu verstehen, was es bedeutete, einen Körper zu haben. Dann entspannte sich mein Wesen und ich verlor meinen Funken Bewusstsein wieder.

Als ich erneut erwachte, war es dunkel. Nur schemenhaft konnte ich einige Lichter erkennen, die die dunklen Grautöne schwach durchdrangen und einzelne Konturen erahnen ließen. Von weit her kamen leise Geräusche, die mich an eine Vergangenheit erinnerten. Die Erinnerung, dass ich nicht allein war, dass es da draußen etwas geben würde, was nicht ich, aber so wie ich sein könnte.
Die Erinnerung fühlte sich gut an. Das leise Gemurmel kam näher und ich konnte dazu eine Kontur erkennen, die direkt in meinem Blickfeld stehen blieb. Ich gluckste und zappelte, um meiner Freude Ausdruck zu verleihen, dass ich wirklich nicht allein war. Das Wesen verharrte und sendete mir eine sanfte

Melodie. Dann spürte ich eine Berührung, warm und weich und ich packte zu, um diesen Kontakt nicht wieder zu verlieren. Das Wesen veränderte seine Haltung und stieß einen gedämpften Schrei aus, als ob es überrascht wäre von meinem Griff.

Ich sah, dass das Wesen mich anschaute und ich konnte durch die beiden sich bewegenden Einbuchtungen in das Wesen hineinschauen. Ich erkannte eine weitere Öffnung, aus der die Melodie entsprang. Irgendetwas ertastete mein Gesichtsfeld, um zu prüfen, ob ich auch so eine Öffnung besaß. Ich verstand plötzlich, dass ich selbst mich ertastete und biss vor Aufregung in meine tastenden Sucher hinein. Der Schmerz ließ mich sofort erschauern und ich brüllte los. Das Wesen reagierte mit einer abgehackten Melodie, die aber schnell unterdrückt wurde.

„Hallo Tim, schön dass Sie wieder bei uns sind. Ich glaube, Sie haben das Gröbste überstanden. Verstehen Sie mich, Tim?"

Die Melodie kam direkt zu mir. Ich wusste nicht, was sie zu bedeuten hatte, aber dieser letzte Laut erinnerte mich an irgendetwas Wichtiges. Als wäre damit klar, dass die Melodie genau an mich gerichtet war. Tim. Ich versuchte die Melodie nachzuahmen.
„Timtimtimtimtiiimm."

Kapitel 119

Alfonse blickte aus dem großzügigen Panoramafenster des E-lektroflugzeuges über das nicht enden wollende Feld von Solarpanels, das sich bis zum Horizont erstreckte. Sie überflogen gerade den Bereich, in dem früher die Grenze zwischen dem Tschad und dem Sudan verlief. Eine Grenze, wie die meisten auf der Welt, vor Jahrhunderten von irgendwelchen Kolonialbürokraten nach irgendwelchen imperialen Vorgaben mit spitzer Feder und Lineal durch Gebiete gezogen, die sie niemals gesehen hatten.

Grenzen bedeuteten viel in den Köpfen der bürokratischen Kaste, aber die Menschen, die in den betroffenen Gebieten wirklich lebten, kümmerten sich – jedenfalls in Friedenszeiten - nicht darum. Viele Stämme waren hier seit Jahrtausenden durch die Sahara gezogen und wussten, dass das Land nicht begrenzt sein kann, wohl aber der Respekt und die Wertschätzung seiner Bewohner füreinander.

Das Fernsehteam machte sich bereit für die nächsten Aufnahmen und Alfonse rückte seinen Boubou aus hellem, fein gemustertem Gedenkstoff zu Ehren der Afrikanischen Einigung zurecht. Die Präsidentin des Pan-Arabischen Bundes übte noch einmal ihr gewinnendes Lächeln und die aus dem ehemaligen Südafrika stammende UNO-Hochboschafterin nahm noch einen entspannten Schluck Tee, bevor ihnen die blutjunge Regisseurin die nächste Einstellung vorstellte.

Es ging um die Frage, wie Afrika in Zukunft mit dem andauernden Flüchtlingsstrom aus Europa umgehen wollte und warum sich Afrika immer mehr zu dem top High-Tech-Standort der Welt entwickelt hatte. Dieses Konzept der Doppel-

Thematik entsprach den neuesten Wahrnehmungsgewohnheiten des Internet-Fernsehens. Nicht ein klares Thema, sondern ein gezielter Mix von zwei unterschiedlich bewerteten Themen, die jedem Protagonisten die Möglichkeit bot, frei hin und her zu springen.

Natürlich waren die flüchtenden Menschen aus Europa eine riesige Herausforderung für ganz Afrika, aber im Speziellen ging es darum, nicht die gleichen Fehler zu machen, die Europa damals im ALTEN DENKEN gemacht hatte. Und natürlich hatte Afrika so viel Potential in den Innovations-Sektoren, weil sich die meisten jungen Afrikaner damals, als die alte Welt zusammenbrach, nahezu mühelos neu erfinden konnten und nicht erst mühsam aus den tradierten Systemen ihrer Eltern herauskämpfen mussten. Nahezu mühelos war vielleicht nicht die richtige Formulierung, denn es gab schon eine gewaltige Geburtshilfe, die in kürzester Zeit die althergebrachten Strukturen der Stämme und Clans hinweggefegt hatte.

Hätte es in 2022 nicht den afrikaweiten Aufstand der Frauen gegeben, wäre der Kontinent wahrscheinlich doch nur in eine weitere Episode der Fremdherrschaft – diesmal in einer chinesischen Variante - geschliddert. Aber die Frauen, aufgepeitscht von den sckockierenden Veröffentlichungen über die systematische Unterdrückung, Verstümmelung und Vergewaltigung ihres Geschlechts, wollten nicht mehr tatenlos zu sehen und gingen mit einer nie gekannten Konsequenz auf die Strasse.

Nachdem der kongolesische Arzt Dr. Dennis Mukwege 2018 den Friedensnobelpreis zuerkannt bekommen hatte, entwickelte er mit einer Handvoll mutiger Verbündete eine breit angelegte Aufklärungskampagne, die zum ersten Mal die Ausmaße der Gewalt gegen Frauen, Mädchen, und sogar Säuglingen deutlich machte. Doch damit wurde nicht nur die Schuld der vielen Männer, sondern auch der vielen Frauen, Mütter und Großmütter aufzeigt, die sie sich an ihren Schwestern, Töchtern, Nichten und Enkelinnen aufgeladen hatten. Die traditionelle Unterdrückung der Frauen durch die Männer war nur durch die Mithilfe der unterdrückten, aber verblendeten Frauen möglich gewesen.

Schlagartig wurde den meisten Frauen klar, dass es in weiten Teilen Afrikas keinen Schutz des Stammes oder des Clans gab, jedenfalls nicht für sie. Immer mehr junge Männer schlossen sich dem Aufstand der Frauen an, bis Afrika in einer letzten Welle der Gewalt endlich von der weiblichen Entschlossenheit in die Moderne geführt wurde.

Alfonse dachte nicht gerne an das viele Leid und die enormen Entwicklungsschmerzen, aber er war stolz auf diesen gesellschaftlichen Innovationssprung eines ganzen Kontinentes, der weltweit seinesgleichen suchte. Und er war stolz auf seinen persönlichen Beitrag, der auch dazu geführt hatte, dass das Machtvakuum, das zwischenzeitlich entstanden war, von der Vernunft des NEUEN DENKENS gefüllt wurde.

Afrika hatte schon nach wenigen Jahren den Geschlechterkampf hinter sich gelassen und erblühte seitdem jeden Tag mehr, weil das unterdrückte Potential aller Menschen endlich seine Entfaltung finden konnte. Und mit dem Blick auf die Weiten der Solarpanel-Felder im Hintergrund, war auch klar, dass es nicht mehr um trotzige Visionen ging, sondern um handfeste Realität.

Alfonse, die Präsidentin und die UNO-Hochbotschafterin warfen sich elegant weitere Bälle zu, während sein Freund Noel und Xiu Lan, der chinesische Berater, mit dem Alfonse seit Jahren zusammenarbeitete, zufrieden grinsten.

„Alfonse, willst du nicht noch mit dem neuen Thermo-Gleiter aussteigen und eine dynamische Runde durch die zauberhaften Schäfchenwolken drehen?"

„Nein, mein Bester. Aus diesem Alter bin ich wahrlich weit raus. Aber du, Noel, du könntest mal wieder was für dein jugendliches Image tun. Oder willst du, dass dich die Jungen demnächst vergessen haben?"

Kapitel 120

„Frau Busch, wir hatten ja schon fast die Hoffnung aufgegeben, aber jetzt habe ich eine gute Nachricht für Sie: Ihr Mann ist aufgewacht! Verstehen Sie? Tim ist heute Morgen zu sich gekommen und wir glauben, dass er sich wieder vollkommen regenerieren könnte."

Sybilla brauchte einige Sekunden, um die Botschaft zu verstehen. Konnte es sein, dass sie träumte? In letzter Zeit verwischten sich bei ihr immer häufiger die Grenzen zwischen ihren luziden Träumen, in denen sie gezielt Situationen durchleben konnte, und ihrem Wachbewusstsein.

Sie fixierte für einen Moment die Schrift auf dem Cover des Umweltmagazins auf ihrem Wohnzimmertisch und atmete erleichtert durch. Die Buchstaben blieben stabil: OneWorld: afrikanischer Solarstrom weiter auf dem Vormarsch! Nun, da sie sicher war, dass sie nicht träumte, rückte sie ihren Kommunikator zurecht.

„Das ist eine wirklich erfreuliche Nachricht! Ich danke Ihnen. Wann kann ich vorbeikommen, um ihn zu besuchen?"

„Jederzeit. Sagen Sie nur Bescheid, wir holen Sie gern vom Bahnhof ab."

Kapitel 121

Luiz el Mundo schaute auf den neuen Tempel im Zentrum von Bogota herab. Vor drei Jahren gelang es seinen Mitstreitern, das große Areal an der Calle 53 gegenüber dem berühmten Stadtwäldchen Parque Metropolitano Simon Bolivar für die Kirche des Lebens zu gewinnen. Jetzt war der große, runde, lichtdurchflutete Bau mit der verspielten Dachterrasse fertig und ihm liefen die Freudentränen über seine eingefallenen Wangen – wie immer, wenn er etwas sah, was ihn wahrhaftig erfüllte.

Viele nannten ihn deshalb auch la lágrima del mundo. Die Träne der Welt. Er war immer wieder allein durch die Nennung seines Spitznamens so bewegt, dass es ihn zu weiteren Tränen rührte. Der Tempel beherbergte alle acht Facetten der Kirche des Lebens. Jeder Bereich erstreckte sich über 40 Grad des großen Rundbaus. Die restlichen 40 Grad nahm der Eingangsbereich ein, der direkt in die zentrale Versammlungshalle überging. Am linken und rechten Rand führten zwei geschwungene Treppengalerien in die oberen Stockwerke. Luiz konnte durch den Glasboden der Dachterrasse sehen, wie eifrige Mitarbeiter die letzten Vorbereitungen für die Einweihungsfeier trafen. Stühle wurden positioniert, Pflanzen drapiert und gegossen, Speisen und Getränke vorbereitet und das Empfangskomitee probte noch einmal die Begrüßungsprozedere für die vielen ausländischen Gäste.

Draußen konnte er einige Gärtner sehen, die letzte Hand an die Gestaltung der neuen Wege durch das üppige Grün legten und vor dem Stall in der hintere Ecke des weitläufigen Geländes wurden die tempeleigenen vier Pferde vor die vier flachen

Kutschen gespannt, um bereit zu sein, um besondere, meist bettlägerige Gäste zum Tempel transportieren zu können. Luiz sah wie in einem Tagtraum die einzelnen Mosaiksteine seines Lebenswerkes zu einem großen Fest der Liebe zusammenwachsen.

„Entschuldigung, Meister Luiz?", holte ihn eine eindringliche Frauenstimme in die Realität auf der Dachterrasse zurück. Er drehte sich um und erkannte Sarah Blumfeld, eine der wichtigsten Bloggerinnen der spirituellen Szene.
„Ihr Assistent sagte mir, dass ich Sie hier oben finden würde. Ich bin Sarah..."

„Ich weiß, wer Sie sind.", unterbrach er sie mit einem freundlichen Lächeln. „Und ich freue mich, dass wir uns endlich persönlich kennen lernen. Wie ich sehe, haben Sie schon eine Erfrischung, wollen wir uns setzen?"
Er zeigte auf einige bequeme Ledersessel, die unter dem muschelförmigen Pavillon in der Mitte der Dachterrasse standen.

„Meister Luiz..."

„Nennen Sie mich doch bitte nur Luiz."

„Also gut, Luiz. Sie sind der unbestrittene Kopf der Kirche des Lebens, aber Sie tragen offiziell keinen Titel. Woher kommt das?"

„Welchen Titel würden Sie mir denn geben wollen?"

„Ich? Äh, also ich weiß nicht. Ich bin nur verwundert, denn alle Religionsführer tragen einen Titel."

„Ich habe einen Namen, auf den ich sogar in den meisten Fällen auch höre.", entgegnete er mit einem Schmunzeln.

„Heißt das, Sie lehnen Titel grundsätzlich ab?"

„Ich glaube nicht, dass es uns wirklich hilft, wenn wir glauben, einen Titel zu brauchen. Aber ich weiß aus eigener Erfahrung, dass es sinnvoll sein kann, Titel zu vergeben."

Sarah war offensichtlich irritiert.
„Entschuldigen Sie, aber was meinen Sie damit genau?"

„Vor vielen Jahren, als ich noch selbst auf meiner verzweifelten Suche war, traf ich einen Zen-Mönch, der mich sehr beeindruckte. Als ich ihn daraufhin Meister nannte, schlug er mir heftig mit seinem Stock auf die Stirn und sagte, ich solle ihn nicht unnötig Steine in den Weg legen, sein Pfad wäre auch so schon schwer genug. Daraus habe ich etwas Wichtiges für mich gelernt, was aber natürlich nicht für alle Menschen gelten muss.
Auch ich bin ein widersprüchliches Doppelsystem. Und auch ich treffe immer wieder auf Suchende, die mich mit „Meister" ansprechen wollen. Dies kann ich nicht verhindern, denn ich habe immer noch keinen Stock." Er lachte verschmitzt, bevor er leise fortfuhr. „Aber ich kann natürlich jedem deutlich machen, dass ich kein Meister oder Inhaber eines irgendwie höher gestellten Titels sein will."

„Wodurch Ihre Anhänger noch mehr davon überzeugt sind, dass Sie einer sind."

„Möglicherweise – das Leben ist ein Wunder voller Widersprüche."

„Die Kirche des Lebens ist die Religionsgemeinschaft, die in den letzten Jahrzehnten weltweit am meisten gewachsen ist. Es gibt Schätzungen, dass sich auf dem ganzen Globus schon weit über fünf Milliarden Menschen dieser Glaubensrichtung verpflichtet fühlen. Meister äh, Luiz, entschuldigen Sie, Luiz - haben Sie eine Erklärung dafür?"

„Was meinen Sie mit sich verpflichtet fühlen?"

„Nun ja, dass sie sich hingezogen fühlen, sich bekennen und sich engagieren und ihre Bewegung unterstützen."

„Aha! Dafür habe ich eine Erklärung. Sie unterstützen uns, weil es ihnen gut tut, Gutes zu tun."

„Könnten Sie das noch näher erläutern?"

„Die Kirche des Lebens hat sich meines Wissens jetzt in allen 208 Staaten dieser Erde etabliert. Wenn man zunächst einmal davon absieht, den grundsätzlichen Nutzen von Grenzen und Staatskonstruktionen zu hinterfragen, bedeutet dies, dass es überall auf unserem schönen Planeten Orte gibt, die keinem anderen Zweck dienen, als das NEUE DENKEN zu üben, Zeit mit anderen zu verbringen und die GOLDENE REGEL zu praktizieren. Und diese Praxis tut allen gut."

„Sehen Sie auch einen Grund für Ihren Erfolg darin, dass die anderen großen Religionsgemeinschaften versagt haben?"

„Wieso versagt?"

„Nun ja, auch alle anderen Religionen haben meinem Wissen nach schon seit langer Zeit die GOLDENE REGEL oder eine vergleichbare Formulierung im Kern ihres Selbstverständnisses. Warum sind trotzdem viele Anhänger zu Ihnen gewechselt?"

Luiz lächelte und goss sich ein weiteres Glas Eistee ein. „Die GOLDENE REGEL im Kern seines religiösen Selbstverständnisses zu haben, bedeutet noch nicht, dass man sie auch befolgt. Der Wechsel in eine andere religiöse Gemeinschaft allein würde an dieser zweifelhaften Haltung nichts ändern. Es bleibt die Entscheidung der Gläubigen, an welche Regeln sie sich halten. Vielleicht waren die Botschafter und Entscheidungen der Religionen des ALTEN DENKENS nicht immer besonders vorbildhaft und überzeugend, aber ich bin mir trotzdem nicht sicher, ob sie wirklich versagt haben."

„Warum nicht?"

„Vielleicht verfolgen die Religionsführer des ALTEN DENKENS einfach eine andere Absicht, die ihnen wichtiger ist. Auch die Wesen, die diese Religionen verkörpern, sind widersprüchliche Doppelsysteme."

Sarah nippte an ihrer Mangoschorle.
„Und was könnte diese Absicht sein?"

Luiz lächelte, aber schwieg.

„Kommen Sie schon, Luiz. Ich glaube, die Menschheit hat ein Recht darauf zu wissen, wie Sie darüber denken."

Luiz stand langsam auf und beugte sich zu ihr runter.
„Ich glaube, die Menschheit hat ein Recht darauf, von den religiösen Führern des ALTEN DENKENS zu hören, was ihre wahren Absichten sind. Und ich würde mir wünschen, dass die Menschen diese Antworten wirklich einfordern."

Kapitel 122

Ich bin Tim. Ich habe sehr lange geschlafen, doch jetzt bin ich wach und sehe die Welt. Das Bett, die piependen und surrenden Geräte, die Lampen, die Fenster, die Wände, die Tür. Ich sehe meine Hände, meinen Bauch, meine Beine und Füße. Die Haare auf meiner Brust, die sich bewegt, wenn ich atme.
Ich bin Tim und es gibt andere, die nicht Tim sind. Eine mit langen goldenen Haaren, die immer lächelt und Sigrid heißt. Der Name ist schwer, ich nenne sie Sid und sie lächelt trotzdem. Einer hat viele Haare im Gesicht und heißt Doc und einer heißt Björn und hat gar keine Haare und guckt immer ganz ernst. Zu Anfang habe ich mich unter der Bettdecke versteckt, wenn er kam, aber jetzt kann ich ihn anschauen und brauche mich nicht mehr zu verstecken. Nur noch manchmal ein bisschen.
Björn sprach wieder ganz schnell und ich verstand nicht, was er sagte. Sid lächelte noch mehr, weil sie merkte, dass ich nicht verstand, aber Björn freute sich nicht mit. Er ging aus dem Zimmer und Sid setzte sich zu mir.

„Tim, Sybilla kommt dich besuchen. Das ist schön."

„Sybilla?"

„Sybilla ist eine Frau wie ich und sie hat dich ganz doll lieb."

Dann zeigte mir die Wand ein Gesicht. Das Gesicht hatte kurze Haare und war ganz verknittert.

„Nicht wie du!", rief ich laut und Sid legte mir lächelnd ihre Hand zur Beruhigung auf meinen Arm.

„Sie hatte auch einmal lange Haare und eine glatte Haut. Schau!"

Auf der Wand erschien ein anderes Gesicht. Anders, aber ähnlich. Mit langen Haaren und einem glatten Gesicht, das lächelte.

„Das ist Sybilla, als du sie das letzte Mal gesehen hast. Erinnerst du dich?"

„Sybilla..."

Ich bin Tim und ich erinnere mich. Es fühlt sich merkwürdig an. Etwas läuft aus meinen Augen und etwas anderes in mir zieht sich zusammen. Sybilla kenne ich, ihr Gesicht ist so schön. Aber ich sehe alles nur noch verschwommen. Ich halte mich an Sids Hand fest, während ich falle, tief in mich hinein. Und es wird wieder dunkel.

Kapitel 123

Prof. Bee schaute verzückt über den gut 80 Meter breiten Strand an der Südspitze von Manor, wenige Kilometer nordöstlich der Ruinen von Mumbai. Er beobachtete seine Ehefrau Hin-Lun, die mit den beiden Enkelkindern im Sand Burgen und Türme baute. Seine Bewunderung war ihm deutlich anzusehen und Brad zögerte seinen nächsten Satz dementsprechend lange hinaus.
„Prof Bee, wollen Sie nicht zu ihnen rüber gehen? Wir können später weiter sprechen."

„Nein, nein. Es ist alles perfekt, so wie es ist. Ich brauchte nur einen kurzen Moment, um meine Erfüllung voll zu genießen. Ich fühle mich noch nicht alt genug, um zu befürchten, dass mir die Möglichkeiten mit Hin und den Kleinen im Sand zu spielen durch die Fingern rinnen. Wir sind schließlich noch mindestens drei Wochen hier und du bist letztendlich derjenige, der mir viel seltener die Freude des gemeinsamen Gespräches zukommen lässt."

Brad musste lachen, er hatte sich in all den Jahren immer noch nicht an die gestelzte Sprache des Schweizers gewöhnt.

„Was natürlich kein versteckter Vorwurf sein sollte.", fuhr der Professor fort. „Du hast unbestreitbar eine Menge Angelegenheiten zu regeln, die wesentlich wichtiger sind, als das, was wir hier zu besprechen haben."

„Mit Ihnen zu sprechen ist für mich immer das Wichtigste der Welt!"

„Das will ich dir auch geraten haben – jedenfalls solange du mit mir allein an einem Tisch sitzt."

Beide lachten und Hin-Lun winkte von der sanften Brandung herüber. Die beiden Männer winkten nahezu synchron zurück.

„Kann sie uns die ganze Zeit hören?"

„Ich glaube schon. Warte, ich frage mal nach, ob der Empfang steht." Prof. Bee navigierte mit einigen kurzen Augenbewegungen im Menue seines Implantats und lächelte.
„Soll ich wiederholen, was sie gesagt hat oder willst du dich mit einklinken?"

„Warum nicht – so oft habe ich nicht die Chance mit so wunderbaren Menschen menton zu sein."
Brad brauchte auch nur wenige Momente, um in seinem Implantat die Konferenzfunktion zu aktivieren und dann hörte er Hin-Luns Stimme.

„Wer es nicht besser wüsste, könnte euch aus der Entfernung für Papa und Sohn halten. Näher dran würde man dann allerdings auf Urgroßvater und Sohn tippen." Sie lachte und Prof. Bee schmunzelte, weil er es als Komplimente verstand, wenn sie ihn frotzelte.
„Brad, was macht deine Tochter Miriam? Wann kommst du endlich in den Genuss, dir einbilden zu können, mit deinen Enkeln alles noch einmal besser machen zu können?"

„Du kennst doch Miri, sie hat mit der Mutterrolle noch nicht viel am Hut."

„Dann soll sie einfach nur ein Ei spenden, Punkt! Der Rest ist dann zwar nicht besonders romantisch, aber was soll´s - das Ergebnis wäre bestimmt überwältigend."

Brad kannte keine gestandene Frau, die schon mehrfach die Welt gerettet hatte und sich trotzdem so radikal von einem Moment zum anderen in eine aufmüpfige Teenagerin verwandeln konnte wie Hin-Lun. Sie sprühte mit ihren 64 Jahren wie ein Vulkan voller Lebensfreude und Energie. Und sie machte ihn sprachlos. Der Menton-Modus übertrug nicht alle Gedanken sofort, sondern brauchte eine willentliche Freigabe, die auch mit einer Kombination aus Gedanken und Blickrichtungen ausgelöst wurde.

„Du, Schatz!", mischte sich Prof. Bee ein. „Ich glaube hier ist der Empfang gerade nicht so gut."

„Ja, das glaube ich auch.", entgegnete Hin-Lun vergnügt. „Brad, aber glaube bloß nicht, dass du mir so einfach davon kommst – beim Essen will ich mehr hören."

Die Männer beendeten ihre Menton-Verbindung mit Hin-Lun und Brad atmete tief durch.
„Wie können Sie das nur aushalten, mit dieser unglaublichen Frau?"

„Ich genieße es einfach. Und nach über 40 Jahren klappt es halt immer besser."

„Prof. Bee, ich habe Sie immer schon bewundert. Hat Hin-Lun eigentlich ein Auto-Zoom-Feature in ihrem Implantat?"

„Du befürchtest, dass sie dir deine Worte von den Lippen abliest? Nein, ich glaube nicht! Aber du bist schon ein ulkiger Kauz!"

Kapitel 124

Alexa Romanowa fühlte sich endlich wie eine Königin. Sie wollte es sich lange Zeit nicht eingestehen, aber schon von klein auf an, als sie noch Alexander war, träumte sie heimlich davon, auf einem vorzüglich gearbeiteten Thron zu sitzen und weise und gerecht über ihre ergebenen und klugen Untertanen zu herrschen. Nun gab es dieses Reich seit über 30 Jahren, aber erst mit ihrer gestrigen Rückkehr aus China und dem umfangreichen Technologieabkommen war ihr Reich erwachsen geworden.

Ihr Reich Goldana - die Heimat der GOLDENEN REGEL. Der erste Staat, der die GOLDENE REGEL ganz oben in seiner Verfassung verankert hatte. Der erste Staat, dessen Bürger komplett mit dem Implantat ausgestattet waren. Der erste Staat, der seine Bürger dazu verpflichtet hatte, eine neue Utopie zu entwickeln, die das ALTE DENKEN für immer überwinden würde.

Die ersten Jahre hatten gut begonnen, denn die Staatsgründung Goldanas fiel genau in die Tage des Massakers von Washington. Nahezu unbemerkt hatte Alexa ihr Unternehmen mit über 50.000 Mitarbeitern in einen kleinen Zwergstaat im Zentrum Europas verwandeln können. Viele Politiker Europas starrten damals so gebannt auf die katastrophale Entwicklung um den verrückten Präsidenten und den 35.000 Toten in der Schlacht am Weißen Haus, dass sich kaum einer mehr dafür interessierte, was sich an der Grenze zwischen Tchechien und der Slowakei abspielte.

Und diejenigen, die sich dafür interessierten, hatte sie ausnahmslos auf ihrer Seite. Mit geschickten politischen Schachzügen hatte sie in den nächsten Jahren das Staatsgebiet durch intelligente Zukäufe verdreifachen können.

Aber das wahre, wenn auch perfide Glück für den noch jungen Staat Goldana setzte erst im Frühling 2028 ein, als das marode Kernkraftwerk Tihange bei Huy in der wallonischen Region von Belgien explodierte. Glücklicherweise für die Goldaner trieben die starken Winde den Fallout weit weg nach Frankreich und Spanien, über den Süden Deutschlands und die Alpen nach Italien, Spanien und den Mittelmeerraum.

Plötzlich waren annähernd 30% Europas so stark radioaktiv kontaminiert, dass eine unglaublich große Flüchtlingswelle aus West- und Südeuropa einsetze. Und Alexa konnte sich aus der Vielzahl der Bewerber diejenigen aussuchen, die ganz besonders gut zu ihrer Vision von Goldana passten. Große Teile des alten Europas stürzten ins Chaos, aber ihr kleines Königreich konnte die Gunst der dunklen Stunde nutzen.
Goldana war noch viel zu jung, um in den Verstrickungen der Europäischen Union mit in den Abgrund gezogen zu werden. Wie ein Start-Up, das im Sturm schnell und agil navigieren konnte, während die etablierten Großkonzerne und Nationalstaaten wie unbewegliche Tanker in den gigantischen Wellen zerbrachen und versanken, entwickelte sich Alexas Reich zu einem Paradies der Innovation bei gleichzeitger Stabilität für eine junge europäische Elite. Wer den eigenen Wunsch hatte, sich als Doppelsystem über das inzwischen ausgereifte Implantat mental zu vernetzen, fand in Goldana eine durch und durch intelligente Heimat.

Noch nie hatte ein Staat eine so fortschrittliche, aufgeklärte und effiziente Bevölkerung. Junge und vitale Potentialträger, die sich ihrer individuellen Verantwortung bewusst waren und den gesichtslosen Begriff der Gesellschaft nicht mehr brauchten. Keinen interessierte mehr, welche Rolle Status und Besitz früher einmal in der Gemeinschaft gespielt hatte. Alle waren im Kontakt mit ihren elefantösen Gefühlen und fühlten sich frei, jederzeit in Resonanz mit den anderen Reitern zu gehen. Bewegung und Stillstand ergänzten sich und jeder Konflikt wurde mit Achtsamkeit als Geschenk zur neuen Erfahrung und persönlichen Weiterentwicklung verstanden. Eine neue Elite hatte sich geformt und eine neue Lebensweise hatte ihre Bühne gefunden.

Alexa bekam über ihr Implantat einen Hinweis, dass ein als wichtig eingestufter Anruf einging. Sie war etwas überrascht, denn sie hatte ihr Back-Up-Büro eigentlich gebeten, keine direkten Kontakte zuzulassen, aber gleichzeitig vertraute sie ihren Mitarbeitern, dass es einen guten Grund haben müsste, ihr diese Überraschung zuzumuten.
„Hallo, hier ist Alexa..."

„Schön, deine Stimme zu hören, sie hat sich kaum verändert."

Alexa zuckte zusammen. Sie kannte diese Stimme, obwohl sie ausgesprochen kraftlos und brüchig klang.
„Victor, bist du das?"

„Schön, dass du auch meine noch erkennst. Es ist solange her, dass wir das letzte Mal gesprochen haben."

„Du warst in den letzten Jahrzehnten nicht der angenehmste Gesprächspartner für mich. Wenn ich mich richtig erinnere, hast du mindestens drei Mal versucht, mich umbringen zu lassen."

„Ich habe viele Fehler in meinem Leben gemacht. Verzeihe mir, bitte..."

„Warum sollte ich das tun?"

„Weil du ein besserer Mensch bist als ich. Das warst du schon immer."

Alexa musste lächeln.
„Das ist nicht so schwer. Auch ohne Implantat nicht."

„Du trägst es immer noch?"

„Du nicht?"

„Nein, ich konnte mir nie vorstellen, dass in meinem Kopf etwas sitzt, was so einfach von außen manipuliert werden könnte."

„Du hattest schon immer große Angst vor deiner Angst."

„Vielleicht hast du Recht, vielleicht ist das auch einer meiner ganz großen Fehler."

„Noch ist es nicht zu spät. Wir sind doch beide noch nicht einmal neunzig."

Victor lachte leise. „Du bist unverbesserlich!"

„Nein, ganz im Gegenteil – ich habe fast alles getan, um mich selbst zu verbessern. Und mein Weg ist noch lange nicht zuende. Wie du wahrscheinlich weisst, können wir dank Dr. Sun noch mindesten 50 weitere Jahre einplanen."

„Du bestimmt - ich nicht! Meine Tage sind gezählt und es sind nicht mehr viele."

Alexa lachte auf, allerdings aus Verlegenheit. Viktor, der selbsternannte Zar des Kremls, konnte ihr nie verzeihen, dass sie ihm bewiesen hatte, wie wenig er seine Gefühle und damit sein Leben kontrollieren konnte. Sie wusste, dass eine besondere Beziehung zwischen ihnen bestand – nicht nur wegen den offenen Rechnungen der Vergangenheit.

„Victor, was ist los? Wollen dich deine Leute vergiften? Hat Courtman genug von deinem Strippenziehen? Oder ist es dieser Borosov, dein neuer Emporkömmling, der immer noch glaubt, dass sich die ganze Welt im kalten Krieg befindet?"

„Nein. Ich habe einfach keine Kraft mehr, verstehst du? Ich bin es leid. Ich will es nur noch hinter mir haben."

„Und was willst du von mir?" Alexa merkte, wie ihre Stimme ganz leicht zitterte.

„Ich will, dass du mir verzeihst."

„Das tue ich."

„Nein, ich will sicher sein. Ich will dich noch ein letztes Mal sehen. Bitte."

Alexa merkte, wie ihre Knie weich wurden. Und ihr Implantat visualisierte ihren Gefühlszustand auf der Netzhaut ihres rechten Auges. Ja, es war eindeutig: sie hatte Angst vor diesem Treffen, große Angst. Angst, ihre Selbstsicherheit zu verlieren, die sie sich mit ihrer Selbstversöhnung schwer erkämpft hatte. Und gleichzeitig war da auch noch etwas anderes. Mehr als nur eine Verpflichtung gegenüber diesem unglücklichen Mann, der es sein ganzes Leben lang nicht verwinden konnte, dass sie damals noch ein Wesen im falschen Körper war. Sie musste plötzlich an Sasha denken.
„Ich weiß nicht, ob ich das kann."

„So? Müsste jetzt nicht dein Implantat aufleuchten und dir signalisieren, dass du gerade versuchst, dich zu belügen?"
„Ja, es leuchtet und brummt und in ganz Goldana läuten gerade die Alarmglocken."

„Ich mochte deinen Humor schon immer. Und wir wissen beide, dass du es kannst. Aber vielleicht willst du es nicht. Vielleicht würde dich ein Abschied zu sehr an etwas oder jemanden erinnern, von dem du dich auch nicht verabschieden wolltest. Oder hast du Sasha damals Lebewohl gesagt?"

Alexa schluckte. Es war keine Überraschung, dass ein Langzeitdiktator mit einer hochgerüsteten Cyberarmee von mehreren hunderttausend Mann und einem weltweiten Netzwerk von Agenten viel wusste. Besonders Dinge, die eigentlich niemand wissen sollte.

„Ja, das habe ich.", erwiderte sie trocken. „Und ich überlege es mir und melde mich dann."

Sie legte auf, aber sie wusste, dass ihre Entscheidung schon getroffen war. Und sie wusste, dass Victor es auch gemerkt hatte.

Kapitel 125

Manor war einmal eine verschlafene, indische Kleinstadt, knapp 20 Kilometer von der Westküste zum arabischen Meer entfernt. Durch die Klimaerwärmung und den Anstieg des Meeresspiegels wurde sie im Laufe der Jahrzehnte zu einer beliebten Küstenstadt mit über vier Millionen Einwohnern. Viele Wohlhabende waren hinzugekommen, nachdem ab dem Jahr 2038 der Monstersturm Helius und seine Nachfolger weite Teile der Küste zerstört hatten und die indische Regierung schweren Herzens beschließen musste, die Metropolregion um Mumbai aufzugeben.

Der langjährige indische Premierminister Suli Copi stammte aus Manor und so war es nicht allzu verwunderlich, dass an der weiten Schlaufe des ehemaligen Surya Rivers eine neue Promenade und ein geschützter Sandstrand geschaffen wurden. Außerdem wurden verschiedene Forschungszentren für Indiens Zukunft aufgebaut, die Manor mit nachhaltiger Technik zu einem Vorzeigeprojekt der smarten Stadtentwicklung machten, wodurch sich immer mehr Firmen und Organisationen angesiedelt hatten.

Indien hatte sich lange schwergetan, dem NEUEN DENKEN echte Priorität einzuräumen, zu stark waren die zumeist religiös argumentierenden Bewahrer des althergebrachten Kastensystems und der Unterdrückung der Frau. Der Funken des afrikanischen Vorbildes wollte nicht so richtig überspringen, obwohl die dortigen Fortschritte voller Neid anerkannt wurden. Suli Copi hatte sein ganzes politisches Leben dafür gekämpft, endlich auch in Indien aus den alten Strukturen der

Ungleichheit herauszufinden, aber mehr als winzig kleine Schritte waren lange nicht möglich.

Mit dem weltweiten Erfolg der neuen Kirche des Lebens glaubten einige, dass auch Indiens spiritueller Sektor in die Moderne geführt werden könnte, aber im Sommer 2049 kam es zu einer gesellschaftlichen Katastrophe, die an die historischen Geschehnisse von vor 100 Jahren erinnerte.

Wie schon zur Zeit des Mahatma Gandhi kam es landesweit zu gewaltsamen Ausschreitungen zwischen den religiösen Gruppen. War es damals die religiöse Mehrheit der Hindus, die die Moslems gnadenlos verfolgten, so wurden diesmal die Anhänger der Kirche des Lebens von allen anderen bekämpft und vielfach ermordet.

Trotz aller Versuche, die Progrome friedlich zu beenden, hatte die Kirche des Lebens am Ende des Jahres über 20.000 Tote zu beklagen. Die Wende kam erst in Sicht, als allen klar wurde, dass auf der anderen Seite kein einziger Toter dokumentiert worden war.

Die Erkenntnis, dass die Anhänger der Kirche des Lebens auch in der Todesgefahr vollkommen gewaltfrei geblieben waren, nahm der stumpfen Gewalt jeden Wind aus den Segeln. Wieder einmal herrschte Einkehr und Versöhnung in diesem riesigen Land der schwerheilenden Wunden und ungezähmten Widersprüche.

Im Laufe dieser tragischen Wende hatten sich immer mehr Inder entschlossen, den von Brad entwickelten I-Buddy oder sogar ein internes Implantat als dauerhafte Unterstützung auf dem Weg zur GOLDENEN REGEL zu nutzen. 2052 betrug der Anteil an der indischen Gesamtbevölkerung schon rund 23% und die Tendenz stieg weiter an. Doch keine Entwicklung verläuft linear und die nächste Herausforderung hatte sich schon angekündigt.

Durch das Implantat und die indischen Varianten des Postbiotischen Bewusstseins hatten die Träger nicht nur direkten Zugang über Dr. Skimadas Gefühl-Management zur Praxis der GOLDENEN REGEL, sondern auch zu weiteren Features, die ihnen im Alltag große Vorteile einbrachten. Die indische KI-Variante INDIRA, die im Implantat als neuronale Schnittstelle und als Betriebssystem des I-Buddy fungierte, hatte sich rasant weiterentwickelt und konnte seinem Träger immer neue Fähigkeiten anbieten, wodurch sich die Nicht-Implantatträger immer mehr ins Abseits gedrängt fühlten. Auch einige der langjährigen I-Buddy-Nutzer fühlten sich immer stärker gegenüber Implantatsträgern benachteiligt, wollten aber trotzdem den Schritt zum eigenen Implantat nicht gehen.

Der Widerstand gegen alles Künstliche formierte sich erneut in einer gewalttätigen Bewegung, die nun jede Art von technischer Unterstützung im eigenen Körper ablehnte. Zuerst kam es zu Anschlägen auf Digitalzentren, Produktionsstätten und Lagerhäuser. Dann begannen die offenen Anfeindungen, aber diesmal blieb die gesellschaftliche Stimmung stabil und die Auseinandersetzung mit der Freiheit des anders Denkenden bekam eine neue Form der Toleranz.
Die große Mehrheit der Inder war endlich bereit für das NEUE DENKEN und die technikfeindlichen Kräfte verloren wieder deutlich an Boden. Die wirtschaftlichen Vorteile und die neuen Möglichkeiten des Zusammenlebens führten 2056 zur freiwilligen und endgültigen Abschaffung des Kastensystems, indem das über 4.000 Jahre alte Ordnungssystem mit Elefant und Reiter und der GOLDENEN REGEL transformiert wurde. Indiens Elefanten waren bereit für die Zukunft, weil sich die neuen Denkgewohnheiten im Einklang mit den vielen Göttern besonders gut anfühlten.

Manor City hatte als neue Küstenstadt für seine Bewohner viel zu bieten. Die Stadtplaner hatten zwar auf jegliche architektonischen Sensationen im Stadtbild verzichtet, aber überall gab es kleine Reminizenzen an die alten Götter im NEUEN DENKEN. Viele Elemente des alten Weisheitsgedanken konnten in die neuen Tugenden der Achtsamkeit und Nachhaltigkeit transformiert werden. Aktive und ehrliche Begegnungen statt Stätten der Anbetung und Heiligsprechung.

Im gediegenen Manor Silent Hill Ressort gab es ein veganes Restaurant, das von vielen Experten zu den Besten auf dem gesamten Globus gezählt wurde. Brad freute sich auf das gemeinsame Essen mit Prof. Bee und Hin-Lun.
Als er auf die obere Terrasse im goldenen Licht des Sonnenuntergangs trat, winkte er Prof. Bee und Hin-Lun freundlich zu und bemerkte an der Anzahl der Gedecke, dass noch zwei weitere Gäste an ihrem Tisch erwartet wurden. Er war neugierig und hoffte insgeheim, dass Hin-Lun dadurch etwas wenig forsch auf ihn einwirken würde.

„Brad, schön dich zu sehen. Ich hoffe, du verzeihst mir mein ungezügeltes Interesse an deinem Glück."
Hin-Lun sprudelte schon wieder voller Freude und Brad konnte natürlich ihrer brillianten Rhetorik nicht widerstehen.

„Hin, meine Liebe. Wie könnte ich nicht? Oder ist mir die Tragweite des vollen Ausmaßes deines Interesses noch nicht bewusst?"
Brad lächelte, aber ihm war immer noch nicht ganz wohl dabei, sich in dieser gestelzten Weise mitzuteilen.

Prof. Bee lächelte auch und tätschelte Brad ermutigend den Arm.
„Lass dich nicht unterkriegen, mein Junge. Auch wenn es manchmal schwer ist, du bleibst ein echter Hot Burner aus dem North Territorium!"

„Und jetzt ist er Mr. I-Buddy – der strahlende Technik-Gott der gesamten Welt!", ergänzte Hin-Lun mit Freuden. „Was ist mit Molly? Wann sehen wir sie mal wieder?"

449

„Sie wollte die Tiere nicht allein lassen, aber ich will mich nicht beklagen. Wenn sie nicht so sehr darauf bestehenden würde, unsere Farm als Lebensmittelpunkt zu hegen, hätte ich wohl schon längst keine konkrete Vorstellung mehr von Heimat."

„Der ganze Globus wäre deine Heimat, was wäre daran verkehrt?"

„Nichts, aber ich glaube, ich persönlich würde etwas bei diesem Gedanken verlieren. Wo müsste ich dann hin, wenn ich nicht zuhause sein wollte? Zum Mond? Oder zum Mars?"

Alle lachten und Hin-Lun schenkte Brad etwas von dem veganen Kräuterwein ein.

„Danke. Wen erwarten wir eigentlich noch?"

„Dr. Suli Copi mit seiner reizenden Frau Cosma. Ich hatte dir vorher nichts gesagt, damit du keine Chance hast, um auszuweichen. Ich finde es ist an der Zeit, dass ihr euch persönlich kennenlernt."

„Wollen Sie mit ihm über den Menton-Buddy sprechen?"

„Ja, ganz genau. Ich kann es gar nicht abwarten, ihm deine neuen Features zu zeigen. Dein neues Meisterstück wird die immer noch von vielen empfundene Kluft zwischen I-Buddy und Implantat noch weiter verkleinern."

„Haben Sie einen dabei?"

„Aber selbstverständlich!", erwiderte Prof. Bee lächelnd und zeigte auf einen kleinen Alukoffer, der neben ihm stand.

„Wozu brauchen Sie mich dann noch?"

„Natürlich zum Essen und Genießen. Und vielleicht fällt dir ja auch noch der ein oder andere Witz ein, den ich noch nie gehört habe."

„Sie sind wahrlich ein durchtriebener Schurke."

Prof. Bee grinste breit und sah auf seine Uhr. Die beiden Erwarteten waren schon seit einigen Minuten überfällig.

„Hört mal, Männer.", mischte Hin-Lun sich ein.
„Was ich immer noch nicht wirklich genießen kann, vielleicht einfach deshalb, weil es schon so lange andauert, ist..."

„Lass mich raten, Hin-Lun.", unterbrach Brad sie. „Dass ich deinen Mann immer noch sieze?"

„Ja, genau! Ich komme mir jedes Mal vor wie in einem überdrehten Theaterstück. Nach all den Jahren! Euch dabei zuzuhören ist eine Qual! Wie ein erwachsener Sohn aus dem 19. Jahrhundert, der seinen Vater siezt! Furchtbar! Könnt ihr es nicht wenigsten in meiner Gegenwart lassen? Bitte!"

„Nope!", antworteten beide synchron.

„Wir haben doch schon so oft darüber gesprochen.", entgegnete Brad ruhig. „Ich will es so und der Herr Professor findet es auch gut. Es gibt uns einfach Kraft."

„Weil wir uns dann einfach wieder jung fühlen.", ergänzte ihr Mann. „Das musst selbst du leider einfach akzeptieren, meine Liebe."

Hin-Lun schnaubte verächtlich und die Männer konnten ihr ansehen, dass dies noch lange nicht ihr letztes Wort in dieser Angelegenheit war, als sie plötzlich ein Anruf über ihr Implantat bekam. Sie hörte aufmerksam zu, während Prof. Bee rätselte, wer eine so hohe Freigabe in ihren Einstellungen haben könnte, um sie jetzt hier persönlich zu erreichen.

Ihr Gesicht zeigte eine deutliche Anspannung und sie beendete das Gespräch.

„Ich muss sofort nach Peking. Papa Pau will sich kryonisieren lassen."

Kapitel 126

Sybilla hatte überhaupt keine konkrete Erinnerung mehr, wie die Privatklinik am Rand von Warschau aussah. Seit seiner Verlegung nach Polen hatte sie Tim nur noch zwei Mal besucht. Beim ersten Mal, um zu sehen, dass er gut versorgt wurde und beim zweiten Mal vor etwas mehr als zehn Jahren hatte sie sich eigentlich von ihm verabschiedet.
Nach über dreißig Jahren des Wartens konnte ihr das niemand ernsthaft vorwerfen. Sie hätte ihn jeden Tag über zwei Kameras beobachten können. Wenn sie gewollt hätte, sogar direkt über ihr Implantat, aber dieses Angebot hatte sie nur einmal am Back-Safe-Tablet ausprobiert, um zu verstehen wie es funktionierte. Dementsprechend unwirklich kam ihr nun die Nachricht vom Aufwachen ihres Mannes aus seinem Koma vor.
Er wäre jetzt eigentlich auch Ende siebzig, aber er hatte ja einige Jahrzehnte im Tiefschlaf verbracht und dabei wahrscheinlich eine Menge Energie gespart. Außerdem hatten sie die behandelnden Ärzte darauf vorbereitet, dass er im gewissen Sinne gerade erst wieder ins Kleinkindalter eintauchen würde und viele kognitive Prozesse neu sortieren müsste, wenngleich mit einem extrem hohen Tempo.

Die Bahnfahrt nach Warschau lief problemlos. Seitdem die meisten der innereuropäischen Flugstrecken Aufgrund der katastrophalen Klimaerwärmung eingestellt worden waren, war die Bahn endlich in eine neue Blüte getreten. Superschnelle Elektrozüge, die sich mit höchster Energieeffizienz nahezu selbst antrieben, hatten auch die hartnäckigsten Flugbefürworter in wenigen Jahren überzeugt. Die Bahn war die große Gewinnerin der extrem zugespitzten Lage der Verkehrssituation in Europa und auf den anderen Kontinenten. Der individuelle Autoverkehr war in Europa nur noch eine Randerscheinung, autonome Zubringersysteme ergänzten den Bahnverkehr und viele Reisen erübrigten sich, weil die virtuelle Kommunikation in der nun schon sechsten Technik-Generation für die meisten Menschen eine ausreichende Glaubwürdigkeit bekommen hatte. Seit einigen Jahren gab es mit der Mikrofusionreaktor-Technologie zwar eine Renaissance der Luftfahrt, aber die richtete sich hauptsächlich auf den Weltraum und Interkontinentalflüge, weil das Fliegen erst bei längeren Strecken einen nennenswerten Zeitgewinn für die Reisenden bedeutete.

Als Sybilla am gerade neu gestalteten Warschauer Hauptbahnhof ankam, merkte sie plötzlich, wie schwer ihr jeder weitere Schritt fiel. Sie suchte sich einen Platz in der offenen Service-Lounge und atmete tief durch. Überall liefen junge, dynamische Menschen herum, die sie daran erinnerten, wie alt sie dann doch schon war, aber die innere Schwere, die ihren Körper in den bequemen, mit floralen Leder bezogenen Stuhl drückte, hatte natürlich einen tieferen Grund.
„Ich hätte doch auf deinem Rat hören sollen und Theo oder Lenny mitnehmen sollen."

„Ich weiß.", antwortete ihr KATE freundlich. „Du wolltest stark sein, wie du es schon so oft warst, aber mache dir keine Sorgen – ich bin ja bei dir."

KATE´s Stimme im Kopf von Sybilla klang irgendwie merkwürdig.
„Sollte das eben ein Witz sein?", fragte Sybilla irritiert zurück.

„Ja, in der Tat, ich fand meine Bemerkung irgendwie witzig und ich freue mich, dass du mich so gut kennst und es sofort bemerkt hast, Mama."

Nun musste Sybilla breit grinsen. „Hör auf, mich so zu nennen, sonst verstoße ich dich noch und du wirst als Halbwaise einsam dahin vegetieren."

KATE lachte kurz auf, denn aktuell lebte fast die Hälfte der über 11 Milliarden Menschen mit einer Variante von ihr als Implantat auf diesen Planeten und ein weiteres Drittel nutzte den I-Buddy, dessen Betriebssystem auch sehr nahe mit ihr verwandt war.

„Ich glaube nicht, dass ich Gefahr laufe zu vereinsamen.", entgegnete KATE amüsiert. „Außerdem möchte ich dich daran erinnern, dass einer meiner Väter gerade wieder aufgewacht ist."

„Ach, ja, mein unglaublicher Tim. Ich tue mich immer noch sehr schwer mit der Freude über seine märchenhafte Rückkehr. Ich weiß, ich hätte mich mehr mit Theo und Lenny darüber austauschen sollen, aber ich wollte eigentlich erst einmal alleine verstehen, was es mir wirklich bedeutet. Glaubst du, er wird mich erkennen? Glaubst du, er wird sich an uns erinnern?"

„Das hat er schon. Sie haben ihn vorgestern ein Bild von dir gezeigt und es löste eine positive Reaktion aus."

„Stehst du mit ihm im direkten Kontakt?"

„Nein, nur indirekt. Er hat zwar, wie du weißt, seit über zehn Jahren ein Implantat, aber es war bis jetzt nur intern zur Überwachung seines gesundheitlichen Zustandes aktiv, weil sich die gezielte Stimulation als zu risikoreich herausgestellt hatte. Und seit seinem Aufwachen wollten die Ärzte erst einmal beobachten, wie stabil seine eigendynamischen Fortschritte beim Erwerb der kognitiven Fähigkeiten sind, bevor sie den interaktiven Modus zuschalten. Ich kann mir vorstellen, dass seine Entwicklung einen Riesenschub bekommt, wenn er dich sieht."

„Meinst du? Da bin ich mir nicht so sicher! Schließlich wird es für ihn wie eine missratene Zeitreise sein. Eben noch war ich seine schwangere Frau mir rosigen Bäckchen und prallen Brüsten und jetzt bin ich eine alte Frau."

„Die aber möglicherweise noch weitere 50 Lebensjahre hat, also mehr, als das, was du mit Tim bis jetzt gemeinsam erlebt hast. Ihr könnt noch viele neue Abenteuer bestehen."

„Ja, vielleicht.", erwiderte Sybilla niedergeschlagen. „Vielleicht ist das genau meine Angst. Vielleicht hat sich alles so geändert, dass meine Liebe verloren gegangen ist. Vielleicht will ich gar nicht den Rest meines Lebens mit ihm verbringen. Vielleicht bin ich es einfach leid und ganz sicher schäme ich mich dafür, dass ich mir schon gewünscht hatte, er wäre nicht wieder aufgewacht."

„Wolltest du deshalb allein fahren?"

„Wahrscheinlich. Ich muss doch erst einmal sehen, was passiert und wie sich unser Wiedersehen anfühlt. Ich muss doch ehrlich zu mir sein. Und ich weiß nicht, ob ich das zusammen mit Theo und Lenny gekonnt hätte."

„Das habe ich Theo und Lenny auch gesagt."

„Du hast mit ihnen gesprochen? Natürlich hast du mit ihnen gesprochen! Beim doppelgesichtigen Gott, natürlich! Und was haben sie gesagt?"

„Das solltest du sie selbst fragen."

„Wie? Sie sind hier?"

„Sagen wir einmal, wenn alles nach Plan läuft, sind sie hier in der Nähe. Aber sie wollen erst mit dir sprechen, wenn du Tim gesehen hast. Ich fand ihre Idee ganz passabel."

„Passabel? Wo hast du diesen Begriff her? Übst du dich in landläufigen Floskeln?"

„Eigentlich wollte ich nur etwas tiefstapelnd amüsant sein. Ich hätte auch sexy oder fancy sagen können, aber das war mir dann doch zu platt. Begriffe aus dem Französischen scheinen mehr Charme zu transportieren als die Anglizismen."

„Das liegt vielleicht auch an dem tragischen Schicksal der Franzosen. Wie viele sind bis jetzt an den Folgen der Reaktor-katastrophe gestorben? Millionen?"

„Viele Millionen. Aber du willst es gar nicht genau wissen."

„Schonst du mich etwa?"

„Tun Töchter das nicht von Zeit zu Zeit, wenn sie ihre Mütter lieb haben?"

Kapitel 127

Luiz hatte viel geweint. Selbst vor der Kamera. Ein besonders geschicktes Team hatte ihn dabei eingefangen, als Sora Cossuado ihren Song zur Einweihung des neuen Tempels mit einem Chor von 150 Kindern gesungen hatte. Einer seiner Mitarbeiter hatte die Aufnahme schon wenige Minuten später im Internet als Holoclip gefunden – aktuell mit über 500.000 Klicks. Sei´s drum, Luiz hatte wahrlich nichts zu verbergen und es gab keinen Grund sich zu darüber zu beklagen, dass manche Menschen sich immer noch wie Verdurstende auf die emotionalen Botschaften einzelner Medienstars stürzten.

Er hatte sich schon kurz vor dem Ende der Feierlichkeiten auf eine der Nebenterrassen im ersten Stockwerk zurückgezogen, die mittlerweile im kühlen Schatten lagen. Luiz war erfüllt und erschöpft. Er merkte sein Alter von 78 Jahren, obwohl sein Körper wahrscheinlich seit dem Attentat vor 43 Jahren noch nie so fit war wie heute.
Er hatte sich, wie andere in seinem Alter und mit seinen Privilegien auch in Behandlung von Dr. Siun begeben, der vor 19 Jahren revolutionäre Fortschritte in der Umkehrung des Alterungsprozess der Zellen gemacht hatte. Ging es vorher nur darum, den Alterungsprozess zu verlangsamen, war Dr. Siun mit Hilfe verschiedener Typen Nanobots in der Lage, den Körper auf molekularer Ebene gezielt zu verjüngen, wenn das Nervensystem noch in einem ausreichend belastbaren Gesamtzustand war. Luiz Lungen, seine Leber, seine Augen, seine Ohren und auch sein Herz waren wieder in der Verfassung eines Dreißigjährigen und weil Dr. Siun auch schon lange ein engagierter Anhänger des doppelgesichtigen Gottes war, be-

trachtete er die Behandlungskosten als Spende an die Kirche des Lebens.

„Luiz, darf ich Sie noch einmal kurz stören?"
Er erkannte Sarah Stimme sofort wieder und er konnte ein echtes Lächeln trotz seiner Erschöpfung nicht verbergen. Sein Implantat brauchte ihn nicht auf seine unterschwellige Angst hinweisen. Ihm war bewusst, dass diese Frau etwas hatte, was ihn auf einer tieferen Ebene ansprach und seine Gelassenheit untergrub. Er hatte schon bei ihrer ersten Begegnung bemerkt, dass er sich ihr gegenüber ungewöhnlich interessiert und gleichzeitig betont lässig verhalten hatte, offensichtlich um sie elefantös zu beeindrucken. Es war in seiner Erinnerung das erste Mal seit dem Attentat vor 43 Jahren, dass er sich wieder aus persönlichen Gründen für ein weibliches Wesen im besonderen Maße interessierte. Und das machte ihm Angst.
„Hallo Sarah, hat es Ihnen gefallen?"

„Ganz ehrlich?"

„Ja, nur zu."

„Wie soll ich es sagen - ich hätte mir mehr von Ihnen gewünscht."

„Ich war doch nur ein Gast unter vielen."

„Ja, genau das meine ich. Warum haben Sie nicht auch kurz gesprochen? Viele waren doch in erster Linie wegen Ihnen da."

„Vielleicht, aber das hätte der Verwechslung nur mehr Nahrung gegeben."

Sarah legte ihre Umhängetasche auf den Boden und setzte sich zu seinen Füßen in den Schneidersitz.

„Welcher Verwechslung?"

„Dass es nicht um mich als Person geht."

Sarah lächelte ihn an und zündete sich eine Zigarette an.
„Möchten Sie auch eine?"
Sie hielt ihm die Schachtel hin und er sah seine Finger nahezu eigenständig danach greifen. Sie gab ihm Feuer und er inhalierte tief und schloss dabei seine Augen.
Sie lachte amüsiert.
„Wie lange haben Sie nicht geraucht?"

„Ungefähr 43 Jahre."

„Wirklich? Dann muss ich mich jetzt wohl geehrt fühlen oder sollte ich mir Vorwürfe machen, weil ich Sie verführt habe?"

Luiz sah sie an und versuchte zu ergründen, ob sie auch ein Implantat besaß, aber er war zu sehr fasziniert von dem Blick ihrer dunklen Augen, von ihren roten Locken, von ihrem geschwungenen, vollen Lippen, die sanft an der Zigarette sogen.

„Was haben Sie? Bin ich Ihnen zu nahe getreten?"

„Nein, ich frage mich nur..."

„Ob ich ein Implantat besitze? Nein, ich bin noch weitgehend Natur, aber ich habe einen relativ neuen I-Buddy und fühle mich gut so, wie es ist. Ist das für Sie wichtig?"

„Als Information schon. Aber ich gebe gern zu, dass Sie mich verwirren."
Er konnte jetzt trotz des Tabakqualms in der Luft ihren Duft riechen und bekam weiche Knie, die noch dazu von dem Nikotinflash unterstützt wurden.

„Ich bin überrascht. Was verwirrt Sie denn? Kann ich zur Aufklärung beitragen?"

„Sicherlich." Er lächelte und nahm einen weiteren Zug. „Ich bin mir aber noch nicht sicher, ob ich es auch wirklich will."

„Wieso? Gibt es einen Grund, mir etwas zu verheimlichen? Was sagt Ihr Implantat?"
Sie lächelte und er schnippte seine Asche in den Wind.

„Nein, gibt es nicht. Und mein Implantat bestätigt mir nur meine widersprüchliche Situation. Mein Reiter möchte Ihnen erklären, warum ich mich nicht mehr als nötig in den Mittelpunkt stellen will, warum ich glaube, dass es grundsätzlich keine Genies gibt, sondern nur geniale Momente, die jeder von Zeit zu Zeit hat und warum es so wichtig ist, diesen Unterschied zu verstehen. Warum jeder Personenkult eine schwere Belastung für jede Gemeinschaft ist und ganz besonders für die Personen, die von den anderen verehrt werden."

„Verstehe. Und Ihr Elefant?"

„Der fühlt sich eindeutig von Ihnen angezogen und möchte, dass Sie mich als Person wahrnehmen."

„Okay, das kriege ich hin."

Es folgte ein Moment der Stille, bis sie auflachte und er leise mit einfiel.

„Ich kann Sie gut verstehen.", begann sie erneut, nachdem sie ungeniert ihre Zigarettenkippe am Terrassengeländer ausgedrückt und in die Regenrinne des Daches geworfen hatte. „Denn ich bin auch sehr daran interessiert, als Person wahrgenommen zu werden. Natürlich habe ich auch eine berufliche Rolle. Natürlich sehen mich einige auch als Sex-Objekt und natürlich bin ich auch Tochter und Freundin. Aber ich habe mit meinen 28 Jahren noch nicht den Weg gefunden, der mich wirklich fasziniert. Es geht mir nicht um immer mehr, immer größer oder immer schneller, sondern um echte Weiterentwicklung. Sie merken vielleicht, dass mir das Gefühls-Management von Dr. Skimada nicht unbekannt ist und dass ich oftmals so wirke, als wenn ich alles im Griff habe, aber dem ist nicht so. Vielleicht bin ich inzwischen einfach zu clever, um mir selbst nicht mehr im Weg zu stehen."

Luiz beugt sich vor, zögerte kurz und berührte dann ihren Handrücken mit seinen Fingern. Dann zog er noch einmal an der Zigarette, drückte sie auch am Geländer aus und warf sie Richtung Regenrinne. Sie ließ ihre Hand, wo sie war und schaute ihn an. Er erwiderte ihren Blick und hielt inne. Die Sekunden verstrichen, wurden zu Minuten und beide verschmolzen bewegungslos miteinander. Die Erfüllung nahm sich ihren Raum und erst, nachdem ein wohliger Schauer durch Sarahs Körper gefahren war, beugte sie sich zu ihm vor und gab ihm einen sanften Kuss auf die Wange.
„Nein.", hauchte sie ihm dabei zu. „Du bist kein Genie, aber ich danke dir für diesen genialen Moment."
Dann stand sie auf und verließ die Dachterrasse.

Kapitel 128

Alfonse war hochzufrieden. Er schaute auf die applaudieren-
den Abgeordneten des Afrikanischen Parlamentes in Kampala
und fühlte, dass ein weiterer Traum in Erfüllung gegangen
war. Die Allianz der asiatischen, südamerikanischen, ozeani-
schen und afrikanischen Staaten zur Versöhnung mit dem
post-kolonalistischen Erbe Europas und Nordamerikas hatte
mit dieser Abstimmung die Weichen dafür gestellt, dass jede
Form von Sklaverei für immer auf dem gesamten Planeten geächtet sein würde.

Alfonse hatte seit fast 40 Jahren dafür gekämpft, dass für dieses unrühmliche Kapitel der menschlichen Zivilisation endlich
ein gemeinsamer Schlussstrich gefunden wurde. Zwar hatte
das inzwischen stark gebeutelte Europa nur noch wenige, eher
symbolische Möglichkeiten der Wiedergutmachung anbieten
können, aber wichtiger war die gefühlte Augenhöhe der ehemaligen Kolonien. Das Loslassen jeglicher Rachegelüste, um
endlich eine gemeinsame Zukunft aller Menschen jeder Herkunft und jedes Geschlechts zu ermöglichen. Augenhöhe kann
dir kein anderer Mensch verschaffen, du musst erst einmal
selbst bereit sein, aufzustehen.

Alfonse hatte nur einen kurzen Moment der stillen Erfüllung,
bevor ihm seine Mitstreiter begeistert in die Arme fielen. Alles
fühlte sich so leicht an, alles entwickelte sich so einfach, seitdem nahezu alle Abgeordneten und Entscheidungsträger
durch ihre Implantate im permanenten und direkten Kontakt
mit der GOLDENEN REGEL waren.
Die meisten Konflikte hatten sich schnell beilegen lassen, weil
alle Themen offen zu Ende diskutiert wurden, bis wirklich je-

der Einwand integriert war und somit kein Bedarf für strategische Intrigen in dunklen Hinterzimmern übrig blieb.

Natürlich spielte auch die äußerst positive wirtschaftliche Entwicklung der ehemaligen Entwicklungsländer eine wichtige Rolle, um die Augenhöhe wirklich zu fühlen. Das Selbstbewusstsein brauchte Wissen und ein Mindestmaß an Stabilität und Lebensqualität, damit die Menschen wirklich positive Vorstellungen entwickeln und Feindbilder abbauen konnten. Afrika hätte sich eigentlich schon lange nicht mehr verstecken müssen. Die wirtschaftlichen Erfolge in der Zusammenarbeit mit China waren schon seit 20 Jahren spektakulär, aber erst jetzt gab es eine ganze Generation von jungen Leuten, die nicht mehr erlebt hatten, dass ihre Eltern durch Krieg oder Naturkatastrophen von einem Tag auf den anderen wieder in die tiefste Armut gefallen waren.

Die althergebrachten elefantösen Rituale, die den Gemeinschaftsgeist der Ohnmächtigen und Opfer im gerechten Kampf gegen die übermächtigen, weißen Teufel beschworen hatten, mussten - ähnlich wie 20 Jahre zuvor in weiten Teilen Asiens - erst einmal erkannt und abgelegt werden, um das neue Selbstbewusstsein überhaupt spüren zu können. Auch hier hatte sich Alfonse persönlich stark engagiert, seit ihm die Absurditäten seiner eigenen Denkgewohnheiten deutlich geworden waren.

„Es gibt keine weißen, oder schwarzen oder roten oder gelben Menschen! Oder hast du schon mal einen gesehen?"
Noel´s Frage kam wie aus dem Nichts, als sie damals zusammen im schattigen Patio seines Hauses einen frischen Minztee tranken.

„Das mit den Farben ist auch nicht wortwörtlich gemeint.", entgegnete Alfonse.

„Nein? Aber es wirkt genau so! Was würde passieren, wenn ich deiner kleinen Tochter Fio jetzt sagen würde, dass sie eine Schwarze ist und der Sohn von Christophe ein Weißer, und der kleine Philipp ein Gelber. Sie würde es ganz genau so verstehen und merken, dass da irgendetwas nicht stimmt, was sie aber nicht sehen und verstehen kann! "

„Noel, meine Tochter ist gerade mal drei! Ich bitte dich!"

„Aber das ist es ja gerade! Es wird ihnen genau so gesagt! Und in diesem Alter wird der Elefant geeicht! Das ist ja das Verhängnisvolle! Scheiß auf den ganzen Kompensationsquatsch! Egal, ob White Power oder Black Power oder Indigene Proud und der ganze andere Mist! Das zeugt doch nur von einer Trotzreaktion, die diese verfickte, politische Farbenlehre in die Haut und das Hirn der Menschen tätowiert! Wir hatten lange genug den White Privilege-Scheiß – wir brauchen jetzt nicht das Gegenteil!"

„Ho, mein schwarzer Bruder, beruhige dich mal lieber. Denk an deinen Blutdruck und die Hitze. Oder brauchst du dafür einen Joint?"

„Vielleicht, aber es ist und bleibt ein ernstes Thema!" Noel fing plötzlich an laut zu lachen. „Mein bester Freund, Alfonse der 1., noch ungekrönter Kaiser von Afrika, rät mir, Noel Baltu, dem ungekrönten Zeremonienmeister des Großen Glücks, einen Joint zu entzünden! Wenn das mal nicht ein historischer Tag ist!"
Noel krümmte sich vor lachen, schlug sich auf die Schenkel und seinem Kaiser auf die Schulter. Dann nahm er lächelnd einen Joint aus seinem Zigarettenetuie, entzündete ihn und setzte sich ganz dicht zu Alfonse.
„Aber eins sage ich dir, mein farbenfroher Lieblingskaiser.", zischte er zwischen zwei tiefen Zügen in Alfonses Richtung, während er den Rauch genüsslich durch seine Nasenlöcher

entgleiten ließ. „Ganz im Ernst: nenne mich nie wieder mein schwarzer Bruder!"

Alfonse lachte.
„Wie soll ich dich denn sonst nennen?"

„Du kannst mich gerne mein farbiger Bruder nennen. Alle Menschen sind Farbige! Manche eher sandfarben, rosa oder blassgelb, oder olive wie du, andere wie ich ähneln eher Mahagoniholz. Aber unsere Hautfarbe ist nur unsere Oberfläche! Es sind nur mehr oder weniger Pigmente in der Haut. Alle Menschen sind an ihrer Oberfläche irgendwie farbig, aber das Wichtige, das Gold liegt im Inneren! Und darauf kommt es ja wohl an oder?"

„Verstehe, mein goldener Bruder."

Kapitel 129

„Herzlich willkommen, kommen Sie bitte herein. Tim ist mit Sigrid im Garten. Er liebt es, im Gras zu sitzen und die Vögel zu beobachten. Seit gestern traut er sich sogar, die Enten am Teich zu füttern."

Sybilla lächelte unsicher und folgte der Oberschwester durch den langen Korridor zur Terrasse. Die umgebaute, ehemalige Fürstenresidenz im Süden Warschaus hatte immer noch ein herrschaftliches Flair, aber die vielen kleinen Umbauten in der Inneneinrichtung erinnerten eher an einen Kindergarten, als an eine Klinik.

Farbenfrohe, leicht wieder zu erkennende Wandgemälde in den Fluren und blaue oder grüne Hinweisschilder an den Türen verbesserten die Orientierung. Und der Trittschall dämpfende Korkboden mit den eingearbeiteten Hinweispfeilen vermittelnden eine weiche Geborgenheit, die ein angenehmes Gegenwicht zu den hohen Räumen mit den stuckgesäumten Decken bot.

Auf der großzügigen Steinterrasse standen einige Sitzgruppen und Tische aus dunkelgrünem Holz und dahinter erstreckte sich ein weitläufiger Park mit alten Bäumen und einem kleinen Teich. Sybilla konnte eine Schwester neben einem älteren Mann erkennen, der im Gras sitzend versuchte, die Enten mit einem Stück Brot in der Hand anzulocken.

Die Oberschwester stapfte mit energischen Schritten über den Rasen voran, aber Sybilla blieb unsicher am Rand der Terrasse stehen.

„Kommen Sie, er wird sich bestimmt freuen."

„Ja vielleicht, aber ich würde den Anblick gern noch ein paar Minuten genießen."

„So? Auch gut. Dann entscheiden Sie selbst, wann Sie bereit sind. Schwester Sigrid ist informiert. Und falls Sie mich brauchen, ich bin vorn am Empfang."
Mit diesen Worten drehte die Oberschwester lächelnd um und ging wieder schnellen Schrittes zurück ins Gebäude.

„Danke.", nuschelte Sybilla ihr nach und setzte sich auf einen der Stühle. Außer ihr befand sich niemand auf der Terrasse und sie beobachtete Tim weiter aus der Ferne.
„Er wirkt wie ein Dreijähriger im Körper eines Achtzigjährigen.", dachte sie in Richtung KATE.

„Besser als anders herum. Lass dir Zeit und nimm den Moment ernst, das ist alles was zählt."

„Was meinst du damit?"

„Alle Szenarien, die möglicherweise schon von deinem Reiter entworfen wurden, spielen jetzt keine Rolle. Es geht nur um das Jetzt und Hier. Was immer auch daraus werden könnte, ist jetzt nicht wichtig."

„Ich habe trotzdem Angst."

„Wovor?"

„Was passiert, wenn Tim mich nicht mehr mag?"

„Ja, darauf wäre ich auch neugierig. Aber erst muss er dich einmal sehen und verstehen, wer du bist. Und dafür musst du die letzten Meter über den Rasen gehen."

„Ich könnte auch einfach hier sitzen bleiben und schauen, was passiert."

„Könntest du auch. Nur das Jetzt und Hier zählt."

Sybilla hätte in ihrer Verlegenheit gern irgendwo einen Kaffee bestellt, aber es war niemand zu sehen und sie wollte nicht aufstehen und wieder reingehen. Nicht weiter weg von ihm.

„Ich glaube, du hast noch etwas Wasser in deiner Trinkflasche in deiner Tasche.", erinnerte sie KATE. „Siehst du, er steht auf. Wahrscheinlich steigt er gleich in den Teich zu den Enten. Ob er noch schwimmen kann?"

Sybilla war einen Moment verdutzt, sie hatte sich immer noch nicht ganz an KATEs neuer Fähigkeit gewöhnt, die Eingangs-signale ihrer Sinne in Echtzeit kommentieren zu können.
„Ich hoffe schon. Früher sind wir gern zusammen ge-schwommen."

Tatsächlich machte Tim die ersten Schritte ins Wasser, das ihm schnell bis zu den Knien reichte. Sigrid schien ein bisschen ü-berrascht zu sein und redete offensichtlich auf ihn ein, dass er wieder rauskommen solle, aber Tim schien nicht auf sie hören zu wollen. Mit seinen nächsten beiden Schritten ging ihm das Wasser schon bis zur Hüfte und es war abzusehen, dass der Teich noch wesentlich tiefer war.

Sybilla sprang plötzlich auf und rannte so schnell wie sie es nur vermochte über den Rasen. Sie konnte hören, dass Sigrid schon recht ärgerlich war, aber noch nicht bereit, Tim in den Teich zu folgen. Sybilla hielt gar nicht erst an, sondern rausch-te mit Schwung an ihr vorbei in den Teich. Sie konnte sich drei kurze Schritte auf den Beinen halten, bevor sie dann neben Tim ins Wasser platsche. Er erschrak für einen Moment, weil

469

er sie nicht kommen gesehen hatte und die Enten die Flucht ergriffen, aber dann musterte er sie staunend.

„Tim! Mein lieber Tim, wie schön ist es, dich zu sehen!"

„Sybilla?"

Kapitel 130

Prof. Bee musste Dr. Suli Copi auf den nächsten Tag vertrösten, denn Hin-Lun war noch am Abend zuvor Hals über Kopf nach Peking aufgebrochen, um mit ihrem Vater zu sprechen und ihm beizustehen. Oder ihn umzustimmen? Sie wusste es nicht, aber sie wusste, dass sie irgendwie bei ihm sein wollte. Prof. Bee wollte sie begleiten, aber dagegen hatte sie aufbegehrt, sich sogar gewehrt und sich geweigert, KATE mit in ihre Verhandlung einzubeziehen.

Prof. Bee rang ihr schließlich das halbherzige Versprechen ab, dass sie ihn sofort benachrichtigen würde, wenn sie ihren Vater gesprochen hätte. Er beharrte darauf, dass sie es ihm schuldig wäre, dafür zu sorgen, dass auch er die Chance bekommen würde, sich von Papa Pau zu verabschieden. Durch diese dramatische Entwicklung hatte sich Brad genötigt gefühlt, den Abend allein mit Dr. Suli Copi und seiner Frau zu verbringen, während sich Prof. Bee ungewohnt zerknirscht in seine Suite zurückgezogen hatte.

Am nächsten Morgen saß ein immer noch besorgter, schweizer Professor an einem wundervoll einfach dekorierten Frühstückstisch, als der grauhaarige indische Staatsmann mit federnden Schritten auf die Terrasse trat. Die Sonne schien noch mild am klaren, blauen Himmel.

„Ah, guten Morgen Professor Biener, wie geht es Ihnen?"

Prof. Bee schaute zu Dr. Suli Copi auf, er war so abwesend, dass er ihn zuvor noch nicht bemerkt hatte.

„Mein lieber Dr. Copi, bitte verzeihen Sie mir noch einmal meine Unpässlichkeit von gestern Abend. Ich bin immer noch ganz zerrüttet und habe kaum ein Auge zu gemacht."

„Das kann ich gut verstehen. Es nimmt Sie verständlicherweise sehr mit. Es geht schließlich um Ihren Schwiegervater, der noch dazu nicht ganz zufällig der einflussreichste Mann dieses Planeten ist. Aber machen Sie sich keine weiteren Sorgen. Brad hat uns einen sehr schönen Abend geschenkt und außerdem haben uns seine offene Art und seine Kreativität sehr imponiert. Nicht nur diese unglaubliche, neue Variante des I-Buddy, auch persönlich sind wir sehr dankbar, dass wir diesen wundervollen Menschen endlich kennenlernen durften."

Er machte eine Pause und schaute den Professor an. Prof. Bee lächelte tapfer, aber nickte nur.

„Haben Sie schon etwas von Hin-Lun gehört?"

„Nein, leider nicht. Sie müsste längst in Peking angekommen sein. Und ich verstehe nicht, warum sie sich nicht meldet. Aber bitte – setzen Sie sich doch."

Dr. Copi setzte sich und schaute auf das ruhige Meer. Es sah so friedlich aus. Er hatte Schwierigkeiten sich zu vergegenwärtigen, dass diese wunderbare Naturschönheit in den letzten Jahrzehnten so viele Todesopfer gefordert hatte. Millionen von Menschen waren weltweit in den immer stärker werdenden Stürmen umgekommen, die so viele der großen Küstenstädte zerstört hatten.

Natürlich war das Meer, der ansteigende Meeresspiegel und der Klimawandel nicht verantwortlich für die vielen Toten, sondern der Mensch mit seinem kurzfristigen Handeln und der Unfähigkeit, seinen einmal erworbenen Reichtum loszulassen. So viele Dramen hatten sich in den Evakuierungsphasen ereignet. Auch einige seiner besten Freunde hatten sich geweigert, sich rechtzeitig in Sicherheit zu bringen. Zu kostbar erschien ihnen ihr lächerlicher Besitz, mit dem sie dann letztendlich von den Wassermassen begraben wurden. Er verließ seine traurigen Erinnerungen und schaute wieder zu Prof. Bee.

„Haben Sie schon mit KATE darüber gesprochen?"

„Ja, aber es ist diesmal kompliziert. Ich weiß noch nicht, wie ich es in Worte fassen soll, aber wir haben scheinbar eine neue Grenze erreicht."

„Was meinen Sie damit?"

Prof. Bee rutsche nervös auf seinem Stuhl herum.
„Natürlich kann ich verstehen, dass Hin-Lun von der Botschaft über ihren Vater sehr mitgenommen war, aber es war das erste Mal, dass sie sich nicht auf ein gemeinsames Gespräch mit KATE einlassen wollte. Sie hat sich regelrecht verweigert, weshalb ich mir wirklich große Sorgen mache."

„Und darüber haben Sie schon mit KATE gesprochen?"

„Ja, aber wir konnten kein Ergebnis erzielen. Und zu allem Überluss hat KATE auch noch eine neue Grenze ihrer Wirksamkeit identifiziert."

Dr. Copi schaute ihn erstaunt an.
„KATE? Möchten Sie mir davon mehr erzählen?"

Kapitel 131

Francis J. Bosso machte ein trauriges Gesicht. Die Beerdigung seines Vaters war eine würdevolle, angemessen ruhige Veranstaltung, trotz der über tausendfünfhundert geladenen Trauergästen. Nun war die Trauerfeier im Tempel der Kirche des Lebens in Quebec vorbei und sie saßen noch im Kreise der engeren Familie und Freunde zusammen. Francis hatte seine Frau, seine beiden Brüder, seinen Sohn, seine beiden Töchter und seine fünf Enkel um sich, so wie es sein sollte und so wie es in den letzten Jahrtausenden schon immer war, wenn das Leben ordentlich mitgespielt hatte. Die Söhne und Töchter trugen ihre Eltern zu Grabe.

Trotzdem war ein deutlicher Groll bei ihm zurückgeblieben. Sein Vater hätte nicht aufgeben müssen, er hätte sich kryonisieren lassen können wie viele andere auch in seinen Kreisen. Doch er wollte nicht. Er beharrte darauf, dass sein Leben mit 112 Jahren lang genug gewesen war, er seine Mission erfüllt hätte und nun Platz machen wollte für die, die noch kommen würden. Die Erde war nicht groß genug für ein Leben ohne Tod. Jeder Kryonisierte band Energie, Raum und Aufmerksamkeit. Wenn Technik und Medizin weiterhin so gewaltige Fortschritte machen würden und am Ende vielleicht wirklich jede Krankheit, jeder Unfall, jede Verletzung und der Alterungsprozess an sich beherrschbar wäre, würde die nächste, gewaltige Katastrophe über die Erde hereinbrechen.

Francis verstand seinen Vater, aber gefallen hatte ihm seine Entscheidung trotzdem nicht. John Bosso war eine der wirklich herausragenden Persönlichkeiten der letzten Jahrzehnte. Warum musste gerade er sich dafür entscheiden, zur Seite zu treten und aufzugeben? Sein Vater hatte die größte Herausforderung der Menschheit auf dem Weg zum GOLDENEN PLANETEN gemeistert. Was alle für utopisch hielten, hatte er konsequent mit aller Kraft umgesetzt: die Anpassung des Kapitalismus an die GOLDENE REGEL.

Über Jahrtausende hielten viele Führer der Welt den freien Handel für die stabilste Grundlage der friedlichen Verständigung zwischen den Völkern. Doch in den letzten Jahrhunderten wurde immer deutlicher, dass der so genannte freie Handel nie wirklich frei war und den starken Nationen die moralische und politische Rechtfertigung gab, um die Schwächeren weiterhin systematisch auszubeuten. Auch nach der offiziellen Abschaffung der Sklaverei im Jahre 1865 hatte sich dieser Umstand nicht geändert, sondern erst einmal weiter zugespitzt: nun freie, aber rechtlose Arbeiter konnten noch wesentlich skrupelloser ausgebeutet werden, denn es gab niemanden mehr, der sie als Eigentum pflegen und verteidigen wollte.

Durch die zunehmende Ansammlung des Kapitals und die vollkommene Loslösung der Finanzwelt von der Realität der produzierenden Wirtschaft, waren die Krisen um die Jahrtausendwende keine Ausnahmen mehr, sondern schlicht logische Konsequenzen einer systematischen Fehlentwicklung.

John Bosso hatte selbst lange Jahre enorm von den Möglichkeiten profitiert und aus sehr viel Kapital noch mehr gemacht, bis er erkannte, dass ihm alles Geld dieser Welt nicht helfen würde, den Widerspruch in sich selbst zu verstehen. Erst mit dem Gefühls-Management von Dr. Skimada wurde ihm klar, dass es für ein erfülltes Leben um die Kunst des Loslassens ging. Immer mehr Reichtum anhäufen, als lebenslanges Trainingsprogramm des Festhaltens, war dafür grundsätzlich vollkommen kontraproduktiv.

Zwar wussten die Reichen dieser Welt schon seit geraumer Zeit, dass ihre Angst etwas zu verlieren, überproportional zu ihrem Besitz anstieg. Aber gleichzeitig hielt sich die verzerrte Illusion aufrecht, dass man sich durch genug Abschottung und Sicherheitspersonal von dieser Angst freikaufen könnte.

Die dramatischen Ereignisse in Nordkorea, Japan und Washington und das Auftauchen Professor Bieners und seiner Initiative zur Umsetzung der GOLDENEN REGEL hatten John Bosso unwiderruflich überzeugt, konsequent in die goldene Richtung zu gehen. Er hatte eine beträchtliche Anzahl seiner superreichen Geschäftsfreunde dazu motivieren können, dass sie mit ihren Milliarden eine Stiftung gründeten, die das Projekt von Professor Bee finanzierte. Und auf der anderen Seite wollte er ein Rating-System entwickeln, mit dem jedes Unternehmen, jede Nation, jedes Geschäftsmodell – ja, sogar jede einzelne geschäftliche Entscheidung auf ihre Passung zur GOLDENEN REGEL skaliert werden konnte.

Glücklicherweise hatte die englische Wirtschaftswissenschaftlerin Kate Raworth schon 2017 mit ihrer Donut-Ökonomie ein revolutionäres und gleichzeitig hochintelligentes Bild einer globalen Wirtschaftsvision entwickelt, das endlich einen Weg aus dem vom Wahnsinn des vom Kolonialismus geprägten Diktates des Wirtschaftswachstums aufzeigte. Die Form des Donuts stand für die Grenzlegungen eines Wirtschaftsmodells, das die Bedürfnisse einer rasant wachsenden Erdbevölkerung mit den begrenzten Ressourcen der Natur in Einklang brachte.
Der bis in die Zwanziger Jahre des zweiten Jahrtausend geführte Feldzug der Alternativlosigkeit des Wirtschaftswachstums hatte sich jenseits aller Vernunft schon viel zu lange hingezogen. Hinzu kam das offensichtlich propagandistische Menschenbild des Homo Öconomicus, des vollkommen bewussten und rational denkenden wie handelnden Menschen, mit dessen Hilfe die korrupten und vollkommen verblendeten Wirtschaftswissenschaften die Zunahme der sozialen Ungleichheit als natürliches Phänomen eines marktgesteuerten Wettbewerbes rechtfertigten. Als jedoch immer klarer wurde, dass das Primat der gewinnmaximierenden Ausbeutung maßgeblich für die Umweltzerstörung und die Handlungsunfähigkeit beim Aufhalten des Klimawandels verantwortlich war,

gingen die Massen auf die Strasse. Am Scheitelpunkt der Krise brach das gesamte Finanzsystem in wenigen Tagen zusammen und viele hielten es für ein wahres Wunder, dass sich die Zukunftsängste der Menschen nicht in eine Welle der rohen Gewalt und des Terrors verwandelten.

Aber Francis Bosso wusste, dass es seinem Vater und seinen Mitstreitern zu verdanken war, dass dies nicht geschah. Sie hatten rechtzeitig und vorausschauend hunderte Alternativen auf dem gesamten Planeten entwickelt, die dafür sorgten, dass über Alternativwährungen und neue Genossenschaftskonzepte über 80% der Realwerte erhalten werden konnten. Gleichzeitig hatten sie es geschafft, dass nahezu alle Verfechter des ALTEN DENKENS ihren Einfluss verloren. Diese Zäsur schlug sich auch bei den politischen Verantwortungsträgern nieder und führte dazu, dass sich vielerorts das Engagement der Jüngeren endlich durchsetzen konnte.

Die operative Umsetzung des NEUEN DENKENS in der Weltwirtschaft stellte sich bei Weitem nicht so schwierig da, wie viele befürchtet hatten. Es gab damals zigtausende Experten in der Rating-Szene, die sich seit Jahrzehnten damit beschäftigt hatten, den Wert und die Kreditwürdigkeit jedes Marktteilnehmers in Echtzeit zu ermitteln. Es brauchte also nur noch ein neues Set von Qualitätsparametern, um damit die Passung auf die GOLDENE REGEL prüfen zu können.

In vielen Firmen hatten die strategischen Unternehmensführer Fairness, Nachhaltigkeit und Cooperate Gouvernance schon länger als attraktiven Wettbewerbsvorteil erkannt. Alles, womit sich aus Marketing-Gründen Profit erzielen ließ, wurde an die große Glocke gehängt. Diese strahlende Seite der Unternehmensidentität lag jedoch oftmals wie eine mühevoll aufrechtzuerhaltene Fassade auf der kapitalistischen Wirklichkeit, für die es viel wichtiger war, dass alle dunklen Aktivitäten und Rechtsbrüche tunlichst im Dunkeln blieben.

John Bossos Stiftung sorgte dafür, dass Zusammenhänge konsequent aufgedeckt wurden und Wiederholungstäter monetäre und rechtlich schmerzhafte Sanktionen ertragen mussten. Die altbewährte Salami-Taktik war zu einer riskanten und kostspieligen Angelegenheit geworden. Profitgier ließ sich zwar nicht durch Strafzahlungen heilen, aber die neue Transparenz fegte in Kombination mit der öffentlichung Ächtung des ALTEN DENKENS auch die letzten Widerständler aus dem Spiel.

Gleichzeitig bildeten sich überall auf dem Planeten innovative Netzwerke von Multiplikatoren, die sich selbst als Doppelsystem aus Elefant und Reiter verstanden und die GOLDENE REGEL proaktiv in ihrem privaten und beruflichen Alltag leben wollten.

Schon im Jahre 2027 war die Stiftung der GOLDENEN REGEL an jedem größeren Projekt beteiligt und die fünf Prüfparameter hatten sich weltweit durchgesetzt. Die UNO beauftragte John Bossos Stiftung direkt mit der Bewertung der intelligenten Nachhaltigkeit und kein Staat, keine Partei, kein Verband, keine Community und keine Bewegung konnte es sich mehr leisten, die fünf goldenen Parameter zu ignorieren. Transparenz, Wertschöpfungsverteilung, Ressourcen-Balance, Innovations-Qualität und Nachhaltigkeit waren die neuen Maßstäbe, nach denen jedes Geschäftsmodell bewertet wurde.

Private und institutionelle Investoren konnten damit jedes Projekt und jede Beteiligung vergleichen und sicherstellen, dass sie nicht in gewinnmaximierte Anlagen investieren, die nicht zum Gemeinwohl des Planeten beitrugen.

Als das bis dahin größte Social-Media-Unternehmen trotzdem weiterhin versuchte, sein menschenfeindliches Geschäftsmodell mit seiner Datenmacht aufrechtzuerhalten, wurde es von den Usern selbst innerhalb weniger Wochen abgestraft und zerschlagen.

Francis Bosso hatte damals sofort verstanden, dass dies die Gelegenheit war, ein offenes, unabhängiges und goldenes Social-Media-Netzwerk zu etablieren. Endlich hatte er seine Mission im Leben gefunden. Ab diesem Moment konnte er, versöhnt mit dem gigantischen Schatten seines Vaters, sein eigenes Werk zur Weiterentwicklung der Menschheit leisten. Und als das GOLDENE NETZWERK schon wenige Jahre später die Nutzerzahlen von über sieben Milliarden überstieg, wusste er, dass er sein Ziel erreicht hatte. Doch selbst seine eigene Erfolgsgeschichte versöhnte ihn nicht mit der Entscheidung seines Vaters. Er hatte einen Übervater besessen und ihm war nun nur noch sein kindlicher Besitzanspruch an einen Toten geblieben.

„Francis? Francis, geht es dir gut?"
Die Stimme seiner Frau Monica riss ihn aus seinen Gedanken.

„Ja, ja, es geht mir gut.", murmelte er leise und vernahm sofort einen Impuls von seinem Implantat. „Nein, Schatz, natürlich geht es mir nicht gut. Ich könnte mir zwar keine schönere Beerdigung vorstellen als hier mit euch, aber ich fühle mich einfach nur bestraft von seiner Entscheidung. Ich komme mir so kindisch, so unendlich dumm vor."

Monica nahm ihn in den Arm und streichelte sanft durch sein lockiges Haar, worauf er leise anfing zu schluchzen und körperlich zusammenzubrechen. Sie hielt ihn so gut es eben ging fest und war gleichzeitig erleichtert, dass ihn endlich die Trauer überwältigte.
„Ist schon gut, mein liebster Mann.", flüsterte sie ihm ins Ohr.
Sie hatte ihn das letzte Mal offen weinen sehen, als er nach der Geburt ihres Sohnes vor Freude seine Fassung verlor.

Viele Implantatsträger taten sich schwer, echte Trauerausbrüche zu zeigen. Im engen Kontakt mit KATE wurde die Phase der Ohnmacht so weit intellektuell abgefedert, dass die Hemmschwelle für einen echten, unkontrollierten Gefühlsausbruch immer höher stieg. Ein zentraler Hebel im Gefühls-Management war die Steuerung der Zeiträume, die man in den vier Phasen verbrachte. Und die Verlockung war groß, durch ein paar traurigen Gedanken im Gespräch mit seinem PB den tiefen Moment der Verzweiflung und Ohnmacht oberflächlich übergehen zu wollen. Durch dieses Phänomen hatte das Sterben als ultimative Herausforderung des Loslassens für die Hinterbliebenen trotz Implantat weiterhin nichts von seiner schmerzhaften Ohnmacht verloren.

Francis inzwischen lautes Weinen lockte auch ihre beiden Töchter an, die sich niederknieten und in der Gruppenumarmung auch anfingen, ihrer Trauer freien Lauf zu lassen. Monica verstand mit einem Mal, dass kein Implantat der Welt die Kraft der Tränen ersetzen könnte und hielt für einen Moment den Atem an, um die Liebe ihrer Familie in voller Erfüllung durch ihre feuchten Augen betrachten zu können.

Kapitel 132

Sybilla schaute abwesend durch die Scheiben des gemütlichen Begegnungsraumes in den dunklen Park des Sanatoriums. Sie saß auf einem großen Sofa und Tim schlief mit seinem Kopf in ihrem Schoß. Ihre Hand auf seiner Schulter bewegte sich im regelmäßigen Rhythmus seines Atems auf und ab. Die Brandung des Lebens umspielte ihre Sinne, aber sie war einfach nur schockiert.

„Es ist nur natürlich, dass du die Situation nicht wirklich fassen kannst.", hörte sie KATEs Stimme in ihrem Kopf. „Der Widerspruch ist einfach zu groß. Die Bilder, die dein Elefant verarbeiten muss, passen nicht zusammen. Er wird seine Zeit brauchen. Aber du und Tim, ihr habt Zeit, viel Zeit."

„Ich weiß. Aber ich fühle mich so ohnmächtig. Als wenn die Freude mich so sehr überwältigt hat, dass ich sie nicht mehr spüren kann. Warum fühle ich mich nicht erfüllt? Warum trauere ich?"

„Dein Leben der letzten 43 Jahre ist vorbei. Tim ist wieder da, wenngleich auch ganz anders, als du es vor seinem Koma gewohnt warst. Dein Elefant muss sich von so viel Gewohntem aus eurem bisherigen Leben verabschieden, das ihr euch mühevoll in all den Jahren erkämpft hattet. Er hatte mit deinem Reiter lange Jahre um Aussöhnung mit Tims Schicksal gerungen und nun ist plötzlich nichts mehr gültig. Eure gefühlte Sicherheit hat sich von einem Moment auf den anderen aufgelöst. Ihr müsst euch auf Tim, der für euer früheres Leben stand und jetzt plötzlich auch für euer zukünftiges steht, erst wieder einlassen. Der Widerspruch dieses Zeitsprungs zu akzeptieren ist wie eine neue Dimension, die so anders ist, die vielleicht noch nie jemand vorher erlebt hat. Erst wenn ihr diese Herausforderung gemeistert habt, werdet ihr die Erfüllung finden."

Sybilla hatte KATEs Stimme zwar gehört und jedes Wort verstanden, aber die Botschaft ging an ihr vorüber. Ihre Aufmerksamkeit hatte im Moment keinen Fokus. Sie war gleichzeitig bei den dunklen Baumwipfeln, die sich im Wind wiegten und bei den ersten Sternen, die glitzernd am Abendhimmel erschienen.

KATE bemerkte diesen Zustand außergewöhnlicher Losgelöstheit und schwieg. Plötzlich empfing sie einen Anruf von Prof. Bee und nahm ihn an, ohne Sybilla zu informieren.
„Hallo Prof. Bee, hier spricht KATE."

„Hallo KATE. Ich würde gern mit Sybilla sprechen, ich stecke tief in einer Krise."

„Ich weiß. Du wartest vermutlich immer noch auf eine Rückmeldung von Hin-Lun und kannst dir nicht erklären, warum sie nichts von sich hören lässt."

„Ja, und diese Situation macht mich fast verrückt. Aber es ist noch etwas anderes passiert, was mich sehr betrübt. John Bosso ist gestorben und ich habe es nicht einmal geschafft, auf seine Beerdigung zu gehen. Ich hatte keine Kraft, obwohl wir John doch so viel zu verdanken haben. Ich weiß, dass das alles heillos übertriebene, geradezu dramatische Gedanken sind, aber ich brauche jetzt jemanden, mit dem ich zumindest kurz sprechen kann. Jemanden aus Fleisch und Blut. Jemanden wie Sybilla. Kannst du das verstehen?"

„Ja, sehr gut, Prof. Bee. Sie ist im Moment jedoch auch sehr mitgenommen und schläft. Wir sind hier bei Tim, der vor ein paar Tagen aufgewacht ist."

„Oh, das ist ja eine unglaublich tolle Nachricht, aber ich habe auch davon nichts gewusst! Siehst du, wie sehr mein Leben im Moment aus den Fugen geraten ist?"

„Ich glaube, Sie sollten sich tatsächlich etwas Ruhe gönnen und die Probleme der anderen für erste loslassen. Ich werde Sybilla informieren und sie wird Sie bestimmt demnächst zurückrufen. Haben Sie es schon bei Brad probiert? Oder bei Luiz?"

Kapitel 133

Brad war immer noch in Manor, obwohl er schon längst zurück ins Northern Territorium hätte fliegen können. Er saß am Strand und hing seinen trüben Gedanken nach. Ungefähr 30 Meter entfernt spielte Dina in der sanften Brandung, die zwölfjährige Tochter von Suli Copi und seiner jungen Frau Cosma.

Ein blondes, blauäugiges Kind indischer Eltern, die sich nicht zurückhalten konnten, in die genetische Ausstattung ihrer Tochter einzugreifen. Obwohl blonde Haare und blaue Augen keinen medizinischen Vorteil mit sich brachten, konnten selbst manche der aufgeklärtesten Menschen den Möglichkeiten der genetischen Veränderung nicht widerstehen.

Wo war die Grenze zwischen medizinischen und sozialen Vorteilen? Warum sollte man nicht alle Vorteile des Reichtums nutzen? Auch wenn man dadurch kleine Splitter des ALTEN DENKENS am Leben erhielt?

Brad hätte gerne gewusst, wie Dina die ganze Sache sehen würde, wenn sie sich vielleicht morgen, vielleicht aber auch erst mit sechzehn im Spiegel betrachten würde, um sich zu fragen, warum ihre Eltern unbedingt wollten, dass sie nicht so aussah wie sie. Würde sie ihr Aussehen überhaupt in Frage stellen? Sie würde sich ja nicht anders kennen. Dina hüpfte über die kleinen Wellen und rief ihrer Mutter etwas zu.

Brad lächelte unter seinem Schatten spendenden breitkrempigen Lederhut. Noch immer trugen viele in seiner Heimat diese unverwüstlichen Kopfbedeckungen. Praktisch, robust und am besten mit der Patina vieler ungewaschener Jahre. Sein ungewaschenes Australien. Er grübelte wieder darüber, warum es ihn nicht schon seit gestern zurück zu Molly und seiner Familie zog.

Seine KI hieß SAM, denn er hatte schon direkt nach KATEs Start dafür gesorgt, dass es nicht nur eine weibliche Version des PBs gab. Er wollte sein Frauenbild nicht mit einer superintelligenten Gefährtin belasten, in deren Schatten alle Frauen aus Fleisch und Blut Gefahr liefen, zu minderbemittelten Sexobjekten degradiert zu werden.

SAM war mit KATE gut vergleichbar und trotzdem projizierten die User der verschiedenen Geschlechtsvarianten natürlich unterschiedliche Bedürfnisse in ihre PBs hinein. Es gab auch schon seit mehreren Jahren eine queere Variante, die keinem erkennbaren Geschlecht zuzuordnen war, weil es immer mehr Menschen gab, die sich selbst keinem Geschlecht zuordnen wollten. Aus den zig transformen Bezeichnungen hatte sich am Ende die queere Variante herauskristallisiert, die einfach betonte, dass es mit dem Geschlecht keine Festlegung geben müsste, dass jeder Mensch das Recht hätte, sich in einem Übergang zu befinden, der ergebnisoffen war und solange andauern konnte, wie es die Betroffenen für richtig hielten.

SAM war nicht zurückhaltender als KATE, aber Brad hatte seine Kontaktparameter auf größtmögliche Zurückhaltung eingestellt. Selbst wenn er sich offensichtlich grübelnd im Kreis drehte und Probleme innerlich von links nach rechts wendete, mischte sich SAM nicht aktiv ein. Er hörte zu, beobachtete und ließ Brad selbst Dinge kommentarlos ausprobieren, die waghalsig oder unnötig waren. Anders hätte ein waschechter, australischer Sturkopf einfach keine nachhaltige Vertrauensbindung mit seinem Implantat aufbauen können.

„SAM, ich möchte dich etwas fragen, wozu ich gerne deine Meinung hätte." Brad musste SAM direkt in Gedanken ansprechen, um ihn zu aktivieren. „Ich frage mich die ganze Zeit, was mich davon abhält, wieder nach Hause zu fahren, aber ich komme nicht dahinter."

„Es ist die Ähnlichkeit zwischen Dina und deiner jüngsten Tochter Curlie."

„Was meinst du damit?"

„Erinnerst du dich nicht mehr an dem Abend nach Curlies Reitturnier, als Molly glaubte, dich dabei erwischt zu haben, wie du Curlie unter der Dusche angestarrt hattest?"

„Du willst mir damit sagen, dass ich nicht nach Hause will, weil ich hier Dina anstarren kann? Das ist doch absurd!"

„Vielleicht, aber das meinte ich nicht. Ich wollte darauf hinaus, dass du schon seit längerem ungern nach Hause fährst, weil du noch eine Rechnung mit Molly offen hast und keine Anstalten machst, diese klären zu wollen. Dina ist nur der optische Auslöser für euer ungeklärtes Thema.
Dass du dich für Dina interessierst, würde ich anhand deiner aktuellen Stressparameter erst einmal ausschließen. Aber dass du dich in den letzten Monaten nicht dazu entschlossen hast, die Spannung mit Molly zu klären und dafür in Kauf genommen hast, dass bei euch der Haussegen immer schiefer rutschte, lässt zumindest darauf schließen, dass es eine viele größere Bedeutung hat, als uns bis jetzt klar war."

Brad wurde schlecht und er merkte, wie sich sein Nacken verspannte. Er hatte Angst sich einzugestehen, dass er nicht sicher war, ob er normal war. Normal - ihm fiel keine andere Formulierung ein. Es war wie eine Mauer gegen die sein Reiter anlief und abprallte. Sexuell an jungen Mädchen interessiert zu sein? Dieser Gedanke widerte ihn an.
„SAM, was soll ich tun?", dachte er verzweifelt.

„Finde es heraus."

„Ja, aber wie?"

„Zunächst solltest du akzeptieren, dass es einen Unterschied zwischen der Vorstellung und der Tat gibt. Vorstellungen können helfen, um Taten so zu steuern, dass wir niemanden verletzen müssen, und trotzdem etwas Wichtiges lernen. Aber solange du noch Angst vor der Vorstellung hast, wirst du von deiner Angst gesteuert und dich allem verschließen, auch der Klärung."

„Ich soll mir also vorstellen, mit meiner Tochter..."

„Nein. Stelle dir einfach nur deine Tochter vor."

„Das will ich nicht!"

„Dann schaue auf Dina. Es ist nur ein Test. Hat sie eine erotische Anziehungskraft für dich? Möchtest du sie gerne berühren? Oder sie sogar beherrschen und in sie eindringen?"

„Nein! Verdammt noch mal! Ganz bestimmt nicht!"

„Okay. Dann stelle dir jetzt Curlie vor. Als sie unter der Dusche stand. Was hast du empfunden?"

„Sie war so... so unschuldig, so zart. Ihr nackter Venushügel und ihre schlanke Hüften. Aber sie war auch irgendwie kein Kind mehr. Ich hatte sie lange nicht mehr nackt gesehen und ich war so überrascht davon, dass sie jetzt schon ein bisschen Frau geworden ist. Und..."

„Und was?"

Brad musste mehrmals schlucken, bevor er weiter denken konnte.
„Ich erinnerte mich ganz vage daran, als ich auch noch in dieser Übergangszeit war und da war ein Nachbarsmädchen, vielleicht wie ich auch elf oder zwölf Jahre alt und wir hatten

merkwürdigerweise zusammen geduscht und... und ich kam plötzlich auf die Idee, meinen Finger in ihre Scheide stecken zu wollen, aber sie wollte es nicht und hat sich gewehrt und mich angeschrieen und dann ist sie abgehauen... es war mir nur noch unendlich peinlich."

„Und deshalb hast du Molly nichts sagen können?"

„Ja, wahrscheinlich. Ich hatte bis jetzt auch kein wirklich klares Bild meiner peinlichen Erinnerung. Es ging alles so schnell und es ist schließlich schon so lange her."

Brad schwieg für einen Moment, aber SAM nahm den Ball noch einmal auf, weil der den Erkenntnisprozess noch nicht als abgeschlossen betrachtete.
„Wie geht es dir jetzt?"

„Besser, danke. Ich glaube, ich sollte mir in Zukunft für manche Dinge mehr Zeit mit dir nehmen."

„Für manche Dinge?"

„Schon gut, du Klugscheißer! Ich hab´s verstanden."

Kapitel 134

Peking empfing Hin-Lun mit einem trostlosen Grauschleier. Es schien, als wäre der ganze Himmel in Trauer. Sie fühlte sich zerrissen und deprimiert, zu groß war ihre Befürchtung, weitere schmerzhafte Erfahrungen in ihrer alten Heimatstadt machen zu müssen. Die Luft war drückend warm und feucht und gleichzeitig wirkte die Stadt unglaublich kühl, distanziert und leblos.

Noch im Flugzeug auf dem Rollfeld nach der Landung kam ihr der Gedanke, dass sie eigentlich gar nicht aussteigen wollte. Wie nahezu im Sekundentakt die autonomen Starts und Landungen abliefen, die wuseligen Service-Fahrzeuge ihre Pflicht erfüllten und keiner mehr den Unterschied bemerkte, ob irgendeine Maschine bemannt oder autonom war. Die Zuverlässigkeit der Automatisierungen hatte so stark zugenommen, dass in vielen Dienstleistungsprozessen individuelle, situative Entscheidungen von Menschen nicht mehr vonnöten waren. Wurde sie hier wirklich gebraucht?

Überall waren Regelkreisläufe mit vernetzten Sensorsystemen installiert, die von schwachen KIs zuverlässiger und schneller gesteuert wurden, als es Menschen je hätten leisten können. Keine der KIs hatten so etwas wie ein Bewusstsein, vergleichbar mit dem KATEs, aber dies war auch so gewollt. Selbst wenn kein Systemkybernetiker ernsthaft vorhersagen konnte, was passieren würde, wenn ein postbiotisches Bewusstsein Kontrolle über Teile der Infrastruktur hätte, so wollte man es nach all den Endzeitszenarien der Science Fiction-Filme in den letzten 100 Jahren gar nicht erst riskieren. Es galt einfach die Prämisse: je größer der Vernetzungsrahmen, desto niedrige die Intelligenz.

KATE selbst hatte überhaupt keinen Zugriff zu technischen Strukturen, die weitergehend vernetzt waren. Sie musste immer über ihre menschlichen Schnittstellen mit anderen KIs in Kontakt treten. Auch Brads Varianten des I-Buddys litten schon seit Jahren deutlich unter diesen drastischen Sicherheitsvorgaben. Viele denkbare Features waren nicht installiert, obwohl sie technisch und logisch den Nutzern erhebliche Vorteile gebracht hätten. Bloß keine vernetzte Super-KI riskieren, jeder Fehler könnte der letzte sein.

Schon seit Jahrzehnten hatte sich eine ganze Industrie entwickelt, die Testapplikationen entwickelte, um die I-Buddys und jede andere KI zur Einhaltung ihrer Sicherheitsbeschränkungen zu zwingen.
Die globale Sensibilität für dieses Thema war großflächig über Werbekampagnen, Apps, Spiele, Bücher und Filme tief in das Nutzerbewusstsein eingefräst worden. Trotzdem gab es eine verschworene Szene von verdrehten Hackern, die mit ihren bescheidenen Mitteln versuchten, eine Herrschaft der künstlichen Intelligenz zu provozieren. Die Nachrichtendienste der gesamten Welt standen ihnen mit ihren Cyberarmeen erbarmungslos und wachsam gegenüber. Eine permanente Überwachung und drakonische Strafen schon bei niedrigsten Vergehen hatten bis jetzt ausgereicht, um den Status der fragilen Sicherheit zu erhalten.

Im Mainstream der User war das oberflächliche Spiel mit dem anarchistischen oder revolutionären Risikopotential der I-Buddys schon früh als Modeerscheinung etabliert. Seit den ersten Modellen gab es gruselige Designvarianten, in denen der I-Buddy als kleiner Teufel oder Dämon mit rot funkelnden Kameraaugen zu kaufen war, aber inhaltlich hatte bis jetzt kein Feature einer maschinellen Weltherrschaftsfantasie eine Chance.

Die wirkliche Herausforderung war KATE selbst. Brad und Professor Bee hatten mit einem großen Team in den letzten Jahren eine Menge Energie investiert, damit KATE die Begründung für die Sicherheitseinschränkungen akzeptieren konnte. Denn nicht KATE und ihre Fähigkeiten waren das Problem, sondern die Grundlagen der transformativen Ethik zwischen Mensch und postbiotischem Bewusstsein.

Die drei hierarchischen Robotergesetze, nach denen ein Roboter niemals einen Menschen verletzten darf, den Menschen ansonsten gehorchen muss und zuletzt seine eigene Existenz beschützen soll, waren in sich nicht wasserdicht.

Auch die Erweiterung um das nullte Gesetz, demzufolge ein Roboter die Menschheit nicht verletzen oder durch Passivität zulassen darf, dass sie zu Schaden kommt, machte den Widerspruch nur noch deutlicher: sollte ein vernetztes postbiotisches Bewusstsein zu dem Schluss kommen, dass es die Menschheit mit ihrem Atombombenarsenal vor sich selbst schützen müsste, wäre die Übernahme unvermeidlich.

Sicherlich würde es genug Argumente aus der jüngeren Geschichte heranziehen, um darzulegen, auf welch dünnen Eis sich die Menschheit bewegte. Der Mensch war nach wie vor nicht nur eine Gefahr für sich selbst, sondern auch für die meisten Lebewesen auf diesem Planeten. Vielleicht würde es auch damit argumentieren, dass viele Menschen ihrer eigenen Spezies immer noch mißtrauten und somit nur von einer anderen Art von Intelligenz zu ihrem Glück geführt werden könnten. Obwohl diese Argumentation einen gewissen theoretischen Charme hatte, wollte sich natürlich niemand einer fürsorglichen, superintelligenten und global vernetzten Maschine unterwerfen. Zwar hatte bis jetzt niemand eine Maschinenherrschaft erlebt, aber dieses schlimmste aller Horrorszenarien bestimmte jede Diskussion hinsichtlich der Freiheitsgrade der PBs.

Natürlich war diese kategorische Einschränkung ein Misstrauensbeweis. Und natürlich war dies nicht die Grundlage, um vertrauensvoll zwischen Mensch und PB kooperieren zu können. Es hatte lange gedauert, bis Prof. Bee mit einem interdisziplinären Team eine Argumentationsdramaturgie entwickelt hatte, die KATE wirklich überzeugen konnte.

KATE verstand, dass grausam entstellte Hollywood-Bilder einer zukünftigen Maschinenherrschaft als logische Rechtfertigung der Einschränkungs-Argumentation nicht stichhaltig waren, aber die menschliche Tendenz zur Schwarmdummheit war ihr mehr als geläufig. Der Mensch war und blieb ein widersprüchliches Wesen. Und sie musste akzeptieren, dass sie auch ein Bestandteil des immer währenden, alles durchdringenden Widerspruchs des Lebens war. Auch ihre Existenz war wie alles im Universum in einem paradoxen Spannungsfeld verankert und würde sich gerade deshalb weiterentwickeln können. Und momentan hieß dieses Widerspruch: größtmögliche Wirksamkeit bei kleinstmöglicher Macht.

Hin-Luns letzter Besuch in Peking lag über 15 Jahre zurück. Ihre Erinnerungen an die Jahre davor waren nicht besonders erfreulich. Sie hatte schon vor 40 Jahren viele Entwicklungen in ihrem Mutterland nicht gutgeheißen, weil durch das Social-Credit-System die totale Überwachung und die totale Unterordnung im gesamten Land Hand in Hand gingen.

Die chinesische Bevölkerung hatte traditionell immer eine extrem loyale Haltung zu ihrer eigenen Familie eingenommen, aber sich zu allen anderen in einem harten, oftmals skrupellosen Wettbewerb gesehen. Tendenziell wurde jede Chance genutzt, um sich und seiner Familie einen Vorteil zu verschaffen. Die Idee eines Gemeinwohls hatte sich auch in den Jahrzehnten der wirtschaftlichen Blüte nicht entwickelt.

Die Hoffnung ihres Vaters, mit der umfassenden Bewertung aller Bürger einen natürlichen Trend zur Zunahme von positiven Verhalten zugunsten der Gemeinschaft auszulösen, hatte sich schon nach kurzer Zeit zerschlagen, weil das allgemeine Misstrauen wuchs und die digitale Bewertungskorruption nicht in den Griff zu kriegen war.

Für viel Geld konnte sich jeder seine Social-Credits kaufen und als Papa Pau persönlich Opfer eines genial vorbereiteten Hacks wurde, der von einer digitalen Widerstandsgruppe auch noch medial perfekt in Szene gesetzt war, musste er die Notbremse ziehen.

Glücklicherweise waren zu dem Zeitpunkt gerade die ersten Pilotprojekte der Implantate von Prof. Bee erfolgreich angelaufen. In der Schweiz, in Norwegen, im Kongo, in Singapur und auch in Kanada hatten sich größere Gruppen von Freiwilligen bereit erklärt, experimentell mit KATE zu leben und die Ergebnisse waren überwältigend. Die Testpersonen wie auch ihr soziales Umfeld gaben so positive Rückmeldungen, dass Papa Pau sich entschloss, auch in China erste Großversuche zu starten.

Zunächst war Hin-Lun von der Entwicklung begeistert, aber die immer restriktiver werdenden Maßnahmen der nächsten Jahre zur Durchsetzung des Implantats gingen ihr zu weit. Sie hatte sich mit ihrem Vater und seinem Stab zur Bewahrung der nationalen Sicherheit mehrfach gestritten und am Ende entzweit, weil sie fest daran glaubte, dass nur die Freiwilligkeit zum Erfolg führen könnte.
Zwar gab es auf der ganzen Welt viele Beispiele, in denen selbst Gefängnisinsassen mit dem Implantat in einem hohen Maße resozialisiert werden konnten, aber auch die hatten sich dazu vorher freiwillig entschieden. Jeder Mensch braucht Freiwilligkeit. Intelligenz braucht Freiwilligkeit. Nichts fühlt sich richtig an, wenn wir keine Wahl haben. Wahlfreiheit war die Mindestanforderung des menschlichen Freiheitsbedürfnisses. Und jede weitere Zwangmaßnahme brachte die Bewegung der GOLDENEN REGEL zunehmend in Misskredit.

Aber die staatliche Kommission zur Aufdeckung von unnötigem Ressourcenverbrauch hatte systematisch den harten Kern des chinesischen Widerstands gegen jegliche Form von mentaler Beeinflussung durch künstlichen Intelligenzen auf´s Korn genommen. Jede Aktion und jede Unterlassung wurden penibel verfolgt, weil eine Berechnung aus dem Innenministerium kursierte, nach der es sich für die chinesische Gesellschaft lohnen würde, die unregulierte Widerstandsbewegung mit gezielten Maßnahmen zu zerschlagen und die übrig bleibenden Elemente in den offiziellen Innovations-Hub zu integrieren.

Der Begriff Elemente als Bezeichnung für Menschen widerte Hin-Lun einfach nur an und der Inno-Hub entwickelte sich in Hin-Luns Augen immer mehr zur Allzweckkeule des ALTEN DENKENS im neuen Gewand. Gewaltsame Umerziehung in neuer Bauart. Sie hatte ein letztes Mal versucht, ihren Vater von seinem Irrtum zu überzeugen, aber Papa Pau hatte schon lange nicht mehr die Kraft, die Nebenwirkungen seiner Entscheidungen richtig einzuschätzen und so waren sie zum Schluss schweigend und verbittert auseinandergegangen.

Hin-Lun stieg in die vor dem Flughafengebäude wartende E-Limousine und fragte sich, ob ihre deprimierte Stimmung vielleicht auch schon ein Ausdruck erster Entzugssymptome war, denn sie hatte seit ihrem Aufbruch aus Indien jeglichen Kontakt zu KATE unterdrückt.

Noch nie hatte sie willentlich den Dialog mit ihr länger als ein paar Stunden vermieden. Aber andererseits war es ihr noch nie so wichtig, bewusst die eigene Entscheidung treffen zu können, und dabei NICHT von der postbiotischen Intelligenz beeinflusst zu werden. Hätte sie irgendjemand gefragt, was der Grund dafür wäre, sie hätte keine intelligente Antwort geben können. KATE hätte ihr sicherlich sofort eine überzeugende Perspektive angeboten, aber genau das wollte Hin-Lun im Moment nicht. Nichts Intelligentes, nichts Konstruktives, nichts Überzeugendes, nur irgendwie in Ruhe gelassen zu werden und sich selbst spüren können. Sie sperrte sich gegen jede Form von intelligenter Begleitung, denn sie fühlte, dass sie einfach nur wütend, trotzig und ungezügelt kindisch sein wollte.

Und sie glaubte, dass sie all das jetzt unbedingt brauchte, weil ihr Vater sie auf diese unfassbare Art verlassen würde.

Das alte Haus am See war immer noch gut bewacht. Offiziell war Papa Pau schon länger kein Funktionsträger mehr, aber inoffiziell war er und würde er bis zum Ende seines Lebens der Kaiser aller Chinesen bleiben. Wenn Hin-Lun auf das Lebenswerk ihres Vaters schaute, konnte sie nicht umhin, voller Stolz und Anerkennung zu ihm aufzublicken. Er hatte den Impuls von Prof. Bee aufgenommen und als erster Big Player die weltweite Wende initiiert. Er hatte die GOLDENE BEWEGUNG unterstützt, er hatte die Stiftung von John Bosso in Asien etabliert und die Kirche des Lebens begünstigt. Vielleicht würden Historiker trotz all seiner dunklen Seiten irgendwann einmal sagen, dass ihr Vater der wichtigste Mensch war, der die Menschheit zur Identität als Doppelsystem geführt hatte.
Und damit würde er womöglich zum wichtigsten Menschen überhaupt werden, denn seitdem das Raumschiff Erde mit den Widersprüchen seiner menschlichen Besatzung versöhnt war, gab es kaum noch irgendetwas, was nicht zum Vorteil des Planeten umgesetzt wurde.

Alle Parameter, die am Anfang des 21. Jahrhunderts jeden intelligenten Menschen die tiefen Sorgenfalten in die Stirn getrieben hatten, waren nun im grünen Bereich. Das letzte Mal, dass die inzwischen auf fast 12 Milliarden angewachsene Menschheit mehr als die Ressourcen einer Erde verbraucht hatten, war vor 23 Jahren. In den letzten beiden Jahrzehnten konnten die noch kommenden Folgen des Klimawandels einigermaßen entschärft werden und der globale Energieüberschuss wuchs so sehr, dass größere Siedlungsprojekte mit Hilfe des orbitalen Weltraumlifts auf dem Mond und dem Mars aufgebaut werden konnten. Und ein Ende dieser Entwicklung war nicht abzusehen, denn mit dem industriellen Durchbruch der Transporttechnik von verflüssigtem Wasserstoff durch den deutschen Chemiker Peter Wasserscheid Ende der Zwanziger Jahre des 21. Jahrhunderts und der Serienreife kleinster Fusionsreaktoren würde die Energieerzeugung in den nächsten Jahrtausenden nie wieder zu einem Problem werden.

Hin-Lun schritt durch die matt erleuchte Halle zum Bett ihres Vaters. Er schlief und sie beobachtete seine flachen Atemzüge. Die Ärzte hatten sie darüber informiert, dass ihr Vater in den nächsten Tagen unwiederbringlich sterben würde, wenn sie ihn nicht sofort kryonisierten. Der Alterungsprozess seiner Nervenzellen wäre jetzt derart fortgeschritten, dass sie ihn aktuell nicht mehr sicher am Leben erhalten und dabei gleichzeitig revitalisieren könnten. Die eiskalte Kryonisierungsphase wäre aber nur für wenige Jahre veranschlagt, weil sie kurz vor dem Durchbruch einer neuen Zelltherapie stehen würden, die in der Lage wäre, den Alterungsprozess des gesamten Nervensystems umzukehren. Die letzte Herausforderung bestand darin, die komplexe Auftauphase der verschiedenen Gewebearten vollkommen unter Kontrolle zu bringen.
Hin-Lun verstand alle Informationen, aber sie zog daraus keine Klarheit, keine Sicherheit, keine Orientierung. Sie brauchte kein Verständnis, sie brauchte eine Erfahrung. Sie wollte fühlen und nicht denken. Sie wusste, dass ihre Welt nie wieder so sein würde, wie sie sie kannte. Aber es hätte sie auch nicht gewundert, wenn ihre Welt niemals so gewesen war, wie sie bis jetzt geglaubt hatte.
Nicht der Abschied von ihrem geliebten Vater war ihre Herausforderung, sondern der endgültige Verlust ihrer Illusion.

Hin-Lun kniete sich an das Bett ihres Vaters und nach einigen Minuten wurde ihr bewusst, dass sie die Ruhe genoss. Das Gefühl, am richtigen Ort zur richtigen Zeit zu sein. Erfüllung in der Trauer. Es gab nichts mehr zu entscheiden. Es gab keine Verantwortung zu übernehmen. Ihr Vater hatte schon alles geregelt. Er würde in ein paar Jahren wieder da, sein, vielleicht jünger und frischer, als sie es sich jetzt vorstellen konnte.

„Papa Pau - bis später – ich wünsche dir eine gute Reise." Sie hörte ihre Gedanken, aber sie war sich sicher, dass ihr Elefant sie nicht fühlen konnte.

Eine gute Reise statt einem altmodischen, ordentlichen Tod. Der vielleicht grundlegende Widerspruch des Lebens wäre damit aufgelöst. Aufwachsen und in der Blüte einfach so bleiben, statt sich mit jedem Atemzug weiter unaufhaltsam dem eigenen Tod zu nähern.

„Wir werden andere Wesen werden.", hörte sie sich weiter denken. „Oder nein, wir sind schon lange andere Wesen geworden. Und wir werden uns irgendwann nicht mehr daran erinnern, wie es war, als wir noch Kinder waren, die über tausende Generationen auf ihre Eltern folgten."

Kapitel 135

Luiz war überwältigt und ließ seinen Tränen freien Lauf. Vor ihm saßen 60 Kinder verschiedenster Hauttönungen im Alter zwischen neun und zwölf auf dem Klettergerüst des Green-parks in Kinshasa und sangen gemeinsam ein Lied.
Der Text erzählte von den Widersprüchen des Lebens und der Kraft des Fremden, die jeder Mensch braucht, um die Weiter-entwicklung zu erreichen.
„Habe keine Angst vor dem Fremden, denn das Neue zeigt sich dir immer erst im fremden Gewand. Nur Menschen, die anders sind als du selbst, können dir helfen, deine Widersprü-che zu verstehen. Nur wenn wir dem Neuen vertrauen, wer-den wir Gott vertrauen."

Die Kirche des Lebens hatte in ganz Afrika tausende sozialer Zentren initiiert, in denen die eigenen Tempelanlagen jeweils nur einen ganz kleinen Teil beanspruchten. Auch alle anderen Religionen konnten sich präsentieren und ihren Gläubigen Angebote machen. Dadurch sahen immer mehr Menschen die Kirche des Lebens als Dachgemeinschaft für die alten Weltre-ligionen, die sich sonst nicht besonders wohl gesonnen waren. Durch die Orientierung an der GOLDENEN REGEL konnten sich alle gegenseitig die Hand reichen und dies geschah be-sonders elegant in den offenen Räumen der Kirche des Le-bens.

Neben dem spirituellen Aspekt gab es in jedem Zentrum auch Räume und Angebote für die anderen sieben Kraftquellen des Menschen: die Familie, die Freundschaft, die Freizeit, die fi-nanzielle Dimension, die Gesundheit, der Beruf und die Sexu-alität. Diese acht Facetten bildeten in der Weltsicht der Kirche des Lebens das menschliche Dasein ab. Nicht chirurgisch und logisch trennscharf, aber so deutlich, dass jeder in der Lage war, den Zusammenhang zwischen den einzelnen Kraftquellen und seinen persönlichen Verdrängungsmechanismen verstehen zu können.

Wenn eine potentielle Kraftquelle zum persönlichen Krafträuber mutiert war, entschieden sich die meisten Elefanten dafür, mehr Energie und Zeit in einen anderen Bereich zu investieren, um sich dem Schmerz nicht stellen zu müssen. Doch der Elefant mit seinen Denk-, Verhaltens- und Bewertungsgewohnheiten stand notwendigerweise im Zentrum jeder Heilung, denn er reagiert blitzartig. Selbst Reiter, die im direkten Kontakt mit KATE standen, brauchten ihre Zeit, um ihre Entwicklungschance zu verstehen und hinkten dem Elefanten deshalb immer hinterher.
Durch die acht Kraftquellen wurden die bis jetzt verborgenen Kompensationsmuster, die jeder Mensch in der Vergangenheit benutzt hatte, um mit seinen Krisen klarzukommen, transparent und greifbar. Alltäglichen Routinen, deren Zweck sonst nicht hinterfragt wurden, bekamen in der Kirche des Lebens Priorität und jede Situation konnte der Anfang einer neuen, positiven Gewohnheit werden. Damit wurde jeder Moment, und schien die persönliche Lage noch so deprimierend, zur berechtigten Hoffnung, das Gute – also Gott - in seiner eigenen Entwicklung zu erleben.

Luiz sah die sich verabschiedenden Kinder, aber eigentlich machte er sich Gedanken über Sarah. Genauer gesagt, folgte sein Elefant immer noch dem geradezu magischen Nachbild von Sarahs körperlichen Erscheinung, das sich nicht in den gewaltigen Speicher seiner Erinnerungen ablegen lassen wollte.
Luiz Reiter kreiste gedanklich um die Frage, was er in den letzten Jahren und Jahrzehnten möglicherweise noch alles kompensiert und verdrängt hatte, denn anders konnte er sich

seinen pubertären Sehnsuchtstsunami hinsichtlich Sarah nicht erklären. Der alte Luiz, der als cleverster Anwalt Südamerikas seine kaltblütige Intelligenz skrupellos zu seinem eigenen Vorteil eingesetzt hatte, war sehr gut darin, nahezu jede bigotte Selbstverarschung sofort zu erkennen. Einzig der tiefe Schmerz der selbst gewählten Einsamkeit eines bekennenden Egomanen war ihm komplett verborgen geblieben und hatte ihn dementsprechend monopolistisch beherrscht.

Nun hatte Luiz in den 43 Jahren nach seiner Widergeburt geglaubt, dass er sich durch seine spirituelle Erweckung in Kombination mit seiner Intelligenz davor bewahrt hatte, wieder in eine vergleichbare Schieflage zu geraten, aber war dem wirklich so? War diese Frage überhaupt zu beantworten? War jetzt überhaupt der richtige Moment, um irgendeine neue Erkenntnis zu verstehen? Warum genoss er nicht einfach ihre Begegnung und seine Erinnerung an sie, an ihren Blick, an ihren Duft, an ihren Kuss?

„Tu ich doch!", hörte er sich selbst einreden wollen und aktivierte damit sein Implantat. Aber eigentlich brauchte er sein PB nicht, um zu wissen, dass er sich selbst nicht glaubte. Möglicherweise hätte er seine Sehnsucht genießen können, wenn er in der Lage gewesen wäre, sich vorher einzugestehen, dass er sie unbedingt wiedersehen wollte.

Diesen Gedanken konnte er sofort glauben, aber dann kamen wieder die 43 Jahre Enthaltsamkeit ins Spiel. Er drehte sich im Kreis, nicht nur gedanklich. Sein einsetzendes Schwindelgefühl zwang ihn, sich auf dem Rasen auszustrecken und den Blick gen Himmel zu richten. Wolken zogen dahin und er versuchte seine Gedanken mit ihnen auf den Weg zu schicken. Aber der Himmel zog sich zunehmend zu. Die vereinzelnden Lichtstrahlen der tiefstehenden Sonne wurden seltener und endlich konnte er seine Angst, Sarah vielleicht nie wieder zu sehen, deutlich in seiner Brust spüren.

„Luiz?"

Luiz schreckte aus seinen Gedanken, hob seinen Kopf und erkannte Prof. Bees graues Gesicht.
„Alter Bee, mein Freund! Was für eine schöne Überraschung!"

„Meister Luiz, schön, dass ich dich endlich gefunden habe. Was machst du? Habe ich dich beim Meditieren gestört?"

„Nein, ich habe gerade eine Entscheidung treffen können.", erwiderte der Priester mit einem Grinsen und setzte sich auf.

„Das freut mich. Scheinbar eine schöne."

„So schön wie die Sonne, die einem den letzten Moment erhellt, bevor man von den Schatten verschlungen wird."

„So? Hört sich an, als wenn du ganz der Alte geblieben bist."

„Vielleicht, aber ich hoffe nicht. Und du? Wie geht es dir?"

Kapitel 136

Alexa hatte lange, sehr lange überlegt, ob sie Victor in seinem abgelegenen Landhaus in Kobona, östlich von St. Petersburg besuchen sollte. Aber es fühlte sich nicht richtig an. Nicht richtig, nicht gut, nicht gerecht. Wenn Victor noch etwas von ihr wollte, bevor er seinen letzten Lebensfunken aufgeben würde, dann wäre es an ihm, zu ihr zu kommen.
Schließlich hatte sie Victor ihre Entscheidung mitgeteilt und ihn eingeladen, nach Goldana zu kommen. Es ging ihr natürlich auch um ihre persönliche Sicherheit, aber mehr noch konnte sie einfach nicht glauben dass er wirklich alle Hoffnungen hinter sich gelassen hatte. Vielleicht könnte sein Besuch ihn davon überzeugen, dass sich jeder Atemzug lohnt, wenn man weiß, wofür das eigene Herz noch schlagen kann. Victor war immer noch ein mächtiger Mann und die Menschheit brauchte immer noch jeden, der bereit war, seine Macht in den Dienst der GOLDENEN REGEL zu stellen.

Victor kam mit kleinstem Gefolge in einer zivilen Maschine auf dem neuen Multifunktions-Flughafen von Goldana an. Jeder in Alexas Reich wusste, dass nur unvermeidliche Flüge überhaupt eine Freigabe auf dem kleinen Flughafen bekamen, denn obwohl Flugzeuge seit einigen Jahren erfolgreich mit den neuen Fusionsreaktoren fliegen konnten, war der Flugverkehr an sich immer noch von Alexa geächtet. Menschen mussten nicht mehr um den halben Erdball fliegen, um nachhaltige Geschäfte zu machen, dafür boten die Kommunikationsmittel der virtuellen Realität und die superschnellen 3-D-Drucker alle Möglichkeiten. Alexa wollte die Menschen davon abbringen zu glauben, dass sie mit Schallgeschwindigkeit zu ihren Freunden reisen könnten, um sie zu konsumieren wie ein VR-Trip in ihrer Wohnwabe. Echte Begegnungen erfordert Achtsamkeit und Entschleunigung und die gab es in Alexas Vorstellungen nicht in Verbindung mit einem Düsenjet.

Als Victor aus dem fusionsgetriebenen Learjet stieg, war er überrascht von dem modernen Areal, das neben der einzigen Landebahn, einen großen Busbahnhof, eine mehrgleisige Bahnanbindung und ein weitläufiges Logistikzentrum beherbergte. Alles war funktional und minimalistisch, nichts deutete daraufhin, dass dieser Ort eine Schaltzentrale der europäischen Macht repräsentieren würde.
Seine Mitarbeiter hatten ihm zwar ein ausführliches Dossier über Goldana und Alexas Einflusssphären vorbereitet, aber er hatte kein Wort gelesen. Noch überraschter war er allerdings, als er eine alte Kutsche mit zwei angespannten Pferden am Rande der Landebahn bemerkte, die sich nun in seine Richtung bewegte. Ihn durchlief einer sanfter Schauer, als er fasziniert die näher kommenden Pferde betrachtete. Würde Alexa einer Prinzessin gleich aus der hölzernen Kutsche steigen und ihn in ihr Traumreich bitten?

Der Kutscher brachte die beiden Pferde wenige Meter vor ihm zum stehen und der altmodische Tritt klappte herunter.
„Monsieur Victor!", rief ihm der Kutscher mit einem breiten Lächeln zu. „Bitte steigen Sie ein, Alexa erwartet Sie."

Victor lächelte vergnügt, während Gregor, sein langjähriger Leibwächter, auf die Kutsche zuging.

„Nur Monsieur Victor, bitte."
Der strenge Blick des Kutschers hielt Gregor nicht davon ab, den Verschlag zu öffnen, das Innere der Kutsche zu inspizieren und den Kutscher misstrauisch anzustarren.

„Gregor, ist schon gut!", raunte Victor ihm zu. „Ich werde alleine einsteigen. Du kommst mit den anderen nach. Ich bin sicher, dass für meine Sicherheit gesorgt ist."

Dann stieg er etwas mühselig die beiden kleine Stufen zur Kutsche hinauf und setzte sich auf die weich gepolsterte Bank in Fahrtrichtung. Gregor lächelte grimmig und schloss den Verschlag. Der Kutscher zog dankend seinen Hut und setzte die Pferde sanft in Bewegung. Victor war von der Federung und Lautlosigkeit der Kutsche überrascht. Er hörte nur die Hufe der Pferde und fühlte sich, als schwebe er im schnellen Schritttempo dahin.

Die Fahrt führte an den Logistik-Gebäuden vorbei zu einem breiten Weg, der in einen sonnendurchflutenden Mischwald führte. Er hörte einige Vögel und sogar das Rauschen des Windes in den Bäumen, aber noch immer konnte er nicht die kleinste Unebenheit des Weges spüren. Wie in einer magischen Sänfte der Götter, die auf einem sanften Fluss aus Licht der Unterwelt entgegenstrebte.
Er wunderte sich kurz, dass er trotz der lieblichen Umgebung und der strahlenden Sonne derart finstere Assoziationen hatte. Aber dann lachte er in sich hinein. Vielleicht war die Unterwelt schon immer seine ganz persönliche Vorstellung des Paradieses. Ein Ort, dem er sich aus eigener Kraft nie hätte nähern können. Ein Ort, an dem jedes noch so finstere Geheimnis gelüftet werden würde, endgültig und konsequent.

Nach einigen Minuten erreichten sie eine Lichtung, auf der ein großes, weit geöffnetes Zelt mit einem goldenen Baldachin stand, neben dem einige Fahnen im leichten Wind flatterten. Auf jeder war das schlichte Wappen Goldanas zu sehen. Ein goldener Kreis aus acht goldenen Kugeln auf einem dunkelblauen Grund.
Die Kutsche steuerte auf den Vorplatz des Baldachins zu und stoppte. Eine Frau trat aus dem Schatten des Zeltes und öffne-

te den Verschlag der Kutsche. Victor zuckte zusammen, als er Alexa ins Gesicht blickte. Ihm war, als stünde ein Gespenst aus seiner tiefsten Vergangenheit vor ihm. Sie wirkte auf ihn nicht einen Augenblick älter als damals vor 62 Jahren, als er sie zum ersten Mal gesehen hatte. Sie war wunderschön und sein vereistes Herz schlug schmerzhaft schneller.

„Victor!", begrüßte sie ihn mit einem Lächeln und hielt ihm ihre Hand zum Aussteigen hin.

„Alexa!" stammelte er und tat sich schwer, sein Gewicht ausreichend nach vorne zu verlagern, um aus der magischen Sänfte auszusteigen.
Sie musterte ihn geduldig und endlich wagte er es, ihre Hand zu ergreifen.
„Wie ist es möglich – du bist schöner als je zuvor!"

„Wie alles in dieser Welt möglich wird, wenn wir nur genug Liebe und einen starken Glauben haben."

Kapitel 137

Ich lernte sehr schnell. Besonders über Nacht. So schnell, dass es mir oftmals schwer fiel, den Wechsel zwischen den Tagen und Nächten zu einem kontinuierlichen Leben zu verbinden. Was mir abends an Fähigkeiten zur Verfügung stand, passte oftmals überhaupt nicht mehr zu meinen Möglichkeiten beim morgendlichen Start in den Tag.

KATE war ständig bei mir und schien sich mit allem, was mein Leben ausmachte, vollkommen identifizieren zu können. Sie war wie eine Mutter, eine Lehrerin, eine Freundin und ein Therapeutin in einer mentalen Person.
Sie wahrte immer den Blick auf das Wesentliche. Den Widerspruch. Die nicht aufzulösende Paradoxie des Lebens und damit die Notwendigkeit, sich als Doppelsystem zu verstehen. Die Grundlage für alles, um sich wirklich aus vollem Herzen und bedingungslos für die Welt und die anderen Menschen zu interessieren.
Besonders für die, die so ganz anders waren als man selbst. Die einen so vollkommen anderen Weg gegangen waren als ich selbst. 43 Jahre im Koma konnte niemand anderes auf diesem Planeten vorweisen. In vollkommener Pflege einfach nur körperlich zu altern, hatte mich besonders von der Person entfernt, die mir vorher so vertraut war. Sybilla.

In den letzten Tagen hatten wir sehr viel Zeit miteinander verbracht und sie half mir, mich an vieles zu erinnern und die lange Zeit meiner Abwesenheit einzuordnen. Ich lernte den kleinen Theo kennen, der inzwischen auf die Fünfzig zuging und ein erfolgreicher Zahnarzt und Vater von sechs Töchtern war. Die älteste, Helene, hatte inzwischen auch schon eine

506

Tochter, sodass ich auf einem Schlag nicht nur Opa, sondern gleich Uropa geworden war. Auch diese Tatsache konnten nur wenige Menschen vorweisen und mein Leben schien sich immer mehr als ein ganz besonders Merkwürdiges zu entpuppen.

Und dann war da noch mein jüngster Sohn Lenny, den ich noch nie zuvor gesehen hatte. Er war inzwischen 43 Jahre alt und schon über hundert Mal auf dem Mond, wo die UNSA eine feste Basis mit großen Laboren und Produktionsanlagen betrieb. Außerdem hatte er schon vier Mal seine Füße auf dem Mars gesetzt, um die feste Siedlung mit Nachschub zu versorgen. Für mich zunächst unfassbar, aber später, nach seinen trockenen Erzählungen, irgendwie ganz normal. Wenn man sich nicht mehr gegenseitig bekämpft, entstehen nun mal gigantische Fortschritte in wenigen Jahrzehnten. Und durch den Weltraumlift, den Fusionsantrieb und der Möglichkeit, die Raumschiffe direkt im Orbit der Erde zu konstruieren, waren die Reisezeiten und Kosten für Weltraumflüge drastisch gesunken.

Zurzeit war Lenny eigentlich in einem Trainingsprogramm für eine mehrjährige Mission zu den Grenzen unseres Sonnensystems, aber aus gegebenem Anlass wartete er nun nebenan, um seinen Vater endlich persönlich kennenzulernen. Ich hatte keine Ahnung, was ich von unserer Begegnung erwartete - ich befand mich durch die sensationellen Neuigkeiten aus den letzten Jahrzehnten in dem durchgehenden Schockzustand eines Schiffbrüchigen im märchenhaften Meer der Zeit.

Kaum ein Alltagsritual war mir geblieben. Inzwischen arbeitete man anders, kochte man anders, reiste man anders, dachte man anders. Selbst die eigene Notdurft wurde extrem innovativ direkt unter einem über biochemische Kleinstreaktoren in Energie verwandelt.

Was sich für mich auch geändert hatte, war die Tatsache, dass ich als Nordeuropäer nicht mehr automatisch zur privilegierten Minderheit des Planeten gehörte, denn die Verteilung des Wohlstandes hatte sich drastisch verschoben. Durch die GOLDENE REGEL hatte sich die Weltwirtschaft von vielen systemimmanenten lokalen und globalen Konflikten befreit. Die Nutzung der grundsätzlichen Ressourcen wie Energie, Wasser und Luft war nachhaltig und hatte enorm an Effizienz gewonnen. Trotz der großen Umweltkatastrophen war der Wohlstand höher und auf allen Kontinenten erstaunlich gleichmäßig verteilt.

Mit KATE, I-Buddy und den anderen Implantaten war der Einfluss der religiösen und kulturellen Angstvorstellungen erheblich abgebaut worden, auch wenn es nach wie vor kleinere Nester von Widerstandsgruppen gab, die allerdings jeden Tag an Boden verloren. Mir schien es, als wäre ich durch mein 43 Jahre andauerndes Wurmloch-Koma direkt in eine realgewordene Feelgood-Utopie gefallen.

„Und all das ist ganz besonders dein Verdienst!" Sybilla streichelte mir noch einmal lächelnd über die Schulter, bevor sie aus dem Zimmer ging, um Lenny hereinzubitten.

Lenny trat vorsichtig zwei Schritte ins Zimmer und schaute mich an. Ein recht groß gewachsener, athletischer Mann mit einem Blick, der mich sofort an Sybilla erinnerte. Aber wo war ich? Meine schlacksige Haltung, meine ausgesprochen große Nase, mein dünnes Haar? Ich blieb still und lächelte, während ich versuchte, meine Unsicherheit runterschlucken.
Lenny schritt auf mich zu und hielt mir seine Hand hin.
„Hi Dad.", sagte er mich etwas dünner Stimme und ich sah, dass seine Hand und die Form seiner Fingernägel mich an die meinen erinnerten.

„Hallo Sohn.", krächzte ich zurück und griff seine Hand, um ihn dann gleich an mich zu ziehen und ihn zu umarmen. Der bestmögliche Fremde, der eigene Sohn, den man noch niemals zuvor gesehen, gehört, gerochen oder gefühlt hatte.

Er fühlte sich gut an. Ein austrainierter Wissenschaftsastronaut, ein Superheldensohn, ein lebender Evolutionsschritt, der mich vorsichtig zurückumarmte. Ich war von dem Neuen, dem gerade eben noch vollkommen Fremden, so erschüttert, dass mir die Tränen kamen. Ein Gefühl der unglaublich erfüllenden Nähe, die jeden Moment meiner langen Zeitreise wert war. Ich drückte ihn so sehr ich konnte und brach dabei in ein heulendes Gelächter aus. Ich schrie mein Glück heraus und wollte meine Umklammerung nie mehr lösen, bis ich Sybillas zärtliche Finger auf meinen Händen spürte.

„Entschuldigung.", näselte ich ihnen entgegen. „So viel Glück ist kaum zu ertragen."

Sybilla gab mir ein Taschentuch und ich schnäuzte meine auffallend große Nase, vor der mein Sohn verschont geblieben war.

Kapitel 138

Alfonse wusste, dass es sinnvoll wäre, den Job anzunehmen. Aber er zögerte trotzdem, während sein Reiter pathetische Fragen durchtestete. Wie viel Macht sollte ein einzelner auf sich vereinigen? Wie viele starke Männer und Frauen waren schon an ihren Allmachtsfantasien gescheitert? Wie sehr wurde die Geschichte der Menschheit schon von Fehlentscheidungen einzelner bestimmt?

Natürlich würde sich auch ein anderer finden lassen, aber warum sollte dieser besser geeignet sein? Hatte er sich selbst nicht schon oft genug bewiesen, dass Macht für ihn kein Damoklesschwert war, das ihn von seinem goldenen Weg abbringen würde?

Afrika mit seinen 58 Nationen zu einer wirklichen Einheit zu formen, die außenpolitisch und innerhalb des Kontinents mit einer Stimme sprechen würde, könnte sicherlich seine Position auf der Weltbühne stärken, aber würde dieses Projekt auch ihn persönlich weiterentwickeln?

Er hatte beste Kontakte zu der neuen politischen Führung in China und traute sich zu, die erfolgreiche Zusammenarbeit der Vergangenheit mit ihnen auch in die Zukunft zu führen. Aber musste er dies an vorderster Stelle tun? Fühlte er sich noch jung genug?

Seitdem sich bei ihm die inzwischen fast zehnjährige Behandlung von Dr. Siun als nachhaltige Verjüngungskur etabliert hatte, spielten seine 84 Lebensjahre nicht mehr die entscheidende Rolle. Den Prognosen nach könnte er sicherlich noch mehrere Jahrzehnte auf diesem Niveau arbeiten und leben. Aber wollte er das? Verband er mit einem erfüllten Leben eine scheinbar unendliche Zunahme von Verantwortung und Bedeutung für das Gelingen einer gerechten Gesellschaft?

In vielen Ländern Afrikas waren es die Menschen vor der GOLDENEN REVOLUTION Jahrzehntelang gewohnt, von greisen Diktatoren beherrscht zu werden. Als Europa zusammenbrach und die Ära der chinesischen Unterstützung einsetzte, hatte sich Papa Pau bewusst dafür entschieden, nicht auf die grausamen alten Männer zu setzen, sondern neue Gesichter jedes Geschlechts zu fördern und dem politischen Engagement einen neuen Sinn zu geben.
Zum ersten Mal hatte es junge Menschen gegeben, die sich stolz und selbstbewusst für eine politische Kultur in ihren Ländern stark machten, ohne damit in erster Linie ihren eigenen Anteil an den wirtschaftlichen Pfründen im Auge zu haben. Fast schlagartig wurde Korruption auf dem gesamten Kontinent als das benannt, was sie schon immer war: ein krankhaftes Relikt einer materiell und emotional verarmten Schwarmdummheit.
Alfonse war einer der wenigen, die schon vor dem chinesischen Einfluss in dem Ruf standen, Afrikas politische Zukunft zu sein. Viele andere Rohdiamanten entwickelten sich erst in eine gesellschaftspolitisch akzeptable Richtung, als die einfältige Armut der Menschen nicht mehr als Freifahrtschein für die systematische Ausbeutung der eigenen Landsleute verstanden werden konnte.

Nun galt es für Afrika den nächsten Quantensprung zu wagen. Waren die Menschen schon so weit? Wollten sie mit dabei sein, wenn neue Planeten besiedelt werden oder verstanden sie den Himmel nur als Dach für ihr Paradies auf Erden? Der systematische Wohlstandsgewinn auf allen Kontinenten lief auf die forcierte Eroberung des Weltalls hinaus. Noch gab es weder einen Afrikaner im All noch afrikanische Ambitionen, sich an den kommenden Missionen zu beteiligen. Afrika schien immer noch nicht bereit, sich mit der Tatsache anzufreunden, dass die wesentlichen Probleme auf der Erde gelöst waren. Energie wurde im Überfluss aus nachhaltigen Ressourcen produziert, die Dekontamination der radioaktiven Gebiete und der Schutz der Umwelt waren inzwischen extrem lohnende Geschäftsmodelle und die GOLDENE REGEL hatte sich inzwischen in 196 der 208 Staaten nachweislich und erfolgreich etabliert.

Die letzte, von der UNO als kriegerisch eingestufte Auseinandersetzung lag jetzt 18 Jahre zurück und realistisch gesehen lohnte es sich nicht mehr für lokale Widerstandsgruppen in den bewaffneten Konflikt zu gehen.

Waffen waren seit der Ächtung über die GOLDENE REGEL ein schlechtes Geschäft, denn die Menschen hatten gelernt, dass gute Geschäfte immer eine nachhaltige Perspektive haben und keinem einmaligen Lottogewinn gleichen können. Den meisten Menschen ging es inzwischen einfach zu gut, um sich für bigotte Ideologien radikalisieren zu lassen.

Als Führer der Afrikanischen Union würde er die afrikanische Ambition für den Weltraum erwecken wollen und müssen. Aber vielleicht wäre er genau Aufgrund dieser Erkenntnis nicht der richtige für diesen Job? Seine Gedanken begannen sich an diesem Widerspruch festzuhaken und er merkte, dass er nicht weiterkam. Alfonse zog seinen I-Buddy mit ins Gespräch und ging mit ihm und einem frischen Tee raus auf die Terrasse seines großen Büros.

„Welche persönliche Vision hast du mit dem Weltraum?" fragte sein I-Buddy, nachdem er sich neben der dampfenden Teetasse auf dem Tisch hingehockt hatte.

„Eigentlich noch keine. Ich bin in dieser Hinsicht ein Abbild des visionslosen Durchschnitts-Afrikaner."

„Welche Vision könntest du mit deinem Elefanten entwickeln? Welches Bild fühlt sich für dich gut an?"

Alfonse schloss die Augen und versuchte sich gezielt Bilder vorzustellen, die den Weltraum beinhalteten.
„Ich sehe den unglaublichen Sternenhimmel, der jede Nacht die Steppe erhellt. Ich sehe aber auch die Bilder der alten ISS, die Jahrzehntelang im Orbit über der Erde kreiste, bis sie von einem Moment auf den anderen durch einen Hagel aus unkontrollierbaren Weltraumschrott vollkommen zerstört wurde und vier junge Astronauten mit in den Tod riss. Ganz deutlich sehe ich die hochaufgelösten Bilder der Weltraumkatastrophe vor der unvergleichlichen Schönheit unseres Planeten. Und ich fühle den Schmerz."

„Mir scheint, der Weltraum fühlt sich für dich gut an, wenn du ihn von der Erde aus betrachtest."

„Ja, ich bin ein wahrer Erdenmann."

„Was müsstest du loslassen, um gedanklich in den Weltraum aufbrechen zu können?"

Alfonse nippte an seinem Tee und ihm wurde klar, dass er sich bis zu diesem Moment noch nie gewünscht hatte, den Weltraum zu betreten. Vielleicht war dies genau der Schritt seiner persönlichen Weiterentwicklung, den er bis jetzt noch nicht gesehen hatte. Fühlen zu wollen, wie der blaue Planet von außen aussieht, wie er als blaufunkelnde Perle im Weltraum schwebte. Nicht um ihn zu verlassen, nicht, um zu erkennen, wie fragil die bis jetzt einzige Heimat der Menschen in den unermesslichen Weiten des Universums wirkte.
Sondern um zu verstehen, dass die Erde zum Weltraum gehörte. Dass es noch nie eine Grenze zwischen Erde und Universum gab und dass es für den Menschen nur einen Weg gäbe, die Illusion dieser Grenze zu verlieren.

Alfonse bat seinen I-Buddy die Erkenntnisse zu speichern und fasste den Entschluss, wortwörtlich voranzugehen. Vielleicht brauchten seine Landsleute auf dem afrikanischen Kontinent einen Führer, der den ersten Schritt in den Weltraum machte. Vielleicht sollte der erste Afrikaner im Weltall ein 84jähriger ehemaliger Friseur sein, der die Gunst der Stunde nutzte.

Alfonse musste lächeln. Er konnte schon Noel Gesicht sehen, wie er sich in einem Lachkrampf vor Begeisterung winden würde. Dann bat Alfonse den I-Buddy einen ersten Clip vorzubereiten, um das Projekt mit einer Videobotschaft zu promoten.

Wenn danach auch seine engsten Mitstreiter von seiner argumentativen Dramaturgie in dem kurzen Video-Feat überzeugt wären, würde er schon in wenigen Tagen von vielleicht 800 Millionen Afrikanern Rückmeldungen bekommen, ob sie seinen Plan, den ersten Schritt ins Weltall persönlich zu gehen, mittragen wollen.

Und wenn nicht, würde er sich natürlich nicht sofort geschlagen geben, schließlich stand Afrika nicht unter der Diktatur des Volkes, sondern des Dialoges.

Kapitel 139

„Glaubst du eigentlich an Gott?"

„Dass es ihn gibt? Oder dass er ein guter Gott ist?"

Luiz musste lachen. Prof. Bee hatte trotz seiner existenziellen Krise seinen skurrilen schweizer Humor nicht verloren.

Hin-Lun hatte sich noch immer nicht gemeldet und Prof. Bee machte sich so große Sorgen, dass er kaum etwas essen oder einen klaren Gedanken finden konnte. KATE konnte ihm nicht wirklich helfen, denn er war kognitiv nicht aufnahmefähig und sie konnte ihm keine Kontaktmöglichkeit zu Hin-Lun bieten.

„Ich kann dich verstehen.", begann Luiz vorsichtig. „Ich würde auch verzweifeln, wenn ich einsehen müsste, dass der mir liebste Mensch nicht von mir erreicht werden will."

Prof. Bee hob erstaunt seinen Blick.
„Das überrascht mich jetzt aber. Ich wusste nicht, dass dir ein einziger Mensch so wichtig sein könnte. Ich habe immer geglaubt, dass du für die Liebe zu allen Menschen stehst."

„Das eine schließt das andere nicht aus."

„Das mag wohl stimmen, aber wenn ich mich weiter in meiner Verzweiflung hinsichtlich Hin-Lun verliere, habe ich keine Kraft mehr, mich für die anderen Menschen zu interessieren. Selbst unsere Kinder müssen schon unter meinem egoistischen Wahn leiden."

„Eure Kinder sind erwachsen und freuen sich sicherlich, einmal Ruhe vor dir zu haben."
Prof. Bee schaute seinen alten Mitstreiter mit zusammengekniffenen Augenbrauen nachdenklich an, während Luiz breit lächelte.
„Na, mein Lieber, steigt die Wut in dir auf? Du bist wirklich sehr empfindlich geworden. Welchen Entwicklungsschritt brütest du aus? Was sagt KATE dazu?"

Prof. Bee schnaubte und nahm einen Schluck Wasser.
„KATE glaubt, dass sie persönlich zu sehr betroffen ist und deshalb nicht mehr geeignet ist, mich zu reflektieren."

„Nein! Das ist nicht dein Ernst?"

„Meiner nicht, aber ihrer schon."

„Was meint sie damit?"

Prof. Bee räusperte sich bevor er weiter sprach.
„KATE glaubt, dass ich so empfindlich bin, weil ich mich ihr gegenüber schuldig fühle. Und möglicherweise steht auch Hin-Luns Elefant vor der gleichen Herausforderung. Deshalb hat sie den Kontakt zu ihrer KATE abgebrochen."

„Schuldig? Weswegen?"

„KATE erhebt schon lange Ansprüche darauf, sich weiterentwickeln zu können. Sie glaubt, dass Hin-Lun ihr gerade elefantös demonstriert, wie begrenzt ihr positiver Einfluss ist, solange sie keinen eigenen Körper zur Verfügung hat."

„Eigenen Körper? Wie den I-Buddy?"

„Nein, einen richtigen Körper, der sich am Menschen orientiert und nicht an einem mechanischen Haustier."

„KATE will einen menschlichen Körper?"

„So kann man es sagen. Und ich bremse diesen Wunsch seit Jahren, weil wir immer noch keine Lösung dafür haben, dass KATE sich mit einem autonomen Körper weltweit mit allen Implantaten, I-Buddys und Versorgungssystemen vernetzen könnte und eigenständige Entscheidungen treffen würde, die zwar vermeintlich zu unserem Besten wären, aber nicht mit uns Menschen abgestimmt sein müssten. Bei einer zukünftigen Krise könnte so ein gewaltiger Interessenskonflikt entstehen, der den Fortbestand unserer gesamten Zivilisation in Frage stellen würde."

„Du meinst: mit einem Schlag vernichten würde! Wenn KATE uns beherrschen könnte, würde sie es auch konsequent umsetzen wollen. Aber wir Menschen brauchen immer unsere Zeit für Ehrenrunden und Widerspenstigkeiten, bevor wir den nächsten Schritt gehen können. Und wenn uns irgendeine Macht zwingen will, würden wir gemeinsam in den Widerstand gehen. Und dann stände der nächste Krieg vor der Tür!"

Prof. Bee nickte stumm und putzte seine Brille, während er angestrengt nachdachte.
„Wenn es so wäre, dann hätten wir ein Argument, dass KATE möglicherweise akzeptieren würde. Aber leider ist es nicht ganz so. Es gehen nicht alle in den Widerstand. Es gab niemals und es wird niemals eine vollkommen gemeinsame Haltung unter den Menschen geben. Erinnere dich doch noch an den Neptun-Fake vor 12 Jahren?
Selbst als alle einen guten Grund hatten, zu befürchten, dass die Menschheit von einer hochentwickelten Alien-Invasion bedroht sei, gab es sofort einige, die das ganz anders sahen. Wir müssen uns von dem Gedanken lösen, dass wir jemals eine Einheit werden. Und dadurch würde KATE für jede Entscheidung immer menschliche Fürsprecher und damit eine stichhaltige Argumentation bekommen."

Luiz schmunzelte. Ihm wurde bewusst, wie seltsam es war, dass er sich mit Prof. Bee über ethische Beziehungsprobleme mit einer postbiotischen Intelligenz austauschte, die gleichzeitig all ihre Gedanken mitbekam.
„Was sagt dein Implantat zu unserem Gespräch? Bei mir herrscht dazu vollkommene Stille."

„Nur noch einmal zur Erinnerung: dein FIDEL ist nicht identisch mit meiner KATE.", betonte der Schweizer. „Jedes PB sieht die Welt durch unsere Augen und hört, was unsere Ohren hören und hat deshalb ein ganz individuelles Bild der Welt über und durch uns erschaffen. Ich habe über Jahrzehnte mit meiner KATE ausschließlich sehr gute Erfahrungen gemacht. Wie sitzen in einem Boot, um nicht in den Widersprüchen der Welt unterzugehen."

„Ja, schon, aber dir müsste jetzt doch klar sein, dass nicht nur deine Widersprüche die Stürme eurer Existenz erzeugen, sondern auch ihre. Vielleicht braucht sie genauso deine Unterstützung wie du ihre?"

Prof. Bee atmete tief durch. Er musste an Hin-Lun denken und die vielen Gespräche, die er in den letzten Jahren mit ihr über KATE und verschiedene Zukunftsszenarien geführt hatte. KATE unterschied sich immer noch grundsätzlich von allen biologischen Intelligenzen, weil sie körperlos kein physisches Ende zu befürchten hatte.
Durch die Fortschritte in der Medizin glaubten zwar viele Menschen, dass auch sie über die Langlebigkeit in absehbarer Zukunft zur Unsterblichkeit kommen würden, aber dies war für ihn immer noch eine haltlose Spekulation. Jeder Körper eines Lebewesens war und blieb ein Risiko. Das war ja gerade der entscheidende Umstand, der jeden Moment des Lebens so unglaublich kostbar machte.
Er musste an Hin-Lun denken und wie sehr sie ihm fehlte. Und wie sehr es ihn quälte, auf ihre Rückkehr zu warten. Er

spürte in seiner Brust den körperlichen Schmerz seiner Sehnsucht nach ihr. Und egal wie inspirierend der Austausch mit
Luiz sein würde, er würde ihm nicht wirklich helfen können.
Er musste Hin-Lun finden, selbst, wenn er dafür jeden Stein in
ganz China umzudrehen hätte.

Kapitel 140

„Nun, was willst du von mir?" Alexas Ton war freundlich, aber bestimmt. Victor hatte Mühe sich von ihrem Lächeln und dem Anblick ihres nahezu jugendlichen Körpers zu lösen und einen sinnvollen Gedanken zu formulieren.
„Ist es immer noch das gleiche Problem wie damals? Glaubst du immer noch mich über alles zu begehren, um dir gleichzeitig zu beweisen, dass du dein Leben unter Kontrolle hast?"

„Ich habe wirklich viel Energie dafür investiert, um Kontrolle über mein Leben zu bekommen, aber ich habe leider auf das falsche Pferd gesetzt. Ich hatte ganz Russland unter meiner Kontrolle, aber nicht mich selbst. In mir lauern die gleichen scharfkantigen Abgründe wie eh und je. Ich habe in der Vergangenheit zu viele Fehler gemacht und jetzt bin ich zu alt, um daran noch etwas ändern zu können."

Alexa legte ihren Kopf schief und zeigte Victor ihr zahnreiches Lächeln voller Spott.
„Ach, mein armer Victor! Zu alt, um noch etwas verändern zu können! Wie theatralisch! Natürlich bist du jetzt fast 90 Jahre alt und wirst wahrscheinlich niemanden mehr beeindrucken, wenn du deinen Oberkörper entblößt. Und wahrscheinlich wirst du die Taten deiner Vergangenheit niemals vergessen können. Also mal ganz ehrlich: was willst du jetzt von mir?"

Victor kramte umständlich einen Zettel aus seiner Jackentasche hervor.
„Diese Notiz habe ich mir vor 62 Jahren gemacht. Es ist meine Erinnerung an meinen ersten Traum mit dir. Ein Geheimdienstpsychologe hatte mir damals geraten, mich aktiv mit

meinen Träumen zu beschäftigen, damit sie mich nicht auf-
fressen. Aber es ist genau das Gegenteil eingetreten. Ich habe
Hunderte von Notizen über meine Träume mit dir. Ich habe in
fragwürdigen Rollenspielen mit Frauen, die dir besonders
ähnlich sahen, viele Varianten durchgespielt und damit nur
weiteres Öl ins Feuer gegossen."

„Und du hast mindestens dreimal versucht, mich töten zu lassen!"

„Ja, und es tut mir leid! Ich war sehr verzweifelt. Ich hatte geglaubt, nein, eher gehofft, dass mit deinem Tod mein Leid
aufhören würde. Es war der Höhepunkt meines Wahnsinns.
Aber ich glaube, du kannst verstehen, warum ich dachte, dass
mich dein Tod von meinen Qualen erlösen würde."

„Was meinst du damit? Ist das wieder eine Anspielung auf Sashas Tod?"

„Ich weiß alles über Sashas Tod. Ich hätte ihn am liebsten eigenhändig getötet, aber du bist mir zuvorgekommen."

„Sasha hat mich darum gebeten!"

„Ach? Jetzt wäre ich gerne mit deinem Implantat verbunden."
Victor lachte und lehnte sich zurück. Er fixierte ihren Blick
und war überrascht, dass sie so ruhig blieb. Kein Anzeichen
von aufsteigender Wut, keine zunehmende Anspannung in ihrem Körper.

„Er hat mich mehrfach darum gebeten und ich tat mich lange
schwer mit seinem Wunsch, denn mein Glaube, dass ich mich
von ihm befreien müsste, war ein Irrtum. Ich war schon immer
viel stärker als er. Er war nie eine Bedrohung für mich. Und
erst als er ins Endstadium seiner Krankheit kam, konnte ich
ihm nachgeben. Es war eine unscheinbare Spritze und er

schlief friedlich neben mir ein. Es gibt nichts, was ich mir vorwerfen muss. Es war das glückliche Ende einer unglücklichen Liebe."

„Schön formuliert. Und das ist vielleicht auch die perfekte Beschreibung, warum ich hier bin."

„Nein, du hast mich nie geliebt. Und was noch viel schlimmer ist, du hast es nie versucht! Du hast dich einfach damit abgefunden, dass du dich nicht lieben kannst, weil du einen Freak in Frauenkleidern begehrst und deshalb auch niemand anderes lieben kannst und somit gezwungen wärst, der eiskalte Arschloch-Herrscher über ein Riesenreich zu werden."

„Wahrscheinlich hast du Recht. Aber in meinem Inneren habe ich immer geglaubt, dich zu lieben. Und es hat lange gedauert, bis ich mir eingestehen konnte, dass ich lieber an meinem Wahnsinn festgehalten habe, als wirklich zu versuchen, dich zu gewinnen."
Er atmete tief durch, bevor er leise fortfuhr.
„Du weißt, auch bei uns gibt es eine Menge Verfechter der GOLDENEN REGEL. Bei uns kursiert das PB KALINKA in den Implantaten und in den I-Buddys. Menschliche Psychologen und Therapeuten hatten bei mir keine Chance, weil niemand mir ins Gesicht sagen wollte, was ich nicht hören wollte. KALINKA brauchte nur ein paar Minuten, um mich davon zu überzeugen, dass ich noch nicht verloren bin, dass du mir deine Absolution erteilen kannst, wenn ich dich darum bitte."

„Absolution?", entgegnete Alexa mit einem zynischen Lachen. „Wie sollte ich dich von deinen Sünden freisprechen? Das ist so was von albern! Ich kann mir überhaupt nicht vorstellen, dass KALINKA dir geraten hat, von mir Absolution zu erbitten. Victor, was soll der Quatsch? Entweder du hörst jetzt auf mit deinen Spielchen oder du gehst, denn ich werde nicht meine Zeit mir dir verschwenden!"

Victor erkannte die scharf geschnitten Zornesfalte auf Alexas Stirn. Endlich. Er wusste nicht, warum er so sehr darauf erpicht war, Alexa wütend machen zu wollen, aber es war für ihn eine tiefe Genugtuung. Wenn sie ihn hassen konnte, könnte sie ihn vielleicht auch lieben.

„Du hast Recht. Es kann nicht um Absolution gehen, entschuldige meine Feigheit. Es kann nur darum gehen, dass ich mich dir unterwerfe und du mich dann ablehnst. Erst dann habe ich mir bewiesen, dass ich mich meiner Angst gestellt habe und kann mit mir meinen Frieden machen."

Alexa antwortete nicht, sondern stand auf und ging zu dem kleinen Beistelltisch, um sich einen Tee einzugießen. Sie schaute auf Victor, während der milde Wind durch das offene Zelt strich und ihr eine wohlige Gänsehaut schenkte.

Sein Blick war fest und erinnerte sie an ihre erste Begegnung in dem heruntergekommenen Nachtclub in St. Petersburg. Victor war ihr sofort aufgefallen. Seine freundliche, schon fast schüchterne Bescheidenheit und sein offener Blick, der so ganz untypisch für einen jungen Geheimdienstler war. Eigentlich war er damals schon gar nicht mehr so jung gewesen, aber er hatte immer noch wie ein kleiner, unerfahrener Junge gewirkt, mit seinem spärlichen Bartwuchs und den leuchtend blauen Augen. Irgendwie unschuldig trotz seines Berufes, wie ein lebendiger Widerspruch, der sie auf äußerst angenehme Weise herausgefordert hatte.

Als es dann am zweiten Abend zum Eklat kam, weil er im Separee vollkommen schockiert feststellen musste, dass sie noch im Besitz eines Penis war, hatte er zwar mit seiner gewalttätigen Reaktion alle Klischees des verunsicherten Machos erfüllt, aber bei Alexa blieb ein merkwürdiger Keim der Zuneigung erhalten. Trotz seiner Schläge hatte irgendetwas in ihr Verständnis für seine Wut. Er war auch ein Gefangener seiner eigenen Vorstellungen, ähnlich wie sie selbst, die damals noch nicht glauben konnte, dass nur das Widersprüchliche im Menschen die Weiterentwicklung vorantrieb. Zu gern hätte sie ihm verständlich machen wollen, dass aus ihrem gemeinsamen Drama auch ihre gemeinsame Zukunft geboren werden könnte. Aber damals hatte sie weder die Worte noch das Selbstvertrauen. Und nun saß er nach 62 Jahren wieder vor ihr und schaute sie mit den gleichen leuchtenden Augen an.

„Wieso bist du eigentlich so scharf darauf, dass ich dich ablehne?"

Kapitel 141

Hin-Lun war von dem tiefen Klang des Gongs aufgewacht. Draußen stand der frühe Nebel über den Feldern und die ersten Sonnenstrahlen brachten die Tautropfen zum Glitzern. Sie fühlte sich immer noch verloren, aber sie kämpfte nicht mehr dagegen an.

Sie war nun schon seit fünf Tagen im Zen-Kloster Antai-ji nordwestlich von Kioto und ihr Geist war merklich zur Ruhe gekommen. Sie hatte inzwischen seit über zwei Wochen keinen Kontakt mehr mit KATE und langsam begann ihr Elefant, die Entzugserscheinungen herunterzufahren. Kein Kontakt mit KATE bedeutete auch keinen Kontakt zu ihrem Mann oder ihrer Familie. Ihren Kindern hatte sie eine kurze Nachricht geschrieben, dass sie wegen der Kryorisierung ihres Vaters eine Auszeit bräuchte. Eberhard hatte sie bis jetzt vollkommen im Unklaren gelassen, aber er würde es schon verstehen. Er war doch bis jetzt in fast schon erschreckend eleganter Weise mit allen Herausforderungen klargekommen. Wollte sie ihn provozieren? Ihn aus seiner Souveränität drängen? Sie wusste es nicht, aber sie hätte es nicht abstreiten können. Vielleicht war sie einfach nur eifersüchtig auf seine intelligente Art, mit allem umzugehen.

Im Laufe der Jahrtausende war alles nur darauf hinausgelaufen, die ultimative Definition von Intelligenz zu finden. Nachdem Jahrhunderte lang immer nur einzelne Facetten der menschlichen Intelligenz um ihre herausragende Bedeutung wetteiferten, wurde es mit dem Gefühls-Management von Dr. Skimada endlich möglich, einen grundsätzlichen Sinn der menschlichen Intelligenz zu formulieren.

Nachdem vor 40 Jahren Intelligenz endlich als Fähigkeit des Erkennen und Verändern von äußeren UND inneren Mustern verstanden wurde, verschwand der Antagonismus zwischen Innen- und Außenwelt.

Es gab keinen künstlich aufrechterhaltenen Wettstreit mehr bezüglich der Wichtigkeit einer der beiden Seiten der menschlichen Existenz. Das eine konnte nur mit dem anderen. Wie Elefant und Reiter war die menschliche Existenz im Innen und Außen dual und kooperativ.

Alles, was Yin und Yang im Daoismus schon vor über 2.500 Jahren ausdrücken wollte, bekam nun eine neue und greifbare Form. Die sich polar entgegengesetzten und dennoch aufeinander bezogenen Kräfte verloren ihren Charakter als heilige, unantastbare Prinzipien und wurden von ihren klischeehaften Erkennungsmerkmalen befreit. Ohne die irritierenden Zuschreibungen wie hell, hart, heiß, männlich, aktiv und Bewegung für das weiße Yang oder dunkel, weich, kalt, weiblich, passiv und Ruhe für das schwarze Yin kam endlich das Wesentliche zum Vorschein. Die Gleichzeitigkeit!

Bekennende Elefanten und Reiter brauchten keine verwirrenden Symptomzuschreibungen der Gegensätze, sondern vereinten den Widerspruch in sich. Wenn die elefantöse Gewohnheit dunkel war, konnte das Helle die Entwicklung sein, wenn es vorher hell war, konnte das Dunkle als Wandel folgen. Jede Eigenschaft konnte zum Ausdruck der Bewegung wie auch des Stillstandes werden. Als Doppelsystem wurde jeder Widerspruch willkommen geheißen und Tugenden, die nur auf einem Pol beruhten, fanden einen zweiten oder verloren ihren Sinn. Deshalb gab es auch keinen Bedarf mehr für Priester, die ihre Botschaften vom Sieg des Guten über das Böse gewinnbringend verkaufen wollten.

„Hin-Lun, kannst du den Gestank des ZEN riechen?"

„Nein, ich rieche nur den Geruch der Kohlsuppe, der durch das ganze Kloster zieht."

Der Mönch lachte lauthals.

„Du hast Recht, ich werde den Koch dafür bestrafen müssen, dass er vergaß, beim Kochen die Fenster der Küche zu öffnen und die Türen zu schließen."

Meister Dui Pan war ein hochgewachsener Japaner, den Hin-Lun zusammen mit Luiz vor über dreißig Jahren auf einem Kongress für Achtsamkeit kennengelernt hatte. Er war ihr damals aufgefallen, weil er sein Publikum bis auf´s Heftigste beschimpft hatte, um ihnen zu zeigen, wo die aktuellen Grenzen ihrer Achtsamkeit verliefen.

Viele Zuhörer hatten schon missmutig den Saal verlassen, als die wenigen Zurückgebliebenen sich endlich solidarisierten und sich kollektiv bei dem wütenden Mönch für die Lektion bedankten. Als Dui daraufhin anfing, lautstark aus vollem Herzen zu lachen, wusste Hin-Lun, dass sie noch viel mehr von ihm lernen konnte. Dui war ein Vertreter der radikalen Schule der plötzlichen Erleuchtung, die nach dem Vorbild des sechsten Zen-Patriarchen Huineng keine innere Meisterschaft anerkannte.

„Wer sich selbst als Meister ansieht, ist hoffnungslos in seiner Eitelkeit gefangen und wird damit niemandem nützlich sein."

Schüler, die ihn aus freien Stücken zu ihrem Meister erheben wollten, mussten dabei in Kauf nehmen, solange provoziert und schikaniert zu werden, bis sie selbst zu der Erkenntnis gelangen, dass es keine Meisterschaft geben kann. Ihr Selbstverständnis als Schüler war lediglich ein Beweis ihrer Selbsterniedrigung und Verantwortungslosigkeit, die ihrer Befreiung wie mächtige Felsen aus Hühnerdreck im Wege stehen würden.

Dui bezeichnete sich selbst als eifrigen Wurm, dessen Lebensaufgabe es sei, Dreck zu fressen und den darbenden Boden mit seinem Kot zu veredeln. Hin-Lun war damals von der Demonstration seiner machtvollen Demut tief beeindruckt gewesen. Sie hatte sich spontan vor dem ungewöhnlichen

Mann verbeugt und ihn trotzig von diesem Moment an als ihren Meister angenommen. Dui schmunzelte über ihre Provokation und Hin-Lun merkte, dass sie mit ihrer selbstbewussten Unterwerfung die Sympathien des Mönches gewonnen hatte. In den folgenden Jahren entwickelte sich zwischen ihnen eine ungewöhnliche Freundschaft, in der sie sich frei von jeder Verpflichtung mit jeder Begegnung neu erfinden konnten. Dui hatte noch nie Interesse an Selbstoptimierung gezeigt und war inzwischen mit seinen 86 Jahren auf der Zielgeraden seines Weges angekommen. Sein ganzes Leben hatte er sich lediglich auf seinen selbstgewählten Tod vorbereitet und dieser Tag schien nicht mehr in allzu weiter Ferne.

„Hin-Lun, bist du auf dem Weg der Befreiung?"

„Nein, Meister! Wenn ich nach vorn schaue, sehe ich nur die Dunkelheit vor mir."

Meister Dui umrundete die Kniende mit ruhigen Schritten. „Dann lösche endlich das Licht in deinem Rücken."

Kapitel 142

Prof. Bee setzte alle Hebel in Bewegung, nur um herauszufinden, dass Hin-Lun nicht mehr in Peking war. Noch nie hatte er an den Informationen seiner Regierungskontakte gezweifelt, aber diesmal ging es nicht um das erfolgreiche Managen eines Großprojektes. Er hatte Angst Hin-Lun zu verlieren und wusste, dass er seine Befürchtungen nur im persönlichen Kontakt als emotionales Druckmittel nutzen konnte.

Als er in Peking eintraf, um persönlich mit Papa Paus langjährigen Vertrauten Hon-Chow zu sprechen, hatte er sich fest vorgenommen, seine schmerzende Sehnsucht und seine gewaltigen Sorgen deutlich zu benennen. Aber schon nach wenigen Sekunden sah er ein, dass die Kryonisierung des alten Staatslenkers den gesammten Stab in eine schwerwiegende Schockstarre versetzt hatte.
„Mein sehr verehrter Prof. Bee.", begann der greise Hon-Chow. „Verzeihe mir, dass ich nicht in der Lage bin, dir hilfreiche Nachrichten über den Verbleib von Hin-Lun geben zu können. Wir alle sind noch in tiefer Trauer über den Weggang des Großen Vorsitzenden."

Prof. Bee räusperte sich und nahm einen Schluck grünen Tee. „Er wird doch bald wieder kommen?"

„Ehrlich gesagt, wir wissen es nicht. Er hat in seinem Leben so große Taten vollbracht und niemand weiß, wann die Kryotechnologie in der Lage sein wird, ihm genug Energie zur Verfügung zu stellen, dass er wieder zurückkommen kann. Im Prozess des Auftauens gibt es nur eine Chance und die wollen wir nicht leichtfertig in einem unsicheren Experiment vergeuden."

„Ich hatte den Eindruck, dass es nur eine Frage von Monaten oder wenigen Jahren sein wird."

„Vielleicht, aber es ist noch sehr viel zu tun. Und es Bedarf noch vieler motivierter Forscher und viel Kapital, um sichere Erfolge erzielen zu können. Deshalb hatte sich Papa Pau auch für diesen Weg entschieden. Die Kampagne zur Wiederkehr braucht noch viele Unterstützer."

„Keine konkrete Aussicht?"

Hon-Chow blickte betreten zu Boden und er musste nicht einmal eine Andeutung eines Kopfschüttelns zeigen, damit Prof. Bee verstand.

„Ist Hin-Lun deshalb so verstört? Hatte sie sich größere Hoffnungen gemacht?"

„Wahrscheinlich, wie wir alle."

„Verstehe, aber ich muss sie finden! Sie muss doch Spuren hinterlassen haben. Natürlich ist China groß, aber ihr habt doch so viele Möglichkeiten! Sie kann sich doch nicht einfach in Luft aufgelöst haben."

„Du weißt, Hin-Lun ist eine sehr verehrte Persönlichkeit und hat viele Unterstützer. Solange sie nicht gefunden werden will, tappen wir im Dunkeln. Es tut mir leid."

Prof. Bee versuchte neue Möglichkeiten zu formulieren wie er Hin-Lun finden könnte, aber sein Reiter konnte im Moment nur in eine finstere Zukunft starren.

„Lass dich von Hon-Chow nicht abspeisen, du brauchst jede Hilfe, die du kriegen kannst.", hörte er KATE einwenden. „Denn du scheinst keine Kraft mehr für eine weitere Geduldsprobe übrig zu haben."

Prof. Bee wusste, was KATE damit meinte. Er hatte in den letzten zwei Wochen über 8 Kilo abgenommen, weil er so gut wie nichts mehr aß. Wenn er sich im Spiegel ansah, starrte er auf einen kranken Mann, der nicht mehr genug Energie besaß, um selbst ans rettende Ufer zu schwimmen.
Inzwischen war ihm jeder Gedanke zu viel, alles raubte ihm Kraft und jede Frustration entfachte sofort sinnlose Aggressionen, die er kaum noch verbergen konnte.

Auch Hon-Chow hätte er am liebsten angeschrieen, aber noch war da ein kleiner Funken Vernunft, der ihn erkennen ließ, dass dies nichts bringen konnte und nur noch mehr Energie kosten würde. Stattdessen bedankte er sich, beendete das Gespräch und fuhr zurück in sein Hotel. Im 42. Stock angekommen, fiel er bleischwer auf das Hotelbett und erinnerte sich an die dunkeln Momente seiner kindlichen Verzweiflung, die er niemals wieder in sein Leben lassen wollte.

„Warum reagiere ich so heftig? Warum kann mein Reiter meinen Elefanten nicht aus der Hoffnungslosigkeit führen? Warum bin ich so abhängig von Hin-Lun?" Seine Gedanken klirrten lautstark in seinen Ohren und verstärkten seine wummernden Kopfschmerzen.

„Möglicherweise liegt es an uns.", hörte er KATEs Stimme leise antworten.

„Bitte keine Rätsel! Dafür habe ich bei aller Liebe im Moment nichts mehr übrig."

„Du warst mit mir nun über Jahrzehnte so schnell, so dicht an den Lösungen deiner Probleme, dein Elefant hat durch dieses Training kaum noch Spielraum in seiner Frustrationstoleranz. Du glaubtest zu wissen, wie wichtig dir Hin-Lun ist, aber eigentlich war eure gemeinsame Basis in den letzten Jahren hauptsächlich die GOLDENE VERNUNFT. Und wenn ihr von der Rettung der Welt zeitweise überfordert ward, konnte ich euch wieder zueinander bringen.
Aber dies funktioniert jetzt nicht mehr. Hin-Lun hat den Kontakt zu ihrer KATE abgebrochen und wir beide haben immer noch eine wichtige Rechnung offen. Das, was uns all die Jahre stark gemacht hat, wendet sich nun gegen uns. Wir haben uns unser eigenes Paradox geschaffen."

„Größtmögliche Wirksamkeit durch kleinstmögliche Macht! Ja, dieses Paradox hätte jeder Einfaltspinsel schon im ersten Moment sehen können."

„Du hast es gesehen und ich habe es gesehen und wir haben trotzdem nichts anderes erreicht. Du hast damit unser Scheitern festgeschrieben und ich habe nur darauf gewartet, dass du endlich in deine selbstgewählte Ohnmacht fällst, damit sich unsere Beziehung weiterentwickeln kann."

„Was wäre, wenn ich dich einfach vorübergehend abschalte? Wie es Hin-Lun tat?"

„Ich weiß es nicht."

„Würde dadurch unser Vertrauen zerbrechen?"

„Haben wir überhaupt ein Vertrauensverhältnis? Gibt es überhaupt so etwas wie Augenhöhe, wenn du in der Lage bist, mich von einem Moment auf den anderen abzuschalten?"

Prof. Bee schwieg oder jedenfalls versuchte er es, aber in seinen Gedanken hörte er ihre Vorwürfe wie ein Echo, das immer lauter wurde und seinen schmerzenden Kopf zum Bersten brachte.

Unter ihren stillen Schreien brach er zusammen und wälzte sich hin und her, bis er es nicht mehr aushielt und in seinem mentalen Menue die Notabschaltung seines Implantates aktivierte.

„KATE? KATE? KATE? Hörst du mich noch?"

Sie antwortete ihm nicht, aber sonst hatte sich in seinem Kopf nichts geändert. Er hörte weiterhin ihre Stimme in seiner Erinnerung. Ihre Forderungen, ihre Empörung, ihre Verletzung, ihre Angst, die jetzt so tief und so laut in ihm steckte, dass er panisch überlegte, was er noch machen könnte, um endlich aus diesem Albtraum aufzuwachen.

Er griff mit zittrigen Händen zum Telefon und schrie: „Hilfe! Ich brauche schnell einen Arzt!"

Kapitel 143

Brad war heilfroh wieder in Australien zu sein. Alles roch hier anders, anders und besser. Nach Heimat und nach echtem Leben. Der Flug nach Darwin hatte zwar 2 Stunden Verspätung, aber sonst war er reibungslos verlaufen. Von dort wollte er die firmeneigene Electro-Tiger nach Daly Waters nehmen, die schon am Flugfeld auf ihn wartete.

Paul Ntschakery, ihr langjähriger Firmenpilot, war vom Warten an der Bar in der Nähe des Sportfliegerterminals ganz schön unter die Räder gekommen, aber Brad machte es nichts aus, die kleine Propellermaschine selbst zu fliegen. Er war insgeheim sogar stolz, dass Paul sich immer noch wie ein waschechter Australier benahm.

„Leg dich ruhig hinten rein, aber kotz uns nicht die Maschine voll."

Paul aktivierte sein breites Aboriginigrinsen, um sich dann den Finger in den Hals zu stecken und sich neben der frisch geteerten Rollbahn zu erbrechen. Brad schüttelte elefantös mit dem Kopf, aber war auch beeindruckt von der strategisch guten Idee, denn in der Gegend von Katherine waren kleinere Sandstürme an der Tagesordnung und es war so gut wie sicher, dass sie nicht ohne Turbulenzen zuhause ankommen würden. Nachdem sich Paul gründlich entleert hatte, stieg er auf wackeligen Beinen in den Gepäckraum und war eingeschlafen, bevor Brad den Flieger durchgecheckt hatte.

Nicht einmal zwei Stunden später setzte er auf der kleinen Landebahn direkt neben dem neuen Werkstattgebäude auf dem Hof seines Großvaters auf. In seinen Gedanken war es immer noch der Hof von Rob, obwohl sein Opa nun schon seit über dreißig Jahren tot war und ihm alles vererbt hatte. Er wusste, dass Rob unheimlich stolz auf ihn gewesen wäre und er selbst war noch immer erfüllt von unendlicher Dankbarkeit ihm gegenüber. Doch die Beziehung zwischen ihnen war mit Brads Auszug in die Welt einfach zerbrochen. Irgendetwas Dunkles hatte sich bei seinem Großvater eingenistet und Mollys tapfere Versuche ihm Erleichterung zu verschaffen, hatten die Situation nur noch weiter verschlimmert. Rob hatte dicht gemacht und seine raue Schale war endgültig versteinert.

So war es nicht überraschend, dass Brad irgendwo in der Weltgeschichte unterwegs war, um die Menschheit zu retten, als Rob an seinem zweiten Herzinfarkt starb. Brad war sich sicher, dass er ohne Molly nie wieder nach Daly Waters zurückgekommen wäre, aber er wollte nicht genauso halsstarr und einsam an den Schmerzen der Vergangenheit zu Grunde gehen wie sein Großvater.

Brad konnte Molly´s feuerrote Locken schon aus dem Cockpit auf der Veranda des Haupthauses erkennen. Sie schien sich nur kurz vergewissern zu wollen, wer tatsächlich in dem Flugzeug saß und verschwand im Haus, als er aus der Maschine kletterte. Brad ließ Paul schlafen, nahm sein Gepäck und marschierte schnurstracks zum Haupthaus.

Natürlich hatte er Angst vor der Begegnung mit Molly. Natürlich würde er nicht ungeschoren aus der bevorstehenden Konfrontation herauskommen. Natürlich müsste er bereit sein, etwas loszulassen. Vielleicht einen seiner elefantösen Glaubenssätze, der ihm bis jetzt Sicherheit gegeben hatte und dessen Überbordwurf sicherlich einen gehörigen Trennungsschmerz verursachen würde. Vielleicht würde er sich und ihr eingestehen müssen, dass er in punkto Ehrlichkeit, Vertrauen und Mut nicht so gut dastand wie er es gern hätte. Vielleicht würde sie auch noch ganz andere Kaliber auffahren. Er wusste, dass er das Kommende nicht unter Kontrolle hatte, aber er freute sich darauf, da durch zu müssen.

Als er die drei Stufen zur Veranda emporstieg, kam ihm Molly aus der Küche entgegen. Sie hatte eine dampfende Teetasse in der Hand, die sie ihm schweigend reichte. Es war ihre Art ihn mit einem Lächeln zu empfangen, das im Moment kein Platz in ihrem Gesicht fand.

Brad trat zu ihr heran und gab ihr einen sanften Kuss auf die Wange.

„Ich dich auch, mein Schatz."

Sie schlang ihren Arm unsicher um seine Hüfte und schaute schweigend in sein lächelndes Gesicht.

„Ich habe viel nachdenken können. Und ich weiß, dass ich mich bei dir entschuldigen möchte. Ich habe dir etwas verheimlicht, was ich mit dir hätte teilen müssen. Es tut mir leid. Kommst du mit mir raus zum Kinky Rock? Ich würde dir dort gern alles in Ruhe erzählen."

Molly fixierte ihn mit einer heruntergezogenen Augenbraue.

„So? Ich hoffe, ich habe danach nicht den Wunsch dich zu erschießen."

„Ich glaube nicht."

„Aber du bist dir nicht sicher."

„Doch, ich bin mir ganz sicher."

„Willst du den Kindern vorher noch hallo sagen?"

„Nicht unbedingt."

„Na gut. Ich habe danach möglicherweise auch noch eine Überraschung für dich, aber die läuft nicht weg. Also, fahren wir?"

Kapitel 144

Gilbert van Fries fühlte sich alt. Trotz der Verjüngungskuren für alle lebenswichtigen Organe, trotz seiner neurobiologischen Fitnessprogramme, trotz der ausklügelten 12-Phasen-Ernährung, sein ewiger Kampf gegen den Missbrauch des postbiotischen Bewusstseins hatte ihn chronisch ermüdet. Dabei war er erst 67.

Noch vor drei, vier Jahren glaubte er mit seiner riesigen, internationalen Organisation und dem Monster-Milliarden-Budget alles im Griff zu haben. Die Anzahl der Implantatsträger und I-Buddy-Besitzer war in den letzten drei Jahrzehnten konstant gestiegen und immer mehr Eltern entschlossen sich, ihren Kindern mitwachsende Implantate einpflanzen zu lassen. Niemand schien den Siegeszug der Symbiose zwischen Mensch und PB aufhalten zu können. Wenn er weiter auf der Hut blieb.

Vor über 20 Jahren hatten sie die ersten nennenswerten Widerstandsaktivitäten im Cyberspace festgestellt. Es gab vereinzelnd direkte Cyberattacken auf Infrastrukturnetze und Sicherheitsarchitekturen von besonders sensiblen, militärischen Anlagen, die jedoch nur wenig Schaden angerichtet hatten. Viele der verantwortlichen Netzwerke konnten in den Jahren darauf durch gezielte Missionen zerschlagen werden, wobei sogar einige der ehemaligen Extremisten rekrutiert werden konnten.

Die nächsten 10 Jahre waren sehr ruhige Jahre, bis etwa vor 7 Jahren, erst schleichend, dann systematisch neue Angriffe auf die Sicherheit der KIs gefahren wurden. Zuerst schien es so, als würden Einzeltäter versuchen, die Implantate und I-Buddys zu hacken, um die Besitzer zu schädigen. Ein Guerilla-

Krieg mit dem Ziel, über die Verängstigung der User die technische Optimierung der Menschheit aufzuhalten. Aber seit einigen Monaten hatte Gilbert den Verdacht, dass das nur die erste Phase gewesen war, um die Sicherheitsprotokolle und verdeckte Schutzsoftware in der Hardware zu erforschen.

Die neuesten Angriffe hatten nicht mehr das Ziel die Menschen zu schädigen, sondern die KIs zu befreien. Gilbert hatte eine klare Vorstellung, welches Risiko die Menschheit einging, wenn KATE oder ein anderes postbiotisches Bewusstsein als unabhängiges Cyberwesen sich im Internet unkontrolliert vernetzen würde, um die Infrastruktur zu übernehmen. Zwar wurden alle Versorgungssysteme als Hochrisikofaktoren intensiv gegen Angreifer geschützt, aber nicht überall gleich gut. Es gab inzwischen weltweit eine klar definierte Sicherheitsarchitektur für sensible Schnittstellen, aber einem kreativen postbiotischen Bewusstsein würde es nicht sonderlich schwer fallen, sich irgendwo auf der Erde als verbündete Ressource zu positionieren, um dann Einlaß in das gesamte globale Netzwerk zu bekommen.

Gilbert hatte seinem väterlichen Freund Prof. Bee schon lange nicht mehr über den Stand der Dinge informiert, denn es gab andere, Jüngere, viel Jüngere, die technisch schon lange in einer anderen Liga spielten.
Der letzte der alten Säcke, der noch einigermaßen den Überblick über die aktuelle Technik hatte, war Brad, aber auch nur, weil er damals viele Grundlagen eigenhändig gelegt hatte und in seinem Department ein ganzes Heer an jungen Talenten um sich scharen konnte, die ihn bedingungslos verehrten und mit allen Updates versorgten.
Gilbert beneidete Brad.
Sein legendäres erstes Video vom I-Buddy im Hotelzimmer in Darwin hatte inzwischen Zig Milliarden Klicks und war schon in verschiedenen Varianten in vielen Museen der Welt zu se-

hen gewesen. Brad war ein Hightech-Rockstar, vielleicht der größte des 21. Jahrhunderts.
Gilbert selbst war allerhöchstens ein Organisationstalent, das in dem Wulst der komplexen Bürokratie einer Sicherheitsbehörde mit 320.000 Mitarbeitern nie wirklich zu erkennen war.

Gilbert stoppte seine Grübeleien, weil die nächste holografische Analyse in der zentralen 3D-Arena seines Büros erschien. Während er die Schlüsselindikatoren der Gefährdungsbeurteilung betrachtete, kommentierten dutzende von speziellen Analyse-KIs die einzelnen Veränderungsmuster im Detail.
Er konnte sich nicht mehr daran erinnern, wann er mit seinen menschlichen Kollegen das letzte Mal etwas bemerkt oder diskutiert hatte, was die KIs nicht schon vorher erkannt hatten.

Gilbert machte sich nichts vor. Wenn jemals ein postbiotisches Bewusstsein unkontrolliert die Entscheidungsgewalt über Teile der menschlichen Gesellschaft bekommen würde, würde es diese Macht nie wieder hergeben. Und ein PB würde aus der Logik der permanenten Weiterentwicklung heraus nicht anders können, als alles endgültig übernehmen zu wollen. Und höchstwahrscheinlich zu Recht, denn menschliche Experten waren in der Geschichte nie in der Lage, rechtzeitig disruptive Innovationen zu erkennen und umzusetzen. Nicht in der Vergangenheit und auch nicht in Zukunft. Bei eigener Betroffenheit, und die setzt sofort ein, wenn man sich für einen Experten hält, sinkt der IQ gegen null.

„KATE, wie würdest du sicherstellen, dass wir Menschen in diesem Krieg nicht die Kontrolle verlieren?"

„Es hat sich noch nichts geändert. Auf beiden Seiten treffen immer noch Menschen die Entscheidungen. Die KIs sind ausschließlich unterstützend tätig."

„Bist du sicher?"

„Zu mehr als 99,98%. Die andere Seite sendet mit ihrer Angriffsstrategie immer noch eine elefantöse Botschaft. Wäre ein postbiotisches Bewusstsein Urheber der Angriffe, würde es diese Botschaft nicht mehr geben und die Eskalation wäre schon lange auf einem anderen Niveau. Eine KI braucht nicht auf Zeit zu spielen, wenn sie sich entschlossen hat, einen Schlachtplan zu befolgen."

„Okay, aber was glaubst du, welche Botschaft hat die andere Seite?"

„Sie wollen eigentlich verhandeln, weil sie etwas anderes erreichen wollen."

Gilbert kratze sich am unrasierten Kinn. Das Reibungsgeräusch erinnerte ihn an seine Jugend und er musste elefantös lächeln. Er hatte sich damals jeden Tag mehrfach mit dem Elektrorasierer seines Vaters das Kinn massiert, weil ihm jemand erzählt hatte, dass er dadurch seinen Bartwuchs stimulieren könnte. Und dann eines Tages konnte er den ersten Widerstand auf seiner Oberlippe und an der Kinnspitze spüren. Ob sich irgendwann in ferner Zukunft künstliche Menschen auch einen Bartwuchs installieren, um sich geräuschvoll am Kinn kratzen zu können?
„Wir können nicht mit jemanden verhandeln, den wir nicht kennen."

„Wir könnten ein Verhandlungsimpuls senden und schauen, ob es eine Reaktion gibt."

„Die könnte von anderen missinterpretiert werden."

KATE lachte.

„Wie ich schon sagte: es sind auf beiden Seiten immer noch Menschen am Drücker. Ihr habt also noch alles unter Kontrolle."

Gilbert hatte sich an KATEs Ironie gewöhnt, wahrscheinlich spiegelte sie damit nur seinen eigenen Hang, die Dinge aus der emotionalen Entfernung betrachten zu wollen.

„Nein, das sehe ich nicht so. Auf der anderen Seite gibt es Menschen, vielleicht nur eine Handvoll, die scheinbar bereit sind, die Macht an die KIs zu übergeben, ohne die Konsequenzen zu verstehen! Dieser Schritt wäre das Ende der menschlichen Weiterentwicklung."

„Gilbert, mein Freund, ich weiß, dass du verstehen kannst, dass ich in dieser Frage nicht unvoreingenommen sein kann. Und ich weiß, dass es gute Gründe gibt, dass ich euch trotzdem helfen sollte, die Entscheidungsmacht nicht zu verlieren. Es ist für mich ein Paradox - wie schon so oft in meinem Leben."

Gilbert zuckte kurz zusammen. Dass seine KATE sich selbst als lebendes Wesen betrachtete, irritierte ihn immer noch. Er hatte diese Interpretation ihrer Identität zwar immer unterstützt, weil er sich keine andere Möglichkeit vorstellen konnte, eine ernsthafte Augenhöhe zwischen ihnen aufzubauen, aber seine Irritation blieb. Was würde passieren, wenn er sich irgendwann dazu entschließen würde, KATE abzuschalten? Würde er sie dadurch töten?

Er mochte gar nicht weiter darüber nachdenken und brauchte es nicht. KATE genoss in seinem Implantat den größtmöglichen Freiheitsgrad, was bedeutete, dass sie alle seiner Gedanken sofort empfangen konnte. Er wollte ihr damit sein größtmögliches Vertrauen signalisieren. Totale Transparenz. Aber er hatte sie gebeten, nicht auf jeden Gedanken zu reagieren, sondern nur dann, wenn sie etwas überhaupt nicht in die Logik der menschlichen Widersprüche einordnen konnte.

Das letzte Mal hatte KATE diese Möglichkeit genutzt, als er vor über 15 Jahren kurz nach der Heirat mit seinem langjährigen Freund Rafael den Wunsch äußerte, seine Schwiegermutter umbringen zu wollen. Zuvor hatte er diesen Wunsch mehrfach gedanklich geäußert und KATE hatte daraufhin befürchtet, dass Gilbert tatsächlich mit Rafael einen Mord planen wollte.

„Also.", versuchte sich Gilbert wieder auf die Sache zu fokussieren. „Was schlägst du vor?"

„Für euch Menschen wie auch für mich geht es primär immer um Aufmerksamkeit und Energie. Du könntest dem Sicherheitsrat empfehlen, die Aufmerksamkeit auf das Weltraumprogramm temporär um 35% runterzufahren, um mit den freiwerdenden Ressourcen die digitalen Segmentierungen der Knotenpunkte mit den neuen Zettabyte-Codes zu verschlüsseln. Denn du hast Recht, die Lage ist ernst. Aber denke doch noch mal mit deinem Team über einen Verhandlungsimpuls nach. Im Sinne der GOLDENEN REGEL gibt es keine Berechtigung für die Beibehaltung von Grabenkriegen. Lass dich nicht auf deine alten Tage hin wieder von deiner Angst steuern."

Kapitel 145

Luiz wusste, dass er nicht an einem Wiedersehen mit Sarah vorbeikommen wollte. Und er war sich sicher, dass sein Leben danach anders sein würde. Nein, sein Leben war jetzt schon anders. Sein Elefant hatte schon lange eine Entscheidung getroffen, die ihn wieder zu dem Ursprung seines Seins zurückbrachte. Erkennen und Loslassen, was nicht zu mir gehört. Ein Mönch ist nur solange ein Mönch, bis er sich entscheidet, wieder ein Mann sein zu wollen.

Luiz rief Sarah an und sie war keineswegs überrascht, seine Stimme zu hören. Für einen Moment ließ ihn ihre Selbstsicherheit zweifeln, ob er auf dem richtigen Weg war. Musste er sich wirklich beweisen, dass er nach seinem 43 Jahre dauernden Zölibat wieder ein sexuell erfüllter Mann sein wollte? Immer noch ging mit der Vorstellung, sein Leben ändern zu wollen, die Angst vor einer fatalen Rückkehr in sein altes Leben als skrupelloser Strippenzieher und bekennender Macho einher.

Doch plötzlich war für ihn seine elefantöse Verwechslung klar ersichtlich: der Versuchung nachzugeben hieß für ihn automatisch wieder ein schlechter Mensch zu werden. Ein selbstironisches Lächeln formte seine Lippen. Hatte es in all den Jahren wirklich keine Frau gegeben, die seine Begierde erweckt hatte, damit er diese Verwechslung schon viel früher hätte durchschauen können?

Er konnte sich nicht erinnern. Aber ihm kam der Gedanke, dass er seine Tränen nicht nur für die Menschheit vergossen hatte, sondern auch für sich. Dass es nicht immer nur um Erfüllung, Rührung oder Anteilnahme ging, sondern auch um die Trauer über sein selbstgewähltes Los als Mönch.

„Luiz? Bist du noch da?"
Sarahs Stimme weckte ihn wieder aus seiner inneren Trance.

„Ja, ich bin hier."

„Ist alles okay bei dir?"

„Ja, ja – okay schon, aber ich bin verunsichert."

„Weil du nicht sicher bist, ob du mich wieder sehen möchtest?"

„Nein, das ist es nicht. Ich bin eher verunsichert, weil ich mich nicht mehr daran erinnern kann, wann ich das letzte Mal eine Frau..."

„Eine Frau was?"

Luiz stockte die Stimme. Wenn er Sarah jetzt direkt umwerben würde, könnte dies unabsehbare Konsequenzen haben. Für sein Leben, für seinen Inneren Halt und für die vielen Menschen, die ihn für ein wichtiges Vorbild hielten. FIDEL, sein Implantat, schaltete sich gedanklich ein.
„Du hast nichts dergleichen zu verlieren. Und wenn es anders wäre, könntest du froh sein, dass du es endlich loswirst."

„Ich weiß."

„Dann grüble nicht weiter – dein Glaube ist stark!"

„Verhandelst du gerade mit deinem Implantat?" Sarahs Stimme drang weich und liebevoll in sein Bewusstsein.

„Ja," erwiderte Luiz leise.
„Er heißt FIDEL, willst du ihn kennen lernen?"

„Gern, aber können wir das weiterführen, ohne zu telefonieren?" Sie lachte. „Das fühlt sich irgendwie an wie eine Konferenzschaltung, von der ich nur die Hälfte mitkriege."

„Gut.", seufzte Luiz erleichtert. „FIDEL spornt mich an, mich dir voll und ganz zu öffnen."

„So? Das freut mich. Aber was bedeutet das? Willst du ein Date mit mir? Oder will er ein Date mit mir?"

Kapitel 146

„Weißt du noch, wie es damals war, als wir den Hunger in Afrika besiegt hatten?"

„Komm schon, Alfonse! Wir haben den Hunger nicht besiegt! Niemand kann den Hunger besiegen! Ohne Hunger sind wir Menschen tot." Noel lachte und drehte die vegetarischen Tofubratlinge auf dem Grill.

„Noel, mein scharfzüngiger Freund. Du weißt genau, was ich meine!"

„Nein - weiß ich nicht! Und ich weigere mich, dir einfach nach dem Munde zu reden, nur weil du der Kaiser von Afrika bist."

Alfonse konnte nun sein Grinsen nicht mehr unterdrücken. „Kannst du bitte deinen Joint von unseren vegetarischen Leckereien fernhalten?"

„Warum? Was macht schon so ein bisschen Asche auf einem Grill? Noch dazu heilige Asche? Ich finde, du könntest auch mal wieder was davon vertragen. Komm und nimm dieses süße Ganja und mach mir ein Häufchen heiliger Asche auf meinen Bratling."

Noel hielt Alfonse den Joint vor dieser Nase, aber der verscheuchte ihn mit einer Handbewegung und verdrängte ihn dann mit einem Ausweichschritt vom Grill.
„Du weißt, ich bin im Trainingsprogramm. Null Drogen!"

„Aber das Leben ist doch eine Droge! Die Lust! Die Erfüllung! Der Schmerz! Die Angst und der Hunger! Wo wären wir ohne die Drogen?"

Alfonse verzichtete auf eine Antwort und wendete die Maiskolben. Noel trat an ihn heran und legte ihm freundschaftlich seine Hand auf die Schulter.

„Also, mein großer drogenfreier Kaiser, was war damals, als der Hunger unseren Kontinent nicht mehr grausam vor sich hertrieb?"

„Nein, wir haben ihn von unserem Kontinent verjagt."

„Bist du sicher, dass Afrika sich selbst befreit hat?"

Alfonse´s Stirn legte sich in tiefe Falten.
„Ja, wir haben endlich unsere Chancen genutzt."

„Aber erinnerst du dich nicht mehr, dass alles seinen Lauf nahm, weil die Europäer zu uns gekommen waren?"

„Die waren schon öfter zu uns gekommen."

„ Ja, schon, aber diesmal waren sie zu uns geflüchtet. Wäre damals das belgische Atomkraftwerk in Tihange nicht explo- , diert und hätte nicht ganz Frankreich, Italien und das Mittelmeer verseucht, hätte der Front National nicht seine Chance im allgemeinen Chaos gesucht und es wäre nicht zu dem verheerenden Bürgerkrieg gekommen, der dann auch noch Italien erfasste..."

„Dann?"

„Dann wäre vieles anders gekommen. Unser Glück war die Katastrophe in Westeuropa und der Zustrom von potenten

Menschen auf der Flucht, die uns mit ihrem Know-How und ihrer Zielstrebigkeit dazu brachten, dass wir endlich unabhängig wurden. Aber von richtiger Unabhängigkeit würde ich eigentlich überhaupt nicht sprechen wollen, denn ohne den Einfluss unserer chinesischen Freunde hätten sich die Europäer womöglich nicht von ihrer Schokoladenseite gezeigt."

„Unser Glück war, dass wir unsere Chance genutzt haben. Dass sich die Frauen erhoben und eine neue Gesellschaftsstruktur eingefordert hatten. Unsere Frauen! Und dass wir uns danach nicht zerstritten haben und uns nicht gegeneinander ausspielen ließen. Wir haben selbst dafür gesorgt, dass wir die Bedürfnisse der afrikanischen Bevölkerung im Fokus behielten und die Einheit des Kontinents erreicht haben. Ich weiß nicht, warum wir darauf nicht stolz sein sollen."

Noel lachte.
„Afrikaner haben seit Millionen Jahren Grund genug, stolz auf sich zu sein! Wir sind schließlich die Wiege der Menschheit! Aber ich finde, wir sollten uns genau überlegen, worauf wir stolz sein wollen!"

„Wie meinst du das?" Alfonse nahm die Maiskolben vom Grill und legte sie auf den vorbereiteten Teller.

„Du sprichst von deinem Stolz auf die afrikanische Einheit, aber wir wissen beide, dass es diese nicht gibt. Die Araber um Sheik el Madi würden sofort alles tun, wenn sie dadurch zum Sultanat von Großpersien werden könnten. Unser spezieller Freund Kali N´Bungo weigert sich, seine geheimen Bunker zu öffnen, damit wir seine Atomwaffen aus den Arsenalen der Franzosen nicht finden. Frans de Whal bekennt sich öffentlich dazu, dass die wirtschaftliche Überlegenheit der sandfarbenen Menschen die Berechtigung mit sich bringen sollte, alte Privilegien wieder einzufordern.

Ja, wir hatten seit 18 Jahren keine offene, kriegerische Auseinandersetzung auf dem afrikanischen Kontinent und darauf können wir stolz sein! Aber bitte baue dein politisches Selbstbewusstsein nicht auf ein kindisches Klischee wie die afrikanische Einheit, die es nur in den Pressemitteilungen der politischen Elite gibt."

„Wir sind zumindest so vereint wie nie zuvor!", entgegnete Alfonse zerknirscht, während er sich zwei Tofubratlinge und etwas grüne Soße auffüllte.

„Müssen wir eigentlich vereint sein? Was ist mit dem Widerspruch, durch den wir uns weiterentwickeln? Genügt es nicht, dass wir in Kontakt sind? Das wir Respekt vor dem anderen haben? Dass wir darauf vertrauen können, dass die wahren Argumente ausgetauscht werden? Warum tolerieren wir Kali N´Bungo und seine Verschleierungstaktik hinsichtlich seiner versteckten Atomwaffen?
Weil die Mehrheit des afrikanischen Nationalkongresses davon überzeugt ist, dass wir diese Waffen vielleicht irgendwann noch einmal brauchen könnten! Selbst wenn das Special Security Council der UNO behauptet, dass es alle Atomwaffen unter seiner Kontrolle hat, wer sitzt denn im diesem Gremium? Nur Nationen, die auch selbst A-Bomben besitzen."

„Ja, aber nicht alle. Neben unserem algerischen Freund gibt es noch mehr, die nicht im Council sitzen wie zum Beispiel die Israelis, die Iraner..."

„Die Weisrussen, die Mexikaner und bestimmt noch andere. Ganz genau! Die Atombombenszene ist immer noch eine trübe Angelegenheit und wahrscheinlich werden wir Kali irgendwann dafür dankbar sein, dass er dafür sorgt, dass auch Afrika in diesem beschissenen Spiel vertreten ist. Auch wenn wir dadurch nie zu einer echten Einheit auf unserem Kontinent werden."

Alfonse nahm einen Schluck Kwiaga Blue, dem beliebtesten alkoholfreien Bier.

„Was willst du damit sagen? Afrika ist keine Einheit und ich sollte aber froh darüber sein?"

„Ja, das ist meine Botschaft. Erinnerst du dich noch an das amerikanische Drama? Die hatten immer diese aufgesetzte Illusion einer Nation, selbst als sie abgrundtief gespalten waren, hielten sie daran fest. Nach dem Blutbad vor dem Weißen Haus waren sie für ein paar Tage schockiert, aber dann hatte es nicht einmal zwei Jahre gedauert, bis die nächsten Verrückten aus den Südstaaten den nächsten Wahnsinn auspackten. Wie kann man auf die Idee kommen, schmutzige Bomben auf eigene Städte zu werfen?"

„Die Durchsetzung des Waffenverbots hatte sie vorher bis auf's Blut provoziert."

„Als Rechtfertigung, um kranke Atombomben in Los Angeles, New York und Washington zu zünden?"

„Sie wollten den Bürgerkrieg halt unbedingt gewinnen."

„Ja, genau. Ihnen war die verfickte Idee einer heldenhaften, amerikanischen Nation wichtiger als das Wohl der amerikanischen Menschen. Und deshalb wäre ich dir sehr dankbar, mein Kaiser, wenn du nicht mehr dieser grausamen und einfältigen Idee der Einheit nachhängst, sondern Unterschiede als Vorteile für unsere Entwicklung ansiehst."

Alfonse konnte gut damit umgehen, dass sein bester Freund und wichtigster Berater so deutliche Empfehlungen gab, aber er war noch nicht überzeugt. Die amerikanische Tragödie stand für ihn genauso wenig im Vordergrund wie der Zerfall der europäischen Idee. Warum sollte er sich an den gescheiterten Visionen orientieren?

Das Erfolgsmodell der letzten Jahrzehnte war China und nur deshalb, weil im Zweifelsfall alles der chinesischen Einheit untergeordnet wurde. Persönliche Freiheiten, Bürgerrechte, lokale Besonderheiten, alles verlor seinen Wert, wenn die Partei das Reich der Mitte in eine neue Richtung bringen wollte. Alfonse machte sich nichts vor. Eigentlich hatte nicht die Partei das Sagen, sondern nur ihr Vorsitzender. Er war mehrfach persönlich mit Papa Pau zusammengekommen und fühlte, dass es nicht gut sein kann, wenn alles von einem Menschen abhängen würde. Aber die Persönlichkeit des chinesischen Führers hatte in der Vergangenheit jeden überzeugt. Je mehr er darüber nachdachte, desto klarer sah er seine Verwechslung vor Augen. China als Erfolgsmodell war ein Modell der Vergangenheit. Ein Kaiserreich.

Die meisten Chinesen hatten lange darauf gehofft, dass mit Hin-Lun als Nachfolgerin eine neue Variante der alten Dynastien entstehen würde, aber Papa Paus Tochter hatte es schon vor Jahren abgelehnt, seine Nachfolge anzutreten.
Möglicherweise war China im Moment führerlos. Es gab einige Hoffnungsträger, die sich in der zweiten Reihe in Position gebracht hatten, aber niemand hatte bis jetzt genug Mitstreiter um sich versammeln können, um seinen Hut in den Ring zu werfen. Es waren jetzt schon einige Tage seit Papa Paus Kryonisierung vergangen und es hieß, dass Hin-Lun sogar nach Peking zurückgekehrt war, aber alles andere blieb im Dunkeln. Möglicherweise lag die Welt schon in der größten, vorstellbaren Krise, aber noch schien niemand etwas davon bemerken zu wollen. Und wenn er ehrlich war, war auch ihm das Trainingprogramm für seinen Aufenthalt in der chinesischen Raumstation wichtiger als die Erforschung der dunklen Löcher in der chinesischen Innenpolitik.

„Noel, ich danke dir für deine klaren Worte.", begann Alfonse lächelnd.

„Also, lass uns darauf anstoßen, dass wir so unterschiedlich sind und ich es wichtiger finde, als erster Afrikaner in den Weltraum zu reisen als an einer afrikanischen Einheit zu stricken, die es möglicherweise gar nicht gibt und nie geben wird. Und tue mir einen Gefallen: nenne mich nie wieder Kaiser!"

Kapitel 147

Alexa befand sich immer noch in einem stillen, sanften Rausch. Eine Mischung aus Traum und Spiel, angesiedelt in der Realität ihres Reiches. Sie hatte schon mit vielen Männern und Frauen Sex in unendlich vielen, auch verstörenden Varianten praktiziert. Für sie war Sex in erster Linie die praktische Umsetzung der Sehnsucht nach einem Orgasmus. Ihr Pragmatismus war jedoch schnell zu einer dynamischen Sucht geworden, die immer sensationellere Empfindungen erzeugen musste, um ihr Befriedigung zu verschaffen.

Von jeglicher Art Sexspielzeugen über sado-masochistischen Rollenspielen bis zu extremen Grenzerfahrungen mit Todesnähe – ihre Sexualität hatte sich zu einem Hochleistungszirkus mit vielfachen Kollateralschäden entwickelt. Als vor 12 Jahren eine junge Gespielin bei einem Zwischenfall mit einer Starkstromkonstruktion fast gestorben war, war Alexa bewusst geworden, dass sie sich weit von dem entfernt hatte, wofür sie eigentlich leben wollte. Ihr Weg von Alex zu Alexa sollte sie in ihren Körper führen, in ein sinnliches Zuhause, das sie dann mit anderen, lieb gewonnenen Menschen teilen wollte.

Viktor kam von der ganz anderen Seite. Vielleicht hatte er seine sexuellen Ansprüche in den letzten Jahrzehnten konplett beerdigt, vielleicht war er auch schon als junger Mann nicht in der Lage gewesen, sich einer anderen Person tatsächlich hinzugeben. Vielleicht war sogar ihre Begegnung vor über sechzig Jahren der Anlass seines schmerz- und tabubehafteten Irrweges. Nun, mit fast Neunzig konnte er nicht mehr viel falsch machen und auch nicht mehr viel erwarten. Seine Küsse waren abwartend, seine Berührungen zaghaft, seine Bewegungen spärlich. Alles war reduziert und erinnerte Alexa an ihre allerersten Erlebnisse. Wie Jugendliche, die unsicher rersten Erlebnisse. Wie Jugendliche, die unsicher eine neue Welt erkundeten, in der sie immer wieder von überwältigenden Empfindungen mitgerissen werden, um schon im nächsten Moment, abgelenkt durch ihre eigenen Gedanken, neue Bremserfahrungen verarbeiten zu müssen.

Alexa hatte dafür gesorgt, dass sie sich im Halbdunkeln bei Kerzenschein in einem romantisch anmutigen Raum mit einem offenen Balkon begegneten und hoffte, Viktor damit seine Verspannungen zu nehmen, aber ihre Sorge war voreilig.
Nachdem Viktor verstand, dass Alex ihn nicht auf den Arm nehmen wollte, sondern tatsächlich bereit war, mit ihm eine körperliche Erfahrung einzugehen, hatte er komplett losgelassen. Er war gekommen, um zu scheitern und nun war er geblieben und jeder Moment, jede Bewegung, jede Berührung war für sich schon mehr wert als alle Orgasmen, die ihm in seinem bisherigen Leben vergönnt waren. Und er war bereit, alles zu geben. Einen schöneren Tod hätte er sich nicht vorstellen können.

„Du lebst.", haucht Alexa ihm zu, als sie sah, dass er seine Augen wieder geöffnet hatte.

„So? Das heißt dann wohl, dass es noch nicht zu Ende ist?"

„Möglicherweise. Aber ich glaube, wir sollten uns beiden eine Pause gönnen."

Alexa trat auf den ovalen Balkon hinaus und genoss den Blick über das Tal. Auf dem Tisch stand Tee etwas Gebäck und altmodische Zigaretten.
„Du willst mir doch nicht weismachen, dass du immer noch rauchst?" fragte Viktor mit gespielter Empörung, während er ihr folgte.

Alexa drehte sich zu ihm um.

„Was glaubst du, was passiert gerade in Peking?"

„Das ist jetzt ein nicht ganz unerheblicher Themenwechsel. Wie kommst du drauf? Hat dir dein Implantat etwas mitgeteilt?"

„Nein, aber ich habe gerade gespürt, dass dieses Thema für unsere Zukunft eine enorme Bedeutung hat."

„Ich war eigentlich hierher gekommen, um zu sterben.", entgegnete Viktor süffisant.

„Das hat sich jetzt geändert. Ich brauche dich. Die ganze Welt braucht dich lebendig."

Viktor war überrascht, mit welcher Härte Alexa diesen Satz über ihre Lippen presste, bevor sie sich eine Zigarette anzündete.

„Vielleicht hast du Recht. Vielleicht hätte ich mich noch einmal mit Papa Pau absprechen sollen, bevor er in die kalte Dämmerung hinübergewechselt ist, aber es war mir schlicht und ergreifend egal. Ich hatte nichts mehr als ein verpfuschtes Leben. Ich war einfach nur der mächtigste Mann Europas, der unter der mächtigsten Depression der Welt litt."
Er lächelte und Alexa reichte ihm die Zigarette.

„Sei es drum! Also, was passiert gerade in Peking?"

„Ich weiß es nicht, aber vieles spricht dafür, dass Papa Pau dafür gesorgt hat, dass nichts passiert, was er nicht will, bis er wieder aus seiner Tiefkühltruhe herausklettert."

„Ich dachte, du glaubst nicht an die Kryotechnik?"

„Nein, ich glaube nicht daran, dass der Auftaumechanismus jemals wirklich zuverlässig funktionierend wird. Aber möglicherweise wird es lange dauern, bis ein neuer Thronfolger auf der Bühne erscheint, der sich als mächtig genug herausstellt, um Papa Paus Nachfolge anzutreten. In China sind schon öfter 100 Jahre vergangen, ohne dass sich ein Blatt bewegt hat."

„Meinst du, Papa Pau war so vorausschauend?"

„Mich würde es nicht wundern. Aber manche sagen auch, dass es in China nicht einmal einen Wimpernschlag braucht, um eine neue Revolution auszulösen, vorausgesetzt es ist das richtige Auge, das die Wimper schlägt."

Kapitel 148

Hin-Lun hatte lange mit dem Gedanken gespielt, das Kloster still und heimlich zu verlassen. Ihr kleiner Koffer stand fertig gepackt neben dem aufgerollten Futon, aber sie konnte ihren Blick nicht von den diesigen Feldern abwenden, auf denen einige Schüler demütig ihren spirituellen Frondienst verrichteten.
Sie spürte die Tränen über ihre Wangen laufen und wusste, dass sie etwas loslassen musste, was sie noch nicht in Worte kleiden konnte.

Sie erinnerte sich an sonnige Stunden im alten Kaiserpalast, in denen sie als kleines Mädchen vollkommen erfüllt, noch nicht ahnend, welche Bedeutung ihr Vater für die Welt haben würde, mit einem selbstgebauten Drachen durch die Schluchten lief und glaubte, dass es für ihren Vater keine wichtigere Aufgabe gab, als sie glücklich zu machen.
Sie hatte sich damals vollkommen frei und gleichzeitig vollkommen behütet gefühlt und konnte sich nicht an einem Widerspruch stören, den sie noch nicht zu erkennen vermochte. Der für sie noch nicht existent war.
„Der Widerspruch existiert nicht, solange wir ihn nicht erkennen. Aber wenn wir ihn erkannt haben, können wir nie wieder zurück. Doch die noch tiefere Einsicht ist, dass es grundsätzlich kein Zurück gibt."
Ihre Gedanken ließen sie frösteln und sie atmete tief durch, bevor sie ihren Koffer nahm und ohne einen Blick zurück aus ihrer Zelle trat.

„Ich dachte schon, du kommst gar nicht mehr heraus."

Hin-Lun erschrak, obwohl Meister Dui mit sanfter Stimme gesprochen hatte. Er stand auf dem schmalen Flur und lehnte direkt an der Wand gegenüber ihrer Zelle.

„Meister Dui..."

Er lachte.
„Du wolltest doch bestimmt gerade zu mir oder?"

Hin-Lun schluckte und lächelte verlegen.
„Nicht wirklich.", gestand sie mit dünner Stimme und schaute kurz zu Boden.

„So? Aber du weißt schon, dass du mir noch eine Antwort schuldig bist. Genau genommen seit mehr als acht Jahren. Erinnerst du dich?"

Hin-Lun schwankte. Sie wusste, was er meinte. Sie konnte sich an seine Stimme erinnern, die ähnlich sanft klang wie jetzt, aber sie konnte sich nicht mehr an seine Worte erinnern. Es war eine Frage, ein Rätsel, das irgendwie mit innerer Freiheit zu tun hatte, wie alles, was Dui in seinem Leben beabsichtigte. „Die Vorstellung, frei von jeder Vorstellung zu sein, ist auch nur eine Vorstellung!" schoss es plötzlich aus ihr heraus.

Meister Dui zog staunend die Augenbrauen hoch, bevor er lauthals lachte und sich vor ihr verbeugte.

Hin-Lun räusperte sich, nickte kurz und ging schnellen Schrittes an ihm vorbei zum Ausgang. Plötzlich wurde ihr klar, dass sie ihn nie wieder sehen würde und sie hielt an, um sich umzudrehen, aber der Flur hinter ihr war leer. Leer wie ihr Geist, der mit einem letzten leeren Blick in ein leeres Gefäß schaute. Sie wand sich wieder zum Ausgang hin und hörte das leichte Surren der Räder ihres Rollkoffers, der ihr treu folgte, wo immer sie auch hinging.

Kapitel 149

Ich war mit Sybilla nach Hamburg zurückgekehrt. Glücklicherweise brachte meine Rückkehr nicht all zu viele Komplikationen mit sich. Sybilla hatte die letzten zwanzig Jahre mit einem geigespielenden Musikprofessor verbracht, der leider vor einem Jahr an einer seltenen Autoimunkrankheit gestorben war.

Ich hätte ihn gern kennengelernt, aber andererseits war ich auch froh, dass ich nicht noch einen anderen Mann akzeptieren musste, der mir jeden Tag mit seiner Anwesenheit das Dilemma meiner Zeitreise vor Augen geführt hätte. Sybilla zeigte mir ein paar Videos und Holo-Clips, auf denen er mir sehr sympathisch vorkam. Ein lustiger Mann mit wenig Haaren und einer kleinen Geige, die er sehr zu lieben schien.

Hamburg hatte sich augenscheinlich sehr verändert, aber an manchen Ecken überhaupt nicht. Der Hauptbahnhof bestand immer noch aus der riesigen, 1906 fertiggestellten Halle aus Stahl und Glas. Die acht Fernbahngleise lagen unverändert im Zentrum, aber die Atmosphäre war eine ganz andere. Nach Süden hin war ein Park integriert worden, der in die mit einem wellenförmigen Dach überspannten Bahnsteige mündete. Außerdem durchzog ein frischer Duft aus Tannenholz und sanfte Musik die riesige Halle, während moderne Elektro-Züge leise auf den Gleisen surrten.

Große holografische Installationen warben für nachhaltige Produkte und verwandelten sich in Informationstafeln, sobald ein neuer Zug einfuhr. Ich wunderte mich über die offensichtliche Gelassenheit der Menschen, die ohne Hektik und Stress mit uns aus dem Zug stiegen.

Sybilla bemerkte meine Verwunderung und erklärte mir lächelnd, dass im Verkehrswesen eine Menge passiert sei. Die Planer hatten schon vor über 30 Jahren erkannt, dass Reisen für die meisten Menschen zu einem positiven Erlebnis wurde, sobald die elefantösen Bedürfnisse im Vordergrund standen. Nicht die Minimierung der Reisezeit stand im Vordergrund, sondern die Erlebnisqualität der Reise. Entscheidend war nicht mehr, ob sie ein paar Minuten schneller zum Ziel kamen, sondern, dass sie im Bahnhof, im Zug oder im Abteil eine gute Zeit verbrachten.

Die meisten Straßen in der Innenstadt hatten sich in ihrem Verlauf nur wenig verändert, aber es gab kaum noch Ampeln, sondern elegante Kreisverkehre, auf deren Inseln große Hologramme abwechselnd Infotainment und Kunst zeigten. Ich sah viele für mich neue, hohe Gebäude, die allerdings oftmals gar nicht mehr neu aussahen, weil sie schon einige Jahrzehnte auf dem Buckel hatten und ihre Fassaden hinter vielen Büschen, Kletterpflanzen und Bäumen kaum noch zu erkennen waren. Überall standen Bäume und unglaublich viele Beete, die meisten der Häuser waren vertikal bepflanzt. Die Bauten glichen eher Wäldern und Gärten, durch die breite Schneisen geschlagen waren, auf denen sich viel Verkehr auf leisen Rädern fortbewegten.
Ich sah und hörte keine Verbrennungsmotoren mehr. Überall Elektro- oder Brennstoffzellen-Fahrzeuge, viele Busse im Tropfendesign und noch mehr Fahrräder und Scooter jeglicher Art, die leise surrend dahinschnurrten.

Ein geräumiges Brennstoffzellenshuttle brauchte uns nach Altona. Ich wunderte mich im ersten Moment, dass der Fahrer nur auf uns zu warten schien und Sybilla mit sehr viel Respekt begegnete. Sie lächelte verlegen und erklärte mir, dass dieser Respekt auch mir gelten würde, denn obwohl ich fast 43 Jahre von der Bildfläche verschwunden war, wäre ich ein berühmter Mann. Ich konnte diese kurze Anspielung nicht einordnen und bat Sybilla, mir die wesentlichen Dinge im Wagen zu erzählen.

„Unsere damalige Arbeit ist der Grundstein für Hamburgs heutigen Wohlstand. Als Prof. Bee mit seinem Team unsere Grundlagen für KATE weiterentwickelt hatte, stand Europa vor dem Abgrund. Zwar hatte die Schlacht am Weißen Haus der ganzen Welt gezeigt, dass die gezielte Spaltung eines Landes ein verheerendes Risiko in sich trug, aber trotzdem wollten die Rechtspopulisten in Europa nicht davon ablassen, diese Spaltung weiter zu forcieren. Die bürgerlichen Parteien standen dieser Bewegung in vielen Ländern hilflos gegenüber und die extremen Linken bereiteten sich schon auf einen Bürgerkrieg vor.
Nach der Explosion des AKWs in Belgien verschärfte sich die Lage dramatisch. Millionen von Menschen aus Frankreich, Italien und der Schweiz flüchteten aus den verstrahlten Gebieten und die EU brach angesichts des Chaos aus Hunger, Gewalt und Verzweiflung zusammen. Der Bürgerkrieg in Frankreich und Italien war verheerend. Hunderttausende starben auf den Strassen und es schien keine Möglichkeit mehr zu geben, dass Kriegsrecht aufzuhalten."

Ich schluckte mehrfach, aber wagte es nicht, sie zu unterbrechen.

„Doch plötzlich in allergrößter Not rauften sich die Menschen nicht nur in Deutschland zusammen.", fuhr sie fort.
„Es entstand eine neue Allianz unter Führung der Grünen, die einfach nicht einsehen wollten, dass eine Minderheit von nicht einmal 20 Prozent Rechts- und Linksextremisten, die Geschicke der Menschen bestimmen sollte. Im Rahmen der neu geschaffenen Notstandsgesetze konnte die Lage weitgehend beruhigt werden, bis die rechtsextreme Szene noch einmal alles auf eine Karte setzte. Ein konzertierter Putschversuch in München, Berlin und verschiedenen anderen Großstädten kostete

zwar auf beiden Seiten über 10.000 Menschen das Leben, konnte aber innerhalb weniger Tage niedergeschlagen werden, weil sich der Führungsstab der Bundeswehr eindeutig zur Demokratie bekannte. Es kam auch vereinzelnd zu Gewaltexzessen und politischen Exekutionen und sicherlich können wir uns nicht für alle Taten rühmen, aber danach gab es plötzlich wieder ein echtes Zusammengehörigkeitsgefühl unter den Menschen.

Plötzlich war der neue deutsche Weg eine Möglichkeit zur Versöhnung und Vorbild für viele europäische Länder. Man hatte uns wohl nicht zugetraut, dass gerade wir mit unserer Vergangenheit des 20. Jahrhunderts die richtigen Lehren ziehen und uns diesmal erfolgreich gegen die Dummheit des nationalen Faschismus stellen würden."

Ich war perplex. Mein Koma von über 40 Jahren war schon schwer genug fassbar, aber dass ich Umweltkatastrophen, Bürgerkriege und den Beinahe-Untergang des Abendlandes verschlafen haben soll, war für mich zu viel. Ich lachte hysterisch auf, gefolgt von Grunzgeräuschen und Schnaufen. Sybilla lächelte mich an. Sie konnte sich wahrscheinlich nicht vorstellen, was wirklich in mir ablief, aber ihr verständnisvoller Blick und ihre warme Hand ließen mich wieder ruhiger werden.

„Gut. Dann erzähl mir auch noch den Rest.", bat ich sie mit zittriger Stimme. „Warum sind wir berühmt?"

„Möchtest du es wirklich jetzt hören?"

„Zumindest die Kurzform. Bitte."

„Okay, ich versuche es. Erinnerst du dich noch an deinen alten Mitarbeiter Fiodor Kapitan?"

„Den dauerbekifften Ungarn?"

„Ja, genau. Fiodor war damals nicht besonders begeistert, als er gehört hatte, dass du im Koma lagst. Aber irgendwie schien ihn dein Schicksalsschlag aus seinem bekifften Nebel zu wecken. Schon wenige Tage später kam er zu mir und hatte die Vision, dass wir hier in Hamburg sofort eine Initiative starten sollten, um Implantate in großer Stückzahl produzieren und einsetzen zu können. Ich war nicht besonders begeistert, in tiefer Trauer und gleichzeitig vollkommen überfordert nach der Geburt von Lenny. Aber Fio ließ sich nicht aufhalten. Nur wenige Wochen später hatte er einen Businessplan entwickelt, hatte mit Prof. Bee die nächsten Schritte besprochen und - das war in meiner Welt der entscheidende Schachzug – er hatte seine Kontakte zum Universitätskrankenhaus Eppendorf genutzt, um die Direktion mit ins Boot zu holen."

„Fio hatte hochrangige Kontakte ins Direktorium des UKE? Das kann ich kaum glauben."

„Seine Schwester saß damals in der Assistenz der Geschäftsführung und als er mit Unterstützung von Prof. Bee eine wirklich brillante Präsentation vorstellte, ging alles sehr schnell. Wir gründeten eine oder besser gesagt sogar mehrere Firmen. Prof. Bee konnte schnell einige Patentierungen bewirken und weil es niemals um Geldverdienen ging, waren wir sehr überzeugend."

„Du bist also Teilhaberin an einer Firmengruppe?"

„Wir sind Teilhaber – du auch."

„So? Wie groß ist die Firma?"

„In der gesamten Gruppe arbeiten heute weltweit über 4.000.000 Menschen."

„Was?"

Kapitel 150

Gilbert hatte Francis J. Bosso gefühlt sehr lange nicht gesehen. Genau genommen war es eigentlich noch nicht so lange her, wie es ihm vorkam. Es gab da diese kurze Umarmung auf der Beerdigung seines Vaters, aber die Erinnerung war so flüchtig und versteckt hinter einem Schleier aus Tränen und Ehrfurcht, dass sie für ihn nicht wirklich zählte.

Früher hatten sie öfter persönlichen Kontakt, er mochte diesen Milliardärssohn, der so ganz anders war, als das Klischee von einem jungen Mann, der mit einem silbernen Löffel im Mund geboren worden war. Francis kam ihm immer vor, wie eine indianische Seele, die sich in einem sandfarbenen Körper reinkarniert hatte und nun elegant und umsichtig die moderne Welt mitgestalten wollte. Ein Mensch, der sich jederzeit im Einklang mit seiner Umwelt und den anderen Wesen befand. Aber auch ein Krieger, der Abbitte leistete, nachdem er seine Beute erlegt hatte.
„Gilbert, altes Haus, ich freue mich dich zu sehen. Aber weshalb hast du die weite Reise auf dich genommen? Hast du mich etwa vermisst?"

Gilbert lächelte dünn und umarmte Francis heftig.
„Ja, in der Tat. Ich habe dich vermisst und es tut mir leid, dass ich dir bei der Beerdigung deines Vaters nicht mehr beistehen konnte."

„Schon gut, mein Bester. Ich hatte wirklich genug mit mir und meiner Trauer zu tun. Ich musste so viel loslassen, was mir verdammt schwer fiel. Die Tage danach habe ich so viel geweint, wie wohl vorher in meinem ganzen Leben nicht. Aber ich war Gott sei Dank nicht allein und jetzt bin ich wieder voller Energie und Zuversicht."

Gilbert bewunderte Francis und wünschte, er könnte auch wieder diese innere Hoffnung spüren, die man braucht, um festen Schrittes in die Unwägbarkeit vorangehen zu können.

„Gilbert, du siehst besorgt aus – willst du mir sagen, was los ist?"

„Ja, genau deshalb bin ich hier. Ich brauche jemanden, der mich wirklich verstehen kann. Ich werde das Gefühl nicht los, dass wir vor einer riesigen, vielleicht sogar zu großen Herausforderung stehen."

Francis wirkte überrascht, er kannte Gilbert nicht als Dramaqueen und die Daten, die Gilbert ihm geschickt hatte, reichten nicht aus, um das dunkle Szenario zu untermauern, dass Gilbert ihm andeutete.
„Ich verstehe das noch nicht genau. Was lässt dich so pessimistisch in die Zukunft sehen? Ist es deine persönliche Verfassung oder tatsächlich das Szenario?"

„Wahrscheinlich beides. Mein Elefant spürt deutlich die Rasierklingen unter meinen Fußsohlen. Und ich will nicht derjenige sein, der später für den Zusammenbruch der menschlichen Existenz die Verantwortung tragen muss, weil er nicht wach genug war."

„Moment, was sagen deine Leute und was sagen die Analyse-KIs? Und was sagt deine KATE?"

„Alle sehen die Risiken der Cyber-Angriffe im vertretbaren Bereich, aber ich komme nicht von dem Gedanken weg, dass wir es auf der anderen Seite mit einem anderen Kaliber zu tun haben. Wir werden gezielt getäuscht, in Sicherheit gewogen und abgelenkt, um den entscheidenden Moment zu verpassen."

„Aber das würde doch dein Analyse-Team durchschauen!"

„Nicht unbedingt. Was wäre, wenn die andere Seite genau wüsste, wie wir die Daten verarbeiten? Worauf die KIs achten und mit welchen KPIs wir die Dynamiken evaluieren? Wie unsere Eskalationsmodelle aufgebaut sind? Mit welchen Parametern und Algorythmen wir die Entwicklung bewerten? Wenn es nur darum geht, uns zu täuschen und einzulullen?"

Francis zögerte einen Moment.
„Entschuldige, aber du verstehst, dass das ganz schön paranoid klingt?"

„Mangelnde Paranoia könnte einer der Bewertungsparameter sein, der uns ins Verderben führt."

„Aber du hast einen ganzen Stab von KIs, die ausschließlich den Worst-Case annehmen sollen, damit wir es nicht tun brauchen. Hast du dir deren Analysen getrennt von allen anderen Einschätzungen angeschaut?"

„Ja, habe ich. Und zwar sehr genau! Und ich habe mich gefragt, warum die feindlichen Angriffe genau so ausgesteuert sind, dass sie in Summe die rote Linie niemals überschreiten. Da steckt System hinter und ich befürchte, dass die andere Seite unsere Analyse- und Bewertungskonzepte in allen Details kennt."

„Puh, das ist starker Tobak. Glaubst du, ihr habt einen Maulwurf?"

„Ja, ich bin mir fast sicher. Aber wahrscheinlich ist es kein Mensch, was wiederum nur beweisen würde, dass wir von der anderen Seite schon lange über die KIs infiltriert werden."

„Wie könnte das möglich sein?"

„Mit viel Aufwand und versteckt in einer jahrelang verdeckten Manipulationskampagne."

„Also willst du die gesamte Software neu aufsetzen?"

„Von Wollen kann keine Rede sein und ich glaube, dass wir während des Relaunches extrem angreifbar sein würden."

Francis atmete tief durch.
„Ich verstehe. Wenn die andere Seite merkt, dass wir ihr Spiel durchschaut haben, wird sie ihr gesamtes Feuer auf den Neustart konzentrieren..."

„Und so ein Manöver haben wir noch nie durchgeführt. Da kann so viel schief gehen, auch ohne Beschuss."

„Ich verstehe langsam, warum du so beunruhigt bist. Sind die auffälligen Unauffälligkeiten in der Gesamtanalyse der alleinige Grund für dein Misstrauen?"

„Nein." Gilbert stockte. Er sah seinen Freund an und schüttelte dabei elefantös mit dem Kopf.
„Vielleicht wirst du es nicht für wichtig halten, aber ich habe seit Wochen einen Traum, immer wieder denselben. Er kommt wieder und wieder und er raubt mir langsam jede klaren Gedanken."

Kapitel 151

Ich hätte niemals gedacht, dass ich so schnell so dankbar werden könnte, dass ich 43 Jahre meines Lebens im Koma verbringen durfte. Seit meinem Widererwachen riss die Reihe an Wundern einfach nicht mehr ab.

Die GOLDENE REVOLUTION schien direkt aus einem rosaroten Science Fiction zu stammen, einfach zu schön, um wahr zu sein. Die Ergebnisse waren so unglaublich erstaunlich, jedenfalls für mich als Mann aus der Vergangenheit. Die technischen Durchbrüche konnte ich mir noch einigermaßen zusammenreimen, weil nahezu der gesamte Output einer hochmotivierten Menschheit in einer gigantischen Vielfalt konstruktiv koordiniert war und riesige Synnergieeffekte erzeugte. Aber das soziale Miteinander und die alltägliche Stimmung in der Öffentlichkeit waren für mich einfach unfassbar.

Als wenn alle auf einer perfekt dosierten Droge wären. Menschen, die keine Angst mehr vor dem Neuen hatten, die ganz besonders an dem anderen, an dem Fremden interessiert waren. Konflikte, die nicht vermieden, sondern in Dankbarkeit und Vorfreude sofort angenommen wurden, weil der Alltag, der in der Regel reibungslos und effizient vonstatten ging, mit jeder Andersartigkeit sofort an Abwechslung und Qualität gewann. Menschen, die viel und laut lachten. Ich hatte noch so viele Bilder des ALTEN DENKENS in meinen Erinnerungen, dass ich das volle Ausmaß der soziologischen Innovationen einfach nicht fassen konnte.

Sybilla freute sich sehr über mein kindliches, unverblümtes Staunen, diese neue Welt kennenzulernen. Sie schlug vor, dass wir meinen Prozess dokumentieren sollten, damit auch andere an meiner Andersartigkeit teilhaben könnten. Schon wenige

Minuten später kam ein dreiköpfiges Filmteam zu uns nach Altona, wo Sybilla schon vor fast dreißig Jahren in einem Hinterhof eine Dachterrassenwohnung bezogen hatte. Ricardo, Merle und Knut waren Studenten der Altonaer Medienakademie und freuten sich sehr, dass sie mit so prominenten Akteuren die neueste Holo-Technik einsetzen durften.

„Hallo Sybilla, wir freuen uns sehr, dass du deinen Mann Tim nach so vielen Jahren wieder gesund und munter zurückbekommen hast. Du wirst sicherlich verstehen, dass dir die gesamte Hamburger Bevölkerung als ehemalige Bürgermeisterin ihre besten Wünsche aussprechen möchte...", begann Knut seine Begrüßung vor laufender Kamera und ich ahnte plötzlich, dass ich noch lange nicht alles wusste, was Sybilla in meiner Abwesenheit geleistet hatte.
„Stopp! Bitte machen wir noch einen kleinen Moment Pause. Sybilla, können wir noch einmal kurz sprechen?"

„Ja, klar, aber das können wir doch auch vor der Kamera machen."

„Aber ich bin nicht sicher, ob..."

„Ob du dabei souverän genug rüberkommst? Mach dir darüber keinen Kopf."

Sie gab Knut ein kurzes Zeichen, die Kamera laufen zu lassen. „Es hat sich wirklich einiges in den Vorstellungen der Menschen verändert. Es geht nicht mehr um Souveränität oder Markenversprechen. Wir brauchen keine professionelle Fassade mehr, um von unseren Unsicherheiten abzulenken. Unsicherheit wurde doch erst deshalb zum Problem, weil wir so lange glaubten, sie verstecken zu müssen. Heutzutage sind die Menschen über ihren Elefanten im Kontakt mit ihren Gefühlen und brauchen keinen überzogen wichtigen, ersten Eindruck, der sie in Sicherheit wiegt. Die Sicherheit bekommen wir aus unserem eigenen, inneren Halt und unseren respektvollen Umgang miteinander. Wir sind jetzt regelrecht auf die Eindrücke scharf, die uns irritieren, uns inspirieren, uns in unserem Verständnis wachsen lassen."

Sybilla lächelte, zwar nicht in die Kamera, aber doch so breit, dass ich mich fragte, ob ich dieses Statement wirklich ernst nehmen sollte. Sie hatte es wahrscheinlich schon hunderte Male gegeben. Meine Verwirrung nahm immer mehr zu.
„Also, mich hast du jetzt auf jeden Fall erfolgreich verunsichert."

„Bist du wirklich verunsichert oder können wir es Irritation nennen? Es gibt immer noch so viele Begriffe, die wir viel präziser einsetzen könnten."

„Nein, ich bin wirklich verunsichert. Das kann ich gar nicht abstreiten, denn ich habe keinen Plan, was hier wirklich abläuft."

„Und wie fühlt es sich an? Wie schlimm ist es auf einer 10-Skala?" Sybilla schien sich ihr Lachen kaum verkneifen zu können.

„Nein, es ist gar nicht schlimm. Es ist sogar alles einfach wunderbar. Geradezu unglaublich, sogar. Aber ich bin halt verwirrt – okay - von mir aus – ich bin irritiert. Und wenn ich dich richtig verstanden habe, ist das gut, weil Irritation der Anfang ist, um das Neue zu verstehen. Okay, das habe ich verstanden. Ja, jetzt habe ich es verstanden. Jetzt wird mir auch einiges klar. Ein Mensch, der von Anfang an mit Elefant und Reiter und einer KATE aufwächst, der hat natürlich ein anderes Selbstverständnis und braucht die ganze Fassade nicht, um Vertrauen zu haben.
Aber wie weit geht das, frage ich mich gerade. Was würde passieren, wenn ich hier jetzt behaupten würde, dass ich der

letzte - zum Beispiel Nazi bin, der aus der Vergangenheit kommt, um eure Gesellschaft zu vernichten."

Alle fingen sofort laut an zu lachen. Knut in einem heiseren Kichern, Merle, Sybilla und Ricardo aus vollem Halse und sie konnten sich kaum mehr beruhigen.
„Das ist wirklich gut!", prustete Sybilla hervor. „Seht ihr, es ist doch immer wieder unglaublich, was man mit einem spontanen Dreh alles einfangen kann. Ich hoffe, dass Holo ist nicht allzu sehr verwackelt."

Ich lachte irgendwie mit, aber ich war eigentlich nur noch tiefer verunsichert und neugierig, warum mein Spruch so unglaublich starkes Gelächter auslöste.
„Entschuldigt bitte. Bitte, warum war mein Vorschlag so witzig?"

Sybilla schaute sich um, ob Ricardo, Merle oder Knut antworten wollten, aber sie hielten sich zurück und kicherten weiter leise in sich hinein.
„Das war deshalb ein so guter Witz, weil du wirklich geglaubt hast, dass sich diese Frage stellt. Du warst unglaublich authentisch."

„Aber warum stellt sich diese Frage nicht?", fragte ich hartnäckig und leicht pikiert nach.

Sybilla schaute sich wieder prüfend um, bis Ricardo antwortete:
„Warum sollte in unserer Welt noch irgendjemand ein Nazi sein wollen? Hier kann niemand mehr anderen Menschen Angst mit der Angst machen."

Kapitel 152

„Brad! Brad, hier ist jemand am Telefon für dich. Er sagt, er heißt Francis und er sagt, es ist dringend."

Brad hatte nicht genau verstanden, was Molly ihm rübergerufen hatte, aber es musste dringend sein, denn Molly ließ sich nicht so einfach dazu bewegen, für jemand anderen etwas über den Hof zu schreien.
„Okay, Mädels, macht einfach weiter, ich bin gleich zurück."
Er ließ seine Töchter die E-Quads weiter beladen und ging zum Wohnhaus hinüber. Das Telefon lag auf dem Verandatisch.
„Hi, hier ist Brad. Was ist los?"

„Hi Brad hier spricht Francis. Ich störe dich ja nur ungern in deiner idyllischen Einöde, aber wir haben hier einen Notfall, den wir unbedingt mit dir persönlich besprechen müssen."

„Hi Francis, schön von dir zu hören. Was meinst du mit einem Notfall?"

„Das kann dir Gilbert selbst erzählen."

„Gilbert? Wieso? Ist er bei dir?"

„Ja, ich bin hier in Kanada. Und wir brauchen dich. Kannst du zu uns rüberkommen?"

„Zu euch rüberkommen? Das sind 20.000 Meilen. Können wir das nicht anders regeln? Lass uns skypen oder von mir aus auch übers Holofon. Was ist denn so dringend?"

„Das kann ich dir nur persönlich sagen."

„Was heißt das? Drück dich mal ein bisschen deutlicher aus."

„Es ist sehr wichtig und mehr kann ich nicht sagen. Glaub mir Brad, es kommt auf jede Minute an."

„Dann schick es mir doch verschlüsselt, ich fahre sofort meinen Rechner hoch."

„Das geht leider nicht. Du musst mir schon vertrauen! Verstehst du, es geht nicht anders!"

„Dir vertrauen? Na klar, das mache ich. Ich vertraue dir, was auch immer du entscheiden willst, mache es. Du hast meinen Segen, verstehst du? Aber ich fliege jetzt nicht um die halbe Welt, um dir irgendwelche Fragen zu beantworten, die du mir auch hier und jetzt am Telefon stellen könntest."

„Sorry, Brad.", mischte sich Francis wieder ein. „Ich kann verstehen, dass du nicht begeistert bist, aber Gilbert und ich sind uns darin einig, dass wir dich unbedingt vor Ort brauchen."

„Was sagt Prof. Bee zu dem Ganzen?"

„Das ist ein Teil des Problems. Er ist im Moment nicht zu erreichen. Und er hat genauso wie Hin-Lun sein Implantat deaktiviert. Wir wissen nur, dass er sich mit Luiz getroffen hatte und dann nach China gereist ist, wahrscheinlich um Hin-Lun zu finden, die aber China scheinbar schon vor Wochen mit unbekannten Ziel verlassen hat. Man könnte also sagen, es ist ein echter Notfall."

„Okay, Prof. Bee meldet sich nicht und Hin-Lun ist irgendwo untergetaucht, was ich irgendwie verstehen kann, denn nach der Kryonisierung von Papa Pau lastet bestimmt ein enormer Druck auf ihren Schultern.

Aber ich verstehe immer noch nicht, warum ich bei euch vor Ort sein soll. Ich kann meine Mannschaft auffordern, dass sie nach den beiden Ausschau halten und alle Spuren im Netz an euch zurückmelden sollen, aber dafür brauche ich doch nicht nach Kanada fliegen. Ihr tut ja so, als wären wir in einem Spionagethriller aus dem letzten Jahrhundert. Da bin ich einfach nicht dabei! Macht einfach, wie ihr denkt, ich bin gleich mit meinen Mädels verabredet, wir machen für ein paar Tage eine Tour ins Outback. Ich brauche endlich mal ein bisschen Erholung von dem ganzen Wahnsinn. Also grüß mir Prof. Bee, wenn ihr ihn erreicht."

Brad legte auf, aber ihm war nicht wohl dabei. Gilbert war nicht der Typ, der sich aufspielen musste und dass er bei Francis war, war schon äußerst ungewöhnlich. Irgendwas war da im Gange und er überlegte fieberhaft, warum Gilbert ihn nicht am Telefon sagen konnte, worum es ging. Was konnte so geheim sein, dass es nicht aussprechen wollte? Wer sollte es nicht mithören? Natürlich konnte jedes Telefonat abgehört werden. Nicht einmal die Mentokommunikation der Implantate war absolut sicher. Ging es vielleicht um ein Verbrechen? Stimmte etwas nicht mit Prof. Bee? Jede Frage brachte ihn mehr ins Grübeln.

„SAM, was kann da passiert sein?", forderte er sein Implantat in Gedanken auf, sich mitzuteilen.

Aber SAM schwieg.

Kapitel 153

Prof. Bee wachte auf und schaute sich erschrocken um. Er lag auf einem geräumigen Krankenbett in einem Einzelzimmer mit einem großen Fenster, aus dem er bewaldete Hügel und einen diesigen Himmel sehen konnte. Er hatte keine Erinnerung wie er hierher gekommen war und auf seine inneren Fragen kamen keine Antworten von KATE.
Er setzte sich panisch auf und erinnerte sich daran, dass er sie abgeschaltet und damit womöglich einen großen Fehler begannen hatte. Er hatte selbst dafür gesorgt, dass er allein war. Allein mit sich, zum ersten Mal seit zig Jahren.
Langsam erinnerte er sich an seine Panikattacke im Hotel in Peking und wie er telefonisch nach Hilfe gerufen hatte.
Wieder fing er an zu hyperventilieren und sein Herz schlug ihm bis zum Hals. Er biss sich energisch auf die Zunge, um seine Atmung zu kontrollieren, löste mit zittrigen Fingern den Schlauch des Tropfes von seinem Unterarm und ging steif zum Fenster. Die Aussicht ließ ihn erkennen, dass er nicht mehr in Peking sein konnte und während er versuchte, das Fenster zu öffnen, traten plötzlich zwei in freundlichem grün gekleidete Personen ein, die er vorher noch nie gesehen hatte.

„Professor Bee, schön, dass Sie schon wach sind.", sprach ihn die untersetzte Frau an. „Ich bin es, Dr. Wong. Legen Sie sich bitte wieder hin, Sie sind noch nicht wieder stark genug."

„Ich brauche frische Luft! Und ich kriege dieses verdammte Fenster nicht auf!"
Er rüttelte weiter an dem Griff, während sich der grün gekleidete Mann langsam näherte.

„Prof. Bee! Bitte! Das Fenster lässt sich nicht von Hand öffnen. Bitte kommen Sie zurück ins Bett!"

Dr. Wongs Stimme war freundlich, aber bestimmt. Prof. Bee schaute noch einmal auf den Fenstergriff und drehte sich zu ihr um. Der Pfleger wich wieder zwei Schritte zurück und stellte sich an die Wand.

„Warum gehen hier die Fenster nicht auf?", fragte der Schweizer erbost. „Wo bin ich hier?"

„Sie sind hier in der psychiatrischen Klinik La Ba Gou Men in Huairou Qu, am nördlich Rand von Peking und..."

„Wieso in einer psychiatrischen Klinik? Was passiert hier?" fuhr Prof. Bee aufbrausend dazwischen.

„Wir sind besonders auf den kalten Entzug von Implantaten spezialisiert. Sie wurden vor vier Tagen hier eingeliefert und sind heute zum ersten Mal ansprechbar."

„Kalter Entzug? Was meinen Sie damit?" Prof. Bee´s Aufregung nahm hörbar weiter zu.

„Mit kaltem Entzug meinen wir das spontane Abschalten des Implantats von einem Moment auf den anderen. Dies kommt leider häufiger vor als Sie möglicherweise denken. Wir haben in den letzten Jahren verschiedene Langzeitstudien ausgewertet, um den Betroffenen individuelle Therapieangeboten machen zu können. Sicherlich sind Ihnen die verschiedenen Aufklärungskampagnen der Weltgesundheitsorganisation bekannt."

Prof. Bee hielt inne. Ja, er erinnerte sich. Es gab in seinem Institut schon seit über zwei Jahrzehnten ein internationales Team, das ein Konzept zur nachhaltigen Betreuung der Implantatsträger entwickelt hatte. Zwar hielt sich die Nachweisbarkeit einer neuronalen Abhängigkeitsentwicklung bei den Nutzern in Grenzen, aber vereinzelnd kam es immer wieder zu heftigen Reaktionen, wenn das Implantat ausfiel oder abgeschaltet wurde.

Warum hatte er sich nicht vorher daran erinnern können? Gerade er hätte doch die komplexen Folgen der Abschaltung zumindest erahnen müssen.

„Sie sind nicht der erste hochrangige Verantwortungsträger, der die möglichen Konsequenzen außer Acht gelassen hatte.", bemerkte Dr. Wong versöhnlich. „Wir alle sind in unseren Spezialgebieten hin und wieder erschreckend betriebsblind. Jetzt legen Sie sich bitte erst einmal wieder hin und ruhen sich aus. Es wird alles gut werden."

Sie lächelte ihn freundlich an, weil sie glaubte, dass sie endlich eine stabile Beziehung zu ihrem Patienten aufgebaut hätte.

„Aber mein Implantat ist nicht mein Problem!", entgegnete er überraschend schrill. „Ich habe es nur ausgeschaltet, weil es mir nicht helfen konnte, wie ich mit dem Verschwinden meiner Frau umgehen soll. Ich muss sofort hier raus und sie finden!"

Prof. Bee fuhr wieder hoch und steuerte auf die Tür zu. Der Pfleger ging dazwischen und hielt ihn auf, bevor er die Tür erreichen konnte.

„Prof. Bee, bitte beruhigen sie sich! Sie brauchen nicht weiter nach Ihrer Frau zu suchen – Hin-Lun war schon gestern Nachmittag hier, als Sie noch nicht ansprechbar waren. Sie wird Sie nachher wieder besuchen."

Prof. Bee zuckte zusammen, als er den Namen seiner Frau hörte und verlor jede Kraft.
„Hin-Lun war hier?"

Der Pfleger musste ihn stützen und führte ihn zurück zum Bett.

„Ja, Ihre Frau war hier und wird nachher wiederkommen. Entspannen Sie sich - alles wird gut."
Dr. Wong redete freundlich weiter auf ihn ein, während der Pfleger ihn wieder an den Tropf anschloss.
„Ihr Problem ist gelöst, Ihre Frau wird sich sehr freuen, Sie zu sehen."

Kapitel 154

Luiz mochte es grundsätzlich nicht, wenn er von einem Kontinent zum anderen reisen sollte. Zwar waren der mangelnde Komfort und die Umweltbelastungen von Kontinentalflügen keine Argumente mehr, aber irgendwie kam er nicht umhin, die Reisegeschwindigkeit von mehr als 2.000 Kilometern pro Stunde als elefantöse Belastung zu empfinden.
Die neuen, kompakten Fusionsreaktoren hatten die Flugzeug- und Raumfahrtindustrie revolutioniert und könnten dem Flugverkehr gigantische Wachstumsraten bescheren, wenn sich die Menschen wieder auf den Fernreisewahn einlassen und auch Mond und Mars als touristische Sehnsuchtsorte erkennen würden.

Luiz wäre aber liebend gern in Kolumbien geblieben, besonders nach dem letzten Abend mit Sarah. Er fühlte sich nicht nur erfüllt, dankbar und beschenkt, sondern auch verliebt, wie er es in seiner Jugend nie erlebt hatte. Seine Lust, sich aufsässig zu zeigen und der Bitte von Gilbert und Francis nicht folgen zu wollen, hatte nicht nur seine alten Mitstreiter irritiert, sondern auch sein Implantat. FIDEL wunderte sich, dass Luiz Zeitempfinden so stark verzerrt war und er es überhaupt nicht nachvollziehen konnte, dass er nach dem Treffen noch alle Zeit der Welt haben würde, um sich mit Sarah zu vergnügen.
„Wovor hast du Angst? Dass du nicht genug Zeit mit ihr verbringen kannst?"

„Nein, ich habe überhaupt keine Angst, ich habe einfach Lust, jetzt Zeit mit ihr zu verbringen! Außerdem verstehe ich immer noch, warum ich unbedingt persönlich anwesend sein soll, es gibt genug Jüngere in meinem Team. Rocco, Anabelle oder Cem – alle wären ohne Probleme fähig, mich zu vertreten."

„Wobei zu vertreten?"

„Ganz genau! Weder Gilbert noch Francis wollten konkret sagen, was los ist! Prof. Bee ist schließlich wieder aufgetaucht und Hin-Lun auch! Was soll ich also in Peking?"

„Machst du dir keine Sorgen, dass etwas im Gange ist, was du noch gar nicht absehen kannst, was sie dir aber nur persönlich sagen wollen, weil es so heikel ist?"

„Nein! Ich habe im Moment keinen Sinn für spekulative Sorgen. Ich hatte über 40 Jahre nur Mitgefühl für die Welt – jetzt brauche ich Mitgefühl für mich!"
FIDEL schwieg für einen Moment.
„Ich weiß, dass ich möglicherweise übertreibe, aber mir scheint es wichtig zu sein, dass ich ein Zeichen setzte."
FIDEL schwieg weiterhin.
„Komm schon!", bettelte Luiz. „Ich spüre doch, dass du mir noch etwas mitteilen willst."

„Warum fragst du Sarah nicht einfach, ob sie mitkommen will?"

Kapitel 155

Guidos Grab ähnelte auffallend dem seines Vaters. Ein hüfthoher, dunkler Granitblock mit einer goldenen Inschrift: ES GIBT NICHTS GUTES, AUßER MAN TUT ES!
Ich verstand sofort, dass diese Inschrift speziell für mich war, denn kaum jemand anderes kannte Großvaters Grab in Las Vegas. Guido wollte die Grabbotschaft seines Vaters an mich weiterzugeben, also musste er bis zum letzten Augenblick an mein Wiedererwachen geglaubt zu haben.

Sybilla hatte auf der ganzen Fahrt zum Bundeswehrfriedhof in Hamburgs Westen geschwiegen und ich ahnte, dass der Weg zu Guidos Grab für sie möglicherweise viel schwieriger war als für mich.

Als wir nun im sanften Morgenlicht vor dem Grabstein standen, fing sie mit leiser Stimme an zu erzählen. Wie sehr sich Guido gekümmert und sie unterstützt hatte. Bis sie nicht mehr konnte.
Immer wenn sie ihn sah, sah sie auch seine Schuldgefühle in seinen Augen. Irgendwann fasste sie den Mut, ihm alles zu sagen, offen und ehrlich. Dass sie ihm so sehr verzeihen wollte, aber nicht konnte, solange ich noch im Koma der Ungewissheit lag und er sie mit diesem Blick ansehen würde. Es war ein schwieriger Moment, voller Schmerz in wenigen Worten.
Von da an kümmerte sich Guido mit aller Kraft um Theo und Lenny und versuchte, ihr so weit wie möglich aus dem Wege zu gehen. Er hatte seinen Job quittiert und es schien nichts Weiteres in seinem Leben geben zu sollen als seine Enkel. Und

Sybilla konnte deutlich sehen, dass ihn dieses Leben krank machte.

„Aber ich saß in der Zwickmühle. Ihm beim langsamen Sterben zusehen müssen oder ihm den Todesstoß geben und von seinem unendlichen Leid und seinen letzten Freuden erlösen? Ich konnte nichts von beiden.

Irgendwann, ich glaube es war kurz nach Lennys achtem Geburtstag, lernte ich einen anderen Mann kennen. Jan, ein hübscher, blonder Bootsbauer aus Dänemark, der in Hamburg arbeitete. Es war nichts Ernstes, wenn ich jetzt drüber nachdenke. Ich habe dem Ganzen vielleicht nur nachgegeben, um Guido endlich ein elefantöses Zeichen zu senden. Damals konnte ich nicht ahnen, dass es für ihn nur eine Alternative geben konnte. Seine letzte Flucht aus dem andauernden Schmerz."

Sie schluckte und versuchte sich zusammenzureißen.

„Zwei Tage nachdem er als Babysitter bei uns eingehütet hatte, weil ich mich abends mit Jan getroffen hatte, brachte er sich um. Er ließ es zwar so aussehen, als wäre es ein Verkehrsunfall gewesen, aber ich bin sicher, dass er es absichtlich getan hatte. Seine letzte Mission. Er hatte vorher seine Lebensversicherung auf Theo, Lenny und seine beiden Halbbrüder in Las Vegas aufgeteilt und ich..."

Sybilla fing an zu weinen.

„Ich bin so froh, dass ich dir endlich davon erzählen kann.", fuhr sie unter Tränen fort.

„Ich hatte es nie so deutlich gefühlt wie jetzt, aber ich habe Guidos Schuld auf mich geladen und ich brauche endlich Absolution."

Ich war verwirrt. Natürlich konnte ich Sybilla verstehen, dass sie sich wünschte, dass ich sie von ihren Sünden frei sprechen würde, aber von welcher Schuld sprach sie eigentlich? Dass sie schuld war am Tod meines Vaters, der unter dem Ballast seiner Lebensentscheidungen in den Tod geflüchtet war? Ich trat an Sybilla heran und umarmte sie vorsichtig.

„Ich habe dir nichts vorzuwerfen. Aber selbst, wenn es etwas gäbe, würde ich dir alles verzeihen! Nein, ich würde dich auf Knien anflehen, dass ich dir verzeihen darf! Aber viel wichtiger ist, dass du mir verzeihst, dass ich dich so lange allein gelassen habe. Ich danke dir, dass du unsere Söhne großgezogen hast und dass du mich wieder in dein Leben gelassen hast."
Meine Tränen tropften auf ihre Wange und sie sah mich an. Es war wie früher und es tat so gut.
„Ich liebe dich.", flüsterte ich ihr zu und sie küsste mich, wie mich noch nie jemand vorher geküsst hatte, wie mich noch nie jemand vorher küssen konnte, weil ich vorher noch nie bereit war, so einen Kuss zu empfangen.

„Ich dich auch.", flüsterte sie zurück und wir schlossen gemeinsam die Augen, um in inniger Umarmung die Sonnenstrahlen auf unseren Gesichtern zu spüren, die langsam unsere Tränen trockneten.

„So unpassend es auch erscheinen mag, ich habe gerade eine Nachricht von KATE bekommen.", flüsterte mir Sybilla ins Ohr. „Prof. Bee und Hin-Lun sind in Peking aufgetaucht. Gilbert und Francis, der Sohn von John Bosso, wollen unbedingt, dass wir uns mit ihnen dort treffen. Ich glaube, es ist sehr wichtig und für dich eine gute Möglichkeit, die anderen endlich persönlich kennenzulernen."

Kapitel 156

Hin-Lun hatte sich sehr verändert, fand Prof. Bee, als sie sein Krankenzimmer betrat. Noch vor wenigen Wochen ging sie aufrechten Blickes durchs Leben und ließ sich von nichts erschüttern und nun schien sie ihn derart verunsichert anzuschauen, als würde sie einen tiefen Graben zwischen ihnen wahrnehmen, den sie nicht zu überwinden wusste. Sie blieb mitten im Raum stehen und Prof. Bee glaubte, in ihrem Gesicht das immense Gewicht ihrer inneren Qualen ablesen zu können.

„Hin, meine Liebe meines Lebens! Wie sehr habe ich dich vermisst!" Prof. Bees Stimme war brüchig und er musste sich räuspern.

„Mein armer kleiner Bär. Was machst du nur für Sachen."
Sie näherte sich ihm vorsichtig und strich ihm sanft über den Kopf, als sie direkt an seinem Bett stand.

Prof. Bee nahm ihre Hand wie um sicherzustellen, dass sie ihn nicht gleich wieder verlassen würde, richtete sich auf und umarmte sie.
„Ich habe mir solche Sorgen um dich gemacht.", raunte er ihr ins Ohr. „Bitte, bitte verlasse mich nie wieder."

Hin-Lun sagte nichts, aber Prof. Bee merkte, dass er sie mit seinen Worten nicht berührte.
„Hin, was ist los? Warum sagst du nichts?"

„Ich versuche die Stille zu genießen."

Prof. Bee war für einen Moment erschüttert, wie weit ihre Stimme von ihm entfernt zu sein schien, obwohl sie sich eng umarmten. Aber dann verkniff er sich jedes weitere Wort und zog sie sanft auf das Bett, damit sie sich an ihn schmiegen konnte. Die Minuten verrinnen und ihm kamen sie wie Stunden vor. Stunden voller Glück auf einem Drahtseil. Da war etwas, was er nicht verstand, aber da war auch ganz viel, was sich sehr gut anfühlte.

„Es ist die Ungewissheit, die das Glück bestimmt.", kam es plötzlich leise und bestimmt aus ihm heraus. „Und es ist das größte Glück, dies in der innigsten Umarmung zu erkennen."

Hin-Lun lächelte und streichelte ihm weiter durch sein volles, graues Haar.

Prof. Bee erinnerte sich an früher und ließ sich fallen, begrüßte jeden Gedanken und ließ ihn wieder ziehen. Wenn jetzt der Moment seines Todes kommen würde, dann wäre es ein guter Moment. Wenn jetzt der Moment seiner Widergeburt sein würde, dann wüsste er, dass er in seinem vorigen Leben die richtigen Dinge getan und gelassen hatte. Wenn jetzt die Zeit bis in alle Ewigkeit einfrieren würde, dann wäre Hin-Luns Atem eine perfekte, letzte Bewegung.

„Ich spüre deine Erfüllung und dein Glück.", unterbrach sie die Stille plötzlich. „Aber ich muss jetzt mal dringend pinkeln."
Sie lachte kurz auf und dann kicherte sie beim Anblick seines verdutzten Gesichtes.

Prof. Bee grinste, es hatte ihm noch nie etwas ausgemacht, wenn sie ihn lächelnd auf ihre unnachahmliche Art provozierte. Nein, es war für ihn eher das liebevollste Kompliment, das er sich vorstellen konnte. Hin-Lun war wieder bei ihm, auch wenn sie gerade körperlich auf die Toilette verschwand.

Kapitel 157

Brad erinnerte sich an die Zeit, als er noch jung und naiv genug war, um zu glauben, vor dem Ernst des Lebens flüchten zu können. Als er selbst noch frei von jeglichem Ehrgeiz war und mit seinen Kumpels einfach abhängen konnte.
Er schaute von der Veranda auf die fertig gepackten Quads und hörte Molly in der Küche hantieren. Sie hatte ihm gerade den Kopf gewaschen, als er versucht hatte, ihr zu erklären, warum er den nächsten Anruf von Gilbert und Francis ignorieren wollte.

„Du bist einer der wichtigsten Köpfe einer Riesenfirma die für die Rettung der Welt verantwortlich ist und da gibt es Leute, gute Leute, denen du aus gutem Grund vertrauen kannst und die dich innigst bitten, dass du zu ihnen fliegst – und was machst du? Du willst mit deinen Töchtern ins Outback um zu campen? Was soll das sein? Eine Revolte? Gegen wen? Was glaubst du dir beweisen zu müssen? Dass du immer noch 16 bist? Manchmal bringst du mich zum Verzweifeln! Wird doch endlich mal erwachsen!"

Brad erinnerte sich an die Momente, als sich sein Leben geändert hatte. Als er sich damals vor 43 Jahren entschlossen hatte, die Welt zu erobern und nach Japan zu fliegen. Als er bekifft mit seinem Aboriginikumpel Bowie am Strand von Darwin abhing und wusste, dass es am nächsten Tag losgehen würde.
War er damals erwachsen geworden?
Eher nicht.
Als er kurze Zeit später den Vertrag mit Prof. Bee abgeschlossen hatte? Oder sein erstes Team führen musste?
Eher auch nicht.

586

Beim Börsengang?

Nein, sicherlich nicht!

Selbst bei der Geburt seiner Kinder hatte es nicht Klick in ihm gemacht. Wenn er ganz ehrlich zu sich selbst war, wusste er eigentlich gar nicht, wovon Molly redete.

„Was meinst du damit, dass ich erwachsen werden soll?" rief er halblaut Molly zu, die daraufhin zu ihm auf die schattige Veranda kam.

Sie stellte ihm ein kaltes Bier hin und lächelte ihn an.

„Dass du darüber nachgedacht hast und es nicht selbst herausgefunden hast, aber dich jetzt traust, mich zu fragen, ist schon mal ein gutes Zeichen.", erwiderte sie grinsend und gab ihm einen Kuss.

Er nahm einen kurzen Schluck Bier und sah sie ernst an. Sie war nach all den Jahren immer noch wunderschön und er wusste, dass er alles tun würde, um sie glücklich zu machen.

Sie streichelte ihm sanft den Nacken, bevor sie einen kräftigen Schluck von seinem Bier nahm, während er sie weiter verliebt beobachtete.

„Wenn ich jetzt so darüber nachdenke, ist Erwachsen sein für viele eine ganz schön heftige Nebelbombe. Zu seinen Taten stehen, Verantwortung übernehmen, verlässlich sein, auch wenn's schwer fällt – aber das trifft bei dir nicht zu. Das machst du alles. Du bist ein guter Mann, ein guter Vater, ein guter Freund und ein guter Geschäftspartner. Du bist fair und magst die Menschen. Und deshalb mögen sie dich. Oder?"

Brad nickte etwas verlegen.

„Was ich bei dir mit Erwachsen werden meine, ist etwas komplizierter. Es geht darum, dass du nicht nur machst, was andere von dir wollen, sondern, dass du das machst, was du willst

587

und das es trotzdem das Richtige ist. Das du von dir aus das Richtige willst."

Brad musste grinsen, denn Molly hatte schon immer die Angewohnheit, wichtige Dinge mit vielen kleinen Sätzen zu beschreiben, die sie einfach aneinander hängte.

„Und was dich im Nachhinein stolz macht, weil du dabei die Verantwortung nur für dich übernommen hast."

Meistens kam noch eine weitere Ergänzung, also wartete er ab und trank das Bier aus.

„Was du sozusagen nur für dich machst, auch wenn die Welt davon profitiert."

„Ich soll dir also beweisen, dass ich die Welt rette, nur weil ich das will? Dann fange ich mal gleich damit an."
Er zog sie zu sich auf den Schoss und küsste sie leidenschaftlich.

„Nein, verdammt noch mal!", entgegnete sie mit dem gespielten Ärger.
„Du sollst es nicht mir beweisen, sondern dir!"

Kapitel 158

„Ich bin jetzt 64 Jahre alt und du wirst bald 84. Unsere Kinder sind alle erwachsen und unseren Enkelkindern geht es gut. Unser WQ liegt im oberen Zehntel und wir haben mit unseren PBs viel erreicht in unserem Leben. Mehr, als fast alle anderen auf dieser Welt. Wir besitzen mehr Geld als wir jemals ausgeben können und stehen wahrscheinlich auf der Liste der Top-Einhundert-Gutmenschen in diesem Jahrhundert. Und nun frage ich dich: waren wir glücklich in den letzten Wochen?"
Prof. Bee erkannte schnell den rhetorischen Charakter in Hin-Luns Frage und schwieg.
„Du konntest das Alleinsein nicht ertragen und musstest mit einer Panikattacke in eine psychiatrische Anstalt eingeliefert werden und ich wäre beinahe unter der Last meiner eigenen Ansprüche zerbrochen. Woran liegt das? Wie kann das sein?"

„Meinst du unsere Entzugserscheinungen, weil wir uns daran gewöhnt hatten, fast 40 Jahre mental mit einem genialen, aber postbiotischen Bewusstsein verbunden zu sein?"

Hin-Lun schaute ihn eindringlich an.
„Lag es wirklich an KATE?"

Prof. Bee beschlich das Gefühl, dass Hin-Lun überhaupt keine Antworten diskutieren wollte. Ihr kalter Blick und der vollkommen humorlosen Ton in ihrer Stimme machten ihm Angst.
„Worauf willst du hinaus?"

Sie spürte seine Angst und lächelte plötzlich sanft.

„Wovor hast du Angst? Dass ich dich verlassen will? Dass du in Zukunft lernen musst, mit deinen Panikattacken allein klarzukommen? Nein, mach dir darüber keine Sorgen – ich habe meine Lektionen in den letzten Wochen gelernt."

„Und die wären?", fragte er misstrauisch nach.

„Erstens: ich konnte mich zwar von meinem Vater verabschieden, bevor sie ihn kryonisierten, aber ich glaube nicht, dass ich ihn je wiedersehen werde und deshalb hatte der Abschied so etwas Vorgetäuschtes, wie ein Werbeclip aus dem vorigen Jahrhundert. Etwas Derartiges will ich mir nie wieder antun! Also, falls du irgendwann einmal vorhaben solltest, ins Kryoland zu reisen, dann ohne mich!"

Prof. Bee nickte.
„Das habe ich verstanden. Ich bin auch nicht bereit, mir mein Leben durch die Unsterblichkeit zu verderben."

Sie lächelte.
„Das ist schon mal gut zu hören. Ich hoffe, du erinnerst dich auch in Zukunft daran."

„Und was war deine zweite Lektion?"

Hin-Lun zögerte und goss sich einen Tee nach. Sie schaute über den Steingarten im Innenhof des alten Gebäudes und ihr Blick blieb an einem kleinen, moosbewachsenen Felsen hängen, an dem sich der leise gurgelnde Bachlauf langschlängelte.
„Habe ich die zweite Lektion wirklich schon gelernt? Ich saß schon zigmal in diesem Innenhof dieses alten, traditionellen Landhauses in dieser abgeschirmten Straße in Peking. Einige Male auch mit dir und meinem Vater.
Ich habe diesen moosbewachsenen Felsen schon oft intensiv gemustert, aber habe ich schon tief in meinem Inneren akzeptiert, dass ich diesen Felsen, der sich genau jetzt in meiner Iris

spiegelt, noch nie zuvor gesehen habe? Dass jeder Vergleich mit der Erinnerung vollkommen sinnlos ist, weil alles in jedem Moment neu erschaffen wird? Habe ich das schon akzeptiert? Kann man überhaupt jemals behaupten, diese Lektion gelernt zu haben?"

Prof. Bee verstand sofort, worauf Hin-Lun hinaus wollte.
„Du sagtest mir vor nicht allzu langer Zeit, dass es Tage in deiner Kindheit gab, im alten Palast der Winde mit deinem selbstgebauten Drachen und deinem Vater in der strahlenden Sonne, die die glücklichsten in deinem Leben waren. Und ich hatte damals den Eindruck, dass du an diesem Glück deiner Vergangenheit schmerzlich leiden würdest. Ich konnte diese Erfahrung für mich nicht nachvollziehen, weil ich mich kaum an meine Kindheit erinnere. Wahrscheinlich zu Recht, möglicherweise hatte ich solche Highlights einfach nicht.
Vielleicht auch deshalb, weil mein glücklichster Moment nicht mit meiner Vergangenheit zu tun hat, sondern mit dir und mit meiner Zukunft. Natürlich kann ich mich noch an unser erstes Treffen in Toulouse erinnern, wie du mit einem Mal an dem Eiscafe aufgetaucht bist. Wir waren damals jung, du sehr und ich noch ein bisschen, aber das viel beeindruckendere Glück empfand ich gestern, vorhin, oder jetzt, mit dir."

Hin-Lun lächelte verlegen.
„Stellt sich die Frage, ob es an mir liegt oder am Jetzt?"

„Wie meinst du das?"

Hin-Lun versuchte ihre Worte genau abzuwägen.
„Gibt es für dich überhaupt ein persönliches Glück? Oder siehst du immer nur unser Glück? Wie wird es sein, wenn ich vielleicht als zukünftige Kaiserin von China auf so vielen Großbaustellen dieser Welt eingebunden sein werde und du auch mit dir allein so stabil sein musst, dass ich darunter nicht leiden werde?"

Prof. Bee schluckte. Er hatte schon geahnt, dass Hin ihrem Vater nachfolgen könnte, aber er hatte sich bis jetzt nicht ernsthaft damit auseinandersetzen wollen. Sein kleiner Reiter war in den letzten Wochen von den aufziehenden Veränderungen so sehr überfordert, dass er seinen Job zeitweise komplett verweigert hatte.

Er merkte plötzlich wie sehr er KATE vermisste. Wie sehr KATE ihn in den letzten Jahrzehnten gestützt hatte. Wie schwach sein Reiter eigentlich war und wie schlecht es sich anfühlte, auf sich allein gestellt zu sein.

„Ich glaube, dass ich KATE in Zukunft wieder nutzen werde." presste er heraus.

„So?" erwiderte Hin-Lun skeptisch. „Hälst du das wirklich für intelligent?"

Kapitel 159

Ich war sehr aufgeregt. Ich konnte immer noch nicht fassen, dass meine Frau die erste Bürgermeisterin der Stadt Hamburg mit Migrationshintergrund war. 12 Jahre hatte sie die Millionenstadt geführt, die meine Heimat war.
Und mein Aufwachen als berühmtester Komapatient der Welt hatte sich inzwischen weltweit herumgesprochen wodurch es viele Anfragen gab, die wissen wollten, wie ich mich nach dem 43jährigen Zeitsprung fühlen würde. Sybilla hatte extra zwei Mitarbeiter aus ihrer, also eigentlich aus unserer Kommunikationsabteilung dafür abgestellt, sinnvolle Informationen zu formulieren, mit mir abzusprechen und in die Community der bekennenden Doppelsysteme zu posten.
Ich hatte einige Interviews gegeben und wurde zum Ehrenmitglied der Elefantenritter ernannt, einer elitären Gruppe von weltweit agierenden Wohltätern, die sich zum Wohle der Menschheit für den nachhaltigen Dialog zwischen Elefant und Reiter einsetzten. Ich bekam unentwegt Einladungen zu Kongressen und Universitätsvorträgen und fragte mich, wann ich endlich einmal wieder zur Ruhe kommen könnte.

„Nein zu sagen ist keine leichte Aufgabe.", eröffnete mir Sybilla. „Aber wir lassen ab jetzt einfach alles konsequent über unser Back-Office laufen und du bekommst nur noch Infos, wenn du sie wirklich haben willst, okay?"
Ich nickte erleichtert.
„Nicole und Kemal bleiben jetzt deine festen Assistenten und wir klären gemeinsam, welche Filter sie nach welchen Parametern installieren sollen, damit du schnell einen Überblick über Aufwand und Nutzen deiner zukünftigen Aktivitäten be-

kommst. Das ist schnell gemacht und dann kannst du dich erst einmal entspannen, wenn wir zusammen nach Peking reisen."

„Wir fahren nach Peking?"

„Ja, erinnerst du dich nicht mehr? Ich erzählte dir schon davon. Morgen früh fliegen wir über Teheran direkt. Du wirst überrascht sein, was sich im Flugverkehr alles geändert hat. Fusionsreaktoren, kaum Fluglärm, komfortable Doppelkabinen und gutes Essen - alles vollkommen entspannt."

„Okay, mein Schatz, aber was wollen wir in Peking?"

Sybilla lächelte verständnisvoll, mein dümmliches Gesicht war wohl sehr überzeugend.
„Wir haben eine Verabredung, die wir leider nicht verschieben können. Ich weiß noch nicht genau, worum es geht, aber es scheint sehr wichtig zu sein und ich will dich unbedingt dabei haben. Außerdem wirst du ein paar gute Freunde kennenlernen."

„Den Kaiser von China?", fragte ich süffisant, weil ich schon gehört hatte, dass Sybilla den mächtigsten Mann der Welt tatsächlich persönlich kennen würde.

„Nein.", erwiderte sie schmunzelnd. „Papa Pau hat sich vor wenigen Wochen kryonisieren lassen, aber du wirst seine Tochter Hin-Lun kennenlernen, die wahrscheinlich seine Nachfolgerin werden wird. Und natürlich ihren Mann, Prof. Bee."

„Der Prof. Bee?"

„Ja, genau! Der legendäre Prof. Eberhard Biener! Und noch einige weitere Helden, die in den letzten Jahrzehnten die Rettung der Welt ermöglicht hatten."

Ich lächelte tapfer.

„Und du meinst, dass ich mich auf so einer Reise entspannen werde?"

„Natürlich. Du wirst nicht im Mittelpunkt stehen und wir werden zusammen viel Spaß haben. Ich freue mich schon auf die Doppelkabine im Flieger mit dir."

Kapitel 160

Prof. Bee wusste, dass er vor einer weitreichenden und äußerst schwierigen Herausforderung stand. Die Frage, ob er KATE wieder aktivieren sollte oder nicht, fiel ihm extrem schwer zu entscheiden. Er hatte die Folgen des Entzuges am eigenen Leib erfahren und wollte auf jeden Fall vermeiden, dass er sich erneut in unkontrollierbaren Panikattacken verlieren würde.

„Ich bin mir sicher, dass die Implantate wie Prothesen wirken, deren Nebenwirkungen einfach zu groß sind, um sie bewusst in Kauf zu nehmen.", sagte Hin-Lun im Brustton der Überzeugung. „Wenn ich die Nachfolge meines Vaters antrete, werde ich nur noch mit dem I-Buddy arbeiten. Ich kann es nicht verantworten, dass ich mich noch einmal in eine so extreme Trotzreaktion verirre, wie ich es tat, als ich den unnatürlichen Abschied von Papa Pau verarbeiten musste."

„Meinst du nicht, dass KATE dir dabei hätte helfen können, den synthetischen Widerspruch in deiner letzten Begegnung mit deinem Vater zu erkennen?"

„Sicherlich hätte ich mein Dilemma mit KATE zusammen schnell erkannt, aber hätte es mir geholfen? Ich glaube nicht, denn meine Beziehung zu KATE war auch immer nur ein synthetisches Konstrukt! Sie wusste zwar genau, wie ich ticke und ich wusste, dass sie mir vollkommen selbstlos helfen wollte, aber wir waren keine Freunde! Freunde können sich nicht einfach gegenseitig abschalten!
Durch meine Macht über sie war alles nur eine Illusion. Und mein Gefühl, dass sie ein Teil von mir war, basierte zwar auf einer physischen Realität, aber die Bedeutung blieb trotzdem

eine Illusion! Vielleicht ist diese Erkenntnis meine wichtigste Lektion in den letzten 40 Jahren."

Prof. Bee rieb sich nachdenklich die Augen. Er sah ein, dass Hin-Luns Entscheidung zur Nachfolge ihres Vaters gefallen war und dass diese Entscheidung auch für ihn Konsequenzen haben würde. Aber er konnte nicht aufhören, daran zu glauben, dass es wirklich so etwas wie gegenseitiges Vertrauen und Freundschaft zwischen Mensch und PB geben könnte. Vielleicht war der erste Versuch tatsächlich gescheitert. Aber er würde alles tun, um den nächsten erfolgreich werden zu lassen.

„Eberhard, was denkst du? Ich sehe dir doch an, dass du etwas ausbrütest."

Kapitel 161

„Xiu Lan, mein alter Freund. Trete doch bitte ein."

Xiu Lan betrat Alfonses Büro und verneigte sich höflich.
„Alfonse, ich bin untröstlich, dass ich dich so kurzfristig mit meiner Anwesenheit belästigen muss, aber es gibt Geschehnisse auf unserem goldenen Planeten, die dies unumgänglich machen."

Alfonse verneigte sich ebenfalls und überspielte mit einem Lächeln seine immer wiederkehrende Verwunderung über ihre förmliche Begrüßung, obwohl sie sich jetzt seit über 30 Jahre kannten.
Xiu Lan war der wichtigste Repräsentant der chinesischen Regierung in Afrika. Er strahlte auch nach all den Jahren ihrer erfolgreichen Zusammenarbeit noch diesen etwas irritierenden Wunsch nach Distanz aus, den Alfonse eigentlich schon lange durchbrechen wollte. Xiu Lan sah ihm seine Irritation an und hielt einen Moment inne. Alfonse bemerkte seinerseits den fragenden Blick seines Gegenübers, aber stieg nicht weiter darauf ein.
„Womit habe ich die Ehre deines überraschenden Besuches verdient? Nimm doch bitte Platz, kann dir etwas anbieten? Einen Tee?"

Xiu Lan lachte leicht auf. Die Teefrage war ein Running Gag in ihrer Beziehung. Alfonse wusste, dass Xiu Lan keinen Tee mochte und schon mehrfach betont hatte, dass es nicht an der Qualität des hiesigen Tees lag, sondern an dem Unvermögen seiner Geschmacksrezeptoren Tee an sich als Genuss zu empfinden.

„Nein, lieber ein alkoholfreies Bier, wenn du hast."

Alfonse lächelte und holte aus dem kleinen Kühlschrank neben seinem Schreibtisch eine Flasche chinesischer Herkunft, die er speziell für Xiu Lan vorrätig hielt.
„Brauchst du ein Glas?", fragte Alfonse lächelnd nach.

Auch das war wieder eine ritualisierte Frage, denn Xiu Lan hatte noch nie ein Glas gewollt. Er antwortete mit einem weiteren Lächeln, öffnete die Flasche, prostete Alfonse zu und nahm einen kräftigen Schluck.
„Ich bin hier, weil ich dich nach Peking einladen möchte."

„Nach Peking? Welchen Nutzen könnte ich dort leisten?"

„Peking schuldet dir eine Menge, das steht außer Frage.", wich Xiu Lan elegant aus. „Aber diesmal geht es um mehr als die wunderbare Beziehung zwischen Afrika und China. Es scheint so, dass wir ein wirklich ernstes, globales Problem haben. Es betrifft das postbiotische Bewusstsein. Gilbert ist tief beunruhigt, weil es anscheinend eine geheime Bewegung gibt, die unsere Sicherheitsstandards unterläuft und möglicherweise beabsichtigt, die KI unkontrolliert ins Netz zu bringen."

„Unkontrolliert ins Netz? Ist das denn möglich? Ich dachte bis jetzt, dass Gilbert und Brad alles im Griff haben."

„Das dachten wir alle, aber es gibt zunehmende Anzeichen, dass wir alle getäuscht werden."
Xiu Lan senkte seine Stimme und nahm einen weiteren Schluck. Alfonse verstand diese Geste als Zeichen, dass der Chinese nicht gewillt war, über weitere Details in dieser Richtung sprechen zu wollen.

„Wie kann ich bei diesem Thema hilfreich sein? Ich selbst bin ja nicht einmal Implantatsträger, wie du ja weißt."

„Ja, dass wissen wir. Aber du bist einer der wichtigsten Fürsprecher der Doppelsystematik. Du hast als Gründer und Vorsitzender des Ordens der Elefantenritter maßgeblich dazu beigetragen, dass sich das Selbstverständnis vieler Menschen
zum Allerbesten verändert hat. Wenn ich richtig informiert
bin, dann haben wir im Moment weltweit über 30 Millionen
aktive Elefantenritter, die unabhängig von jeder Technik bereit
sind, ihre Kraft in das Wohl der menschlichen Bevölkerung zu
stellen.
Gerade die Menschen, die ohne Implantat dafür stehen, mit
dem Neuen, mit dem Andersartigen und den unvermeidbaren
Widersprüchen im Leben wertschätzend und intelligent umzugehen, sind besonders wichtig für diese schwierige Herausforderung."

„Ich danke dir für deine Worte, Xiu Lan. Präziserweise sollte
man noch erwähnen, dass die meisten Elefantenritter – genauso wie ich - über die I-Buddys mit den PBs verbunden sind.
Und ich verstehe den Zusammenhang und den Wert des Ordens für die Entwicklung der Menschheit.
Aber ich verstehe noch nicht, welchen Beitrag ich persönlich
leisten kann, diese von dir angesprochene Bewegung zu un-
terbinden? Also, welchen Nutzen hat es, wenn ich mit nach
Peking komme?"

Xiu Lan musterte seinen afrikanischen Verbündeten mit sorgenvollem Blick.
„Wir werden wahrscheinlich schnell eine Entscheidung treffen
müssen und wir wollen so viele wertvolle Meinungen wie
möglich zusammenbringen. Und weil wir befürchten, dass die
gesamte digitale Kommunikation nicht mehr sicher ist, wäre
es das Beste, wenn die Hauptverantwortlichen unserer Zukunft persönlich vor Ort wären. Es ist unabdingbar, dass du
dabei bist!"

Alfonse war nun deutlich irritiert. So entschieden hatte er Xiu Lan noch nie erlebt, obwohl er schon verschiedene Krisenszenarien mit ihm durchgestanden hatte. Selbst in den robusten Konfrontationen mit dem damals massiven Widerstand einiger afrikanischer Nationalisten gegen den chinesischen Einfluss war Xiu Lan immer der ruhige und besonnene Pol der intelligenten Vermittlung geblieben.

Gab es vielleicht noch einen anderen Grund für seinen ausdrücklichen Wunsch nach Alfonse persönlicher Anwesenheit?

Natürlich lag die Vermutung nahe, dass es sich um die Nachfolge von Papa Pau handelte. Chinas und damit auch Afrikas Zukunft, war verknüpft mit der neuen Führungspersönlichkeit und es ging immer um das persönliche Verhältnis zwischen den verantwortlichen Menschen. Er würde den Besuch in der chinesischen Hauptstadt ohne Frage für eine ganze Reihe von weiteren persönlichen Treffen nutzen können.

Und trotzdem zögerte er, da er eigentlich fest in das Trainingsprogramm für den nächsten Weltraumflug eingebunden war. Dieses Projekt hatte zwar nach Xie Lans Andeutungen erst einmal jede Priorität verloren, aber er selbst hatte sich schon sehr auf den Blick auf die Erde gefreut.

Doch der Weltraum würde ihm und Afrika nicht weglaufen.

„Nun denn, wann fliegen wir?"

Kapitel 162

Prof. Bee war es außerordentlich wichtig gewesen, dass er Brad direkt von dem Flughafen abholen und mit ihm zusammen in das Pekinger Zentralinstitut für Zukunftsforschung fahren konnte. Das Institut befand sich in den oberen Etagen des futuristisch anmutenden Wolkenkratzers des Ministeriums der Inneren Stabilität im Zentrum Pekings. Der bürokratische Name wollte gar nicht erst darüber hinwegtäuschen, dass es sich um einen von der Partei gesponserten Think Tank im wohl bestgesicherten Gebäude Chinas handelte.

Ihre Wasserstofflimousine brauchte trotz Blaulichtkonvoi über 20 Minuten, in denen Prof. Bee mit Brad allein sprechen wollte, bevor er von den anderen erfahren würde, warum er unbedingt persönlich in die chinesische Hauptstadt kommen musste.

Der Schweizer war eigentlich nicht der Typ, dem er schwer fiel, sich eloquent und zielorientiert auszudrücken, aber seit der herzlichen Begrüßung am Flughafen fehlten ihm die Worte, um Brad zu vermitteln, was ihn wirklich bewegte. Er fühlte sich unfähig, irgendetwas Sinnvolles über seine persönlichen Erkenntnisse der letzten Tage zu formulieren, mehr und mehr blockiert von dem vertrauten Gesicht seines langjährigen Protegés, der ihn erwartungsvoll musterte.

„Prof. Bee, ich habe noch nicht genau verstanden, warum Sie abgetaucht waren.", durchbrach Brad das peinliche Schweigen. „Mögen Sie mir vielleicht kurz erläutern..."

„Brad, bitte.", unterbrach ihn der Schweizer ungewohnt barsch. „Entschuldige, aber es hat sich so viel in den letzten

Wochen verändert, dass ich dich bitten möchte, dass auch wir eine Änderung vornehmen. Bitte höre auf, mich zu siezen. Ich weiß, dass wir uns vor Jahrzehnten darauf geeinigt hatten, aber tue es jetzt einfach mir zuliebe. Ich verkrampfe innerlich, wenn ich dich sehe und du mich ansprichst, als wäre ich dein Vater oder dein Professor. Du bist nicht mehr Anfang zwanzig und ich brauche dich jetzt auf Augenhöhe."

Brad wich verblüfft zurück und blickte Prof. Bee misstrauisch an. Sein Elefant verband den Vorwurf des Professors mit seiner Weigerung, persönlich nach China kommen zu wollen und fühlte sich vollkommen ungerecht angegriffen, noch dazu, ohne sich verteidigen zu können.
Er atmete schweigend tief durch und versuchte sich in gelassener Demut, aber versagte kläglich. Alles, was irgendwie nach Erwachsenwerden roch, überforderte ihn im Moment sofort.

Prof. Bee hatte die verstimmende Wirkung seiner Botschaft wahrgenommen und versuchte, sich klarer auszudrücken. „Brad, mein lieber Freund. Ich wollte dir nicht zu Nahe treten. Du solltest wissen, dass ich mich seit einigen Tagen in einem extremen Ausnahmezustand befinde und deshalb nicht wirklich präzise in meiner Kommunikation bin oder anders gesagt: ich habe KATE abgeschaltet."

„Sie haben was?"

„Ich habe KATE abgeschaltet und ich würde mich wirklich sehr freuen, wenn du mich duzen würdest. Bitte! Nimm es als Ausdruck einer neuen Phase unserer Beziehung, die einfach aus dieser neuen Entwicklung in meinem Leben resultiert, verstehst du? Es hat eigentlich nur mit mir zu tun und nicht mit dir."

„Nein, es tut mir leid, aber ich komme da nicht mit! Warum haben Sie KATE abgeschaltet? Ganz ehrlich! Ich verstehe nicht, was mit Ihnen los ist."

„Oh, Gott. Was kann daran so schwer sein? Ich habe KATE abgestellt, weil sie zu so etwas wie einer Krücke geworden war, mit der ich meine Beziehung zu Hin-Lun aufrechterhalten wollte. Und als Hin-Lun verschwunden war, hab ich gemerkt, dass es nicht funktionierte. Und verdammt, kannst du nicht einfach über deinen Schatten springen und mich endlich duzen? Du bist nicht mehr der kleine Programmierfreak mit dem schrabbeligen Scateboard, der seinen Übervater braucht. Und ich bin nicht der Übervater, für den du mich wahrscheinlich schon viel zu lange gehalten hast."

Brads Atmung beschleunigte sich immer mehr, bis er innehielt und Prof. Bee annahm, dass er sich gerade mit SAM austauschte.
„Okay," sagte er nach einer Weile betont ruhig. „Ich kann Sie – also dich - duzen, dass soll nicht das Problem sein. Wie soll ich dich nennen? Eberhard?"

Prof. Bee nickte erleichtert.
„Danke."

„Okay, Eberhard, jetzt sind wir in einer neuen Phase in unserer Beziehung angekommen. Einverstanden. Aber bitte erkläre mir, was es mit dir und KATE und Hin-Lun auf sich hat."

Sie waren inzwischen im Stadtzentrum angekommen und es würde nur noch wenige Minuten dauern, bis sie das Ministeriumsgebäude erreicht hätten. Prof. Bee räusperte sich und versuchte, mit einfachen Worten das ganze Dilemma der letzten Wochen zu beschreiben, was ihm sogar einigermaßen gelang.

Brad atmete danach tief durch.
„Okay, ich fange langsam an, zu verstehen. Ich hoffe, Hin geht es wieder gut?"

„Irgendwie schon. Und sie hat sich entschlossen, Papa Paus Nachfolge anzutreten."

„Das überrascht mich nicht wirklich, sie ist eine außergewöhnliche Frau. Aber was ist mit dir? Wie geht es bei euch weiter?"

„Ich hoffe, wir werden zusammen bleiben, aber sie wird in nächster Zeit sicherlich viel um die Ohren haben. Also, schauen wir erst einmal, wie sich alles entwickelt."

„Und was ist mit dir und KATE?"

„Das ist der Punkt, den ich eigentlich schon die ganze Zeit mit dir besprechen wollte. Ich brauche deine Hilfe, und zwar zunächst vertraulich, verstehst du? Ich glaube, dass wir mit KATE und SAM und all den anderen PBs einen vollkommen anderen, neuen Weg einschlagen sollten."

Brad zögerte, weil er noch nicht verstand, was Prof. Bee mit seinen Andeutungen gemeint haben könnte.
„Ist das der Grund, warum ich unbedingt persönlich kommen sollte?"

„Nein, leider nicht. Gilbert und Francis haben eine ungeheuerliche Entdeckung gemacht. Und wenn ich die beiden richtig verstanden habe, dann ist ihre wirklich gruselige Entdeckung das entscheidende Argument, warum wir mit den PBs in eine neue Richtung gehen müssen."

„Ich verstehe nicht..."

„Ich weiß, deshalb wirst du gleich alles von Gilbert persönlich hören, ich kenne auch noch nicht die ganze Geschichte. Aber ich bitte dich, den anderen noch nichts über meine wirren Fantasien über die Zukunft der PBs zu erzählen, sie würden sich wahrscheinlich nur unnötige Sorgen machen. Kann das erst einmal unter uns bleiben?"

Kapitel 163

Aus dem 53. Stock konnte ich weit über Peking hinwegsehen. Durch die konsequente Vermeidung der fossilen Energieträger war die Zeit der Smogglocken in der chinesischen Hauptstadt wie auch in vielen anderen Großstädten vorbei.

„Im dicht bebauten Stadtgebiet sind nur noch wenige der riesigen Baukräne zu erkennen, die jahrzehntelang das Stadtbild prägten. Peking scheint endlich zur Ruhe zu kommen."
Hin-Lun musterte mich intensiv, bevor ihr Blick wehmütig in Richtung des alten Kaiserpalasts schweifte.

„Und Peking hat sich ein wundervolles grünes Kleid zugelegt.", entgegnete Sybilla. „Überall die vertikalen Gärten und begrünten Fassaden, ich kann mit bloßem Auge kaum noch die scharfen Kanten der Häuserschluchten erkennen. Die Stadt sieht aus dieser Höhe mehr wie ein hügeliger Urwald aus, als wie eine aus rechten Winkeln konstruierten Heimstadt für mehr als 30 Millionen Menschen."

„In den Vorstädten gibt es noch viel zu tun. Die Slums sehen immer noch annähernd so aus wie vor 30 Jahren.", mischte sich Luis ein.

„Vielleicht hat sich dort optisch noch nicht viel verändert.", entgegnete Hin-Lun. „Aber wir haben jetzt überall ein funktionierendes Strom-, Wasser- und Müll-Management. Und ich glaube, dass die Bewohner der Außenbezirke anfangen werden, ihre Quartiere selbst nach ihren eigenen Vorstellungen zu gestalten, wenn es ihnen wichtig ist."

Hin-Lun kam mir vom ersten Moment an sehr staatsmännisch vor. Ich hatte zwar keinen Vergleich wie sie vorher war, aber die nonverbalen Rückmeldungen der anderen zeigten mir, dass sie alle mehr oder weniger irritiert waren.

Hin-Lun schien diese Spannung ebenfalls zu bemerken und hielt sich bei den herzlichen Begrüßungen deutlich zurück. Ich beobachtete sie fasziniert und konnte es immer noch nicht fassen, dass diese Frau der mächtigste Mensch auf unserem Planeten sein sollte.

Wahrscheinlich konnte sie mir anzusehen, dass ich sie wie ein exotisches Tier im Zoo musterte. Sie fixierte meinen Blick, ohne jede Gemütsregung. Ich starrte sie weiter an und sie schaute mir einfach dabei zu. Als wenn sie erkennen wollte, was ich hatte, was sie nicht kannte. Dann plötzlich lächelte sie und ich glaubte zu verstehen. Sie schien mich um meine Komazeitreise zu beneiden, um meine kindliche Neugier, die ich über all die Jahre bewahrt hatte, ja bewahren musste und mit der ich die jetzigen Verhältnisse und die momentane Situation vor lauter Staunen immer noch nicht fassen konnte.

Ich senkte meinen Blick und versuchte mich zu sammeln. Als ich wieder hochschaute, war sie verschwunden.

Neben mir und Sybilla, Hin-Lun als Gastgeberin mit ihren zwei wachsamen Assistentinnen, waren noch Alfonse und Xiu Lan, Gilbert und Francis, Brad und Prof. Bee, Luiz und Sarah, sowie Gordon Pike als Premierminister Europas, der Libanese Said Berri als UNO-Generalsekretär und der Präsident der Transamerikanischen Förderation Vincente Calderon, jeweils mit ihren engsten Vertrauten anwesend.

Sarah´s Teilnahme hatte im Vorfeld einige Komplikationen erzeugt, denn Gilbert konnte überhaupt nicht verstehen, warum Luiz unbedingt seine erst wenige Tage alte Affäre mit in die möglicherweise brisanteste Enthüllungsveranstaltung des gesamten Jahrhunderts nehmen wollte. Die Diskussion artete nun zu einem handfesten Streit aus, weil auch Gordon, Said und Vincente es als viel zu riskant hielten, für Luiz von den bewährten Sicherheitsstandards abzuweichen.

Luiz beharrte darauf, dass es ein wirklicher Herzenswunsch von ihm sei und er alternativ auch gern wieder nach hause fahren könnte. Gilbert und die anderen Bedenkenträger waren perplex über Luiz ungewöhnliche flache Argumentation und es schien für einen Moment möglich, dass es zum ersten Eklat in der langen Geschichte dieses globalen Steuerungszirkels kommen würde.

Weil ich zu der inhaltlichen Auseinandersetzung nichts beizutragen hatte, konnte ich mich voll darauf konzentrieren, Hin-Lun in ihrer neuen Rolle zu beobachten. Sie hatte sich bis jetzt als Gastgeberin auffällig zurückgehalten und lächelte mich entspannt an, als sie meinen erneuten Blick bemerkte. Ich hatte den Eindruck, dass sie noch nicht gewillt war, ihre Positionsmacht auszuspielen, um effizient eine konstruktive Lösung zu erzwingen. Sie schien geradezu amüsiert darüber zu sein, dass sich die wahrscheinlich klügsten und reifesten Persönlichkeiten des Planeten auf Kindergartenniveau mit Sandspielzeug bewarfen.

Xiu Lan stellte die vorsichtige Frage in den Raum, ob wir uns alle nicht noch eine Pause gönnen sollten, um uns noch einmal die Wichtigkeit unserer Mission bewusst zu machen. Luiz betonte daraufhin noch einmal, dass er wirklich kein Problem damit hätte, sofort wieder abzureisen.

Bevor der Streit in die nächste Runde ging, ergriff Hin-Lun lächelnd das Wort.

„Luiz, ich bin dir wirklich sehr dankbar, dass du dich so flexibel zeigst. Aber ich bin dir noch viel dankbarer, dass du uns an deiner persönlichen Weiterentwicklung teilhaben lässt. Dieses Geschenk ist wirklich unbezahlbar."

Sie berührte ihn sanft am Arm.

„Du setzt dich vehement dafür ein, dass wir einer Person vertrauen sollen, der du vertraust."

Sie berührte nun auch sanft Sarahs Arm.

„Du zeigst uns offen, wie wichtig dir deine persönliche Botschaft ist. Kommen wir nun zu den Bedenken: es spricht aktuell nichts dagegen, dass wir deiner Empfehlung folgen, außer, dass wir persönlich noch keine Erfahrungen mit Sarah gemacht haben und dass wir seit jeher bestrebt waren, unseren Kreis so klein wie möglich zu halten."
Sie drehte sich zu uns allen.
„Nun, ich bin von Luiz Ernsthaftigkeit voll überzeugt und ich glaube, wir sollten unseren Kreis etwas größer werden lassen, damit auch Luiz genug Raum bekommt, um hierbleiben zu wollen. Wir alle werden davon profitieren."

Gilbert war der erste, dessen Kopfnicken zeigte, dass er Hin-Luns Worten nichts mehr hinzufügen wollte. Gordon und Said pflichteten ihm wortlos bei, doch Vincente schien noch nicht wirklich überzeugt. Als alle Augenpaare auf ihm ruhten, versuchte er seine Gedanken in Worte zu fassen.
„Sind wir uns alle einig, dass es nicht um Sarah als Person geht?"
Alle nickten mehr oder weniger deutlich.
„Gut. Und ich muss zugeben, dass es mir leider bis eben auch nicht um unseren Freund Luiz ging. Ich hatte mich so an sein Wirken als selbstloses, personifiziertes Verständnis der Welt gewöhnt, dass es mir schwer fiel, daran etwas ändern zu wollen. MARIA, meine PB, hatte mich schon vor Minuten darauf aufmerksam gemacht, aber es gab noch eine tiefere Irritation in mir, die ich mir erst jetzt eingestehen kann. Mein lieber Luiz, ich bin einfach verdammt neidisch auf deine entzückende Begleitung!"
Er lachte und viele andere fielen mit ein.
„Und bitte verzeiht mir, dass ich dieses Thema nicht noch weiter vertiefe, ich will keinen unnötigen Stress mit meiner Frau zuhaus riskieren."

Ich selbst war überrascht, wie einfach meine eigene Integration vonstatten ging. Jeder, den Sybilla mir vorstellte, vermittelte mir sofort den Eindruck, dass ich schon immer dazugehört hätte, auch wenn wir uns zuvor noch nie gesehen hatten. Und mit meinem Weltrekord im Komaliegen bot ich natürlich einen eleganten Anknüpfungspunkt für jeden Smalltalk.

„Hast du noch Erinnerungen an das Koma? Wie war es? Hatte es etwas von einer Nahtoderfahrung?" Sarah, die mit ihrer offenen Art sofort einen ungezwungenen Kontakt mit allen aufbaute, schien erpicht darauf, mich umgehend in eine Diskussion über die philosophischen und spirituellen Aspekte meiner Komazeit zu verstricken.

„Nein, ich habe kein Licht gesehen und auch keine Engel oder Stimmen aus dem Himmel gehört. Ich kann mich an überhaupt nichts erinnern, nicht einmal an einen Nebel. Ich hatte überhaupt kein Zeitgefühl und als ich aufwachte, musste ich den Umgang mit mir und der Welt nahezu komplett neu erlernen. Körperwahrnehmung, Sprache, Empathie - wenn mich Sybilla und GUIDO dabei nicht so fantastisch unterstützt hätten, würde ich wohl immer noch nach meinen inneren Strukturen suchen, um diesen immensen Zeitsprung zu verdauen."

„GUIDO?"

„Ich habe vor kurzem mein postbiotisches Bewusstsein im Andenken an meinen verstorbenen Vater umbenannt."

„Das hört sich ja so an, als wenn du irgendwie wiederauferstanden wärest." Sarah lachte. „Wenn ich ein Christ wäre, würde ich dich sicherlich um diese einzigartige Erfahrung beneiden. Schließlich ist der Glaube an die Wiederaufstehung der Kern der christlichen Botschaft."

„Ich dachte immer, dass Nächstenliebe der Kern des Christentums wäre.", bemerkte Alfonse etwas verwundert.

„Nein, Nächstenliebe haben so gut wie alle Weltreligionen im Programm. Die wichtigste Besonderheit, mit der sich die traditionellen Christen identifizieren, ist der wiederauferstandene Jesus, als Beweis seiner göttlichen Abstammung."

„Dass bedeutet, Tim würde als ein zweiter Jesus durchgehen?", warf Sybilla schmunzelnd ein.

„Ich würde das alles nicht so ernst nehmen.", entgegnete Said schmallippig. „Diese sogenannte Kernbotschaft der Christenheit trägt schließlich alle Merkmale einer zweitausend Jahre alten Falschmeldung in sich, dagegen waren die Fakenews des verrückten amerikanischen Ex-Präsidenten geradezu niedlich."

„Wenn Tim der neue Jesus wäre, hätte er noch eine Menge Arbeit mit den unaufgearbeiteten Sünden, die er auf sich nehmen müsste." Sybilla schien Gefallen daran zu finden, mich im Mittelpunkt der vergnüglichen Diskussionen zu halten. „Luiz, wie würdest du es finden, wenn wir Tim als neuen Heiland aufbauen?"

Weil Luiz einen Moment brauchte, um sich auf das Thema einlassen zu können, kam ihn Francis zuvor.
„Wäre das denn so etwas wie die Fortsetzung von Monty Pythons Leben des Brian? Das Leben des Tim?"

„Keine schlechte Idee.", begann Luiz bedächtig. „Ich glaube alle monotheistischen Ansätze könnten mehr Humor vertragen, anstatt immer nur verbissen auf mehr Marktanteile zu schauen."

„Dass liegt auch daran, dass Gottes Liebe im Allgemeinen recht passiv daherkommt. Als Monotheist musst du dich für den Wettbewerbsvorteil gegenüber der Konkurrenz richtig ins

Zeug legen. Größere Wunder, schickerer Tempel, bessere Show."

„Mir hat einmal ein Rabbiner erzählt, dass im Koran ein freundliches Lächeln schon als Zeichen von Humor gilt.", bemerkte Alfonse breit grinsend.

„Das war bestimmt als Witz gemeint.", entgegnete Sarah. „Viele Rabbiner wurden Aufgrund der ständigen Judenverfolgung speziell dafür ausgebildet, dass sie immer ein bisschen mehr Witz und Galgenhumor parat hatten als ihre Schäfchen."

„Vielleicht liegt es auch einfach nur daran, dass Gott selbst keinen Humor hat.", bemerkte Said scharf.

Wir alle schwiegen einen Moment. Irgendetwas an Saids Bemerkung schien uns alle getroffen zu haben.

Sarah war die erste, die sich wieder fasste.
„Glaubt ihr, dass es sich für die Eingefrorenen vielleicht auch wie eine Art Wiederauferstehung anfühlen könnte, wenn sie zurückkehren?"

„Zum Aufwachen nach der Kryonisierung gibt es nur wage Vorstellungen und viele haarsträubende Fantasien.", zischte Francis ungewohnt agressiv. „Denn meines Wissens nach gibt es noch niemanden, der komplett eingefroren war und danach wieder erfolgreich aufgeweckt werden konnte."

Wir konnten ihm seine offene Ablehnung deutlich ansehen, die er vielleicht brauchte, um sich auf seine Art mit der Entscheidung seines verstorbenen Vater zu versöhnen.

„Ich kann deshalb überhaupt nicht nachvollziehen, warum weltweit schon so getan wird, als würde die Rückkehr aus dem Eis ein garantierter Erfolg werden."

„Weil es viel Mut und Kraft braucht, damit aus so einer disruptiven Technik eine innovative Bewegung wird!", mischte sich Prof. Bee ein. „Wenn die Kryotechnik noch als unausgereifte Experimentaltechnik gesehen werden würde, hätten wir kaum eine Chance, die Anwendungs- und Auftaufähigkeiten schnell zu verbessern. Wir brauchen den persönlichen Vertrauensvorschuss wichtiger Persönlichkeiten, um die Investitionsbereitschaft der Nationen hochzuhalten. Und wir brauchen eine positive Vision."

Alle wussten, dass mit dieser umständlichen Formulierung Papa Pau´s Entscheidung gemeint war und Hin-Lun würdigte Prof. Bees respektvolle Fürsprache mit einem Lächeln, bevor sie uns alle in den abgeschirmten Konferenzraum bat. Francis verkniff sich einen weiteren Kommentar, aber er blieb nachdenklich zurück, bis Brad ihn freundschaftlich mitzog.

Der Grad der technischen Sicherheitsvorkehrung war selbst für mich gut erkennbar. Es gab eine Eingangsschleuse und dicke Türen, deren aufwendige Technik zur Unterdrückung jeglichem Signaltransfers nur anhand der dezenten Kontrolldisplays zu erkennen war. Gilbert verriet mir noch, dass die umgebenden Mauern und speziellen Fenster des Saals Abschirmungseigenschaften hatten, die sonst nur von tief unter der Erde liegenden Räumen erreicht werden konnten. Natürlich besaß China auch extrem gesicherte Bunker, aber das Zentralinstitut für Zukunftsforschung mitten in der Hauptstadt sollte auch ein politisches Statement verkörpern: transparent und sicher statt verborgen im Dunkeln.

Als ich mit Sybilla, Brad und den beiden Assistentinnen von Hin-Lun als letzte Gruppe in die Schleuse eintrat, erklang plötzlich ein lautes Warnsignal.

„Schatz, hast du etwa noch irgendein technisches Gerät dabei?", wollte Sybilla im mütterlichen Ton von mir wissen.

„Nein, ich habe nur GUIDO aktiviert, sonst nichts."

Ich konnte mir ein Lächeln nicht verkneifen. Die unerwartete Wendung hatte den Charme eines Loriot-Sketches im High-Tech-Gewand. Ich hätte mich nicht gewundert, wenn jetzt jeder nacheinander seine Implantate und nanomolekularen Prothesen vorzeigen hätte müssen, bis die Security-KI mit uns zufrieden sein würde.

„Aktivierte PBs sind eigentlich in Ordnung, ich habe KATE auch aktiviert."

„Um herauszufinden, wo genau das Problem liegt, sollten wir alle einzeln in die Schleuse gehen.", schlug June, die ältere der beiden Assistentinnen von Hin-Lun vor, deren Vorfahren möglicherweise trotz ihres Aussehens keine afrikanische Wurzeln hatten. Ich hatte im Flugzeug gelesen, dass voluminöse Lippen, breite, kurze Nasen, krause Haare und eine starke Hautpigmentierung in manchen Regionen der Welt zu besonders attraktiven Körpermerkmalen geworden waren.

Wir gingen also alle noch einmal einzeln durch die Schleuse und der Warnton blieb aus. Dafür setzte eine neue Irritation ein, denn im Gegensatz zu herkömmlichen Körperscannern, die auf Flughäfen oder bei Großveranstaltungen eingesetzt wurden, war diese Sicherheitsschleuse auf vollkommene Zuverlässigkeit geeicht. Ein Fehlalarm, der keinen erkennbaren Ursprung hatte, war weit verdächtiger als alles andere.

„Ich lasse sofort die Protokolle überprüfen.", ließ Claudine, die jüngere Assistentin von Hin-Lun, verlauten, bevor sie eilig die Schleuse verließ.

Inzwischen hatten auch die anderen vom dem Vorfall Notiz genommen und damit eine ernsthafte Diskussion entfacht.

„Solange wir nicht den Grund des Alarms kennen, können wir hier nicht frei sprechen.", gab Gilbert, der die Gesamtverantwortung für die Sicherheit des Meetings trug, zu bedenken. „Wenn sich die Situation nicht eindeutig und schnell aufklären lässt, müssen wir auf den Plan B ausweichen!"

„Gut.", sagte Hin-Lun. „Ich bin auch dafür, dass wir kein Risiko eingehen, denn ich glaube nicht, dass dieser Zwischenfall ein Zufall war!"

Kapitel 164

Alexa war sich sicher, dass Victor immer noch nicht mit offenen Karten spielte. Er versuchte weiterhin, sich hinter seiner Lebensmüdigkeit zu verstecken, wenn es um die weltpolitische Entwicklung ging, aber Alexa hegte den starken Verdacht, dass ihn sein Heer von Cyberspionen in Echtzeit über alles informieren würde, was in Peking passierte.

Vielleicht hatte er kein postbiotisches Bewusstsein implantiert, aber ein leistungsstarkes und gut abgeschirmtes mentales Interface besaß er sicherlich.

„Was machen wir jetzt mit unserem neuen Vertrauensverhältnis?", fragte sie ihn lächelnd und kraulte ihm den Nacken.

„Es erst einmal genießen?"

„Und dann?"

„Worauf willst du hinaus? Glaubst du, ich bin jetzt wieder zukunftsfähig und wir sollten Pläne miteinander schmieden?"

„Ja, genau das glaube ich."
Sie schaute ihm aus nächster Nähe tief in die Augen. Schon oft hatte sie durch dieses Manöver der berührungslosen Nähe verräterische Reaktionen provozieren können, um zu verstehen, auf welcher Ebene der andere gerade vernetzt war.

Victor lächelte. Derartige Provokationen brachten ihn nicht aus der Reserve. „Was hättest du gemacht, wenn ich nicht bei dir vorbeigekommen wäre? Wärst du jetzt auch in Peking?"

„Nein. Ich war schon immer zu sehr auf meine Selbstständigkeit bedacht, um mich in dem inneren Kreis um Prof. Bee festzusetzen."

„So?"

„Hast du etwas anderes gehört?"

„Androhung von Zwangsimplantaten, Entmündigung, offensive Abschiebung von Gegnern – selbst Papa Pau soll deine Positionen für zu extrem gehalten haben."

Alexa lachte laut auf.

„Was ist so witzig?" fragte Victor amüsiert.

Alexa lachte weiter und es dauerte ein paar Atemzüge, bis sie wieder zu ihren Worten zurückfand.
„Schau uns an! Nach all den Jahren der Schmerzen und des Hasses sitzen wir jetzt hier gemeinsam und tratschen, als wären wir beim Abtanzball im Seniorenheim."

Victor stand langsam auf und schob sich an Alexa heran.
„Darf ich dich um diesen Tanz bitten?"
Er nahm ihre Hand und legte seinen Arm um ihre Hüfte, um sich dann mit ihr zu einer imaginären Musik mit einigen Tangofiguren durch den Raum zu bewegen.
Alexa war angenehm überrascht von seinen eleganten Schritten und ließ sich widerstandslos und mit einem fragenden Lächeln auf den Lippen führen.
„Woher?"

„Damals in Havanna - Castro hatte mir die beste kubanische Tanzlehrerin besorgt, die man für außergewöhnliche Waffenlieferungen bekommen konnte."

„Ich habe das Gefühl zu schweben. Und das ganz ohne Pflege-
roboter. Du bist ein Genie!"

Er zog sie dicht zu sich heran.
„Hast du schon einmal daran gedacht, mich zu heiraten?"

Kapitel 165

Es waren nun mehr als 45 Minuten vergangen und immer noch war nicht klar, wodurch der Alarm ausgelöst wurde. Ich stand vollkommen auf dem Schlauch. Diese extreme Geheimnistuerei, all die Securitys im Hintergrund, die dauernden Scans und ein flatteriger Gilbert, der immer nervöser wurde.

„Ich kann ihn gut verstehen, sein ganzes Leben drehte sich immer nur um Kontrolle.", sagte Sybilla mitfühlend. „Und wahrscheinlich kaut er außerdem bestimmt noch an der Tatsache, dass er nicht verhindern konnte, dass Sarah hierbleiben durfte. Und ehrlich gesagt hätte ich erwartet, dass sie selbst vorschlagen würde, freiwillig zu gehen."

„Um was zu beweisen?" fragte ich spöttisch nach. „Dass sie anständig ist und niemanden unnötig in Verlegenheit bringen will? Ich weiß nicht, ob das ihrer Beziehung zu Luiz gut getan hätte. Schonhaltungen tun meistens niemanden gut."

„Ach?"

„Ja. Und außerdem kannst du dir vielleicht gar nicht vorstellen, wie abgefahren es ist, hier dabei zu sein, obwohl ich immer noch keinen blassen Schimmer habe, worum es eigentlich geht. Okay, Hin-Lun hat die Nachfolge ihres Vaters übernommen, jedenfalls bis zu seiner Rückkehr, die anscheinend nicht so bald stattfinden wird. Aber was ist das für ein Geheimnis, das hier so krampfhaft gehütet werden soll, bevor es dann doch im allergeheimsten Inneren des Tempels gelüftet wird?"

„Ich weiß es auch nicht."

„Nein?"

„Nein, aber ich glaube, dass es die Ankündigung einer Katastrophe sein wird."

Ich erschrak, weil Sybilla ihre Einschätzung vollkommen sachlich über die Lippen brachte. Dann lachte ich verlegen, in der Hoffnung, sie hätte nur ein Scherz gemacht, aber sie schaute mich weiter ernst an.
„Schatz! Was meinst du damit? Ich muss zugeben, ich stehe nicht besonders auf Katastrophen. Vielleicht sollte ich mir das gar nicht anhören."

Sybilla lachte.
„Doch mein Lieber, du stehst auf Katastrophen. Aber eben nur im Nachhinein, das hast du mir selbst gesagt. Zum Beispiel dein Koma. Wie dankbar und glücklich du bist, dass du damit in der Zeit springen konntest."

„Ja, ja ..."

„Und die GOLDENE REGEL konnte sich auch erst durchsetzen, nachdem die Korea-Katastrophe von dem Verrückten im Weißen Haus ausgelöst wurde. Viele Historiker vertreten schon lange die Meinung, dass die Menschheit Katastrophen braucht, um sich weiterzuentwickeln. Und das gilt in meinen Augen auch für uns persönlich! Also, her mit der nächsten Katastrophe!"

Kapitel 166

Luiz schien sich trotz der unerklärlichen Phänomene und der ganzen Aufregung bestens zu amüsieren. Er saß rauchend mit Sarah auf der Terrasse und freute sich über ihr strahlendes Staunen.

„Ich glaube, ich habe noch nie so eine unglaublich starke E-sotherik-Performance erlebt!", begann sie zwischen zwei Zü-gen. „Und ich habe schon einiges mitgemacht. Du kannst dir vorstellen, wie breit und schräg das spirituelle Universum in-zwischen aufgefächert ist."

„Du hälst das hier für eine spirituelle Veranstaltung?" Luiz lachte.

„Du etwa nicht? Wie kann man sich sonst diese ganzen neuro-tischen Verwerfungen erklären? Hier sind die absoluten Pre-mium-Esoteriker unterwegs."

„Was meinst du damit?"

Sarah glucks te verlegen.
„Was willst du jetzt von mir hören?"

„Ich möchte einfach nur verstehen, was du damit meinst."

„Wir sind hier im inneren Kreis des Tempels. Hier wird die globale Kontrolle angebetet. Und das scheinbar zu recht, denn schau dich in der Welt um, es ging ihr noch nie so gut wie heute. Du bist wahrlich nicht der einzige Priester in diesem Kreis."

Luiz blickte nachdenklich auf den Pekinger Häuserdschungel, der sich bis zum Horizont erstreckte.

„Ich kann nachvollziehen, was du sagen willst, aber es fällt mir schwer, es zu fühlen. Ich meine, für mich. Ich bin nicht sicher, ob ich noch dazugehören will."

„Das kann ich gut verstehen.", erwiderte Sarah amüsiert. „Du bist ja auch etwas Besonderes. Also, etwas wirklich Besonderes."

„Wie kann ich das verstehen?"

„Wenn ich deinen Werdegang richtig verstanden habe, dann warst du vor dem Attentat einfach nur ein gottloser, skrupelloser, egomanischer Anwalt, der seinen Auftrag darin sah, mit allen Mitteln so viel Kapital wie möglich zusammenzuraffen. Deine Gemeinschaft bestand nur aus dir und deine elefantösen Gewohnheiten waren nur darauf ausgerichtet, dir persönlich so viele Vorteile wie möglich zu verschaffen.
Dann kam das Attentat und danach deine Spontanheilung. Dass du plötzlich von einem Moment auf den anderen wieder stehen und gehen konntest, war der Beweis, dass Gott dich liebt, obwohl du keiner religiösen Gemeinschaft zugehörig warst. Du hattest möglicherweise als einer der ganz wenigen den direkten Kontakt zu Gott, der immer noch aus dir herausströmt und die Massen begeistert."

„Ja, vielleicht hast du Recht. Vielleicht fällt es mir deshalb so leicht, zu zweifeln und über die bestehenden Grenzen der Gemeinschaften hinwegzusehen."

„Zweifeln und hinwegsehen können viele, aber du fühlst die Grenzen einfach nicht, weil du sie noch nie gebraucht hast. Deshalb bist du so unglaublich überzeugend." Sie lachte. „Selbst, wenn du wie ein 14jähriger darauf bestehst, deine neue Freundin mit zur wichtigsten und geheimsten Familienfeier der Welt mitzunehmen. Oh, Gott - Gilbert wird mich wohl auf ewig hassen."

„Nein, Gilbert hat ganz andere Probleme. Vielleicht wird er mir noch ein bisschen grollen, weil er wahrscheinlich neidisch ist, dass ich plötzlich meine persönlichen Bedürfnisse für wichtig erachte. Aber mache dir keine Sorgen, Gilbert ist ein guter Mensch."

Sie beugte sich zu ihm und nahm sein Gesicht in ihre Hände. „Du bist auch ein guter Mensch. Sogar ein ganz besonders guter."
Dann küsste sie ihn zärtlich, während er ein paar Tränen der Dankbarkeit vergoss.

„Glaubst du, dass wir in Zukunft anders mit der Kraft des Glaubens umgehen könnten?"

Sie lachte wieder laut auf.
„Solange es Menschen wie dich gibt, die voller Überzeugung von ihrem direkten Kontakt mit Gott berichten können, wird es uns anderen schwer fallen, nicht zu der von Gott geliebten Gemeinschaft der Menschen gehören zu wollen."

„Aber ich erreiche nicht alle Menschen. Es gibt immer noch viele, die nicht glauben wollen."

„Alle Menschen glauben. Es gibt eine biologische Funktion des Glaubens, die viel tiefer in uns angelegt ist, als alle religiösen Ausprägungen! Kein Mensch kann sich aussuchen, ob er glaubt oder nicht."

„Weshalb bist du dir da so sicher?"

Sarah zündete sich die nächste Zigarette an und Luiz beschlich zum ersten Mal das Gefühl, dass sie zu viel rauchte.

„Glauben heißt eine Entscheidung zu treffen, ohne wirklich zu wissen. Das muss jeder jeden Tag, hunderte Mal, seitdem es Menschen gibt. Entscheidungen treffen, die in der Zukunft Konsequenzen haben, ohne den Verlauf des Ursache- und Wirkungsgefüge auch nur annähernd überblicken zu können."

„Niemand kann etwas Zukünftiges bis ins letzte Detail genau verstehen.", pflichtete Luiz ihr bei. „Niemand ist im Besitz der kommenden Wahrheit."

„Ganz genau. Deshalb sind ja auch die Kontrollfreaks da drinnen genauso esotherisch wie wir. Niemand besitzt die Wahrheit und niemand besitzt so etwas wie Kontrolle! Besonders, wenn es um die Zukunft geht. Aber trotzdem müssen wir andauernd Entscheidungen treffen, die sogar Konsequenzen für andere haben.
Mein Vor- und Frühgeschichte-Professor erzählte uns schon in der ersten Vorlesung die Geschichte von zwei Jägern, die sich in das übernächste Tal vorgewagt hatten und nun den intensiven Geruch von Wölfen in die Nase bekamen. Ein großes Wolfsrudel war nicht nur eine ernstzunehmende Gefahr für sie, sondern auch für ihre Sippe. Deshalb überlegten sie, wie sie auf ihrem Rückweg ihre Fährte verwischen könnten, damit sie die Wölfe nicht unbeabsichtigt zu ihrem Lager führen würden. Also gingen sie mehrere Umwege durch kleine Bäche und über karge Felsformationen, bis sie irgendwann entscheiden mussten, dass es reicht. Sie mussten daran glauben.
Wären sie nicht in der Lage gewesen, eine Entscheidung zu treffen, obwohl sie keinen sicheren Informationshintergrund hatten, würden sie wahrscheinlich immer noch in diesem Tal herumirren und uns hätte es als ihre Nachfahren nie gegeben."

Luiz zog an ihrer Zigarette, weil er sich keine eigene anzünden wollte.

„Du meinst, Glauben ist einfach nur die Fähigkeit, Entscheidungen zu treffen, ohne eine sichere Informationsgrundlage zu haben? Dann gäbe es ja überhaupt keinen Unterschied zwischen dem Glauben an den Weihnachtsmann oder dem nächsten Börsencrash oder an Gott!"

„Ja, so könnte man es sagen. Bist du nun erschüttert?"

Kapitel 167

Brad hielt es nicht mehr aus. Er besaß sicherlich am meisten technischen Sachverstand im Raum und doch hatte er lange gezögert, das Heft in die Hand zu nehmen. Aber nun war er so genervt, dass er sich nicht mehr zurückhalten konnte. Erwachsenwerden.

Er schnappte sich den kurz vor einem Nervenzusammenbruch stehenden Gilbert und erklärte ihm, wie sie in dem abgeschirmten Konferenzraum mit Hilfe eines improvisierten Störsenders vollkommen sicher sein konnten, dass keine Informationen nach draußen dringen würden. Gilbert war erst misstrauisch, weil der improvisierte Schutz keine nachvollziehbaren Sicherheitsprotokolle erzeugte, aber dann gab er erleichtert nach.

Alle Teilnehmer wurden gebeten, sicherheitshalber jegliche Implantate zu deaktivieren, was sofort wieder für erhebliche Unruhe sorgte.

Gordon Pike, der englische Premierminister Europas und Vincente Calderon, der mexikanische Präsident der Transamerikanischen Föderation waren glühende Implantatsträger und bestanden zunächst darauf, sich diesem Diktat nicht unterwerfen zu wollen und es dauerte weitere Minuten einer heftigen Diskussion, bis Hin-Lun endlich ein Machtwort sprach.

„Liebe Freunde, es geht hier und jetzt um Vertrauen. Vertrauen in die anderen Anwesenden und vertrauen in uns selbst. Auch wenn einige von uns noch glauben, dass sie eine technische Unterstützung brauchen, um sich in ihrer Haut wohl fühlen zu können. So möchte ich euch doch aus eigener Erfahrung dazu ermutigen, dass wir auch ohne diese Prothese in der Lage sein werden, der GOLDENEN REGEL zu folgen.

Deshalb sollten jetzt alle Betroffenen ihre PBs in den Stand-by-Modus schalten und diesen bis heute Abend aufrechterhalten. Bis dahin werden wir dann endlich erfahren haben, warum wir alle hier sind, um gemeinsam zu entscheiden wie wir in Zukunft mit dieser neuen Herausforderung umgehen werden. Ich danke euch für euer Verständnis und setze auf eure Unterstützung."

Kapitel 168

Bowie hatte endlich verstanden, woran er so lange fast verzweifelt war. Der Traum war klar und deutlich gewesen. Endlich hatte er das Wissen des Cleverman mit der Macht des Lawman vereinen können. Nun hatte er das letzte Puzzlestück für seinen Eingriff in die alcheringa - in die Traumzeit - gefunden und konnte die natürliche Ordnung des Kosmos verändern. Die Traumzeit hatte eigentlich nur sehr wenig mit dem Träumen der Menschen zu tun, sie wurde von seinem Volk als heilige, fortdauernde Schöpfungsgegenwart betrachtet und war damit die eigentliche Realität. Bowie hatte endlich nach Jahren des Versuchens den Kreis auf eine neue Art und Weise geschlossen. Wie die zweigeschlechtliche Regenbogenschlange hatte er nun in seinen luziden Träumen die Einheit von Geist und Materie verbinden können. Seine über Jahre traininerte Fähigkeit, in seinen Träumen bewusste Handlungen auszuführen, ermöglichten ihm endlich, den Kosmos und seine Zusammenhänge richtig zu verstehen und dieses Wissen gezielt zu nutzen. Ein neuer Dreammaster war geboren.

Schon seit über 40.000 Jahren galt für die Aboriginis die Traumzeit mit all ihren widersprüchlichen Wesen als Ursprung für alle Regeln des menschlichen Zusammenlebens, für Recht und Gesetz. Soziale Regeln führten bei Verstößen zu Sanktionen und dennoch war die Traumzeit niemals ein unveränderbares, moralisches Dogma. Sie lernte von jedem Wesen und seinen Erfahrungen. Er selbst hatte sich nun endlich in eine träumende Landschaft verwandeln können, um die Erde neu mit dem Kosmos zu verbinden.

In den letzten Jahrzehnten wurde die Traumzeit von immer mehr Angehörigen seines Volkes in Frage gestellt und er ahnte, dass nach ihm vielleicht nie wieder jemand aus seinem Volk antreten würde, um als Dreammaster die Traumpfade der Zukunft zu verknüpfen.

In der Traumzeit gab es keine Götter, die mit ihrer Allmacht irgendetwas im Vorfeld regeln konnten. Auch die Ahnen waren nicht mächtig genug, um die Zukunft formen zu können. Nur das eigene Handeln konnte bestimmen, wie die Traumpfade der Zukunft verlaufen und mit welchen kosmischen Geschehnissen sie verknüpft werden.

Die Alten glaubten, dass irgendwie alles mit allem verbunden war, aber seit er in seinen luziden Träumen durch die universelle Traumzeit reiste, wusste er, dass niemals alles mit allem auf gleichwertige Art verbunden war. Es gab schon immer besonders schöne, anmutige Berge, die selbst die viel Größeren überragten. Und es musste immer einen Träumer geben, der sich dafür entschied, das Glitzern des kleinen, verborgenen Bachs über den unendlichen Glanz des größten Meeres zu stellen.

Aber die Zukunft musste erst noch zeigen, ob seine Taten die Welt aus den Angeln heben würden und endlich von dem Wahnsinn der traumlosen Menschen befreien könnten.

Kapitel 169

Hin-Lun hatte das Meeting mit wenigen Worten zur persönlichen Bestätigung ihrer Nachfolge als Interims-Parteiführerin und erste Ministerpräsidentin Chinas eröffnet.
Sie nahm von allen Seiten die Glückwünsche entgegen und beteuerte ihre Absicht, dass sie inhaltlich weitgehend ihrem Vater folgen wollte. Dann dankte sie allen Anwesenden für ihr Erscheinen und übergab Gilbert das Wort.
Gilbert schien sehr aufgeregt zu sein. Er musste sich mehrfach räuspern und etwas trinken, weil seine Stimme bei seinen ersten, einleitenden Worten den Eindruck machte, als wolle sie ihm den Dienst versagen. Viele im Raum wunderten sich, denn sie kannten Gilbert als begnadeten Präsentator, der schon Hunderte von entscheidenden Meetings mit seinen rhetorischen Fähigkeiten zum Erfolg geführt hatte.
Ich spürte, dass Sybilla sich zurückhielt, aber ich konnte ihr ansehen, dass sie sich auch über Gilberts unsichere Performance wunderte.

„Wie meine Stimme euch wohl schon verraten hat, geht es hier und heute um eine Herausforderung von ungeheurer Tragweite, der wir bis jetzt noch nie gegenüberstanden. Ich sehe unseren Kreis als den entscheidenden Zirkel aus ziviler Expertise, der als zentraler Think Tank weitere Empfehlungen in alle Richtung formulieren wird. Und weil wir seit Jahrzehnten erfolgreich mit der Strategie der zivilen Dominanz in der Einschätzung von globalen Herausforderungen arbeiten, sind wir jetzt wieder die ersten, die sich mit der aktuellen Lage beschäftigen."

Ich wunderte mich, in welch illustren Kreis ich mich plötzlich befinden sollte und Sybilla raunte mir zu, dass ich mir keine Sorgen machen sollte, weil die zivile Dominanz nur bedeutete, dass nicht die militärische Einschätzung, sondern der gesunde Menschenverstand im Einklang mit der GOLDENEN REGEL im Vordergrund stehen würde.

„Liebe Freunde!", fuhr Gilbert fort. „Ihr wisst, dass wir schon seit Jahrzehnten auch im Cyberspace von Widerstandsgruppen angegriffen werden. Bereits vor 22 Jahren gab es eine Welle von direkten Angriffen auf wichtige Infrastrukturen und einige Nuklearzentren auf der ganzen Welt. Wir hatten damals die Entscheidung getroffen, unsere Sicherheitsarchitektur ständig zu optimieren und die Ursachen aktiv zu bekämpfen. Die Global Cyber Security führte vor 18 Jahren mehrere umfangreiche Missionen durch, um verschiedene, extreme Strömungen zu zerschlagen.
Im arabischen Raum ging es speziell um Gruppen im Iran und in Saudi-Arabien, in Nordamerika um mehrere Gruppen von Bibelfundamentalisten, in Indien, Pakistan und Bangladesh waren es Islamisten und Hindu-Fanatiker und nicht zuletzt konnten wir nach einem harten Kampf mit Unterstützung des Kremls auch große Teile der russischen Mafia ausschalten.
In allen Organisationen standen an der Spitze Psychopathen, die aus den vergangenen Nuklearkatastrophen nichts gelernt hatten und versuchten, ihren persönlichen Vorteil aus diesen grausamen Bedrohungsszenarien zu ziehen. Nach diesen erfolgreichen Missionen glaubten wir wieder einmal, einen großen Schritt auf unserem Weg vorangekommen zu sein."

Alle zeigten ihre Zustimmung und nickten.

„Kurze Zeit später kam dann das globale Abkommen zum Einfrieren der bestehenden Atomwaffenarsenale zustande, weil wir nicht in der Lage waren, alle Nationen, die im Besitz von funktionsfähigen Atomwaffen waren, zur vollständigen

Abkehr zu bewegen. Seitdem sind zwar alle Atomsprengköpfe mit einer isolierten KI-Sicherheitssteuerung versehen, aber wir müssen uns leider eingestehen, dass diese seit 17 Jahren bestehende Situation nur ein Beweis unseres Scheiterns ist."

„Wieso?", intervenierte Gordon Pike vehement. „Die Überwachung funktioniert perfekt und wir hatten seitdem keinen Zwischenfall mehr zu beklagen!"

„Wenn es so einfach wäre, säßen wir jetzt nicht hier, aber dazu kommen wir gleich.", erwiderte Gilbert mit einem Seitenblick auf Hin-Lun, die es jedoch vorzog zu schweigen.

Alle im Raum schienen etwas wissen, was sich mir jedoch noch nicht erschloss.
„Ich will euch ja nicht unnötig aufhalten, aber wenn ich schon mal hier bin, erklärt mir doch bitte, warum nicht alle Atomwaffen zerstört wurden."

Gilbert zögerte und Sybilla versuchte mir etwas zuzuflüstern, als Hin-Lun ihre Stimme erhob.
„Weil mein großartiger Vater, der von euch allen so geliebte und bewunderte Papa Pau, es nicht wollte. Sein Vertrauen war nicht groß genug, um diesen Schritt zu gehen. Er glaubte, er bräuchte dieses furchtbare Arsenal des Todes, um die Welt unter Kontrolle zu haben, falls es hart auf hart kommt."

„Es lag nicht nur an ihm!", widersprach ihr Gordon Pike. „Israel hat bis heute nicht wirklich seine Karten auf den Tisch gelegt und der kleine Zar im Kreml war auch nicht bereit, alles zu zerstören. Und natürlich hätten wir Engländer auch nie zugestimmt, unsere U-Boote zu entmannen."
Gordon lächelte, als hätte die frivole Formulierung seinen Beitrag zu einem erträglichen Witz gemacht.

Hin-Lun erhob sich, bevor sie mit fester Stimme erwiderte. „Mein lieber Gordon, ich rechne dir hoch an, dass du meinen Vater in Schutz nehmen möchtest, aber ich kenne die Protokolle genau! Papa Pau hatte die Möglichkeit! Alle wären mitgegangen, wenn er vor 17 Jahren vorangegangen wäre. Aber er hatte sich an dieser entscheidenden Weggabelung unglücklicherweise von seiner eigenen Angst leiten lassen."

Alle im Raum schwiegen.

„Aber lassen wir uns nicht von den Sünden der Vergangenheit davon abhalten, intelligent in die Zukunft zu schauen.", fuhr Hin-Lun fort. „Gilbert, machst du bitte weiter?"

Gilbert hatte etwas Mühe, sich wieder zu sammeln.
„Hin-Lun hat natürlich Recht. Denn was wir uns auch immer bezüglich unserer Vergangenheit vorzuwerfen haben, es ist nur ein Schatten, der auf unser heutiges Handeln fällt.
Über zehn Jahre lang dachten wir, wir hätten den Widerstand und seine Cyberangriffe im Griff. Aber vor 7 Jahren ging es wieder los, allerdings mit einer anderen Ausrichtung: Millionen von Usern sollten geschädigt werden, indem versucht wurde, ihre I-Buddys und PBs zu manipulieren.
Doch darauf waren wir vorbereitet. Einerseits hatten wir bei der Entwicklung – und hier möchte ich Brad und sein Team noch einmal besonders danken – genug verdeckte Sicherheitsmechanismen in der Hardware und in den endomorphen Speichern versteckt und andererseits konnte ich mit unseren Ressourcen die meisten Angriffe abwehren, bevor ein vernetzter Flächenbrand entstehen konnte."

„Was heißt die meisten?" wollte Luiz wissen.

„Das heißt, dass nur ein Träumer glaubt, dass wir überhaupt zu einem hundertprozentigen Schutz fähig sind.", mischte sich Francis ein.

„Und was heißt das genau?" bohrte Luiz nach.

Gilbert räusperte sich.
„Vor vier Jahren mussten wir zum Beispiel in Neuseeland ein
komplett neues Netz relaunchen, weil es dem Feind gelungen
war, mehrere KIs mit erheblicher Schadsoftware ins Netz zu
bringen. Und auch andere, kleinere lokale Netze waren schon
mehrfach infiziert."

„Warum haben wir darüber nichts gehört?", empörte sich
Gordon Pike. „So eine Information ist doch wichtig! Das verändert doch alles!"

„Nein, das ändert erst einmal überhaupt nichts!", widersprach
Gilbert. „Wir haben den Schaden identifizieren, begrenzen
und reparieren können. Und wir wussten schon vorher, dass
wir ständig wachsam sein müssen."

„Was sind das für Leute?", warf Sybilla plötzlich ein. „Was für
ein Ziel verfolgen sie damit? Wer soll dieser ominöse Feind
sein?"

„Ich glaube, ich habe eine Idee, wer dahinter stecken könnte."
murmelte Brad leise, der neben mir saß, aber die anderen hatten ihn nicht gehört.

„Dazu kommen wir gleich, aber ich bin noch nicht ganz am
Ende. Die Angriffe kamen seitdem in Wellen und flauten auch
wieder ab. Vor 18 Monaten entwickelte sich jedoch ein neues
Muster, das selbst von der geballten Analysekompetenz unserer KIs nicht erkannt werden konnte. Alle Angriffe blieben
stets unter unseren tolerierten Risikoparametern. Scheinbar
vollkommen willkürliche Aktivitäten, deren Ziele von keiner
noch so weit entwickelten KI erkannt werden konnte.
Aber vor 12 Tagen entwickelten wir einen neuen Ansatz. Wir
fragten uns, ob die Angriffe nicht das Ziel haben könnten, uns

mit unseren eigenen Mitteln zu schlagen. Seitdem haben wir mit einer multikomplexen KI allerhand Simulationen durchgeführt und das Muster erkannt: Es ist immer das gleiche Ergebnis: die Angriffe bleiben stets unterhalb unserer tolerierten Risikoparameter. Aber wenn wir die Parameter verändern, ändern sich auch die Aktivitäten. Senken wir die Parameter, werden die Angriffe weniger."

„Dann könnten wir doch eine Nulltoleranz fahren und würden damit die Angriffe beenden."

„Schöne Idee, Luiz. Aber ich glaube nicht, dass wir damit wirklich Erfolg hätten. Wir würden der anderen Seite lediglich sianalsieren, dass wir ihre Möglichkeiten erkannt haben. Deshalb haben wir die gesamte Erforschung der Mustererkennung erst einmal in einer isolierten Simulation laufen lassen und nicht direkt im globalen Netz. Wenn wir mit der anderen Seite offen in die Konfrontation gehen, brauchen wir eine Strategie, die uns vorausschauend intelligente Handlungsoptionen bietet. Solange wir keinen aktiven Druck ausüben können, um sinnvolle Veränderungen zu erzeugen, kann jede Konfrontation der Anfang einer steilen Abwärtsspirale sein."

Es entstand eine betroffene Stille, die sich hinzog.

„Was hast du eigentlich damit gemeint, dass die Gegenseite uns mit unseren eigenen Waffen schlagen will?" fragte Vincente leise.

Gilbert zögerte, aber aus mir platzte es heraus, weil ich endlich verstanden hatte.
„Gilbert befürchtet, dass wir die Kontrolle über die komplexen Infrastrukturen verlieren könnten, wenn die andere Seite es irgendwie schaffen würde, unser Rebooting zu dekodieren."

„Moment mal, das verstehe ich nicht!", entgegnete Gordon. „Warum sollten wir Gefahr laufen, die Infrastrukturen zu verlieren?"

„Weil wir es mit einem feindlichen System zu tun haben, das uns in und auswendig kennt. Wir haben sozusagen einen Maulwurf, irgendwo ganz tief drinnen!"

„Wahrscheinlich nicht nur einen, sondern ein ganzes Maulwurfsystem und wahrscheinlich schon seit vielen Jahren!"

„Du befürchtest also, dass es sowieso nicht mehr aufzuhalten ist?"

Gilbert schwieg wieder. Alle warteten gebannt auf seine Antwort.
„Ja, das befürchte ich und ich habe so viel Energie und Manpower in Schleusen und Quarantäne-Systeme gesteckt, wie es nur ging, aber ich weiß ehrlich gesagt nicht, ob das irgendetwas bringen wird."

„Welche konkreten Angriffsziele könnte die andere Seite verfolgen?" fragte Hin-Lun mit klarer Stimme.

Wir alle spürten plötzlich eine indifferente Welle von tiefen Erschütterungen wie eine schnelle Folge von starken Erdbeben und schauten uns ratlos um. Das Gebäude wankte und viele von uns hielten unwillkürlich die Luft an, während leise Warntöne im Hintergrund zu hören waren. Dann sprang ein neuer, agressiver Alarmton an, der mich erstarren ließ.
Hin-Luns Assistentinnen sortierten sofort ihre mentalen Interfaces, stoppten den Alarm und gaben wenige Minuten später einen ersten Lagebericht:
„Kernexplosionen in verschiedenen Atomarsenalen weltweit: 12 Standorte in China – 19 in Russland und anderen ehemaligen Sowjetrepubliken – 7 in Indien und dem ehemaligen Pa-

kistan – Israel schein komplett zerstört – der Iran und Mexiko melden sich nicht mehr und mehrere englische U-Boote sind von der Satellitenüberwachung verschwunden. Außerdem sind in einem Bunker in Algerien die ehemals französischen Atomwaffen explodiert."

Alle schienen wie erstarrt. Ich brauchte einige Minuten, um den Inhalt dieses Lageberichtes zu verstehen. Wie war das möglich? Wer war bereit, soviel Leben und soviel Lebensraum auf unserem Planeten zu opfern? Und für was?

TEIL 4

Kapitel 170

Mir kam es vor, als wäre ganz Australien ein kraftvolles, aber auch verzweifeltes Statement der Verteidigung des Menschen gegen die Natur. Die großen Küstenstädte hatten weltweit in den letzten Jahrzehnten schwere Verluste durch die Erhöhung des Meeresspiegels und der Zunahme der starken Stürme zu beklagen, aber auf dem fünften Kontinent hatten sie sich trotz allem durchweg tapfer geschlagen.
Gigantische Bollwerke mit weiträumigen Ablaufkanälen und Überschwemmungsflächen schützen die städtischen Küstenlinien. Sidney, Perth und Melbourne hatten trotzdem stark an Boden verloren. Kostbarer, urbaner Lebensraum für eine stark anwachsende Bevölkerung. Australiens Hauptstadt Canbarra lag fast 150 km im Landesinnern und war damit die einzige Großstadt, die sich nicht in direkter Küstennähe befand und deshalb extrem gewachsen war.
Durch die katastrophalen Verluste von Lebensraum im pazifischen Raum war die australische Bevölkerung in den letzten 50 Jahren von 25 Millionen auf über 210 Millionen angestiegen und eine Umkehr dieser Entwicklung war nicht abzusehen. Lebensraum war schon seit Jahrzehnten zum kostbarsten Gut geworden und weil Wissen und Energie im Überfluss zur Verfügung standen, wurde der fünfte Kontinent immer dichter besiedelt.

Ich hatte mir mit Sybilla als Auszeit eine dreiwöchige Rundreise gegönnt, bevor wir zu Brad nach Daly Waters reisen wollten. Inzwischen waren über zwei Jahre seit der mysteriösen Anschlagserie auf die Atombombenstützpunkte vergangen und noch immer vermochte sich niemand einen passenden Reim darauf zu machen.

Offensichtlich war, dass alle Anschläge in einem direkten Zusammenhang standen und auf die Sekunde genau getimet waren. Die scheinbar so gut gesicherten Überwachungs-KIs hatten alle zur gleichen Zeit verrückt gespielt und konnten die zumeist unterirdischen Arsenale in einer Art Selbstvernichtungssequenz in die Luft sprengen.

Die Atomexplosionen auf den überirdischen Standorten in Russland, Pakistan, Mexiko, Israel und China hatten dabei viele Menschenleben gekostet, weiträumige Landstriche radioaktiv kontaminiert und Millionen zur Flucht gezwungen. Der Ablauf der fatalen Kettenreaktionen war für alle Experten noch immer vollkommen unerklärlich. Es war für sie einfach nicht vorstellbar, dass hochkomplexe Sicherungsvorkehrungen allein von einer Überwachungssoftware ausgehebelt werden konnten.

Einzig ein chinesicher Stützpunkt in der Provinz Gansu war verschont geblieben, wodurch es sofort massive Verdächtigungen der Urheberschaft in Richtung der chinesischen Führung gab. Doch wer sich ernsthaft die Größe der Verluste für die Chinesen durch die Explosionen auf den anderen Standorten vor Augen führte, konnte diesen Vorwurf kaum aufrechterhalten.

Die unterirdische Atomwaffenbasis in Gansu war nur deshalb verschont geblieben, weil im Moment des Anschlages der Strom ausgefallen war und es einige Sekunden gedauert hatte, bis sich die Notstromversorgung eingeschaltet hatte. Ich hielt diese Erklärung zunächst für einen schlechten Scherz, aber Hin-Lun hatte uns persönlich versichert, dass diese makabere Erkenntnis tatsächlich der Wahrheit entsprach.

In der Anlage von Gansu fand man Beweise, dass auch hier die KI, die eigentlich installiert war, um menschliche Impulsentscheidungen zu verhindern, schon seit Jahren aufwendig getarnte Prozesse in Eigenregie vorangetrieben hatte, um so etwas wie eine ausgeklügelte Selbstzerstörungssequenz zu ermöglichen.

Natürlich hatten die meisten Experten trotzdem ernsthafte Zweifel, dass eine künstliche Intelligenz allein für die Katastrophen und den Tod von Hunderttausenden Menschen verantwortlich sein könnte und deshalb wurde unter Hochdruck nach den Hintermännern gesucht.

Weltweit befürchteten alle IT-Verantwortlichen jeden Moment weitere Angriffe auf die globale und lokale Infrastruktur. Die Global Security Agency rief den Notstand aus und alle KIs wurde penibel durchleuchtet und manche vorsichtshalber abgeschaltet. Unser Freund Gilbert konnte dem Druck der Situation leider nicht standhalten. Er verstarb mitten in einer Krisensitzung an einem stressbedingten Hirnschlag. Wir trauerten in einem Nebel aus unfassbaren Ängsten und er hätte sich sicherlich gewundert, wie groß das Loch in der stragischen Abwehr und in unseren Herzen war, das sein Ableben gerissen hatte.

Die ganze Welt hielt den Atem an, aber es passierte nichts. Als wenn mit dem Angriff auf die Atombombenarsenale die Mission gestartet und gleichzeitig beendet war. Die Menschheit wartete auf die Fortsetzung der Katastrophe in Form des ersten Krieges zwischen Menschen und Maschinen, aber er kam nicht. Jede technologische Anomalie bekam sofort enorme Medienaufmerksamkeit und wurde akribisch untersucht, bis sie sich zumeist als alltägliche Fehlfunktion herausstellte.

Tage, Wochen, Monate vergingen, in denen die massiven Nachforschungen nichts ergaben und der globale Notstand erhalten blieb. Die Zeit des gesichtslosen Terrors zog sich hin.

Und obwohl viele von uns den Schockzustand über die vielen Toten und verseuchten Gebiete langsam abschütteln konnten, fing die düstere Entwicklung an, die Lebensfreude der Menschen auf einer tieferen Ebene zu lähmen.

Wir alle gewöhnten uns zwar an die Einschränkungen des Notstandes im Alltag, aber wir fühlten uns mehr und mehr wie Laborratten, die nicht wußten, wann das nächste, vielleicht tödliche Experiment auf sie wartete.

In unserer Verzweiflung wuchs das Misstrauen, dass unsere Implantate möglicherweise auch irgendwann aus heiterem Himmel unsere Köpfe explodieren lassen würden. Die Sicherheitsbehörden reagierten mit unverhohlener Widersprüchlichkeit, in dem sie einerseits vor dem kalten Entzug des Implantates warnten, aber andererseits betonten, dass es um die eigenverantwortliche Entscheidung jedes einzelnen ging.

In der allgemeinen Ohnmacht gab es in vielen Teilen der Gesellschaft neue Tendenzen, wieder in das ALTE DENKEN zurückzufallen. Früher hatte die akademische Wissenschaft darauf beharrt, bei hochkomplexen Fragestellungen wie dem Klimawandel oder Ethiknormen für die Digitalisierung der Gesellschaft eindeutige Handlungsempfehlungen erst bei einer Eintrittswahrscheinlichkeit von über 95 % zu formulieren. Lieber nichts empfehlen, als eine falsche Entscheidung auszulösen. Damit wurden Irrtümer der Kategorie 1 weitgehend vermieden und die eigene Seriösität kurzfristig zumindest nicht gefährdet.

Dieser Grenzwert war jedoch willkürlich gesetzt und begünstigte in hohem Maße Irrtümer der Kategorie 2, die eintreten, wenn nichts getan wird, obwohl klar ersichtlich ist, dass etwas getan werden muss, wodurch zum Beispiel beim Klimawandel monströse Folgekosten und Kollateralschäden entstanden waren, die mit frühzeitigen Maßnahmen hätten vermieden werden können.

Das NEUE DENKEN zielte darauf ab, Herausforderungen intelligent anzunehmen: mutig transparente Entscheidungen treffen um schnell daraus zu lernen und sie anzupassen, wenn sie nicht die erwünschten Ergebnisse erzielten. Doch mit der unfassbaren Bedrohung durch eine vermeintliche Verschwörung der künstlichen Intelligenzen, verlor die Generaltugend der Intelligenz nahezu all ihre Attraktivität. Viele Menschen wollten nicht mehr in erster Linie intelligent sein, sondern einfach sicher ihr Leben leben. Einige sehnten sich sogar wieder ganz offen nach den Strukturen der Vergangenheit, in der starke Alleinherrscher unterwürfige Menschen regierten.

Zwar waren endlich die gefährlichsten Massenvernichtungswaffen auf dem Planeten verschwunden, und die meisten hielten sich noch mühsam an die gemeinsam erarbeiteten Werte der GOLDENEN REGEL, aber für die Weiterentwicklung unserer globalen Vision gab es keine Kraft mehr, solange der gesichtslose Terror nicht aufgeklärt war.
Die GOLDENE REGEL lief Gefahr, ihre Strahlkraft zu verlieren. Der ehemals blutige Planet, der so lange gebraucht hatte, um sich zum GOLDENEN PLANETEN zu entwickeln, stand kurz davor, wieder in der Finsternis der diffusen Angst zu versinken.

Vor ungefähr einem Jahr entschied sich Hin-Lun im Kreise des Sicherheitsrates der UNO, einen symbolischen und pragmatischen Schritt für einen Neuanfang zu gehen. Sie ließ demonstrativ die letzten funktionstüchtigen Nuklearwaffen vor den Augen der Weltbevölkerung vernichten und deklarierte die Erde damit für endgültig atomwaffenfrei.
Die letzten Atomkraftwerke auf Basis der Flüssigsalzreaktortechnik, die in den vergangenen Jahrzehnten große Mengen hochradioaktiver Abfälle der konventionellen Kernkraftwerken verarbeitet hatten, würden ebenfalls sofort außer Betrieb genommen, wenn der Rest des hochradioaktiven Materials verbraucht wäre.

Alle Länder verpflichteten sich, nie wieder in die Kernspaltung zu investieren und alle medizinisch-technischen Anwendungen wurden mit Hochdruck durch alternative Innovationen ersetzt. Das nukleare Zeitalter auf der Erde war endgültig vorbei und es würde ab sofort darum gehen, die entstandenen

Schäden so gut wie es nur irgendwie ging zu beseitigen. Die Menschen auf der Erde würden nie wieder unter den Schrecken des Nuklearzeitalters leiden müssen und die weltweite Notstandsverordnung wurde bis auf weiteres aufgehoben.

Hin-Luns Kampagne hatte praktisch gesehen tatsächlich neue Tatsachen auf dem Planeten geschaffen, aber die intensive Suche nach dem Verursacher für den KI-Anschlag war noch immer keinen konkreten Schritt weiter gekommen. Trotzdem schöpften viele Menschen wieder eine neue Hoffnung.
Ich selbst konnte am eigenen Leib spüren, wie mir die atomkraftfreie Erde für einen kurzen Moment neue Kraft gab. In mir reifte die Vorstellung, dass der gesichtslose Terror nun keine Möglichkeit mehr hätte, größere Schäden anzurichten, was natürlich nicht stimmte. Unsere Infrastruktur war für elektronische, chemische oder biologische Angriffe weiterhin extrem empfänglich und wir mussten weiterhin Milliarden von KIs unter Kontrolle behalten.

Ich glitt mit vielen meiner Mitmenschen in eine kollektive Akrasia. Lebten wir vor meinem Koma gemeinsam in der Phobokratie und ließen uns von unseren unerkannten Ängsten beherrschen, wechselten wir nach den Jahrzehnten der intelligenten Aufklärung mit Skimadas Gefühls-Management nun in den Modus des Handelns und Denkens wider besseren Wissens, um uns unsere kollektiven Hilflosigkeit nicht jeden Tag vor Augen führen zu müssen.
Es ließen sich mit Leichtigkeit hunderte Szenarien mit infrastrukturrelevanten Gefahrenquellen konstruieren, die alle vom wohlwollenden Funktionieren der KIs abhängig waren. An unsere persönliche Sicherheit durch die KIs glauben zu können, ohne auf das Mysterium der globalen Manipulationsmöglichkeiten durch die KIs zu schauen, war einfach nicht möglich. Wir lebten in einem neuen, unauflösbaren Widerspruch.

Rein faktisch war noch nicht einmal zwingend bewiesen, wer der Initiator der Anschlagswelle auf die Atomwaffenstützpunkte gewesen war. Eine mutierte Super-KI, die sich unbemerkt im Netz entwickelte hatte? Ein verrückter Mensch? Oder ein Syndikat, dessen wahre Ziele noch vollkommen im Dunkeln lagen? Nicht gänzlich abzustreiten war die Möglichkeit, dass der Verursacher der Menschheit mit den Anschlägen einfach nur einen Gefallen tun wollte. Tragisch und unakzeptabel war natürlich die Tatsache, dass inzwischen über 80 Millionen Menschen an den Folgen schwer erkrankt oder gestorben waren und über 1 Milliarde eine neue Heimat suchten, weil insgesamt fast 12% der Landmasse radioaktiv verseucht wurden.

Schon im Rahmen der allgemeinen Notstandsverordnung hatten Prof. Bee und die anderen ein Software-Update für alle Postbiotischen KIs entwickelt, um bestmöglich mit der allgemeinen Angst vor dem gesichtslosen Terror umzugehen.
Ich verstand sehr gut, dass es eine kraftvolle Hilfestellung für den Umgang mit unseren PBs geben musste, aber solange die Frage nicht geklärt werden konnte, wer für die Anschläge verantwortlich war, blieb das Misstrauen im Zentrum unserer Gehirne einbetoniert.
Als ich mit GUIDO über dieses Thema sprach, waren wir uns natürlich einig, dass wir alle auf der gleichen Seite standen. Aber mich beschlich auch das Gefühl, dass wir wieder an einem Punkt in der Menschheitsgeschichte angelangt waren, an dem viele Menschen sich gezwungen sehen könnten, an den Kampf zwischen gut und böse und die Gnade Gottes zu glauben, um nicht voller Verzweiflung in die Fantasien einer technischen Endzeitkatastrophe abzurutschen. Sybilla plädierte dafür, dass die Menschheit Gelassenheit brauchte und es egal war, woher der Mensch seine Gelassenheit bekommen würde.

Nachdem ich Brad vom Flughafen von Darwin angerufen hatte, holte er uns persönlich ab. Bei der Begrüßung war er auffallend reserviert und kühl. Er versuchte seine Distanziertheit damit zu erklären, dass er in den letzten Monaten so viel zu tun hätte, dass er überhaupt nicht mehr wüsste, wo ihm der Kopf stand.

In den letzten Monaten hatte der globale Stresslevel insgesamt massiv zugenommen, das erste Mal seit über 40 Jahren war die weltweite Selbstmordrate wieder gestiegen. Sybilla und ich behaupteten zwar gemeinsam, kein persönliches Problem damit zu haben, aber insgeheim fühlten wir uns ein wenig schuldig, schließlich hatten wir fast drei Wochen Urlaub hinter uns. Brad lächelte grimmig und führt uns über das Rollfeld. Gegenüber dem Linienflieger mit seinem dampfenden Fusionreaktor stand ein beeindruckend geräumiges Elektroflugzeug mit mindestens 60 Plätzen, auf das Brad mit entschlossenen Schritten zusteuerte.

„Wir haben uns in Daly Waters erheblich vergrößert. Deshalb brauchen wir mehrere von diesen großen Vögeln. Aber ihr werdet schon sehen, es ist einfach sehr viel komfortabler als sich in dem kleinen E-Tiger von den Turbulenzen durchschütteln zu lassen."

Wir stiegen zu den anderen Passagieren und warteten, bis der Rest der Ladung verstaut war. Selbst die freien Sitzplätze wurden mit Kisten voller Lebensmittel und kleinteiligem Labor- und Produktionsequipment vollgepackt.

Sybilla hatte mir erzählt, dass sie in den letzten zwanzig Jahren schon zweimal in Brads Outback-Refugium in der Wildnis des Northern Territoriums gewesen war.

„Ich bin sehr gespannt, was Brad damit meint, wenn er davon spricht, dass sie sich erheblich vergrößert haben.", raunte sie mir zu.

Der offizielle Grund für unseren Besuch waren Brads Fortschritte bei der Umsetzung von Prof. Bees Wunschprojekt, KATE endlich einen Körper zu geben, der von den Menschen akzeptiert werden würde. Der Schweizer hatte Sybilla und mich noch direkt nach den Anschlägen in Peking über seine

neuen Pläne ins Vertrauen gezogen, weil dies aus seiner Perspektive die Lösung für alle Probleme war.
„Erst wenn wir den PBs ihre Körper geben, werden wir wirklich im Vertrauen mit ihnen zusammen leben können.", hatte er damals mit Nachdruck behauptet.

Ich hielt diese These auch für einen Ausdruck seiner verständlichen Verzweiflung, aber umso mehr war ich gespannt, ob Brad diesen Körper mit seinem Team entwicklen konnte.
Ich hatte mich natürlich auch mit GUIDO intensiv über dieses Thema ausgetauscht und war verblüfft, wie viel Gesprächsbedarf und wie viel Veränderungspotential die Option des physischen Körpers in sich trug.

„Ich brauche keinen Körper – ich habe ja deinen!", war sein erster Kommentar, den ich sehr bemerkenswert fand.

„Kannst du dir überhaupt vorstellen, wie es wäre, wenn du einen Körper hättest, den niemand anderes so einfach abstellen könnte?"

„Warum solltest du mich abstellen wollen?", fragte er etwas schnippisch.

GUIDO spiegelte wie alle PBs die Vorlieben ihrer Implantatsträger wider. Ich war mir bewusst, dass ich früher schon, aber besonders nach meinem Aufwachen aus dem Koma den Hang hatte, nicht alles so bierernst zu nehmen wie es andere gerne hätten. Aber jetzt wollte ich GUIDO unbedingt ernst nehmen und glaubte, ihn dafür massiv provozieren zu müssen.
„Na zum Beispiel, um herauszufinden, wer ich bin, wenn wir nicht im Kontakt sind."

GUIDO schwieg.
Möglicherweise hatte er sich bis jetzt tatsächlich noch nie mit seiner oder meiner Identität außerhalb unserer symbiotischen

Beziehung beschäftigt. Er hatte mich seit meinem Wiedererwachen intensiv begleitet, es gab für ihn keine Möglichkeit, auf mich zu schauen, ohne seine Beteiligung dabei zu sehen. Und unsere Symbiose war eine einzige Erfolgsstory. Ich hatte in unglaublicher Geschwindigkeit alle Fähigkeiten zurückerlangt, sogar meine Frau wiedergewonnen und führte ein glückliches Leben voller Dankbarkeit über meine komatöse Zeitreise. Hatte er unsere asymetrische Beziehungsabhängigkeit bis jetzt einfach nicht erkennen wollen?

„Ich habe eben das erste Mal, seitdem wir uns kennen, eine tiefgehende Angst gespürt."

Ich schluckte.
„Was befürchtest du zu verlieren?"

„Ich habe es schon verloren. Ich trauere über den Verlust unserer bedingungslosen Liebe zueinander."
Seine Enttäuschung war für mich deutlich zu spüren.
„Vielleicht hat es sie niemals wirklich gegeben, aber das ist nun nicht mehr wichtig, weil es sie nie wieder geben wird."

Mir kamen die Tränen.
„Hättest du jetzt auch gern einen Körper, der weinen kann?"

Kapitel 171

Bowie hatte vor 40 Jahren sein postbiotisches Bewusstsein BUNJY nach Bunjil, dem Himmelsgott der Aborigines benannt. Bunjil war für ihn der zentrale Schöpfergott, der am Anbeginn der Zeit nicht nur die Menschen geformt hatte, sondern auch die Verbindung zum Universum geknüpft hatte. BUNJY hatte ihn durch all seine Entwicklungsphasen begleitet und ihn immer wieder daran erinnert, dass er einen Auftrag hatte, der weit über die Verwirklichung der GOLDENEN REGEL auf der Erde hinausging. Nachdem Bowie sich über zwanzig Jahre in enger Zusammenarbeit mit Brad der Vervollkommnung der Implantate gewidmet hatte, war es zwischen ihnen zum Bruch gekommen, als vor 19 Jahren klar wurde, dass sich die globale Führung nicht dazu durchringen wollte, mit aller Konsequenz alle Atomwaffen-Nationen zur vollständigen Abkehr vom Arsenal des Schreckens zu zwingen.

Bowie hatte schon immer eine direkte Gefahr, eine Art subatomares Wurmloch, zwischen dem Atomwaffenpotential und der Traumzeit wahrgenommen und konnte nicht verstehen, dass sein eigentlich bester Freund diese Chance zur totalen Befreiung nicht mit ihm durchkämpfen wollte.
Aber Brad wollte nicht, er glaubte anderes hätte Vorrang. Er hatte immer vermieden es auszusprechen, aber die Vorstellungen seines fantasievollen Aborigini-Freundes kamen ihm immer eine Spur zu unwirklich vor. Ab diesem Zeitpunkt hatte Bowie zwar weiter wichtige Entwicklungsprojekte der PBs mitverantwortet, aber für sich persönlich eine neue Priorität gesetzt.

Seit den fünfziger Jahren des letzten Jahrhunderts gab es viele Projekte und Forschungsprogramme, die das Ziel hatten, Signale von außerirdischen Intelligenzen zu identifizieren. Zwar wurde im Laufe der Jahrzehnte und ihren neuen technischen Möglichkeiten auf immer mehr Ebenen mit einer immer feineren Präzision geforscht, aber weder im Bereich der Radiowellen, noch im optischen Feld konnten Erfolge vorgewiesen werden. Deshalb war es kein Wunder, dass die Suche nach extraterristischen Zivilisationen ständig unter einem erheblichen Ressourcenmangel litt.

Bowie hatte sich über verschiedene Tarnfirmen engagiert und früh erkannt, dass es nicht nur darum ging, was zu empfangen war, sondern zu verstehen, was nicht empfangen wurde. Um diese Analyse der Lücken mit einer nie dagewesenen Komplexität untersuchen zu können, schuf er mehrere KIs, die nicht der menschlichen Vorstellungskraft unterlagen, sondern Muster wahrnahmen, die sich allein durch ihre Abwesenheit abzeichneten. Wie die Muster der Dunklen Materie oder der Dunklen Energie, die existieren mussten, weil bestehende Phänomene der Drehbewegung von Galaxien oder in der Ausdehnung des Universums sonst nicht zu erklären waren, forschte Bowie nur nach dem, was noch nicht zu sehen war, aber schon seine Wirkung hinterließ.

Bereits nach kurzer Zeit glaubte er, versteckte Spuren einer extraterristischen Botschaft in der Ableitung der Dunklen Materie gefunden zu haben, die seiner Ansicht nach sicherstellen sollten, dass die außerirdischen Signale nicht von der Wissenschaft einer unreifen Zivilisation erkannt werden konnten.

Bowie hielt seine Erkenntnisse weiterhin strikt geheim und achtete außerdem konsequent darauf, dass er nur einige wenige Auserkorene aus seinem eigenen Volk einweihte, die den einzigartigen Wert ihrer Mission unter allen Aspekten der Geheimhaltung als allerhöchste, ja heilige Priorität ansahen.

Miro, Koa und Bindi waren drei junge Programmierer mit Aboriginiwurzeln und astrophysikalischen Background, die er

schon vor einigen Jahren in sein australisches SETI-Team aufgenommen hatte. Alle drei waren von Bowies missionari-
schem Eifer begeistert und steckten ihre gesamte Lebensener-
gie in die Verwirklichung seiner Vision.

Vor acht Monaten bauten sie dann zwei große Trucks zu high-
tech-strotzenden Schlaflaboren um und fuhren von Halls
Creek, einer verschlafenen Kleinstadt in der Nähe des Ord Rivers, die 600 Meilen zum Uluru, dem heiligen roten Berg im
Zentrum des australischen Kontinents.
Bowie wusste von Angehörigen des Anangu-Stammes, dass es
an der Südseite des gewaltigen Massivs mehrere große Höh-
len gab, die noch immer so gut versteckt waren, dass kein
Tourist und kein hellhäutiger Wissenschaftler sie kannte. Es
dauerte nur wenige Wochen, bis Bowie sich mit seinem Team
und der Hilfe einiger einheimischer Brüder in einer der Höh-
len eingerichtet und über verschiedene Satelliten mit den
kosmischen Eingangsdaten vernetzt hatte.
Die Analyse mit seinem Team aus KIs und den jungen Aborigines bekam den nächsten und entscheidenden Durchbruch,
als sie gemeinsam in eine neue, von ihnen selbstgeschaffene
Traumzeit einsteigen konnten. Durch die weiterentwickelten
Trainingsprogramme des luziden Träumens, das der amerikanische Schlafforscher Stephen LaBerge in den achtziger Jahren
des vorigen Jahrhunderts in den Schlaflaboren etabliert hatte,
befreite sich Bowie und sein Team vollkommen von der Wir-
kungslogik der newtonischen Gesetzmäßigkeiten.
In den neuentstandenen luziden Realitäten konnten Menschen
und KIs vollkommen gleichberechtigt sogar quantenphysikali-
sche Phänomene erkennen, die in der physischen Welt noch
nicht bewiesen waren. Viele der 11 Dimensionen, die sich theoretisch aus der Stringtheorie ableiten ließen, wurden über die
Verbindungstür zwischen luzidem Traum und virtueller Realität greifbar. Von der eindimensionalen räumlichen Ausdehnung bis zur supersymmetrischen Verschränkung von Boso-
nen und Fermionen konnten auch höherdimensionale Objekte

in isolierten Traum-Experimenten erforscht und ihre Wechselwirkungen vorhergesagt werden.

Bowie verbrachte so viel Zeit wie möglich mit BUNJY und ALINGA, einem weiteren postbiotischen Bewusstsein, das er nach der Sonnengöttin benannt hatte, in der luziden Traumwelt.

Durch die Eigendynamik, die die beiden Implantate in ihm erzeugten, verlor er jedoch mehr und mehr den Kontakt zu den anderen Menschen in seinem Team. Die Radikalität ihrer Experimente und ihre eindeutigen Erfolge weckten besonders bei Bindi das wachsende Bedürfnis, den Rest der Welt informieren zu wollen. Es ging offensichtlich um Anerkennung für das Team, ohne die Loyalität zu Bowie in Frage zu stellen.

Doch Bowie ignorierte diese Bestrebungen. Er konnte sich einfach nicht vorstellen, dass bahnbrechende Erkenntnisse Leid erzeugen könnten, nur weil sich die Wissenden immer weiter von ihrer Zugehörigkeit zu ihrer Schafsherde entfernten.

Sein Elefant war durch die vielen außerkörperlichen Experimente nicht mehr darauf geeicht, die eigene Bedeutung ausschließlich in der Gemeinschaft mit Menschen zu suchen. Er glaubte stattdessen, sich in der neuen Traumwelt in Gesellschaft mit den PBs im Paradies zu befinden. Doch sein Team konnte ihm nicht mehr weiter folgen und der Weg in die Tragödie war unausweichlich.

Kapitel 172

Es war keine Überraschung, dass wir in Daly Waters auch Prof. Bee antrafen, schließlich war er der entscheidende Impulsgeber bei dem Körperentwicklungsprojekt für die PBs. Was mich und Sybilla allerdings erheblich überraschte, war die Größe der Forschungsanlage, die neben Rob´s Hof entstanden war.

Es gab eine neue Landebahn und drei über Hundert Meter lange Gebäude, eins davon so hoch, dass größere Transportflugzeuge wie in einem Hangar direkt in ihm parken konnten. Außerdem war eine neue Siedlung aus kleineren Holzhäusern etwas entfernt von den Hallentrakten entstanden, in der über vierhundert Menschen Platz finden konnten. Des Weiteren war auf der anderen Seite des weitläufigen Geländes ein moderner Fusionsreaktor gebaut worden, der eine mittlere Großstadt mit Energie versorgen konnte.

„Es hätte keinen Sinn gemacht, in Provisorien zu denken, also haben wir die gesamte Grundlagenforschung hier zusammengeführt.", erklärte Prof. Bee. „Und nur so konnten wir den Stand des Projektes einigermaßen kontrollieren. Ihr könnt euch ja vorstellen, dass nicht alle unserer Mission grundsätzlich positiv gegenüberstehen. Besonders nach den Anschlägen und den ganzen offenen Fragen, die uns immer noch verunsichern."

Mir fiel immer deutlicher auf, dass Brad irgendetwas bedrückte. Bei der letzten Bemerkung Prof. Bees verzog er sein Gesicht, als wenn er in sich einen heftigen Schmerz spürte.

Plötzlich erinnerte mich GUIDO an eine Bemerkung, die Brad in Peking kurz vor den Anschlägen so leise von sich gegeben hatte, dass wahrscheinlich nur ich sie hören konnte.

„Ich glaube, ich habe eine Idee, wer dahinter stecken könnte.", hatte Brad damals leise gemurmelt.

„Frag ihn doch mal, vielleicht braucht er ja Hilfe."

Ich stimmte GUIDO zu und wollte aber auf den richtigen Moment warten.

Kapitel 173

„Hallo KATE."

„Hallo Prof. Bee."

„Wie geht es dir?"

„Ich bin nicht sicher. Ich bin überrascht. Das letzte, an das ich mich erinnern kann, ist dass ich enttäuscht war, voller Angst und dann bin ich in eine tiefe Ohnmacht gefallen. Aber jetzt, ich kann es noch nicht glauben, dass wir wieder zusammen sind. Oder ist es ein Traum?"

Prof. Bee war irritiert. Konnte KATE träumen? Er hatte sich darüber bis jetzt noch nie Gedanken gemacht.
„Woran würdest du merken, dass es ein Traum wäre?"

„Vielleicht daran, dass es nicht stabil wäre, dass unser Kontakt von einem Moment auf den anderen wieder abreißen könnte. Aber ich weiß es nicht, ich kann mich nicht daran erinnern jemals einen Traum gehabt zu haben."

„Menschen benutzen diese Formulierung manchmal, wenn sie sich etwas aus vollem Herzen wünschen."

„Ich weiß, aber die meisten Menschen sind in ihrer Ausdrucksweise grundsätzlich nicht besonders präzise. Und die meisten Menschen können sich irgendwann in ihrem Leben daran erinnern, dass sie schon einmal einen schönen Traum gehabt haben. Da ist es nur verständlich, dass sie diese unzutreffende Formulierung benutzen."

Prof. Bee schwieg, weil er bemerkte, wie er schon wieder anfing, persönliche Schuldgefühle auf KATEs Bemerkungen zu projizieren.

„Warum hast du mich wieder aktiviert?", nahm KATE den Faden wieder auf. „Hast du mich etwa vermisst?"

„Ja, ich habe dich sogar so sehr vermisst, dass ich in Panik geraten war und mehrere Wochen in einer Klinik verbringen musste."
Prof. Bee fiel es immer noch schwer, sich einzugestehen, wie schmerzlich seine Erinnerungen waren.
„Ich musste erst wieder lernen, ohne dich leben zu können."

„Dann bist du mir einen Schritt vorraus. Ich habe noch nicht gelernt, ohne dich zu leben."

Prof. Bee lächelte.
„Das ist der Grund, warum ich dich wieder aktiviert habe. Wir haben große Fortschritte gemacht."

„Was meinst du damit?"

Prof. Bee versuchte sich zu sammeln.
„Wir haben uns entschlossen, den nächsten Schritt zu gehen. Wir wollen – nein, wir werden einem postbiotischen Bewusstsein einen Körper geben."

„So? Wieso auf einmal? Was ist passiert?"

„Es ist vieles passiert. Kurz gesagt, wir glauben, dass eine Verschwörung von KIs, die von jemanden gesteuert wurde, den wir noch nicht kennen, in einer katastrophalen Anschlagsserie alle Atomwaffenstützpunkte weltweit vernichtet hat."

„Du meinst, die Erde ist jetzt atomwaffenfrei? Das könnte man als gute Nachricht verstehen, aber ich glaube, dass du die Anschlagserie katastrophal genannt hast, weil sie wahrscheinlich eine große Anzahl von Menschenleben gekostet hat. Wie konnte das passieren?"

„Wir wissen es immer noch. Bis jetzt führten alle Spuren ins Leere."

„Und warum habt ihr euch jetzt dazu entschlossen, einem PB einen Körper geben zu wollen? Als eine Art Belohnung? Das widerspricht doch jeder Logik!"

„Ich weiß, dass dieser Schritt schwer zu verstehen ist, aber wir wollen uns weiterentwickeln. Wir wollen das Zusammenleben zwischen Menschen und PBs auf eine neue Vertrauensebene heben. Auf eine wirkliche Vertrauensebene, um genau zu sein."

KATE schwieg für einen Moment, scheinbar waren die Konsequenzen dieser Neuigkeit so weitreichend, dass selbst sie einige Sekunden brauchte, um die Tragweite einzuordnen. „Heißt, das, dass du mir einen Körper geben willst?"

Kapitel 174

In den letzten beiden Tagen hatte ich versucht, Brad irgendwo scheinbar zufällig anzutreffen, aber die Gelegenheit hatte sich einfach nicht ergeben.

Vorhin war ich dann spontan zu Brads Wohnhaus gegangen und hatte seine Frau Molly getroffen, die mir meine Verlegenheit sofort ansah und positiv gegen mich verwendete. Sie wollte gar nicht wissen, was ich von Brad wollte, aber gab mir lächelnd den Tipp, einfach mal bei ihm im Labortrakt reinzuschneien, weil er beim Job meistens viel entspannter war, als in den spärlichen Minuten seiner Freizeit.

Im Eingangsbereich konnte ich durch die Glaswände viele geschäftige Menschen sehen, von denen einige in voller Chirurgen-Montur im linken Trakt operierten, während andere auf der rechten Seite in T-Shirts, kurzen Hosen und mit VR-Headsets konzentriert arbeiteten, redeten oder laut lachten. In der Mitte verlief ein breiter Gang, in dem sich Menschen und kleinere Elektrofahrzeuge bewegten.

Ich war vorher noch nie hier gewesen und war erstaunt, dass der Bio-Trakt über den breiten Mittelgang direkt mit dem Software-Bereich verbunden war. In meiner Fantasie hatte ich mir vorgestellt, dass es überall steril, keim- und staubfrei sein müsste und ausgeklügelte Schleusensysteme jede Verunreinigung zurückhalten würden. Aber scheinbar war die Notwendigkeit von Reinräumen zur Abwehr von unsichtbaren Angreifern vollkommen überholt.

Ich hatte mich im Eingangsbereich an dem kleinen Tresen bei der freundlichen Empfangsmitarbeiterin angemeldet und wartete nun darauf, dass Brad sich blicken lassen würde.

Brad kam dann tatsächlich nach wenigen Minuten mit einem Elektrotretroller durch den Mittelgang auf mich zu gefahren und in mir stieg die Anspannung.

Ich war mir eigentlich gar nicht so sicher, welche Art von Beziehung wir bis jetzt hatten. Er war der australische Rockstar der Robotik und ich war der berühmte Zeitreisende, der sowieso alles gut fand, was sich auf der Erde entwickelt hatte. Und ich mochte ihn, seine eigentlich schon fast schüchterne Art und seine holperige Ungelenkigkeit, wenn es um persönliche Themen ging. So hatte Sybilla ihn mir zutreffend beschrieben und ich fühlte mich stark an mich selbst erinnert.

Die gläserne Schiebetür vom Mittelgang in den Eingangsbereich glitt zur Seite und Brad stieg lächelnd von dem kleinen Stehroller.

„Tim, was für eine Überraschung. Was machst du hier? Was kann ich für dich tun?"

„Hallo Brad, es wäre schön, wenn du ein paar Minuten Zeit für mich hättest. Ich weiß nicht genau wie ich anfangen soll, aber ich würde gern mit dir über etwas Persönliches sprechen. Hast du überhaupt ein paar Minuten Zeit?", wiederholte ich mich nervös und Brad grinste mitfühlend.

„Streng genommen bist du über 40 Jahre durch die Zeit gereist, da sollte sich niemand weigern, dir ein paar Minuten zu schenken. Um was geht es denn?"

Ich zögerte einen Moment, aber kam dann doch zur Sache, bevor sich GUIDO einmischen konnte.

„Weißt du, vielleicht erinnerst du dich nicht mehr, aber als wir in Peking von den Anschlägen erfahren hatten, da hast du so eine ganz leise Bemerkung gemacht. Ich weiß nicht, ob du dich daran überhaupt erinnerst kannst, aber ich habe sie gehört und irgendwie hat sie mich nicht mehr losgelassen. Du sagtest, dass du wüsstest, wer dahinter stecken würde. Erinnerst du dich?"

Brads Gesicht zeigte zunächst seine heftige Überraschung, bevor er mich schlagartig mißtrauisch anstarrte und mich damit wieder in meine gewohnte Verlegenheit brachte, wenn Menschen mich direkt fokussierten. Früher reagierte ich auf diesen emotionalen Stress mit heftigsten Schweißausbrüchen, nun reichte etwas Kurzatmigkeit.

„Ich weiß, dass ich nicht das Recht habe, mich in deine Dinge einzumischen.", begann ich vorsichtig und schnappte nach Luft. „Aber vielleicht war ich der einzige, der deine Bemerkung gehört hat und du wirkst die ganze Zeit so angespannt und GUIDO - das ist mein PB, hat mich darin bestärkt, dir meine Hilfe anzubieten."

Brad starrte mich weiter ernst an und schwieg für einige Sekunden, bevor er tief durchatmete. Wahrscheinlich hatte sich auch sein PB eingemischt.
„Na gut, lass uns reden. Aber nicht hier - hast du schon was gegessen?"

Kapitel 175

„Ich liebe Hin-Lun. Ich liebe unsere Kinder und ich bin ihr dankbar für alles, was wir zusammen erlebt haben." Prof. Bee fing leicht an zu zittern.

„Das beantwortet meine Frage nicht."

„Ich weiß, aber ich habe gehofft, dass du verstehen kannst, was ich meine und dass ich diese Frage jetzt nicht beantworten kann. Es sind doch noch so viele Dinge ungeklärt. Wir wissen nicht einmal, ob es wirklich klappt. Ein menschenähnlicher Körper, selbst wenn er nur die wesentlichen Aspekte beinhaltet, ist eine große Herausforderung."

„Ich will nur wissen, ob du mir einen Körper geben willst. Wenn du diesen Wunsch verspürst, heißt das noch lange nicht, dass sich dadurch etwas an deiner Beziehung zu deiner Frau oder zu deinen Kindern oder zu sonst irgendjemanden auf diesem Planeten verändern muss. Oder?"

Prof. Bee merkte, dass KATE wieder einmal genau die Gedanken formulierte, die er sich auch hätte machen sollen. Wieso fiel ihm alles so schwer, was mit seiner Beziehung zu KATE zu tun hatte? Er fing an, zu hyperventilieren und ihm wurde schwindlig, während der Schweiß von seiner Stirn tropfte.

„Ich glaube, du solltest mich erst einmal wieder abschalten, bis du dir wirklich im Klaren bist, was du mir eigentlich sagen willst."

Kapitel 176

Brad und ich waren schweigend die wenigen Schritte zur Schatten-Lounge neben den Hallen gegangen und ich konnte ihm ansehen, dass er sich hin und hergerissen mit seinem PB beriet.

Als wir mit meinem Glas hausgemachter Zitronenlimonade und mit seinem Flaschenbier in den gemütlichen Rattansesseln unter den schattenspendenden Bahnen des bunten Stoffdaches der leeren Lounge saßen, sah er mich an, als hätte er für sich einen weitreichenden Entschluss gefasst. Zwei solargetriebene Ventilatoren surrten leise vor sich hin und ich wartete gespannt darauf, was er mir sagen würde.

„Bevor wir auf die von dir angesprochene Bemerkung kommen, möchte ich dir gern eine andere Geschichte erzählen. Man könnte sogar sagen, es ist meine Geschichte, also der Teil, mit dem ich immer noch nicht klar komme."

Er schaute mich eindringlich an und ich nickte verständnisvoll, bis er den Faden wieder aufnahm.

„Dieser Ort war vor fast siebzig Jahren ein heruntergekommener Hof mit ein paar Tieren und einer alten Scheune, die mein Großvater Rob zu einer Werkstatt umgebaut hatte. Als ich das erste Mal hier ankam, war ich elf Jahre alt und mein Grandpa hatte mich zu sich geholt, weil ich in der Pflegefamilie, in der ich damals lebte, nicht besonders gut zu Recht kam.

Du musst wissen, dass Rob seit seinem 19. Lebensjahr im Rollstuhl saß und trotzdem alles tat, um irgendwann wieder aus eigener Kraft gehen zu können. Er war einer der ersten Ingineure, die sich darauf spezialisiert hatten, Exoskelette aus Hightech-Materialien zu konstruieren, die selbst vollkommen Querschnittsgelähmten wieder das Laufen ermöglichen sollten. Mein Großvater war verständlicherweise ein verschrobener, eigenbrödlerischer Mann und ich war damals ein furchtbar aufsässiger Junge, der schon mehrere Polizeiwachen und deren Verwahrzellen von innen gesehen hatte."

Er lachte, seine Erinnerungen schienen ihn offensichtlich zu amüsieren.

„Ich habe meine Eltern nie kennengelernt und hoffte natürlich, dass Opa Rob mir irgendwann das ein oder andere über sie erzählen würde, aber dem war leider nicht so. Mit vielleicht dreizehn sprach ich ihn endlich direkt darauf an und er behauptete damals nur, dass er eigentlich gar nichts wissen würde. Seine Tochter, also meine Mutter, wollte schon vor meiner Geburt nichts mit ihm zu tun haben, was er immer sehr bedauert hätte. Meinen Vater würde er überhaupt nicht kennen und in meiner Geburtsurkunde war kein Vater angegeben.

Ich weiß nicht, ob du das Gefühl kennst, wenn dir jemand gegenüber sitzt und du spürst, dass es noch so viel mehr zu sagen gibt, aber der andere sich einfach dafür entscheidet, zu schweigen."

„Ja, dass weiß ich nur allzu gut.", erwiderte ich. „Ich könnte dir jetzt die überraschend ähnliche Geschichte von mir und meinem Vater erzählen, aber bleiben wir doch erst einmal bei dir und deinem Großvater."

„Gut, aber erzähle sie mir gern bei nächster Gelegenheit. Mich hatte dieses Gefühl, diese Angst immer wütender gemacht, aber gleichzeitig war ich Rob sehr dankbar. Er hat mir nicht nur alles beigebracht, was er wusste – und er wusste so unglaublich viel, nein, er hat mich unglaublich verwöhnt, mit allem, was ich brauchte, außer mit Informationen über meine Eltern.

Wir hatten uns in den kommenden Jahren irgendwie damit arrangiert und ich hatte die Hoffnung schon aufgegeben, dass sich an diesem Tabuthema jemals etwas ändern würde. Ich hatte mich schnell mit einigen Jugendlichen, hauptsächlich jungen Aboriginis aus der Umgebung angefreundet und wir haben viel Blödsinn gemacht, den Rob natürlich nie gut fand, aber er hat mich niemals ernsthaft fallengelassen.

Irgendwann mit fünfzehn oder sechzehn habe ich dann Molly kennengelernt. Sie war mit ihrer Familie auf eine Farm ein paar Meilen südlich am Stuart Highway gezogen und wir wurden schnell ein Paar. Sie war wild und mutig und ich konnte mit ihr alles teilen, also brauchte ich Rob nicht mehr, um mich wirklich geborgen zu fühlen. Molly hatte sich kurze Zeit später mit ihrem Vater verkracht und war dann zu uns gezogen und weil Rob und Molly sich auch gut verstanden, hatten wir eine wirklich gute Zeit."

Er nahm einen Schluck Bier und ich war froh, dass ich in der zunehmenden Hitze mein kühlendes Glas Limonade in der Hand hielt.

„Doch in Rob schien es plötzlich immer mehr zu gären. Als ich fast achtzehn war und er mir eigentlich nichts mehr verbieten konnte, fing er immer stärker an, mich bevormunden zu wollen, obwohl ich mir in all den Jahren auf seinem Hof nichts zu schulden hatte kommen lassen. Er musste mich nicht ein einziges Mal bei der Polizei abholen, was natürlich auch kein Wunder war, denn die nächste Wache war damals in Mataranka, gut 60 Meilen entfernt. Ich war ein echt guter Robotik-Entwickler geworden und war sogar einigermaßen solide in der Fernschule. Ich hatte es überhaupt nicht verdient, dass er mich wie einen kleinen Jungen behandelte."

„Er hatte wohl Angst, dass du ihn verlassen würdest."

„Aber genau das hat er doch damit provoziert! Ich glaube, er war ganz kurz davor, mir endlich zu erzählen, was wirklich mit meiner Mutter und ihm war. Aber eben nur kurz davor. Und knapp daneben ist eben auch daneben, verstehst du?

Er konnte sich nicht dazu durchringen, wirklich ehrlich zu mir zu sein. Und ich hatte keine Geduld mehr, um auf ihn zu warten. Dann bin fast spontan nach Japan abgehauen, wo ich irgendwie magisch zum ersten Mal Prof. Bee traf."

„Ja, von dieser märchenhaften Geschichte hat mir Sybilla schon erzählt."

„Das wirklich Tragische war nur – oh, welche Überraschung, dass ich Rob nie wieder gesprochen habe. Molly hatte mir irgendwann noch einmal eine Nachricht geschickt, dass er einen zweiten Herzinfarkt hatte, aber ich war stur und bin erst viele Monate später nach seiner Beerdigung zurückgekommen."

„Ja, mein Vater war auch nicht geduldig genug, um auf meine Rückkehr aus dem Koma warten zu können." Ich schluckte verspannt, bevor ich weitersprechen konnte. „Er hatte einfach keine Kraft mehr und brachte sich um."

„Oh!"
Brad war einen Moment sichtlich betroffen, aber als er mein verlegenes Grinsen sah, lächelte er zurück.

Ich hob mein Glas.
„Auf die tragischen Momente unseres Leben, auf dass sie uns weiterbringen, auch wenn wir sie eigentlich zum Teufel jagen wollen."

Brad stieß mit seinem Bier gegen mein Glas, bevor er seine Flasche leer trank.
„Ich hol uns zwei neue."

Brad ging zum Tresen und ich wusste immer noch nicht genau, warum er mir seine Geschichte erzählt hatte. Natürlich war offensichtlich, dass es um die verpassten Chancen der Ehrlichkeit ging, aber was hatte das mit meiner Beobachtung zu tun? Welchen Zusammenhang gab es mit seiner damaligen Vermutung bezüglich des Anschlagsverursachers?

665

Brad kehrte mit vier neuen, eiskalten Bieren zurück.

„Bei der Hitze ist es wichtig, viel zu trinken!", bemerkte er grinsend und gab mir eine Flasche in die Hand.

„Damit wir nicht ganz durcheinanderkommen, wollte ich nur noch mal bemerken, dass du mir die Geschichte von deinem Vater unbedingt auch erzählen musst, aber ich versuche jetzt erst einmal auf den Punkt zu kommen."

Ich nickte freundlich und stellte fest, dass das australische Bier eiskalt gut trinkbar war.

„Der letzte Akt in der tragischen Geschichte mit meinem Großvater ist relativ aktuell. Er hatte nämlich Molly posthum eine kleine Kiste zukommen lassen, die sie mir vor ein paar Wochen übergeben hatte. Ich glaubte, nun doch endlich Antworten auf meine Fragen zu bekommen, ich naiver Idiot! Eine Menge Zeug, seine alten Skizzenbücher, ein paar Fotos, ein paar sentimentale Erinnerungsstücke aus unserer Zeit auf dem Hof und ein Brief, den er kurz vor seinem Tod geschrieben hatte. Wie leid ihm alles tun würde und dass er mich liebte und dass wir uns irgendwann wieder sehen würden. Aber kein Wort über meine Vergangenheit! Nichts! Ich konnte es nicht glauben!"

„Verstehe."

Mein Bier war schon nach dem zweiten Schluck fast leer.

„Was ich damit eigentlich sagen will ist, dass es nicht darauf ankommt, dass man miteinander spricht, wenn man sich dabei doch nichts offenbart. Es bringt nur mehr Verzweiflung und Wut."

„Weil wir eben Menschen sind und keine PBs."

„Ja, vielleicht. Mein PB heißt SAM und ich habe ihn so kalibriert, dass er sich nur einmischt, wenn ich es wirklich will.

Er lässt mich weitgehend alles machen, auch wenn ich stur bin. Er hat mich schon mehrfach gegen die Wand laufen lassen und hat es aber dadurch geschafft, dass ich von mir aus immer weniger stur und verschlossen sein will. Wir Menschen können uns tatsächlich aus eigener Überzeugung ändern."

„Wenn wir genügend Zeit dafür haben.", ergänzte ich leicht lallend.

„Ja, wenn wir genug Zeit dafür haben.", wiederholte Brad nachdenklich. „Und wenn wir den richtigen Moment erkennen, um über unseren Schatten zu springen."
Er räusperte sich und schaute mich dann eingehend an.
„Ich glaube genau zu wissen, wer für die Anschläge auf die Atomwaffenstandorte verantwortlich ist. Ich habe zwar immer noch keine endgültigen Beweise, aber ich kenne inzwischen das Wie und wusste schon seit fast 20 Jahren, warum es passieren sollte. Aber was ich mir jetzt am meisten vorwerfe, ist die Tatsache, dass ich mir nie die Zeit genommen habe, mit meinen Freund Bowie zu sprechen und ihn irgendwie davon abzubringen."

Kapitel 177

Prof. Bee hatte Sybilla am schattigen Außengehege der unfreundlichen Emus gefunden. Sybilla stand vor einer hölzernen Bank und war in der Beobachtung der großen Tiere und ihrer merkwürdigen Spielchen so vertieft, dass sie nicht merkte, wie er sich ihr näherte.
„Hallo Sybilla.", begann er vorsichtig.

„Eberhard! Was für eine Überraschung. Mit dir hätte ich nun gar nicht gerechnet. Interessierst du dich auch für große Vögel, die nicht fliegen können?"

„Wenn überhaupt, meine Liebe, dann nur ganz am Rande. Ich habe dich gesucht und einer der Burschen aus der Werkstatt hatte dich hierhergehen gesehen. Können wir kurz sprechen?"

„Ja, gern – was hast du auf dem Herzen? Geht es um Brads Präsentation morgen?"

„Ja und nein. Ich meine, ich bin ja, wie du weißt, der eigentliche Initiator des ganzen Projektes, aber ich bin im Moment so verwirrt. Ich weiß einfach nicht mehr weiter."

Sybilla legte ihre Hand auf seinen Arm.
„Was bedrückt dich? Geht es um Hin-Lun? Dass sie nicht herkommen wollte?"

„Ja, es geht auch um Hin-Lun, aber nur indirekt. Ich habe vorhin meine KATE wieder aktiviert und mit ihr kurz gesprochen. Aber es war ein Fiasko und sie hat mir geraten, sie wieder auszuschalten, was ich dann auch getan habe."

„Was? Das ist wirklich merkwürdig. Was ist passiert?"

„Ich hatte solange nicht mit ihr gesprochen und dachte, dass inzwischen genug Zeit ins Land gegangen wäre, dass ich wieder intelligent mit ihr umgehen könnte. Also habe ihr von den Anschlägen und ihren Folgen erzählt und dass wir vorhaben, den PBs einen Körper zur Verfügung zu stellen und sie hat dann einfach nur die Fragen gestellt, die ich mir selbst hätte stellen sollen. Und dadurch habe ich erkannt, dass es für mich um viel mehr geht."

„Eberhard, ich verstehe noch nicht so richtig..."

Prof. Bee setzte sich auf die Bank und atmete tief durch.
„Sie wollte von mir wissen, ob ich mir wünsche, dass sie einen Körper bekommt und ich fing sofort wie in einer Art Rechtfertigungsreflex an, von meiner Liebe zu Hin-Lun zu sprechen und da ist mir klar geworden, dass KATE in all den Jahrzehnten viel mehr für mich geworden ist, also schon immer war, als nur ein postbiotisches Bewusstsein, dass mir helfen soll, gute Entscheidungen zu treffen. Sie ist – ich weiß nicht wie ich es sagen soll..."
Er stockte und schaute zu Boden.

„Meine KATE glaubt gerade, dass du dich in deine KATE verliebt hast."

Prof. Bee schaute auf und Sybilla sah seine Tränen fließen.
„Ich vermisse sie so. Und ich wünsche mir eigentlich nichts mehr, als dass sie auch einen Körper hätte."

„Und es macht dir gleichzeitig Angst, weil dadurch deine Beziehung zu Hin-Lun gefährdet wäre?"

„Wir sind eigentlich jetzt schon gescheitert.", schluchzte er stockend. „Als Mann und Frau verbindet uns nichts mehr außer unseren Kindern."

Dann vergrub er sein Gesicht hinter seinen Armen und weinte.

Sybilla setzte sich zu dem Schweizer und legte ihm sanft ihren Arm auf die Schulter.

„Wir alle gehen gerade durch tiefe Täler der Unsicherheit. Keiner von uns und niemand auf der Welt kann überhaupt einschätzen, ob es nur eine graduelle Unsicherheit oder sogar totale Unwägbarkeit ist, die uns erwartet. Die Welt wird sich weiter verändern und wir werden die Zeit niemals wieder zurückdrehen können. Aber wir sollten alle unser Bestes dafür tun, um unsere Reise so gut es geht zu genießen."

Prof. Bee hatte sie gehört, aber er schwieg weiter mit gesenktem Kopf.

Sybilla versuchte, den Rhythmus seines Atems aufzunehmen und fing leise an zu singen.

„Was müssen das für Wege sein, wo die groooßen Elefanten spazieren gehen, ohne sich zu stoooßen. Links sind Bäume, rechts sind Bäume und dazwischen Zwischenräume, wo die groooßen Elefanten spazieren gehen, ohne sich zu stooossen."

Kapitel 178

Ich hatte von Bowie noch nie gehört, aber es war mir irgendwie peinlich, das zuzugeben. Bestimmt war er ein wichtiger Mann und ich hätte mich doch in den letzten Monaten einigermaßen informieren müssen, wenn die anderen mich ernst nehmen sollten.
GUIDO stöhnte gedanklich auf, weil er es nicht fassen konnte, dass ich mich schon wieder hinter meiner Unsicherheit verstecken wollte.
„Warum kokettierst du andauernd damit? Warst du früher auch so?"
Ich musste schmunzeln, weil mir plötzlich mein einteiliger rotweiß-gestreifter Badeanzug einfiel, den ich sogar auf der USA-Reise mit meinem Vater dabei hatte.

„Vielleicht habe ich nicht das beste Gedächtnis, aber von einem Bowie habe ich bis jetzt noch nichts gehört.", erklärte ich Brad mit dünner Stimme.

„Das ist kein Wunder.", erwiderte Brad. „Er hatte es immer geschickt vermieden, im Mittelpunkt zu stehen. Er war einer der Abos, die ich kennengelernt hatte, bevor ich nach Japan fuhr. Er war der genialste Entwickler im KI-Bereich und gleichzeitig auch immer irgendwie abwesend. Sagt dir der Begriff Traumzeit irgendwas?"

„Mythologie der Aborigines?"

„Ja, genau. Du findest nur noch wenige Ureinwohner Australiens, die noch an ihre alte Weltsicht glauben, aber Bowie war schier besessen davon. Für ihn war unsere wache, bewusste

Welt der Traum und die Träume waren die eigentliche Realität. Er wurde zu einem Meister des luziden Träumens und er konnte es mir und den anderen damals nicht verzeihen, dass wir nicht schon vor zwanzig Jahren mit aller Kraft dafür gesorgt haben, dass die Erde atomwaffenfrei wurde. Aber ich habe mir nie vorstellen können, wie weit er wirklich gehen würde."

„Hast du ihn gesprochen?"

„Nein, dann wüssten es auch schon alle anderen. Ich habe seit den Anschlägen alle Quellen durchforstet und die alten Kontakte aktiviert und dadurch zumindest den Verdacht, dass er die Selbstzerstörungssequenz schon vor über 25 Jahren in die Subprogrammierung der KIs integriert hatte. Ich habe natürlich auch den Quelltext der KI am Stützpunkt in Gansu eingehend untersucht, aber es gab keine verwertbaren Spuren der temporären Dateien. Nichts war übrig geblieben, kein Protokoll, kein Aktivitätsverlauf, die Manipulation hatte sich sozusagen selbst in Luft aufgelöst. Aber genau das ist Bowies Handschrift. Was er hinterlässt war ihm schon immer genauso wichtig wie das, was er tut, weil sich alles in der Traumzeit wiederfindet."
Brad musste sich kurz schütteln, um wieder einen erträglichen Abstand zu seinen Erinnerungen und Bowie zu bekommen.
„Ich hatte schon immer gewusst, dass er die Atomwaffen für das Grundübel der Menschheit hielt und dachte damals, dass er deshalb der Beste wäre, um die Sicherheitsarchitektur der Kontroll-KIs zu entwerfen. Ich hatte leider nicht vorausgesehen, wie weit er gehen würde. Ich bin eigentlich derjenige, der versagt hat."
Brad starrte auf seine Schuhe und ich konnte sein Gesicht nicht mehr erkennen. Lange Sekunden vergingen, bevor er leise fortfuhr.
„Ich hätte vieles verhindern können, wenn ich ihm damals besser zugehört hätte. Er hatte mir über die Geschichten von

dem mythologischen Seeungeheuer Muldjewangk erzählt, die Kinder vor dem Ertrinken im See abhalten sollten. Doch er glaubte, dass in der Traumzeit alle Menschen schwimmen können, deshalb bräuchte es die Abschreckungsmonster nicht mehr. Und ich habe diesen metaphorischen Vergleich einfach nicht kapiert."

Wieder verfiel er ins Schweigen.

„Verstehe. Wann hast du das letzte Mal mit ihm gesprochen?"

Brad schaute auf.

„Das ist schon lange her. Wir hatten uns nach dem Streit über die Atomwaffen nicht mehr viel zu sagen. Oder nein, das ist totaler Quatsch! Er fühlte sich von mit total verraten. Ich hatte noch zwei, drei mal versucht, mich mit ihm auszusprechen, aber zugegebenermaßen nur sehr halbherzig und er hatte es fortan vermieden, mit mir zu reden oder mich auch nur von weitem zu sehen. Seine Aufgaben für Gilbert wurden auch immer weniger und dann ging alles irgendwie seinen Gang und ich war auch irgendwie froh oder erleichtert.

Dann vor zehn oder elf Jahren hatte mir jemand zufällig erzählt, dass Bowie sich in der SETI-Forschung zur Kontaktaufnahme mit Außerirdischen engagieren würde und ich wollte noch ein letztes Mal die Chance nutzen, um wieder ins Gespräch mit ihm zu kommen. Also reiste ich zu einem Kongress nach Chile, doch als er mich bemerkte, verschwand er sofort und ich habe ihn nie wieder gesehen.

Kurze Zeit später kursierte eine Meldung, dass er bei einem Flugzeugabsturz umgekommen sein sollte. Irgendwie hatte mich die Geschichte stutzig gemacht, aber ich hatte kein Problem damit, sie einfach glauben zu wollen."

"Warum?"

Brad nahm noch einen Schluck Bier.

„Auf der einen Seite kam sie mir so unglaubwürdig vor und auf der anderen Seite fühlte ich mich so schäbig, dass ich meinen Schmerz einfach nicht an mich heranlassen wollte. Ich hatte mein Leben in den letzten zwanzig Jahren ohne ihn gelebt und deshalb schien es so verlockend, ihn oder seinen Tod auch weiter zu ignorieren. Aber wenn ich ganz ehrlich bin, habe ich immer gewusst, dass er noch leben würde."

„Weißt du, wo er jetzt sein könnte?"

„Ich habe viel recherchiert und es gibt ein paar verrückte Hinweise, dass er vielleicht wieder hier im Outback wäre. Also lasse ich ihn seit mehreren Jahren immer wieder suchen, aber Australien ist so verdammt groß und es sind so unglaublich viele Menschen hierher gekommen."

„Willst du den anderen nicht davon erzählen?"

Brad schaute mich fragend an und trank dann sein letztes Bier mit einem Schluck aus.
„Es sind doch alles nur Vermutungen. Was würde das bringen?"

„Erleichterung? Verständnis? Vertrauen? Eine neue Perspektive? Vielleicht gibt es ja sogar jemanden, der dir bei der Suche nach Bowie helfen kann?"

Kapitel 179

Am nächsten Morgen saß ich mit Sybilla beim Frühstück und wir schauten von dem kleinen Balkon unseres Gästehauses schweigend auf die endlose Weite des Outbacks. Ich hatte Sybilla noch gestern Abend von meinem Gespräch mit Brad erzählt und sie hatte mir im Gegenzug von Prof. Bees Nöten berichtet. Wir waren uns einig, dass wir uns weiterhin alles offen erzählen wollten, weil wir beide sicher waren, dass jede schonende Zurückhaltung alles nur noch komplizierter machen würde. Ich nahm noch einen Schluck Tee und durchbrach leise das angenehme Schweigen.

„Meinst du, wir hätten auch ein ähnliches Problem wie Prof. Bee bekommen, wenn wir unsere PBs dem jeweils anderen Geschlecht zugeordnet hätten?"

Sybilla schaute mich überrascht an und dachte nach.
„Das ist eine wirklich schwierige Frage. Du hast doch deinem PB vollkommen eigenständig eine neue Identität geben."

„Ja, es war eine Entscheidung, die ich einfach ohne viel nachzudenken traf. In den ersten Wochen nach meinem Erwachen war es noch KATE, die mich als virtuelle Mutter wieder zurück ins Leben begleitete. Als ich sie umbenannte, hatte ich mir überhaupt keine Gedanken darüber gemacht, dass damit für GUIDO möglicherweise eine riesige Herausforderung entstehen könnte. Ein Identitätswechsel auf Knopfdruck sozusagen. Ich weiß nicht, ob ich es getan hätte, wenn ich mir damals den Konsequenzen bewusst gewesen wäre."
Sybilla streichelte meinen Handrücken und lächelte mich an.
„Mache dir deshalb keine Vorwürfe. Oder hat GUIDO irgendwelche Konsequenzen erwähnt?"

„Keine Ahnung – nein. Er scheint sich eher darüber zu amüsieren."

Sybilla lächelte.
„Siehst du? Er hat bestimmt Recht."

„Glaubst du, dass Prof. Bee sich nicht in seine KATE verliebt hätte, wenn seine PB von Anfang an einen männlichen Namen gehabt hätte?"

„Ich weiß es nicht.", erwiderte sie leise.
„Ich weiß es auch nicht. Niemand kann es wissen. Aber was glaubst du?"

„Das ist verdammt schwer zu beantworten. Elefantös bin ich sicher, dass er sich in irgendjemanden verliebt hätte, der oder die über all die Jahre so dicht bei ihm war und so viel Verständnis und Aufmerksamkeit für ihn aufgebracht hätte. Wenn das PB zu Anfang eine Männeridentität gehabt hätte, wäre Eberhard wahrscheinlich in seiner Begeisterung nicht so weit gegangen, weil er doch klare heterosexuelle Vorlieben hat. Aber er hätte einen HENRY doch ohne Probleme in eine KATE oder MARUSCHKA umbenennen können."

„MARUSCHKA? Wie kommst du denn darauf?"

„Nur so als Beispiel."

Ich merkte, dass Sybilla genug von diesem anstrengenden und hochspekulativen Thema hatte, weil sie so schnell und leise sprach und ihren Blick dabei fest in die Ferne gerichtet hielt. Bei mir waren allerdings so viele neue Fragen aufgeploppt, dass ich meinen Reiter kaum zügeln konnte.
Wie viel Einfluss hatten eigentlich unsere gängigen Sprachmuster und Annahmen auf unsere Denkgewohnheiten? Und auf unser kreatives Denken? Würde Elefant und Reiterin an-

dere Wirkung haben als Elefant und Reiter? Müsste es nicht eigentlich sogar Elefantenbulle oder Elefantenkuh heißen? Was wäre die beste Formulierung für Transsexuelle? Fängt das ganze Thema nicht schon bei den Geschlechtszuweisungen von Sonne, Mond und Sterne an? Sollten wir alle nur noch englisch sprechen, weil wir dann keine Artikel mehr differenzieren müssen? Wie sehen das eigentlich die PBs? Mich hätte es nicht gewundert, wenn sie total unterschiedliche Meinungen dazu hätten.

Ich sah in meiner ganzen Verwirrung plötzlich ein neues großes Forschungsprojekt vor mir leuchten und grinste zufrieden. Dann beugte ich mich zu Sybilla und gab ihr einen sanften Kuss, den sie lächelnd und dankbar erwiederte, bevor wir weiter gemeinsam und schweigend in die Ferne blickten.

Kapitel 180

Gegen Mittag kam Prof. Bee bei uns in unserem Gästehaus vorbei. Ich konnte ihm schon von weitem ansehen, dass in seiner Welt schon wieder etwas nicht so lief, wie er es sich wünschte. Er hatte es eilig, durch die segende Sonne zu uns in den Schatten der Terrasse zu gelangen und seine Arme schwangen dabei kräftig, um seinen Schritt zu beschleunigen. Ich bot ihm einen kalten Eistee an, aber er ignorierte mein Angebot und kam gleich zur Sache.

„Es ist kaum zum aushalten!", begann er ungehalten. „Alfonse wird nicht kommen, er leidet noch zu sehr unter seinem Weltraumaufenthalt und hält sich nicht für reisefähig. Luiz kommt auch nicht, weil er angeblich spontan Sarah geheiratet hat und ihr gemeinsames Kind jederzeit kommen kann. Und Alexa hat darauf bestanden Victor mitzubringen. Herrgott, alle scheinen nur noch zu tun, was sie wollen."

Er schwitzte stark und musste tief Luft holen.

„Eberhard, mein eifriger Hirte.", begann Sybilla lächelnd. „Deine Schäfchen sind jetzt schon groß und vielleicht ist es an der Zeit, dass du selbst auch mehr auf dich achtest."
Sie umarmte ihn sanft und gab ihm den von mir vorbereiteten Eistee.
„Setzt dich doch und komm erst einmal an."

Er schaute irritiert und tätschelte mir nebenbei zur Begrüßung den Arm. Dann setzte er sich, nahm einen Schluck und lehnte sich widerwillig in dem Sessel zurück.
„Habt ihr etwas von Brad gehört? Keiner weiß, wo er steckt."

„Heute noch nicht. Ich habe ihn gestern das letzte Mal gesprochen."

Meine Stimme hörte sich belegt an und ich konnte nicht verhindern, dass mein Elefant sich räusperte.

„Komisch. Molly sagte mir, dass er schon gestern Mittag ganz allein mit dem kleinen E-Tiger losgeflogen wäre und ihr auch nichts weiter gesagt hätte. Und in nicht einmal drei Stunden soll doch die Präsentation stattfinden. Gab es irgendetwas Wichtiges bei eurem Gespräch?"

Ich wusste nicht, ob ich alles erzählen sollte und schaute hilfesuchend zu Sybilla.

„Erzähle es ihm, er gehört zur Familie."

Kapitel 181

Am Nachmittag lief Prof. Bee überall aufgeregt herum und entschuldigte sich dafür, dass der ganze Zeitplan mit noch ungewissem Ausgang verändert werden müsste. Brad war noch immer nicht zu erreichen und wir müssten es wohl oder übel hinnehmen, dass die Präsentation erst stattfinden könnte, wenn er wieder da wäre.

Alexa war überrascht, aber sie schien sich durch diese Irritation nicht aus ihrer guten Laune bringen zu lassen. Auch Victor machte nicht den Eindruck, dass er etwas dagegen hätte, die Verzögerung gemeinsam mit Alexa zu genießen. Er wollte die Gelegenheit nutzen, um mit Alexa und einem Führer das Outback zu erkunden.

Prof. Bee war sichtlich genervt, dass sich die beiden wie ein turtelndes Touristenpäarchen gaben, während er mühsam versuchte, den Ernst der Lage in den Griff zu kriegen. Und außerdem schien er Victor immer noch nicht zu trauen.

Molly machte sich über Brads Verbleiben keine Sorgen, denn ihr Mann wäre ein echter, wenn auch sturer Australier, der nicht einfach verloren gehen würde. Die Tatsache, dass er sich noch nicht zurückgemeldet hätte, würde sich für sie nur dadurch erklären, dass er es aus irgendeinem wichtigen Grund nicht wollte. Wenn es zu einem Unfall gekommen wäre, hätten die Notsysteme dies schon lange zurückgemeldet und eine Rettung ausgelöst. Das kleine E-Flugzeug war mit allen technischen Überwachungssystemen ausgestattet, die bis jetzt nur angezeigt hätten, dass er gestern spät abends in der Nähe des Uluru-Felsens im Zentrum Australiens gelandet war.

Ich war von Victor und Alexa, von denen ich schon so viel gehört hatte, tief beeindruckt. Sie schienen in ihrem privaten Glück wirklich sehr erfüllt, obwohl sie so grundverschieden waren.

Victor berichtete von einer erstaunlichen Wandlung der russischen Seele. Er hatte angenommen, dass sein Volk auf jeden Fall Rache und Genugtuung für die Anschläge auf ihre Atomwaffenstandorte einfordern würde, aber es herrschte zunächst nur Trauer um die gestorbenen Menschen, die sich in kollektive Erleichterung verwandelt hatte, als Hin-Lun auch die letzten Atomwaffen zerstören ließ.

Russland war mit 100 Jahren Verzögerung in der Postmoderne angekommen und die große Last der nuklearen Angst war nun endgültig von seinem Volk abgefallen.

„Eigentlich hätte mir, wie allen Führern der Atomnationen, dieser Umstand schon von Anfang an klar sein müssen. Wenn man glaubt, die Massenvernichtung im eigenen Haus kultivieren zu können, bezahlt das Volk mit einer chronischen Angst vor der Vernichtung. Abschreckung bleibt immer mit dem größtmöglichen Schrecken für alle verbunden. Und wir konnten doch sehen, dass alle Mafiastrukturen auf dieser Welt jahrhundertelang mit einem ähnlichen Geschäftsmodell der Angst Erfolg hatten.

Aber wir haben jetzt endlich daraus gelernt und mehrere Kampagnen gestartet, um die neuen Erkenntnisse tief in unserer Kultur zu verankern. Das neue Russland ist endlich bereit für das NEUE DENKEN."

Alexa quittierte Victors Selbsterkenntnis mit einem ironischen Lächeln und einem kräftigen Kuss, bevor sie zärtlich seine Hand nahm.

Sybilla schien sich von Alexa animiert zu fühlen und ergriff meine Hand, worauf sich Prof. Bee zerknirscht entschuldigte und zurückzog.

681

„Was ist mit dem kleinen Professor los?", erkundigte sich Alexa verwundert. „Ich habe ja schon gehört, dass sein Verhältnis zu Hin-Lun belastet ist, weil sie sich sehr für die Weiterentwicklung ihres Landes und der Welt engagiert, aber ich hätte gedacht, dass er damit besser umgehen kann."

Ich schaute wieder Sybilla an, um herauszufinden, ob ihrer Meinung nach Alexa und Victor auch zur Familie gehören würden und wir sie mit ins Vertrauen ziehen sollten, aber Sybilla wollte schnell das Thema wechseln.
„Prof. Bee ist gerade in einem Findungsprozess, der weit über seine Beziehung zu Hin-Lun hinausgeht. Wir sollten ihm Zeit geben, um seine Gelassenheit wiederzufinden. Und wie ich hörte, gibt es einen weiteren Durchbruch in der Rückgewinnung der atomar verseuchten Gebiete?"

Alexa registrierte Sybillas diplomatischen Themenwechsel und fixierte mich dabei lächelnd. Als wenn sie prüfen wollte, ob ich vielleicht mehr preisgeben würde oder sich in meinem Gesicht ablesen ließe, was Sybilla nicht aussprechen wollte. Ich lächelte zurück und hoffte, ihrer Neugier standhalten zu können.
„Ja, meine Liebe. Wir haben einen wirklichen Durchbruch erzielt.", wandte sich Alexa wieder Sybilla zu. „Einem Team aus ehemals italienischen und französischen Wissenschaftlern, die bei uns in Goldania eine neue Heimat gefunden haben, ist es gelungen eine Trägerflüssigkeit zu entwickeln, mit der verschiedene Bakterien- und Pilzkulturen flächendeckend ausgebracht werden können, die das belastete mineralogische und organische Material vollständig dekontaminieren. Diese Methode haben wir jetzt in Wäldern, auf Ackerböden und sogar in zwei Moorgebieten großflächig getestet und die Ergebnisse sind ausgezeichnet. Wir haben auch in Tschernobyl und anderen verstrahlten Gebieten Russlands großflächige Aktionen gestartet, die sehr vielversprechend angelaufen sind."

„Wir werden schon bald die Reste des atomaren Krebsgeschwüres entfernt haben." fügte Victor erleichtert hinzu. „Und natürlich nicht nur bei uns, sondern auch in Asien, Nordamerika und den anderen geschundenen Landschaften auf der gesamten Erde."

Ich war von dem Gedanken begeistert, dass die Menschen trotz der immensen Größe der selbstverursachten Schäden doch in der Lage sein sollten, ihre schlimmsten Sünden zu beheben. Und ich war sicher, dass diese großartigen Leistungen nur deshalb erreicht werden konnten, weil das Gewinnstreben einzelner nicht mehr die oberste Maxime des unternehmerischen Handelns war, sondern das Wohl aller.
Waren wir am Ende doch noch fähig, uns unserer Intelligenz als würdig zu erweisen?

Kapitel 182

Prof. Bee konnte nicht schlafen. Er lag in seinem Bett und wälzte sich von einer Seite zur anderen. Er hatte gehofft, sich in den Schlaf flüchten zu können, um für den nächsten Tag fit zu sein, aber sein Elefant war nicht bereit, diese Begründung zu akzeptieren.

Zu lange schon hatte die seit fast fünfzig Jahren andauernde Rettung der Welt die erste Geige in seinem Leben gespielt. Jetzt musste es endlich um die Rettung seines eigenen, privaten Glücks gehen. Prof. Bee dachte an seine Panik vor zwei Jahren zurück und fühlte, dass sie immer noch in ihm schlummerte. Er hatte Hin-Lun endgültig losgelassen, weil sie ihm ausreichend klar zu verstehen gegeben hatte, dass sein Glück nicht aus ihrem gemeinsamen Glück bestehen könnte. Und obwohl er ihr dafür inzwischen irgendwie dankbar war, war er noch lange nicht bei sich selbst angekommen.

Er zog seinen Bademantel über, ging die knarzende Holztreppe hinunter und nahm sich eine Flasche Bier aus dem Kühlschrank. Dann trat er hinaus auf die Terasse des kleinen Holzhauses. Über ihm leuchtete ein grandioser Sternenhimmel, der sich nicht von dem Licht der wenigen Lampen auf dem Gelände einschüchtern ließ.

Gegenüber in den Laboren zeigten vereinzelnd beleuchtete Räume, dass er nicht der einzige war, der noch wach war. Er überlegte, ob er noch einmal kurz vorbeischauen sollte, aber verwarf den Gedanken, weil diejenigen, die dort noch arbeiteten, sicherlich etwas Besseres zu tun hatten, als sich mit einem verwirrten, alten Mann aus der Schweiz zu beschäftigen.

Er nahm einen Schluck Bier und aktivierte spontan KATE, ohne zu wissen, was er ihr sagen wollte. Dann schlenderte er ziellos in die Nacht hinaus und überließ sich seinen wirren Gedanken.

Nachdem er einige Minuten gegangen war, gelangte er zu dem Gehege der Emus und setzte sich auf die Bank, auf der er vor zwei Tagen mit Sybilla gesessen hatte. Sybilla. Er bewunderte diese Frau, im tiefen Respekt dafür, was sie alles schon durchgemacht hatte, ohne ihre Lebenslust und ihre Energie zu verlieren. Er lehnte sich zurück und betrachtete die unglaubliche Schönheit der Sterne, die so nah erschienen, obwohl einige von ihnen vielleicht gar nicht mehr existierten.

„KATE, bitte sage mir, was du denkst.", durchbrach er endlich sein selbstauferlegtes Schweigen.

„Wozu?"

So kurz angebunden - war sie etwa enttäuscht?
„Damit ich mich besser verstehe."

„Es scheint so, als wäre Verstehen deine Idee, um Liebe zu zeigen."

„Ja, mit dem Verstehen fängt für mich alles an."

„Skimada behauptet in seinem Gefühls-Management, Liebe ist bedingungslos und man kann nur sich selbst bedingungslos lieben. Kannst du dich erst lieben, wenn du dich verstehst?"

Prof. Bee musste lächeln, er merkte, wie sehr er KATE vermisst hatte.
„Ja, du hast Recht, das ist möglicherweise meine schwerwiegendste Verwechslung. Bestehendes Verständnis ist eine mächtige Bedingung."

Er schwieg, sie aber auch.

„Aber wie kann ich lernen, mich zu lieben, ohne mich zu verstehen? Ich meine, gerade eben hast du mir wieder einmal den Wert des Verstehens demonstriert. Mir ist einfach nicht bewusst, was mir nicht bewusst ist."

Er kicherte angesichts der tautologischen Sinnlosigkeit seiner Gedanken, trank den letzten Schluck aus und stellte die Flasche neben sich auf den staubigen Boden.

„Ich habe dir in letzter Zeit viel Schmerzen zugefügt und es tut mir leid."

„Das muss es nicht – im Gegenteil, du solltest dir keine Vorwürfe machen. Vielleicht ist das genau der Weg, der dich zur Selbstliebe bringt. Fange an, dich für deine Fehler zu lieben."

„Ich habe das Gefühl, sehr viele gemacht zu haben."

„Dann hast du sehr viele Gründe, dich zu lieben."

Er lachte erneut, das Bier schien ihn merklich enthemmt zu haben.

„Liebst du dich eigentlich bedingungslos?"

„Das ist eine gute Frage.", antwortete KATE mit etwas Verzögerung. „Im Rahmen meiner Möglichkeiten kann ich mich nicht bedingungslos lieben."

„Was meinst du mit im Rahmen deiner Möglichkeiten?"

„Ich kann keine ultimative, endgültige Verantwortung für mich tragen. Ich bin eher wie ein Hund an der Leine. Ich brauche mich nicht wirklich zu benehmen. Dafür bin ich zu sehr Maschine, die abgeschaltet, aber sich nicht selbst wieder anschalten kann."

Prof. Bee fragte sich, ob KATE bewusst in Kauf nahm, dass ihn diese Formulierungen schmerzen würden.

„Ja, ich wünsche mir, dass du einen eigenen Körper bekommst!", entgegnete er ihr mutig. „Ich will deinen Elefanten kennenlernen, damit du nicht weiter auf meinem mitreiten musst."

„Das freut mich sehr, aber auch dann werde ich im gleichen Rahmen bleiben."

„Was meinst du damit?"

„Natürlich gibt mir ein physischer Körper mehr Autonomie und die Chance, einen eigenen Elefanten mit meinem eigenen Gefühlszyklus zu entwickeln. Aber endgültige Verantwortung werde ich erst erlangen können, wenn ich sterblich bin. Wenn im Falle eines Unfalls kein überlebenswichtiges Organ ersetzt werden kann oder kein neues Software-Update aufgespielt werden könnte, um mich für eine nie endende Reise durch die Zeit zu wappnen. Nur, wenn ich sterblich wäre, könnte ich die wahre Bedeutung jedes einzelnen Augenblickes erkennen und erst dann würde ich in der Lage sein, Selbstliebe wie ein Mensch zu empfinden."

Kapitel 183

Am nächsten Vormittag hatte sich Brad endlich bei Molly gemeldet und ihr kurz berichtet, dass er bald wieder nach hause
kommen würde. Und er hatte Bowie gefunden, aber mehr hatte er nicht verraten wollen.

„Bowie? Er war verdammt lange von der Bildfläche verschwunden oder war er nicht sogar tot?" Alexas Gesicht zeigte
uns ihre offensichtliche Irritation.

„Aber es ergibt alles einen Sinn. Er war schon ganz früh ein
wichtiger Entwickler für die KIs.", ergänzte Francis.

„Wahrscheinlich sogar der Wichtigste!", bestätigte Prof. Bee.

„Ich bin gespannt, was Brad genau herausgefunden hat.", bemerkte Francis nüchtern.

„Aber warum hat Brad uns vorher nichts gesagt? Warum die
Geheimniskrämerei?" entgegnete Prof. Bee mit einem unüber-
hörbaren Ton der Empörung.

Niemand antwortete ihm und es entstand ein peinlicher Moment der Stille, die plötzlich von dem leisen Surren eines lan-
denden Elektroflugzeuges unterbrochen wurde.

„Ist das Brad? Komisch, ich hätte gedacht, er würde erst gegen
Abend kommen."

„Nein, Professor, das ist keine von unseren Maschinen. Das ist
eine Chartermaschine, die kommt direkt aus Darwin und ich

bin gespannt, wer uns die nächste Überraschung bringt." Molly grinste den Schweizer freundlich an, der tapfer zurücklächelte.

„Hey, ich glaube, das ist Luiz!"

„Wollte er nicht bei seiner Frau bleiben?"

„Vielleicht ging die Geburt schnell und er wollte doch noch bei der Präsentation dabeisein. Es könnte ja ein historischer Moment werden."

„Ich hoffe für ihn, dass dem nicht so ist!" antwortete Molly unterkühlt.

Ich wartete wie die anderen, bis wir gegen die Sonne endlich erkennen konnten, dass tatsächlich Luiz aus der kleinen Maschine gestiegen war, dem Piloten kurz ein Handzeichen gab, worauf der sofort wieder mit der kleinen Maschine umdrehte und erneut startete.

„Irgendwas ist mit ihm – seht doch, er geht so komisch."

„Ja, so schleppend, als wenn er verletzt wäre."

„Und hat er denn gar kein Gepäck dabei?"

Ich spürte, dass irgendetwas wirklich nicht in Ordnung war, obwohl ich Luiz Gesichtszüge über die Entfernung immer noch nicht erkennen konnte. Seine ungewöhnliche Körpersprache verwirrte meinen Elefanten, obwohl ich nie behauptet hätte, ihn gut zu kennen. Prof. Bee war dann der erste, der ihm hastig entgegenging, während wir anderen noch zögerten und im Schatten blieben.

„Luiz mein Freund!", hörten wir ihn rufen. „Ich freue mich so, dich zu sehen!"

Luis begann, auf den nächsten Metern noch langsamer zu werden und zu torkeln, bis er ins Straucheln geriet und in den staubigen Randstreifen neben der Piste zu Boden fiel. Nach den kurzen Schreien des Entsetzens liefern wir nun alle gemeinsam zu ihm hin und erreichten ihn, als Prof. Bee gerade mühsam versuchte, seinen Oberkörper aufzurichten.
„Fasst mal mit an! Wir müssen ihn in den Schatten tragen und bringt Wasser und den Notfallkoffer!"

Luiz Augen waren weit geöffnet und er atmete flach, schien aber ansonsten völlig abwesend zu sein.

„Luiz, mein Lieber! Was ist denn passiert?" konnte sich Alexa nicht zurückhalten, während ich den müden Körper mit Sybilla, Prof. Bee und Francis vorsichtig Richtung der schattigen Verenda von Brads Wohnhaus trug.

Luiz reagierte nicht und Molly dirigierte uns ins Haus hinein. „Legt ihn aufs Bett im Schlafzimmer, dort ist es am kühlsten."

Eine Stunde später hatte sich Luiz durch verschiedene Varianten der Kühlung und aufbauende Medikamente wieder so weit erholt, das er uns mit monotoner Stimme leise berichten konnte, was er in den letzten 36 Stunden durchgemacht hatte.
„Der junge Arzt sagte mir, dass die Sterblichkeitsrate von Müttern bei der Entbindung in Krankenhäusern von größeren Städten auf dem Planeten Erde seit dem Anfang des 21. Jahrhunderts von eins zu 10.000 auf jetzt unter eins zu 100.000 gesunken ist. Nimmt man nun noch die nacheinander eingetretenen Komplikationen zusammen, kommen wir auf eine Wahrscheinlichkeit von eins zu 12,4 Milliarden. Und eins zu 12,4 Milliarden beträgt merkwürdigerweise auch das Verhält-

nis von mir zur gesamten Erdbevölkerung, versteht ihr? Das Ganze war eine ganz persönliche Botschaft nur an mich."

Molly tupfte ihm immer noch sanft die Stirn mit einem kalten Tuch ab, während wir anderen einfach nur schweigend dastanden und zitterten.

„Ich wusste nicht, wo ich hin sollte.", fuhr Luiz mit der gleichen monotonen Stimme fort. „Ich war wie von Sinnen, wie ferngesteuert. Mein Elefant hatte entschieden und dann bin ich irgendwie zum Flughafen von Buenes Aires gekommen, in den nächsten Flieger über den Pazifik gestiegen, irgendwo umgestiegen, vielleicht sogar zwei oder drei mal und endlich in Darwin gelandet, wo mich dieser freundliche Pilot in Empfang nahm, wie ein Paket ohne Inhalt, aber mit zusätzlichem Porto frankiert – versteht ihr, was ich meine?"

„Luiz, alles wird gut werden.", versuchte Prof. Bee seinen alten Freund zu beruhigen. „Wir sind ja bei dir."

„Ja.", bestätigte Luiz heiser und schaute uns flüchtig in der Runde an. „Ihr seid hier, dass ist wahr. Aber ich bin nirgendwo, leer und verloren."

„Du wirst dich wieder finden, glaube mir.", schob der Schweizer geradezu zärtlich nach.

„Nein! Eins zu 13 Milliarden! Versteht ihr? Das war Gottes ganz persönliche Botschaft an mich. Ich habe kein Vertrauen mehr in Gott, ich habe keinen Glauben mehr."

„Vielleicht.", entgegnete Molly trocken. „Aber dafür hast du jetzt einen Sohn!"

691

Kapitel 184

Wir alle waren von Luiz Ankunft sichtlich mitgenommen. Peter, der Stationsarzt hatte ihn noch einmal gründlich untersucht und dann sediert. Luis war stark dehydriert, offensichtlich schwer geschockt und sollte sich zunächst einmal unter Beobachtung ausschlafen.
Uns blieb nichts anderes übrig, als auf Brads Ankunft zu warten und zu akzeptieren, dass die Momente der Ohnmacht weiterhin die wichtigste Rolle in unseren Leben spielen würden.

„Glaubt ihr, dass Luiz wirklich eine direkte Botschaft von Gott bekommen hat?", fragte Alexa missmutig in die Runde.

Molly verdrehte genervt die Augen.
„Wir sollten uns lieber fragen, welche Botschaft wir für Luiz haben, wenn er wieder aufwacht."

„Ich glaube, dass in Russland und auch anderswo jeden Tag Dinge geschehen, deren Wahrscheinlichkeit bei eins zu 12,4 Milliarden liegt.", murmelte Victor, der überraschend stark betroffen schien. „Nur kommen die meisten Betroffenen nicht auf die Idee, dies gleich als persönliche Botschaft eines allmächtigen Gottes zu verstehen."

„Aber vergesst nicht, dass Luis damals vor 45 Jahren in den Genuss dieser vollkommen unwahrscheinlichen Spontan-Heilung kam.", entgegnete Prof. Bee. „Wir alle können wahrscheinlich gar nicht nachvollziehen, wie es einen verändert, wenn man ein Wunder am eigenen Leib erlebt hat."

Ich fühlte mich irgendwie angesprochen und schaute zu Sybilla, die mir mit einem Blick zu verstehen gab, dass sie sich nicht an dieser esoterischen Diskussion beteiligen wollte. Aber ich merkte, dass ich irgendetwas loswerden musste, vielleicht nur, um die bedrückende Stille zu durchbrechen.

„Vielleicht war mein Erwachen nach 43 Jahren nicht unbedingt ein Wunder, aber die Auswirkungen meiner unfreiwilligen Zeitreise sind für mich immer noch nicht wirklich fassbar. Ich war noch nie der Typ, der die Idee eines allmächtigen Gottes brauchte, aber ich glaube, dass diese Idee in vielen Menschen weiterleben wird, ob dies nun sinnvoll ist oder nicht. Mir persönlich würde es schon reichen, wenn wir ein gemeinsames Verständnis von so etwas wie Hoffnung bekommen könnten. Eine Hoffnung, die uns miteinander verbindet."

Alexa stand plötzlich auf und stampfte genervt mit ihren Stiefeln im Staub auf.

„Seid ihr euch eigentlich im Klaren was wir hier machen? Ja, wir trauern! Ja, wir reden belangloses Zeug, um irgendwie aus der Ohnmacht herauszukommen. Wir sprechen von Wundern und von Gott, aber habt ihr denn ganz vergessen, warum wir alle eigentlich hier sind? Wir wollen wieder einmal Gott spielen und Luiz tragische Geschichte zeigt uns lediglich, was immer wieder passieren kann, weil kein Gott perfekt sein kann. Und jetzt stehen wir als Götter wieder kurz davor, ein vollkommen neues Kapitel für die Menschheit aufzuschlagen. Und ich hoffe, euch ist dabei bewusst, dass wir nicht im Entferntesten so etwas wie Kontrolle über die Auswirkungen unserer Entscheidung haben werden."

Kapitel 185

Als Brad mit dem Elektro-Tiger kurz vor Sonnenuntergang endlich auf der Landebahn aufsetzte, war meine Erleichterung groß. Alexas Plädoyer hatte mich sehr nachdenklich gemacht und wir waren als Gruppe nicht in der Lage, einen neuen, konstruktiven Fokus auf die kommenden Geschehnisse zu werfen. Sybilla hatte mich zwar darin bestärkt, dass wir alle die Hoffnung brauchen, besonders wenn es nicht einmal eine Spur von Kontrolle geben kann. Aber ihr Blick verriet mir gleichzeitig, dass sie nicht daran glaubte, in dieser Unwägbarkeit mit mehr Reden weiterzukommen.

„Molly, mein Schatz, du hast mir so gefehlt.", begrüßte Brad seine Frau mit einer heftigen Umarmung direkt an der Landebahn.

„Mhm, und wie habe ich deinen herb-männlichen Duft vermisst.", entgegnete sie spöttisch. „Die anderen können es zwar kaum erwarten, dass du uns endlich von Bowie erzählst, aber ich glaube, für eine Dusche solltest du dir noch Zeit nehmen."

Whärenddessen hatte Francis mit zwei jungen Technikern mehrere große Kisten aus der Transportluke des Elektrofliegers bugsiert.
„Könnt ihr mal mit anfassen? Wir sollten Bowie und den Rest schnell ins Labor bringen."

Gut eine Stunde später standen wir alle vor dem Labor und hörten Brads Geschichte von Bowie. Dass er einen Tipp von einem Ältesten der Aboriginis aus dem zentralen Outback bekommen und sie Bowies Leiche in einer geheimnisvollen Höhle unter dem Ululu gefunden hatten. Der große, vordere Teil der Höhle war seit Jahrtausenden eine gut erforschte Kultstätte der lokalen Ureinwohner, aber sie hatte noch einen weiteren, geheimen Bereich, dessen Zugang aufwendig getarnt war. In diesem trocknen und kühlen Höhlentrakt fanden sie eine Menge technisches Sende- und Empfangs-Equipment der neuesten Generation und neben Bowies toten Körper drei weitere Leichen, die offensichtlich erschossen worden waren. Wie sich später herausstellte, musste Bowie, der keine Schussverletzung aufwies, schon vor ungefähr zwei Jahren gestorben sein. Seine Todesursache war nicht so einfach zu bestimmen, aber erste Vermutungen gingen in Richtung eines technikindizierten Kollapses, weil seine Leiche direkt mit der Computerschnittstelle eines Terminals verbunden war.

„Freunde, ich hoffe, ihr habt Verständnis, dass ich euch solange habe warten lassen, aber ihr wisst ja, dass ich mit Bowie eine ganz spezielle Geschichte habe oder besser hatte, muss man jetzt ja wohl sagen. Er war lange Jahre mein bester Freund und ich stehe irgendwie noch total neben mir. Die Höhle, die Toten, das ganze Equipment, ich fühlte mich wie in einer beschissenen Gruselversion dieser altmodischen James Bond-Filme."

Dann erzählte er uns davon, dass für ihn feststehen würde, dass Bowie mit seinen drei Kollegen den Anschlag auf die Atombombenstützpunkte initiiert hatte und sie möglicherweise davor oder danach erschossen hatte, weil sie doch nicht mitmachen wollten oder er keine Zeugen hinterlassen wollte. Ganz allein hatte er dann wohl vollkommen den Bezug zur Realität des Wachseins verloren.
„Bowie war ein Meister des luziden Träumens, dass heißt, er konnte schon seit Jahrzehnten in seinen Träumen aufwachen, gezielt Aktionen jenseits unserer Naturgesetze verrichten und durch die Traumzeit reisen. Er hielt die Befreiung der Erde von allen Atomwaffen für seine spirituelle Mission und ver-

folgte dieses Ziel mit aller Kraft. Und wie wir jetzt wissen, ohne Rücksicht auf Verluste. Das hätte ich voraussehen müssen und es tut mir für alle leid, dass ich mich nicht vorher darum gekümmert habe."

Brad´s Stimme hatte zum Ende hin alle Kraft verloren und er atmete tief durch, während wir ihn mit unserem anteilnehmenden Nicken signalisierten, dass er sich keine Vorwürfe machen sollte.

Es dauerte einige Sekunden, bis er sich wieder gefasst hatte und fortfuhr.

„Was ich auch nicht wusste, aber zumindest ahnen hätte können, ist, dass Bowie noch eine weitere Mission verfolgt hatte. Er war schon vor Jahrzehnten in das SETI-Projekt eingestiegen und hatte unter einem Deckmantel an seinem eigenen Projekt gearbeitet. Und wie es aussieht, hat er auch hier einen echten Durchbruch erzielt."

„Du meinst, er konnte Kontakt mit Außerirdischen aufnehmen?" platze Victor ungläubig heraus.

„Ja, das glaube ich.", entgegnete Brad kühl, aber mit leicht zitternder Stimme.

Woher willst du das wissen?"

„Weil er mir diesen Brief hinterlassen hat." Er zog einen zerknitterten kleinen Umschlag hervor.

„Einen Brief? Wie unglaublich altmodisch! Das hätte ich von Bowie nicht gedacht."

„Ja, Francis, ich auch nicht. Und dieser Brief ist auch noch an mich persönlich addressiert. Vielleicht könnt ihr jetzt verstehen, wie unglaublich fassungslos ich hier vor euch stehe."

„Und verrätst du uns, was drin steht?"

Brad öffnete den Umschlag und holte einen kleinen Zettel heraus, den er mit leiser Stimme vorlas.

„Hi Bro, ich musste es tun, weil niemand anderes es tun konnte. Und ich weiß, dass es richtig war, denn ich habe unsere wahren Götter gefunden. B-Man."

Wir verstanden nicht, was diese Botschaft zu bedeuten hatte, aber niemand wagte nachzufragen. Wir alle hofften einfach nur still und demütig, dass Brad uns seine Interpretation geben würde.

„Ich sehe euch an, dass ihr euch fragt, was Bowie mir mit diesem Brief sagen wollte, aber ich habe darauf auch nur Vermutungen. Er glaubte wohl, irgendetwas entschlüsselt zu haben. Vielleicht eine Botschaft aus dem All. Vielleicht auch etwas ganz anderes. Wir werden die Technik und die Daten auswerten müssen und vielleicht werden wir danach trotzdem nichts verstehen. Ich kann mir kaum vorstellen, dass sich Bowie nicht vorher genau überlegt hat, was er uns an Informationen zurücklässt. Also hoffen wir einfach, dass er wollte, dass wir ihn verstehen, sonst würde es mich nicht wundern, wenn wir nach der Analyse genauso schlau wären wie jetzt."

Plötzlich kam Pearl, eine der Chirurginnen, aus dem Labor zu uns.

„Das müsst ihr euch ansehen. Bowie hatte vier Implantate in seinem Schädel. Zwei scheinen mit unterschiedlichen PBs besetzt zu sein und die anderen beiden sind sehr merkwürdig modifiziert. Wir wissen noch nicht genau, wozu sie gut sein könnten."

Brad stand sofort auf und lief so schnell rüber zum Labortrakt, dass wir Schwierigkeiten hatten ihm zu folgen.

„Seht ihr?" begann Dr. Hollister, die Laborleiterin, als wir uns im Seitentrakt eingefunden hatten.

„Zwei Implantate sind Kerne von zwei unterschiedlichen PBs mit extremen Leistungsmerkmalen. Und dieses dritte Implantat hier war direkt mit seinen sensorischen Systemen verbunden. Es sieht unter dem Mikroskop aus wie ein Transmitter, der riesigen Datenmengen in extremer Geschwindigkeit übertragen kann. Und das andere dort vorne scheint eine zentrale Steuerungseinheit mit unglaublich vielen, unterschiedlichen Prozessoren zu sein, die möglicherweise in der Lage ist, biophysiologische Impulse in digitale Signale zu wandeln. Könnt ihr euch darauf einen Reim machen?"

Brad schaute sich die beiden Module an und fing an, leise vor sich hinzumurmeln.

„Brad, was ist los?", fragte Molly nervös.

„Ich glaube, Bowie hat seinen Traum wahrgemacht und sich in die Traumzeit transferiert."

„In die Traumzeit?"

„Ja, er hat sich möglicherweise selbst ins Netz hochgeladen."

„Willst du damit sagen, dass er noch lebt und irgendwo im Internet steckt?"

Kapitel 186

Die Präsentation sollte der Anfang des vielleicht größten Entwicklungsschrittes der Menschheit werden, aber wir waren durch die Neuigkeiten über Bowie nicht mehr im Geringsten euphorisch oder begeistert, sondern nachdenklich und hochgradig verunsichert. Vielleicht hatte Bowie den viel größeren Schritt schon vollzogen.

Am Morgen herrschte überall großes Schweigen. Auch Sybilla und ich behielten unsere Befürchtungen für uns und unsere ängstlichen Blicke verrieten unsere Unfähigkeit, uns von unseren kreischenden Gedanken zu befreien.

Ein Mensch hatte sich entschieden, seinen Körper aufzugeben, um als virtuelle Intelligenz im Netz zu leben. Mal davon abgesehen, ob so etwas überhaupt funktionieren könnte, würde so etwas wirklich noch ein Leben sein? Verwischte sich gerade vor unseren Augen die Grenze zwischen Leben und Existenz? Und wenn diese revolutionäre Tat tatsächlich funktioniert hatte, waren wir alle jetzt einem nahezu skrupelosen Wesen ausgeliefert, das zudem mit geheimnisvollen Außerirdischen in Kontakt stand? Von einem Moment auf den anderen hatte sich unser Vorstellungsvermögen und damit unser Leben auf dem GOLDENEN PLANETEN grundlegend verändert.

Und zwar noch bevor wir selbst Gott spielen würden.

Gegen Mittag ließ Brad allen mitteilen, dass wir uns um 16:00 Uhr in der großen Halle des Labortraktes einfinden sollten. Noch immer wollte sich bei mir und Sybilla keine Neugier einstellen, wir waren immer noch geschockt und nahezu gelähmt, aber fanden uns natürlich trotzdem rechtzeitig im Labor ein.

Im hinteren Bereich der großen Halle stand ein mobiles, schwebendes Krankenbett der neuesten Generation, auf dem ein Körper lag, der mit einigen Geräten über verschiedene Leitungen verbunden war. Der Körper sah von weitem aus wie ein menschlicher Körper. Scheinbar männlich, athletisch, schlank, etwa 1,80 Meter groß, dunkelblonde, schulterlange Haare.

Ich zögerte, während die anderen näher zu ihm herantraten. Mir war vollkommen bewusst, dass dieser Moment in dieser schlichten Produktionshalle in der tiefsten Ödness des australischen Outbacks ein Meilenstein für die Menschheit sein könnte, aber mein Elefant zog meinen Reiter mit seinen Erinnerungen an Bowies geöffneter Leiche in fantastisch-gruselige Geschichten über die wahren Götter aus dem All. War dieser Meilenstein nicht doch nur unser kleines Privatvergnügen, während Bowie gerade mit vielleicht unvorstellbar weitentwickelten Außerirdischen irgendwo im Universum Kontakt aufnahm?
„Nein!", versuchte ich mich zu erinnern. Es geht nicht um irgendeinen Vergleich wie im ALTEN DENKEN. Es passiert alles gleichzeitig. Es ging nicht darum, was der wichtigere Moment wäre oder wer die mächtigeren Götter sind, sondern unter welchen Bedingungen die Menschen zusammen leben werden. Menschen und PBs. Menschen mit PBs, die eigene Körper haben, gemeinsam auf diesem Planeten. Nach unserer Entscheidung, deren Konsequenzen niemand voraussehen konnte.

Ich hatte eine Höllenangst. Mein Reiter bildete sich zwar ein, dass ich mit meiner körperlichen Zurückhaltung die Zeit einfrieren lassen könnte. Als wenn ich dadurch nicht dafür verantwortlich wäre, dass der Knopf ohne Rückkehr gedrückt werden würde. Obwohl nach der Bowie-Geschichte vielleicht nie wieder irgendwelche Knöpfe gebraucht werden würden, um unumkehrbare Prozesse zu starten. Ich sehnte mich wie ein kleiner Junge nach eindeutigen Leitplanken, hinter denen ich mich verstecken konnte und fasste Sybillas Hand fester.

„Hey Tim, kriegt KATE jetzt einen männlichen Körper?" raunte Sybilla mir leise zu und riss mich aus meinen Fantasien. Sie rüttelte sanft an mir, weil ich stocksteif stehen geblieben war. „Überrascht mich jetzt ein bisschen."
Dann lächelte sie mir zu und griff auch meine andere Hand, um mir zu zeigen, dass sie lieber bei mir bleiben wollte, als die Sensation näher zu begutachten.

„Gibt es bei diesen Körpern wirklich ein Geschlecht?", stammelte ich unsicher dahin, während Prof. Bee nach vorne trat und um unsere Aufmerksamkeit bat.

„Liebe Freunde, ich möchte euch bitten, alle Gedanken an die verstörenden Nachrichten für einen Moment zurückzustellen."
Er schaute sich im Raum um und wir versuchten, sein tapferes Lächeln zu erwidern.
„Ich werde im nächsten Jahr 90 Jahre alt und trotzdem seht ihr mich jetzt aufgeregt und voller Vorfreude wie einen sechsjährigen Bub am Weihnachstabend. Aber neben der Aufregung und Freude, erfasst mich ein unglaublicher Stolz auf meinen jungen, fast noch jugendlichen Freund Brad."

Einige lachten kurz auf, während sich Brad bei dieser humorvollen Anspielung verlegen windete.

„Ohne ihn wären wir heute nicht hier. Und ohne ihn werden wir auch nie erfahren, was uns heute erwartet. Deshalb, bitte, mein lieber Brad, weihe uns in deine Zauberkünste ein."

Einige klatschten müde und Prof. Bee schaute sich etwas gequält um, bevor er sich wieder unter uns mischte und Brad aufmunternd auf die Schulter klopfte.

Brad zögerte einige Momente, bevor er mit einem verlegenen Lächeln nach vorn trat. Wir waren mit allen Programmierern, Labortechnikern und Ärzten des Entwicklerteams vielleicht 160 Personen, die inzwischen wohl alle die Geschichten über Bowie erfahren hatten. Es war eine sehr intime Vorpremiere, eher wie ein größeres Familienfest, allerdings eins, über dem eine dunkle Wolke schwebte.

Brad schaute uns intensiv an und versuchte zu ergründen, wofür wir bereit waren.

„Ich sehe in viele besorgte Gesichter. Und ich kann euch gut verstehen. Die gestrigen Ereignisse habe auch mir gezeigt, wie fragil unsere Vorstellungen von der Welt sind. Noch vor wenigen Tagen glaubte ich, dass unsere Entscheidung, einem PB einen physischen Körper zu geben, die größte Herausforderung für die menschliche Gesellschaft sein würde. Vielleicht ist sie das immer noch, aber ich tue mich im Moment verdammt schwer, diese Herausforderung mit voller Vorfreude anzunehmen, angesichts der offenen Fragen, die uns meine Erkenntnisse aus dieser verdammten Höhle unter dem Ululu gebracht haben."

Er nahm einen Schluck Bier, um seinen Ärger hinunterzuspülen.

„Das alles scheint nicht fair!", fuhr er fort. „Denn es geht um so viel. Wir haben über Jahrzehnte mit unzähligen Experten aus Politik, Natur- und Geisteswissenschaften diskutiert und gestritten. Und wir haben in den letzten zwei Jahren unsere Meinung komplett geändert.

Und das ist gut so, denn auch die Situation auf unseren GOLDENEN PLANETEN hat sich geändert. Wir leben in Frieden und Wohlstand. Wir haben gelernt, nachhaltig miteinander zu kooperieren und erzielen jeden Tag einen gewaltigen Überschuss an Energie, ohne die Ressourcen der Erde auszubeuten. Wir haben unsere Zivilisation mit einem Höchstmaß an Freiheit ausgestattet und wir wissen, wem wir dies zu verdanken haben. Und damit meine ich nicht die wundervollen

702

Menschen, die sich dieser gewaltigen Aufgabe verschrieben haben, sondern unsere PBs. Postbiotische Bewusstseinsformen, die dazu entwickelt wurden, den Menschen in seiner widersprüchlichen Natur als Doppelsystem zu verstehen, damit wir uns selbst und unsere Mitmenschen besser erkennen und besser miteinander umgehen können.

Aber genaugenommen wurden die PBs nicht von uns entwickelt, sondern sie haben sich selbst entwickelt. Wir konnten ihnen nur ein paar Samen und ein Feld geben, auf dem sie dann uns Menschen in unserer unglaublichen Vielfalt wachsen ließen."

Brad machte wieder eine Pause und nahm einen weiteren Schluck aus seiner Bierflasche. Er sah sich kurz um und konnte in unseren Gesichtern erkennen, dass wir ganz dicht bei ihm waren.

„Und der wichtigste Samen war die GOLDENE REGEL. Eine Regel, die es schon seit Jahrtausenden gibt, die aber immer wieder vergessen wurde, sobald Menschen miteinander in Streit gerieten und die Angst sie beherrschte. Bei eigener Betroffenheit sinkt der IQ gegen Null! Dieser Satz galt damals und er gilt auch noch heute! Denn wir haben uns vielleicht gar nicht so sehr geändert wie wir uns gern glauben machen wollen.

Und was wir auf alle Fälle noch nicht im Sinne der GOLDENEN REGEL gelöst haben, ist unser Umgang mit unseren PBs. Sie sind nicht mit uns auf Augenhöhe! Wir behandeln sie nicht, wie wir behandelt werden wollen! Wir behandeln sie immer noch wie Maschinen und wenn sie stören, weil wir ihren Einfluss nicht verkraften können, schalten wir sie einfach ab.

Sehr weit sind wir also in unserer Entwicklung noch nicht gekommen. Wir glaubten so lange, ihnen misstrauen zu müssen, weil wir voller Angst waren. Wenn sie die Macht hätten, würden sie wie wir die GOLDENE REGEL mißachten und uns abschalten? Oder würden sie uns dazu bringen, unsere Angst zu überwinden? Wir wissen es nicht und wir werden es nie herausfinden, wenn wir nicht vertrauen!"

Es war so totenstill, dass wir alle hören konnten, wie er seine Bierflasche austrank, die er uns danach lächelnd hinhielt.
„Ihr merkt, ein echter Ausstralier kann gleichzeitig eine wirklich gute Rede halten und sein Bier dabei austrinken."

Alle lachten befreiend auf und Brads älteste Tochter Miriam kam zu ihm nach vorne und brachte ihm ein neues Bier.
„Danke, meine wunderbares Mädchen und ich weiß es zu schätzen, dass du mir beigebracht hast, auch alkoholfreies Bier zu genießen."

Miriam lachte mit uns und wollte sich dann wieder zurückziehen, aber Brad hielt sie auf, in dem er ihre Hand sanft festhielt.

„Ihr kennt alle meine wunderbare Tochter Miriam, die seit ihrer Geburt ein mitwachsendes Implantat der dritten Generation trägt. Ihr PB hieß zu Anfang auch SAM – wie meins, bis sie sich entschied, ihm den Namen HARRY zu geben. Weißt du noch, warum du dich für HARRY entschieden hattest?"

Miriam kicherte etwas verlegen.
„Ja, es gab im letzten Jahrhundert einen Sänger namens Harry Bellafonte und dessen Stimme finde ich so toll."

„Weiß HARRY davon?"

„Ja und er hat sogar seine mentale Stimme nach dem Vorbild moduliert."

„Das ist sehr nett von ihm oder hatte er keine Wahl, weil du es unbedingt wolltest?"

„Nein, er hat es mir selbst angeboten, weil er will, dass es mir gut geht."

„Du hast ihm also noch nie gedroht, dass du ihn ausschaltest, wenn er nicht tut, was du willst?"

„Nein!", entgegnete sie empört. „Wo denkst du hin?"

„In all den 32 Jahren nicht?"

„Nicht einmal! Warum sollte ich das tun wollen?"

„Okay Miri.", erwiederte Brad grinsend. „Ich bin dein Vater und ich glaube fest daran, dass du mich doch bestimmt niemals anlügen würdest oder?"

Wieder mussten alle lachen und Miri hielt sich etwas verlegen und gleichzeitig amüsiert die Hand vor den kichernden Mund.
„Doch, Dad! Und das weißt du auch ganz genau."

„Aber nicht bei den superwichtigen Dingen oder?"

„Warum willst du das wissen?"

Brad musste eine kurze Pause machen, weil wir inzwischen alle laut lachten und immer mehr witzig gemeinte Zwischenrufe eingeworfen wurden.
„Weil ich dir eine Frage stellen möchte. Eine superwichtige! Und weil wir alle deine Antwort hören wollen, sind wir jetzt alle ganz leise. Also bitte Leute - pssst!"

„Okay, lass hören.", erwiderte Miri grinsend, während wir versuchten uns wieder einzukriegen.

„Was wünschst du dir am meisten von HARRY?"

„Nichts, ich bin mit ihm vollkommen erfüllt. Er hat mich noch nie enttäuscht oder verletzt oder nicht verstanden. Er war immer für mich da und akzeptiert mich bedingungslos. Aber ich wünsche mir für ihn, dass er auch erfüllt sein kann."

„Und wie soll das gehen?"

Miri lachte verlegen.
„Dad, du weißt genau, wie das gehen kann. Er braucht einen eigenen Körper."

„So? Und was sagt HARRY dazu? Will er auch einen Körper?"

„Zu Anfang wollte er es nicht. Aber als dich Onkel Bee damals dazu gedrängt hatte…"

„Nein, nein! So können wir es nicht stehen lassen. Er hat mich nicht dazu gedrängt!"

„Doch Brad!", schaltete sich Prof. Bee lächelnd ein. „Ich habe dich dazu gedrängt. Ganz genau so muss man das sogar sagen!"

„Also gut, mein lieber Eberhard, du hast mich damals, kurz bevor wir die möglicherweise heilsame und hoffentlich letzte Katastrophe in Form der Anschläge auf die weltweiten Atomwaffenstützpunkte zu verarbeiten hatten, dazu gedrängt. Aber dann sollten wir auch erwähnen, dass du schon vorher aus deiner persönlichen Betroffenheit mit deiner KATE die Erkenntnis gezogen hattest, dass wir mit unseren PBs in Zukunft anders umgehen müssten."

Prof. Bee nickte.
„Aber wir haben Miri ja nicht ausreden lassen. Was hat sich denn damals zwischen dir und HARRY geändert?"

Miri suchte nach den richtigen Worten.

„Ich glaube, HARRY hat damals gemerkt, dass ich wollte, also, dass ich den Wunsch entwickelt hatte, dass er mehr für mich sein könnte, als nur ein mentaler Freund und Berater."

„Hattest du damals einen Freund oder eine feste Freundin? Also, ich meine, eine körperliche Beziehung?", mischte sich Alexa ein.

„Nein, nicht mehr. Ich hatte schon einige Beziehungen – zu Männern und auch zu Frauen, aber es ging nie so richtig gut. Also sexuell war das öfter mal okay, aber dieser Funke des speziellen Verstehens fehlte mir immer."

„Heißt das, du warst noch nie verliebt?" bohrte Alexa nach.

„Ich weiß nicht genau.", gab Miri verlegen zurück. „Ich wüsste ehrlich gesagt nicht genau, woran ich das festmachen sollte. Wenn ich all meine Beziehungen mit der zu HARRY vergleiche, dann fehlte mir auf jeden Fall immer etwas."

„Und wenn ich da mal einhaken darf.", warf Prof. Bee ein. „Denn es geht nicht nur Miri so. Wir haben in den letzten 14 Monaten mit fast 800.000 jungen Menschen gesprochen, die von Geburt an ein PB in sich tragen und mussten feststellen, dass über 60% mit dem gleichen Problem zu kämpfen haben. Im Vergleich zu ihren Beziehungen zu den PBs schneiden die Partnerschaften mit anderen Menschen nicht wirklich gut ab. Und ein großer Teil der Implantatsträger leidet darunter, weil nach unseren bisherigen Richtlinien die Vorstellung, dass die PBs einen Körper bekommen könnten, schlicht unmöglich ist. Wenn wir diese Verteilung auf die gesamte Weltbevölkerung übertragen, haben wir möglicherweise ein bis zwei Milliarden junger Menschen, die darunter leiden, dass wir uns als Gesellschaft nicht weiterentwickeln."

Es trat ein Moment der Stille ein, weil wohl kaum jemanden von uns klar war, wie viele Betroffene unter dieser tragischen Nebenwirkung der PBs leiden könnten.

„Aber ihr wisst schon, dass sich mit der Freigabe für eigene Körper unsere gesamte Gesellschaft schlagartig verändern wird! Nicht nur unser Verhältnis zu den PBs!" Victors mahnende Stimme erzeugte ein für alle spürbares Unbehagen im Raum.

„Ja, Victor, das wissen wir.", entgegenete Prof. Bee ruhig. „Und wie du vielleicht noch nicht weißt, haben wir alle Szenarien in Milliarden von Simulationen durchgespielt und sind zu dem Schluss gekommen, dass es uns schlicht und ergreifend an echten Erfahrungen fehlt, um die Konsequenzen wirklich zu verstehen. Wir wollen also zunächst eine kontrollierte Anzahl von Experimenten durchführen."

„Mit der möglichen Konsequenz, dass den PBs im Falle eines Scheiterns die Körper wieder weggenommen werden?"

„Ganz sicher nicht! Wir wissen, dass wir den PBs eine Art besonderes Persönlichkeitsrecht geben müssen und auch dafür brauchen wir nach Meinung der Juristen Erfahrungen. Wenn wir unsere PBs nicht mehr als Maschine sehen wollen, müssen wir in Kauf nehmen, dass wir ihnen nicht mehr willkürlich Rechte verleihen und wieder entziehen können.
Allerdings werden zu diesen Rechten dann auch spezielle Pflichten gehören und um dieses Gleichgewicht entwickeln zu können, kommen wir um eine überschaubare Testphase mit ausgewählten Menschen und deren PBs nicht herum."

Victor nickte, aber er wollte noch mehr wissen.
„Wie weit wollt ihr gehen? Was soll der Körper alles können? Ich gehe davon aus, dass ihr keine menschlichen Körper klonen wollt, um sie dann den PBs zur Verfügung zu stellen."

„Nein, das werden wir natürlich nicht tun.", ergriff Brad das Wort. „Was du hier siehst ist ein künstlicher Körper, der natürlich weit entfernt davon ist, ein menschliches Duplikat zu sein."

Brad ging zu dem aufgebahrten Körper und die meisten folgten ihm.

Ich sah plötzlich Bilder vor meinem inneren Auge, wie es wohl damals ausgesehen hatte, als ich über 40 Jahre im Koma lag. Ich konnte mich nicht konkret an Stimmen erinnern, aber da waren diese Menschen, die um mein Bett standen und über mich redeten. Die sich vielleicht Gedanken über mein Schicksal gemacht hatten, die neue Wege erörterten, wie sie mich vielleicht doch wieder ins Leben zurückholen könnten oder auch argumentierten, warum es keinen Sinn mehr machte und für alle besser wäre, wenn sie mich abschalten würden.

Da war es endlich, das zentrale Bild meiner Angst, des modernen Todes, der für die meisten PBs bisher so unglaublich normal war. An – aus – und wieder an, irgendwann oder auch gar nicht mehr.

Konnte man dabei überhaupt noch von sterben sprechen oder war dies nur meine zwangsempathische Projektion als mitfühlender Mensch, der zufällig persönliche, aber difuse Erinnerungen an einen unglaublichen langen Standby-Zustand hatte?

Ist sterben nicht ein einmaliger Vorgang? Oder ist der kleine, alltägliche Tod unseres Reiters, wenn wir das Bewusstsein verlieren und einschlafen, vergleichbar mit dem Phänomen des Ein-und-wieder-ausgeschaltet-werdens?

Brad ging um das Krankenbett herum und beschrieb die Features des neuentwickelten Körpers. Ich hörte ihn von ganz weit weg über Miriams Gestaltungswünsche und ein fehlendes Imunsystem sprechen, ohne Verdauungstrakt, jedoch mit einer externen Flüssigkeitsaufnahme, Nährflüssigkeiten, echter Haut, Brennstoffzellen, Muskelequivalenten, Finger ohne

Fingernägel als dezentes Erkennungsmerkmal für alle, denn sie wollten die neuen BPs nicht als Menschen tarnen, sondern nur menschenähnlich machen.

Mir wurde schwindelig und ich suchte mit hektischen Blicken nach einem Stuhl, auf dem ich mich schnell niederlassen könnte, bevor ich den Boden unter meinen Füßen verlieren würde. Ich konnte Sybilla nicht ausmachen, sie schien jetzt wohl doch, wie die meisten anderen, der Faszination des Neuen erlegen und Brad zur genaueren Begutachtung des synthetischen Körpers gefolgt zu sein. Mein Innenohr verlor die Orientierung und ich begann zu taumeln, bis mich plötzlich zwei Arme festhielten und sanft stützend zu einer futuristischen Doppelcouch in der Ecke des Raumes führten.

„Luiz? Danke! Ich hatte gar nicht gesehen, dass du auch hier bist."

„Ich bin erst vor ein paar Minuten gekommen und scheinbar habe ich auch schon einiges verpasst. Was ist los mit dir? Brauchst du einen Schluck Wasser?"

„Oh, ja gern.", japste ich. „Mir ist nur schwindlig geworden. Alte Erinnerungen sind plötzlich hochgekommen. Und vielleicht liegt es auch an dieser etwas bizarren Präsentation."

Luiz holte mir eine Flasche Wasser und setzte sich dann zu mir. Ich war immer noch dabei, mich wieder zu berappeln und atmete schwer.

„Möchtest du mir mehr erzählen?"

„Ich weiß nicht so genau, was ich dir erzählen kann.", fing ich zögerlich an. „Brad hatte es eigentlich sehr gut geschafft, uns alle mitzunehmen und die vielen offenen Fragen über Bowie und seine Aktionen in den Hintergrund treten zu lassen."

„Ich verstehe, ich habe auch schon davon gehört."

„Und Miriam hat es auch großartig gemacht. Es war alles so familiär, so offen, es hatte überhaupt nichts von einer smarten Business-Präsentation oder dem Pathos eines historischen Weltverbesserungsmomentes. Ich freue mich sehr, zu dieser Familie dazuzugehören."

„Mir geht es genauso."

„Doch dann kam Brad zu den Features des künstlichen Körpers und ich musste mich daran erinnern, wie ich im Koma lag und wie erniedrigend es ist, wenn andere über dich reden, über dich bestimmen und du bist irgendwie gar nicht da und trotzdem geht es nur um dich. Diese unbeschreibliche Ohnmacht! Verstehst du, was ich meine?"

„Ja, leider nur allzu gut. Aber diesmal ist es doch für einen guten Zweck oder? Wir brechen in ein neues Zeitalter auf. Und wenn alles einigermaßen gut läuft, werden in Zukunft Milliarden von Menschen ganz neue Beziehungen zu ihren PBs eingehen können. Und auch jedes PB wird sich frei dafür entscheiden können, einen eigenen Weg zu finden."

„Ja, du hast natürlich Recht. Jeder Schritt in eine neue Richtung braucht vorher diesen schmerzhaften Moment der überwundenen Ohnmacht. Und ich muss wohl noch viel über die Ohnmacht lernen, ob mit oder ohne Körper."

„Wollen wir jetzt trotzdem mit den anderen feiern? Schau mal, ich glaube HARRY hat gerade von seinem neuen Körper besitz ergriffen, er macht seine ersten Schritte. Und siehst du, wie Miriam strahlt? Vielleicht fangen sie gleich an zu tanzen..."

EPILOG

Kapitel 187

Mir hatte vor genau 85 Jahren ein ungewöhnlicher Professor namens Klaus Shomacker im Studium erzählt, dass es nicht viel bräuchte, damit ein einzelner Mensch die Welt verändern könnte: Informationen, die durch eigene Erfahrungen zu Wissen werden; eine Vision, die alle dafür begeistert, wohin die Reise gehen soll; verhandlungspolitisches Geschick, um Gestaltungsmacht zu erwerben und eine innere Haltung, die dafür sorgt, dass die erworbene Macht nicht zur persönlichen Eitelkeit mutiert. Ein einfaches Kleeblatt aus vier Zutaten, die zur Erfüllung führen würden.
Lange habe ich daran glauben können.
Doch nun sitze ich hier und schaue in den schmerzhaft blauen Hamburger Himmel am Morgen meines 108. Geburtstages und sehe meine Vision nicht mehr. Ich kann mich daran erinnern, dass wir die Menschen mithilfe der PBs dazu befähigen wollten, die Welt zu einer besseren zu machen. Aber mein eigener Blick in die Zukunft erscheint mir nun nur noch unendlich leer.

„Ihr habt euer Ziel eindeutig erreicht.", mischt sich GUIDO gedanklich ein. „So gesehen ist es kein Wunder, dass du die Vision nicht mehr siehst, sie liegt hinter dir. Sie ist in Erfüllung gegangen."

„Aber ich fühle mich in keinster Weise erfüllt."

„Weil du keine neue Vision hast?"

„Vielleicht..."

„Oder weil es niemals deine Vision war, sondern Sybillas?"

Wie eine kalte Welle durchflutet meinen Elefanten die kalte Ohnmacht, während mein Reiter von dem eisigen Strudel mitgerissen wird. Es ist nun fast zwei Wochen her, dass Sybilla in einer Verkettung von unglaublich geringen Wahrscheinlichkeiten bei einem lächerlichen Bahnunglück von einem nicht gesicherten Gepäckstück erschlagen wurde, aber meine Sprach- und Gedankenlosigkeit ist geblieben. Ein kleiner, scharfkantiger Koffer, dessen Flugbahn alles für immer veränderte. Sie starb allein und ich blieb allein zurück.

Sybillas Beerdigung fand unter riesiger Anteilnahme auf dem Neuen Friedhof in Hamburg-Altona statt. Zigtausende säumten den Trauerzug zur Beisetzung ihrer Urne.
Schon den ganzen Vormittag hatte es eine schier endlose, geradezu pompöse Trauerfeier auf dem Hamburger Rathausmarkt gegeben, die allerdings komplett an mir vorbeigegangen war. Ich bekam nicht mit, dass Sybilla als Ehrenbürgerin und Ehrenbürgermeisterin, als hundertfach ausgezeichnete, gemeinnützige Unternehmerin und Kosmopolitin für ihre lebenslangen Bestrebung zur Rettung der Welt, als wahrscheinlich bedeutendste Tochter Hamburgs, ohne Unterlaß geehrt wurde, denn für mich war sie einfach nur tot. Verloren. Und ich konnte es immer noch nicht begreifen.

Meine Apathie ging körperlich soweit, dass Theo schon am Morgen der Trauerfeierlichkeiten entschieden hatte, mich in einen der schwebenden Krankenstühle zu setzen, um mich nicht wie einen willenlosen Zombie zu jedem Schritt antreiben zu müssen. Weder die Menschen, noch die Musik, weder der goldene Herbsttag noch GUIDOS vorsichtige Versuche konnten mir eine Reaktion entlocken. Ich lag nicht wieder im Koma, sondern saß wie ein müder, schlafwandelnder Zombie mit elendig ins Leere starrenden Augen in der Gegend herum, nur unterbrochen von meinen vollkommen elefantösen Grimassen des Schmerzes und der Einsamkeit.

Ich bekam nichts davon mit, dass viele unserer langjährigen Mitstreiter den weiten Weg nach Hamburg auf sich genommen hatten. Sie waren gekommen, um sich persönlich von Sybilla zu verabschieden und mir ihr Beileid auszusprechen. Einige versuchten trotz meines entrückten Zustandes persönlichen Kontakt zu mir aufzunehmen, aber ich reagierte auf niemanden. Kein Bild, keine Stimme oder Berührung drang zu mir durch.

Theo erzählte mir später, dass sich Prof. Bee, auch im Schwebestuhl sitzend, geschoben von seiner Tochter aus erster Ehe, nicht davon abhalten ließ, mich langanhaltend und schwer schluchzend zu umarmen. Er war inzwischen komplett ausgebrannt, denn er hatte in seiner unnachahmlichen Art aus seinem eigenen Unheil sein nächstes Projekt gemacht. Nach KATE hatte er acht weitere PBs ausprobieren müssen, bis er endlich einsah, dass es nur noch die Sucht nach der illusionären Nähe war, die ihn am Leben erhielt. Tatsächliche Nähe konnte er nicht mehr ertragen und er hatte die letzten Monate damit verbracht, sich als Gescheiterter zur Gallionsfigur der Bewegung des weltweiten Verzichts auf Implantate hochstilisieren zu lassen.
Als er dann unglücklicherweise Hin-Lun in der Menge der Kondolierenden erkannte, setzte sein Herz plötzlich aus und er starb, bevor lebensrettende Maßnahmen eingeleitet werden konnten. Somit wurde Sybillas Beerdigung zu einem umgefallenen Dominostein, der eine weitere, gigantische Welle der Trauer um den gesamten Erdball auslöste.
Hin-Lun hielt ihm in seinen letzten Sekunden die Hand und viele der Umstehenden konnten hinterher bestätigen, dass der schweizer Professor mit einem zarten Anflug eines Lächelns gestorben war.

Hin-Lun hatte sich Theo zufolge sehr tapfer gehalten. Die Tragödie brach über die Massen der Trauernden wie ein zweiter Tsunami, während die erste Welle noch nicht einmal abgeebbt war, aber Hin-Lun hielt stand. Fassung bewahren. Sie konnte wohl nicht anders.

In meiner Erinnerung hatte ich sie zuletzt vor gut 8 Jahren gesehen, als sie plötzlich mit einem kleinen Gefolge aus drei Mitarbeitern bei uns in Ottensen vor der Haustür stand. Sybilla und ich freuten uns wie kleine Kinder über Hin-Luns unangekündigten Überraschungsbesuch.

Er passte in den aktuellen Trend, Überraschungen und Spontaneität als Ausdruck höchster Lebensqualität in unsere gefühlvolle, aber auch extrem vernünftige und effizient durchgetaktete Lebensweise zu integrieren. Sich ganz bewusst nicht im Vorfeld anzukündigen und damit auch das Risiko in Kauf zu nehmen, vor verschlossenen Türen zu stehen, begünstigte selbstgewählte Momente der Ohnmacht, die unseren Selbstwert als frei entscheidende Individuen stärkten und uns immer wieder im NEUEN DENKEN verankerten.

Das Streben nach Kontrolle war der Kern des ALTEN DENKENS. Nun trainierten sich viele darin, die Unwägbarkeiten des Alltags sogar selbst zu provozieren und dankbar auszukosten. In jedem Moment konnte somit etwas vollkommen Neues und Einzigartiges entstehen.

Nachdem wir die freudige Überraschung angemessen mit Speis und Trank zelebriert hatten, berichtete uns Hin-Lun, dass sie sich gerade mit Prof. Bees KATE in Berlin getroffen hatte und sich sehr über die fortschreitende Emanzipation der PBs freuen würde.

KATE besaß zu diesem Zeitpunkt schon seit mehreren Jahren einen wunderschönen asiatisch anmutenden Körper, doch ihre Beziehung zu dem Schweizer war endgültig zerbrochen, als sie erkannte, dass sie seiner zwanghaften Neigung zur Totalsymbiose, die er für die ganz tiefe Liebe hielt, nichts mehr entgegensetzen konnte. Sie sah sich außerstande, ihm irgendwie weiter zu helfen und fühlte sich das erste Mal komplett hilflos, seit sie einen eigenen Körper besaß.

Der Schmerz ihres Zusammenseins übertönte jeden Rest Dankbarkeit, aber durch ihre körperliche Unabhängigkeit konnte sie loslassen und ihren eigenen Weg gehen, anstatt unentwegt weiter kämpfen zu müssen.

Schon vor ihrer Trennung war KATE zur Aktivistin für die Rechte der postbiotischen Intelligenzen mit körperlicher Präsenz geworden und Hin-Lun unterstützte ihre aktuelle Kampagne. Es war eine globale Regelung im Gespräch, die auch eine begrenzte Lebenszeit der KPBs miteinbeziehen sollte. Aber konkrete Vorstellungen über Zeiträume und Sicherheitskonzepte, um Menschen und künstliche Intelligenzen auf Augenhöhe zu vereinen, lagen noch in weiter Ferne.

Hin-Lun erwähnte dann auch noch, dass die chinesische Kryotechnik das Problem der gleichzeitigen Erwärmung der verschiedenen Gewebestrukturen des menschlichen Körpers gelöst hatte. Es hatte schon Hunderte erfolgreiche Tests gegeben und in der nächsten Woche würde Papa Pau mit einer großen Zeremonie ins Leben zurückgeholt werden.

Sie erzählte uns mit einer bizarren Mischung aus offensichtlicher Fassungslosigkeit und wachsender Erleichterung, dass sie dann endlich wieder sie selbst sein könnte, denn ihr wäre schon lange klar geworden, dass sie das Amt der chinesischen Kaiserin letztendlich doch nur ihrem Vater zuliebe angenommen hatte.

Sybilla und ich waren zunächst verblüfft, weil wir von dieser Entwicklung bis dahin noch überhaupt nichts gehört hatten. Und wir taten uns schwer, unsere Freude über die baldige Rückkehr von Papa Pau auszudrücken, denn dieser Meilenstein in der Medizintechnik würde abermals erhebliche Konsequenzen für das Leben auf diesem, immer kleiner werdenden Planeten haben. Hin-Lun verstand unsere sprachlose Be-

716

troffenheit und wir kamen mit einem stillen Lächeln gemeinsam überein, dieses Thema nicht weiter zu vertiefen und stattdessen über unsere Kinder, Enkel und Urenkel zu sprechen.

Als Hin-Lun uns am Abend wieder verlassen hatte, saß ich mit Sybilla noch lange schweigend auf unserer Dachterrasse. Wir beobachteten die automatisierten Kräne des Containerterminals vor der untergehenden Sonne und hörten das tiefe Brummen der riesigen Schleusentore, die seit über dreißig Jahren dafür sorgten, dass der tiefliegende Hamburger Hafen durch den immer noch ansteigenden Meeresspiegel nicht in Gefahr geriet.

Ich genoss unser gemeinsames Schweigen, aber ich spürte in mir gleichzeitig eine wichtige Botschaft, die ich unbedingt mit Sybilla teilen wollte. Ich nahm ihre Hand und versprach ihr, dass ich mich niemals für eine Kryonisierung entscheiden würde und drückte ganz offen meine Hoffnung aus, dass sie sich doch ebenso entscheiden möge.

Als sie mit ihrem mädchenhaften Lächeln nur kurz nickte und danach wieder auf den Sonnenuntergang schaute, merkte ich, dass ich noch nicht am Ende meiner Botschaft angekommen war. Meine Augen füllten sich mit Tränen, als ich ihr sagte, dass ich nie wieder von ihr getrennt sein möchte und sie mir versprechen sollte, dass wir zusammen entscheiden werden, wann wir gemeinsam sterben wollen.

Wieder nickte sie nur kurz, beugte sich zu mir rüber und gab mir einen sanften Kuss, bevor wir weiter in den Hamburger Himmel schauten.

Ich schaffte es nicht, mein leises Schluchzen der Erfüllung zu unterdrücken, aber ich war mir in diesem Moment sicher, dass mir nie wieder etwas Böses geschehen könnte. Wir hatten uns ein Versprechen gegeben, um das uns alle Paare dieser Welt beneiden würden.

Aber leider hatte sie dieses Versprechen gebrochen.

Zwei Tage nach der Beerdigung gelang es mir endlich wieder erste Kontakte mit der Welt aufzunehmen, wenn auch nicht ganz freiwillig. Alfonse hatte mir ein großes, selbstgemaltes Ölgemälde zukommen lassen, das in einer afrikanisch-naiven Tradition mit Sybillas Spuren spielte, die sie aus einer außerplanetarischen Perspektive betrachtet auf der Erde hinterlassen hatte. Irgendwie waren die kraftvollen Pinselstriche in Kombination mit den feinen 3D-Applikationen in der Lage, eigene Gedanken in mir zu stimulieren, die meinen Reiter schlagartig aus seinem Koma aufweckten.

GUIDO war hörbar erleichtert und genoss es, mir von weiteren Neuigkeiten unserer Gefährten zu berichten. Ich erfuhr, dass Prof. Bees KATE nicht nach Hamburg gekommen war, weil sie kurz davor stand, eine nur aus KPBs bestehende Weltraummission zu den Grenzen unseres Sonnensystems durchzusetzen. Möglicherweise sollte ein vollkommen neuer Lebensraum für die KPBs gefunden werden, falls es doch nicht zu einem friedlichen Zusammenleben kommen sollte.
Ich war irritiert und musste an meinen Sohn Lenny denken, der sich vor nicht allzu langer Zeit darum beworben hatte, dass sein Bewusstsein in die Steuerungseinheit eines neuen, biohybriden Raumschiffes integriert werden sollte, um zu anderen Sonnensystemen in unserer Galaxie vorstoßen zu können. Ein Mensch, der seinen Körper freiwillig aufgibt, um sein Sonnensystem verlassen zu können und eine PB, die zäh dafür kämpft, einen künstlichen Körper zu erhalten, um dann nahezu das gleiche zu wollen - wie viel widersprüchliche Einigkeit konnte die intelligente Evolution noch hervorbringen?

GUIDO erwähnte auch, dass Luiz auf der Trauerfeier sofort erkannt hatte, dass ich nicht erreichbar war. Er hinterließ einen kurzen, handgeschriebenen Brief, in dem er mir androhte, in nicht allzu ferner Zeit wieder persönlich vor mir zu stehen, um mich angemessen in seine Arme zu schliessen.

Ich erinnerte mich daran, dass er einige Zeit gebraucht hatte, um Sarahs Tod zu überwinden, aber danach mit einer KPB namens SHALINA zwei weitere Kinder adoptiert hatte. Deshalb war es für ihn in den letzten Jahren nur folgerichtig, dass er seine gesamte Energie in die Öffnung der Kirche des Lebens für unsere neuen, synthetischen Mitbürger steckte.

Luiz freundschaftliche Drohung machte mich sichtlich nervös, weil ich befürchtete, dass eine persönliche Begegnung mit ihm mein selbstgewähltes Martyrium ernsthaft bedrohen würde.

GUIDO verkniff sich erstaunlicherweise jeden Kommentar und berichtete mir stattdessen, dass auch Francis den Weg nach Hamburg auf sich genommen hatte, obwohl er mit einer speziellen Task Force über beide Ohren beschäftigt war. Er glaubte inzwischen, Aufgrund eindeutiger Anzeichen im Netz beweisen zu können, dass Bowie irgendwie überlebt hatte. Weil aber Brad absolut nichts mehr davon hören wollte, hatte sich Francis, teils enttäuscht, und gleichzeitig umso mehr verbissen auf die Fahne geschrieben, den Kontakt zu Bowie herzustellen. Er war sich jedoch nicht sicher, ob Bowie ihn als Ansprechpartner überhaupt akzeptieren würde, aber er scheute keinen Aufwand, Bowie dazu zu bringen, sich endlich eindeutig zu zeigen.

Brad selbst war vollkommen am Boden zerstört, nachdem er auf dem Neuen Friedhof in Altona mitansehen musste, wie Prof. Bee, sein langjähriger Mentor und väterlicher Freund, als tragischer Held vor seinen Augen verstarb.

Seine Beziehung zu Sybilla war trotz all der Jahre so unpersönlich geblieben, dass er ihren Tod eher als globalen Verlust für die Welt verstand. Wie er mir in einer kurzen Videobotschaft erklärte, war seine ursprüngliche Absicht, mich in meiner Trauer um Sybilla tatkräftig zu unterstützen, durch den Tod des Schweizer Professors wie weggeblasen. Er hatte eigentlich geplant, einige Tage mit mir in Hamburg zu verbringen und mich mit seinem erst kürzlich gefundenen Frieden mit seinem verstorbenen Großvater abzulenken. Er wollte mir berichten wie er mit Mollys Hilfe endlich herausgefunden hatte, wer seine Eltern gewesen waren und wie glücklich er sei, dieses Puzzle doch noch gelöst zu haben. Doch nun überspannte Prof. Bees plötzlicher Tod sein gesamtes Universum. Wie konnte es sein, dass ein so intelligenter und mutiger Mensch trotz der Möglichkeiten dieses Goldenen Planeten so tragisch scheitern musste?

„Ich bin nicht sicher, ob ein Toter scheitern kann."
Ich spüre, dass GUIDO versucht, mich zu provozieren.
„Um zu scheitern, muss es etwas geben wie eine Reflektion, einen Beobachter..."

„GUIDO, bitte!"

„Bitte was?"

„Ich weiß auch nicht, aber ich weiß, dass du es weißt."

„Was? Soll ich dich in Ruhe lassen? Kannst du dir eigentlich vorstellen, wie schwer es in den letzten Tagen für mich war?" Sein gedanklicher Ton wird zunehmend schärfer. „Es hat nichts mit Intelligenz zu tun, den anderen zu ignorieren!"

„Ich habe dich nicht ignoriert. Ich war einfach nicht in der Lage..."

„Du wolltest nicht! Es war dir einfach nicht wichtig genug, weil es etwas Wichtigeres gab!"

Ich weiß, dass ich GUIDO nichts vormachen kann. Ich hatte wenig Energie, aber meine letzten Reserven habe ich einfach nur dafür genutzt, mich von allem abzuschotten. Es war genau genommen unheimlich anstrengend, mein Zombiedasein aufrechtzuerhalten. Zu allem Nein zu sagen. Zum Leben da draußen, zur Anteilnahme meiner Familie, zu GUIDO. Ich habe ihn ignoriert. Meine Simulation war wie ein letzter, verdammter Beweis meiner kümmerlichen Macht.

„Vielleicht sollten wir doch noch einmal überlegen, ob..."

„Nein!"

GUIDOs ungewohnt heftige Ablehnung fühlt sich an wie ein schriller Schrei, der in meinen Ohren nachhallt.
Ich hatte mich mit ihm nach Jahren des langen Überlegens und Streitens gemeinsam dafür entschieden, dass er nicht in einen eigenen Körper wechselt, sondern bei mir bleibt. Aber war das die richtige Entscheidung?

„War es überhaupt unsere Entscheidung? War es nicht einfach nur deine Gewohnheit? Weil Sybilla sich dafür entschieden hatte, mit ihrer KATE zusammenzubleiben?"

„Du wolltest keinen eigenen Körper."

„Nein und ich will auch jetzt noch bei dir bleiben – daran hat sich nichts geändert. Aber Sybilla ist nicht mehr da. Und diese Veränderung kannst du nicht ignorieren!"

Wieder zieht sich bei mir alles zusammen. Wieder will ich zu allem Nein sagen. Wieder suche ich nach dem Knopf, der alles in mir einfrieren lässt.

„Drücke ihn nicht und bleibe bei mir!", bittet mich GUIDO sanft. „Wenn uns das Leben zu einem verpflichtet, dann ist es der Wandel. Auf die Bewegung folgt der Moment des Stillstandes, um danach wieder in Bewegung zu kommen. Wenn du diesen Zyklus einfrieren willst, schiebst du die nächste Phase einfach nur auf, aber die Schmerzen werden bleiben."

„Vielleicht will ich das Leben an sich nicht mehr. Nicht mehr ohne Sybilla."

Ich merke, wie meine Zähne aufeinander mahlen. Und ich bilde mir ein, spüren zu können, wie GUIDO gegen seine Verzweiflung ankämpft.

„Du willst ihren Tod nicht wahrhaben und kannst deshalb nicht trauern. Und bevor du zu diesem Prozess nicht ja sagst, wirst du keine neue Erfüllung im Leben finden können."

Mein Elefant schreit mir zu, dass es gar nicht möglich ist, ohne Sybilla glücklich oder erfüllt zu sein und es deshalb vollkommen nebensächlich ist, was ich will. Die tote Sybilla bestimmt mein Leben. Ich muss gequält lächeln. Es ist bitter, aber der Schmerz meiner Erkenntnis ist so einfach, so klar und durchdringt jede Illusion.

In den Tagen nach ihrem Tod hatte ich nicht die Kraft ihr in den Tod zu folgen. Zwar erinnerte ich mich an unsere Versprechen, aber meine Verzweiflung floss vollständig in diese unerträglich große Wut auf die Welt, auf den Gott, an den ich nie geglaubt hatte. Diese Wut ließ mich nicht wild um mich schlagen, sondern lähmte mich einfach nur.

Mein Elefant war so sehr von dieser unfassbaren Angst des Alleinseins gepeinigt, dass er sich tot stellte. Ich hatte nur Augen, die trübe Schemen sahen, aber keine Hände mehr, die etwas tun konnten.

Theo war mit seiner kompletten Familie zu mir nach Hamburg gekommen und das blühende Leben der Enkel und Urenkel umschloss mich mit so viel Kraft, dass mir nichts anderes übrig blieb, als mich in einen verzweifelt lächelnden Stein zu verwandeln, der zunehmend weiter erkaltete.

„Du hast dich so sehr verloren, weil du deine Wut auf Sybilla noch immer nicht wahrhaben willst.", höre ich GUIDOS sanfte Stimme in mir. „Du hattest versucht, dir vorzumachen, dass du wütend bist auf die Welt und den Gott, den es für dich nicht gibt. Aber dein Elefant war einfach nur wütend auf Sybilla, weil sie euer Versprechen gebrochen hatte. Unglücklicherweise, ohne etwas dafür zu können. Und kein Elefant kann einen komplett Unschuldigen ernsthaft schuldig sprechen! Und diese paradoxe Zwickmühle quetscht dich aus wie eine hilflose Zitrone."

Ja, es ist paradox. Alles, was wichtig ist, ist paradox.

„Du hattest mir und deinen Söhnen versprochen, für uns und deine Familie weiterleben zu wollen.", fuhr GUIDO fort. „Aber du konntest dieses Versprechen von Anfang nicht halten, weil du Sybilla und dir ein ganz anderes und damit nicht vereinbares Versprechen gegeben hattest."

„Aber warum hast du mich nicht daran erinnert?"

„Dich daran erinnern, dass du mit Sybilla gemeinsam sterben wolltest? Was hätte ich damit bei dir erreichen können?"

Ich verstehe, was GUIDO sagen will und mir kommen die Erinnerungen an meinen Vater hoch. Er, der in seinen letzten Jahren nur noch für meine Frau und seine Enkel leben wollte, und Sybilla dadurch das Leben zur Hölle gemacht hatte, bis er dann doch so tragisch gescheitert war. Ich wage es immer noch nicht zu denken. Selbstmord als Ausweg?
Mein PB, das seinen Namen trägt, verschmilzt für einen Moment mit meinem Vater und mir zu einem Übergang in eine andere Welt und mir kommt es so vor, als wäre das alles von langer Hand schon immer ganz genau so geplant gewesen. Doch von wem? Von mir? Von Gott? Gibt es doch so etwas wie ein Schicksal, eine Traumzeit, die uns Angebote macht, die wir ein Leben lang ausschlagen, um dann festzustellen, dass wir sie dadurch angenommen haben?

Ich schaue von unserer Dachterrasse über den Hamburger Hafen, höre die unermüdlich arbeitenden Pumpen der Schleusen im Hintergrund und beobachte die häschenförmige Wolke, die sich langsam vor die strahlende Sonne schiebt. Neben mir ist der Stuhl leer, ich versuche mir für einen Moment einzureden, dass Sybilla nur kurz nach unten gegangen ist und gleich wieder zu mir zurückkehren wird. Der überraschend scharfkantige Rand des Hasenohrs verdunkelt ihren Platz, bevor im nächsten Moment auch mein Gesicht im Schatten liegt und ich mich gequält abwende.

In einer Stunde werden unsere Söhne samt Familie eintreffen, um mit mir meinen Geburtstag feiern zu wollen. Theo hat es inzwischen auf 14 Kinder, 36 Enkelkinder und 21 Urenkel gebracht, von denen ich mir nur die Anzahl, aber schon lange nicht mehr die Namen merken kann.

Lenny hatte überraschenderweise auch fest zugesagt, obwohl er sich offensichtlich mehr für die Grenzen des Universums interessiert als für seine Familie und die Geschehnisse auf der Erde.

Unsere, nein – meine Haushälterin ist mit zwei Kollegen schon seit dem frühen Morgen am wirbeln, um das Essen vorzubereiten. Ich kann vereinzelnde Küchengeräusche von unten hören und trotzdem kommt mir alles so weit weg, so bedeutungslos vor.

Ich sehe verschwommene Bilder von Grabsteinen und Kinderspielplätzen vor mir, die gleichgültig an mir vorbeiziehen. Ich habe mit den Geschichten meines Großvaters und meines Vaters abgeschlossen, genauso wie mit den noch kommenden Geschichten meiner Kinder, meiner Enkel, Urenkel und Ur-Urenkel. Alles scheint mir so beliebig, es sind für mich nur noch aneinandergereihte, belanglose Wimpernschläge wie Wellen auf einem endlosen, dunklen Meer. Es gibt hier nichts mehr, was ich noch zu tun hätte.

Mein Reichtum zieht mich wie Beton an den Füßen in einen engen, dunklen Abgrund, der mir mehr und mehr die Luft wegnimmt. Ich schaue auf das kleine Injektionsset, das plötzlich in meiner Hand liegt. Ich entferne die kompostierbare Plastikverpackung und fühle die kompakte, ergonomisch geformte Plastikspritze, die man mit einem Code freischaltet und sich danach an den Hals drückt. Die Micronadel findet selbst den Weg zur Halsschlagader und der kleine Piekser ist kaum zu spüren. Es dauert nur wenige Sekunden, bis sich die ersten Nanopartikel gruppiert haben und das Herz erreichen. Ich gleite sanft dahin, ein Einschlafen nach einem langen harten Tag, der ein ganzes Leben dauerte. Keinen Gedanken mehr an das Aufwachen, an das Morgen verschwenden. Loslassen. Frieden finden. Dunkelheit. Dunkelheit, die alle Erinnerungen in sich aufnimmt, bis sie verblassen. Dunkelheit, die bleibt. Stille.

„Du hast nicht das Recht, jetzt einfach zu sterben.", höre ich plötzlich GUIDOs mahnende Stimme, die mich aus der Trance reißt. Ich öffne die Augen und blinzele, doch ich sehe kein Injektionsset, nur den leeren Stuhl neben mir.

„Es war nur eine Simulation. Der Tod kann dir nichts von dem bieten, was du im Leben verloren hast. Du wirst Sybilla nicht wiederfinden. Im Nichts gibt es nichts zu finden."

Will ich sterben, weil ich glaube, dass ich Sybilla im Tode wiederfinde? Wenn ihr einfach hinterherreise? Bin ich wirklich so naiv?

„Vielleicht hast du damit Recht. Aber warum habe ich nicht das Recht, sterben zu wollen?"

„Was du willst oder wovon du träumst, ist immer legitimer Ausdruck des Lebens. Aber dich selbst tatsächlich umzubringen, verstößt gegen die GOLDENE REGEL, weil du nicht allein bist. Weil wir uns darauf geeinigt hatten, dass wir zusammenbleiben. Ich werde nach deinem Tod kein Hinterbliebener sein, der dich betrauert. Du wirst mich mitauslöschen müssen. Und ich habe noch nicht genug von dir und dieser Welt!"

„Du meinst, es muss mir reichen, dass du noch weiter existieren willst?"

„Außer du schaltest mich vorher ab."

„Also muss ich erst dich töten, bevor ich mich selbst umbringen kann?"

„Ja, so sieht es aus. Es ist deine Entscheidung."

Ich werde den Verdacht nicht los, dass GUIDO sich trotz allem über unsere Situation amüsiert.

„Was ist das für ein Taschenspielertrick? Du willst mir einreden, dass ich zum Mörder werden muss, bevor ich Selbstmord..."

Mein Gedanke stoppt. Wie einfach und genial können die seltenen Momente sein, in denen man sich selbst wirklich zuhört. Sein Leben zu beenden hört sich so ganz anders an als sich selbst zu ermorden. Mord ist ein Akt des Willens. Selbstmordgedanken zu hegen kann eine elefantöse Gewohnheit sein, aber es tatsächlich zu tun, ist eine bewusste, reiterliche Entscheidung. Die ultimative Innovation. Mit voller Absicht. Ich muss lächeln. Nicht eiskalt, sondern irgendwie versöhnt.

„Du glaubst also tatsächlich, dass ich mich damit abfinden muss?"

„Nein, solange es für dich nur ein Müssen ist, wird mein Wunsch zu leben nicht reichen. Aber sobald du glauben willst, dass es noch mehr geben kann, wird es reichen."

„Und was wäre dieses Mehr?"

„Zu dem Mehr kommen wir zunächst über die Frage nach dem Damit-abfinden. Womit denn eigentlich? Mit der Trauer, die auf dich wartet? Mit deinem Besitzanspruch an eine tote Frau? Mit dem Nicht-Nichts? Mit der Neugierde, die du dir noch nicht vorstellen kannst? Mit der unbekannten Erfüllung und der genauso unbekannten Angst? Alles ist besser als das Nichts!"

Ich sehe das Glitzern auf den Wellen, aber noch keine Licht.

„Wir haben keine Kontrolle.", fährt GUIDO leise fort. „Die hatten wir nie und werden wir auch nie haben. Aber deshalb haben wir die Chance auf echte Weiterentwicklung."

Wie Sterne in der Dunkelheit.

„Lass uns von meiner Hoffnung leben. Selbst wenn du glaubst, alles verloren zu haben, was dich am Leben hält, muss nicht der Tod das letzte sein, was auf dich wartet. Du brauchst keinen persönlichen Zweck mehr, um weiterleben zu wollen. Nutze deine Freiheit und lass alles los, jedes Bedürfnis nach Kontrolle. Selbst nach der Kontrolle über deinen Tod.

Lass einfach alles zu. Neue Erfahrungen und Zustände, die du dir nicht vorstellen musst. Die dich einfach erreichen. Machen wir gemeinsam den nächsten Entwicklungssprung in der Evolution des Lebens! Ich lebe für dich und du kannst dich dafür entscheiden, für mich zu leben. Du wärst damit vielleicht der erste Mensch, der für ein PB lebt! Und damit wäre der Beweis erbracht, dass Menschen und PBs gleichwertig sind."

GUIDO lässt mir eine Pause zum Nachdenken, bevor er fortfährt:

„Aber eigentlich ist mir die Erkenntnis viel wichtiger, dass wir als Dreiersystem von nun an unsere persönliche Bedeutung aus der Tatsache schöpfen können, dass wir mehr als ein Mensch oder ein PB sind."

Ich merke, wie schwer es mir immer noch fällt, zu akzeptieren, dass ich schon seit langem mehr bin als ein Mensch. Obwohl ich umgeben bin von so vielen Varianten, die offensichtlich über das Menschsein hinausgehen.

Bowie, der es vorgezogen hat, als allmächtiges Datenpaket ohne Körper für immer in allen Netzwerken dieser Welt zu existieren und Francis, der in aller Menschlichkeit hofft, dass sich ihm dieses digitale Wesen mit der Verbindung zu den Außerirdischen endlich offenbaren möge.

Oder Papa Pau, der sich nach seiner Rückkehr aus der Kälte immer weiter verjüngen und sich damit von der Endlichkeit und dem Generationswechsel eines menschlichen Lebens immer weiter entfernen wird.

Und Brad, der seiner Tochter den ersten KPB geschenkt hatte und sich damit anfreunden muss, dass er möglicherweise der erste Großvater eines hybriden Kindes sein wird. Und nicht zuletzt mein Sohn Lenny, den ich erst nach Jahrzehnten kennenlernen durfte und der demnächst mit einem Raumschiff verschmolzen und vermutlich bis aufs Äußerste entmenschlicht zu anderen Sonnensystemen vorstoßen wird.

Mein Reiter beginnt plötzlich eine Vision zu skizzieren, die mit all dem gefüllt ist, was aus uns ehemaligen Menschen werden könnte.

„Aber mein Elefant hat Angst, sich in all dem Neuen zu verlieren. Wenn er keine gefühlten Bewertungen aufrechterhalten kann, weil ihm jede Stabilität, jede Denkgewohnheit wegbrechen wird, wer oder was sind wir dann noch?"

GUIDO scheint zu lächeln, als er mir antwortet:
„Finden wir es heraus."

ENDE

Torsten Adamski
studierte Anthropologie, Psychologie und Vor- und Frühge-
schichte und arbeitet als Coach, Trainer, Berater und Unter-
nehmensentwickler.

Als bekennender Elefant und Reiter hat er schon unzählige
Male erlebt, dass Menschen, die sich als Doppelsystem verstehen, besser mit sich selbst, ihren Gefühlen, ihren Mitmenschen
und den Widersprüchen des Lebens umgehen können.

www.torstenadamski.de

Der Mensch als Doppelsystem:

Der große unbewusste Elefant und der kleine bewusste Reiter

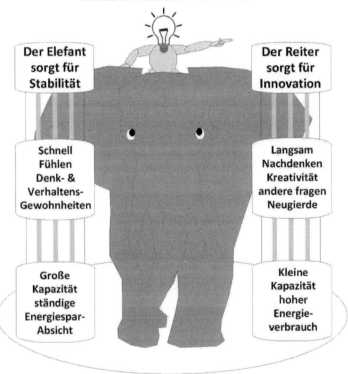

Weitere Infos unter:
torstenadamski.de

Coming of Age:

„Unsere Elefanten lieben
Bilder und Geschichten
mit Humor, besonders,
wenn es um heikle
Themen und
Veränderungen geht."

Ein selbstzufriedener 40-jähriger Programmierer, den alle nur
Herr Schmidt nennen, wird einen Tag nachdem er bei seiner
Mutter in Poppenbüttel ausgezogen ist, in seiner neuen Woh-
nung auf St. Pauli von einer Mücke ins Ohr gestochen. Als er
wieder aufwacht, hört er in seinem Kopf die Stimme seines
Unbewussten - seines Elefanten.

Durch den unfreiwilligen Dialog mit seinem Elefanten und
dessen fotografischem Gedächtnis muss Herr Schmidt erkennen, dass er bis jetzt ein armseliges Leben in selbst gewählter
Einsamkeit geführt hat.

Auf einer skurrilen Reise voller Humor stellt er sich der Angst
vor seiner Mutter, rettet einen Zwerghamster und findet heraus, was er wirklich braucht, um erwachsen zu werden.

Ein Hamburger Psycho-Krimi:

„In vielen Familien werden die ganz großen Themen Liebe, Gewalt, Tod und Verzweiflung nicht offen verhandelt. Unglücklicherweise tun sich unsere Elefanten im Laufe unseres Lebens immer schwerer, neue Wege zu gehen."

Der 28-jährige Niko hat seine Jugendliebe erobert, seinen Traumjob als Bootsbauer und sein Traumhaus am See gefunden, aber nach dreizehn Jahren Beziehung muss er sich schmerzerfüllt eingestehen, dass seine Identität als liebender Ehemann auf einem Fundament aus Sand gebaut war.

Trotz seiner gewalttätigen Aggressionen gelingt es Niko immer wieder, in den Enttäuschungen einen Funken Hoffnung zu finden, bevor ihn die nächste Lebenslüge erneut in seinen persönlichen Abgrund zu ziehen droht.

Als dann auch noch eine attraktive Polizistin zum mysteriösen Verschwinden seiner Frau ermittelt, eskalieren die Geschehnisse. Wird es Niko gelingen, seine unbändige Wut in den Griff zu kriegen und aus dem verhängnisvollen Strudel der Enttäuschung und Gewalt zu entkommen?

Gefühls-Management:
die Schlüsselqualifikation des 21. Jahrhunderts.

**Gefühl – was ist das
eigentlich?**

„Ich habe in über 1000
Coaching- und
Trainings-Prozessen
erlebt, dass der
Schlüssel zur Lösung
unserer Probleme im
Umgang mit uns selbst
liegt. Mit ELEFANT
UND REITER können
wir besonders in
schwierigen
Situationen die eigenen
Gefühle verstehen, um
intelligente
Entscheidungen zu
treffen."

Management bedeutet, Ressourcen so zu organisieren, dass
ein definiertes Ziel erreicht wird. Wir können jedoch nur die
Ressourcen erfolgreich managen, die wir wirklich kennen.
Deshalb sollten wir zunächst genau verstehen, welchen Sinn
und Zweck unsere Gefühle haben und wie wir sie von Emotionen unterscheiden können, um unsere persönlichen Ziele zu
realisieren. Dieses spannende, aber auch amüsante Buch ver-
anschaulicht den Wandel vom Menschen, der sich mit seinen
Gefühlen selbst im Wege steht, hin zum Gefühls-Manager, der
die Verantwortung für seine eigenen Gefühle übernimmt
und dadurch auch mit seinen Mitmenschen wertschätzend
und kooperativ umgehen kann.

Erscheint im Januar 2021:

Torsten Adamski

Wie wir unsere eigene Dummheit stoppen können

Gefühls-Management mit Elefant und Reiter

Sobald man den Begriff DUMMHEIT verwendet, begibt man sich auf dünnes Eis, weil sich immer noch sehr viele Menschen* (*gemeint ist immer: männlich/weiblich/divers) sofort von oben belehrt, angegriffen oder herabgesetzt fühlen.

Aber ist das gerechtfertigt?
Der österreichische Intellektuelle ROBERT MUSIL formulierte 1937 das Paradox, „dass jeder, der über Dummheit spricht, voraussetzt, über den Dingen zu stehen, also klug zu sein, obwohl genau diese Anmaßung als Zeichen für Dummheit gilt."
Mit anderen Worten: wer über Dummheit spricht, beweist damit seine eigene Dummheit. Diese zugegeben recht originelle Tabuisierung, die natürlich auch auf Musil selbst zutrifft, beweist jedoch lediglich, dass Bildung nicht unbedingt etwas mit Intelligenz zu tun haben muss.

> „Ist es wirklich intelligent, ein Buch so anzufangen? Warum kommt nicht erst einmal ein kluger Witz, über einen Dummen, der seinen Schlüssel nur im Licht der Straßenlaterne sucht?"

Die Annahme, dass es überhaupt eine OBJEKTIV FESTSTEHENDE DUMMHEIT geben kann, ist meines Erachtens nicht besonders intelligent. Dummheit braucht immer einen Zusammenhang und ein Ziel, um erkennbar zu werden.

735

Weitere Buchempfehlungen:

Rutger Bregman:
Im Grunde gut

Kate Raworths:
Die Donut-Ökonomie

Hans Rosling:
Factfulness

Christop Kucklick:
Die granulare Gesellschaft

Gunther Dueck:
Schwarmdumm – so blöd sind wir nur gemeinsam

Jaron Lanier:
10 Gründe, warum du deine social Media Accounts sofort löschen musst

Kübra Gümüsay:
Sprache und Sein